MCFL Dist. Ctr. Spanish
Spanish Fiction Marchal
Allí donde se construyen los
31111039899024

Allí donde se construyen los sueños

ÉRIC MARCHAL

Allí donde se construyen los sueños

Traducción de
Inés Belaustegui Trías

Grijalbo

Papel certificado por el Forest Stewardship Council®

Título original: *Là où rêvent les étoiles*
Primera edición: junio de 2018

© 2016, S. N. Éditions Anne Carrière, París
© 2018, Penguin Random House Grupo Editorial, S. A. U.
Travessera de Gràcia, 47-49. 08021 Barcelona
© 2018, Inés Belaustegui Trías, por la traducción

Penguin Random House Grupo Editorial apoya la protección del *copyright*.
El *copyright* estimula la creatividad, defiende la diversidad en el ámbito de las ideas y el conocimiento,
promueve la libre expresión y favorece una cultura viva. Gracias por comprar una edición autorizada
de este libro y por respetar las leyes del *copyright* al no reproducir, escanear ni distribuir ninguna
parte de esta obra por ningún medio sin permiso. Al hacerlo está respaldando a los autores
y permitiendo que PRHGE continúe publicando libros para todos los lectores.
Diríjase a CEDRO (Centro Español de Derechos Reprográficos, http://www.cedro.org)
si necesita fotocopiar o escanear algún fragmento de esta obra.

Printed in Spain — Impreso en España

ISBN: 978-84-253-5665-0
Depósito legal: B-6.473-2018

Compuesto en La Nueva Edimac, S. L.

Impreso en Rodesa
Villatuerta (Navarra)

GR 56650

Penguin
Random House
Grupo Editorial

A Emmanuelle, a Rébecca

A Auguste Piccard
y a todos los pioneros de la materia y del espíritu

Este mundo es un fandango y el que no lo baila es un tonto.

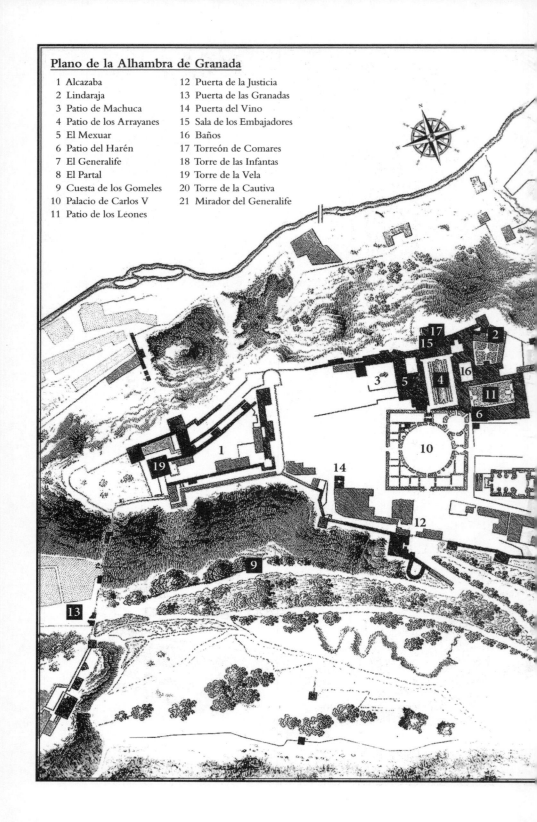

Plano de la Alhambra de Granada

1 Alcazaba
2 Lindaraja
3 Patio de Machuca
4 Patio de los Arrayanes
5 El Mexuar
6 Patio del Harén
7 El Generalife
8 El Partal
9 Cuesta de los Gomeles
10 Palacio de Carlos V
11 Patio de los Leones
12 Puerta de la Justicia
13 Puerta de las Granadas
14 Puerta del Vino
15 Sala de los Embajadores
16 Baños
17 Torreón de Comares
18 Torre de las Infantas
19 Torre de la Vela
20 Torre de la Cautiva
21 Mirador del Generalife

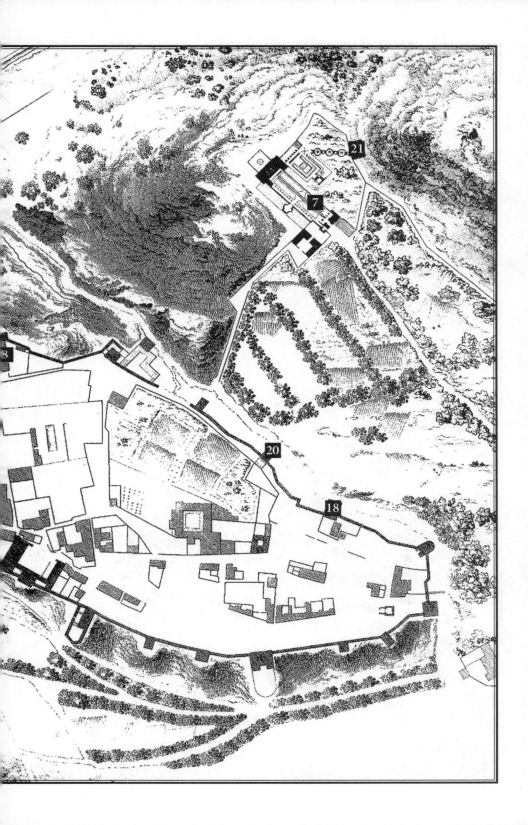

Advertencia

La familia Delhorme y algunos personajes de esta novela son imaginarios, mientras que otros existieron y aparecen mencionados por su verdadero nombre. La intriga de este libro, ficticia, se entremezcla con numerosos elementos reales, algunos de ellos conocidos y otros no, por no haber salido nunca antes a la luz.

La nota al final del libro permitirá al lector que lo desee separar las hebras reales de esta madeja de las inventadas.

Prólogo

*En algún lugar de Almería,
domingo, 26 de mayo de 1918*

El coche ocre y amarillo, un modelo con carrocería tipo *limousine*, desgarraba el silencio del valle del río Guadix con su zumbido de moscardón. La polvareda que levantaba a su paso se disipaba en el aire antes de posarse perezosamente en el camino, que ofrecía su desnudez a los raros viajeros que se aventuraban a recorrerlo. El vehículo se detuvo ante un río ancho; el vado, en lugar de atravesar directamente el lecho fluvial, bajaba por el centro a lo largo de aproximadamente un kilómetro. El chófer se apeó y dio varios pasos por el encachado para evaluar la situación. El agua le llegaba por la mitad de la caña de las botas.

—Cruzaremos sin problema —dijo a su pasajera, que se había quedado en el coche.

Ella no pareció prestarle atención y continuó leyendo, protegida del sol por la capota de lona cuyos bordes hacía aletear el viento. El hombre repitió el comentario, esperó respuesta, en vano, y se acercó a ella.

—Querida condesa...

—Pierre —lo interrumpió ella—, cuando lleguemos ya no será necesario que se dirija a mí de esa manera. Seré la señorita Delhorme.

El chófer apoyó los codos en la puerta del vehículo.

—Entonces ¿ya no estamos casados, madame de la Chesnaye? Ahora es usted una solterona, cómico, ¿no cree?

Metió la cabeza por la ventanilla y la besó bruscamente.

—Y de eso también habrá que olvidarse.

—Pues entonces me pregunto por qué habré venido con usted, querida.

—Porque nada le resulta más excitante que pasear su conquista en su último bólido. Porque hacerlo en España le parecía exótico y porque lo consuela de no haber podido participar en el París-Pekín.

—¿Y si yo le respondo que nos permite olvidarnos un poco de la guerra?

—Nunca hasta ahora le había preocupado, amigo mío.

—¡Demonios! Los alemanes están en Reims y amenazan París con sus cañones.

—Entonces se aprovecha de mí para huir —respondió ella acariciándole la mejilla con la mano enguantada para dulcificar su afirmación.

Él se encogió de hombros y fue a ponerse delante de la calandra.

—En cualquier caso, sigo sin entender por qué ha querido que vengamos aquí —dijo accionando la manivela.

—Vengo a hacer las paces conmigo misma —respondió ella entre dientes para que no la oyese.

El De Dion-Bouton DH emitió su bufido ronco, pegó una sacudida tremenda y se puso en marcha. Sin darse la vuelta, el conductor se disculpó con un ademán. Ella abrió su cuaderno y acarició el papel milimetrado que había entre dos de sus hojas, en el que un trazado parecía representar la montaña que tenían delante.

El sistema de propulsión atravesó el largo vado con facilidad, seguido atentamente por la mirada de un campesino que había detenido un instante su labor de arar la tierra y que observó, divertido, el coche avanzando por el río como un navío imposible. El vehículo alcanzó la otra orilla y atacó los contrafuertes de la sierra de Huétor. La fuerte pendiente no alteró la gallardía de la máquina, que rugía a cada golpe de acelerador. La pista estaba surcada por acequias anchas y profundas que costaba gran esfuerzo cruzar. En dos ocasiones el conductor se vio obligado a cegarlas con ayuda de una piocha para facilitar el paso de las ruedas, lo cual no hizo sino acrecentar su ira contra la red española de carreteras y provocó las burlas de su pasajera. El último collado, de tierra roja y calva, basculaba sobre la ancha llanura de la Vega, al fondo de la cual apareció una ciudad bañada de luz.

—Hagamos un alto aquí —le indicó ella señalando una terraza natural en la que daba sombra un rodal de olmos, los únicos en medio de un paraje sembrado de chumberas.

Él extendió un mantel grande, sobre el que depositó una comida fría (pollo, galantina, ensalada, pan), así como una botella de vino francés.

—Va descalza como los gitanos que vimos antes, señorita Delhorme —observó él al verla bajar del coche sin los zapatos.

Ella no respondió y se arrellanó con la espalda apoyada en uno de los árboles, para admirar las vistas mientras encendía un cigarrillo de un paquete de Murad que había comprado en Guadix. Él estaba habituado a sus excentricidades y ya solo se disgustaba por principio. ¿No era precisamente eso lo que le había granjeado su reputación entre la flor y nata parisina? Era la mujer más libre que conocía. Libre e imprevisible.

Picoteó de la miga de un trozo de pan mientras él hacía los honores a todos los platos, y rechazó un vaso de vino.

—Sabe muy bien que lo único que me gusta es el champán —le dijo sin que sonase a reproche.

—Que no quede por eso —respondió el conde abriendo una maletita de mimbre de la que sacó una botella y dos copas—. ¡Champán!

Ella se lo agradeció besándolo de un modo que a él le pareció demasiado distraído. Brindaron y bebieron en silencio. Luego, mientras él guardaba los restos de comida, ella volvió a sentarse donde antes, como apresada por el paisaje que desplegaba sus encantos ante la mirada de los dos.

—Se me había olvidado… —dijo ella dejando la frase sin terminar.

—¿Qué ha olvidado? —preguntó él, que estaba dejando la maleta de mimbre en el asiento delantero—. Por usted estoy dispuesto a volver a París a buscarlo —fanfarroneó.

Y se dio cuenta de que realmente sería capaz de hacerlo, de que ella ejercía sobre él, como sobre el resto de los hombres, un extraño influjo al que nadie podía resistirse, mezcla de belleza física y de seducción intelectual, de fragilidad y de dominación, de abandono y de misterio. Unos se habían arruinado, otros habían muerto por causa de aquel influjo. Él se había casado con ella quince años antes. Por amor al riesgo y por vanidad.

—Se me había olvidado lo hermosa que era, cuánto la echaba de menos —dijo ella señalando un punto concreto en lo alto de la ciudad.

Él se acercó a ella y oteó el lugar.

—Así que allí está… ¿Vivió mucho tiempo en ella?

—Todavía hay muchas cosas que no sabe de mí, querido conde.

—Pero si estoy deseando saberlas —respondió él, tratando de cogerla por el talle.

Ella se soltó como una gata.

—Es hora de bajar. ¿Quiere saber? No solo viví aquí. Nací aquí.

El De Dion-Bouton cruzó la ciudad por los barrios del norte y se detuvo delante de la calle de los Reyes Católicos, número 26. El hotel Internacional era un edificio flamante, como lo era todo el barrio aledaño a la catedral, que la condesa no reconoció. Se paseó por la amplia calle, la cruzó varias veces para contemplar las fachadas, y acabó entrando en una tienda a comprar fruta y comprobar que no había olvidado nada del idioma ni del acento local. Mientras tanto, el conde había hecho subir el equipaje a su habitación y había conducido el coche hasta un garaje cercano, un sencillo patio con la barrera bajada día y noche, por lo que había pagado veinte pesetas que había negociado duramente.

Regresó al hotel, contrariado no tanto por la suma en sí, sino por el mal trato recibido en la transacción. El conserje de la recepción le indicó que la señorita Delhorme lo esperaba en su habitación. El mensaje de su esposa era claro, cosa que lo apenó. El conde de la Chesnaye tuvo la sensación de que lo veían como un marido infiel que estuviera engañando a su mujer con una dama cortesana. Le dieron ganas de replicar que se había casado con su amante, pero se contuvo. El respeto con que el hombre había pronunciado el patronímico lo intrigó.

Ella se había encerrado en el cuarto de baño y salió media hora después. El conde estaba instalado en el minúsculo balcón observando la actividad incipiente de la tarde mientras fumaba una pipa Peterson, cuyo aroma a miel y a especias había invadido toda la pieza.

—No sé qué le ve a este lugar, querida… —empezó a decir antes de volverse hacia ella—. Pero ¿adónde demonios va vestida así? —exclamó, sorprendido por el pantalón de hombre y la camisa de jornalero que se había puesto.

Ella se tomó su tiempo para mirarse detenidamente en el espejo antes de responder:

—Me voy a mi casa.

—¿A su casa? Espere, la acompaño —propuso, a la vez que guardaba la pipa en su estuche—. ¡Me pica la curiosidad!

—Voy sola. Volveré el viernes.

—¿El viernes? ¡Eso es dentro de cinco días!

—Así tendrá tiempo de descubrir esta ciudad que tan perplejo lo deja —sugirió ella sin malicia—. Dentro de dos días empiezan las fiestas del Corpus.

—He visto un cartel en la recepción. ¿Y nuestra venida tiene que ver con dicho acontecimiento?

—No —respondió lacónica, apostándose en el balcón.

Respiró hondo y sonrió al escuchar los sonidos de la calle. Un joven aguador pasó por debajo de sus ventanas voceando «¡Agua! ¡Agua!» y haciendo chocar una contra otras dos tazas de estaño. Por todas partes, en las fachadas, las ventanas abrían sus ojos de tela. El aire estaba preñado de los sonidos y las fragancias del despertar de la siesta. Nunca los había olvidado, tan solo los había enterrado en lo más profundo de sí misma.

—Pero… querida amiga… ¿de dónde ha sacado semejante atavío? —preguntó el conde, que había permanecido en el salón.

Ella entró y cerró con cuidado la ventana.

—Este atavío, como lo llama, lo recibí de mi madre. Es su ropa de trabajo. Y le tengo gran aprecio.

—Me parece que sé menos de usted de lo que pensaba. Así pues, ¿su madre trabajaba? ¿Y dónde está su casa?

—Eso no le importa.

—Pero ¿cómo voy a ponerme en contacto con usted? —protestó, conteniendo a duras penas su irritación.

—Es inútil que lo intente, porque yo sé dónde encontrarlo.

Le tomó las manos.

—Le agradezco que me haya acompañado, Pierre, se lo agradezco sinceramente. Pero ahora he de estar sola.

—No lo entiendo.

—Digamos que busco a una persona a la que no estoy segura de poder encontrar.

— Pues tampoco esté segura de encontrarme a mí cuando regrese, sépalo usted.

—Como le plazca, amigo mío.

—No me ama, ¿verdad? ¿Nunca me ha amado?

—Estamos casados, y eso es lo que a usted más le importa, ¿no? ¿Qué más da si nos amamos?

Concluyó su discurso con un gesto teatral. Él cogió la pipa, abrió de nuevo la puerta-ventana con movimiento enérgico y volvió a instalarse en el balcón sin mediar palabra. Ella dudó de si ir con él, pero se caló su sombrero, una gorrita con visera que el conde no le había visto nunca, cogió su bolso de viaje y abrió la puerta.

—Hace mucho tiempo que no queda amor en mí. Pero no es culpa suya. Ni suya ni de los otros.

Mientras recorría las calles que iban desde el vallecillo hasta la más alta de las tres colinas que dominaban la ciudad, comprobó con dicha que todo seguía como antes, a excepción de la presencia de un tranvía de cremallera que le pareció un añadido incongruente. Todo le resultaba familiar. como si la bella durmiente no hubiese hecho otra cosa a lo largo de las décadas que esperarla mientras dormía. Ella era la pequeña Delhorme, que volvía del colegio con su hermana gemela cruzando el arco de la Puerta de las Granadas, dando gritos para oír el eco de su voz, subiendo luego por el camino que, en paralelo a las murallas, llevaba hasta su casa, salivando al pensar en los granizados que les hacía su madre y apresurándose para ver a su hermano y a sus amigos y escuchar a su padre relatar sus proezas.

Se detuvo delante de uno de los accesos al recinto fortificado y dejó el bolso en el suelo. El dolor que le producían las articulaciones desde hacía meses se había despertado durante la subida, y, además, estaba sin resuello. Quería entrar en la explanada con la cabeza alta y la sonrisa en los labios, y aguardó un instante para dejar pasar a una anciana que tiraba de una mula dócil; la miró con curiosidad. «La nuestra se llamaba Barbacana», pensó sin poder evitar sonreír. Barbacana… Hacía años que no le venía a la mente aquel nombre. La acémila había sido un elemento indisociable de todas las chifladuras de su padre.

La señorita Delhorme atravesó despreocupadamente la plaza, jugó con el sol que las almenas de una torre descomponían en haces de luz, y siguió el camino que cruzaba un jardín cuyas flores exuberantes, embriagadas de luz y calor, impregnaban con su perfume todo el espacio. A continuación entró en un patio chiquito, cuadrangular, resguardado por un seto imponente recortado en forma de arcos. La sombra inundaba ya todo el patio y unas garcetas revoloteaban sin cesar por encima de un pequeño pilón, situado en el centro y cuyo surtidor emitía un agradable chapoteo, que tenía una forma curiosa de rectángulo con seis nichos. Con un movimiento experto del talón, se quitó los escarpines. Se sentó en el borde de uno de los nichos y metió los pies en el agua de color verde turbio. Escrutó el fondo del estanque, alfombrado de residuos vegetales, que podía distinguir a pesar de la eutrofización avanzada. Varios peces, que se habían refugiado en la otra punta, volvían hacia donde estaba ella, zigzagueando con cautela.

Delante de ella el sol atravesaba las ventanas de la vivienda de parte a parte, tanto que podía percibir el interior. Creyó distinguir una sombra humana a contraluz, pero lo cierto era que el edificio estaba deshabitado desde la muerte de su madre. Solo su hermana había regresado, alguna vez, para poner orden en los enseres de la casa, sin poder decidirse a separarse de ellos o a repatriarlos. La señorita Delhorme no había vuelto a tener contacto con su hermana gemela desde que se marchó de Granada. Tiritó. Sacó los pies del agua, pero se quedó de pie en el embaldosado del estanque, mientras se paseaba imaginariamente entre los aposentos de la casa, cuyos detalles se le aparecían con toda nitidez. Palpó la llave que tenía colgada al cuello y que llevaba consigo desde hacía mucho tiempo, para estar segura de poder regresar siempre que lo necesitase, en caso de sufrir una desgracia. Nunca había vuelto, pese a los momentos de desaliento, pese al deseo de regresar a casa. En ese preciso instante supo que era el único lugar en el que se había sentido feliz alguna vez.

El día comenzaba a declinar. Recogió sus cosas, cruzó el patio en sentido inverso y subió por un camino de ronda hasta la torre más alta, por cuya escalinata accedió a la terraza. A su alrededor se abrieron en abanico dos nubes de pájaros. Golondrinas y vencejos formaban elegantes arabescos que se sucedían o se entrecruzaban, ora en el cielo, arriba, ora rozándola con sus aleteos firmes y seguros. La ciudad entera se ofrecía a su mirada, extendiéndose a lo lejos, por el valle, y recubriendo la colina que tenía enfrente. Habían transcurrido más de treinta y cinco años desde su partida y le parecieron un abrir y cerrar de ojos. Todo estaba intacto, como el decorado de un teatro que solo estuviera esperando la entrada de los actores en el escenario. Se sintió presa de una melancolía que creyó poder controlar pero que la inundó con su fuerza. El tiempo se diluyó.

Un ruido la sacó de sus cavilaciones. Un ruido de pisadas en las escaleras. Las suelas rascaban penosamente los escalones de piedra gastados. La anciana de la mula apareció, se acercó a ella con sus andares lentos y rígidos y la miró fijamente.

—Entonces es verdad, ¡has vuelto! —dijo con una voz que la vejez no había echado a perder—. ¿No sabes quién soy? —añadió ante la ausencia de respuesta—. No te lo reprocho. ¡Ha pasado tanto tiempo!

—No te he olvidado, Kalia. No he olvidado a nadie.

Kalia bajó la cabeza. La señorita Delhorme rodeó con los brazos a la anciana y la estrechó con fuerza. Su piel olía a humo. Tenía briznas de paja enganchadas en los cabellos.

—Cuando te vi, hace un momento, primero pensé que eras el fantasma de tu madre —le confesó Kalia—. El parecido es… Pero José, que trabaja en el hotel de París, me había dicho que la niña de los Delhorme había vuelto. Entonces me vine para acá para abrir el piso. Te he visto en el patio.

La señorita Delhorme no se atrevía a mirar a Kalia a la cara y fijó la vista en la catedral que emergía como un buque surcando un mar de casas. Poco a poco fue recobrando la calma. De nuevo era capaz de controlar las emociones. Como siempre había hecho.

—No sabes cuánto me alegro de volver a verte, Kalia —respondió, cogiendo sus dos manos nudosas—. Me alegro muchísimo de saber que estás bien. ¡Quiero que me cuentes cómo están todos! —añadió, recuperando su vivacidad habitual.

—¡Madre de Dios, Nyssia, tenemos tantas cosas que contarnos!

La primera sensación que la invadió al entrar fue el olor que impregnaba las habitaciones. El mismo que la había acompañado durante toda su niñez. No habían cambiado el ajado parquet, tampoco habían renovado los frescos que adornaban una de las paredes del salón, a ambos lados de la chimenea.

—Tu madre siempre dejaba para más tarde su restauración. Decía que tenía otras prioridades. Te voy a hacer un granizado.

—Me enteré de lo de Mateo, lo siento muchísimo.

La anciana no dijo nada y entró en la cocina.

Nyssia Delhorme se quedó en el umbral. Observó a la anciana mientras esta ponía encima de la mesa la fruta y el azúcar, junto a una jarra con hielo picado. Luego se fue por el largo pasillo hasta la última puerta. Entró en la habitación en la que habían dormido los tres niños hasta su marcha, dejó el bolso en el suelo, cuya asa empezaba a cortarle los dedos, y se sentó en su cama, con la espalda apoyada en la pared y las piernas cruzadas, en la postura que más le gustaba.

Kalia llamó con los nudillos y entró sin esperar respuesta, con un vaso de granizado en la mano. Nyssia se lo bebió con los ojos cerrados, parando un poco entre sorbo y sorbo, y jugando con los trozos de hielo entre los dientes antes de partirlos.

—Después veré las otras habitaciones —dijo finalmente—, estoy agotada.

—Tienes razón, ya basta por esta tarde. Mañana hablaremos —dijo Kalia acariciándole el pelo.

Conmovida por este gesto maternal, Nyssia se acurrucó contra ella.

—He cometido muchos errores en la vida, ¿sabes? —dijo con un hilo de voz.

—Todos los cometemos.

—No tantos como yo.

—¿Por qué has vuelto, chica?

Esta última palabra arrancó una sonrisa a Nyssia.

—Una «chica» de cincuenta y cinco años —puntualizó—. Espero que no sea demasiado tarde para crecer.

Sacó un cuaderno de su bolso de viaje y lo abrió por la página en la que estaba metida la tira de papel milimetrado que contenía un croquis.

—Ese chisme me suena de algo —dijo la anciana inclinándose para verlo.

—Es uno de los apuntes de altitud de papá.

—¡Por eso no me era desconocido! Sí, recuerdo a Clément con sus rulos de papel. Tenía montones, pero los perdía con frecuencia. ¡Mi Mateo se encontró alguno incluso en el huerto!

—Este es especial. Fíjate en la fecha de arriba, a la derecha.

Kalia la leyó en voz alta y dudó un instante antes de atar cabos:

—¿Es el día de su desaparición?

—Sí —respondió Nyssia volviendo a cogerle las manos—. Es el gráfico de su último récord.

—Pero ¿qué significa? ¿Cómo lo has conseguido?

—Lo recibí hace unas semanas. El remite era de aquí. Eso significa que tal vez mi padre siga vivo.

PRIMERA ÉPOCA

1 y 2 de junio de 1863

I

Granada, España,
lunes, 1 de junio de 1863

1

L as dos orillas del cañón se observaban a cien metros de distancia, como dos mundos paralelos. El valle encajonado, reliquia de una era en la que el agua había modelado majestuosamente el paisaje, estaba invadido de una vegetación vigorosa y verdeante que contrastaba con la tierra de la meseta, de color ocre rojizo, desnuda y pedregosa, que solo conseguían dulcificar los dameros de verdor ralo de los olivares.

«Tan cerca y, sin embargo, separadas por un valle infranqueable», pensó Gustave Bönickhausen deleitándose ante el desafío.

Bajó hasta un sendero que serpenteaba a media altura de la ribera menos escarpada, se acomodó contra una roca en un punto desde el cual podía contemplar los contornos de los dos lados de la garganta y sacó su libreta para dibujar un boceto del paraje.

Comprobó la precisión de su dibujo antes de añadirle el bosquejo de un puente y anotar las distancias aproximadas. Había identificado ese lugar exacto, a las afueras del pueblo de Baúl, como el más idóneo para cruzar el cañón. El ferrocarril no podía permitirse dejarse dominar por las cicatrices de la naturaleza.

El tablero sería de vía única y solo harían falta tres pilares para sostenerlo. Todo de hierro. «Menos quebradizo que el hierro fundido», pensó mientras añadía al diseño del puente los travesaños con forma de cruz de san Andrés. Cogió una piedra y la frotó contra una roca: la roca granítica no se desmenuzó. La configuración geológica no planteaba ninguna dificultad especial. Bönickhausen lanzó la piedra en dirección al lecho seco del arroyo. El proyectil cayó en medio de la maleza con un sonido de frufrú, provocando que un ruiseñor alzara el vuelo. El ingeniero hizo un cálculo rápido en el reverso de la hoja y estimó que costaría doscientos mil francos si conseguía utilizar el método original de montaje del tablero que había perfeccionado recientemente. Con ese precio, eliminaría a la competencia. Tenía que darse prisa para redactar la patente. Después de unos años venturosos, la crisis industrial había comenzado a afectar las carteras de pedidos de la mayoría de las empresas francesas, incluida la suya, y todas trataban de quitarse unas a otras encargos de obras en otros países.

—Ya va siendo hora de ponerse manos a la obra —proclamó.

Bönickhausen sofocó un bostezo y se desperezó al levantarse. El viaje había sido agotador. Había bajado del tren en Murcia y había esperado dos días enteros hasta dar con un cochero que aceptó llevarlo en berlina hasta Córdoba, destino de su periplo. Al principio había intentado alquilar una de las diligencias que hacían los trayectos varias veces a la semana, pagando por él solo las cinco plazas disponibles del cupé, pero todos los mayorales se habían negado. Ninguno quería jugársela por esas carreteras con un único pasajero. Los bandidos se habían marchado de las sierras de Andalucía, pero su leyenda seguía intacta. Si la diligencia iba llena, había menos riesgo de que la asaltaran los vagabundos hambrientos, que acechaban los caminos en busca de casas aisladas o de viajeros perdidos para sustraerles un puñado de pesos. Pero Bönickhausen no tenía intención de llenar de pasajeros el vehículo. Su viaje debía hacerse con discreción.

Plantado en lo alto del cañón, a unos treinta metros del ingeniero, el mayoral hurgó en sus bolsillos en busca de un Braserillo, mientras observaba a su cliente emborronando su libreta de notas. Lo encendió y dio una calada larga. Ramón había sido el único que había aceptado la oferta de Bönickhausen. Tenía que ir a Granada, junto a su madre enferma, y pensaba hacerlo a lomos de una mula cuando le llegó el rumor de la petición del francés. Le propuso llevarlo hasta Granada y allí ayudarlo a encontrar otro medio de transporte para llegarse a Córdoba. El suyo era una berlina de ciudad de dos plazas, pero la oportunidad le permitiría utilizarla fuera de Murcia y hacer el viaje acompañado, cosa que se había cuidado mucho de confesarle para conseguir el mejor precio, cien reales por los tres días de trayecto. Un buen negocio que había reavivado su bonhomía natural, ensombrecida por el estado de salud de su madre. Sin embargo, desde el inicio del viaje, su cliente lo obligó a detenerse en numerosas ocasiones y durante largos ratos, unas paradas que acabarían por alargar considerablemente el periplo. Debería haberle pedido el doble.

En el momento mismo en que se decidió a bajar hasta donde estaba para ir a comentarle el asunto, vio que el francés recogía sus cachivaches y le indicaba por señas que ya subía.

—¡Por fin! —exclamó el conductor viéndolo ascender por la garganta.

El hombre dio una última calada a su Braserillo y lo arrojó lejos de un papirotazo.

Bönickhausen lo gratificó con una sonrisa pero, en lugar de ir hacia la berlina, sacó un mapa del bolsillo y se puso a consultarlo sin prestar atención al gesto de impaciencia de su cochero, que se daba golpecitos en los calzones de cuero con las palmas de las manos. Ramón tenía permanentemente un gesto de severidad que acentuaba la proximidad de sus cejas pobladas, y el ingeniero no alcanzaba a descifrar sus sentimientos entre la mezcla de altivez y reproche que reflejaba su fisonomía. Mientras el mayoral buscaba la colilla del cigarrillo, encorvado hacia el suelo, Bönickhausen escrutó el paisaje para localizar mejor los elementos del relieve. Iban a tener que recorrer el cañón hasta su extremo, unos diez kilómetros más allá, antes de continuar el trayecto hacia el oeste. Al seguir el trazado de la futura vía férrea, había identificado la posibilidad de realizar una docena de puentes o viaductos. Para que la operación fuese un éxito completo tendría que conseguir que le encargasen al menos seis de las obras del conjunto del recorrido. El gobierno español iba a otorgar la concesión para la construcción de nuevas líneas en el sur del país, y eran muchas las compañías candidatas. La MZA, propietaria ya de la línea Madrid-Zaragoza, era la más implantada en la región, pero los hermanos Pereire, que reinaban en el norte del país, estaban tratando de extender su dominio. Y en París corría el rumor de que el grupo Fives-Lille se contaba también entre los candidatos. En cuanto se obtuviese la concesión, Bönickhausen ofrecería los servicios de su empresa al ganador, fuera el que fuese, para realizar las obras de fábrica del recorrido. Gracias al mapa de los trazados futuros, que se había agenciado a través de un antiguo compañero de la École Centrale, y gracias a su visita sobre el terreno, estaría en condiciones de calcular sus presupuestos con la máxima exactitud. Y de atenerse a ellos.

Ramón distinguió la colilla del cigarrillo por la voluta de humo que aún emanaba de ella y gruñó con satisfacción. Dio una profunda calada para reavivarlo y se lo puso en la comisura izquierda de los labios, antes de plantarse delante de su cliente, cruzado de brazos.

—¿En marcha, señor? —quiso saber. Y el Braserillo se le movió al compás de las palabras.

El ingeniero no contestó. Miraba atentamente algo a la espalda del conductor.

—¿Qué es eso? —preguntó Bönickhausen en castellano.

Señalaba con el dedo en dirección al cielo, detrás del mayoral.

—Sierra Nevada —respondió este sin darse la vuelta, con los brazos en todo momento cruzados delante del pecho.

—No, quiero decir «eso», en el cielo.

Ramón manifestó su exasperación frunciendo el ceño y miró en la dirección indicada. No vio nada: ni una sola nube ensuciaba el azul inmaculado del fondo.

—Ese punto luminoso —insistió Bönickhausen estirando el brazo.

Solo entonces percibió el cochero el centelleo minúsculo que brillaba en la atmósfera. Se encogió de hombros y dijo:

—No sé, será una estrella. ¿Nos vamos?

—¿En pleno día?

—No sé —repitió el hombre—. A veces se ve perfectamente la luna.

—¿A las cuatro de la tarde, en el mes de junio? ¿Y las estrellas de España tienen la costumbre de avanzar por el cielo?

El ingeniero tenía razón: el punto luminoso se desplazaba perceptiblemente de sudoeste a nordeste, siguiendo una trayectoria descendente.

—¡Madre de Dios! —se enfureció el español, arrojando definitivamente la colilla—. Pero ¿qué es eso?

Bönickhausen había sacado sus gemelos de viaje del bolso y los había dirigido hacia el extraño fenómeno. Los aumentos no le permitían ver otra cosa que el mismo centelleo que había visto a simple vista.

—Tal vez un cometa —sugirió sin convicción—, pero no veo ninguna cola.

Al cabo de unos minutos el fulgor perdió intensidad, el punto se oscureció y desapareció en el campo uniforme del cielo.

—Ya no lo veo —concluyó después de haber escrutado una segunda vez el cielo—. Lo comunicaremos a las autoridades de Granada. ¿Sabe usted si hay un observatorio?

—No sé —respondió Ramón, deseoso de olvidar el incidente, que él interpretaba como una señal de mal agüero enviada por el Señor.

En silencio, los dos hombres volvieron a subir a la berlina. Bönickhausen pensaba ya en el siguiente puente, situado cerca de Guadix. Ramón, por su parte, tenía en mente a su madre moribunda en su casa de Granada. Se persignó e hizo restallar nerviosamente el látigo, despertando a una de las mulas que, sorprendida, se encabritó y relinchó antes de calmarse a fuerza de tirones del bocado y de órdenes terminantes del mayoral. El vehículo cabeceó y la polvareda que se había levantado se disipó perezosamente detrás del tiro, para a continuación posarse de nuevo sobre el camino.

Muchas horas se habían sucedido, como los llanos y las montañas, bajo la mirada indiferente del cochero. Los olivares habían dejado paso a los viñedos y las choperas y, después, a una vegetación más exuberante: naranjos, granados, palmeras y cactus acompañaban el lento avance de la berlina por un camino que se había vuelto sinuoso y que estaba sembrado de baches. Pararon en Guadix a comer y para alimentar a las bestias. Tomaron huevos fritos con garbanzos y les sirvieron un valdepeñas que Ramón juzgó indigno de su cliente francés, por lo que pidió un costade-granada que, si bien lo reconcilió con el mesonero, no hizo lo propio con su pasajero, al que el importe de la comida hizo fruncir el ceño. Los gastos que se había permitido Bönickhausen para este viaje eran limitados y, a ese ritmo, tendría que renunciar al almuerzo en el camino de vuelta. Apenas formulada esta conclusión, se la quitó de encima comprando un cuchillo con mango de asta, la especialidad de Guadix, que había prometido llevarle a su madre. El sol culminó su trayectoria ascendente y ya se disponía a bajar cuando salieron de la ciudad aletargada, acompañados por las voces que profería Ramón a sus bestias. Las dos mulas tenían por nombre Bandido y Capitán, y el mayoral era más locuaz con ellas que con su pasajero. Se pasaba el tiempo jaleándolas, amonestándolas, engatusándolas, amenazándolas, alternando los «¡Caramba!» con los «¡Carajo!» y, en los ratos muertos, silbando melodías a las que el ingeniero encontraba cierto parecido con las músicas de Bellini, pero que la interpretación de Ramón había transformado en coplillas populares de ritmo andaluz.

Bönickhausen se quedó dormido durante un rato que a él le pareció largo y durante el cual no logró zafarse de la intranquilidad sorda que lo atenazaba desde su partida: pese a que confiaba plenamente en sus capacidades y en las de sus colaboradores de los talleres de Clichy, la Compagnie Générale de Matériels de Chemins de Fer que lo había contratado se hallaba en una situación financiera cada vez más precaria. Era preciso conseguir cuanto antes encargos importantes; sin ellos no podría compensar los doscientos cincuenta mil francos de pérdidas del año anterior. Como responsable de los talleres, era su deber reconducir la situación y sanear las finanzas. Pero, salvo unos cuantos puentes cuyos contratos estaban casi cerrados, no tenía a la vista ningún negocio de envergadura.

Giró la alianza alrededor de su dedo y este gesto, maquinal aunque reciente, lo hizo sonreír: le encantaba recordar que estaba recién casado. Mecido por el bamboleo del coche, se adormeció pensando en Marguerite, a la que estaba deseando volver a ver, y en su casa de la calle del Port a la que acababan de mudarse. Un tumbo más rudo que los otros por culpa de otro bache del camino lo devolvió a la realidad. Sacó la cabeza de la berlina y descubrió que el paisaje había cambiado: habían terminado el tramo de montaña y se dirigían a una llanura inmensa y fértil, en cuyo extremo, a veinte kilómetros de distancia, se recortaban las colinas que habían dado fama a la ciudad mora, Granada.

Bönickhausen recogió todos sus objetos personales esparcidos en el asiento frontero. Ordenó las cuartillas que había emborronado, en las que las sacudidas debidas a la carretera eran tan perceptibles como las irregularidades del viento en un anemómetro. Esta idea le hizo gracia. Luego cogió el último número de *L'Année scientifique et industrielle*, en el que le había llamado la atención un artículo sobre la producción del acero a partir de hierro fundido. El autor había llevado a cabo una serie de ensayos siguiendo un método que se empleaba comúnmente en Inglaterra, pero aplicando un tratamiento anterior inventado por él, que denominaba «fuerzas acerantes» y que rehusaba desvelar. «Y es legítimo por su parte —pensó el ingeniero metiendo la publicación en su gran bolso de viaje—. Si el procedimiento es bueno, este tipo se hará rico en cuestión de poco tiempo. En caso contrario, no me gustaría nada estar debajo de la primera vigueta que cederá.» Anotó en su libreta las señas del inventor para ir a visitarlo a su regreso a París y solo entonces se dio cuenta de que su cochero había enmudecido y que la berlina acababa de detenerse. Los recuadros de olivares se extendían hasta perderse de vista por la ventanilla, allende la carretera, ahora delimitada por una hilera de chumberas descomunales que formaban una pantalla infranqueable.

—Señor, ¿puede venir a ver? —preguntó el mayoral en español.

Desde que emprendieron el viaje, los dos hombres se habían tomado como una cuestión de honor el hablar el idioma del otro. Se había convertido en un juego entre ellos. Pero en ese instante la voz castellana del cochero resonó como una apelación a la prudencia. Antes de salir de la berlina, Bönickhausen cogió el cuchillo que había comprado en Guadix.

2

Cuando el doctor Pinilla entró en el patio, olía a rosas y a arrayán. Sonrió al oír el sonido deliciosamente relajante del chorro de agua al salpicar en el mármol de la fuentecita del centro del patio, con su mosaico de teselas blancas y azules en el solado. Se fijó en que los capiteles moriscos de las columnas de la galería interior habían sido repintados. Le gustaba mucho ir a la placeta de Nevot, en el barrio del Albaicín, a la casa de la familia Pozo, a los que conocía desde chico y en el que su padre había tenido su consulta médica antes de jubilarse en Almeiras. Aunque sus actuales moradores habían transformado del todo el lugar, seguía oliendo a dicha y a despreocupación, como en su infancia. Pinilla entregó el sombrero y la chaqueta a la criada y entró en la habitación de su paciente, que había dado a luz tres días antes. Al verlo, la mujer, incapaz de articular palabra, prorrumpió en sollozos.

—¡Vamos, vamos, señora Pozo, no quiera competir con su magnífica fuente! —bromeó él, sentándose a su lado—. Es su primer retoño y acuérdese de lo que le expliqué: después del parto, el cuerpo juega con su humor —añadió cogiéndole la mano para tomarle el pulso.

Era rápido. Se quedó mirándola mientras ella se enjugaba las lágrimas. Después de una noche sin pegar ojo, tenía la cara descompuesta.

—El chiquitín reclama comer con frecuencia, es eso, ¿verdad?

Ella movió la cabeza en señal de negación. En ese mismo momento, el recién nacido se quejó en su cuna.

—Bueno, vamos ver —dijo el médico alegremente. Rodeó la cama, levantó la tela del capazo y contuvo la sorpresa—. ¿Qué tiene este niño encantador? —soltó, perturbado ante lo que veían sus ojos.

En la cama, el llanto convulso de la madre volvió a empezar. Pinilla palpó al niño, le dio la vuelta, observó atentamente su piel. El recién nacido se despertó sin llorar y volvió a cerrar los ojos. Parecía agotado. Tenía las nalgas y los muslos manchados de heces verdosas. El médico comprendió lo que ocurría.

—¿Puede excusarme un instante? Debo lavarme las manos antes de examinarlo más detenidamente —dijo, y salió sin esperar su respuesta.

Se frotó un buen rato las manos debajo del chorro de agua, preguntándose acerca de la mejor forma de dar la mala noticia a la madre. Porque lo que en un primer momento había tomado por una simple ictericia de recién nacido resultaba ser una enfermedad de Winckel. Los tegumentos de la piel habían pasado del amarillo al negro en unos días. Las hemorragias que se habían producido y la diarrea biliosa no dejaban lugar a dudas sobre el diagnóstico. En cuestión de días el desenlace sería fatal.

Pinilla se secó las manos mirándose la cara en el espejo picado que estaba apoyado encima del lavamanos del aseo. No era capaz de controlar la inquietud que reflejaban sus facciones, que muchas veces le habían granjeado reacciones temerosas de pacientes a los que, sin embargo, anunciaba noticias tranquilizadoras. Nada podía hacer al respecto: la redondez de sus ojos, sus rasgos demacrados y las curvas de sus arrugas denotaban supuestos tormentos. Suspiró, se atusó el bigote y volvió a la alcoba de la madre.

—Estoy perdida, doctor, perdida —declaró la señora Pozo antes de que a él le diese tiempo a pronunciar una sola palabra.

—Pero ¿qué dice? Va muy bien. De quien he de hablarle es de su hijo.

—¡Que se vaya al diablo! —se enfureció ella señalando con un dedo la cuna en la que el niño dormía profundamente a pesar del gran alboroto.

—Señora…

—¿Qué? ¡Cuando vuelva mi marido, me echará junto con él sin preguntar ni media! ¡He dado a luz a un crío mulato! ¡Es negro!

—Pero…

—Y sin embargo yo no he cometido ningún desliz, ¡se lo juro ante Dios! ¡Ese niño solo puede ser de mi marido! Pero me repudiará —se lamentó, dándose palmadas en la frente con las manos abiertas.

—La creo, usted no ha hecho nada reprobable —dijo él cogiéndoselas.

—¿Eh?

La madre cesó sus aspavientos.

—Cálmese, señora Pozo, se lo voy a explicar pero va a tener que ser valiente.

—¿Es él, es mi marido el que me ha sido infiel? ¿Cree usted que es posible que me haya traicionado con una de esas mujeres de mala vida del Sacromonte? ¿O de Madrid? ¡Se pasa la vida allí!

Pinilla se contuvo de sonreír ante un comentario tan absurdo y, volviendo a ponerse serio, respondió:

—No, su pobre niño está enfermo.

—Es mulato, no es ninguna enfermedad.

—Tiene la piel oscura porque su sangre ha adquirido una tonalidad sepia.

—¿Tiene la sangre negra?

—Algunas de sus células están alteradas, es lo que le da esta color.

Los músculos del rostro de la madre se distendieron una milésima de segundo y entonces comprendió que la buena noticia no era tal.

—Pero no será grave, ¿verdad? ¿Se va a curar? ¿Se va a curar? —repitió al ver que el médico tardaba en responder.

El doctor Pinilla le explicó con toda la delicadeza de la que fue capaz que la medicina lo ignoraba todo respecto de las causas de la enfermedad de Winckel, que se presentaba en el nacimiento y que rápidamente evolucionaba hacia el estado de coma y de ahí a la muerte.

—En nueve casos de cada diez. Lo siento mucho —añadió.

La señora Pozo se quedó alelada por un momento, vacía de las lágrimas que, sin embargo, la habían acompañado todo el día mientras esperaba al médico. Volvieron a aparecer, siguiendo tímidamente el contorno de las mejillas, como incrédulas, para hacerse luego más francas y acabar transformándose en sollozos incontenibles.

Pinilla la cogió por los hombros y le aseguró que la criatura no sufría. Ella pidió ver al niño y lo acunó en los brazos, envolviéndolo con su cuerpo.

—¿Lo ha mandado bautizar? —preguntó él, después de permitirle unos instantes de unión espiritual con su retoño.

—Todo a su debido tiempo. Vivirá —respondió ella, llena de pronto de una fría energía—. Ya lo verá, mi niño vivirá.

Pinilla cerró su maletín, recogió el sombrero y la chaqueta y se despidió.

—Lo deseo de todo corazón, pero igualmente avisaré para que venga el cura. ¿Cuándo regresa su marido?

—Esta noche.

—Entonces podrá pasar tiempo con el niño. ¿Ya tiene nombre?

—Jezequel.

—Roguemos todos por Jezequel.

Le pareció que el sol que lo recibió en el exterior del inmueble era el instrumento insolente de la alegría de vivir en Granada. El astro brillaba sin pudor, incluso en las desgracias. El médico ahuyentó la melancolía decidiendo que iría a la biblioteca a echar un vistazo a los últimos números de las revistas médicas para comprobar si había avances en el tratamiento de esta enfermedad.

Al salir de la placeta de Nevot, lo llamó a voces un hombre que tiraba de una mula, cuyas cestas estaban vacías, acompañado de un niño descalzo. Era Mateo, que se dedicaba al transporte de hielo en la ciudad y que vivía en el barrio de los gitanos, en la colina del Sacromonte. Mateo le explicó que habían ido a verlo a su consulta y que al final les habían dado la dirección en la que podrían encontrarlo.

—Nos ha dejado venir su mujer —precisó—. Es una urgencia, doctor —añadió el hombre para justificar su insistencia ante la mirada reprobadora del médico.

Pinilla señaló las calvas que lucía la cabeza del niño.

—Solo es sarna —anunció—. Nada malo.

—No es por él. Es Kalia, ¡está a punto de parir!

Mateo, que llevaba muchos años viudo, se había enamorado tan súbitamente de una gitanilla nada más verla bailar que había quien afirmaba que lo había hechizado. Ella, empecinada en rechazar todas las propuestas de matrimonio, y más si provenían de un payo veinte años mayor que ella y sin una perra, había en cambio aceptado su presencia en su casa como el hombre para todo, sin ningún otro derecho ni ninguna otra esperanza que los de poder vivir cerca de su amada, cuyo amante a su vez era el jefe de la comunidad, venerado y temido por todos. Así, cuando el príncipe de los gitanos la dejó encinta sin ninguna consideración por su parte, Mateo había tomado como su deber adoptar el papel del padre, lo cual había hecho que el clan al completo del Sacromonte lo aceptase definitivamente como uno más.

—¿Parir? Pero si queda un mes para que llegue a término —objetó Pinilla.

—Yo no sé nada, ha mandado al crío a buscarme. Está sangrando, la criatura no puede salir y ella nota que hay complicaciones, ya entiende usted. Si no, no me habría mandado llamar, ¡venga, le digo, venga!

«Pero ¿por qué todos los niños se empeñan en nacer esta semana? —se dijo el médico—. ¡Ni siquiera tengo mis instrumentos!»

—¡Puedo pagar! —afirmó el hombre, creyendo que el otro vacilaba—. He vendido toda la mercancía.

—Lo sé, Mateo, ese no es el problema, es que tengo que pasarme por mi gabinete...

—¡No! ¡Monte en la mula! —dijo el hombre, enojado—. ¡No hay tiempo!

Pinilla dudó de si reñir al desvergonzado, pero nunca había visto en semejante estado al plácido Mateo.

—Vamos —accedió secamente—. Pero de ninguna de las maneras me voy a subir a lomos de su mula —añadió para tener la última palabra.

Mateo ya había dado media vuelta.

Anduvieron más de quinientos metros por una calle estrecha a orillas del Darro flanqueada por casas altas, detrás de las cuales se alzaban los restos de las murallas de la ciudad de la Alhambra. El médico señaló a Mateo lo bajo que iba ya el río, señal de que el verano sería tórrido. Él respondió asintiendo varias veces con la cabeza y se paró para sentar a lomos de la bestia al niño, que los seguía a duras penas.

Las casas fueron espaciándose poco a poco hasta terminar desapareciendo. La calle ya no era más que un camino sinuoso que discurría por la vaguada de un valle angosto. Los dos hombres habían dejado de conversar y se concentraban en la marcha. Iniciaron el ascenso de la colina por una pista de tierra, en la que cada vez había menos vegetación. Llegados a la cima, descansaron para recuperar el aliento en lo alto de un promontorio con forma de terraza. A un centenar de metros de allí, la vertiente meridional del Sacromonte estaba trufada de entradas a cuevas que se extendían, irregulares, sobre cuatro niveles, conectadas entre sí por caminos hoyados en la pendiente misma o por pasarelas rudimentarias. Las viviendas estaban horadadas en la colina y contaban con un tejadillo de caña en el caso de las más acabadas. En cuanto detectaron su presencia, salieron decenas de gitanos, creyendo que se trataba de alguno de los grupitos de turistas aquejados de exotismo que con frecuencia se aventuraban a ir a las tierras de los bohemios. El lugar, que unos minutos antes parecía deshabitado, se llenó de vida.

—Hemos llegado —dijo Mateo volviéndose hacia Pinilla y sonriéndole por primera vez desde que echaron a andar—. ¡Bienvenido al hogar de los gitanos, doctor!

—¡Por aquí, deprisa! —les gritó una voz en la entrada de uno de los cuchitriles más apartados—. ¡Kalia se va a morir!

3

Bönickhausen acechó los rededores, en los que no parecía haber un alma, se guardó el cuchillo en el bolsillo y fue con el mayoral. Ramón estaba solo, plantado delante del tiro. Unos metros delante de él, un contenedor metalizado bloqueaba el camino. Tenía forma ovalada y ocupaba todo el ancho del paso, se alzaba dos metros desde el suelo y estaba envuelto en una malla, cuyo extremo se perdía más allá de la hilera de chumberas. Se quedaron mirando en silencio el objeto, que permanecía inmóvil pese a las arremetidas del levante que barría el llano. Un halo de vapor rodeaba el cascarón, como el calor que se escapa de la carcasa de una bestia abatida.

Se acercaron con prudencia al artefacto y dieron una vuelta alrededor.

—¡Madre de Dios! ¿Esto qué es? —exclamó Ramón en español.

—No lo sé, pero creo que hemos encontrado nuestra estrella —respondió Bönickhausen en francés—. Se diría una especie de aeróstato. Pero no veo ninguna barquilla.

Se fijó en que había una brecha en la pantalla vegetal y se metió rápidamente por el hueco.

—Aquí está —avisó—. Es minúscula.

Su cabeza asomó de nuevo por un saledizo que había entre dos chumberas.

—Es demasiado pequeña para que quepa un hombre, pero han metido dentro un cilindro de metal que contiene un instrumento. Creo que tenemos ante nosotros un experimento científico, un globo perdido —anunció, entusiasmado.

—¡Un chisme del diablo, sí! —gruñó Ramón—. Un cachivache diabólico caído del cielo que nos impide pasar.

Se acercó al artefacto preguntándose cómo se las ingeniarían para desbloquear la ruta aupándolo por encima de la hilera de cactus. «La malla de la funda podría servirme para agarrarlo —pensó—. Pero va a hacer falta que mi cliente me ayude a levantarlo.»

Llamó al ingeniero, que no respondió.

—¿Por dónde ha pasado este? —masculló.

Se dirigió al seto y a continuación volvió sobre sus pasos; se bastaba él solo. Ramón se escupió en las palmas de las manos, se las frotó y las acercó al artefacto.

—¡No se le ocurra tocarlo! ¡Se va a quemar!

Bönickhausen había vuelto a la berlina y le hacía aspavientos.

—¿Qué? ¿Está demasiado caliente? —preguntó Ramón mirando el extraño humo que envolvía el globo.

—¡No, al contrario! ¡Demasiado frío! Aquí traigo algo para taparlo —dijo el ingeniero mostrándole el pañuelo de lana que había sacado de su baúl.

Ramón se encogió de hombros: montones de veces había recorrido

Sierra Nevada y cogido nieve a manos llenas sin lastimarse. Decididamente, los ingenieros estaban más dotados para tomar apuntes que para sobrevivir en un medio hostil. Cuando Bönickhausen se puso a su lado, acercó las manos y sintió el frío que exhalaba el globo. Dudó, pero su orgullo le impedía retroceder.

—¡Yo de usted no lo haría! —resonó una voz detrás de ellos.

El cochero detuvo en seco su tentativa y se dio la vuelta hacia el recién llegado.

—Hola, señor —dijo Ramón como queriendo tranquilizarlo, con las manos en jarras y actitud de tener dominada la situación.

Lo cual no era cierto. La presencia de ese casco que no había que tocar por razones misteriosas y de un extraño que aparecía a su espalda sin previo aviso, junto con esos dos muros de chumberas llenas de pinchos que hacían imposible huir de allí, lo inquietaban. Todo aquello parecía una trampa.

—Hola, amigos —respondió el hombre a lomos de su mula—. Su compañero tiene razón al avisarlo. Iba usted a quemarse.

El desconocido se apeó ágilmente y los saludó con su cubrecabezas, un curioso gorro de fieltro flexible, que a continuación usó para sacudirse el polvo de la ropa. Lo enrolló, se lo metió por el cinturón y sonrió. Era un tipo grandullón de rostro juvenil debido en parte a unas facciones finas de una simetría perfecta. Su bigote, que parecía dibujado a lápiz, se completaba con una perilla recortada con primor. Los cabellos, por el contrario, eran insólitamente largos y, echados hacia atrás sin sujetar, le tapaban por completo la nuca, mientras dos mechones rebeldes batallaban con el viento en la frente. El conjunto desprendía elegancia aventurera. Se acercó al ingeniero.

—Me llamo Delhorme, Clément Delhorme.

—Gustave Bönickhausen. De París —precisó el ingeniero.

En comparación, Bönickhausen era mediano de estatura y de complexión robusta. Sus cabellos tupidos, peinados hacia atrás someramente, dejaban al descubierto una frente lisa, y su mirada, rebosante de seguridad en sí mismo y que interrogaba permanentemente a aquellos con quienes se cruzaba, denotaba gran lucidez intelectual. La sotabarba, bien arreglada, se comía una pequeña porción de las mejillas, conectadas entre sí por el bigote a la altura de la comisura de los labios. Su fisonomía transmitía fogosidad controlada y carisma protector.

«Hete aquí un hombre que sabe lo que se hace —se dijo Ramón, admirativo—. El otro gringo, en cambio, es tan imprevisible como un caballo loco —concluyó, observando al recién llegado.»

El apretón de manos entre los dos franceses fue franco y vigoroso. Ramón, que vigilaba los alrededores por temor a ver aparecer de pronto una banda de cómplices, no juzgó útil presentarse.

—¿Y usted, amigo mío? —preguntó Delhorme en un castellano intachable—. ¿Puedo saber el nombre de a quien acabo de salvar los dedos?

—Se llama Ramón Álvarez —respondió Bönickhausen en su lugar—. Menos cuarenta grados, ¿correcto? —preguntó señalando el casco, que había perdido volumen desde que llegaron—. He visto la lectura del instrumento que se halla dentro de la barquilla. Está a una temperatura de menos cuarenta grados, ¿es así?

—Exacto —respondió Delhorme rodeando el artefacto—. Aunque se haya recalentado durante la caída, sigue estando muy frío.

—¡Qué disparates dicen, eso es imposible! —intervino Ramón, que se había acercado y deseaba desenmascarar la impostura—. ¡Qué va a hacer tanto frío en el cielo! —agregó, buscando el refrendo de su pasajero.

—Yo no sé nada —confesó Bönickhausen.

—¡Si fuese así, todas las nubes se habrían transformado en hielo! —arguyó Ramón.

—No va desencaminado, señor Delhorme. ¿Cómo lo explica usted? Clément miró al cielo.

—Es cuestión de altura —dijo él con aire angelical.

—¿Quiere decir que su globo sobrepasó la altitud de las nubes?

—¡Ya lo creo que sí! —respondió él, lanzándoles una mirada maliciosa y altiva.

—¿Varios cientos de metros? —apuntó Bönickhausen.

Delhorme le indicó con un ademán que su estimación quedaba lejos de la real. Ramón, a quien el juego no divertía, los dejó para ir a ocuparse de sus bestias, que habían empezado a comer los frutos rojos de las chumberas.

—¿Mil metros? —sugirió el ingeniero, e hizo un mohín al ver la mano de Delhorme, que reclamaba una cifra más elevada.

—A esa altura sigue habiendo unos grados por encima de cero —puntualizó este último, divertido.

—¿Dos mil?

—No.

—¿Cinco mil?

—El aparato que ha consultado es un barotermógrafo. Haga usted los honores.

Bönickhausen se precipitó a por el instrumento de registro que había quedado en la barquilla. Se había preguntado a qué correspondía el trazo de encima de las temperaturas: indicaba la presión barométrica, a partir de la cual se podía deducir la altitud del globo a lo largo de toda su trayectoria.

Delhorme aguardaba con una sonrisa en los labios.

—¡La conversión! —le gritó el ingeniero desde detrás del seto—. ¿Cuál es el factor de conversión?

—Un centímetro por kilómetro.

—¡Dios del cielo! —exclamó Bönickhausen—. ¡Ocho mil quinientos! ¡Ha subido a más de ocho kilómetros!

Ramón, que escuchaba aguzando bien el oído mientras fingía indiferencia, escrutó el cielo con gesto de incredulidad.

—Pero ¿cómo es posible? —siguió Bönickhausen volviendo a mirar al francés—. Sí que es usted un personaje extraño, señor Delhorme —añadió sin dejarle tiempo para responder.

Delhorme se había vuelto para rebuscar en el interior de la bolsa colgada en el flanco de su mula, de la que sacó un par de guantes de tela gruesa. Cogió el gorro del cinturón, lo estiró y se lo caló en la cabeza, echándoselo hacia atrás desde la frente.

—Siento las molestias causadas por mi globo extraviado. Pero, para serle sincero, me contento con que no haya caído en plena montaña. En menos de una hora les dejaré la vía despejada. Solo necesito esperar a que vuelva a subir su temperatura lo suficiente para poder doblar el tejido sin rasgarlo.

—Pero ¡qué contrariedad! —se rebeló Ramón, que había contado con llegar antes de que cerrase la casa de correos para enviar un billete a su mujer, cuya confianza en él estaba también por debajo de cero—. Señor Bönickhausen, daremos media vuelta y rodearemos el seto, hay un paso dos kilómetros más arriba.

—No lo conseguirá —le advirtió Delhorme después de echar un vistazo rápido a la berlina.

—¡Desde luego que sí! —replicó el mayoral—. Voy a desenganchar a mis bestias, les haré dar media vuelta, luego giraremos mi diligencia, reengancharé el tiro y ¡listo!

El francés se puso los guantes, se dirigió hasta la brecha abierta en el seto y, una vez allí, se volvió.

—Yo no he dicho que no pueda dar media vuelta. Pero, cuando se haya metido por ese campo, teniendo en cuenta el peso de su vehículo, la anchura de las ruedas, de aproximadamente dieciséis pulgadas, su coeficiente de fricción, digamos dos décimas, la fuerza de tracción de sus animales y las características del terreno, una arcilla roja mezclada en un diez o veinte por ciento con arena, tienen todas las de acabar atascados al pie de un olivo. Eso por no hablar del agotamiento de las mulas, que a cada latigazo iracundo de su parte reducirán la potencia en varias decenas de vatios. Dicho esto, señores, les deseo tengan ustedes buen viaje.

El diálogo había hecho mucha gracia a Bönickhausen.

—Vamos, Ramón, qué importa una hora más, Granada era nuestra etapa de esta noche.

—También yo voy allí —indicó Delhorme, que había desaparecido detrás del muro de chumberas—. Están a dos horas de ruta. Y digo bien de ruta, ¡que no de campo!

—En ese caso, ¿quiere hacer el trayecto hasta Granada con nosotros? Mi cochero y yo lo ayudaremos a recuperar su material y usted me lo contará todo en el coche. ¿Qué le parece?

Ramón abandonó la partida antes incluso de escuchar la respuesta de Delhorme. No podía luchar contra la voluntad de dos franceses cabezotas, sujetos a chifladuras tan alejadas de sus preocupaciones como la altitud del maldito globo que se alzaba ante él. Encendió un Braserillo y se acercó al casco, del que ya casi no salía vapor. Se le había ocurrido una idea para acelerar su regreso.

—Verdaderamente muy ingenioso —admitió Bönickhausen examinando el aparato que Delhorme sostenía en la mano cuando los dos hombres se hubieron puesto en cuclillas delante de la barquilla.

—Una simple cápsula de Vidi a la que he agregado un cilindro con papel enrollado alrededor. También hay un termómetro de alcohol. Ambos van atados a unos estiletes que dejan un trazo de tinta en el papel.

—Pero ¿dónde está el movimiento de relojería?

—Dentro del cilindro.

—Así, con este sistema, puede conocer la temperatura para cada altitud...

Delhorme desprendió el cilindro con cuidado de dejar dentro el rollo de papel de registro y lo depositó en un cofrecillo, en cuyo interior había un estuche de vidrio con las dimensiones exactas para guardarlo en él.

—Durante mi primera prueba, el casco alcanzó una altura de setecientos metros, pero a partir de ahí la tinta empezó a congelarse. No fue un gran logro, pero sobre todo me alegré muchísimo al haber recuperado el material intacto. Desde entonces lo he adaptado todo a estas temperaturas extremas.

Al otro lado del seto Ramón se afanaba con gran estrépito. Bönickhausen percibía su descontento en cada uno de sus gestos, pero había decidido hacer caso omiso. El encuentro fortuito que acababa de vivir, en aquel rincón perdido entre Sierra Nevada y la llanura de la Vega, había agudizado su curiosidad por los aeróstatos. Acribilló a Delhorme a preguntas. Y este no se hizo de rogar para responderlas, mientras proseguía con el desmontaje de sus instrumentos. Cuando se quitó los guantes para desatornillar los dos estiletes de su soporte, Bönickhausen se fijó por primera vez en su alianza.

—Todavía está bastante frío —comprobó, y se echó el aliento en las manos—. Al principio, me dejaba muchas veces la piel de los dedos. Ahora ya me he acostumbrado.

—¿Y qué opina de todo esto su señora esposa?

A Clément Delhorme se le iluminó la cara como un sol.

—Pues que estoy loco por querer explorar la atmósfera y que ya hay suficientes cosas que descubrir sobre la tierra. Pero yo creo que le encanta esta locura. Mi mujer es un ser excepcional... ¡y no puedo hacerla esperar! ¿Quiere ayudarme a desatar estos cables? —preguntó señalando las cuerdas trenzadas que iban prendidas a los orificios de la barquilla.

Bönickhausen le pidió que le explicara cómo proceder, entonces se puso los guantes y enseguida dio con el gesto adecuado.

—¿Cuántas pruebas lleva hechas? —le preguntó el ingeniero desatando el primer cable.

—Esta es la undécima. Y solo he perdido mi aeróstato una vez. Una tormenta imprevisible. Los vientos cambiaron de dirección. No pude seguirlo. Sabe Dios las importantes informaciones que hubiese podido aportarme —dijo, y se puso a contar la cantidad de tornillos y de tuercas que dejaba el desmontaje de los instrumentos.

—Entonces ¿es por esta razón por lo que lo pintó de color plata, para que reflejara la luz del sol como un espejo?

—Justamente —respondió distraído Delhorme—. ¡El recuento es correcto!

Guardó las fijaciones dentro de una bolsa de fieltro fino como si se tratasen de alhajas y las dejó al lado del cilindro, tras lo cual cerró el cofrecillo.

—Salvo que no solo está pintado —puntualizó—. Además he pegado unos cuadrados de aluminio en una parte del tejido.

—¡Diantre! ¿Aluminio? ¡Pero si cuesta tan caro como el oro!

—Compré un rollo entero en la fábrica de Salindres.* Ahora entiende por qué no puedo permitirme perderlo.

Bönickhausen acarició el cuerpo del casco que se había vuelto flácido y solo entonces reparó en los cuadraditos de metal encolados a la tela plateada, así como en un silbido apenas perceptible que provenía de la base. El sonido salía de una trampilla de metal llena de orificios descubiertos parcialmente.

—Ingenioso su sistema de control del aire caliente. Cuando se abre más o menos la trampilla, el globo pierde altitud, ¿correcto? De este modo, evita que se quede en el aire a cien kilómetros o más.

—No anda usted lejos de la verdad: he instalado un segundo sistema de relojería que se pone en funcionamiento al cabo de dos horas y provoca la apertura de esta válvula. Pero se equivoca en un detalle: no se trata de…

Delhorme se calló de pronto, arrugó las cejas y olfateó el aire con ahínco.

—¿Qué ocurre? —preguntó Bönickhausen, inquieto.

—Su cochero nos va a traer problemas —afirmó, cogiendo raudo una cuerda—. ¡Dígale que pare inmediatamente!

—¿Que pare el qué?

* Cerca de Alès. Primera fábrica en el mundo que produjo aluminio de forma industrial a partir de 1860.

Bönickhausen se asomó a mirar por encima de las chumberas y vio que Ramón acababa de encender una hoguera cerca del casco. El mayoral levantó los brazos en señal de victoria al ver al ingeniero.

—Enseguida se calentará —gritó, ufano de su ocurrencia.

El ingeniero lanzó una mirada a Delhorme, que se apresuraba a cerrar de nuevo la trampilla.

—¡Dígale que apague inmediatamente el fuego! —repitió.

—Pero ¿ puede decirme qué pasa?

—El gas. No es aire caliente.

—¿Ah, no?

—No. Es hidrógeno.

—¡Aire inflamable! —exclamó Bönickhausen al darse cuenta del peligro.

Comprendió que Delhorme no había previsto ningún sistema para contener el gas una vez que la caja se abría. Cuando a voces ordenó a Ramón que apagase las llamas, al mayoral le entró el pánico y huyó a todo correr. Bönickhausen se abalanzó sobre el montón de ramas encima de las cuales comenzaba a danzar un fulgor de color ámbar.

4

Cuando el doctor Pinilla salió de la casa de la gitana, un hilillo de humo negro se elevaba a lo lejos en la planicie de la Vega y se diluía en el azul inmaculado del cielo. Se quedó admirando las vistas de toda la región que ofrecía el Sacromonte, el único atractivo del lugar. Por lo demás, la colina de los gitanos reunía todos los aspectos de la miseria humana.

Un gallo pasó cerca de él e intentó picotearle un cordón de los zapatos, que tomó por un gusano. Un perro persiguió al gallo en medio de una nube de polvo y ladridos. Dos niños, sentados medio desnudos en el umbral de una de las cuevas, rieron ante la escena y salieron corriendo a continuación a por el gallo, que terminó por subir aleteando hasta el nivel de la terraza superior.

El médico estaba satisfecho con el resultado de la operación. Se bajó las mangas, sacó los gemelos del bolsillo de los pantalones y se los puso. Por encima de él, el reloj de la abadía del Sacromonte dio cinco toques secos. El alumbramiento no había tomado más de dos horas.

Cuando había llegado, la mujer estaba tumbada sobre una lona de yute rellena de hojas secas que hacía las veces de lecho. La cueva constaba únicamente de una pieza iluminada por la luz del sol, que se filtraba por la puerta, y por una lumbrera horadada en el techo. Depositó su maletín encima del único mueble, una mesa con las patas hechas con ramas burdamente talladas, y pidió a Mateo que le llevara un barreño de agua «bien caliente», se sintió obligado a precisar. El vestido de Kalia, subido, estaba empapado de sangre, al igual que la tela de yute alrededor de sus piernas desnudas. El médico tiró de la tela del vestido para cubrir las piernas de la paciente, se sentó a su lado y, mientras iba explicándole sus movimientos, la examinó a tientas.

Había roto aguas la víspera, el trabajo de parto había comenzado, pero el feto aún no estaba encajado. Al ver la estrechez de la pelvis de su paciente, Pinilla hizo inmediatamente el diagnóstico: la cabeza de la criatura se había quedado bloqueada en el estrecho superior y no podría salir sin ayuda. El médico no había dudado un instante y había mandado a Mateo que fuera a por sus instrumentos y a por algo de cornezuelo.

Fue precisamente Mateo quien lo sacó de su ensimismamiento al llevarle el gabán. Delante de ellos la lejana columna de humo tan solo era un trazo y había pasado del negro al blanco, dejando una cicatriz grisácea en el azul límpido del cielo. El médico se adelantó a la pregunta que el hombre no se atrevía a hacer, sin duda por miedo a que les trajese mala suerte.

—Ha perdido mucha sangre, mucha. Necesita reposo y comer carne.

—Por el reposo no hay problema —empezó a decir Mateo bajando los ojos.

—Hablaré con el carnicero de la calle Panaderos. Les reservará hígado de ternera. Vaya dos veces a la semana mientras ella esté amamantando. Es primordial para ella y el crío.

—Gracias, doctor —dijo Mateo mirándose los zapatos y moviendo la cabeza—. Gracias.

—No me las dé: usted me entregará hielo durante todo el verano, así que soy yo el que sale ganando —bromeó Pinilla echándose por encima la capa—. Vaya con ella, lo necesita.

—No puedo, está él —respondió Mateo señalándole la entrada a la cueva.

«Él» era Antonio Torquado, el príncipe de los gitanos, al que Mateo parecía temer y detestar con igual intensidad.

—Pues le voy a decir dos palabritas al padre —anunció el médico.

El hombre lo sujetó del brazo.

—No, no hace falta. De todos modos, el padre soy yo. Lo han decidido ellos. Y está bien así —añadió sin relajar la presión en el brazo.

—Como quiera —dijo Pinilla recuperando su libertad—. Entonces, cuide bien de los suyos, Mateo.

El médico bajó la colina sin volverse y se cruzó con un grupito de tres turistas ingleses que, al igual que la mayoría de los visitantes, después de maravillarse ante la belleza de la Alhambra, terminaban la jornada dándose una vuelta por el Sacromonte con el fin de comprobar si las descripciones de los relatos de viajes sobre el estado de desposesión de los gitanos eran fundadas o exageradas. Esa zambullida en la miseria a cambio de un puñado de duros repartidos irritaba al médico, pero los bohemios se avenían mejor que él. Regresó a la ciudad a pasos rápidos, a lo largo de la muralla hasta Plaza Nueva y desde allí se permitió dar un rodeo por la calle Zacatín, llena de tienduchas que ofrecían toda clase de trajes, sombreros, guantes, telas y joyas. Apreciaba el aspecto tortuoso y colorido del lugar, donde la estrechez de la calleja, unida a los puestos sobrecargados, no dejaba más que un paso angosto al gentío siempre presente. Le encantaba dejarse llevar por él, y levantar la vista hacia los tejados que, sobresaliendo de las fachadas, parecían a punto de tocarse. Pinilla compró en una orfebrería un medallón con la imagen de la Virgen y el Niño. Y juzgó que la recreación de los personajes estaba verdaderamente bien lograda.

Él vivía en la ciudad baja, en la calle Párraga, no lejos del paseo de la Alameda, que ya no frecuentaba desde hacía años, harto de que sus pacientes o los familiares de estos le parasen para preguntarle acerca de sus problemas de salud como si de un gabinete al aire libre se tratara. Pinilla entró por la puerta de servicio para evitar el patio en el que se encontraba su mujer echando partidas de naipes con su hermana, como cada día a la misma hora. Deseaba escribir sin tardanza el informe de su operación, del que se sentía orgulloso y que transmitiría a sus colegas del hospital San Juan de Dios para que lo expusieran en clase a los estudiantes. A fin de cuentas, si la gente lo escogía siempre para los alumbramientos difíciles, ¿tal vez se debía a que era el mejor? Ahuyentó la idea pidiendo perdón a Dios por su vanidad pasajera, besó el medallón y lo dejó sobre el velador del vestíbulo.

Mientras recorría la galería cubierta oyó a su mujer y otra voz femenina que no reconoció, cuando le llegó del patio un aroma a chocolate mezclado con olor a cigarrillo. El médico se escabulló a su despacho procurando no hacer ruido al cerrar la puerta, se sentó a su secreter y sacó su caja de plumines, entre los que escogió una plumilla Blanzy Poure. Prefería las plumas francesas a las españolas o las inglesas, más por las ensoñaciones que le inspiraban que por la calidad de su acero. Ese era su placer, tanto que él mismo se preguntaba si su afición a redactar informes no se debía simplemente a su pasión por la caligrafía. Había elegido un plumín con una «N» grabada rodeada por una corona de laurel, los símbolos de Napoleón, al que admiraba discretamente, aun cuando el emperador francés hubiese abandonado España cincuenta años antes y ya no fuese un motivo de discordia en Granada. Abrió el tintero y aspiró el aroma relajante de los pigmentos impregnados de lino y de cera. El negro líquido actuaba en él como una droga que lo ponía de buen humor. Amaba también el olor de la tinta de su diario, aunque más vegetal y menos potente de cuerpo, y se sabía capaz de diferenciarlas con los ojos cerrados. Después de aspirar por última vez el aroma del tintero, comenzó la redacción de su intervención.

> En el día de hoy he practicado, con éxito, una sinfisiotomía en una paciente de veintiún años, en el octavo mes de preñez, pero con una pelvis tan estrecha, de tan solo dos pulgadas y cuarto en el diámetro antero-posterior, que el niño no podía pasar.

El médico apreciaba particularmente cómo se deslizaba la Blanzy Poure, que encauzaba siempre la tinta en cantidad homogénea y regular. Era igual de puntilloso respecto de la calidad del papel.

> Hay momentos en que el pudor debe dejar paso a la necesidad y he pedido a mi paciente que se subiera la ropa para poder administrar los cuidados en las mejores condiciones. No siendo partidario del empleo del cloroformo, que complica el parto y obliga al uso de fórceps, he practicado la incisión de la sincondrosis interpubiana...

Se detuvo para ornar su descripción con las palabras más exactas, hizo un buen número de tachones y cambió algunos términos hasta que estuvo satisfecho con el resultado.

> … en el transcurso de la cual se oyó un chasquido bastante fuerte y se produjo una separación de dos pulgadas entre los dos púbicos. Se administró una dosis de centeno atacado de cornezuelo y la mujer dio a luz una hora después a un niño vivo, tras lo cual apliqué hilas en la herida y realicé un vendaje de cuerpo con sota-muslos. La paciente deberá guardar cama de uno a dos meses.

Concluyó ponderando los méritos de la operación comparada con la cesárea, con el propósito de cerrarles el pico a los últimos detractores de la sinfisiotomía, al tiempo que se preguntaba qué clase de pluma utilizaba Victor Hugo para escribir sus novelas.

—*Granada pinta sus casas de los más ricos colores* —recitó en voz alta.

Pinilla era un admirador incondicional del gran hombre y le apasionaba declamar sus declaraciones de amor a la ciudad de Granada. Se regocijó al pensar que esa misma noche se reencontraría con los personajes de *Nuestra Señora de París*, que estaba leyendo por segunda vez. «Mateo sería un buen Gringoire —pensó, divertido—. Estoy seguro de que Victor Hugo tiene Blanzy Poure —pensó a continuación dando uno de esos saltos mentales que ejecutaba como nadie—. Puede que hasta tenga un modelo con su nombre. ¡Indagaré, claro que sí!»

Su mujer entró sin llamar y ambos se sobresaltaron al ver al otro.

—Pero ¿qué hace aquí, querido? —preguntó ella llevándose la mano al corazón con ademán histriónico.

—¿Por qué no ha llamado?

La señora Pinilla abrió su abanico y lo accionó con muñeca experta.

—¡Oí ruido pero no pensé que hubiese vuelto!

—¿Y a quién, si no, quería encontrar? Este es mi despacho, querida mía —replicó él después de haberse tomado el tiempo de depositar delicadamente el portaplumas en su estuche.

—¡Se esconde para no ver a mi hermana, como de costumbre! —arguyó ella, convencida.

—Yo no me escondía, tengo una tarea urgente que terminar —dijo él agitando ostensiblemente la hoja para secarla.

El gesto estaba pensado para poner punto final a la conversación, pero su mujer insistió:

—Vamos, confiese, si no habría venido a saludarme.

—No... Tal vez —concedió él para terminar con ello.

—¡Lo confiesa, magnífico!

Se apoyó en el marco de la puerta y añadió:

—Sepa que no estaba con mi hermana, sino con una de sus pacientes. Paciente a quien le había dado cita y de la que se había olvidado.

—¿Quién, si se puede saber?

—La señora Delhorme, la francesa guapa.

—¡Dios mío, es verdad! —exclamó él llevándose las manos a la cabeza—. Para ser su primera cita, se va a llevar una opinión bien pobre de mí. Pero qué se le va a hacer —se resignó, recobrando su flema—. Sin mí, la gitana estaría muerta. ¿Ha pedido otra cita?

—No.

—Entonces es que su estado no lo necesitaba —concluyó él levantándose para cerrar la puerta con la esperanza de que se marchara.

La señora Pinilla no se movió. Le hacía gracia contrariar a su marido, empecinado en quedarse a solas. Este decidió jugarse el comodín sin esperar a otra ocasión:

—Por cierto, me pasé por el joyero de Zacatín y le he traído un medallón que la espera en el vestíbulo.

Ella se lo agradeció fríamente, herida ante lo burdo del artificio, y cerró la puerta después de salir. Él se avergonzó de su subterfugio. Pero ¿qué podía hacer él, si estaba deseoso de quedarse a solas? Ella tenía que ser la primera en entenderlo, después de tres lustros de matrimonio. Volvió a su secreter y gruñó: la tinta se había secado en la pluma, iba a tener que limpiarla. Su mujer reapareció sin previo aviso.

—Gracias por el regalo. Rezaré a Dios por su generosidad —le lanzó en un tono que él no supo interpretar—. Por cierto, la señora Delhorme no ha pedido otra cita porque aún espera. En el patio.

«El apelativo no era nada desatinado: ¡qué mujer tan guapa, a pesar de su estado!», pensó Pinilla sonriendo a Alicia Delhorme después de deshacerse en excusas. La invitó a pasar a su gabinete, que desde los primeros calores se había trasladado a sus cuarteles de verano a ras de la calle. Su rostro era de una belleza que hubiera dado envidia a Esmeralda y a su creador. Un dechado de equilibrio y dulzura. Su boca con forma de alas de ángel realzaba su carácter bondadoso que él sabía no era fingido. Sus pómulos salientes acentuaban la leve depresión de sus mejillas, mientras que su nariz, semejante a la de un niño, evocaba las ninfas de un cuadro de Poussin. Sus ojos de color esmeralda paseaban una mirada franca y limpia que nunca se detenía mucho rato en un punto, una mirada que el médico comparaba con las olas argénteas del Genil, cuyas aguas provenían de las nieves perpetuas de Sierra Nevada. Pero lo que más llamaba la atención de los granadinos desde la llegada de la pareja, tres años antes, era su cabellera impresionante, negra y ensortijada, que le llegaba muy por debajo de los hombros y que se hubiese dicho heredada de una antepasada morisca. Le habían contado que tenía sangre andaluza por parte de padre, y eso, además de sus cabellos y de su nombre de pila español, había facilitado su integración y la de su marido.

En el paseo de la Alameda los rumores corrían como la pólvora y algunos habían querido ver en ella una pariente lejana de Eugenia de Montijo. Todos coincidían en decir que no era del todo extranjera, pese a que de sus verdaderos orígenes nadie sabía nada. Sobre todo teniendo en cuenta que el gobernador de la Alhambra le había encomendado el cuidado de los palacios reales, sucediendo en ello a Antonia Molina, la tía Antonia de los granadinos, quien había velado celosamente su tesoro durante decenios, y eso había terminado de convencerlos de la importancia de la bella francesa. La hermana de la señora Pinilla creía saber que tenía estudios y que era especialista en la civilización árabe, pero ninguno de los profesores de la universidad interrogados había podido ni confirmar ni invalidar la extraña información. Lo cierto era que la pareja vivía en uno de los palacios abandonados de Granada, que su marido pasaba el tiempo inflando globos para lanzarlos al cielo y correr después tras ellos y que ella pasaba el suyo en la Alhambra, ayudando al arquitecto Contreras a reparar siglos de daños y pillajes.

Pinilla se volvió de espaldas a ella mientras la dama se desvestía, se puso a rebuscar en un cajón sus instrumentos médicos y esperó a que ella estuviese tumbada para darse la vuelta.

—¡Por todos los santos! —exclamó al descubrir el vientre de su paciente.

No había necesitado su ojo clínico para darse cuenta de las redondeces que el vestido, aun siendo holgado, no disimulaba ya, pero el abdomen tenía un volumen como no había visto nunca antes, enorme e hinchado.

—Es un embarazo excepcional —confesó él palpándolo—. Querida señora, tiene un vientre equivalente a los de mis dos últimas parturientas juntas. ¿Cuántas semanas de gestación?

—Veintisiete semanas cumplidas —respondió ella, acechando su reacción.

—Solo siete meses… Sabe lo que puede significar, imagino.

—Sí, me he preparado y por eso es por lo que vengo a verlo. A juzgar por el jaleo que hay aquí dentro, ¡no pueden ser sino dos! —dijo ella entornando los ojos y acariciándose el vientre como si fuera la cabeza de un gato.

La situación no parecía impresionar a la señora Delhorme, cosa que lo tranquilizó de cara al día del alumbramiento. El doctor Pinilla acababa de comprarle a Constantin Paul, un colega francés, un estetoscopio nuevo de su invención que iba a permitirle discernir mejor los latidos del corazón de los fetos.

—Y comprobar su buen estado de salud. Será la primera en beneficiarse de él —añadió, sacándolo de su estuche.

—He aquí un progreso médico que agradaría a Clément —comentó ella.

—¿Clément? —preguntó el médico con falsa ingenuidad.

—Mi marido y amante esposo, el padre de estos gemelos que pronto le impedirán correr en pos de sus globos para jugar con los de ellos.

Él sacudió la cabeza al imaginar la escena, mientras cogía el tubo de caucho galvanizado que formaba el cuerpo del estetoscopio. Atornilló en uno de los extremos una bocina de marfil con forma de pabellón de trompeta e introdujo por el otro extremo, bífido, dos tubos blandos, del diámetro de su conducto auditivo, cuyos extremos se metió cada uno en una oreja. La señora Delhorme soltó una risita.

—Debo de parecer un animal exótico —admitió él sin darse cuenta de que elevaba la voz—. Pero este instrumento podrá prestar grandes servicios, créame.

Desde el momento en que apoyó el pabellón abocinado en el vientre de su paciente, comprendió lo que pasaba. Recorrió varias zonas del abdomen para mayor seguridad, pero lo que percibía claramente no dejaba lugar a dudas sobre su diagnóstico. El día seguía trayéndole sorpresas surrealistas.

—Querida señora, tengo una noticia que darle en relación con sus gemelos. Desgraciadamente, no creo que podamos considerarla buena.

5

Ramón seguía que echaba las muelas: cuando su cliente había reaparecido detrás del seto de chumberas, le gritó que se apartara corriendo del fuego. Bönickhausen había confundido apartar con apagar, estaba seguro, y al obedecer se veía en esos momentos sospechoso de cobardía. Ramón estaba convencido de haber sido víctima de una injusticia que debía repararse, sobre todo teniendo en cuenta que nadie había resultado herido. El ingeniero se había precipitado a apagar el fuego con ayuda de su prenda de abrigo, después los dos franceses habían vaciado el hidrógeno del globo y finalmente habían plegado la tela. Habían mantenido a Ramón a distancia y le habían prohibido fumar. «Ellos son los cobardes, se han puesto como locos por nada», se dijo, seguro de sí.

Se envaró e hizo restallar el látigo por encima de Bandido y Capitán, que las estaban pasando moradas con el exceso de carga. El casco y la barquilla habían quedado sujetos al techo del habitáculo, mientras que la mula del invitado trotaba detrás, atada con una cuerda larga. Habían intentado enganchar al animal, pero este se había resistido tanto y tan bien que el cochero había desistido por temor a que sus propias bestias siguieran su ejemplo. No solo el señor Delhorme y sus bártulos añadían peso a la berlina, que no había sido concebida para semejante cargamento, sino que además su bestia se lo tomaba con la misma parsimonia que los pasajeros.

En el momento de partir, los tres hombres habían oído a lo lejos una detonación seguida de la aparición de una columna de humo que se había elevado como un trazo hacia el cielo. Se miraron, presas de una inquietud retrospectiva, y a continuación Clément Delhorme bromeó jurando que él no tenía nada que ver. A pesar de la prohibición de fumar que los franceses habían mantenido para todo el trayecto, Ramón prendió un Braserillo que lo serenó un tanto. La ruta, sinuosa hasta la llegada al llano de la Vega, se había vuelto más ancha y recta y la fina nube provocada por el siniestro se alineaba por encima de ella como una mira de agrimensor.

El humo provenía del pueblo de Cogollos de la Vega, a quince kilómetros de Granada. Ramón detuvo la berlina en la placita en cuyo extremo una casa terminaba de consumirse, ante una aglomeración de gente en la que debía de estar la mayor parte de los habitantes del lugar. El tejado se había derrumbado parcialmente y las vigas calcinadas sobresalían de los paramentos que quedaban en pie. Ramón aprovechó la cisterna que había servido para apagar el incendio para hidratar a sus mulas, olvidando adrede la del francés. Los dos ocupantes se habían apeado para preguntar si había heridos y ofrecer su ayuda. El establecimiento que se había quemado era un almacén destinado a los obreros de la cantera cercana. Nadie se hallaba presente en el momento de la explosión. El propietario, un hombre gordo con la barba mal cortada, las manos en jarras apoyadas en su cinturón de color violeta, el sombrero colgando a la espalda, les pidió que avisasen a las autoridades de Granada para que viniera la Guardia a indagar acerca de lo que él consideraba había sido un acto de venganza.

—No encontrarán nada —comentó Delhorme una vez que la berlina volvió a ponerse en camino.

—¿Y eso por qué? —preguntó Bönickhausen mientras buscaba su cuaderno de notas en el bolso de viaje que siempre iba con él.

—Las paredes estaban recubiertas de salitre. También había por todo el suelo.

—¿Y qué deduce usted? ¡Ah, aquí está! —exclamó el ingeniero exhibiendo victorioso el objeto, después de haber vaciado el contenido del bolso en el asiento.

—Que fabrican ellos mismos sus explosivos sin autorización y que son negligentes. Aquí todos tienen un cigarrillo en la boca —concluyó imitando el lanzamiento de una colilla—. Y ¡bum! Yo siempre hago mis lanzamientos de globo desde un lugar aislado; si no, hace tiempo que no estaría aquí para conversar con usted.

El ingeniero recorrió con la vista las notas que había intentado tomar en el transcurso de su conversación durante el trayecto. Tenía mil y una preguntas que hacerle. Delhorme había cogido de entre los enseres desembalados *L'Année scientifique et industrielle* y se había puesto a hojearlo.

—¿Ha visto la obra de Mathieu de la Drôme? —preguntó Bönick-hausen al ver que echaba un vistazo a un artículo sobre el tema.

—¿*De la prédiction du temps*? Sí.

—¿Y qué opinión le merece?

El ingeniero sostenía el cuaderno y la estilográfica como si fuera un reportero listo para recoger una confidencia, cosa que hizo gracia a Delhorme, y así se lo comentó.

—Pues creo que se equivoca —respondió—. Sus previsiones no se basan más que en las estadísticas de los años precedentes.

—¿Y qué? ¿No es un buen método?

Un traqueteo más fuerte que los otros zarandeó el habitáculo y a sus ocupantes. Bönickhausen ordenó a Ramón que ralentizara la marcha, lo que el mayoral hizo de forma exagerada.

—¡Tampoco tanto! —gritó el ingeniero en español a través de la portezuela—. ¿Quiere ver a su madre esta noche o el año que viene? Qué pedazo de burro, es peor que sus mulas —dijo a Delhorme en voz baja.

—Respondiendo a su pregunta, sus resultados globales serán buenos estadísticamente, pero habrá muchos errores individuales, cosa deplorable en el caso de la predicción del tiempo...

—Catastrófica incluso, si pensamos en la navegación.

—Estoy convencido de que ciertos factores, como la presión barométrica, influyen en los fenómenos meteorológicos. Observe cómo se desplazan los vientos por toda Europa y hasta por el conjunto del globo. Todo eso no es fruto del azar que podríamos relacionar con las estadísticas como en un simple juego de dados. Yo he estudiado los mapas de curvas barométricas presentados por el Observatorio de París estos últimos años y los he comparado con mis propios resultados.

—¿Y...?

—Y observo la existencia de enormes masas de aire en rotación alrededor de una depresión central. Masas de aire que se desplazan.

—¿Una depresión? ¿Los vientos forman torbellinos alrededor de una depresión?

—Sí, pero con interacciones a escala planetaria. Imagine que una formación de ese tipo situada en el norte de Irlanda pueda incidir en el tiempo del sur de España —afirmó Delhorme observando la reacción del ingeniero—. ¡Pero deberé lanzar aún muchos globos para afinar mi propia teoría! Parece ser que Mathieu de la Drôme publicará un almanaque a finales de año, ¿será verdad? —añadió para zanjar la cuestión.

—Sí, y en Francia está siendo objeto de debate —reconoció Bönickhausen después de haber dudado de si debía ahondar en sus preguntas—. El director del Observatorio se niega a transmitirle los datos de los que dispone para sus cálculos estadísticos. Pero Mathieu tiene en Henri Plon un editor muy influyente y, al parecer, el ministro ha dado la orden a Le Verrier de que le entregue una copia de todos sus datos meteorológicos de los últimos años. La batalla hace furor entre la ciencia popular y la académica y se invita a todo el mundo a pronunciarse al respecto.

—Y usted ¿qué opina, monsieur Bönickhausen?

—La ciencia necesita de nuestros aficionados ilustrados. Algunos dedican a ello la vida hasta la ascesis, otros llegan incluso a perderla. Tenemos mucho que aprender de hombres como usted —concluyó Bönickhausen justo antes de caer en la cuenta de que no sabía nada acerca de su interlocutor.

Delhorme esbozó una mueca divertida y miró a través del vidrio sin decir nada. Después de los olivares habían empezado a aparecer casas dispersas.

—Veo que también está casado —comentó señalando el anillo del dedo de Bönickhausen—. ¿Cómo conoció a su esposa?

—Es una larga historia —respondió este, haciendo girar la alianza alrededor del anular.

«Y no tiene nada de romántica», pensó a continuación.

Después de haber probado suerte con jóvenes poseedoras de dotes elevadas y de haber experimentado numerosos fracasos que dejaron en estado lastimoso tanto su susceptibilidad como su paciencia, el ingeniero había revisado a la baja sus pretensiones y sus esperanzas. Dado que sus negocios y sus viajes incesantes no le dejaban ya tiempo para ocuparse de su futura vida marital, había delegado en sus padres la elección de su prometida y se había casado con la nieta de su casero de Dijon.

—No le ocultaré que no fue hasta después del casamiento cuando surgió el amor entre nosotros y que, debo admitir, formamos una pareja muy bien avenida —concluyó—. Hace ya casi un año que contrajimos matrimonio.

A Bönickhausen le pareció que Delhorme lo había escuchado distraídamente, pues miraba con atención las primeras viviendas de Granada.

—Yo a Alicia la conozco desde hace diez años —dijo volviéndose hacia él—. Tenía yo veintiocho años. Ella es mucho más que una esposa, es mi ecuación perfecta.

—¿Su ecuación perfecta?

—Sí, aquella de la que he despejado todas las incógnitas. ¿Usted no?

—Marguerite es un ser de carne y hueso, es mi mujer y en ningún caso una utopía matemática —replicó, azorado por la pregunta.

El ingeniero decidió zanjar el tema recogiendo sus cosas, guardándolas sin orden ni concierto en su bolso. Al hacerlo, arrugó la carta que había escrito la víspera a su mujer. Se la quedó mirando con cara de desconsuelo, la hizo una bola y se la metió en el bolsillo.

Las viviendas, granjas rodeadas de campos, se habían apiñado alrededor de la carretera, cuyos arcenes se habían llenado de adelfas. Ramón franqueó la puerta de Fajalauza sin aminorar la velocidad. El casco, embalado sobre el techo de la berlina, rascó la bóveda de la angosta muralla produciendo un chirrido.

—Su cochero es un rencoroso —recalcó Delhorme sin abandonar su calma—. Pero un rencoroso que tiene ojo.

La actitud del hombre, una mezcla de seguridad y desapego, impresionaba a Bönickhausen por el carisma involuntario que le procuraba.

El carruaje había desembocado en una calle en suave pendiente, rodeada de casas adosadas con los muros claros, enjalbegados, que reflejaban tan vivamente la oblicua luz del sol como unos espejos. Una vegetación abundante desbordaba los recintos, como paralizada en plena fuga.

—Los arrabales del norte —comentó Delhorme con ademán sobrio.

Miró fijamente a Bönickhausen antes de preguntarle por el hotel en el que había reservado habitación. No había previsto nada.

—Si tiene una buena dirección que pueda recomendarme, no lo dude —añadió el ingeniero.

—Dado que trabaja usted para una compañía relacionada con los ferrocarriles, yo le aconsejaría evitar sobre todo el hotel Washington Irving y el hotel Los Siete Suelos.

—Pero ¿quién le ha dicho que ese sea el caso? —se asombró Bönickhausen—. Yo no le he hablado de mi profesión.

—Su cuaderno —repuso Delhorme con una sonrisa, señalando el que sostenía en una mano—. ¡Todos ustedes tienen el mismo! Apostaría que dentro hay dibujos de puentes y viaductos.

—¡Vaya! Y yo que pretendía ser discreto…

—No se decepcione. Todas las grandes compañías surcan el país para las futuras líneas. En este mismo momento hay gente de Fives-Lille y del grupo Pereire alojada en esos dos hoteles.

—¿Qué me aconseja?

—Que acepte mi hospitalidad.

Bönickhausen, encantado con la proposición, que le iba a permitir pasar una velada interesante, aceptó entusiasmado.

El ingeniero aprovechó la parada de la berlina para bajar a dar órdenes al mayoral. Antes de volver a subirse, aspiró el aire cargado de fragancias florales y contempló la placita empedrada en medio de la cual se habían detenido. Divisó entre dos casas, sobre la colina de enfrente, la silueta maciza de la Alhambra, flanqueada por sus numerosas torres engalanadas por una tonalidad ambarina bajo el sol oblicuo. Inmóvil pero tan presente… Bönickhausen se dio cuenta de que no sabía nada de ella, pese a que el monumento se había convertido en destino romántico de viajeros acaudalados y de artistas. Detrás de él, la campana de la iglesia de Nuestro Salvador dio las ocho. Ante la cercanía de la noche, la ciudad parecía lista para animarse. Burgueses vestidos a la francesa se cruzaban con grupos de jóvenes vestidos a la moda andaluza, chaleco bordado y cinturón de color sobre un pantalón con las polainas abiertas, guitarra o bastón en mano, preparados para hechizar la noche con su alegría natural.

—Este país es tan extraño y variado que cada día añade un nuevo velo a su misterio —declaró Bönickhausen una vez sentado.

—Solo el tiempo permite acercarse a él —dijo Delhorme dando unos toques en el habitáculo para hacer arrancar el vehículo—. Pero nunca adueñarse de él.

La berlina se puso en movimiento lentamente al paso de las mulas, mientras Ramón, revigorizado por la proximidad de la meta, se había puesto a declamar a grito pelado un romance de Bretón de los Herreros y saludaba a los transeúntes quitándose un sombrero imaginario.

El carruaje subió por la calle de los Gomeles, franqueó una imponente puerta renacentista coronada con tres granadas de piedra y penetró en un callejón rodeado por un gran muro vegetal, cuyas cimas formaban una bóveda por encima de sus cabezas. Los árboles se inclinaban para dejar sitio a una muralla imponente que marcaba la frontera con la ciudadela de la Alhambra.

Una vez dentro del recinto, el cochero paró la berlina al fondo de una amplia explanada de tierra, alrededor de la cual estaban representados todos los estratos arquitectónicos de la historia árabe y cristiana del lugar. Delhorme señaló el primer piso de la construcción más próxima, un caserón que cerraba un jardín cuadrado, en la entrada a los Palacios Nazaríes.

—El patio de Machuca —comentó, desatando la cincha que sujetaba la tela del globo—. Nosotros ocupamos una parte del piso. Es pequeño y ruinoso, pero estamos en el corazón de la Alhambra.

Los hombres descargaron en silencio todos los bártulos. Bönickhausen pagó lo debido a Ramón y añadió veinte reales por el suplemento de la carga. El cochero se despidió con la mano brevemente y sin efusividad. Aún tenía que llegar a la ciudad baja para reunirse con su madre. Su vivienda se hallaba en la calle de Capuchinos, justo delante de la entrada de la plaza de toros donde había pasado la mayor parte de su mocedad con su hermano. Ambos soñaban con convertirse en toreros o picadores, en chulos si no quedaba más remedio, cuando se colaban en la plaza y se quedaban mirando, fascinados, los trajes de luces y de fuego de los combatientes que danzaban con los toros. Su único triunfo había sido que los contrataran para limpiar el sitio una vez finalizada la lidia, después de lo cual habían abandonado uno tras otro sus ideales, sus esperanzas y sus deseos de una vida mejor. Ramón había podido casarse con una murciana con una dote suficiente para comprar una berlina y hacerse mayoral, mientras que su hermano se había hecho nevero, uno de los oficios menos gratificantes de Granada, y extraía bloques de hielo en las cumbres de Sierra Nevada para venderlos en la ciudad. Su madre, por orgullo y en memoria del padre de los muchachos, un oficial muerto durante la primera guerra carlista afirmaba a quien quisiera escucharla que sus hijos eran dos empresarios a punto de lograr el éxito, cosa que ya no se tragaba nadie de su mísero entorno.

Ramón evitó mirar la fachada con balcones moriscos de la plaza de toros y penetró en el edificio vetusto de su niñez. No usó la matraca, cuyo sonido sabía que sobresaltaba invariablemente a su madre, pese al tapón de fieltro que él le había añadido para amortiguar el ruido. Se fijó en que alguien lo había desencolado, y entró anunciándose. El olor que lo recibió no era el olor habitual del abrillantador para madera que su madre utilizaba todas las semanas para sacar lustre a las sillas que restauraba antes de venderlas en el bazar de la Alcaicería. Era un olor más acre y más de botica. No era la primera vez que lo olía: lo reconoció de cuando se había acercado al ataúd de su abuelo muerto. Un escalofrío helado le recorrió el cuerpo, un hilillo de miedo incontrolado que le puso el vello de punta y le desbocó el corazón. Por la puerta entornada de la alcoba vio un cuerpo tendido, sin vida, vestido de negro, las manos juntas con un rosario en los dedos. Vio a su hermano salir y llamarlo, pero su voz era lejana y cavernosa. Vio que el suelo se acercaba. Entonces le zumbaron los oídos y ya no vio nada más.

II

6

Alicia Delhorme respiró hondo, las manos apoyadas en el vientre como si lo sostuviese. Uno de los gemelos se movió bajo su palma izquierda. Había encajado el anuncio del médico sin dejar de sonreír, como siempre le había enseñado su padre: conservar la dignidad en los momentos adversos era la marca distintiva de su familia. El doctor Pinilla tomó esa sonrisa como una muestra de la inconsciencia de Alicia respecto a la gravedad de la situación, por lo que se había sentido obligado a detallarle todos los riesgos a los que se enfrentaba. Ella lo había escuchado sin interrumpirlo y había accedido a volver a verlo al cabo de un mes; después había vuelto andando a la Alhambra, había cerrado la puerta de su alcoba, echado el pestillo, se había sentado en el borde de la cama y solo allí se había permitido llorar.

Alicia tenía la intención de hablarle de ello a Clément, pero su marido llegó acompañado de ese francés de nombre impronunciable que se había instalado en su casa, y habían cenado los tres juntos, un rato agradable que Bönickhausen se pasó sirviendo el Clos de Vougeot, que les había ofrecido, mientras escuchaba a sus anfitriones contarle la historia y las leyendas del lugar. Alicia consiguió olvidar su situación. No dejó de buscar la mirada de su marido, esa mirada tan serena, que ella amaba tanto. Él le envió todo su amor desde el fondo de sus iris azul pastel. Nada malo podía pasarle.

Abrió la ventana que daba al patio para que su mirada se llenase del espectáculo balsámico de los jardines de la Alhambra con las luces ámbar del crepúsculo. El runrún de la conversación que proseguía sin ella le llegaba de la pieza contigua. Se tranquilizó pensando que pondría a Clément al corriente cuando estuvieran a solas. No había prisa, sabía que su marido se preocuparía, que le propondría partir a Madrid a ver a otros médicos, puede que incluso volver a París para el alumbramiento, pero ella no quería, no se sentía con fuerzas. Habían decidido establecerse en Granada y lo conseguiría, costara lo que costase. El doctor Pinilla le parecía un buen facultativo, capaz de ocuparse él solo de este parto complicado. Pero las cartas habían cambiado y a Alicia le daba más miedo la vida que los aguardaba que el parto en sí. El runrún había cesado, dejando los insectos nocturnos nimbar solos el espacio con sus cánticos ditónicos.

—*Darro tiene prometido / casarse con el Genil...*

Clément había entrado sin hacer ruido. «El Darro ha prometido casarse con el Genil»: la frase era la que él había pronunciado el día de su pedida de mano y desde entonces se había convertido en el *leitmotiv* de la pareja. Los dos ríos de la ciudad, el Darro turbulento y el sereno Genil, que confluían en el valle, habían inspirado numerosos poemas.

Él le tendió los brazos, en los que ella se aovilló dándole la espalda. Él desprendió la mantilla que cubría sus cabellos, dejando que le tapasen la nuca y los hombros, y finalmente hundió la cara en ellos. Ella tomó las manos de su marido, las puso sobre su vientre y cerró los ojos para disfrutar de este instante de ternura.

—Estaba intranquilo viendo que no volvías —le dijo acariciándole la mejilla con la suya—. Nuestro invitado reclama a la princesa de la Alhambra. Y yo amo tanto el perfume de tu piel que no puedo sobrevivir mucho tiempo sin ti.

—¡Zalamero! Tú me has abandonado el día entero para correr detrás de tu globo.

Clément soltó una carcajada aprobatoria, besó la nuca de Alicia y se plantó delante de su escritorio en el que reinaba un desorden que él, cada vez que se lo decían, calificaba de «orden incomprendido».

—Ocho mil quinientos metros —dijo mientras rebuscaba entre los rulos de papel vagamente alineados entre los cuadernos abiertos, los libros apilados y los instrumentos de medida destripados—. ¡Ha subido a ocho mil quinientos metros!

—Te he conocido más en forma, marido mío. Tu récord está en nueve mil.

—¡Oye, que los vientos ascendentes estaban perezosos hoy! Pero lo lograré, superaré los diez mil metros, después quince mil y después veinte mil. Llegaré a las capas más altas de la atmósfera terrestre para informar de las temperaturas y tomar muestras de aire, y su análisis confirmará lo que suponen ya mis cálculos.

—No lo dudo, pero no te olvides de bajar a tierra, con nosotros. —Sonrió y dio unas palmaditas en su abdomen redondeado—. ¿Qué buscas? —preguntó entonces, al ver la aplicación con que su marido acrecentaba el revoltijo ambiente.

—Los planos del *Victoria*.

—No debería haberte regalado nunca el último libro de Verne —dijo ella pasando la mano por la cubierta de piel de *Cinco semanas en globo*.

Cogió un cilindro de cartón que sobresalía de la mesita de madera que, antes de su llegada, había sido una estantería y se había transformado rápidamente en peana para todos los estratos de sus investigaciones.

—Entonces ¿quizá habrías llamado a tu futuro globo el *Alicia II*? —añadió ella con malicia.

Clément se irguió, como sacudido por el comentario de su mujer, y cogió el rulo que ella le tendía.

—Tienes razón —dijo él para abundar en la misma idea que ella—. Si es niña, la llamaremos Victoria. Así, el casco tendrá el nombre de nuestra hija.

—Pero yo no he dicho eso —se defendió Alicia, divertida.

Cogió su mantilla y la pasó alrededor del cuello de Clément para acercarlo a ella.

—Además, debo hablarte pronto de ello —le susurró ella a la oreja.

Él besó sus labios de ángel y luego cogió la mantilla.

—El señor Bönickhausen acaba de informarme de que esta noche había eclipse de luna —dijo él recogiéndole los cabellos con el tejido de encaje.

Clément notó en la leve tensión de la nuca de Alicia que había despertado su interés. Ella se dio la vuelta. Sus pupilas no eran más que dos puntos sumergidos en el mar de sus iris. Por toda respuesta, sonrió con una sonrisa más radiante que el sol que se ponía por detrás del mirador de San Nicolás.

—Le he propuesto ir a una de las torres para observarlo —continuó él.

Ella movió la cabeza, abrazó a su marido y se puso la chaqueta bordada que le ofrecía él.

—¿Crees que podrás subir los cuatro pisos?

Alicia se plantó delante del espejo que había en un rincón de la pieza.

—¿Acaso parezco una anciana o una persona incapacitada?

—Deja que lo piense… —respondió Clément cogiendo su catalejo retráctil—. Sinceramente, no —dijo después de haberla mirado detenidamente con gesto de curiosidad exagerada—. Solo de mujer muy encinta. ¿Qué querías decirme de la criatura?

—No hay prisa. Pero Victoria es un bonito nombre.

—¡Pues adjudicado! Para qué seguir buscando.

—Eso es, sí, nunca se sabe…

—Es verdad, ¡puede que sea niño! En ese caso, lo llamaremos Jules.

—Clément, no lo dirás en serio.

—Sí, por qué no. Jules es un nombre ideal para un globo que va a desentrañar todos los secretos del cielo.

Bönickhausen tocó la muralla construida con sillares protuberantes y regulares. Un viento suave traía consigo aromas de arrayán y tilo en la quietud del anochecer, mientras el cielo se había teñido de unas tonalidades púrpuras como él nunca había visto. Alzó la mirada hacia los azulejos que enmarcaban un arco de herradura de dovelas rojas.

—Un elemento típico de la arquitectura nazarí —puntualizó la señora Delhorme invitándolo a seguir el camino sembrado de piedras, pulidas por el tiempo.

La Alhambra había sido una ciudad mora, con su medina y sus palacios, levantada sobre la Sabika, la colina más alta de Granada, y rodeada de un intrincado sistema de fortificaciones. La dinastía nazarí, que la había fundado, había sido expulsada por las huestes de Isabel de Castilla el mismo año en que los españoles descubrían el Nuevo Mundo.

—Una parte de los palacios escapó a la destrucción —indicó Alicia cuando llegaron a una explanada de tamaño mediano—. Una parte nada más. La otra se encuentra sepultada bajo ese pegote construido por Carlos V.

Señaló con el dedo un edificio circular cuyo estilo renacentista se daba de tortas con la arquitectura morisca.

—Por no hablar de los desastres perpetrados a lo largo de muchos siglos. Es un milagro que aún quede alguna piedra en pie. Todo el mundo se ha aprovechado: los lugareños, los franceses y hasta los gobernadores que la han habitado. Venga, vayamos a ver a Rafael.

—El edificio que se yergue al final de esta explanada se había transformado en taller de salazón; la torre de los Siete Soles, cerca de la medina, era una taberna y el patio de la mezquita servía de cercado para las ovejas de la mujer del gobernador Savera —ponderó Clément invitándolo a seguir a su mujer, cuyo paso ágil no delataba en absoluto su estado—. Los estanques del jardín se transformaron en lavaderos públicos. ¡La Alhambra se había convertido en la Gehena de Granada!

—Pero ¿a quién pertenece este lugar? —preguntó Bönickhausen dando una vuelta entera en el sitio para abarcar toda la vista.

—A la Corona —respondió Alicia sin volverse—. Que se ha desentendido del asunto durante tres siglos y solo ahora comienza a prestarle atención por las súplicas de los viajeros distinguidos y de la familia Contreras.

—Los arquitectos que han presidido el salvamento de este magnífico navío —precisó Clément—. Rafael pertenece a la segunda generación. Es él.

El hombre al que señaló estaba sacudiéndose el polvo de la ropa, a la puerta de un tallercito, junto a un arco a medio restaurar. Al verlos, los saludó agitando en alto el brazo con ademán amigable. Contreras era desde hacía dieciséis años el restaurador-decorador de la Alhambra, que iba renovando pieza a pieza.

—Alicia, pensaba que ya no te vería hasta mañana. ¿Qué se te ha olvidado esta vez?

Ella le explicó el motivo de su presencia y le presentó a su acompañante.

—El señor Bönickhausen ha tenido el detalle de vigilarme el globo mientras aguardaba a que yo llegara —precisó Clément.

La explicación pareció satisfacer al arquitecto, quien lanzó una mirada cómplice al ingeniero. Una pareja pasó cerca de ellos y los saludó con un sonoro «¡Buenas tardes!», cuyo eco se perdió entre las murallas. La luna inundaba con su resplandor la plaza que se había vaciado de los últimos paseantes.

—¿Dónde quieren ir para observar ese eclipse? —preguntó Contreras secándose las manos con su mandil—. Aquí nadie se ha enterado de semejante acontecimiento.

—No sabemos si se verá desde Andalucía, pero será una oportunidad para admirar la bóveda celeste —resumió Clément—. Vamos a subir a la Torre de la Vela.

—Buena elección —aprobó Rafael como si se tratara de un vino—. Iré con ustedes en cuanto termine con la cocción de mis azulejos.

—¿Los de cuerda seca? ¿Los que hice este mediodía? —preguntó Alicia, con los ojos muy abiertos de repente.

—No, esos están ya puestos en el salón de Comares.

—¿Puedo verlos? ¿Puedo verlos? —exclamó.

—Pero estará oscuro —objetó el arquitecto, divertido.

—Tengo mi farol en tu taller. ¡Déjame ir a ver el resultado! ¡Por favor!

Una mirada rápida en dirección a Clément le hizo comprender que nada podría detener a su mujer. Rafael trajo de su taller un quinqué ya encendido.

—Los volveré a ver en lo alto de la torre, díganle a la luna que espere antes de esconderse —dijo ella, y dio unos pasos para irse.

Se detuvo y dio media vuelta para abrazar a Clément. Bönickhausen, sorprendido ante semejante muestra de cariño en público, se volvió y tosió levemente. Imaginó el malestar que provocaría en su casa si Marguerite se acercara a hacerle un gesto semejante, pero enseguida se tranquilizó: su mujer era el súmmum del decoro.

Alicia levantó su quinqué a modo de saludo y desapareció como una estrella fugaz en la oscuridad de la plaza. Clément cogió al francés por un hombro y lo llevó hacia la entrada de un recinto que parecía una fortaleza dentro de la fortaleza.

—La Alcazaba —dijo una vez en el interior de la plaza central, de planta triangular.

—¿Y este edificio? —preguntó Bönickhausen mostrando la sombra imponente que formaba la base del triángulo—. ¿Para qué se usaba?

—De mazmorra.

—Agradables vacaciones —bromeó—. ¿A qué se dedica hoy en día?

—Sigue siendo una cárcel. Más vale no probarla.

El comentario de Delhorme inquietó a Bönickhausen por parecer extraído de una experiencia personal, pero desde que se habían conocido Clément no había dejado de bromear con toda seriedad y de comunicar informaciones serias en tono jocoso, de tal manera que el ingeniero no sabía ya qué pensar. Se contentó con asentir y seguir al meteorólogo, que atravesaba la plaza con paso vivo con el resplandor de la luna por toda iluminación.

—¿No es arriesgado que una mujer sola se pasee así por este lugar en plena noche? —se extrañó Bönickhausen al creer haber visto moverse una sombra en la esquina de una de las murallas.

—Alicia conoce estos parajes mejor que nadie. Trabaja aquí a diario desde hace tres años. Y, créame, es capaz de defenderse, a pesar de su estado.

—Ah, ¿su mujer trabaja? —dijo Bönickhausen ocultando la perplejidad que le inspiraba la pareja—. Pero ¿qué clase de profesión…?

Se habían parado delante de la puerta de la torre. Delhorme buscó la llave que se había metido descuidadamente en el bolsillo.

—Alicia estudió historia y arte en la Universidad de Granada. Oficialmente no tiene diploma, pero obtuvo la autorización para cursar los estudios. La Alhambra es su pasión y ella ayuda a Rafael Contreras a renovarla. Ese hombre es un santo, ha conseguido salvar de la ruina este tesoro.

La llave dio un chasquido en la cerradura y el resbalón se deslizó. Después de subir los cuatro pisos de la Torre de la Vela, llegaron a la azotea barrida por el viento.

—Sobre todo ha realizado las copias de los motivos ornamentales que exporta a toda Europa. Gracias a esta idea genial, ha puesto fin al tráfico de los ladrones de azulejos. Bueno, ¿qué le parece? —preguntó mostrándole la ciudad y su miríada de luces semejante a los reflejos de las estrellas en un lago.

Bönickhausen permaneció en silencio y se acercó a una esquina del antepecho que ceñía la azotea, en el lado opuesto de una impresionante campana empotrada en un campanil de piedra. No quedaba en pie ninguna almena, la mayoría había desaparecido y las restantes yacían en el suelo, dando al conjunto un aspecto de boca desdentada. A pesar de la penumbra, la sensación de dominar todo el valle era impresionante. La Alhambra parecía volar entre el cielo y la tierra. Recordando el motivo de su presencia, el ingeniero alzó la vista hacia la luna, que no había perdido ni un ápice de su superficie. Clément sacó su catalejo y le confirmó que no había comenzado ningún eclipse.

Los dos hombres se sentaron directamente en el suelo, la espalda contra el murete, a resguardo de las rachas indolentes. Estuvieron conversando largo rato, interrumpiendo de tanto en tanto el coloquio para mirar por el catalejo en dirección al fenómeno astronómico que tardaba en producirse.

—¿Para quién trabaja, monsieur Delhorme? —preguntó el francés, cuya curiosidad iba en aumento—. ¿Quién financia sus experimentos? ¿El Observatorio de París?

Clément había sacado dos cigarrillos del bolsillo interior de su chaqueta. Ofreció uno a Bönickhausen, que rehusó cortésmente, y encendió el suyo antes de responder:

—¿Se refiere a mis lanzamientos de globos? Yo soy mi propio patrón.

—Entonces ¡dispone de una fortuna personal! —concluyó el ingeniero—. Sus instrumentos y la tela valen miles de francos.

—Tengo relación con el Observatorio, al que envío las estadísticas diarias. Pero gratuitamente —precisó—. Y no he encontrado ningún tesoro escondido, aun cuando las leyendas en torno a la Alhambra rebosan de ellos.

Delhorme hizo una pausa para aspirar el aire cargado de los olores vegetales que la tierra entregaba al cielo.

—Suelo trabajar para compañías como la suya o las de sus competidores cuando mis arcas están vacías —añadió—. Me ocupo de cálculos matemáticos.

—¿Ah, conque es ingeniero? Siento en el alma haberlo tomado por un aficionado iluminado, pero su apellido me era desconocido.

—No tiene importancia. La mano de quien comunica las mediciones debe ser humilde e íntegra, así sea la de un profesional o la de un apasionado sin diploma. Por lo que a mí respecta, la meteorología no es una ciencia que suscite en mí simple curiosidad. Las observaciones a ras de suelo son indispensables, pero la verdad se halla allí arriba.

Se puso en pie y señaló el cielo, dejando a Bönickhausen el tiempo de opinar en silencio.

—Estoy convencido de que todo se rige por las leyes físicas —continuó Delhorme— y que todo lo que vemos puede traducirse en ecuaciones matemáticas.

Se sentó sobre el murete, de espaldas al vacío, las manos apoyadas tranquilamente en el borde.

—¿Sabe cuál debería ser la velocidad del viento para que pueda hacer bascular un cuerpo de setenta kilos que le ofrezca una superficie de agarre de un metro cuadrado?

Bönickhausen se levantó a su vez, inquieto ante el cariz que tomaba la demostración. No conocía suficientemente a Delhorme para evaluar su grado de inconsciencia.

—Le confieso que no, pero preferiría que me lo dijera a buen resguardo, en el terrado.

—Ciento diez kilómetros por hora. Y si llevase la superficie a 1,8 metros cuadrados, por ejemplo subiéndome de pie, bastaría una ráfaga de cincuenta kilómetros por hora.

—¿No irá a hacerlo? —se intranquilizó Bönickhausen.

Clément soltó una risa corta, puso los pies en el borde y a continuación, despacio, se subió. Una vez de pie sobre el antepecho, abrió los brazos como si se entregara al viento.

—¡Bájese, bájese enseguida! —le ordenó Bönickhausen tras unos instantes de estupor.

—Las matemáticas son la respuesta a todas las ciencias, no hay nada que se les pueda escapar, desde la astronomía hasta la medicina, de la química a la arquitectura, de lo cotidiano a lo excepcional. Son el fundamento…

Alzó la cabeza hacia el cielo lleno de motitas blancas.

—El universo entero es una ecuación que espera a ser resuelta, monsieur Bönickhausen. ¡Y usted y yo estamos llamados a resolver ese secreto! ¿Acaso hay enigma más fascinante? Una ecuación… —repitió para sí.

—¡Baje! —insistió el ingeniero—. No somos Dios ni la ciencia puede preverlo todo.

—Un día no tan lejano hablaremos de tú a tú con ese Dios que no podrá esconderse eternamente allí arriba, ¿no es cierto? —exclamó dirigiéndose a la bóveda celeste—. ¿Qué hora es?

—Las once menos cuarto —respondió Bönickhausen sin siquiera sacar el reloj de bolsillo—. ¡Venga, baje ya!

Para gran alivio suyo, Delhorme saltó hacia el terrado.

—¿A qué viene ese temor? No había ningún riesgo, el viento no supera los cuarenta kilómetros por hora.

—Creo que hemos perdido el tiempo —dijo el ingeniero para cambiar de tema—. No vamos a ver nada esta noche.

—Voy a buscar a Alicia, tanto ella como yo tenemos la enojosa manía de retorcerle el pescuezo a la puntualidad.

—Lo acompaño.

—No, quédese —dijo poniéndole el catalejo en la mano—. Luego me lo cuenta. Espéreme y disfrute del momento. En la Alhambra nunca se pierde el tiempo.

7

Ramón se había levantado enseguida y al intentar caminar se había tambaleado. Su hermano había corrido hasta él justo a tiempo para sujetarlo y llevarlo a una silla dentro de la alcoba de su madre. Los dos se habían quedado en silencio, sentados junto al cuerpo, esperando a que el cochero se recobrara.

—Es la impresión de ver a un muerto —explicó el hermano.

—Es el cansancio del viaje —rectificó Ramón, que ya había sufrido bastantes malentendidos a lo largo de aquella jornada—. Acabo de pasar tres días con un francés que se paraba cada dos por tres en las quebradas y en las riberas. ¡Peor que un buscador de oro! Y a ella por qué la has metido ahí, en la cama —preguntó señalando a la difunta.

Se inclinó y observó el rostro terroso de la muerta.

—No recordaba que tuviera tantas arrugas. Y todos esos pelos en la barbilla, ¡puaj!

—Normal, hace más de diez años que no venías —recalcó su hermano.

—Se diría que es como las patatas del padre Rayez, todas manchadas y arrugadas.

Ambos rieron y a continuación dejaron que se hiciera el silencio. Los dos hombres estaban sentados como dos colegiales, con la espalda recta y las manos en el regazo.

—En todo caso, no la echaré de menos —declaró Ramón.

—¡Ni yo, tenlo por seguro! ¡Nos hizo la vida imposible la vejarrona esa!

Con la mirada fija en los ojos cerrados de la muerta, Ramón imaginó un instante que oía todos sus reproches, tras lo cual se tranquilizó y le contó a su hermano el disparate en que estaba pensando, cosa que los hizo reír de nuevo.

—No me has contestado —comentó Ramón, retomando su mirada seria, con el ceño fruncido—. ¿Por qué la has metido ahí, en la cama de madre? ¿Dónde está madre?

Su hermano se masajeó la boca con su mano gruesa y respondió:

—El dueño de su piso tenía a otra persona a quien realquilárselo, y la vieja tenía que desalojar de inmediato.

—Pero recién muerta…

—Nadie del edificio quería tenerla. Por eso…

—Has cometido la flaqueza de aceptar, a pesar de todo el daño que nos hizo cuando éramos chicos, la vaca esta. Fuimos sus cabezas de turco en la escuela.

—Lo sé…

—Yo en tu lugar me habría negado.

—No tuve elección, fue madre quien quiso. Como está en el hospital y su lecho estaba vacío, me pidió que me ocupara.

—Ah —dijo Ramón, comprendiendo que ese argumento zanjaba la discusión—. ¿Cómo se encuentra madre?

—Todas las mañanas dice que se va a morir ese día, pero ahí está. La otra estaba en plena forma y se ha muerto de sopetón, con la cabeza metida en el barreño de garbanzos que se disponía a desgranar. Así es la vida, unos se van, otros llegan.

Ramón hizo una mueca imaginándose el fin de su antigua maestra que, tiempo atrás, le había obligado a comerse los cabellos que él acababa de cortarle a una compañera de clase.

«Justo cambio de tornas», pensó reviviendo la sensación de fatiga que había experimentado cuando había tenido que tragarse las bolitas capilares después de haberlas masticado.

Se pasó la lengua por los labios y tragó saliva para deshacerse del desagradable recuerdo, tras lo cual miró a su hermano y dijo:

—Por cierto, ¿por qué has dicho «otros llegan»?

—Ven, te lo explicaré por el camino, tengo que poner a madre al corriente de una noticia —eludió el menor, poniéndose en pie y enfundándose su única chaqueta, de terciopelo negro, que cuidaba con delicadeza—. Se alegrará de verte… ¿Has venido en diligencia? Te vi llegar —añadió ante la vacilación de Ramón de asentir.

—Iremos a pie, mis bestias están cansadas —respondió el mayoral, que no tenía intención de volver a montarse en el carruaje.

Como para reafirmar su decisión, Ramón sopló la vela, cuya llama resistió titilando antes de acabar aplastada entre pulgar e índice.

El hospital apareció ante su vista. El edificio, que había pertenecido a la congregación de San Juan de Dios antes de que el Estado español se lo confiscara a sus ocupantes, desplegaba su arquitectura sobria y desnuda a lo largo de una gran porción de calle. Ramón hizo restallar una última vez el látigo por encima de la testa de sus mulas con el fin de anunciar que habían llegado. Las bestias hicieron un último esfuerzo y la berlina se detuvo delante de la entrada principal. Su hermano había conseguido rápidamente imponer su voluntad al explicarle que soñaba con pasar, sentado en el asiento posterior de una carroza, delante del café del heladero Hurtado, su cliente principal, que siempre lo había considerado como un pobre diablo analfabeto. Le había enseñado a Ramón cómo pensaba saludar al señor Hurtado, con un ademán amistoso, casi familiar, un tanto condescendiente, como hacían los ricos burgueses que frecuentaban su establecimiento. Lo había convencido de que esos segundos de igual a igual borrarían de su corazón los años de humillación social. Una vez ejecutado el plan, Hurtado, plantado en la puerta de su café, lo había mirado, incrédulo, había descruzado los brazos y se había secado las manos en su gran delantal blanco mientras lo veía alejarse.

—¡Creo que aún no ha vuelto en sí! —concluyó el hermano después de haber relatado la escena por cuarta vez—. Ahora ve a ver a madre, venga, yo te cuido el simón, para que estéis a solas en el reencuentro.

Ramón le dio unas palmaditas afectuosas en la mejilla. Su travesura lo había transportado a treinta años atrás, a los tiempos en que los dos chiquillos habían sido inseparables. Levantó una nube de polvo ocre al saltar del vehículo y se sacudió la ropa antes de entrar en el hospital, persignándose al pasar por delante de la talla de la Virgen que había encima de la puerta.

—Bueno, en realidad no estaréis a solas —lanzó el joven cuando su hermano mayor ya no podía oírlo.

Se acomodó en el asiento del conductor viendo a los curiosos mirarlo, sacó el cigarro que Ramón le había ofrecido y, poniéndoselo entre las muelas, se dirigió a ellos con aire altivo:

—Yo no soy el cochero, él trabaja para mí.

La sala de cuidados era una nave gigantesca que albergaba un centenar de camas en medio de una mezcla de olores a plantas aromáticas, mentol y escaras. Ramón se detuvo en el umbral para intentar encontrar a su madre en medio del mar de cabezas cubiertas con tocas blancas que se volvieron en dirección a él. El tenue fulgor de un puñado de candiles aún encendidos dispensaba una luz irregular y macilenta, que otorgaba a los enfermos un aire de espectros dignos de los cuentos de Washington Irving. Una monja fue a su encuentro.

—Sé que las visitas terminaron hace rato —empezó a decir Ramón—, pero es que acabo de llegar ahora mismo de muy lejos y vengo a ver a mi madre, la señora Álvarez.

—Venga, lo llevaré hasta ella —se ofreció la religiosa—. Lo espera impaciente desde primera hora de la tarde.

La anciana lo estrechó largamente.

—Ramón, por fin has llegado —dijo con tono lastimero.

—Tienes buen aspecto —la aduló él, sentándose a su lado.

Por toda respuesta recibió una llantina en el transcurso de la cual fue informado de que la mujer había creído morir diez veces en ese día, que había pedido que fuera un cura y que se lo habían negado so pretexto de que no había ningún motivo para que Dios la llamase a su vera y que el médico había propuesto dejarla volver a casa, cosa que ella había rehusado por la sencilla razón de que su lecho estaba ocupado por una muerta, «una de verdad», había insistido ella ante su mirada incrédula.

—Por cierto, ¿la has visto? —preguntó la mujer, revigorizada súbitamente por el hecho de que la vieja maestra había corrido una suerte menos envidiable que la suya.

—Sí, desde luego que la he visto.

—¿Cómo está?

—No se puede estar más tiesa.

—Sí, pero ¿qué le habéis puesto? El cura vino a darme la noticia y me pidió si podía prestarle un vestido para dejarla presentable, que en su casa no había ropa alguna y que estaba hecha una pena.

—No me he fijado —mintió Ramón, que se había preguntado qué hacían las prendas favoritas de su madre vistiendo el cuerpo de la muerta, un vestido con las mangas y el cuello de encaje que aún se ponía para ir a bailar fandangos los domingos por la tarde.

—Le dije a tu hermano que le pusiera un trapo viejo que ya no me valía, espero que me escuchara.

Ramón evitó responder y observó con una mirada circular las camas de alrededor, cuyos ocupantes escuchaban su conversación con interés.

—Por cierto, ¿y tu hermano? ¿Dónde está Mateo? —preguntó la señora Álvarez con un tono que denotaba más irritación que preocupación.

—Me está cuidando la berlina, en la entrada. Luego viene.

—Vete a por él —dijo incorporándose para sentarse—, pero antes te voy a contar lo que ha hecho ese inútil. Y ha sido el doctor Pinilla el que me lo contó cuando la visita. ¡Esta tarde no podrá negar nada!

El mayoral sintió que lo invadía un sentimiento de enojo, como cada vez que su madre aireaba sus asuntos de familia en público hablando de viva voz, siempre demasiado alto. Ya no se atrevía a mirar en derredor, pero notaba todas las miradas fijas en ella y en las revelaciones que él conocía ya, pues Mateo le había contado el secreto. Ramón escuchó a su madre contarle, con la voz enronquecida por unos ahogos que parecían de emoción pero que por experiencia él sabía que eran expresión de la cólera que le hinchaba el gaznate, que su hermano había sido padre de un niño que había nacido ese mismo día y que la madre formaba parte de la comunidad de bohemios, en cuya casa vivía Mateo desde hacía un año sin haberse casado. No supo determinar cuál de estos hechos era el más despreciable a ojos de su madre, pues los tres se disputaban vivamente el primer puesto y acababan sin duda empatados. Cuando terminó su letanía de reproches y le cogió las manos para apretárselas desgranándole sus cualidades, de las que su hermano parecía desprovisto, la señora Álvarez se sintió presa de un leve malestar que la obligó a tenderse sobre su montaña de almohadas, para recobrar el resuello perdido. Una vez recuperado, le hizo un gesto para que se acercara y le susurró:

—Si me habrá hecho daño, mi Mateo… Pero, qué quieres, es mi hijo. Anda, vete a buscarlo. Quiero oírlo de su boca antes de perdonarlo. ¡Una gitana! ¿Te das cuenta?

Cuando Ramón estuvo de nuevo en la acera, tomó una bocanada grande de aire; aromas dulces de azahar le llegaban procedentes de un naranjo enorme que crecía a lo largo de la verja del hospital. Creyendo haberse equivocado de salida, volvió sobre sus pasos y reconoció el pórtico presidido por la estatua de la Virgen.

—No habrá osado… —murmuró apretando los dientes al ver que en la calle no había vehículo alguno—. No se le habrá ocurrido atreverse…

Ramón abordó a un joven granadino en plena discusión con su novia para preguntarle si había visto irse su berlina. La interrupción molestó al joven profundamente y el cochero no obtuvo más que un comentario acerbo sobre su actitud inoportuna. Ramón se contuvo hundiendo las manos en los bolsillos y envió a la muchacha una mirada compasiva, a falta de corregir al desvergonzado. Ella le devolvió la ojeada con una sonrisa y el novio la agarró del brazo para llevársela más lejos.

Ramón se encogió de hombros y se volvió hacia la entrada del hospital, pero el conserje acababa de cerrar la puerta. Ya solo podía regresar a pie y cavilar sobre cuál iba a ser el castigo que infligiría a su hermano. Como dudara entre el estrangulamiento y el hierro al rojo vivo, su mente volvió a los restos mortales de su maestra, que ocupaba la alcoba como una reina. «¡Me va a tocar velar a la que me hizo odiar de por vida los cabellos femeninos y los estudios! Vaya noche tan bonita para mi regreso a Granada», pensó mientras escrutaba el escaso tráfico que circulaba por la calle del hospital.

—Se marchó hace media hora en dirección al Albaicín.

Al darse la vuelta, se encontró con la joven, que había regresado sola. Una vez pasada la sorpresa, Ramón le dio las gracias de todo corazón.

—No se enfade con él —explicó la joven—, lo interrumpió en plena declaración.

—Cuánto lo lamento. Dígale que lo siento. ¿Va a tomarlo de novio?

—No lo sé. Es un muchacho encantador, pero tal vez un tanto hosco.

Se desprendió el clavel rojo que llevaba en la sien izquierda y se lo dio.

—¡Buena suerte tenga usted! —le dijo antes de desaparecer por el jardín del hospital.

Ramón cruzó la calle en la dirección indicada. Acababa de comprender las intenciones de Mateo y apretó el paso.

8

Clément rodeó el palacio de Carlos V y se fue derecho a la torre de Comares. Cruzó el patio de los Arrayanes en cuyo centro el estanque jugaba a hacer de espejo con las estrellas, y se topó con la puerta cerrada del Salón de los Embajadores. Llamó de viva voz y con los nudillos, pero fue inútil. Alicia no estaba allí y ya nadie vivía en las plantas superiores desde que su mujer había puesto orden en el lugar.

Al salir del edificio chocó con un cuerpo tendido, recostado en el último peldaño de la escalera exterior del Cuarto Dorado. La masa oscura cobró vida de inmediato. Una cabeza hirsuta y bermeja asomó de la manta que la cubría por entero. El hombre, uno de los numerosos vagabundos que salpicaban las calles de la ciudad, había tenido la buena fortuna de eludir la ronda y echado cuenta de pasar la noche tan ricamente en algún rincón de la Alhambra. No había visto entrar ni salir a nadie, cosa que juró por todos los santos que recordaba, pero su memoria pareció tan poco firme como su equilibrio, que él trataba de mantener mal que bien. Acabó por volver a tumbarse, después de prometer a Clément que lo avisaría si venía a chocar con él una mujer, cosa que en su fuero interno esperaba que sucediera pero que no le había pasado desde hacía lustros. El hombre volvió a ponerse la capa, al tiempo que soltaba un «buenas noches» acompañado de un regüeldo y pareció quedarse dormido de nuevo antes de que Clément hubiese llegado a la esquina del pasadizo. El francés se reencontró con Contreras, que venía de apagar su horno y se apresuraba a subir con ellos a la azotea de la Torre de la Vela. Alicia no había aparecido por el taller.

—¿Puede abrirme el Salón de los Embajadores? Quisiera asegurarme —insistió Clément.

La petición tenía el tono de una orden y la preocupación alcanzó a Rafael. Se hizo con un farolillo y un manojo de llaves que tintineaban haciendo mucho ruido.

El vagabundo ya no estaba en el pórtico del Cuarto Dorado y Clément aceleró el paso, mientras el arquitecto paseaba su quinqué por delante de la entrada a todas las piezas que daban al patio de los Arrayanes. La agitación pareció contagiarse a los peces del estanque, a su paso.

—La llave —se impacientó Clément delante de la puerta a la torre de Comares.

Rafael descorrió el cerrojo del enorme portalón de listones azules, uno de cuyos batientes abrieron entre los dos, no sin dificultad. No pudo evitar admirar el alicatado que había ido colocando a lo largo de la semana y alzó la vista hacia el techo, la más bella obra de carpintería que le había sido dado contemplar, mientras Delhorme rebuscaba meticulosamente por todos los recovecos de la sala sin prestar la menor atención al lugar.

—No ha venido —afirmó Clément después de ponerse delante del pequeño andamio de su taller.

—¿Cómo puede estar tan seguro?

—Su perfume. No hay rastro de su perfume. No ha entrado aquí, no me cabe duda. ¿Tienen más reformas en curso?

—Por doquier, pero no avanzan desde hace días… A decir verdad, sí, los Baños: el mes que viene tenemos que rehacer la yesería. He comenzado a preparar los soportes, pero Alicia no ha participado en eso.

Rafael hablaba en voz baja como si estuviera revelando un secreto. El eco de sus susurros se perdió en la inmensidad de los muros ornamentados con arabescos de estuco, con un techo tan alto como el de una catedral.

Clément le quitó el farolillo de las manos y salió.

—Pero ella no tiene la llave —dijo Rafael agitando su manojo de llaves—, estamos perdiendo el tiempo.

—No se olvide de cerrar —voceó el francés, que se iba ya por el patio de los Arrayanes—. ¡A mi mujer no le va a hacer ninguna gracia encontrarse un vagabundo por aquí mañana por la mañana!

La primera puerta del pasillo de la izquierda daba directamente al vestíbulo de los Baños, y a Clément no le extrañó nada encontrársela abierta. Además, por ella se subía también a los antiguos aposentos ocupados por los allegados del último gobernador, y a veces los guardias, soldados inválidos para quienes la vigilancia de los palacios de la Alhambra era una novedad, olvidaban echar el cerrojo. Sin duda el vagabundo se había instalado allí y debía de haberlo desalojado Alicia, quien consideraba el lugar como un tesoro que había que proteger y podía mostrarse arisca con quienes no lo respetaban. Al menos esa era la versión que se perfiló en su mente. El bribón estaba demasiado achispado para ser peligroso, pero ¿dónde se había metido Alicia? ¿Por qué no había vuelto a aparecer?

Clément la llamó, aguardó una respuesta que no llegó y bajó por una escalera muy empinada. Atravesó la sala de reposo de los Baños y penetró en el hamam sonriendo: había identificado el perfume de su mujer.

—¿Alicia?

—¿Hola? —dijo Contreras, a su espalda.

Un gemido quejumbroso les respondió en una pieza vecina. Atravesaron la primera sala, con techo en forma de cúpula. Alicia se encontraba en la segunda, más reducida, tumbada dentro de una bañera alicatada, con la cabeza hacia atrás y las manos crispadas, asidas a los bordes. Su mirada se cruzó con la de Clément y expresó un sentimiento de alivio seguido inmediatamente por otro de dolor. Apretaba con tal fuerza la mandíbula que no podía articular palabra, tan solo gemidos, los mismos que los habían llevado hasta ella. Él se sentó a su lado y le acarició los cabellos. Al cabo de un largo momento, Alicia consiguió decir:

—Creo que… creo que estoy a punto de dar a luz, marido mío.

Clément se levantó como movido por un resorte, dio tres pasos y volvió a acercarse a ella:

—Voy a buscar a Manuel —anunció.

Manuel Molina, que ejercía de médico de la guarnición de la Alhambra desde hacía más de veinte años, vivía en uno de los edificios de la Alcazaba.

—No estoy segura de que tenga mucha práctica en partos —pudo ella decir en tono de broma—. Mejor ve a buscar al doctor Pinilla, él…

La interrumpió el dolor de una contracción violenta, pero más breve que las precedentes.

—Está al corriente de mi caso —agregó.

—Yo me encargo —intervino Rafael Contreras—, quédese con su esposa.

Les dejó el quinqué y salió a oscuras. Clément se estremeció. La sala, completamente forrada de azulejos, carecía de ventanas y sus únicas aberturas al exterior eran unos tragaluces diminutos en forma de estrella horadados en la bóveda.

—Bueno, pues aquí estamos —dijo dando una vuelta alrededor de la bañera—. Ha llegado el gran momento. ¿Tienes frío? No debí dejarte sola esta noche. En cuanto te sientas mejor, te llevaré a nuestra habitación. Y encenderemos el fuego. Y te llevaré toallas calientes. Pero ¿cómo se te ha ocurrido venir aquí? Es por el vagabundo, ¿verdad? ¿Lo has visto? Y pensar que aún no he fabricado la camita para nuestro hijo… Nos las arreglaremos por esta noche, ¿de acuerdo?

Alicia hizo cesar la verborrea agarrándole tan fuerte de la mano que las uñas se clavaron en su palma. Él se calló y se contentó con acariciarle la frente, que unas arrugas de dolor estriaban cada tanto. El tiempo discurría lentamente. Un pedazo de luna de una extraña tonalidad cobriza era visible a través de una de las estrellas del techo. «Bönickhausen… —pensó—. Si han pasado los guardias, se halla encerrado en la Torre de la Vela. Irá a buscarlo Rafael. Pero qué hace ese. ¡Hace ya una hora que se fue!»

Se desabotonó la chaqueta, hizo una bola con ella y se la puso a Alicia debajo de la nuca, pues el contacto contra la arista del alicatado le estaba haciendo daño. Ella le dio las gracias con la mirada y le acarició la mejilla para tranquilizarlo.

—Pero qué estarán haciendo —murmuró de nuevo.

Un grito respondió su pregunta, seguido de un reniego y a continuación una andanada de palabrotas. Poco después apareció Rafael seguido del doctor Pinilla, que se agarraba el codo y con el pómulo izquierdo enrojecido.

—Hemos encontrado a su vagabundo —anunció Rafael.

—Me he caído encima de él —apostilló el médico. Y se remangó para comprobar que solo tenía un rasguño.

Depositó el bolso de fuelle en el suelo y lo abrió, tras lo cual se volvió hacia Rafael Contreras. El arquitecto comprendió su petición implícita y se retiró. Pinilla dirigió la misma mirada interrogante a Delhorme.

—Quiero que mi marido se quede —anunció Alicia, con la respiración dificultada por las contracciones.

—Muy bien, entonces ya estamos todos —exclamó Pinilla—. Su amigo ha tenido la fortuna de encontrarme en mi domicilio.

El médico había dejado que su mujer se fuera sola a casa de su hermana so pretexto de una avalancha de trabajo, con el fin de poder continuar su lectura de *Nuestra Señora de París*. Rafael lo había arrancado de la novela en el pasaje en que Esmeralda era detenida por el asesinato de Febo, cosa que lo había molestado profundamente. Después de hacer parte del camino refunfuñando, Pinilla había recobrado la concentración en la cuesta de los Gomeles y se había puesto a sopesar riesgos y a evaluar los medios para prevenirse de ellos.

—No pensé que volvería a verla tan pronto, querida señora —dijo mientras armaba el estetoscopio—. Señor Delhorme, está al corriente de los desafíos que entraña el parto de su mujer…

—No… —lo interrumpió ella.

—La criatura se ha adelantado dos meses, ¿es eso? —tanteó Clément sin dejar de mirar a Alicia.

Ella asintió con la cabeza, luego negó, incapaz de pronunciar una sola palabra, el rostro desfigurado por el dolor.

—¿Sí y no?

—Es verdad que el alumbramiento estaba previsto para agosto —confirmó Pinilla—. Pero el problema es otro. Su mujer, entonces, no le ha explicado…

—Todavía no —respondió él sin esperar la confirmación de Alicia—. ¿Tiene el crío un problema de salud?

—No, están bien —respondió el médico.

—Están… ¿Son gemelos? ¿Se trata de eso?

Clément interrogó a su mujer con los ojos.

—¿Vamos a tener dos hijos?

Ella negó de nuevo con la cabeza. Luego respiró hondo después de una contracción larga, extendió la mano y replegó lentamente el pulgar y el meñique contra la palma.

—¿Tres? ¿Tres gemelos?

Los dedos de Alicia se aflojaron como pidiendo disculpas. Él la besó en la frente y le acarició los cabellos.

—Pero eso es maravilloso, amor mío, es…

Se levantó, cogió del brazo al médico y lo llevó aparte.

—¿Es peligroso? —susurró, dándole la espalda a su mujer.

—De eso quería hablarle —respondió Pinilla con voz serena—. Van a nacer tres criaturas prematuramente y no serán tan fuertes como deberían. Por otra parte, su mujer no podrá amamantarlos a los tres. Comprenderá que en esta situación cabe esperar que…

El médico no tuvo tiempo de terminar su frase. Delhorme se lo había llevado a la pieza contigua.

—¿Cuál es el riesgo más grande, doctor?

Pinilla hizo gesto de reflexionar, tras lo cual le compendió hasta qué punto el alumbramiento de tres hijos debilitaría a su mujer, que corría el riesgo de no tener fuerzas suficientes para expulsar al último.

—La señora Delhorme me parece una mujer extraordinaria y valiente, pero lo que verdaderamente me preocupa es la supervivencia de los recién nacidos. No conozco ningún caso en que tres hijos nacidos en el mismo parto hayan sobrevivido. Además, yo nunca he asistido en ningún parto de trillizos.

—¿Qué podemos hacer para incrementar nuestras probabilidades? ¿Qué he de hacer yo?

En ese preciso instante, Alicia tuvo la impresión de recibir un puñetazo en el vientre y chilló hasta quedarse sin aire en los pulmones.

La luna había vuelto a aparecer. El espectáculo había sido magnífico, el más hermoso que Bönickhausen había visto en su vida. El astro había producido, al inicio del eclipse, reflejos azulados y después había reaparecido con la forma de una esfera perfecta de color rojo ladrillo.

—Medianoche y tres minutos —dijo mirando maquinalmente su reloj como para anotar el final de un experimento.

Cerró el catalejo y se acercó al antepecho en cuyo ángulo emprendía el campanil su letanía de tañidos. Se hallaba en el lugar preciso en el que Delhorme había estado de pie y constató lo lisa y resbaladiza que era allí la piedra, gastada por el tiempo. El ingeniero meneó la cabeza con un ademán cargado de reproches. Se asomó hacia el vacío y distinguió una forma oscura pegada a la torre, a unos dos metros hacia abajo desde la terraza.

—¡Tampoco está tan loco nuestro hombre! —exclamó, divertido.

Un andamio constituido por planchas ceñía un tramo de muro alrededor de una ventana, cuyo arco de mosaicos estaba siendo restaurado.

—¡Señor ingeniero! —lo llamó Contreras desde la entrada a la terraza.

Bönickhausen fue hacia él sin apresurarse y se dio cuenta de que el hombre estaba cubierto de sudor. Rafael le resumió la situación y lo invitó a ir a su morada, que se encontraba en otro edificio distinto del de la vivienda de los Delhorme.

—La cámara de Carlos V, un privilegio —indicó el arquitecto mientras cruzaban la explanada en dirección a los palacios.

—O sea ¿que voy a dormir en la cama de un rey? —preguntó Bönickhausen, y se comprometió en silencio a relatar la anécdota en su siguiente carta a sus padres.

Rafael lo detuvo cogiéndolo del brazo.

—De un emperador. A decir verdad, él en persona nunca durmió allí, pero el escritor Washington Irving sí —le contó como un secreto, y reanudó la marcha.

El nombre del novelista, del que Bönickhausen no había oído hablar, no causaría el mismo efecto en sus padres, pero se prometió mencionarlo de todos modos. Le gustaba aderezar su correspondencia familiar con anécdotas que no fuesen únicamente la de las futuras obras que preveía construir y su correspondiente coste.

Después de atravesar una sucesión de piezas, Contreras se detuvo en una sala cuadrada de estilo italiano con un artesonado muy deteriorado, donde una cama reciente había sido instalada en un rincón. Carecía de dosel y velos, de cortinas, colgaduras o atavíos ostensibles dignos del fasto de una familia real; tan solo se veía una chimenea decorada con un escudo de armas de piedra.

—Las obras de remozamiento no han comenzado aún en esta parte —se disculpó el arquitecto—, pero tendrá vistas al jardín de la Lindaraja. El borboteo de la fuente lo mecerá durante la noche —añadió, abriendo de par en par la ventana que daba al patio.

Las ramas entrecruzadas de un limonero y de un naranjo alcanzaban la altura a la que se encontraban ellos y presentaban sus flores como una ofrenda que podían tocar con las manos. Llegó hasta allí el grito desgarrador de la señora Delhorme. Los dos hombres se miraron sin decir nada. El grito terminó en un largo quejido y después el murmullo del agua deslizándose por el mármol de la fuente recobró sus derechos.

Una vez solo, Bönickhausen se sentó en la cama y observó el techo recubierto de una multitud de casetones de madera de cedro, que enmarcaban motivos de frutas y flores. Las pinturas murales habían quedado casi totalmente borradas por el tiempo y recubiertas de firmas y palabras de visitantes poco escrupulosos, que se puso a leer. No tenía sueño pero, aunque lo hubiese tenido, los alaridos de dolor de Alicia le habrían impedido dormirse. Pensó en su mujer, también encinta, y en el día del parto. No sabía cómo se comportaría en tal situación él mismo, pero era mayor su impaciencia que su angustia.

Oyó todo, como si el alumbramiento estuviera teniendo lugar en la pieza adyacente, y se dio cuenta de que los sonidos se propagaban por el conducto de la chimenea. Intentó escribir, pero no logró concentrarse;

luego trató de dormir, en vano. Abrió entonces su cuaderno, escogió un lápiz con mina de grafito blando y dibujó la pieza en su conjunto. A pesar de que la palmatoria apenas si alumbraba algo, se lo tomó en serio y dibujó bocetos de los diferentes casetones del artesonado, además de la chimenea ornamentada con los emblemas imperiales. Habían transcurrido dos horas cuando oyó unos pasos en el corredor de acceso. Clément entró.

—¿Ya? ¿Es usted padre? —preguntó Bönickhausen abriendo los brazos, preparado para darle un abrazo.

El grito de Alicia respondió en lugar de su marido, que arrugó las cejas.

—Necesito su ayuda —dijo—, se lo explicaré por el camino.

Emprendieron una ruta que el ingeniero no conocía, por un pasillo estrecho y después por una escalera de caracol, para llegar finalmente a las termas. La señora Delhorme, tumbada dentro de una bañera alargada de forma cuadrada, tenía el cuerpo oculto en parte por el médico, que le apretaba el vientre con una fuerza asombrosa. Apartó la mirada, no solo por desagrado sino también por pudor, y siguió a Clément a la última cámara de los Baños.

—El antiguo horno —le informó.

—¿Qué necesita de mí?

Clément le contó de la existencia de los tres mellizos y los riesgos relacionados con su prematuridad.

—En primer lugar, necesitarán un ambiente caldeado y húmedo. Luego tendremos que encontrar una nodriza para paliar la falta de leche.

Bönickhausen admiró la calma y la determinación del Delhorme.

—El doctor me ha advertido que el parto podría durar varias horas —añadió—. Y Alicia no está en condiciones de trasladarse a otro lugar. Por lo tanto vamos a hacer lo que podamos aprovechando los medios de que disponemos. Hay un hipocausto debajo del embaldosado y un sistema de conducción del vapor. Los vamos a poner en funcionamiento.

—Puede contar conmigo —dijo el ingeniero, desabrochándose la chaqueta.

—Junto a usted se encuentra el horno —indicó Clément mostrando un gran nicho con los muros renegridos—. Hay una reserva de leña en nuestros aposentos y otra en la guarnición. Los canales del hipocausto calentarán enseguida el suelo. En cuanto al vapor, hay una pila pequeña en la sala de al lado, conectada con las calderas.

—No debería ser demasiado complicado —dijo Bönickhausen remangándose.

—Salvo por un detalle: ya no hay calderas, las vendieron hace cien años. Cuento con usted, ingeniero Bönickhausen.

9

Ramón avanzaba por el camino que subía serpenteando desde el desfiladero encajonado que separaba el Albaicín de la colina de la Alhambra. El paraje no contaba con alumbrado y a menudo sus pies chocaban con raíces o guijarros. La luna casi había desaparecido y se había transformado en un círculo del color de la sangre seca.

—Esto no me gusta —refunfuñó sin atreverse a volver a mirarla.

Pasó por delante de una gran cruz de piedra, plantada en el borde del talud, y aprovechó para santiguarse. Un hombre dormía en el suelo, arrebujado contra el pretil que ofrecía una protección simbólica del barranco que bajaba en picado hasta el Darro. De día, los habitantes del lugar lo usaban como banco para hacer un alto en el camino. De noche, el poyo proporcionaba resguardo a los desdichados vagabundos. Más allá, en el lado de la colina, un aloe inmenso recortaba su silueta esquelética contra el cielo. Ramón conocía bien las leyendas que se contaban de una Alhambra rondada por los espectros de los guerreros moros. Maldijo a su hermano por haberlo obligado a subir de noche al Sacromonte, el lugar que más miedo les daba de niños, la guarida de los gitanos, la colina maldita, pero estaba convencido de que Mateo había ido allí para llevarse a su bohemia a dar un paseo en berlina. «¡Ese es capaz de cualquier cosa, el muy estúpido! En plena noche, con las bestias agotadas y una luna que desaparece.» Le pareció distinguir las primeras luces del poblado. Ramón aceleró el paso en el momento en que la luna recobraba una tonalidad ámbar.

La colina de los gitanos parecía animada por una actividad tan intensa como si fuera pleno día. Los habitantes se habían reunido en torno a varias fogatas que ardían como solecillos en las pendientes escalonadas. La hoguera principal ardía en la terraza más elevada, a cincuenta metros por debajo de la abadía del Sacromonte, delante de la entrada de la mayor de las cuevas, la única que disponía del privilegio de un tejadillo y una banca de madera. Un puñado de personas acompañaba con palmas las evoluciones de una joven bailaora flamenca, de movimientos fluidos pero sin gracia, ataviada con un vestido de muselina de colores chillones. El guitarrista, sentado en una silla, rasgaba las cuerdas con eficaz economía. Las llamas envolvían unos listones grandes de madera colocados formando pirámide y lamían el cielo con sus puntas febriles. Ramón llegó hasta el grupo cruzando por las pasarelas y subiendo por las escalas que comunicaban las terrazas, acumulando en cada etapa una nueva nube de chiquillos curiosos y pedigüeños que veían por primera vez a un forastero penetrando en la colonia después del anochecer.

Cuando Ramón llegó ante el anafe, el guitarrista dejó de tocar en mitad de un cante chico y la bailarina se dejó caer en el suelo como una muñeca de trapo. El hombre se quedó sentado, mirándolo, esperando a que el desconocido tomase la palabra, sin hacer nada para facilitarle las cosas al sujeto que acababa de interrumpirles la velada. Solo los niños seguían interpelándolo y tirándole de la ropa, hasta que una señal del guitarrista los hizo salir corriendo y desaparecer en la penumbra. Uno de los listones del fuego, a medio calcinar, se partió por la mitad, provocando que todos los demás se vinieran abajo con un chorro de chispas. Ramón se quedó observándolos un instante, reparó en el fragmento de fieltro rojo atado a una de las maderas y se llevó las manos a la cabeza gritando:

—¡Mi berlina! Mi berlina… ¿Qué han hecho con ella?

Su reacción desató las risas de la concurrencia, cosa que a él lo enfureció aún más. Trató de sacar las planchas de madera del fuego, pero lo único que consiguió fue quemarse la mano. Soltó por su boca un muestrario de todos los improperios en boga en Guadix y pisoteó el suelo.

—¿Qué problema tienes, payo? —rugió una voz a su espalda.

Todos se callaron de golpe y bajaron la vista, incluido el músico, que sin embargo parecía tener autoridad sobre los demás. El gitano que estaba plantado delante del umbral de su vivienda, flanqueado por cuatro hombres todos más fornidos que él, llevaba un sombrero con forma de embudo, con un borde ancho alrededor y terminado en un pompón de tela. Su rostro joven, más bien benévolo sin llegar a ser amigable, quedaba parcialmente comido por una collera de espesa barba. Vestía una chaqueta multicolor bordada y punteada de lentejuelas y los pantalones remetidos por unas botas altas con flecos. Ramón reconoció al jefe del clan, Antonio Torquado, por la descripción que le había hecho su madre cuando le refirió la situación de Mateo.

Al no obtener respuesta, el príncipe de los gitanos prosiguió:

—¿Qué te pasa a ti con tu carroza? ¿Vienes a acusarnos en plena noche de habértela quemado? ¿Estás loco, borracho o completamente inconsciente, hombre?

Su voz, pese a ser calmada y reposada, llegó hasta las otras cuatro fogatas, cuyos participantes detuvieron sus actividades. Unos fueron hacia ellos. Torquado avanzó en dirección a Ramón, que empezó a lamentar haber ido.

—Pero no son ustedes los que la han robado, sino Mateo, mi hermano —balbució, tratando de ganarse la aprobación de todas las miradas dirigidas a él.

El mayoral explicó la razón de su presencia y su sorpresa al haber reconocido el tejido entre la leña.

—Es igual al de mi vehículo: todo el techo está tapizado, por eso he creído que mi hermano había sufrido un accidente, el camino es tan peligroso, y he pensado que estas planchas venían de mi berlina, ¿comprende? Pero creo que me he equivocado, voy a dejarlos —concluyó tratando de romper el corro que lo rodeaba.

Nadie se movió. Torquado, que bebía vino en un vaso de barro cocido, le tendió el recipiente. Ramón no se atrevió a rechazarlo y, después de darle un trago, se lo devolvió.

—Ya los dejo, de verdad —repitió—. Tengo que encontrar a mi hermano.

—Entonces, según usted, habría destrozado su carroza, que nosotros habríamos despedazado para calentarnos. ¿Y las mulas? ¿Nos las habríamos comido, por casualidad?

Todos los presentes rompieron a reír. El príncipe agarró firmemente a Ramón por la nuca y se lo llevó hacia la terraza inferior.

—¿No le interesa saber si su hermano está bien después de su accidente?

Bajaron la colina hasta el ribazo del Darro, acompañados de los cuatro gitanos que sostenían cada uno una antorcha, seguidos a una distancia respetable por parte de los colonos. Ramón identificó rápidamente la forma oscura entre la hierba a una decena de metros del arroyo y apretó el paso hasta su berlina, cuyo pértigo reposaba en el suelo. El príncipe cogió una de las antorchas para alumbrar el vehículo, que estaba intacto. Ramón lo rodeó unas cuantas veces, manipuló las portezuelas, a continuación verificó las suspensiones de cuero y resopló sonoramente, aliviado.

—Pero ¿qué ha pasado?

Mateo no se lo había pensado dos veces. «Cuide bien de los suyos…» La frase del doctor Pinilla lo había removido por dentro. Había comprendido que el vehículo de su hermano le ofrecía una oportunidad única: le permitiría abandonar el Sacromonte, Granada y la miseria junto a Kalia y el niño. Al ver a los dos tortolitos diciéndose cosas dulces en voz baja en una esquina de la calle del hospital, se había decidido. Ya tendría tiempo de devolverle el coche a Ramón cuando su familia estuviera a salvo, lejos de Torquado y su banda. «Mi familia», había dicho para sí, orgulloso al pensarlo, antes de hacer restallar el látigo por encima de Bandido y Capitán. Había salido del camino donde arrancaba la primera pendiente que subía hacia la colina de los gitanos y se había dirigido al fondo de la garganta orientándose gracias a los pálidos reflejos plateados del Darro, había atado el carruaje a un viejo olivo y había trepado por el flanco meridional de la colina con el fin de evitar a los grupos de bohemios, que se reunían alrededor de los hornillos, y de llegar en medio de la oscuridad a la cueva apartada de Kalia.

Había entrado como un gran señor llegado para liberar a su princesa, le había expuesto su plan y por toda respuesta había recibido una piedra en punta, arrojada sin miramientos, seguida de una argumentación florida en la que le explicaba que una bohemia jamás abandonaría su clan por un payo pobre y repulsivo, lo cual a Mateo le había parecido exagerado tanto en lo uno como en lo otro. El niño se había despertado y se había puesto a berrear tan fuerte como un cantaor en una zambra, obligando a Kalia a concederle un paseo en carroza, solo una vueltica, con el fin de calmar al crío y de imaginarse como una princesa durante una escapada por Granada. Mateo había llevado en brazos a la madre, incapaz de caminar, quien a su vez llevaba en brazos a su retoño, incapaz de callarse. Los había instalado a los dos dentro del habitáculo, había subido al puesto de cochero y, en el momento de partir, había reparado en el extraño color que empezaba a adoptar la luna, cosa que, más que asustarlo, lo había asombrado. Con un golpe de muñeca a las riendas, había azuzado a las bestias para que echasen a andar, pero ellas se habían negado. Después de varias tentativas infructuosas, se había resignado a utilizar el látigo, lo cual había tenido por efecto encabritar a las dos mulas, atascar la berlina en una rodada, hacer gritar de dolor a Kalia y provocar que acudiesen todos los gitanos de la colina.

A pesar de las protestas de Kalia, Torquado se había mostrado intratable. Los hechos iban contra ella y, ya que había querido huir del Sacromonte, él la desterraba, junto con Mateo y el niño. Magnánimo ante los muslos vendados de la joven madre, el príncipe les había dejado una de las dos mulas, quedándose con la otra y con la berlina.

—¡Pero es mía! —se atragantó Ramón al conocer la noticia—. ¡Y la bestia también!

—Está usted en un territorio en el que nosotros tenemos plena autoridad —le aseguró Torquado.

—¡Me quejaré al capitán, al gobernador! —dijo el mayoral, envalentonado, antes de retroceder al ver que el gitano se le acercaba.

El príncipe lo miró fijamente sin replicar y, acto seguido, le tendió la antorcha. La conversación había terminado.

—Dígame al menos adónde se han ido —suplicó Ramón con poca convicción.

Torquado ya le había dado la espalda. El cochero lanzó una mirada última a su vehículo y, luego, a los dos hombres que se habían quedado a ambos lados del coche, mientras todos los demás no eran ya más que una culebra luminosa que remontaba la pendiente en dirección a las terrazas.

Bajó del monte y entró en Granada hasta Plaza Nueva, donde las calles estaban más animadas que de costumbre. La luna había recobrado su color y su brillo, pero la noticia del eclipse se había difundido y había hecho salir a los curiosos. Después de inspeccionar la plaza con presteza, Ramón salió de ella y se fue directamente a casa de su madre. Llamó con los nudillos a la puerta de la vivienda, pero nadie abrió. Solo salió el vecino de rellano, alertado por el ruido.

—La que está ahí dentro no parece que le vaya a abrir —comentó el hombre—. Está muerta.

—Ya lo sé —rezongó Ramón, cuya energía y paciencia iban en declive—. ¿No ha venido Mateo esta tarde?

La respuesta negativa no lo sorprendió. Apoyó las manos en la nuca. No había comido nada desde Guadix y reflexionar le parecía un ejercicio que no estaba al alcance de sus fuerzas, cuanto más que con su hermano era imposible prever nada.

—¿Quiere pasar a descansar un poco? —le ofreció el vecino—. Lo he reconocido, señor Álvarez. Mi mujer ha hecho salmorejo —añadió para convencerlo—. Así me cuenta su vida de hombre de negocios en Murcia.

Las cejas del mayoral adoptaron una posición horizontal, al mismo tiempo que se le iluminaba la mirada. Entró haciendo mil venias a su salvador, se dejó caer en la silla que le ofrecieron sin siquiera quitarse la chaqueta, mientras la esposa, convocada, se iba corriendo a la cocina. Ramón salivó al ver la miga de pan empapada en la mezcla de aceite, vinagre y tomate, recubierta de una apetitosa loncha de jamón crudo, cuyo color le recordó los claveles prendidos en la melena de la bailaora gitana. Ahuyentó tal pensamiento y se zampó tres salmorejos seguidos hasta rebañar el plato, sin dejar en ningún momento de interpretar el papel del empresario de transportes que no era en realidad (o no aún), respondiendo a las preguntas de su anfitrión y dándole las gracias a su madre en su fuero interno por haber exagerado su posición. Le vino al recuerdo la suerte que había corrido su berlina, y eso lo entristeció y le dio un aire intranquilo que el vecino tomó por preocupación acerca de la salud de su madre. El hombre le ofreció una bebida alcohólica muy anisada, Ramón le ofreció a su vez un cigarro y los dos se sentaron en un sofá tapizado con un tejido brillante, delante de una ventana abierta a la noche, por la que les llegaban serenatas y cantos de las calles vecinas. Dejó que el vecino le contase la vida del inmueble piso por piso, y a continuación la de la maestra finada, cosa que le hubiera sobrado. Se sentía mejor, relajado por el alcohol y la facundia de su anfitrión, y ya no tenía fuerzas ni para moverse. Iría a descansar antes de retomar la búsqueda. Ramón percibió en la esquina de la ventana el borde amarillo claro de la luna, recuperada de su eclipse.

—Se hubiera dicho una fruta pocha —dijo pensando en el astro, interrumpiendo al vecino en medio de su perorata—. Hace un instante tenía toda la facha de una fruta en descomposición —repitió ante la mirada incrédula del hombre.

Este pareció intentar reordenar sus ideas y manifestó su perplejidad cruzando y descruzando las piernas antes de responder:

—Lo siento terriblemente. Sin embargo, hicimos todo lo posible para que tuviera un embalsamamiento de calidad.

III

Granada, España,
martes, 2 de junio

10

El llanto del niño al tomar su primera bocanada de aire invadió la sala de los Baños. El doctor Pinilla le cortó el cordón, lo envolvió en pañales y lo depositó en brazos de Delhorme, que se quedó petrificado un instante antes de presentarlo a su mujer. Alicia se sentía eufórica después del primer alumbramiento; el dolor se había atenuado y todos sus músculos se habían distendido.

—Un varón —dijo simplemente Clément, a quien la emoción había despojado súbitamente de palabras.

Ella se incorporó sobre los codos, miró a su minúsculo recién nacido, le dedicó una sonrisa llena de amor, luego otra a su marido, y a continuación dejó que la realidad la invadiese: iba a tener que superar otros dos alumbramientos, cuando el primero acababa de dejarla exangüe. «Cómo lo voy a hacer», meditó, dejándose caer sobre su lecho de dolor. Cerró los ojos para reunir todas sus energías.

La bañera había sido acondicionada por Clément, que había llevado allí el colchón y los almohadones sobre los cuales descansaba Alicia, así como los trapos que él mismo había hecho jirones siguiendo las indicaciones del médico.

Todos tenían la cara perlada de sudor a causa de la humedad caliente que reinaba en la estancia. Pinilla, que sabía que los pulmones de los tres fetos no estaban maduros aún, había decidido humidificarlos al máximo por este medio, algo que jamás había intentado, pero el cúmulo de presiones obligaba a correr riesgos. El sistema ideado por Bönickhausen había permitido generar una humedad y un calor propios de las selvas tropicales. Tras preguntarle a Contreras, el ingeniero había sabido de la existencia de un taller de producción de alcohol situado cerca de la plaza de los Aljibes, y entre los dos habían conseguido un alambique capaz de generar una cantidad suficiente de vapor. Los soldados que estaban de ronda les habían ayudado a transportar el recipiente de cobre y madera, y después a reunir suficientes leños para el fuego. Habían despertado a los oficiales y al médico de la guarnición, y una agitación inusual se había extendido por toda la Alhambra.

El ingeniero había retirado el condensador del cuerpo del alambique para conectarlo directamente al caño que atravesaba el muro hasta los grifos de la bañera, unas sencillas llaves de hierro, pues las originales, unas cabezas de león de oro macizo, habían desaparecido mucho tiempo atrás. Gracias a este sistema, Clément controlaba la tasa de humedad del interior de la estancia.

Bönickhausen comprobó la potencia del fuego cuando Pinilla le pidió que saliera más vapor. El segundo niño se hacía esperar. El médico se secó la frente y las manos antes de introducir de nuevo en sus orejas los tubos de caucho del estetoscopio. Lo apoyó en el vientre de su paciente, cuyo volumen no había disminuido, y reflexionó sobre el desarrollo de los acontecimientos. «El cuello sigue dilatado, el parto será rápido una vez que se rompa la segunda bolsa», se tranquilizó. Pinilla se acordaba de los gemelos de la señora Hermoso, el segundo de los cuales había nacido varias semanas después que el primero. El médico se había negado a romper la bolsa de las aguas, origen frecuente de infecciones para la madre, y había preferido esperar a que la naturaleza siguiera su curso. «Pero ¿cómo proceder con trillizos?» No tenía ni la menor idea y, por primera vez en su carrera, dudó de intervenir.

Había transcurrido una hora y media desde el primer nacimiento cuando la membrana se abrió de forma natural, para su gran alivio. Noventa minutos durante los cuales los gritos de Alicia se habían apagado poco a poco a causa del agotamiento, pese a los ánimos de los hombres.

—¡Venga, ya casi estamos! —la exhortó el facultativo después de haber efectuado una palpación—. Va a contener la respiración y después, en las siguientes contracciones, empuje hacia abajo lo más fuerte que pueda.

—No puedo, no puedo —murmuró Alicia, a quien le costaba abrir los ojos, sepultados en sus cuencas.

Tenía las mejillas hundidas, lo que le marcaba aún más los pómulos.

—Hay que hacerlo de otra manera, a mi mujer ya no le quedan fuerzas —intervino Clément.

Pinilla, que escuchaba los latidos de los corazones a través de su estetoscopio, no respondió. Delhorme le quitó el instrumento y repitió la frase vocalizando mucho delante de la trompetilla de marfil. El médico hizo una mueca y respondió secamente:

—¿De otra manera? Pero ¿qué propone? No hay otra manera de dar a luz, señor mío, desde que el mundo es mundo, créame, y yo…

No pudo terminar la frase: en ese mismo instante una contracción más violenta dejó paralizada a Alicia. Con la mano izquierda se aferró al estetoscopio, con la derecha al antebrazo de su marido. Y lanzando un alarido animal, haciendo acopio de sus últimas fuerzas, empujó con el ímpetu de la desesperación, arrancándole de las orejas los dos tubitos al médico, que no pudo contener un grito de dolor. Los dos dejaron de chillar a la vez, dejando paso a un silencio estupefacto.

—¡Ahí está, ahí está, veo la cabeza! —anunció Clément, que sostenía con fuerza la mano de su mujer.

Pinilla volvió a colocarse en su sitio, junto a la parturienta. Le dolía la espalda, le sangraban las orejas. Envolvió las piernas de Alicia con unas toallas calientes que sujetó con sendos imperdibles. Era un gesto que respondía más a un reflejo que a una finalidad útil, teniendo en cuenta la temperatura ambiente, pero el médico necesitaba conservar el *modus operandi* que le era propio y que siempre le había dado resultado. Asió la cabeza del niño con las dos manos y tiró suavemente. Los hombros no estaban colocados.

—No empuje más —avisó—. Señor Delhorme, vaya a buscar el fórceps que está en el bolso. Y el frasco de jarabe.

Clément le dio las tenazas con forma de cucharas grandes y quitó el tapón del frasco.

—¿Cuánto tiene que beber?

Pinilla estiró el brazo para indicarle por gestos que se lo diese a él.

Cogió el frasco y tragó tres veces, después de lo cual se lo devolvió con cara de satisfacción.

—Este es un tónico cuya composición es mía. Debería despabilarla. Pero, ojo, solo un traguito —le advirtió mientras Clément sostenía la nuca de Alicia para ayudarla a beber.

—Dentro de poco no quedará madera —gritó Contreras desde la sala adyacente.

—Hay que conservar la misma temperatura y también la misma humedad —resolvió el médico.

Delhorme volvió a taponar el tónico, lo dejó fuera del alcance del médico y se fue hasta la sala del horno. Bönickhausen estaba terminando de tapar el alambique con una manta de lana con objeto de reducir todo lo posible las pérdidas de calor, mientras el arquitecto reunía las últimas ramas de madera seca colocadas en el suelo.

—Nos queda para una hora, no más —indicó el ingeniero—. Después, se acabó el vapor.

—He traído toda la reserva de leña del taller. Y también la de la guarnición —añadió Contreras.

Clément miró las llamas que lamían la madera calcinada dentro del hogar.

—Podemos guarnecer con burletes todas las rendijas de la habitación caliente —sugirió—, colgar telas y mantas en los vanos de la entrada y de la salida, juntando muchas capas, para paliar la falta de puertas.

—No hay tiempo para eso —objetó Contreras—, y harían falta clavos especiales para no dañar los paramentos.

—Pues entonces solo veo una solución…

—¡Venga, deprisa! —gritó Pinilla—. ¡Tengo un problema!

Los ojos de Alicia ya no reflejaban más que una visión empañada de la realidad. Todo parecía distendido. Había sentido ganas de llorar y luego, después del alumbramiento de su segundo hijo, se había sentido eufórica. Euforia que no había durado más que unos segundos y que vino seguida de una agitación intensa a su alrededor. No oía llorar a su hijito. Quiso hablar, saber, entender, pero era incapaz de articular el menor sonido o de abrir los ojos. El tiempo se hizo largo, tan largo… Un líquido caliente le escurrió entre las piernas. Percibió el olor de la sangre, sonidos de tijeras, pero no sintió nada, no era su cuerpo el que estaban sajando. Después, finalmente, un grito felino, agudísimo. El grito de la vida. Oyó la voz de su marido, lejana, tan lejana… era una niña. Alicia respondió con una sonrisa, luego se la pusieron un instante en los brazos y ella notó su aliento contra su piel. Se la llevaron.

Tenía calor pero tiritaba, no le quedaban fuerzas ni para abrir los ojos. Pero, de todos modos, para qué abrirlos, si todo estaba tan borroso, el médico, Clément, todo ese ajetreo que se percibía detrás de ellos… Le pareció ver entrar unas figuras en la estancia transportando un alambique. Debía de estar delirando. Su cuerpo no era más que un manojo de dolores, tenía la impresión de que su vientre y sus piernas se hubiesen deshilvanado y que nunca más la sostendrían. Las voces le llegaban todo el tiempo distorsionadas y lejanas. Había también siseos, cada vez más fuertes, como un torbellino de insectos zumbando alrededor de su cabeza. Y la voz que decía que aún había otro niño en su seno, que había que volver a empezar, que, ánimo, era la última vez. ¿La última? Pero si lo único que hacía era dar a luz, una y otra vez; se había transformado en Prometeo, su vida entera era un parto repetido sin fin.

Notó que Clément le cogía la mano, y notó también el regusto amargo del líquido que él volvía a ponerle en la boca, y la invadió una lasitud inmensa. Luego, de pronto, una contracción volvió a atenazarle el vientre. Pero, a diferencia de las veces anteriores, tuvo la impresión de haberse vuelto ajena a ese cuerpo que la torturaba. Iban a tener que apañárselas sin ella. Se dejó flotar, lejos de todo, lejos de sí misma.

—Tenemos la negra —confesó Pinilla—, la bolsa del último está intacta aún. Con lo que acaba de pasar, debería haberse roto.

La recién nacida había salido de nalgas, con el cordón enrollado al cuello. El médico habría sido incapaz de dar cuenta precisa de todos sus movimientos, que había efectuado como si se hallara fuera de la realidad debido al agotamiento extremo y al tónico ingerido. Había conseguido sacar a la cría, cortar el cordón que la estrangulaba y reanimarla. La madre ya no se encontraba en condiciones de ayudarlo para el último. Y él ya no quería esperar más.

—Dígales que preparen un barreño con agua caliente, vamos a realizar una irrigación para provocar el parto —ordenó a Clément.

—¿Está seguro? —se inquietó Delhorme.

El médico hizo un ademán de impotencia y dejó caer al suelo la toalla que tenía en la mano.

—Su mujer ya no podrá empujar, se encuentra en un estado de extenuación grave. Voy a servirme de un medio drástico, pero estoy convencido de que permitirá contraer lo bastante su matriz para la expulsión. El camino ya lo han trazado los dos primeros. Disculpe mi modo de hablar —se corrigió—, pero le ruego que confíe en mí.

Clément sopesó los riesgos y respondió con un movimiento de la cabeza:

—De acuerdo, usted dirá.

Contreras, que había oído la conversación, los llamó desde la sala de la caldera.

—Nos queda una hora de funcionamiento, no más.

Con ayuda de Bönickhausen y de Clément, habían desmontado el andamio del Salón de Embajadores, lo cual les había procurado una reserva de unas veinte planchas largas y anchas.

—Voy a tener que encargar unas antes de que Alicia se dé cuenta —bromeó el arquitecto dirigiéndose al ingeniero.

—Usted tendrá tiempo, ella debería estar ocupada los próximos diez años —repuso este último también en tono jocoso.

—Qué mal la conoce. La Alhambra es también hija suya.

Al otro lado, el vapor formaba una niebla fina. Clément llevó el barreño de agua caliente y se sentó junto a su mujer. Pinilla se enjugó con el revés de la manga la humedad que le cubría la frente y las cejas, cogió una pera de caucho y comenzó con las irrigaciones del útero. Admiraba la fuerza de Delhorme, que hablaba sin cesar a Alicia, de ella, de él, de sus dos hijos que se reponían de su llegada estruendosa a este mundo, dormidos dentro de un capacho grande a su lado, de la Alhambra, de su vida futura.

Cerca de las seis de la mañana Alicia expulsó el último de los trillizos, una niña, sin ser consciente de ello, con un largo gemido que se apagó en un suspiro. Pusieron a la recién nacida con su hermano y su hermana, a los que despertó con sus berridos agudos y sus gesticulaciones. Alicia recibió una última dosis de tónico antes de quedarse profundamente dormida.

El médico esperó la expulsión de la tercera placenta, la examinó, tomó el pulso a su paciente, se alisó los bigotes y se santiguó murmurando:

—¡Gracias, Señor!

Delhorme se había sentado con la espalda apoyada en la bañera, el rostro cubierto de lágrimas y de sudor.

—Mire —dijo al médico mostrándole las estrellas de luz que se habían dibujado en el piso.

Las primeras luces del alba habían penetrado en los Baños a través de los tragaluces horadados en la cúpula y formaban columnas de luz que atravesaban la sala desde el techo hasta el suelo creando un espectáculo irreal. Una de ellas se había posado sobre el capacho, iluminando así a los niños con un resplandor suave que pareció calmarlos. Las gesticulaciones desordenadas cesaron, los puñitos se relajaron y las criaturas se quedaron dormidas enseguida, una tras otra.

Pinilla y Bönickhausen transportaron a Alicia, inconsciente, a los cuartos del matrimonio mientras Clément se quedaba velando por sus niños, que debían permanecer aún varios días en la atmósfera envolvente de los Baños. Los hombres regresaron con un Clos de Vougeot, que el ingeniero abrió para celebrar el acontecimiento bebiéndolo en silencio. Poco antes de las siete, el oficial de la guarnición se presentó avisado por la buena nueva y prometió que a primera hora de la tarde tendrían veinte estéreos de leña, que sus hombres irían a buscar al monte. A continuación el arquitecto y el ingeniero se retiraron a descansar.

Contreras regresó a su taller, en el que la cerámica, que había dejado dentro del horno, se había derretido por completo. Se tumbó en su cama, situada en el primer piso, y se durmió enseguida. Bönickhausen, después de haber recorrido el hamam del que aún escapaba un hilillo de vapor, se equivocó de camino y entró en el patio de la Lindaraja a la que daba su alcoba. Rodeó el claustro, admiró la profusión vegetal que lo componía y se acercó a la fuente central con su chapoteo relajante. Metió la mano en el agua cristalina, impresionado ante el trabajo de los arquitectos árabes, que habían desviado el curso del río proveniente de la montaña para desarrollar un sistema de riego que había transformado la colina de la Alhambra en un jardín paradisíaco. Alzó la vista hacia la ventana abierta de su cuarto, del que salía un tenue fulgor, y se riñó por haberse olvidado de apagar la vela. Abandonando el edén que despertaba ya, Bönickhausen se llegó presto a la alcoba del Emperador y se detuvo, paralizado, en el umbral.

—Pero ¿qué están haciendo aquí? ¿Y quién es usted?

Pinilla había salido a disfrutar del relativo frescor de la explanada barrida por un viento de levante moderado. Clément había ido con él tras asegurarse de que los recién nacidos y la madre dormían apaciblemente y de aguardar la llegada de la señora Contreras, que cuidaría de las criaturas. A sus pies, Granada despertaba después de una noche serena.

—Quisiera darle las gracias de todo corazón —dijo el francés.

—¿Darme las gracias? Es a Dios a quien hay que dárselas. Lo que ha pasado es realmente increíble —respondió el médico, con la mirada en algún punto indefinido de Sierra Nevada, cuyos picos blancos comenzaban a salir de la oscuridad—. ¿Cómo es posible sobrevivir a tres partos seguidos? La señora Delhorme es una mujer excepcional.

—Alicia es una mujer única —lo corrigió Delhorme—. Acaba de resolver una ecuación de tres incógnitas.

—¿Es cierto que tiene antepasados moros que vivieron en la Alhambra? —preguntó Pinilla, haciendo suyo uno de los rumores más pertinaces que corrían por el paseo de la Alameda.

Delhorme no respondió. El vagabundo de la noche pasó por delante de ellos, vagamente sobrio, y los saludó sin reconocerlos. El hombre acudía a mendigar alimento a la ciudad. Más abajo, el conserje maniobraba los dos paños de madera recubiertos de hierro de la Puerta de la Justicia, que se abrían con un largo quejido.

Pinilla tendió la mano en dirección a Delhorme.

—Mi frasco.

—¿Su poción?

—Sí, mi tónico. Solo yo conozco su composición. Y quiero tomar un poco.

—¿Por qué cree que lo tengo yo?

—Porque le he visto guardárselo en el bolsillo.

—Es cierto, sí —dijo Clément devolviéndoselo—. He debido de hacerlo maquinalmente —mintió.

—Ande, ande. ¡Quería impedirme beber más de la cuenta! Y llevaba razón —reconoció el médico, quitándole el tapón al frasco, que sonó con un plop característico—. Empieza un nuevo día. ¡Por sus hijos!

Bebió y se lo ofreció a Clément, que hizo lo propio. El brebaje tenía una textura densa y un amargor muy fuerte.

—¿Qué vamos a hacer para alimentarlos? —se inquietó Delhorme devolviéndole el frasco.

—Lactancia mercenaria, querido amigo —indicó el médico deslizando el frasco en el bolsillo de su chaleco.

Clément lo interrogó con la mirada.

—En la ciudad hay decenas de amas de cría disponibles —explicó abarcando Granada con un gesto teatral.

—¿Conoce alguna?

—No, pero tengo las señas de su gancho. Es la única de por aquí.

—¿Gancho?

—Así la llamamos en nuestra jerga. Es quien propone las amas a los padres, de entre las muchachas seleccionadas por ella misma de acuerdo con sus aptitudes para amamantar con leche de buena calidad, y cobra por el servicio. Gracias a la pasión de hoy en día por las amas de cría, la cosa se ha convertido en un verdadero negocio.

—¡En un verdadero tráfico, sí! —exclamó Clément, haciendo que se dieran la vuelta dos mozalbetes que subían en dirección a la Alcazaba con una caña de pescar al hombro.

—Un tráfico que puede salvar a sus hijos —repuso muy ofendido el médico, guardándose para sí el detalle de que también los galenos recibían su correspondiente comisión por cada colocación.

Pinilla dejó que se instalara entre ambos un silencio incómodo.

—Señor Delhorme —continuó después de cavilar un tanto—, debo avisarle: la mayoría de las amas vienen de pueblos de la Vega en los que las condiciones de vida son muy duras. La mortalidad de las criaturas es considerable. Pero es la menos mala de las soluciones.

—¿Y la leche animal?

—La de cabra ha salvado ya algunas vidas, yo la hubiera aconsejado en el caso de recién nacidos fuertes, pero sus hijos están tan débiles… Debe estar preparado para que no sobrevivan todos. La naturaleza selecciona a los más robustos.

—¡Ni hablar! —se indignó Clément—. ¡Tenemos tres hijos y todos tendrán las mismas probabilidades de vivir!

—Menuda utopía, amigo mío, menuda locura… Han nacido prematuramente. Con que sobreviva uno solo de los tres, ya será para alegrarse. Queda una última posibilidad —añadió después de dudar—: que el ama acuda a su domicilio. Pero para ello tendrá que desembolsar una suma que sin lugar a dudas, y sin ánimo de ofender, usted no posee.

—Si es la mejor solución, no me lo pensaré dos veces.

—La mejor solución es rogar a Dios en su gran misericordia.

—Si eso puede aportar alguna ayuda, se le rogará, créalo. Bueno, ande, vayamos a ver a su negrera.

—¿Todos los franceses son como usted?

Clément se guardó de responder y se dirigió hacia el palacio.

—Espéreme —dijo—, voy a buscar unas capas para protegernos, que va a llover.

—¿Llover? ¿Por qué lo dice? Si no hay ni una nube.

—Le digo yo que va a llover.

—Vamos, hombre, sea serio.

—Fíese de mí. Todo a su debido tiempo.

—Todo a su debido tiempo… —repitió el médico—. Venga pues esa capa.

11

Ramón abrió los ojos: la luz inundaba un lugar que tardó varios segundos en reconocer. «El salón… El vecino…» Los últimos sucesos se fueron colocando en su sitio, sucesivamente. Permaneció tumbado en el sofá, con los ojos abiertos de par en par. En un lugar destacado, encima de un aparador esculpido con un estilo recargado, un reloj de péndulo con la esfera engastada en un bloque de mármol rosa indicaba las seis de la mañana. «Mi madre… El hospital…» Le llegó a las aletas de la nariz el olor de los restos del salmorejo que se habían quedado en la mesa. «Mateo… ¡Mi berlina!»

Se levantó de un brinco, electrizado por este pensamiento. La cabeza le daba pinchazos, sentía náuseas. «El anisado…» Había debido de beber mucho, y eso que a él el alcohol no le impedía andar derecho. Rápidamente se adaptó a la verticalidad y en cuestión de unos segundos todo se volvió nítido, cosa que lo reafirmó en su capacidad de aguante, supuestamente heredada de su padre, aunque él sabía que todo era fruto de la exageración desmesurada de su progenitora. El señor Álvarez había sido el único oficial muerto de frío en plena guerra carlista por haberse echado una tarde de verano junto a una barra de hielo en la trastienda del señor Hurtado, un secreto de familia que se había transmutado en final glorioso sobre un lejano campo de batalla.

Ramón salió sin hacer ruido, comprobó que no había entrado nadie en casa de su madre y abandonó para siempre el inmueble, sus recuerdos y sus ilusiones de llegar a ser algún día el empresario soñado por los suyos.

Bajó hasta la catedral y después se perdió por el laberinto de la Alcaicería, en la que unos cuantos comerciantes aquí y allá comenzaban a instalar sus mercancías. Observó a un carnicero despedazar una carcasa de cordero, imaginando la suerte que le reservaba a su hermano, pero enseguida se arrepintió y entonces concentró toda su ira en el príncipe de los gitanos, sin el cual la berlina seguiría siendo suya. Después, al recordar la complexión física de sus esbirros y el tamaño de sus dagas, echó por tierra la idea de aventurarse en el Sacromonte para recuperarla; decidió que debía hacérsele justicia a través de la ley.

Al llegar a Plaza Nueva trató de entrar en el Palacio de la Chancillería para ver al capitán general, pero las oficinas no abrían hasta las ocho y el guardia de turno lo echó sin miramientos. Se tomó un café en la plaza, mandó a freír espárragos a un mendigo que le reclamaba comida, se tomó un segundo café y se fumó un Braserillo detrás de otro. Cuando todavía resonaban en sus oídos las ocho campanadas de Santa Ana, se presentó de nuevo ante el despacho del capitán general, donde le explicaron que el superior estaba presidiendo un consejo extraordinario que, sin duda, duraría todo el día y por eso no podría concederle audiencia, ni al día siguiente ni al otro. Era evidente que el ejército no tenía ninguna gana de recibir quejas contra los habitantes del Sacromonte, que los habrían obligado a intervenir. Ramón, acordándose entonces del incendio de la reserva de dinamita del pueblo de Cogollos y de las palabras de Delhorme, afirmó que tenía que hacer unas revelaciones. Esto le abrió las puertas del despacho de un oficial subalterno, que tenía la cara picada de viruela y un bigote primorosamente recortado.

—Usted dirá —dijo el hombre sofocando un bostezo, mientras un coleóptero con el cuerpo afilado y largas antenas se posaba sobre la mesa y trataba de cruzarla.

—Ayer estaba yo en Cogollos, justo después de la explosión.

El hombre empujó al insecto, que trepó por su dedo.

—Como otros cincuenta testigos —repuso él con desdén, haciéndole un gesto para que se marchara—. ¿Y qué? —preguntó sin interesarse más en él, buscando papel y pluma.

—Y que da la casualidad de que me encontraba acompañando a dos grandes sabios franceses que venían a Granada y que resolvieron el misterio.

El militar se dignó dirigirle una mirada intrigada y le indicó mediante una seña que continuara.

—Pues eso: que nadie prendió fuego a la pólvora, sino que fue culpa de las paredes —anunció Ramón muy ufano.

—¿De las paredes?

El hombre se rascó la cabeza, incrédulo. Ramón meneó la suya y exclamó:

—¡Estaban cubiertas de salitre!

—Pues como en todas partes —objetó el oficial lanzando una ojeada hacia el ángulo del techo recubierto de pelusilla blanca, en la que acababa de posarse el coleóptero—. Me hace usted perder el tiempo, amigo.

—¡Espere! En este caso, era para fabricar pólvora para cañón. Lo dijeron los dos ingenieros.

—¿Pólvora para…? ¿Quiere decir que había un taller clandestino de explosivos? ¡Madre de Dios, tengo que anotarlo!

El hombre salió de repente de su displicencia, cogió el tintero, mojó la pluma, muy erguido, y miró a Ramón para que continuara hablando. El cochero, satisfecho con la atención que finalmente se le prestaba, se permitió explayarse sobre el fenómeno, embelleciendo la descripción a partir de lo poco que había podido oír, añadiendo elementos que le parecían creíbles, insistiendo en detalles que reforzaban la veracidad de su presencia. El militar se rascaba la cabeza con cada nueva revelación, en la que él percibía exageración pero cuyo peso era incapaz de valorar realmente. Sin embargo, el aval de los dos ingenieros le bastaba para tomarse en serio el asunto. Detuvo a Ramón en una pausa de su digresión y le tendió su declaración, resumida a lo esencial.

—Anote el nombre de los científicos y fírmela —dijo el oficial con un tono que, de tanto tratar con sospechosos, se había tornado intimidatorio.

—Vaya, mi capitán, es que antes hay otro asunto del que desearía hablarle.

—No soy capitán, pero le escucho. ¿Más explosivos?

Ramón le explicó su desventura como un robo de carroza bajo amenazas y con premeditación.

—Firmaré si usted me ayuda —concluyó—. Y créame que, gracias al asunto de Cogollos, no seguirá mucho tiempo de lugarteniente.

—No soy lugarteniente. Pero ¡que Dios y el capitán general le oigan!

El coleóptero arañó el salitre haciendo un sonido similar al del papel al arrugarse. Viendo en ello un presagio, el alférez esbozó la señal de la cruz y se besó los dedos.

Cuando Ramón salió, se había levantado un viento que había arrastrado consigo un tren de nubes gruesas teñidas de tinta negra. Ramón no ocultaba su satisfacción: había obtenido la garantía de las autoridades de que una patrulla lo ayudaría a recuperar su berlina antes de que acabase la semana. El mayoral emprendió la subida a la Alhambra canturreando, convencido de que el señor Bönickhausen, que había apreciado sus servicios, aceptaría su ofrecimiento de acompañarlo a Córdoba con una carroza que alquilaría a un compañero. La lluvia lo sorprendió cerca de las murallas. Apretó el paso.

12

La tía Camino se puso la gota de leche en la uña amarillenta y dobló despacio el dedo: la gota no se movió hasta que el dedo llegó a la vertical, entonces se deslizó lentamente y cayó en su delantal blanco sembrado de lamparones.

—Muy densa —dijo para sí, observando el color y la forma de la mancha recién formada—. ¡Y rica en grasa!

Solo entonces se dignó mirar a la jovencita que se había presentado para un empleo de nodriza y que aguardaba, de pie delante de ella, con los brazos cruzados por delante del pecho, intimidada por el examen al que la estaba sometiendo.

La tía Camino se dio cuenta y levantó las cejas. Cuántas campesinas jóvenes, atraídas por la perspectiva de la ganancia que procuraba un puesto de ama de cría en alguna casa de la nobleza o de la alta burguesía de la región, habían abandonado después de vérselas con la anciana matrona, que se había asegurado la exclusividad de este comercio con los médicos granadinos.

—Ven, acércate —dijo Camino desde su sillón de mimbre, enderezando su corpachón.

La intermediaria era una vieja con la cara ancha, el cuello adiposo y una melena tupida y sucia recogida en un moño con un cordón gastado. Sus ojos negros, hundidos bajo sus pobladas cejas, se movían sin cesar, en contraste con su fisonomía flácida.

La joven se acercó despacio, sin dejar de sentirse observada, mirando a un lado y a otro la pieza en la que se encontraban. Circulaban tantos rumores sobre la tía Camino…

—Tu leche parece de buena calidad, ahora vamos a ver tu facha —dijo separándole los brazos para examinarle el pecho.

Mientras la palpaba, empezó a decir en voz alta, como si fuese un chalán:

—Los senos tienen buen tamaño, son bastante elásticos, las venas anchas. Pezones con buen color —añadió pellizcándolos, haciendo que saliera una gota de leche.

La cogió, se la metió en el ojo como si de un colirio se tratara y pestañeó.

—Perfecta —comentó la matrona—. No irrita. Pero estate quieta, deja de echarte para atrás —la conminó, sujetándole el busto con firmeza.

La joven sintió que se le llenaban los ojos de lágrimas. Rehuyó su mirada y se concentró en un dibujo que había en la pared, unas vistas de la Alhambra desde la colina vecina.

La tía Camino se encorvó para olerle la piel del vientre y se incorporó no sin dificultad.

—¿Cuántos años tienes?

—Veinticinco.

—¿Casada?

—Sí.

—¿Cristiana?

—Sí.

—¿Y tus padres?

—También.

—¿Has traído los certificados de moralidad?

La joven respondió moviendo la cabeza. Camino se la quedó mirando un buen rato en silencio, tras lo cual la cogió de un brazo y se lo levantó.

—No huele a transpiración. Además, tu piel es suave y fresca. Muy bien, abre la boca —le ordenó mientras se limpiaba la mano con el delantal.

La candidata a nodriza cerró los ojos antes de obedecer. Notó los dedos recorriéndole las encías y levantándole los labios. Un sabor rancio se mezcló con su saliva.

—Pues sí que estás bien. Encías fuertes y una boca sana —concluyó la matrona—. Ahora, súbete las faldas. Tengo que verte los órganos genitales.

La joven se zafó de su mano.

—No, no… No quiero. Esto es demasiado.

—Pero bueno, vamos a ver, ¿tú quieres este trabajo o no? —dijo Camino dejándose caer hacia atrás en el sillón.

—Sí… bueno, creía que sí. ¡Pero lo que me hace usted me da mucho asco!

—Es lo que tengo que hacer para examinarlo todo —respondió ella con desapego—. Debo asegurarme de que no tienes ninguna enfermedad que pudiera echar a perder la leche. Que no tienes sífilis. Me juego mi reputación entre mis clientes. Después, dependiendo de lo que haya visto, y también de tus cualidades morales, te propondré para que trabajes en una familia o para que el niño pase una temporada en tu casa.

La muchacha se quedó callada un instante.

—Haré lo que sea con tal de no volver a mi pueblo sin dinero —admitió finalmente.

—Eso es ser razonable, hermosa ave. Ahora, ¡súbete esas faldas! Van a llegar otras y te quitarán el puesto.

La futura ama obedeció sin apartar la mirada del cuadro, aguantándose el llanto hasta el momento en que sintió los dedos de la intermediaria recorrerle el sexo. Se le empañaron los ojos. Se quitó con rabia las lágrimas para no dejar de mirar la imagen de la Alhambra.

—Hemos terminado, ahora deja de llorar. Vas a estropear la leche con tus humores agrios —la avisó Camino—. Vístete —añadió, dándole unas palmaditas en la nalga.

La joven no reaccionó a la provocación.

—Pues no concuerda —dijo con voz ronca.

—¿Qué dices?

—Su cuadro. Las torres están mal puestas.

La matrona comprobó el dibujo y se dio cuenta de que estaban dibujadas en una configuración totalmente simétrica sin relación con la realidad. La Torre de la Vela había perdido la mitad de su tamaño y el campanil había desaparecido.

—Qué más da —dijo—, yo ahí nunca pongo los pies. Y no conozco al autor de este pintarrajo. Pero eres despabilada y tienes una linda carita, enseguida encontraré una familia para ti. Llegarás lejos, pequeña.

—Tenía usted razón con lo del tiempo —dijo Pinilla sacudiendo su capa—. ¡Jamás habría apostado a que hoy iba a haber tormenta!

—¿Queda mucho aún? —preguntó Clément, preocupado, mientras subían la calle de los Molinos, larga y empinada.

—Es aquí.

Entraron en un zaguán que daba a un gran patio cerrado por tres casonas y se cruzaron con la muchacha en el momento en el que ella salía de la casa de la «gancho». La joven se paró y les lanzó una mirada extraña, con los ojos enrojecidos por el llanto. Ellos la saludaron quitándose los sombreros y a continuación Pinilla cruzó el umbral, sin darse cuenta de que Clément se había quedado fuera.

—¿Viene, Delhorme?

El francés siguió con la mirada a la joven hasta que esta desapareció de su vista al salir a la calle.

—¿Delhorme? —repitió el médico.

—Discúlpeme, vaya empezando, ahora vengo —dijo volviendo a ponerse el sombrero.

Pinilla resopló enojado y llegó al patio en el que la tía Camino tenía la costumbre de recibir a su clientela. No había dormido en toda la noche y le costaba no dejarse llevar por el cansancio. La matrona estaba allí, inclinada sobre el dibujo al carboncillo, cuya candidez y falsedad siempre la habían intrigado.

Lo invitó a tomar asiento y a beber un chocolate, pese a lo temprano de la hora; las facciones cansadas del médico la incitaron a ofrecerle un remedio con virtudes tónicas. Pinilla le relató el parto con todo detalle, lo cual entusiasmaba a la vieja, y a continuación ella le hizo mil y una preguntas, puntuando cada respuesta del médico con un gesto afirmativo de la cabeza y con unos enardecidos «¡Madre de Dios!».

—Nunca en mi vida he visto ni he oído nada parecido —acabó reconociendo—. Y sin embargo he practicado partos en mi juventud. Los he visto salir en todas las posiciones posibles, solos y de dos en dos. Pero ¡tres de golpe, y vivos, jamás! Me habría gustado estar allí —terminó, y escupió al suelo de tierra.

El médico contuvo una mueca de asco ante la grosería de la mediadora.

—Pues ya se figura usted, tía Camino, para qué he venido —dijo él para resumir, viendo que Delhorme no volvía—. Mi paciente necesita lactancia mercenaria de calidad.

—Todo depende de la cantidad que estén dispuestos a pagar. ¿A domicilio o en el campo?

—¡Ni lo uno ni lo otro! —proclamó Clément entrando—. Ya no necesitamos sus servicios, señora. Le ruego que acepte nuestras disculpas. ¿Viene, doctor?

Camino lanzó una mirada de extrañeza a Pinilla, quien al cabo de unos segundos de vacilación dejó su taza, se disculpó a su vez y se despidió.

Los dos hombres caminaron en silencio hasta el Campo del Príncipe, y una vez allí el médico detuvo a Delhorme agarrándolo por el brazo.

—Pero, bueno, ¿qué le ha dado?

—Ni hablar de hacer tratos con ella, eso es todo. He hablado con esa campesina joven.

—¿Y qué le ha dicho?

—Sin duda, nada que no sepa usted ya, pero los métodos de su gancho son ignominiosos. ¡Trata a estas mujeres como si fueran ganado! Eso va contra mis principios. Contra nuestros principios —añadió, incluyendo a Alicia.

—Pero ¿de qué estamos hablando? No se trata de esclavitud, son mujeres a sueldo que alquilan sus mamas.

—Entonces se lo puedo pedir directamente a esa campesina. La trataremos decentemente y no le daremos ni un real a Camino.

—¡Imposible, todo el mundo pasa por ella! Sería peligroso para su protegida.

—Y los médicos se llevan su comisión.

—Sí, ¿y qué? ¿Qué tiene de deshonroso? Cada cual saca provecho, incluidas las pobres muchachas, que ganan un dinero con el que no contaban. La mayoría son analfabetas. Seguro que le habrá mentido, no la conoce de nada.

—Pues da la casualidad de que sí.

Clément supo enseguida quién era la joven, a la que había conocido tres meses antes en el pueblo de Agrón, en plena Vega, cuando su globo había aterrizado en el campo que arrendaban sus padres.

—Estaba encinta de su segundo hijo y le quedaba poco para parir —explicó Delhorme al médico, que seguía furioso—. El marido era tonelero y ayudaba a los padres en los sembrados. Me alojaron esa noche, pues era demasiado tarde para tomar el camino de vuelta a Granada. Una familia muy agradable.

Poco después del nacimiento, el padre se había herido con la guadaña y pronto había escaseado el dinero para los cuidados, ya que el hombre debía curarse imperativamente antes de la cosecha. La joven madre había decidido probar suerte como ama de cría en Granada, arriesgándose a dejar sin leche a su propio hijo, como todas las candidatas atraídas por la esperanza de una vida mejor o empujadas por la fuerza del destino.

—Lo demás ya lo sabe usted, doctor. El examen ha sido una humillante bajada a los infiernos.

Habían andado hasta el centro de la plaza, presidida por una estatua de Cristo en la cruz. El médico alzó la vista hacia él y pareció tomarlo por testigo.

—En este caso, ya no puedo hacer nada más por usted, señor Delhorme. Me marcho a mi casa a descansar.

—Mucho ha hecho ya. Mis hijos y mi mujer están vivos y eso se lo debo a usted. Encontraré una solución para darles de comer.

Una vez a solas, Clément miró a su vez la cruz que se alzaba sobre una pila chata de piedra llena de plantas crasas. A su alrededor, los recuadros de guijarros dibujaban motivos en el suelo. En una esquina de la plaza unos naranjos en flor desprendían pétalos blancos que trazaban remolinos en el aire antes de adherirse a los mosaicos mojados. Clément acababa de analizar todas las posibilidades y había decidido conseguir un biberón y leche de cabra. Cogió uno de los pétalos que se había posado encima de uno de sus zapatos y observó su forma fina y ahusada. Se arrepentía de su actitud, que iba a privar a uno de sus hijos del pecho de un ama. Pero ya no podía echarse atrás.

—Las dos únicas pacientes que tengo que estén dando de mamar a sus niños son una señora de la burguesía y una gitana —dijo la voz de Pinilla a su espalda—. Tiene suerte, sus situaciones respectivas las protegen de Camino.

Clément sonrió y se dio la vuelta.

—Gracias.

—No va a ser fácil —le previno el médico, que había vuelto—. La primera no tiene el menor motivo para aceptar y tal vez haya perdido ya a su hijo a estas alturas. En cuanto a la segunda, vive en condiciones de higiene deplorables y bajo la férula de su clan.

13

Te escribo estas líneas, querida mamá, para describirte en pocas palabras la noche más disparatada en el lugar más increíble que haya vivido jamás. He de rogar a Dios que Marguerite tenga un parto lo más común posible, que sea niño, que nazca en el amable ambiente de nuestra casa de Clichy-la-Garenne, y sobre todo ¡que no traiga ningún gemelo! He olvidado precisar que mi colega, el señor Delhorme, se ha especializado en el estudio de la atmósfera y que no cesa de batir récords de altitud con su globo. Tan pronto como regrese a París, precisaré interesarme más de cerca por la ciencia de la meteorología, que podrá sernos de gran ayuda en los talleres.

Bönickhausen leyó el pasaje que acababa de escribir, pero se distrajo con las ideas y venidas de otros clientes de la estafeta, y no pudo ya volver a concentrarse.

Son más de las diez y aún estoy sin dormir. Figúrate, querida y buena madre que, al retomar la posesión de mi alcoba, después del último nacimiento, me encontré con que la estancia estaba ocupada. Y no por un vagabundo que hubiera cruzado las murallas, que en más de un punto están en ruinas, ¡sino por una pareja con una criatura recién nacida! Otra más, ¿te lo puedes creer? La pequeña familia había huido de la colina de los gitanos para refugiarse allí, donde tenían idea de resguardarse de la ira de aquellos por alguna razón que desconozco. Pero lo más increíble viene ahora. ¿Te acuerdas del cochero del que te hablé en mi carta anterior, el de Murcia? Figúrate que, al venir a buscarme esta mañana a mi alojamiento, se quedó pasmado al encontrarse allí a la pareja, petrificado como una estatua de sal, antes de abalanzarse sobre el hombre y dejarlo un tanto magullado, tras lo cual se abrazó a él. No era otro que su hermano, y los dos se pasaron un buen rato pidiéndose perdón el uno al otro, al mismo tiempo que echaban unas cuantas lágrimas por sus asuntos familiares. No quise parecer indiscreto y por eso los dejé a solas, para venir a esta estafeta desde la que te escribo esta historia. No digas ni una palabra a Marguerite, supondrá que el sol de la Vega me ha trastornado y se inquietaría sin razón. Hoy partiré de Granada y volveré por San Antonio.

Tu abnegado GUSTAVE

Dobló los tres folios de la carta y los embutió con dificultad en el sobre, luego escribió con esmero la dirección. Entonces desvió la atención a dos hombres que habían entrado y se habían acercado a la ventanilla del telégrafo. El más alto de los dos, con un rostro demacrado y facciones angulosas, no le era desconocido. El hombre se dirigió al otro en francés.

«La Société des Ingénieurs Civils…», comprendió Bönickhausen; el tipo había hecho una presentación allí durante una sesión, el año anterior. «Debería haber caído antes, son exactamente como me los describió Delhorme. Se los ve a la legua. Cosa que no puede pasarme a mí», meditó frotándose la mejilla, cubierta de una barba salvaje. Se recolocó la capa que había llevado consigo y verificó el precio de la tarifa postal, indicado en un cartel de la pared. Los dos hombres conversaban tranquilamente mientras aguardaban su turno. Trabajaban para la Compañía de los Caminos de Hierro del Norte, perteneciente a los hermanos Pereire, y se los veía seguros de hacerse con el contrato. Bönickhausen había colaborado ya con los dos industriales franceses y había trabado sólidas relaciones de amistad entre los ingenieros de la Compagnie du Midi, otra de las joyas de los Pereire. Si estos de aquí ganaban la concesión de la línea, su propia compañía se hallaría en una buena posición para obtener la partida de las obras de fábrica.

Sin dejar de escuchar lo que decían, Bönickhausen se acercó a la ventanilla y tendió el sobre.

—Doce cuartos —anunció el empleado después de pesarlo.

—¿Tendrá recargo?

—Sí, señor. Que pagará el destinatario.

—¿Puede calcularlo? Quisiera pagarlo yo —insistió él ante el semblante reprobatorio del empleado.

La operación iba a comportar verificar el acuerdo postal y calcular el cambio entre los dos países, lo cual le proporcionaría por lo menos diez minutos de margen.

—Espere aquí —dijo el hombre, tras haberle dedicado una mirada fulminante.

Cerró la ventanilla y desapareció en las dependencias traseras de la estafeta. Al otro lado, el encargado, que no sabía leer francés, repetía con dificultad el texto de los ingenieros, una lista de necesidades de material para los raíles y las obras de fábrica. «Si aplican los precios del mercado, nosotros seremos los más competitivos», se regocijó Bönickhausen. Los dos franceses, que empezaban a pensar que el empleado era un indiscreto, le dijeron algo en voz baja, pero sus cuchicheos entorpecieron aún más su comprensión y, después de echar rápidamente una ojeada a su alrededor, acabaron por desechar la idea. Nadie parecía preocuparse por ellos.

Una vez que el telegrama hubo sido enviado, el empleado de la ventanilla calculó la cantidad de palabras y anunció el precio.

—¿Sabías que Fives-Lille está entre los candidatos? —dijo el más alto.

—Sí, incluso parece que están en la ciudad —respondió el otro, mientras recibía su cambio—. Pero yo no he visto a nadie. Verdaderamente estamos en una crisis.

—¡Y que lo digas! Por cierto, ¿has recibido las indicaciones relativas a los Pauwels?

Bönickhausen no pudo evitar lanzar una mirada en dirección a ellos: él era la mano derecha de los Pauwels, su representante en toda Francia y director de sus talleres de Clichy.

—Están a punto de hundirse —afirmó el alto—. Doscientos mil francos de pérdidas el año pasado; no se recuperarán. Van a vender.

—¿Cómo lo sabes?

—Tengo algunos amigos.

«Pero quiénes», se preguntó Bönickhausen.

—¿Quiénes? —dijo el otro hombre como un eco.

Bönickhausen no oyó la respuesta: los dos ingenieros acababan de salir.

—Bueno, qué, ¿paga o no? —se impacientó el empleado.

Bönickhausen se lo quedó mirando como si acabara de descubrir dónde se hallaba. Las dificultades de tesorería no le eran desconocidas; ya había hablado de ello con François Pauwels. No faltaban encargos, pero solo daban trabajo a los talleres pequeños. Si su socio capitalista principal los dejaba, sería el fin para la compañía.

—¡Nueve décimos, señor! —le gritó el empleado, viendo el aire ausente de su cliente.

Bönickhausen se metió la mano en el bolsillo de la chaqueta de su traje y se dio cuenta de que se la había cambiado por la capa al salir. No llevaba encima ni un real.

—¿Me puede devolver al menos la carta? —preguntó después de haber explicado su situación.

—¡No, señor, o me paga o la tiro! —bramó el hombre agitando las manos detrás de su ventanilla.

—Pues, ande, tírela —respondió el ingeniero saliendo de la estafeta—. ¡De todas maneras nadie me habría creído!

14

—Tiene mejor aspecto, ¿verdad? —dijo la señora Pozo con el niño en brazos—. Jezequel es un niño muy valiente, sabe usted.

Miró alternativamente a su médico y a Clément Delhorme, en busca de alguna señal en sus miradas que le indicase que estaban de acuerdo con ella.

—Parece que la enfermedad se hubiera estabilizado —respondió Pinilla, que acababa de examinarlo.

Aunque la criatura dormía, su rostro color cobre mostraba claramente un gesto de dolor, la frente arrugada. Se rascó torpemente la mejilla con la manita. Gimió.

—Discúlpeme, pero no acabo de entender lo que quiere de mí —dijo la madre, entregando a la criatura a su criada.

El médico le relató el parto de la madrugada anterior y le explicó que no tenían leche suficiente para los tres recién nacidos. La señora

Pozo lo escuchó mientras se abanicaba maquinalmente a golpe de muñeca, interrumpiendo el movimiento cada dos por tres.

—Es una historia increíble —dijo—, no sabía que algo así fuese posible.

—Lo increíble es que la madre y los niños estén vivos. Pero van a necesitar refuerzo de leche.

—Ustedes no son españoles, ¿verdad?

—No, no se lo voy a ocultar —respondió él con un dejo de irritación en la voz—. Pero no sé en qué puede eso...

—La señora Delhorme es de ascendencia andaluza —terció Pinilla—. Y está realizando una labor admirable de restauración en la Alhambra.

La señora Pozo movió la cabeza afirmativamente, complacida.

—Ah, entonces son un poco españoles. Eso es importante, sabe usted, para mi marido los franceses no son precisamente santo de su devoción. Cuando se fueron de Granada prendieron fuego al almacén de su abuelo, abocándolo a la ruina.

—Entiendo. Pero eso pasó hace cincuenta años y esta familia no tiene la culpa —dijo el médico, que no andaba sobrado de argumentos—. La necesitamos, señora Pozo.

—Pero ¿en qué les puedo resultar de utilidad? —preguntó, sinceramente extrañada.

—Uno de los trillizos debe ser alimentado por otra madre —explicó Pinilla, cada vez más azorado—. Y... hemos pensado en usted.

—Señora, no sé cómo pedírselo —completó Clément—. Se lo suplico, está en juego la vida de mis hijos, accederé a todas sus demandas, le doy mi palabra. ¡Pero no hay tiempo que perder!

La madre de Jezequel se quedó desconcertada un instante, antes de responder.

Al oír que su mujer levantaba la voz en el salón, el señor Pozo, que había regresado de Madrid la víspera por la noche, se puso su batín de seda y se atusó los cabellos, al tiempo que inspeccionaba su reflejo en el espejo de la alcoba. En el pasillo se cruzó con la criada, que regresaba a su cuarto con el recién nacido lastimero. El padre no le dedicó ni una mirada. La enfermedad de su hijo, más que afectarlo, lo había contrariado y mirarlo le producía repugnancia.

—Pero ¿qué pasa, si puede saberse? —preguntó a la criada al percibir que el disgusto de su esposa no tenía visos de menguar.

La sirvienta le explicó lo que había ido a pedirle el médico.

—¡Menudo patán! ¡Tomar a mi mujer por una vulgar ama de cría! —soltó encolerizado, buscando en el bolsillo del batín su petaca de cigarrillos.

—El señor le ha ofrecido dinero, y mucho.

—Pero ¡qué grosería! ¿Qué dice? ¿Dinero?

Clément se había comprometido a vender su globo para financiar la lactancia.

—¿Y qué ha respondido la señora?

—Pues ya la está oyendo, no está de acuerdo. ¡Y no le ha hecho ninguna gracia!

Jezequel emitió unos berridos estridentes que eran más una señal de su sufrimiento que de hambre.

—Métalo en su cuna —la conminó el padre, incómodo al ver sufrir a su hijo.

Una vez a solas, el señor Pozo sacó de la petaca un Braserillo y salió al patio a fumar. No tenía el más mínimo deseo de apegarse a un recién nacido que tenía los días contados. Pero la presencia de un niño en la casa, aun no siendo el suyo, permitiría a su mujer superar un duelo que se preveía difícil. A él mismo le costaba entender que su esposa le cogiera tanto cariño a su criatura enferma, pero presentía que le remordería la conciencia. El señor Pozo caviló metódica y fríamente, como siempre había hecho, como lo habían educado. Por otra parte, la propuesta económica de Delhorme le permitiría sortear una racha complicada en los negocios. Todo eran ventajas, desde su punto de vista.

Llamó a lo lejos a Clément y al médico cuando estos salieron del salón.

—¡Señores, tenemos que hablar!

Cuando el niño se despertó, había arrastrado a sus dos hermanas a una llantina a dúo que hubiera vuelto loca a la más recia de las madres. Pero aquello apenas había sacado a Alicia de su letargo. Volvieron a trasladarla a los Baños, donde Clément le había montado una cama lo más agradable y cómoda posible. Alicia estuvo dando el pecho a una de las mellizas en medio del jaleo circundante. La recién nacida le succionaba el pezón con tanta fuerza que en un momento dado no pudo evitar gritar, pues aún no estaba acostumbrada.

—¿Y Clément? —se preocupó al no verlo en la pieza.

Estaría al caer, iba a estar fuera solo el tiempo necesario para encontrar un ama de cría. Por qué tardaba tanto. Le costaba esfuerzo pensar. Alguien le puso delicadamente a la segunda melliza encima del vientre. Berreaba tan fuerte como la otra. Alicia acercó su seno a la boquita y acarició a su hija mientras esta tomaba la leche ávidamente.

—Victoria… —susurró a la criatura—. Me parece a mí que este nombre te irá bien —añadió cuando la niña emitió un gemido de satisfacción—. Y tu hermana se llamará Nyssia —dijo sonriendo, mirando a la niña dormida—. Tu padre es un admirador de las novelas de Gautier.

La agitación no había cesado. Además de entrever por allí a la señora Contreras, vislumbró a una joven que, al igual que ella, estaba tumbada en una cama con su recién nacido en brazos. La desconocida le sonrió con una sonrisa que a ella le resultó sosegadora. La muchacha iba a ayudarla a alimentar a su hijo, si le parecía bien a la señora Delhorme. Alicia respondió con la cabeza, por qué iba a negarse. La lactancia había agotado las últimas reservas de energía que le quedaban y su retoño berreaba a pleno pulmón.

El silencio que se hizo cuando se puso al niño a mamar se pareció al que reinaba en la azotea de la Torre de la Vela al atardecer, cuando Sierra Nevada se teñía de reflejos rosados y la ciudad entera quedaba suspendida en el instante de gracia y liviandad de una jornada que tocaba a su fin. Al cabo de unas horas todo volvería a empezar, pero de momento el mundo estaba bien y Alicia se sentía feliz. Su hijo se reunió con sus dos hermanas en el capazo.

Alicia los contempló durante un buen rato y entonces se volvió hacia la gitana, que estaba dando de mamar a su niño.

—¿Cómo se llama?

La bohemia sonrió sin entenderla. Alicia se dio cuenta de que solo había susurrado y repitió la pregunta haciendo un último esfuerzo.

—Kalia —dijo la joven.

—Kalia… —repitió ella—. ¿Y su hijo?

—Javier.

«Y a mi hijo ¿qué nombre le pondremos?», se preguntó Alicia, intranquila, notando que volvía a vencerla el sueño. Y no opuso la menor resistencia.

<h1 style="text-align:center">15</h1>

La explanada de la Alhambra se había quedado desierta después de un último chaparrón, tras el cual había escampado momentáneamente. El sol había regresado y a continuación, debilitado, se había transformado en una yema de huevo que irradiaba una luminosidad difusa en un cielo lechoso. En lo alto de la Torre de la Vela, envuelta en una nube de golondrinas, dos adolescentes lanzaban al aire sus cañas de pescar, describiendo remolinos que perseguían a los cientos de pájaros presentes en el cielo.

—La pesca de la golondrina... Decididamente, esta ciudad no dejará de asombrarme —declaró Bönickhausen, poniendo su bolso de viaje encima del asiento de la berlina que Ramón había alquilado.

Comprobó que su equipaje, un baúl inmenso de cuero con las esquinas reforzadas con cantoneras de hierro y con unas asas metálicas enormes, estaba bien asegurado en el techo de la berlina, y después abrió la tapa de su reloj de bolsillo y exclamó:

—¡Las tres de la tarde! Es hora, sin duda, de ponerse en camino. Quisiera despedirme de usted, señor Delhorme —dijo estrechándole la mano largamente.

—Estará en Baena al anochecer —respondió Clément—. Y era yo quien deseaba darle las gracias por su valiosa ayuda, señor Bönickhausen.

—¿Qué van a hacer con la lactancia?

Kalia se había ofrecido como nodriza a cambio de alojamiento en la Alhambra y de una protección, pero Mateo, cuyo pánico no había disminuido, estaba empecinado en abandonar la ciudad tan pronto como la gitana tuviese fuerzas suficientes. En cuanto al señor Pozo, a pesar de todas sus protestas al respecto, no había logrado convencer a su mujer para que se encargara de uno de los trillizos.

A una decena de metros de los ingenieros, en el camino que conducía al palacio del Mexuar, Ramón seguía intentando convencer a su hermano para que se quedaran con la familia Delhorme. El mayoral, viendo que los dos franceses lo miraban, pensó que había llegado la hora de partir y fue corriendo hasta ellos.

—Mi hermano me ha prometido que se quedará hasta que yo vuelva —les informó—. Lo ha jurado por nuestra madre y, créame, cumplirá su palabra —añadió para que estuvieran tranquilos—. Me comprometo a convencerlo definitivamente si podemos asegurarle que no habrá represalias por parte del príncipe Torquado.

En la torre, los dos mozalbetes se pusieron a gritar a la vez: uno de los pájaros se había enganchado en el anzuelo y, al tratar de escapar, había enredado los hilos de las cañas. Revoloteaba cerca de sus cabezas, sin llegar a golpearlos por muy poco en cada pasada y provocando gritos salpicados de risas, hasta que uno de los dos cogió un cazamariposas de más de un pie de largo y acabó por atraparlo tras varias intentonas. Entre los dos lo bajaron al suelo, mientras la golondrina seguía agitando desesperadamente las alas. Al tratar de dar la vuelta al cazamariposas para agarrar el pájaro, este se abrió paso y, con un batir de alas frenético, consiguió escapar, con el hilo roto saliéndole por el pico. Y se fundió entre la nube de puntos negros que dibujaba elegantes arabescos en el cielo.

—Listos —dijo Ramón, que había enganchado las mulas entretanto.

—¿Aceptaría mantener correspondencia conmigo? —preguntó Bönickhausen rebuscando algo en el bolsillo de su chaleco—. Me interesa mucho su trabajo. El viento es el enemigo de los constructores y necesitamos cálculos cada vez más precisos.

—Encantado, pero no sé si conservaré mucho más tiempo mi material.

—Tome, mi tarjeta. Aunque tal vez se quede obsoleta dentro de no mucho. Mi patrón ha dado alguna que otra muestra de debilidad y estoy planteándome establecerme por mi cuenta.

Clément se quedó mirándola atentamente y entornó los ojos.

—En realidad no me apellido Bönickhausen —aclaró el ingeniero adelantándose a la pregunta de Delhorme—, lo he tomado de un antepasado mío. Por lo general estoy encantado de no usar tal patronímico, figúrese, pero en estas circunstancias concretas me permite pasar desapercibido.

Ramón lanzó un silbido y arreó de viva voz a las mulas mientras maniobraba con la berlina por la explanada. El vehículo se detuvo delante de los dos franceses, que se dieron un abrazo. Otro silbido y las mulas echaron a andar. Clément los siguió con la mirada hasta que desaparecieron por el camino de la Puerta de la Justicia.

—Gustave Eiffel… —dijo releyendo la tarjeta—. Buen viaje, señor Eiffel.

Un primer llanto escapó del palacio de la Alhambra, seguido de otros dos. Se guardó la cartulina en el bolsillo. Los trillizos despertaban.

IV

La Alhambra, Granada,
lunes, 27 de mayo de 1918

16

Hacía años que la señorita Delhorme no dormía tan bien. Cuando se despertó, el sol había filtrado haces de luz ambarina a través de la estera de bambú que hacía las veces de cortina. Los rayos formaban extraños arabescos en la pared de enfrente. «El mismo dibujo que cuando era chica», pensó observándolo con atención. También el cuarto seguía exactamente igual: las tres camas con sus abigarradas colchas de ganchillo traídas del viaje que hicieron a Oporto; el banco de madera de olivo que había fabricado su padre, que les servía de pupitre para hacer los deberes, ocupando el lugar predominante de la estancia, en el centro, y el enorme baúl de viaje en el rincón de siempre, directamente sobre el suelo de madera ajado. Su madre había presentado aquel arcón de cuero como un vestigio del paso de Washington Irving. Había servido de armario para los trillizos y acompañado los sueños de viajes de Nyssia tanto como sus lecturas. Todo aquello había desafiado el paso del tiempo, creando una sensación reconfortante de eternidad.

Se levantó y comprobó con satisfacción que no le dolían las articulaciones. Parecía que las inyecciones de sales de mercurio que se había puesto en París antes del viaje habían frenado el avance de la inflamación. Nyssia fue a la cocina, donde encontró a Kalia, y sonrió al oler el aroma del aceite de oliva con el que estaba untando un trozo de pan.

Desayunaron en silencio, puntuado por los murmullos de placer de la señorita Delhorme.

—Qué manjar —dijo, extendiendo pulpa de tomate en su tercera tostada—. ¡Había olvidado lo rico que estaba!

—Son del Generalife. Las aceitunas también. A Javier le encantan y hace acopio cada vez que viene a verme. Incluso sospecho que solo viene por eso —añadió, sonriendo para dulcificar el comentario.

—Me alegro de que os hayáis reconciliado.

—Ojalá Dios hubiese podido hacer otro tanto contigo y tu padre…

—Kalia, por favor, reservemos las explicaciones para más tarde. Sé lo que he hecho mal, pero deja que te cuente mi vida antes de agobiarme. Hoy tan solo quiero reencontrar los lugares de mi niñez.

—Perdóname —dijo Kalia levantándose para quitar la mesa.

—No, perdóname tú —suspiró Nyssia sacando un paquete de Murad de su bolsillo—, tengo tanto por lo que pedir perdón. ¿Quieres? —preguntó ofreciéndole a la anciana un cigarrillo que esta rehusó.

Nyssia lo encajó en una boquilla de jade blanco y negro y aspiró profundamente la primera calada. Se acercó a la ventana abierta y se asombró de la poca gente que se veía por las calles de la Alhambra. En el Patio de Machuca solo había una pareja paseando.

—Solo hay españoles —comentó Kalia—. Desde hace cuatro años ya no vienen extranjeros.

—La guerra…

—También la gripe. Todos vuestros periódicos nos señalan con el dedo. Hay que decir que hasta el rey se ha contagiado. Pero el doctor Pinilla me ha contado que en Granada solo hubo unos cuantos casos.

—¡Pinilla! —exclamó Nyssia, haciendo que los dos paseantes se volviesen—. Me alegro de que siga vivo. Tenía la intención de ir a visitarlo.

—Lo siento, chica mía, murió —respondió la gitana—. Me refería a su hijo Ruy. Él se encarga ahora de su consulta.

—Qué pena. ¿Tal vez podrá ayudarme a encontrar el rastro de papá? Hoy en día los médicos saben más que los confesores.

La calle Párraga era una de esas incontables venas del corazón de la ciudad resguardadas del sol gracias a su estrechez, cuyo corolario era una penumbra constante. Por suerte, la casa de los Pinilla, construida delante de un jardín, se beneficiaba de un buen número de horas de sol al día, cosa que el médico aprovechaba para leer a su madre en un patio bañado de luz ambarina. El anuncio de la visita de la señorita Delhorme no pareció sorprenderlo. Miró a su madre, cuyo rostro impasible, con los labios fruncidos y los ojos redondos, reflejaba el ataque de apoplejía del que había sido víctima después de la muerte de su marido y que la había privado definitivamente del habla. El médico pidió a la criada que llevase allí a la visita.

La señorita Delhorme no había estado nunca en casa de los Pinilla y solo conservaba un vago recuerdo del médico de la familia, con quien se había cruzado alguna vez, durante los lanzamientos de globos sonda, pero su hijo no se parecía en nada al hijo que aparecía en ese recuerdo. Era más alto que la media española, no llevaba ni barba ni bigote y una calvicie radial se había llevado consigo el color de sus cabellos. Ruy Pinilla era un hombre afable de sonrisa reconfortante, que practicaba una medicina moderna basada en los últimos estudios, a cuya lectura se entregaba con pasión. Había heredado de su padre la colección de plumas metálicas y un gusto desmesurado por las novelas de Victor Hugo. Escuchó a Nyssia atentamente, sin interrumpirla, sentado al lado de su madre, cuya boca se abría y se cerraba como la de un pez en busca de oxígeno y cuya mirada fija no se había cruzado ni una sola vez con la de Nyssia.

—Y esta es la razón por la que he vuelto a Granada —dijo para concluir su explicación—. Necesito saber si mi padre sigue vivo.

Ruy observó largamente el gráfico que le había tendido. Los trazos del papel milimetrado se habían aclarado por haber estado expuestos a la luz durante un tiempo prolongado, pero el dibujo en tinta azul era aún nítidamente visible.

—¿Cuándo desapareció su padre? Hará unos quince años, ¿verdad?

—El 10 de septiembre de 1889.

—Cómo pasa el tiempo —murmuró para sus adentros, antes de proseguir—: Lo recuerdo perfectamente. Acababa de terminar los estudios y ayudaba a mi padre en su consulta. Su madre vino a por las pastillas que él le recetaba para sus problemas de salud. Él se encontraba de viaje a la Exposición Universal y fui yo quien se las preparó. Entonces nos contó que la aeronave del señor Delhorme había sido dada por desaparecida.

Ruy Pinilla observó de nuevo el documento y luego se lo devolvió.

—Disculpe que le haga esta pregunta, pero ¿está segura de que es auténtico? Podría haberlo dibujado cualquiera, al fin y al cabo solo es un papel milimetrado con una línea de tinta.

—Lo he pensado —admitió ella—. Pero hay un detalle que recordé. Un detalle que muy poca gente conocía y que quisiera verificar con ustedes.

—¿De qué se trata? —preguntó él cuando su madre, siempre con el rostro impasible, apoyó una mano en su brazo.

—Mi padre utilizaba una tinta especial que no se congelaba a gran altura. Tenía un color único, tirando a azul índigo —indicó ella, mostrándole el dibujo—. La había creado el doctor Pinilla para él.

El médico notó que los dedos de su madre se crispaban sobre su piel. Ella movió despacio la cabeza, afirmativamente.

—Creo que se lo podemos confirmar —dijo él—. ¿Quiere acompañarme a mi despacho?

La pieza, que daba a la callejuela posterior y tenía solo una ventana, estaba sumida en la penumbra. Ruy encendió cuidadosamente las dos lámparas de petróleo fijadas a la pared y sacó un cuaderno de notas de uno de los cajones del secreter.

—Mi padre redactaba todas sus cuentas con esta tinta, pues decía que no se desleía ni con el paso del tiempo ni con la luz. Se sentía muy orgulloso de su creación.

La comparación reafirmó a Nyssia en su certeza: el trazado era del mismo color que los renglones escritos a mano por el médico.

—¡Está vivo, está vivo! —exclamó echándose en brazos de Ruy, que se tambaleó y a continuación respondió a su abrazo—. ¡Los adoro, a usted y a su familia!

La alegría y la familiaridad espontánea de la señorita Delhorme sorprendieron a Pinilla, que se ruborizó.

—Si la puedo ayudar en sus indagaciones, no dude en echar mano de mí; le mostraré mi libreta de direcciones —se ofreció él, contagiado por la efusividad de la francesa.

—Encontraré a mi padre, así tenga que registrar hasta la última vivienda de Granada y de la Vega —proclamó ella—. No pienso perderlo otra vez.

Ruy la acompañó a la puerta y después volvió al patio, con su madre.

La señora Pinilla le tendió un cuaderno en el que había garabateado una palabra con letra insegura.

—No, madre, no es ella —dijo rompiendo el papel después de haberlo leído—. Deje de preguntarme, jamás se lo diré.

Una lágrima rodó por el rostro de cera de la señora Pinilla.

SEGUNDA ÉPOCA

1875–1877

V

17

El remache, al rojo vivo, se aplanó con los mazazos del obrero. Este comprobó el resultado y se frotó las manos: acababa de terminar a tiempo la serie de alfardas destinadas a la estructura metálica de la estación de Pest.* Tenía dificultad para ubicar esa ciudad en su geografía personal, pero había entendido, gracias a una conversación de los capataces, que se trataba del acuerdo comercial más importante llevado a cabo por la compañía de Levallois-Perret y él se alegraba enormemente. Tendría trabajo para muchas semanas. El remachador recogió sus herramientas, se marchó silbando y saludó a su patrón al pasar por delante. Eiffel, que había supervisado la operación desde la entrada del taller, le devolvió el saludo y recorrió la nave, en la que estaban alineadas decenas de piezas de hierro, listas para su envío, después de haber sido forjadas y montadas en el sitio.

A su regreso de España, la empresa de los Pauwels había periclitado y Eiffel había negociado su marcha antes de que exhalase el último suspiro. Se había establecido en 1866 como constructor independiente y había recomprado a sus antiguos patronos el material de los talleres, contando con la ayuda de sus padres, que siempre lo habían apoyado

* Actual Budapest.

económicamente. Su primer encargo, al año siguiente, había sido la carpintería metálica de una de las galerías de la Exposición Universal de París. Después habían llegado unos puentes para la región del Lemosín, un gasómetro para Versalles, dos viaductos en el Allier, otro en Poitou-Charentes, una pasarela en Buttes-Chaumont, faros en las costas francesas, una aduana, una dársena y una iglesia en el Perú, otra en Manila, una esclusa de armaduras en Rusia, obras en la línea férrea de Brive-Tulle y en el departamento de la Vandea, además de en el Jura suizo y en Rumanía, el casino de Sables-d'Olonne, el puente de Chinon… Le agradaba recitar para sí la lista de sus obras, no tanto por orgullo sino para obligarse a no dormirse en los laureles. A sus cuarenta y dos años, su situación como empresario seguía siendo delicada y su fama no traspasaba el ámbito de la comunidad de ingenieros, pero confiaba en que las obras de ese año le proporcionaran la legitimidad y la base financiera de los más grandes.

Eiffel fue a las oficinas de los ingenieros y comenzó a estudiar el plano del vestíbulo de salidas a las que iban destinados los elementos. Pero no conseguía concentrarse: tenía la mente en el proyecto siguiente, el anuncio de cuya concesión esperaba para ese mismo día.

—¿Va todo bien, patrón?

Eiffel miró a Seyrig. No le hacía gracia que su socio e ingeniero jefe le tratase con semejante calificativo, pero este se resistía a tener en cuenta el empeño que ponía Eiffel en ignorar su propio estatus dentro del grupo y su aportación real a los proyectos y solía reprochárselo.

—¿Algún problema con los planos? —insistió, al ver que Eiffel no reaccionaba.

—No —respondió este último sin desprenderse de su aire de preocupación.

Escribió a toda prisa unas palabras en una hoja de cuaderno que arrancó cuidadosamente con ayuda de una regla, rebuscó algo en su bolsillo y le tendió dos billetes de diez francos.

—Théophile, quiero pedirle un favor. Va a acercarse a la oficina del telégrafo de la calle de Les Batignolles.

—¿Hay que enviar un mensaje?

—A Pedro Inácio Lopes —dijo mientras resonaba una salva de martillazos al fondo del taller.

Eiffel llevó a Seyrig al patio.

—A Pedro Inácio Lopes —repitió—. Es el ingeniero de la Companhia Real dos Caminhos de Ferro Portugueses. Hoy se adjudica la obra del puente sobre el río Duero y deberíamos tener ya el resultado. Esto me intranquiliza.

—Mire, Gustave, sabe tan bien como yo que nuestra propuesta es la única que respeta el precio de coste exigido. ¡Somos dos veces más baratos que los otros!

Eiffel arqueó las cejas como para conjurar la mala suerte y dobló la hoja.

—El texto y la dirección —dijo entregándosela—. ¿Puede enviar el mensaje y esperar la respuesta?

—Pero... ¡puede tardar horas en llegar!

—Es muy importante para la continuidad de la sociedad, y lo sabe. En cuanto tenga la respuesta, coja un coche de punto y venga deprisa a avisarme.

—De acuerdo, patrón. Voy —suspiró Seyrig, molesto por que lo tratara como a un capataz.

—Una cosa más: no me llame más «patrón». Hemos estudiado lo mismo, ¡demontre!

Théophile se marchó sin decir nada, preguntándose si era consciente de la brecha creciente de su rivalidad.

Salió de la calle Fouquet y entró en la avenida de Clichy con paso mesurado. Había hecho un calor estival y a las cinco de la tarde la temperatura rondaba aún los veintiocho grados. No estaba acostumbrado a recorrer las calles a esa hora y encontró París bullendo de animación. Distinguió la oficina del telégrafo de Les Batignolles por su farol azul y entró, no sin antes quitarse el sombrero. Seyrig constató con satisfacción que no había cola en la ventanilla. Sacó un pañuelo, se enjugó el sudor de la frente, luego se secó las manos y finalmente tendió el papel al empleado.

—Un envío exprés, por favor —precisó.

El ingeniero se desprendió de la cantidad exigida después de haberla recalculado, hallando exorbitante el precio. Pero, a cincuenta céntimos la palabra, los doce francos reclamados estaban justificados. El progreso no tenía precio. Le resultaba difícil imaginar que su mensaje había sido recibido ya en Oporto y que, en cuestión de poco tiempo, a mil quinientos kilómetros de la calle de Les Batignolles, el ingeniero Lopes tendría conocimiento del mensaje de Eiffel.

«Lo más largo será el tiempo que tardarán en encontrarlo para llevarle el telegrama», caviló mientras callejeaba por los alrededores. Divisó una ferretería que ofrecía una gama impresionante de escobas colgadas en el escaparate, entró, impulsado por un reflejo profesional, y se dirigió a la sección de piezas de hierro, donde compró varios remaches de un proveedor que le era desconocido, así como unas bisagras con un diseño que le pareció elegante.

Adquirió un ejemplar de *Le Petit Journal* en un quiosco, vio que podía abonarse a la publicación durante seis meses por el precio que costaba un telegrama al extranjero y regresó a la oficina de correos convencido de que ninguna noticia, por importante que fuera, valía el precio de medio año de lectura.

Seyrig comprobó con una simple mirada que la respuesta seguía sin llegar, cosa que el empleado confirmó con un movimiento de la mano. A continuación, se instaló en una silla y emprendió la lectura del periódico por el folletín *Les Pieuvres de Paris*. Aunque él solo lo seguía de manera intermitente, sentía curiosidad por saber si la bella Fanny cedería a los avances del arribista de Mortimer. Levantó la vista hacia la ventanilla: el telégrafo seguía mudo.

Eiffel fue asaltado en el vestíbulo por una tribu de cinco niños disfrazados de pastorcillos que corretearon a su alrededor gritando y cantando frases ininteligibles. Él soltó una carcajada.

—Pero ¿qué sois? ¿Una familia de cabreros?

—No, papá, somos habitantes de Pest que venimos a celebrar la nueva estación que estás construyendo —dijo la mayor, una muchachita de mirada decidida.

—Gracias, Claire, gracias a todos, Laure, Édouard, Valentine y Albert —dijo él saludándolos uno por uno con amplios sombrerazos.

—Tenemos que ponerte una medalla de parte de los húngaros —declaró Laure con aire solemne.

—Será un honor. Pero esperemos a que la estación esté terminada. Por cierto, ¿dónde está vuestra madre?

—En su cuarto, subió a descansar —respondió Claire después de haber hecho a los demás la señal de que se dispersaran—. Ha tosido mucho, papá.

Eiffel acarició los cabellos de su hija para tranquilizarla y esperó a que se fuera con el aya, que se había quedado aparte, al fondo del pasillo, aguardando el final del espectáculo. Dejó su maletín encima de su mesa del escritorio, lo vació y ordenó sus carpetas y documentos, luego levantó el visillo de la ventana para observar la puerta de la entrada: Seyrig seguía sin aparecer. Eiffel subió la escalera y abrió despacio la puerta de la habitación.

—No puedo dormir —le dijo su mujer, cerrando el libro que estaba leyendo distraídamente—. ¡Acérquese!

Los ataques de tos habían cesado hacia la mitad de la tarde y la bronquitis se hallaba en fase de recuperación. Marguerite tenía ojeras y el cutis apagado. Esbozó una sonrisa, que se le borró al instante, eclipsada por pensamientos tristes. Tenía treinta años pero aparentaba diez más. Cinco embarazos en doce años habían dejado agotado su cuerpo y embotada su voluntad.

—Voy a decirle a Albert* que se acerque a vernos —dijo Eiffel, que se había sentado en el borde de la cama.

—Ya estoy mejor, no merece la pena molestarlo —afirmó Marguerite con la voz cascada por la irritación.

—¿Se acuerda del verano pasado, en la montaña? Podríamos volver allí.

—¡Cómo olvidarlo, si caminamos con la nieve por las rodillas!

—Y regresamos con la cara colorada por el sol. La altitud y el aire puro le sentaron muy bien.

Marguerite contuvo un arranque de tos, pero el esfuerzo la dejó exhausta.

—Voy a dejarla que descanse —concluyó Eiffel, dándole unos golpecitos en la mano.

—No, tengo que levantarme.

La campanilla de la puerta de la casa tintineó y él se puso en pie de un brinco.

—¡Es para mí!

—No —replicó su mujer—. Es el fotógrafo, teníamos cita a las seis.

—¿Qué fotógrafo? —preguntó él acercándose a la ventana.

El hombre que venía por el pasillo traía cargada al hombro una cámara oscura montada sobre un trípode.

* Albert Hénocque, médico y marido de Marie, la hermana de Eiffel.

—El que seleccionamos para el retrato de familia, ¿será posible que lo haya olvidado?

—Sinceramente, sí. Y no me molesta lo más mínimo.

—Será cosa de treinta minutos —dijo ella levantándose de la cama.

Se miró en el espejo y se fue remetiendo los mechones sueltos dentro del moño.

—Voy a necesitar prepararme. ¿Puede salir a recibirlo?

—Pues, la verdad, no tengo tiempo —gruñó él—. Se lo diré a Claire. Avíseme cuando esté todo preparado.

—Claire solo tiene once años, señor marido mío.

—Dentro de nada, doce —replicó él, dicho lo cual no le quedó otra que doblegarse y acudir a la puerta, a falta de otros argumentos—: Bueno, me ocupo yo, pero le diré que se dé prisa.

El hombre no pareció inmutarse ante la determinación del señor de la casa de que espabilara con el encargo y se dedicó a examinar diferentes rincones de la vivienda para decidir finalmente que lo mejor sería hacerlo en el jardín. Divisó el camino que arrancaba al pie de la escalera de la terraza, flanqueado por dos setos de hiedra trepadora.

—¡El marco será perfecto! —exclamó, satisfecho—. La luminosidad es excepcional hoy —explicó, desplazando una mesa metálica redonda que presidía la parte cubierta de césped—, la aprovecharemos. Vengan, instálense. Señor, a la derecha —ordenó—. No, a mi derecha —lo corrigió, pues Eiffel acababa de sentarse en el sitio equivocado—. Y la señora al otro lado.

El ingeniero suspiró con exasperación. Seyrig estaba tardando.

—Tú, la mayor, te colocarás entre tus padres y sentarás al pequeño en tus rodillas.

—Se llama Albert —respondió Claire obedeciendo, pero molesta por la poca atención dedicada a su hermano.

Eiffel tamborileó con los dedos encima de la mesa y lanzó una ojeada en dirección al pórtico. El fotógrafo aceleró la colocación.

—Los otros dos, quedaos de pie, alrededor de vuestra madre. Eso es, así, apoya la mano en su hombro —indicó a Laure—. Así está bien —dijo retrocediendo.

—Y Valentine, ¿no tiene derecho a salir en la foto? —preguntó Eiffel señalando a la más pequeña de todos, que estaba a diez metros de ellos, observando una mariposa posada en una flor del borde del camino.

La calma del dueño de la casa incomodó más al hombre que una reprimenda. Se apresuró a instalar a la pequeña al lado de su padre, en un banquito que servía de soporte para una maceta con flores.

—¡Ahora sí, la familia al completo!

Desapareció detrás del velo negro de su aparato fotográfico.

—Señora, ¿puede mirar a su marido? Todos los demás, ¡por favor, miren fijamente la cámara oscura!

Eiffel permaneció impasible. Mentalmente estaba repasando todos los detalles de la documentación del puente de Oporto, mientras se preguntaba cómo podría mejorar aún más su oferta. Valentine le tiró de la tela del pantalón.

—¿Qué es la cámara oscura? —preguntó la niña con su voz agudísima.

Su hermano Édouard le señaló con el dedo el aparato fotográfico. Ella lo imitó y sonrió, dejando ver sus dientes finos y apretados.

—Atención, voy a levantar el obturador, ¡que nadie se mueva! —indicó el hombre sin ver sus gestos.

La petición, voceada como si fuese una orden, hizo que los niños se quedasen quietos, cosa que desencadenó la risa nerviosa de Marguerite Eiffel. Eso le provocó un ataque de tos que no fue capaz de contener, y necesitó un minuto largo para recuperar el resuello. El hombre sacó la cabeza de debajo de la tela y se enderezó mientras aguardaba que todo volviese a la normalidad, luego se agachó de nuevo y se escondió debajo de la falda de tela negra. Eiffel, por su parte, estaba absorto en sus pensamientos: debería haber propuesto un puente totalmente de hierro en lugar de dejar aquí y allá piezas de hierro fundido. Acababa de convencerse de que el retraso en el anuncio del resultado se debía precisamente a eso y estaba enojado. Cruzó las piernas y frunció las cejas.

—Esta vez, todo está perf... —dijo el fotógrafo antes de que lo interrumpiese la campanilla.

Sin haber visto siquiera el rostro de gesto adusto de su ingeniero, Eiffel salió corriendo por el sendero. Se lo topó en lo alto de la terraza, donde discutieron en voz baja y luego cada vez más fuerte. Los niños lanzaban miradas interrogantes a su madre, pues no sabían si podían moverse. Pero Marguerite no vio sus miradas suplicantes: no le quitaba los ojos de encima a su marido. El semblante de Eiffel no denotaba expresión alguna. Las cosas no iban como habían previsto.

—¿Cómo dice? ¿Que no es lo bastante caro?

Bajó la escalera que llevaba al jardín, se detuvo delante del banco en el que lo esperaban todos, cada cual en la postura que le había sido indicada, y se volvió hacia su socio, que no se había movido de la terraza.

—¿Que no es lo bastante caro? Pero ¿van a firmar o no?

—Antes de confirmarlo, quieren nombrar una comisión especial para examinar nuestro proyecto de nuevo —respondió Seyrig acercándose hasta él.

Cuando llegó a su lado, Eiffel reanudó la marcha y pasó entre su familia y el fotógrafo.

—¿Quiénes forman la comisión?

Al escuchar los nombres, recuperó la sonrisa.

—Los conozco a los tres, serán favorables a nuestras innovaciones —se tranquilizó, volviendo a ocupar su sitio para gran alivio de su familia—. En cuanto termine con esta sesión, pasaremos a mi despacho —añadió, retomando la pose.

Seyrig admiró la cámara oscura que el fotógrafo había abierto con el fin de colocar la placa de vidrio impregnada de colodión.

—¿Es un daguerrotipo? —se interesó algo titubeante, lo que delataba su ignorancia en la materia.

—¡Santo cielo, no! —exclamó el fotógrafo volviendo a cerrar la caja—. Un daguerrotipo exigiría por lo menos cinco minutos de posado.

Dio la espalda a la familia y susurró:

—¡Y se puede figurar lo difícil que eso sería con el señor Eiffel!

Seyrig se atrevió a lanzar una mirada en dirección al ingeniero, que le hizo un ademán impaciente.

—Es un ambrotipo —explicó el fotógrafo hablando para todos—. Viene directamente de Boston, en los Estados Unidos de América. Dos segundos de posado y…

—¡Vuelta a empezar! —lo cortó Eiffel, levantándose.

—Pero si aún no he hecho nada —se defendió el hombre.

Eiffel hizo oídos sordos y se acercó a Seyrig.

—Vamos a volver a hacer los cálculos, habrá que llamar la atención yendo aún más allá en la precisión. Impresionarlos, demostrar que no hemos dejado nada al azar ni a la improvisación.

—Yo mismo he hecho esos cálculos y le puedo asegurar que…

—Somos los que ofrecemos el precio más bajo. Y los mejores —lo interrumpió—, ¡esta idea ha de calar en la mente de todos! ¡Y yo tengo la solución! —concluyó, dándole una palmada en la espalda a su socio—. Se va a ir usted a España.

—¡Pero eso no es posible, debo estar en Pest dentro de cinco días! Vamos a comenzar el montaje de la estructura —protestó Seyrig acompañando sus palabras con un gesto que no admitía réplica—. ¿Y por qué a España?

Eiffel se sentó sin responder e hizo una señal al fotógrafo para que procediera a la toma de la fotografía. Los niños miraron fijamente el objetivo y Marguerite a su marido, el cual anunció:

—¡Tiene usted dos segundos!

El hombre asintió sin decir esta boca es mía y, a continuación, con un gesto teatral, colocó la mano delante del obturador del objetivo y exclamó:

—¡Quietos todos!

18

La Alhambra, Granada,
lunes, 24 de mayo de 1875

Las ondas erizaron la piel del agua. Victoria corrió hasta el extremo opuesto del Patio de los Arrayanes y se asomó al estanque, al lado del chorro que lo alimentaba.

—No, no los veo. Venga, hazlo otra vez —le dijo a su hermano.

Irving, sentado al borde del agua, agitó el líquido con las piernas, removiendo las partículas en suspensión y provocando la aparición de una espuma abundante.

—¡Puaj! —dijo ella sentándose con las piernas cruzadas—, ¡esto es una auténtica charca! Bueno, qué.

Victoria esperó un ratito y entonces se levantó:

—Peces rojos, peces blancos y algunos mezclados. Pero ninguno con la piel dorada.

Jezequel, que iba y venía por el sendero del jardín, con la mirada fija en el estanque, se detuvo para escucharlo y luego reanudó su actividad.

—Ya lo ves, tu padre nos ha contado patrañas —intervino Javier, que se había mantenido al margen y trituraba entre los dientes una brizna de hierba—. ¡Vaya trola! ¡Solo es una leyenda!

—¡Que no! —se enfureció Jezequel—. Mi padre los vio de joven, incluso capturó uno y tenía las escamas de oro de verdad.

—Eso es una leyenda —lanzó Javier, y escupió el tallito de gramínea.

—¡No es ninguna leyenda! —exclamó Jezequel enfadado, levantando la voz.

—Sí que lo es —repitió él.

Los dos niños solían enfrentarse, pero, ante la confrontación física, Jezequel siempre retrocedía. Javier poseía una anchura de espaldas que no dejaba dudas respecto del resultado de la disputa.

—Es cierto que se cuentan muchas leyendas sobre la Alhambra, mamá nos las ha contado todas —intervino Victoria para apaciguar los ánimos de todos—. ¿A que sí, Irving?

El niño asintió distraídamente con la cabeza, más ocupado en agitar el agua con un palo.

—Sí —dijo cuando ya nadie esperaba su respuesta—. Entre el montón de leyendas seguro que unas cuantas son ciertas, ¿no?

—Pues yo os digo que el estanque es hondo y que los peces dorados están abajo —afirmó Jezequel—. Por eso no los vemos.

—Desde luego que sí —dijo Irving con una mueca exagerada de displicencia—, tiene metros y metros.

—Solo hay un modo de averiguarlo —aseguró Jezequel quitándose la camiseta de punto.

—¿Te vas a tirar al agua? —preguntó Javier, sorprendido.

A pesar de sus continuos desacuerdos, se sentía responsable de los demás y de Jezequel en particular, quien de su enfermedad de la infancia conservaba una constitución enclenque y una tez encobrada, y con frecuencia era objeto de burla.

—Soy el que mejor nada, ¿no? —dijo Jezequel poniendo por testigos a los demás.

Contra todo pronóstico, el haberse curado de la enfermedad de Winckel le había conferido capacidades respiratorias fuera de lo común.

—Apuesto a que puedo llegar hasta el fondo para ver los peces —afirmó para despabilarlos de la ociosidad que reinaba por las tardes.

—Déjate de tonterías, Jez —le soltó Victoria—. Además, no verás nada, el agua está demasiado sucia.

Javier, que se había puesto de pie, se acercó al borde. El estanque estaba turbio y era imposible evaluar su profundidad.

—No los verías ni aunque se acercasen a hacerte cosquillas en la punta de la nariz —concluyó.

—Estoy seguro de que hay más de tres metros —insistió Jezequel.

Javier tiró una piedra y la miró mientras esta se hundía lentamente antes de desaparecer, engullida por el agua turbia de la charca.

—Al fin y al cabo —dijo—, si quieres acabar cubierto de roña como los gitanos, tú mismo.

Victoria le lanzó una mirada asesina, a la que él reaccionó levantando los brazos hacia el cielo.

—¿Qué? ¡Yo-no-soy-gitano! —recalcó él—. Mi padre es un Álvarez, sus antepasados son todos andaluces ¡y a mucha honra! ¡Y que nadie me miente a mi madre! ¡Para mí, está muerta!

—Bueno, allá voy —decidió Jezequel, agitando en círculos la camiseta.

—Espera, voy a por una cuerda con nudos para que te la enrolles a la cintura —dijo Irving yéndose ya por el pasillo del Salón de los Embajadores.

—Sobre todo, ni una palabra a tus padres —le avisó Jezequel—. Y no necesito ninguna cuerda, no es peligroso.

—Solo para demostrar que te equivocas sobre la profundidad —bromeó Javier—. ¡Y tú vas a hacer de cebo para los peces dorados!

El frescor del agua le recordó que venía directamente de Sierra Nevada. Se metió en el estanque hasta el cuello, se soltó del borde, pidió que aflojasen la cuerda un poco porque le estaba haciendo daño y se llenó de aire los pulmones antes de sumergirse. Una vez en el fondo, sus manos tocaron una materia blanda que en su imaginación era un amontonamiento de ramas y hojas en descomposición. Se puso recto y trató, no sin esfuerzo, de acomodar la vista a la luz que se filtraba entre las partículas en suspensión; los ojos le picaban.

Notó una tensión en la cuerda y respondió dando a su vez un tirón para tranquilizar a sus amigos. Había transcurrido más de un minuto, aún tenía aire suficiente en los pulmones para aguantar otro minuto más y finalmente lograba distinguir algo del entorno. Los peces iban y venían a su alrededor sin inquietarse por su presencia. Ninguno tenía reflejos dorados. Decidió avanzar hacia la parte de la piscina que quedaba en el extremo opuesto de la fuente que la alimentaba. Allí la capa de desechos vegetales era más densa y formaba, a la altura del ángulo, un cono multicolor. Al acercar las manos, notó que una leve corriente se deslizaba entre sus dedos. Jezequel derribó la pirámide de detritus acumulado y descubrió el sumidero, protegido por una rejilla con barrotes filiformes totalmente oxidados. Se dio cuenta de que la multitud de colores obedecía a los objetos caídos en el estanque, que habían ido acumulándose sobre la rejilla con el transcurrir de los siglos. La cabeza le daba vueltas, ya no le quedaban reservas de aire. La cuerda se agitó frenéticamente; los de arriba debían de estar preocupados y le hizo gracia. El adolescente se fijó entonces en una figura oblonga con destellos dorados, aprisionada en un entramado de restos vegetales. La atrapó con ambas manos y apoyó todo su peso en las piernas para subir a la superficie.

Una vez arriba, lo envolvió el aire caliente. Respiró con avidez antes de que Javier e Irving lo ayudasen a salir del estanque y le desatasen la cuerda. Jezequel se arrodilló, con su tesoro bien cogido con las manos.

—Cuatro metros —dijo Javier después de contar los nudos—. ¡Tenías razón, Jez!

—Lo he encontrado, tengo la prueba de que existe —dijo el chico mirando a sus compañeros con aire triunfal.

—¡Enséñanoslo! —le pidió Victoria, que se había sentado a su lado, mientras Javier lanzaba de cualquier manera la cuerda por encima del seto de arrayanes; luego se acercó a ellos sin la menor prisa.

Cuando Jezequel abrió las manos, una mezcla de limo y humus se escapó entre sus dedos. Todos se inclinaron hacia el objeto, de color amarillo mate y forma más o menos redonda, que quedó en el centro de la palma de su mano, salpicada por las gotas que escurrían de sus cabellos.

—Una escama de oro —anunció, muy ufano.

—No es más que un viejo medallón —lo corrigió Javier cogiéndolo.

Lo examinó y se lo dio a Irving.

—No tiene nada grabado —observó este.

—En cualquier caso, no es una moneda —agregó Victoria, después de birlárselo.

Se lo devolvió a Jezequel, quien lo secó con su camiseta de punto.

Tenía la superficie ligeramente granulada y el borde desportillado aquí y allá.

—Esto es oro —repitió él—. ¡Es el tesoro de la Alhambra!

—Pues tu oro ni siquiera brilla al sol —le hizo ver Javier.

Jezequel se puso a la luz del astro para demostrarle que se equivocaba, pero en ese preciso instante este desapareció, oculto por una esfera inmensa que se elevó por encima de los tejados de la Alhambra desde la azotea del Partal.

—¡Papá! —gritó Victoria—. ¡Va a lanzar un nuevo globo!

Mientras los demás se metían corriendo por las dependencias de las termas, Javier levantó las cejas y fue tras ellos sin apresurarse. Entró en la sala de los Baños y se sentó al lado de Nyssia, que estaba leyendo tumbada en la columna de luz estrellada que bajaba de la bóveda. A diferencia de Victoria, que prefería recogerse la melena en un moño al estilo andaluz adornado con un clavel, ella llevaba la larga cabellera suelta, como su madre, con sus mismos cabellos negros aunque no tan ensortijados. Javier se la quedó mirando con insistencia pero ella continuó leyendo sin hacerle caso. Él le quitó el libro de las manos para ver el título.

—Platón. *El banquete*… ¡A saber! —dijo él devolviéndoselo rápidamente para evitar un sopapo—. ¡También lees libros de cocina!

Nyssia hizo una mueca altiva que él interpretó como de burla.

—¿Qué?

Ella retomó su postura, con las manos en el haz de luz, y comenzó otro capítulo.

—¿Qué? —repitió él—. Que no leo nunca, ¿es eso? ¿Que soy un ignorante?

Ella había dejado de prestarle atención y pasó la página con delicada lentitud.

—Pues tú nunca estás con los otros, siempre en tu rincón —siguió diciendo él—. Siempre con un libraco en las manos, Nyssia, ¡la querida Nyssia!

—¡Que no me llames así, sabes que no me gusta!

Se había levantado. Javier, sorprendido, retrocedió un paso y añadió:

—¿Por qué no? Así te llaman, ¿quieres que se lo pregunte a tus padres?

—¡Estúpido!

Era un tema que irritaba invariablemente a la chiquilla, el único capaz de sacarla de su mundo de ensoñaciones.

—Te crees más lista porque lees, pero ¿de qué te servirá eso el día que te cases? ¿Para cocinar las recetas del Platón ese?

Fuera del recinto una guitarra tocó un fandango, desatando los aplausos de una nutrida y bullanguera muchedumbre.

—Venga, anda —dijo Nyssia guardando el libro dentro de una cesta que contenía otros muchos—. Vamos a ver la salida del globo.

Después del nacimiento de los trillizos, Clément Delhorme había revendido su material con el fin de pagar la lactancia y poder mantener a toda su familia. Tan solo se había quedado con los registradores de presión y de temperatura, cuyos datos cotidianos le habían permitido conservar un vínculo con el Observatorio de París. Los primeros meses, Clément no había podido efectuar las mediciones con la regularidad necesaria para aportar datos fiables, a las siete de la mañana y a las dos de la tarde, pues las más de las veces se encontraba ocupado con los trillizos, y había tenido que pelear a brazo partido con su director, Urbain Le Verrier, para poder seguir accediendo a todos los archivos meteorológicos de las estaciones asociadas. Luego, poco a poco, la vida había ido organizándose en una rutina que no dejaba sitio a la improvisación. Alicia había amamantado a las niñas durante más de un año, mientras que Irving había compartido la leche de Kalia con Javier durante cuatro meses y después la de la señora Pozo con Jezequel hasta la primavera siguiente. La gitana se había instalado con Mateo en la Alhambra, en la estancia que había ocupado Gustave Eiffel, hasta el día en que había regresado al Sacromonte, movida por las ganas y la necesidad de vivir en la colonia, y había dejado a Javier solo con su padre putativo el mismo día en que cumplía dos años. Ellos se habían quedado en la Alhambra, aunque se habían trasladado a otro palacio. Mateo no soportaba ya la cámara de Carlos V rondada por el fantasma de la mujer a la que seguía amando, y se había instalado en uno de los pabellones del Generalife, cerca de las huertas. Javier pasaba el día con la familia Delhorme y volvía con Mateo a la caída de la tarde, cuando su padre bajaba de Sierra Nevada. Se lo encontraba invariablemente con el espinazo encorvado hacia el sembrado, las manos encallecidas y quemadas de portar bloques de hielo. Entonces, volvían los dos juntos a los cuartos de la planta superior, con sus inmensas paredes de escayola decoradas con arabescos, donde un taciturno Mateo pasaba el tiempo contemplando el Sacromonte vecino, lamentando su suerte o ahogando las penas en el rubí del valdepeñas del que lo abastecía el heladero Hurtado a cambio de una suma irrisoria. Al hacerse mayor, Javier se había distanciado de Mateo, a quien en su fuero interno reprochaba tanto el haberse quedado, como a su madre el haberse marchado. Pasaba las horas con los trillizos y Jezequel, y comía y dormía en casa de los Delhorme como si fuera el sexto miembro de la familia.

El primer año Alicia había organizado la restauración de los palacios de la Alhambra en función de las tomas de las niñas, y todo el mundo en el taller, desde los obreros hasta el arquitecto Contreras, se había plegado gustosamente a ello. Cuando fueron un poco más mayores, los niños la habían acompañado por las salas en obras, hasta que al final acabaron quedándose a solas en sus habitaciones del Mexuar sin más vigilancia que la suya propia. Su padre se había ocupado de ellos en exclusiva durante los tres primeros años de vida, habituándose a una situación que los hombres de la ciudad, al igual que la mayoría de sus esposas, juzgaban humillante y degradante para la imagen paterna. Pero todo eso, tanto a él como a Alicia, les traía sin cuidado.

Clément ató la última cuerda de anclaje a la piqueta metálica clavada en la tierra y se echó hacia atrás el sombrero para secarse la frente con la manga de la camisa. Comprobó las otras dos fijaciones, que formaban con la tercera un triángulo isósceles en cuyo centro descansaba la cesta que contenía los instrumentos de registro. Por encima de su cabeza, a más de diez metros del suelo, flotaba un inmenso globo embutido en una malla tupida. En 1866 había podido comprar el material necesario para construir un nuevo prototipo y en mayo de 1867 había procedido a su primer lanzamiento, ante la estupefacción de la chiquillería. Ocho años más tarde seguían sintiendo aquella misma emoción.

Desde el incidente con Ramón, Delhorme había mejorado su sistema para la trampilla y utilizaba gas del alumbrado en vez de hidrógeno, un producto igual de inflamable, pero con un coste menos elevado. Alicia había decidido hacer de cada lanzamiento una fiesta e involucrar en ella a los granadinos. En un primer momento Clément se había opuesto rotundamente, recurriendo a los riesgos de explosión como un argu-

...o irrebatible, pero su mujer los había desbaratado enseguida propo-
...iendo que no se autorizase la presencia de espectadores hasta que el
globo estuviera sujeto con sus cuerdas. El elemento decisivo lo había
aportado el doctor Pinilla, quien, después de consultar a sus colegas de
la facultad, había descubierto que la presencia de testigos y de la prensa
local validaba de forma oficial cada una de las tentativas. Clément, a
quien no le interesaban los honores, había resistido unos cuantos meses
antes de claudicar cuando Alicia consiguió negociar el suministro y el
pago del gas sustentador por cuenta de la Villa, con la salvedad de que
todos los ciudadanos pudieran presenciar los lanzamientos desde la Alhambra. Mateo había invitado a un guitarrista amigo suyo, al que enseguida se unieron otros, con lo que se formó un conjunto de fandango
que amenizaba cada ceremonia con melodías populares y composiciones
novedosas.

Uno de los aeróstatos de 1873 había alcanzado una altitud de quince mil metros y registrado una temperatura de menos cincuenta y cinco
grados, lo que llenó de orgullo a la ciudad entera. Desde entonces, todos
esperaban un nuevo récord en cada lanzamiento y Clément, que antes
había huido de la popularidad, acabó por habituarse a ella.

Se había levantado viento y el globo se mecía como una cabeza gigante.
Para esta prueba, Clément había pintado la tela de negro y solo había
conservado la mitad de las planchas de aluminio, repartiéndolas de tal
modo que parecían cabujones. Este aspecto había impactado a los espectadores y al reportero presente, el cual, después de haber caminado alrededor de la instalación durante un buen rato, se había acercado a Clément para hacerle preguntas.

—¿Un disfraz de Arlequín? —repitió el meteorólogo para cerciorarse de haber entendido bien la pregunta, mientras la banda tocaba con
frenesí—. No, no se trata de una cuestión estética. Venga conmigo.

Clément llevó al hombre a una zona apartada de la plaza, justo cuando sus hijos salían a todo correr por la Puerta de la Rauda.

—Papá, ¿es el mío? —preguntó Victoria tratando de ver las letras
pintadas en la tela.

Su padre negó con la cabeza.

—El *Irving*. El *Victoria* aún no está reparado —añadió al ver su gesto contrariado—. Ve a decirle a mamá que lo soltaremos dentro de nada —le pidió poniéndole el sombrero en la cabeza—. El anemómetro se está volviendo loco.

—Sus trillizos tienen aspecto de encontrarse estupendamente —comentó el periodista—. ¿Podremos hacer un artículo sobre ellos, ahora que han crecido?

—Todos los años me pregunta lo mismo…

—Y todos los años me dice que no. Pero esta vez es para otro periódico que va a salir dentro de poco: *El Pensil Granadino*. Solo hablaremos de ciencia, arte y literatura. Este caso bien merece un especial, puede que sean los primeros del mundo en sobrevivir los tres y han nacido aquí. ¿Qué me dice, pues?

—¿Pues? Como usted sabe, todo gas se dilata con el calor, por lo que constituye el principio de los artefactos de ascensión —respondió Delhorme eludiendo la pregunta, ante la expresión ceñuda del periodista—. Y gracias al sol y al color negro del tejido, el gas contenido en mi globo se va a calentar. ¡Mire!

Clément cogió un pedazo de madera y trazó unas ecuaciones en el suelo de arena.

—Si la densidad del gas es de 0,3, será un 0,7 del peso del aire, lo que significa 794 gramos por metro cúbico a una temperatura del aire de 30 °C y solamente 650 a menos 20 °C. La ganancia, por tanto, es de 144 gramos por metro cúbico y mi globo tiene 500. ¿Me sigue?

El periodista se quedó callado, preguntándose si el ingeniero lo decía en serio o si se burlaba de él.

—Si solo tomo el primer término de la fórmula de Laplace para calcular la fuerza de ascensión…

—Adelante —dijo el hombre, que había dejado de tomar apuntes.

—… y calculo que el peso del globo es de 50 kilos, entonces la altitud resultante será…

Escribió el cálculo en el suelo.

—16.398 metros en invierno y 18.232 en verano —concluyó, rodeando el resultado con un trazo como si fuera un profesor—. Lo que hace casi dos mil metros de ganancia solo por el efecto del sol.

—Así pues, con el calor que hace hoy, tiene esperanzas fundadas de batir su récord —resumió el periodista, que había obtenido de este modo el dato que había venido a buscar—. ¡Estamos en junio!

—No del todo —lo apaciguó Clément—. Hay un elemento que no tenido en cuenta: el valor lineal del vector rayo de sol.

—Ah…

—Es más fuerte en el solsticio de verano que en el de invierno.

—Pero eso es bueno, ¿no? —tanteó el hombre.

—Sí, si nos encontramos en el hemisferio austral. Pero no es el caso.

—No, no es el caso… ¿Qué escribo entonces?

—Que, austral o no, Laplace o no, hoy soplan corrientes ascendentes que van a elevar este artefacto hasta las estrellas. Fíjese dónde están las golondrinas —concluyó Delhorme con un movimiento de la mano, mientras los habituales pescadores de la Torre de la Vela recogían sus trastos, al no haber podido atrapar ninguna—. ¡Hace años que esperaba una situación así!

Mientras los dos hombres se alejaban, un extranjero vestido con un traje grueso de pata de gallo y tocado con un sombrero hongo se acercó a ver los cálculos trazados en la arena; los leyó, comentó algo en francés y los borró con el pie. Se desanudó la corbata corta y se abanicó con ayuda del sombrero. Se quedó apartado de la concurrencia, mientras Alicia tomaba la palabra para proceder al lanzamiento. A una señal suya, las tres cuerdas de anclaje fueron soltadas y el globo se elevó rápidamente adoptando una forma achatada en la parte superior. Clément observó con los prismáticos el balanceo de la barquilla, cuyas oscilaciones no superaban el límite que había calculado para la seguridad de su instrumental de registro. Cesaron a los trescientos metros aproximadamente, tal como había previsto, lo cual le arrancó una sonrisa cómplice con su mujer. La muchedumbre jubilosa y abigarrada se dispersó rápidamente, pues la sonda ya solo era un punto luminoso que se dirigía al sur hacia La Zubia. El francés, que no se había movido de su sitio, esperó a que Delhorme fuese a su encuentro, como así hizo, avisado por los niños, que no habían perdido de vista al viajero desde que había llegado a la Alhambra.

—Me han dicho que me busca, señor —le dijo Clément después de presentarse y haberle estrechado la mano calurosamente.

—Soy Théophile Seyrig, el socio de…

—¡Qué alegría! ¿Cómo está su colega? Y llega usted el día mismo del lanzamiento, un gran placer para mí. ¿Qué le parece? —preguntó levantando la cabeza hacia el punto que emitía destellos intermitentes en el cielo—. ¿Le interesa la ciencia meteorológica, señor Seyrig?

—Debo admitir que no tengo conocimientos contrastados sobre la materia.

—Gustave y yo mantenemos correspondencia sobre el tema desde hace casi doce años —continuó Clément llevándolo por los jardines en dirección a sus aposentos del Mexuar.

—Me lo ha dicho, es un tema que también le apasiona. He venido a recoger los cálculos del puente sobre el Duero —declaró sin andarse con rodeos.

—Los cálculos, sí, los cálculos… Pues lo siento —murmuró Clément ralentizando el paso.

—¿Qué sucede? ¿No los tiene?

Seyrig se había parado. La situación no era para tomarla a broma: él era el autor de las primeras estimaciones establecidas en el anteproyecto que se había presentado a los portugueses, que debían tomar la decisión final. Durante mucho tiempo, Seyrig se había opuesto a la decisión de Eiffel de recurrir a Delhorme para que las afinase.

—No, no, no es eso —respondió Clément, percibiendo la ligera decepción que había asomado al semblante de su interlocutor—. Están hechas desde hace dos semanas, por ello había sugerido a Gustave que se las enviaría para evitarle a usted el viaje hasta Andalucía.

—Fui yo quien decidió venir. He de viajar a Oporto para entregar la documentación actualizada.

—En tal caso, me da usted una gran alegría —exclamó Delhorme al tiempo que localizaba su globo con los prismáticos. Calculó que su altitud era de mil metros—. Podremos hablar de ello en cuanto vuelva.

—¿Cuánto tardará?

—He ajustado el mecanismo del reloj para que inicie el descenso dentro de una hora.

—Entonces podemos vernos esta tarde —se tranquilizó Seyrig.

—O mañana —propuso Clément—. Dependerá del tiempo que tarde en encontrarlo. Se dirige hacia el suroeste y probablemente caerá en una zona montañosa de la sierra de la Tejeda. En cualquier caso, es nuestro invitado esta noche.

—Me he instalado ya en el hotel Los Siete Suelos.

—Los niños irán a recoger su equipaje. Sería un error venir a Granada y no dormir en la Alhambra. Peor: ¡sería un delito! En Alicia tendrá al mejor de los cicerones —añadió—. Y así dispondrá de tiempo para ιι propuesta. He empleado ecuaciones diferentes de las suyas, en ιpecial para la resistencia de los materiales al viento, lo que me ha permitido aumentar la precisión de los resultados. Venga conmigo, se los daré.

Las cuatro habitaciones estaban situadas en la planta de la sala del Mexuar, a lo largo de un pasillo, y daban al Patio de Machuca y a las murallas de la Alcazaba. El interior, de inspiración mora, mantenía el aspecto ruinoso que habían dejado las sucesivas ocupaciones precedentes: pisos de madera deslustrados y estropeados, frescos medio cubiertos de hollín, madera mohosa o astillada en los marcos de puertas y ventanas, cuya renovación postergaban los Delhorme año tras año por falta de tiempo. En cualquier caso, la Alhambra entera era su patio de recreo.

Después de comer en compañía de Alicia y los niños, Seyrig aprovechó que todo el mundo se retiraba a echar la siesta para leer el informe de Clément. Más que los resultados, que a su modo de ver eran de una precisión notable gracias al empleo de algoritmos de siete decimales, le había impactado la belleza de Alicia, que superaba la de todas las mujeres de la alta sociedad parisina que había conocido y de todas las españolas con las que se había cruzado antes de llegar a Granada. Como no conseguía concentrarse lo bastante en su labor, salió del salón, que el matrimonio Delhorme había transformado para él en cuarto de invitados. El piso parecía desierto. Fuera, las Placetas, la gran explanada de tierra que se extendía delante del palacio de Carlos V, estaba también sin un alma, pese a que en opinión de Seyrig el calor no era del todo insoportable. Tan solo resonaban los pasos de dos viajeros ingleses que, extrañados de no encontrar allí a nadie, se precipitaron hacia él para preguntarle, con efusiva amabilidad, si conocía a la señora Delhorme. Alicia parecía ser el punto de contacto obligado para todo aquel que deseara visitar los palacios en reparación. Seyrig fingió no entenderlos cuando ellos lo abordaron, primero en español y a continuación en inglés, pero no le quedó más remedio que responder a su francés pasable. Les indicó que Alicia no se encontraría disponible hasta el día siguiente, pues no estaba dispuesto a compartir a su anfitriona con dos extranjeros, ni aun venidos de allende los mares. «Ni siendo polacos», pensó, dándose cuenta de lo a gusto que se había quedado después de mentirles. Los otros se resignaron a dejar para otra ocasión su visita a la Alhambra, se despidieron y decidieron ir a arrastrar el cuero de sus zapatos John Lobb al Sacromonte, con objeto de mezclarse unas horas con la miseria del mundo.

Seyrig volvió a su cuarto sin cruzarse con nadie y se quedó un buen rato de pie delante de la ventana abierta, admirando el estanque y los árboles del Patio de Machuca, dejando que sus pensamientos vagasen sin rumbo fijo, pasando de Alicia Delhorme al puente sobre el río Duero y a su sociedad con Eiffel, que se le antojaba cada vez menos equitativa.

Cuando ella fue a buscarlo para llevarlo a ver los palacios, se había quedado dormido encima de la cama con la chaqueta puesta. La visita fue un incesante maravillarse ante los elementos arquitectónicos, una experiencia gracias a la cual pudo admirar todos los conocimientos de los constructores nazaríes y la idoneidad de las reformas llevadas a cabo por Alicia. Cuando regresaron a sus aposentos, el sol del atardecer teñía Sierra Nevada de reflejos leonados. Clément aún no había vuelto.

—A veces le pasa que la noche interrumpe sus búsquedas y se queda a dormir en casa de algún campesino o en un aprisco de la montaña —le explicó ella.

—Es verdad, una vez papá se resguardó en un refugio por culpa de una tormenta —corroboró Victoria, que estaba poniendo la mesa para la cena—. Cuando salió, el río bajaba tan crecido que ya no pudo cruzarlo con Barbacana.

—¿Barbacana? —repitió Seyrig, divertido.

—Nuestra burra —respondió ella.

—Es una mula —la corrigió Nyssia.

—Entonces regresó a la casucha abandonada —prosiguió Victoria—, y resultó que había otra persona. Un viejo sabio.

—Era el ovejero —intervino Nyssia—. Que había vuelto a su casa.

—Pero eso no quita que fuera un sabio, muy muy viejo, que le contó un montón de secretos de la Alhambra —continuó la pequeña dejando el manojo de cubiertos encima de la mesa—. ¡Tenía más de cien años!

—Un viejo loco que le contó las leyendas del lugar, poco más —dijo Nyssia, que se había parado, de brazos cruzados, delante del invitado—. Disculpe a mi hermana, es que tiene mucha imaginación —añadió con tono amable—. ¿Cómo se vive en París, señor Seyrig?

…la verdad… —respondió él, un tanto desconcertado—. ¿Qué ̴re saber, jovencita?

—Todo. Cómo vive la gente, qué comen, a qué hora, qué hacen por la tarde, el teatro, la Ópera, los bailes… ¿Hay mucha música en las calles? ¿Cuál es la última moda?

—¿Es cierto que en invierno hace mucho frío? —intervino Victoria con su voz todavía infantil.

Seyrig lanzó una mirada a Alicia, quien, en lugar de acudir en su rescate regañando a su progenie curiosa, esperaba ella también una descripción pormenorizada. Él se aplicó lo mejor que pudo, ya que cada respuesta conllevaba su lote correspondiente de nuevas preguntas. El rato de la comida no bastó, los varones también participaron en el coloquio y el torrente no cesó hasta el momento en que Javier se despidió de ellos, cuando Mateo pasó a recogerlo.

Todo en aquella familia le resultaba sorprendente. La libertad de los niños, que, aunque respetuosos y educados, intervenían en las conversaciones como adultos; la ausencia de criadas cuando no faltaban ni en la más pequeña familia burguesa de la ciudad; aquella mujer que había estudiado una materia reservada exclusivamente a los hombres, y su marido, el cual, pese a haber formado parte del cuerpo de ingenieros de la École Centrale de París, jamás había extraído de ello la más mínima utilidad profesional y había aceptado el encargo como si fuese un favor a un amigo o simplemente un desafío.

«Y sigue sin llegar», pensó Seyrig, decepcionado, mirando las agujas de su reloj de bolsillo, que habían rebasado ya las once, aun cuando llevaba rato sin acordarse de Delhorme. El ingeniero aprovechó para retirarse a su cuarto. Se tumbó en la cama y repasó los documentos de la carpeta para hacer tiempo hasta que lo venciese el sueño, pero no hubo manera, los cálculos le exigían demasiada concentración. Suspiró, se levantó y se dirigió a la ventana atraído por un runrún curioso procedente del exterior. Al abrirla, el runrún se amplificó y se descompuso en diferentes sonidos característicos: voces, risas, taconeos y arrastrar de suelas que, junto con los cantares por fandangos y el repiqueteo de las castañuelas, formaban una alegre vorágine.

—¿Oye esta melopeya? Es el corazón palpitante de la ciudad —dijo una voz a su espalda.

Se dio la vuelta y vio a Clément, parado en el centro de la estancia, con el registrador en una mano, protegido por una caja de madera. Llevaba la ropa cubierta de polvo, así como el fular, que le tapaba el cuello hasta el mentón. Seyrig envidió aquel aspecto de aventurero, él que nunca se había atrevido a vestirse sino con el atuendo más sobrio con el fin de reforzar el carácter serio de su posición profesional, pero enseguida cambió de parecer al imaginarse la vergüenza que le daría ir vestido con un atuendo tan extravagante.

—Venga —añadió Delhorme haciéndole una seña para que fuera con él.

Al pasar por su despacho, dejó el instrumental, colgó su sombrero (de ala tan ancha como la de los sombreros cordobeses) en un perchero cargado con otros atavíos, se hizo con un quinqué y llevó a su huésped al vestíbulo del Salón de Embajadores, al fondo del cual abrió un portillo de la muralla y a continuación encendió el farol.

—¿Y eso qué es? —preguntó Seyrig al ver el intrigante encendedor con botón de cuero que había manipulado su anfitrión.

Delhorme no respondió. Lo llevó por una escalera de caracol hasta la planta superior de la Torre de Comares y salieron por una galería abierta que comunicaba el pabellón superior con una segunda torre, esta con las paredes cubiertas de frescos renacentistas, hechos una ruina por el paso del tiempo y la falta de cuidado.

—El tocador de la Reina —comentó distraídamente el meteorólogo.

Salieron a un balcón que ofrecía unas vistas excepcionales de la ciudad. Más abajo se extendía el Darro, acurrucado perezosamente contra una avenida flanqueada por árboles y rebosante de gente.

—Se diría que la ciudad entera se hubiera dado cita aquí —comentó el socio de Eiffel.

—No olvide nunca este ambiente, no volverá a verlo en ningún otro lugar del mundo. Granada es una danza, una danza sin igual.

Clément se asomó entre las almenas como queriendo aspirar mejor la atmósfera.

—¿Qué hay de la situación política? —preguntó Seyrig—. Aquí todo parece tan tranquilo y relajado, cuando la monarquía ha recuperado el poder.

La primera República española acababa de sucumbir como un niño atacado por la viruela a la edad de dos años, y había sido sustituida por el joven rey Alfonso XII.

n París los refugiados dicen que los carlistas y los anarquistas van ar al país a la guerra y que hay insurrecciones por doquier. Yo tenía go de miedo con este viaje a Granada.

—Las turbulencias se localizan en el norte y, como extranjero, no corre peligro. En el sur no se ha organizado ninguna rebelión. Los andaluces son gente tranquila. O resignada, no lo sé. Para el pueblo la vida sigue como antes, solo cambian los jefes… Qué más da, mientras tengamos noches tan hermosas y sobrecogedoras como esta, Granada seguirá siendo el paraíso en la tierra, la única libertad que nadie podrá arrebatarnos —concluyó admirando la belleza irreal de las luces que titilaban a sus pies.

—¡Toda una declaración de amor!

Clément se apoyó contra el balcón y lanzó una mirada en dirección al palacio del Mexuar.

—No, las declaraciones de amor las reservo para mi mujer.

«Cuánto le entiendo», pensó Seyrig, que se contuvo de decirle nada. Bajó furtivamente la mirada por temor a que la penumbra no bastara para ocultar su turbación.

—¿Y está satisfecho con su experimento? —preguntó, encantado de desviar la conversación hacia el asunto del día.

—Doce mil metros de altitud, pero eso no es lo más importante.

—¿Doce mil? ¡Pero nunca nadie ha llegado tan alto! Claro que es importante, ¡ha batido un récord!

Delhorme escuchó a Seyrig sin prestarle demasiada atención, mientras este le hablaba de los últimos aeronautas que habían realizado una ascensión científica oficial en Francia.

—Alcanzaron los ocho mil metros —insistió el ingeniero—. ¡Usted ha conseguido casi el doble!

Clément no se tomó la molestia de señalarle que tanto el *Victoria* como el *Irving* habían sobrepasado esa medida un montón de veces. La ascensión de aquel día le había permitido cruzar el frente isobárico de una depresión inmensa, que los otros lugares de observación indicaban que se desplazaba del norte de Europa hacia el sur, y estaba impaciente por utilizar los resultados de la medición. Pero, mientras buscaba el globo, se había perdido y a punto estuvo de pasar la noche en la sierra de la Tejeda, algo que le dejaba un regusto a trabajo inacabado. Debía encontrar un modo de evitarlo.

—¿Y los vuelos tripulados? ¿Nunca se lo ha planteado? —quiso saber Seyrig.

—Desde luego que sí, quién no querría volar hasta las estrellas. Pero de momento necesito economizar en la parte del peso, para poder meter el mayor número de instrumentos de medida. Algún día quizá…

Se quedó unos instantes absorto en sus pensamientos, con las manos en los bolsillos y la cara vuelta hacia el cielo. Ninguna nube velaba los astros de la noche.

—Quién sabe lo que podríamos encontrar allá arriba —agregó—. Aparte de un frío intenso, nada de oxígeno y, según me lo imagino yo, un silencio impresionante. No tengo ninguna gana de acabar como la tripulación del *Zénith*.

Un mes y medio antes, una intentona de vuelo ascensional se había saldado con la muerte de dos de sus tres pasajeros, tras una subida de altitud sin reservas de oxígeno.

—Leí lo que les pasó a esos pobres aeronautas.

—La atmósfera es tan peligrosa como la alta mar —concluyó Seyrig—. Pero hemos sido capaces de dominar los océanos…

—¿Usted cree? Los habremos domesticado el día que sepamos prever las tempestades para no tener que enfrentarnos más a ellas.

Abajo, en la calle, una guitarra empezó a tocar un aire flamenco arrebatado, al que respondieron los taconeos rabiosos de una bailaora, rápidamente tapados por una conversación alegre y ruidosa.

—Si somos capaces de no perder la humildad, entonces estoy de acuerdo con usted, Théophile, nada detendrá el progreso —declaró Clément hurgando en su bolsillo para sacar un objeto—. Me preguntaba usted antes por este encendedor, ¿verdad? Es un prototipo eléctrico. Lo he fabricado yo mismo a partir de la descripción de su inventor. La corriente pone al rojo un hilo de platino que enciende la mecha. Simple y práctico. Vea usted, no entiendo esta manía que tienen los hombres de patentarlo todo —añadió alargándole el artilugio.

Seyrig manipuló el botón de cuero, lo que hizo que se encendiera una llama.

—Impresionante, sin necesidad de gas… Pero es preciso proteger a quienes inventan y corren riesgos —objetó.

—¿Protegerlos de qué?

—¡Pues de la competencia!

a palabreja perversa que huele a tufo!

es usted un idealista, Clément. Sin ánimo de ofender, hay que
ar loco o ser inmensamente rico para no estar sujeto a las constricciones de la economía.

—Yo lo que quiero es ser útil, solo ser un hombre útil.

El murmullo no bajó de intensidad hasta las dos de la madrugada, luego
fue apagándose poco a poco. Las calles habían recobrado su calma cuando los primeros rayos del alba acudieron a barrerlas. Seyrig se despertó
con dificultad, poco habituado a este ritmo, e hizo las maletas rápidamente. Los niños ya se habían ido a la escuela y Alicia dirigía en el Patio
de los Leones una reforma, de la que le llegaba el sonido amortiguado de
unos martillazos. Solo estaba esperándolo Clément, con Ramón, al lado
de la berlina que lo llevaría a Murcia para coger allí el tren. Seyrig le entregó un volumen de parte de Eiffel.

—Casi se me olvida. No me lo habría perdonado —le confesó esbozando una sonrisa.

—*Viajes aéreos* —comentó Clément leyendo la cubierta—. De Camille Flammarion. ¿Quién es?

—Un periodista científico del *Siècle* —le explicó el ingeniero—. Un
hombre popular e influyente. Además, es aeronauta.

—Dele las gracias a Gustave de mi parte. Tome, para usted —le dijo
Clément dándole una cajita de cartón—. Que tenga buen viaje.

Seyrig la abrió y sonrió. Dentro estaba el encendedor eléctrico, acompañado de una nota: «La ciencia está hecha para ser compartida». Se
instaló cómodamente en el habitáculo y, antes de cruzar las puertas de
Granada, ya estaba dormido. Se despertó cuando las mulas emprendían
la subida por las primeras pendientes de las altas mesetas de la sierra de
Huétor y se desperezó, feliz de disponer del vehículo para él solo después
de un trayecto de ida en el que había viajado junto a diez pasajeros más,
apretujados los unos contra los otros, en una diligencia en la que las
suspensiones brillaban por su ausencia.

Tres días después tomaba asiento en un vagón de la Kitson & Co. y,
al tiempo que lamentaba la dominación inglesa en la fabricación de
trenes, partía de Murcia con destino a Madrid. Dieciocho horas más
tarde se daba un baño en el hotel Roma y pasaba una mala noche en un

cuarto que, aunque cómodo, daba a un cruce de calles ruidoso, cuyo zumbido nada tenía que ver con el de la Alhambra. A la mañana siguiente fue a la estación a pie, acompañado de un mozo, e hizo el trayecto hasta Zamora en nueve horas. Luego hizo una parada en Medina del Campo, donde se alojó en una casa de huéspedes que le había aconsejado Eiffel por su encanto y por su cocina, y allí se quedó todo el domingo por no haber más trenes. El lunes, después de diez horas de viaje durante las cuales pudo leer *Noventa y tres* entre dos conversaciones con los ocupantes de su banco, un misionero apostólico francés y su hermana que viajaba para reunirse con su prometido en Santiago de Compostela, la Fairlie Avonside se detuvo en la estación de Monforte de Lemos. Al despuntar el día siguiente, Seyrig encadenó con un nuevo trayecto hasta la frontera, en Valença do Minho, adonde llegó poco después del mediodía. Una vez cruzada la aduana, se durmió en el automóvil que lo llevaba a Viana do Castelo, donde lo aguardaba una cama limpia, así como un segundo baño, en la pensión Fondiz, cuya dueña se ocupó de lavarle la ropa.

Diez días después de despedirse de Delhorme, el viernes 4 de junio a las tres y media de la tarde, entraba en berlina en Oporto y llegaba al Gran Hotel, rua Santa Catarina, tras lo cual se encontró con su contacto, Pedro Inácio Lopes, a quien entregó el proyecto con los nuevos cálculos.

19

La Alhambra, Granada,
lunes, 18 de octubre de 1875

Alicia se quitó el pañuelo que la había protegido del polvo durante la raspadura de la pared e inspiró hondo. Con las yemas de los dedos quitó los últimos restos de pintura que habían quedado adheridos y los pasó delicadamente por la pequeña superficie decapada. Rafael Contreras, que permanecía a unos pasos detrás de ella, emitió un silbido admirativo:

—¡Madre de Dios! Tenías razón, sí que hay un fresco debajo de la pintura.

—Y apuesto que ocupa todo el paramento —dijo ella apartándose con el revés de la manga los cabellos que se le habían pegado a la frente.

...abía descubierto por azar la obra oculta mientras limpiaba ...d de una de las casas adosadas a la Torre de las Damas. La por... que había sacado a la luz representaba una ceremonia nazarí en la que aparecían caballeros con traje de gala.

—Yo no sé quiénes son los criminales que han osado tapar esta obra de revoque, pero deberían llevarlos a juicio —dijo él, enojado, tocando el fresco a su vez.

—Bah, están todos muertos desde hace muchos siglos.

—¿Tú crees?

—Sí, es el mismo tipo de pintura que en la cámara del Emperador. Supongo que fueron los decoradores renacentistas —dijo Alicia, retrocediendo unos pasos para poder ver mejor el conjunto—. Bueno, qué, ¿conservación o restauración?

La elección no era fácil. Alicia y Rafael eran émulos de Viollet-le-Duc, el inspirador de la «restauración estilística», pero acababan de descubrir el único fresco pintado de toda la Alhambra.

—La conservación será delicada, la pintura está muy desconchada —estimó Contreras—. Pero merece la pena intentarlo.

—¿Has leído las orlas de la parte alta? Hay inscripciones en árabe por encima.

—Sin duda extractos del Corán. O indicaciones sobre el tesoro de la Alhambra —bromeó el arquitecto, plegando su escabel—. Esto debería gustarle a Clément.

Alicia no respondió. Le habían llamado la atención los símbolos geométricos intercalados en el texto, cuyas formas le recordaban los alicatados de la sala de los Baños.

—¿Estás segura de que son realmente las mismas? —dudó Contreras—. Todos estos almocárabes se parecen entre sí.

—De esos no hay peligro de que me olvide, ¡los tuve delante de mis narices durante todo el parto!

Rafael asintió con una expresión de empatía en el rostro, y se disponía a rememorar una de las numerosas anécdotas que seguía destilando sobre la inolvidable velada cuando de los jardines del Partal les llegaron unos gritos de júbilo.

—¿Ya es mediodía? —preguntó, preocupado.

—Si apenas son las once —respondió Alicia fiándose de la campana de la Torre de la Vela que acababa de dar la hora.

Javier entró a todo correr, seguido de Jezequel e Irving. Los tres rodearon a Alicia, a la que Javier casi hubiera superado en altura de no haber sido por la impresionante cabellera ensortijada de la señora Delhorme. Su maestro había interrumpido la lección cuando el empleado del telégrafo le había entregado un sobre y había suspendido la clase hasta el día siguiente, para gran alegría de los alumnos.

—¿Podemos ir a jugar al campo de pelota? —preguntó Irving.

—Yo me voy a pescar vencejos —le avisó Javier—. Está el cielo plagado.

Se marchó sin esperar la respuesta de los demás, que dudaron.

—¿Queréis ayudarme, niños? —propuso Alicia.

Jezequel preguntó con la mirada a Irving, que decidió seguir los pasos de Javier. Alicia se los quedó mirando mientras se alejaban, pensativa.

—Vamos a necesitar goma almáciga —indicó a Contreras—. Pidámosla ahora mismo a París. La tendremos aquí dentro de un mes.

Y se puso con el minucioso proceso de decapado de los pigmentos que ocultaban el fresco, mientras se preguntaba acerca del porvenir profesional que le esperaba a Irving. Javier y él eran inseparables, pero su hijo era tan discreto como expansivo era su hermano de leche, y tan reflexivo como instintivo era Javier. Su expediente escolar semejaba una travesía en medio de una balsa de aceite. A Irving no le gustaba ni sufrir ni provocar olas. «¡Ya podría tener un poco del temperamento de Javier —reflexionó—. Pero lo quiero como es, y con eso basta», se reprendió a sí misma, al tiempo que desprendía un colgajo de revestimiento que ocultaba un rostro de mujer. Irving no había manifestado nunca el menor interés por ningún oficio en particular y Alicia albergaba la esperanza de que algún día descubriese que llevaba dentro la pasión por la arquitectura, mientras que Clément, por su parte, lo veía ya de ingeniero. Ella se lo llevaba a menudo a las reformas, pero el muchacho parecía tener siempre el santo en el cielo, tanto que ella había terminado por renunciar a todo proselitismo.

Cuando las mellizas regresaron de la escuela femenina, en el Albaicín, Alicia había recubierto con una tela la parte limpiada del fresco, una superficie ridículamente pequeña en comparación con el trabajo realizado, y colocó sus utensilios con el mismo cuidado que su primer día en Granada. En quince años solo había visto acabar cinco reformas. «Harán eraciones de Contreras para rehabilitarla entera», solía decir Rafael.

—¿Y los niños, mamá? —preguntó Victoria, con su alegría natural.

Nyssia, por su parte, había vuelto a poner cara larga y sujetaba un libro con los brazos cruzados por delante del vientre, como si se tratase de un peluche. Una vez Alicia les dijo dónde estaban, se fue detrás de su hermana a la Torre de la Vela sin la menor prisa. Cuando salieron a la terraza, Javier se había sentado en el suelo, en el lado opuesto al campanil, con la espalda apoyada en el antepecho y un espejo en una mano, totalmente inmóvil como un centinela, la mirada clavaba en Sierra Nevada. Cerca de él, en una jaula de mimbre, dos vencejos se dejaban las plumas de las alas intentado escapar de su prisión.

—Yo digo que no te va a avisar —aseguró Jezequel mientras reunía unos guijarros.

El adolescente de la tez cobriza depositó las piedras en el receptáculo que había creado Irving con el faldón de su camisa.

—Son las doce y media y su padre no ha enviado la señal —explicó a las mellizas que se acercaban a ellos.

—No es mi padre —soltó Javier en tono lúgubre, sin dejar de mirar fijamente el horizonte.

La relación de Javier y Mateo fluctuaba entre las desavenencias y las reconciliaciones, siempre iniciadas por el muchacho.

—Pues, si no es tu padre, ¿qué haces esperando aquí? ¿Te crees un perrito? ¡Guau! ¡Guau!

—Para, Jez —terció Nyssia para cortar de raíz la reacción previsible de Javier.

—Sí, para —coincidió Victoria, que se había sentado al lado de él—. Javier es como nuestro hermano. Así que, si quiere, nuestro padre es también el suyo, ¿vale?

—Vale —aceptó él con una sonrisa—. Mateo no es mi padre, pero le quiero —rectificó mirando a Jezequel—. Nunca me ha abandonado. Y no quiero que le pase nada malo.

Se habían puesto todos alrededor de él, cerca del borde de la terraza. El sol picaba como en los últimos días del verano y los niños saboreaban sus rayos con la misma fruición que si fuese una chuchería. Irving había depositado su reserva de guijarros en el suelo y Jezequel iba cogiendo uno tras otro, intentando darle a la campana, en vano.

—Es imposible, hay por lo menos quince metros —observó Irving.

—No sabes lo que dices —replicó Jezequel.

—Sí, mira, los sillares del parapeto miden medio metro y he contado treinta. Y la campana queda por lo menos a tres metros de altura.

—Para ya con tus cuentas, cualquiera diría que eres tu padre. Si no llego es porque tus guijarros pesan demasiado poco.

La imposibilidad de la tarea pareció motivar a Javier, que se puso de pie. Escogió dos piedras del montón, se puso una en cada mano, tomó impulso y las lanzó a la vez. El bronce vibró dos veces bajo el impacto de los proyectiles, desatando los hurra de los hermanos Delhorme. Los vencejos, que del agotamiento se habían serenado, se agitaron con más ahínco. Javier levantó los brazos haciendo la señal de la victoria y miró fijamente a Jezequel.

—¡Has hecho trampa, estabas más cerca! —discutió este último antes de retroceder por temor a las represalias.

—Niños, ¿habéis terminado de jugar al más fuerte? Y pensar que nacimos todos el mismo día —observó Nyssia.

—Ah, no, perdona, pero yo soy más mayor que vosotros —puntualizó Jezequel, a una distancia respetable.

—Por tres días —dijo Victoria dando un suspiro.

—¡Eso no quita para que sea el mayor de la panda! Y…

—¡Una luz! —exclamó Irving—. ¡He visto un destello en la montaña! —añadió señalando con un dedo en dirección al centro de la mole.

Todos se apiñaron contra el parapeto y gritaron hasta que relumbró un segundo punto luminoso en medio de la alfombra nevada de la sierra. Mateo había llenado de hielo las alforjas de su mula y se disponía a bajar. Javier había cogido su espejito y jugaba con el sol para responderle. El sistema lo había ideado Clément basándose en el modelo de los vigilantes nazaríes que, mil años antes, enviaban mensajes de alerta de montaña en montaña. El método permitía al nevero anunciarle su regreso a Javier. Iría a repartir su hielo por los cafés antes de la puesta de sol.

—¿Qué le has dicho? —preguntó Victoria, que miraba con atención los destellos producidos por Javier.

El adolescente soltó una risa inesperada que enseguida reprimió; los rebeldes de verdad no caían en esas flaquezas y mostraban un semblante duro y decidido, que él intentó poner.

—No le he dicho nada, hermanita, no es un lenguaje como el del

lo envío un rayo de luz para que sepa que he recibido los
̣̣pico.

̣̣̣̣h... —dijo ella un tanto desilusionada—. ¿Por qué se fue vues-
maestro? —preguntó, en un cambio de tercio que solo ella era capaz
de entender.

Los tres muchachos hicieron a la vez un gesto de no saber.

—Y a nosotros qué más nos da —dijo Javier guardándose el espejo.

—He oído decir que tampoco irá mañana —señaló Jezequel.

—A lo mejor está malo —sugirió ella.

—Es cierto que tenía mala cara cuando se marchó —sostuvo Irving,
juntando los guijarros al lado del muro del campanil.

—Ojalá haya contagiado a nuestra regenta* —dijo Nyssia dirigiéndose hacia la escalera—. Vamos, Victoria, tenemos que prepararnos para
esta tarde. Seguro que la enfermedad no ha querido saber nada de ella.
Detesto las labores de aguja y las lecciones sobre buenos modales.

—¡Pues si crees que a mí me gustan las clases de retórica y poesía!
—rezongó Javier.

—¡Encima quéjate, cuando es el señor Delhorme el que te paga los
estudios! —dijo Jezequel—. ¡Todo para acabar de nevero!

No le dio tiempo a reaccionar cuando Javier ya lo había agarrado
por la cintura y levantado del suelo. Se dirigió hacia el borde de la terraza desde el que la caída era más en picado. Jezequel daba pequeños gritos
atemorizados.

—¡Parad! —chilló Victoria, que buscó la ayuda de su hermana.

—Que se las compongan solitos —repuso Nyssia—. Son tan tontos
como los vencejos que atrapan.

—Puede que yo acabe de nevero, como Mateo, pero tú acabarás
hecho papilla —dijo Javier con frialdad.

—No: más tontos —confirmó ella, y desapareció por el vano de
piedra.

—Pídele perdón —aconsejó Irving a Jezequel—. ¡Rápido!

—Vale, ¡lo siento! ¡Y ahora suéltame! —gritó él mientras Javier hacía
el ademán de tirarlo por encima del parapeto.

Su atormentador cambió de idea, abrió los brazos y lo dejó caer con
todo el peso de su cuerpo contra el suelo de ladrillo.

---

* Antiguamente, en algunos establecimientos de educación, profesora.

—¿Estás bien, Jez? —preguntó Irving, preocupado, viendo que el chico se llevaba la mano al cuerpo, por debajo de la camisa, haciendo una mueca de dolor.

Jezequel le dijo que sí con la cabeza y respondió en tono irritado:

—Estoy bien, no pasa nada. Mi escama de oro está intacta.

Sacó la cadena que llevaba alrededor del cuello y comprobó lo que había intuido al tacto.

—Has tenido suerte —le espetó a Javier, que acababa de coger del suelo la jaula de mimbre—. Me vengaré cuando sea más fuerte que tú.

—¡No digas eso! —exclamó Victoria.

—No te preocupes, eso no va a pasar —se burló Javier.

—Sí que pasará. Siempre acaba pasando.

—Lo siento, estaba de broma. Somos amigos, ¿no? Tres amigos. Venga, vamos a vender los pájaros al mercado esta tarde —propuso sosteniendo la caja con el brazo estirado delante de la cara de Jezequel—. ¡Nos repartiremos las monedas!

Jezequel se apoderó de la jaula con un movimiento vivo e inesperado y, echando a correr hacia la salida, la abrió para que escaparan los vencejos y a continuación se fue corriendo por la escalera, seguido de Javier.

—Al menos esos dos han salido ganando —dijo Victoria a Irving recogiendo la jaula tirada—. Oye, ¿qué es un sedicioso?

—Qué pregunta tan rara… ¿Por qué?

—Por nuestra regenta. Dijo que vuestro maestro era un sedicioso.

VI

20

Oporto, Portugal,
lunes, 18 de octubre de 1875

L a aprobación real llegó el 5 de octubre. Eiffel, a quien durante la espera le gustaba repetirse que su proyecto era el más audaz y barato de todos, había terminado por convencerse de que la comisión no podría sino validar los cálculos afinados de Clément Delhorme. Cuando llegó el telegrama, no había dado la impresión de sorprenderse, había avisado a su cuñado Joseph Collin, al que había contratado hacía dos años para supervisar las obras más importantes, y había embarcado con él al día siguiente. Los dos hombres habían llegado a Oporto el 16 de octubre, con el organismo afectado después de diez días de viaje en diligencia. El mar, demasiado agitado, les había impedido tener una travesía agradable. Joseph había visto en ello un presagio de que los elementos les iban a ser desfavorables; Eiffel, un medio de profundizar aún más en sus conocimientos sobre todos los factores que tendrían que dominar en el emplazamiento de la obra.

—¡Dios bendito, está muy alto y es más impresionante que en los planos! —exclamó Joseph nada más llegar a la cima de la colina que se erigía en la orilla derecha del Duero, en el barrio de la plaza de la Ribeira.

Habían rodeado un enorme edificio de estilo austero y desnudo y se habían detenido en lo alto de un promontorio al que solía ir la gente cuando salía a pasear. En esos momentos solo había tres muchachos, que se hicieron a un lado cuando los vieron llegar y siguieron fumando sin preocuparse por esos dos viajeros venidos para admirar la panorámica.

—No lo entiendo, Gustave —dijo Joseph, preocupado, tras haber desplegado un plano de la urbe en el que estaba dibujado el sitio en el que construiría el puente—. Según mis indicaciones, estamos aquí —afirmó, apoyando el índice en un rectángulo negro a orillas del río—. Justo detrás queda el cementerio, que en el plano está ahí, lo he reconocido cuando el cochero nos ha dejado.

—¿Entonces?

—Entonces, según tus cálculos, el puente debe llegar justo al lugar en el que nos encontramos, lo cual implica que la vía del tren atravesará ese cuartel por la mitad.

La observación hizo sonreír a Eiffel.

—Lo que me describes es exacto, salvo por dos detalles. En primer lugar, no vamos a cortar por la mitad ese edificio, vamos a pasar por debajo de él, a diez metros.

—¡Un túnel! Pero ¡no me habías dicho nada!

—No entraña ninguna dificultad —indicó Eiffel sonriendo—. Yo no he elegido el emplazamiento del puente ni el trazado de las vías. Pero, aunque hubiese sido necesario pasar por encima del edificio, habríamos encontrado una solución.

—¿Y cuál era el segundo detalle?

—Que no es ningún cuartel, sino un orfanato.

En ese preciso instante un sacerdote con sotana salió de él, dio unos pasos por la terraza y riñó a los tres adolescentes, quienes, sorprendidos, arrojaron los cigarrillos por encima del parapeto sin demasiada discreción y regresaron a regañadientes al internado bajo las invectivas del religioso, tomando cuidado de escoger una puerta alejada de la que había surgido el hombre. Este, sorprendido por el truco para esquivarlo, se remangó y puso por testigos a Dios y a todos los santos. Solo entonces reparó en la presencia de los dos extranjeros que lo observaban, y les dedicó una mirada torva antes de entrar en el edificio con paso firme y decidido.

—Creo que un cuartel hubiera sido más tolerante —suspiró Eiffel mirando al cielo.

El incidente lo había alertado del riesgo de posible oposición a la obra. El avance del progreso no siempre seguía los mismos derroteros que determinadas órdenes, sobre todo cuando debía pasar por debajo de sus cimientos.

—Iremos a hacerles una visita —dijo a Joseph mientras observaba la fachada con sus cien ventanas—. Les explicaremos los numerosos beneficios que aportarán estas obras. Dominar todos los factores del entorno —añadió para sí.

El río, que formaba una frontera natural al sur de Oporto, había impedido hasta ese momento que la ciudad pudiera tener estación de tren. Esta se hallaba en Vila Nova de Gaia, en la orilla izquierda, y había favorecido la implantación de compañías vinculadas al comercio de vino en esa margen del río.

—El corazón de la actividad económica de la ciudad está justo delante de nosotros —indicó Eiffel—. ¿Qué hora es? —preguntó de repente.

—Las diez y media —respondió su cuñado sin sacar el reloj de su bolsillo.

Joseph tenía la manía de consultar la hora cada dos por tres y, con el paso del tiempo, lo que había sido un mero capricho se había convertido en una obsesión, por lo que todo el mundo se volvía hacia él cuando quería saber la hora. Se había convertido en la referencia en lo tocante al tema, y aun así Joseph no conseguía llegar puntual a los sitios.

—Vayamos ahora.

—¿Adónde?

—No lejos de aquí, a doscientos metros. Ahí delante —precisó, señalándole la otra orilla del río.

Recorrieron a pie el kilómetro y medio que los separaba del puente Doña Maria II, el único paso existente sobre el Duero.

—¡Una pasarela, sí! —exclamó Joseph mientras lo cruzaban—. ¡Y de pago, para colmo!

—Es un tanto sobria —dijo Eiffel, apartándose para dejar pasar una berlina.

—¿Y has notado cómo ha oscilado? —insistió Joseph.

Eiffel se había parado en el centro del puente para observar las cadenas tendidas.

—La concepción es antigua, pero se encuentra en buen estado. Y los contrafuertes parecen sólidos. Las oscilaciones son habituales en este tipo de obra. Bastaría con sustituir las cadenas por cables y hacer más rígido el tablero.

—Roza las olas. El nuestro lo va a dejar en ridículo, obsoleto —fanfarroneó Joseph, con la moral revigorizada.

—El nuestro está previsto para que pase un tren por él —lo atemperó Eiffel.

Alzó la vista hacia el orfanato que dominaba la ciudad. Se había comprometido a construir un puente desde las dos márgenes, sin un pilar para sostenerlo entre los ciento sesenta metros que las separaban, encajándose ambas mitades en el centro del río y resistiendo pesos de quinientas toneladas. Una primicia para los talleres Eiffel, para los ingenieros civiles franceses, para los transportes en Europa. El contrato les daba veinte meses para terminar las obras. Él se había rebajado a desempeñar el puesto de jefe de obra y estaba entusiasmado ante la perspectiva.

—¡Mira los *rabelos*! —dijo al descubrir las barcazas de fondo chato y proa levantada, llenas de barriles, que bajaban en fila india por el río de reflejos amarillos.

Las embarcaciones arribaban al puerto desde los muelles de Vila Nova de Gaia para enviar sus preciosos caldos con destino a Inglaterra y a Brasil.

—Recuérdame que le lleve unos cuantos a la familia para Navidad —dijo Eiffel reanudando la marcha—. En Francia no es fácil encontrar.

Salieron del puente y subieron por la margen izquierda siguiendo un camino hoyado por numerosas rodadas dejadas por las carretas de bueyes, y a continuación treparon hasta lo alto de la colina. Enfrente se veía el orfanato.

—¿Cuánto tiempo? —preguntó Eiffel—. ¿Una hora?

—Cincuenta minutos —anunció Joseph, y cerró con un chasquido la tapa del reloj.

—Hoy en día los viajeros que vienen de Lisboa se bajan en la estación de Vila Nova de Gaia, después de ocho horas y media de trayecto. Luego, o bien terminan yéndose a pie con sus maletas, o arriendan una berlina que los acerca a la ciudad al paso. Mañana cruzarán el Duero en cuestión de segundos desde este punto y aparecerán en el corazón mismo de Oporto. ¿No es esto el progreso?

El recuerdo caótico de su llegada hizo asentir efusivamente a Joseph.

—Habrá que levantar lo más rápido posible las dependencias para los ingenieros y los capataces —indicó Eiffel—. Entretanto, búscales un hotel o una pensión bien cerca. No permitiré que mis colaboradores se dejen el alma en trayectos inútiles.

—¿A los obreros los reclutaremos aquí?

—A los menos cualificados, sí. Pero haremos venir de París a los remachadores. No puedo correr riesgos. Calcula en torno a ciento cincuenta personas.

Los dos hombres escrutaron las pocas casas desperdigadas en los aledaños del orfanato.

—No será fácil —concluyó Joseph—. Aparte de esa escuela, no se ve por aquí ningún edificio con suficiente capacidad.

—¡Tienes razón, convence al orfanato!

—Pero yo no he…

—Buena idea. Alojarse en su casa zanjará cualquier intención por su parte de oponerse a nuestra presencia. No voy a consentir que un sacerdote fustigue mi puente como si fuera obra de Satanás. ¡Estarán ahí para bendecirlo el día de la inauguración!

Eiffel dio tres pasos en dirección a la pronunciada pendiente cubierta de árboles que bajaba hasta la orilla. Construir unas carreteras de acceso iba a ser también prioritario.

—Por último, propón a los obreros que se alojen allí —añadió—, incluso a los que vengan de Oporto. Eso reforzará el espíritu de equipo. ¡La ciudad entera ha de sentirse implicada, la ciudad entera!

Joseph se lo quedó mirando fijamente, y Gustave creyó que era efecto del cansancio. Desde el fallecimiento, once años atrás, de su mujer, Laure, hermana de Gustave, Joseph oscilaba entre las dudas y el tedio, pese a que la familia Eiffel al completo se había volcado con él. No se sentía nada a gusto haciendo el papel de jefe de obra, él, que había hecho su carrera en las herrerías, pero no quería decepcionar a nadie y sobre todo no a su difunta esposa. Sus grandes patillas le tapaban una parte de las mejillas y siempre parecía tener los ojos entornados, unos ojos rasgados subrayados por unas ojeras. Aunque le escaseaba el cabello en la coronilla, lucía unos rizos ensortijados a la altura de la nuca y de las orejas. Todo le parecía una prueba que superar, y su espalda iba encorvándose un poco más en cada obra. Gustave, que lo sabía, le dio una palmada de ánimo antes de subirse el cuello de la chaqueta. El viento había arrancado a las nubes un sirimiri que calaba hasta los huesos y les dejaba la cara salpicada de gotas. En cuestión de unos segundos estuvieron cubiertos de humedad. Su lucha contra los elementos acababa de comenzar.

El ingeniero Lopes se limpió la boca antes de proponer el cuarto brindis.

—¡Por nuestra colaboración, senhor Eiffel! Me alegro muchísimo de volver a verlo. Jamás lo dudé —dijo poniendo a Joseph por testigo—. Nunca. Su proyecto era el mejor, siempre lo dije. ¿Verdad que sí?

Eiffel asintió con la cabeza y le dio las gracias a su vez. Joseph, más taciturno que de costumbre, no había tocado su *feijoada*.

—¿Querría tal vez probar otra cosa? —le ofreció Lopes—. ¿No le gusta el guiso de cerdo? ¿O las zanahorias?

Había elegido el Gran Hotel de Oporto por la calidad de sus platos, para que las papilas de sus huéspedes se habituasen agradablemente a la gastronomía local.

—No, está todo perfecto —lo tranquilizó Eiffel—. ¿Cuándo cree que podrá empezar con las licitaciones?

—En cuanto haya validado usted los diferentes lotes, mañana mismo si quiere.

—Habrá que comenzar la obra como muy tarde en enero —indicó Eiffel al tiempo que lanzaba una ojeada en dirección al enorme reloj de pared—. Concéntrese desde mañana en los trabajos de mampostería, es el lote más urgente.

—Pero ¿no estará usted presente?

—Tengo un nuevo negocio para el cual debo ir al Miño. Se trata de un puente sobre el Cávado.

—*Perfeito!* —se entusiasmó Lopes—. Sabía que Porto no sería más que el primer acto de una larga colaboración. Este país necesita del ferrocarril y el ferrocarril necesita de usted, senhor Eiffel —añadió, amagando levantar nuevamente la copa—. ¿Y cómo se encuentra monsieur Seyrig?

—Muy bien, en Pest supervisando las obras. Debería estar con no-sotros la primavera que viene.

La noticia tranquilizó a Joseph: en ausencia de Gustave, podría apo-yarse en la competencia de su socio. Así pues, se relajó y engulló con voracidad la *feijoada* abandonada, bajo la mirada perpleja de los otros dos comensales.

—Se puede decir que se adapta usted rápido a nuestra cocina, mon-sieur Collin —dijo Lopes a modo de cumplido cuando el camarero recogía los platos.

El salón en el que se encontraban, arreglado al más puro estilo vic-toriano para dar gusto a los muchos británicos residentes en Oporto o que estaban de paso, contenía solo otras dos mesas, y las tres estaban apartadas unas de otras. La primera la ocupaba una pareja de ingleses que parecían clientes asiduos y que bromeaban en portugués con el servicio. El hombre sentado a solas en la tercera de las mesas fumaba una pipa cuya cazoleta tenía cogida con la mano izquierda, mientras aspiraba el humo con la regularidad de un mecanismo de relojería, y tomaba notas en un cuaderno de pequeño formato según le iba viniendo la inspira-ción. Joseph se fijó en que no se molestaba en disimular el interés que despertaba en él la conversación cuando esta se centraba en asuntos más técnicos.

—Tengo la sensación de que aún quedan emisarios de la competen-cia por aquí —susurró a Eiffel, y lo señaló disimuladamente.

El comentario hizo sonreír al ingeniero portugués.

—En cualquier caso, esta mañana cruzamos por la pasarela pénsil y…

Joseph se interrumpió, con la boca abierta como si acabara de dar-le un ataque de apoplejía. Eiffel, que acababa de pisarle el pie izquierdo con el tacón del zapato, se limpió la boca con la servilleta con gesto distraído.

—¿Y? —preguntó Lopes, movido por la curiosidad, esperando a que el otro terminase la frase.

—¿Y? —insistió Eiffel.

—Y… los pilares son preciosos y la obra es de calidad —comentó Joseph, al que se le habían puesto de color púrpura las mejillas y los ojos como platos.

—Fue mi hermano el que construyó esa obra hace más de treinta años —anunció orgulloso el ingeniero portugués.

—¡Cuánto me alegro! —se apresuró a responder Joseph, aliviado por haber eludido la catástrofe.

Buscó ayuda en Eiffel, al que la situación parecía hacer bastante gracia. La pareja británica se levantó, desencadenando el ballet de camareros, que revolotearon alrededor de ellos antes de volver a ocupar sus respectivos puestos, inmóviles en un rincón del salón.

—He de dejarlos en breve —dijo Eiffel después de echar un nuevo vistazo al reloj de pared.

—Entonces ¿quieren que empecemos ya con la entrevista? —preguntó Lopes.

—¿Qué entrevista? —quiso saber Joseph.

El ingeniero de la Companhia Real dos Caminhos de Ferro Portugueses hizo una seña al hombre de la mesa vecina, que se acercó hasta ellos saludándolos. Vació la pipa en un cenicero, se la metió en el bolsillo de la chaqueta y puso su cuaderno de notas encima de la mesa, tras lo cual tomó asiento enfrente de Eiffel.

Lopes presentó a los dos franceses al periodista del *Comércio do Porto*, el periódico más antiguo de la ciudad.

—Venga —le dijo entonces a Joseph, invitándolo a ir con él al bar—. Dejémoslos a solas.

Pidieron una copa de *vinho verde* que tomaron de pie, delante de la barra, mientras Lopes le explicaba con pasión el origen y la fabricación de este vino singular.

—António Augusto de Aguiar dijo de él que es a un tiempo extraño, refrescante y dietético. Es nuestro más excelso profesor de química —puntualizó para dar más peso al testimonio, y entonces pidió otras dos copas.

Joseph lo escuchaba educadamente, mientras observaba a lo lejos la entrevista a través de la puerta abierta del salón. No podía oírlos, pero las manos de Eiffel se agitaban con elegancia y fluidez y su interlocutor parecía estar bajo los efectos de su embrujo.

—Fui yo quien contactó con el *Comércio do Porto*, a instancias del senhor Eiffel —le informó Lopes—. De momento los periódicos son prudentes, les cuesta imaginar que pueda construirse un puente ferroviario en ese lugar. Pero cuando lo vean salir del suelo y subir hasta la altura del orfanato, créame, ¡irán corriendo todos los días al sitio de las obras!

Bebieron de nuevo, en silencio.

—Es ciertamente extraño… —murmuró Joseph haciendo girar el vino en su copa de pie.

—Ya se lo había dicho —replicó Lopes—, pero no embriaga.

—Perdone, me refería a otra cosa —rectificó el francés—. ¿A qué distancia queda de aquí la ciudad de Barcelinhos?

—¿Barcelinhos? Qué pregunta tan extraña.

—¿Tan lejos está?

—No, a unos sesenta kilómetros. Pero no es una ciudad, solo es un pueblo. No encontrará nada digno de ver.

—Gustave se va a instalar allí para sus negocios, así estará a medio camino entre el Miño y Oporto.

Lopes puso cara de asombro.

—Qué lástima, el senhor Eiffel debería habérmelo dicho, le habría evitado el error. La línea de tren termina en Braga. Y hasta Barcelinhos hay una hora en diligencia. Sí, qué lástima —reiteró moviendo la cabeza—. No es precisamente el mejor sitio.

Eiffel irrumpió en el bar.

—Tengo que irme, contactaré con usted antes de que acabe la semana. Gracias por esta comida deliciosa, Pedro Inácio.

—El placer ha sido mío —respondió Lopes—. ¿Quiere que le busque un hotel en Braga?

Eiffel ya se había marchado.

—Es un hombre de ciudad —refunfuñó Joseph—. ¿Qué demonios va a hacer en el campo?

21

La Alhambra, Granada,
lunes, 18 de octubre de 1875

Clément salió de la Alhambra y cruzó los jardines hasta el Generalife, la finca rural de los reyes de Granada, situada en lo alto del Cerro del Sol, a unos cientos de metros frente a los palacios y el Sacromonte, con el fin de vigilar la toma de datos meteorológicos. Dejó el edificio principal y las ordenadas huertas y llegó al extremo oriental de la residencia, donde un mirador cuadrado con la fachada en ruinas por el paso del tiempo parecía querer retraerse del mundo, casi metido en las lindes del bosque. Clément era la única persona, junto con Alicia, que tenía la llave del recinto. Había decidido almacenar todo su material de vuelo y de observación en la pieza central del primer piso, debido principalmente a la existencia de un balcón protegido de las inclemencias y de las miradas, que él había acondicionado para sus instrumentos. Colocado encima de una mesa grande, su barotermógrafo registraba de manera constante la temperatura y la presión gracias a un mecanismo de relojería que había encargado construir especialmente en la ciudad suiza de Le Locle, en los talleres Favre-Jacot. A cada lado del impresionante aparato, el barómetro Fortin-Secrétan y el termómetro que el Observatorio de París enviaba a todos sus corresponsales daban la impresión de ser dos juguetes de tiempos remotos. Solo se utilizaban los días en que Clément embarcaba su aparato en el globo.

Anotó los valores observados a las siete de la mañana y a las dos de la tarde. Desde que usaba un cilindro para el registro de los datos sin solución de continuidad, ya no tenía que acudir varias veces al día y cansarse desplazándose por un camino que, aunque bordeado de parterres con flores y árboles protectores, no era sino una sucesión de cuestas a lo largo de todo el trayecto.

Orientada al oeste, la pieza había sido bajo la dominación musulmana un oratorio y después, en el Renacimiento, un saloncito; desde hacía un siglo se usaba como trastero de los diferentes talleres instalados por un gobernador anterior, antes de ser abandonada definitivamente. Clément había disuadido a Alicia de pretender renovarla. La mitad de la superficie al sol estaba ocupada por el tejido plegado que constituía el globo, con sus rombos de aluminio. La barquilla estaba guardada junto con la malla en el único armario, que también estaba cerrado con una llave que solo poseían ellos dos. Hasta Contreras desconocía que Clément ocultara allí dentro su tesoro.

El meteorólogo limpió con el plumero el espacio de alrededor de los instrumentos, pues el viento, que ahuyentando las nubes había hermoseado la tarde con sus ráfagas, había arrastrado partículas en suspensión hasta el interior de la pieza. Caminó entre restos de arena y desechos vegetales y tronó contra los gatos y las comadrejas que lograban saltar, los más hábiles, hasta el balcón. Dos veces se había encontrado alguno dentro de la pieza cerrada con llave, pero afortunadamente no habían causado estragos. El ruido regular, apenas perceptible, de las ruedas dentadas del mecanismo de relojería lo tranquilizó con respecto al buen funcionamiento del material.

Esta tarea era para él también la ocasión de meditar lejos de la agitación familiar. Algún día había conseguido quedarse allí una media hora o más, reflexionando mientras masticaba almendras o palitos de paloduz, oyendo a lo lejos a sus hijos, que habían salido a buscarlo, llamándolo al pasar justo por debajo de su refugio. De tanto en tanto oía también a Mateo arando su parcela a pocos pasos de él, monologando en voz alta. Esta ala del Generalife no estaba habitada y nadie se fiaba de las plantas superiores.

Al salir de su lugar secreto, Clément no vio a Mateo, que tiraba de su acémila, vacías las alforjas, por una de las veredas de las huertas de arriba. El hombre tuvo que gritarle varias veces hasta que logró sacarlo de su ensimismamiento. El francés fue con su amigo granadino, que le mostró sus manos quemadas por el hielo: había perdido los guantes por el camino pero no había querido regresar sin su mercancía.

—¿Cree que podría conseguirme un remedio? —preguntó el nevero—. Tengo que volver dentro de dos días y las llevo hechas un Cristo. Esta maldita montaña ya me quitó dos dedos hace diez años —añadió, enseñándole los muñones, cortados a la altura de la primera falange.

—No te muevas, aquí hay todo lo que necesitamos —dijo Clément revisando con la mirada los tramos de hortalizas.

Divisó un aloe cuyas grandes hojas majestuosas descollaban en medio de un cogollo de plantas aromáticas, partió una con ayuda de su cuchillo, la peló y untó las manos de Mateo con su pulpa.

—Dale, frótatelas —le indicó—. Tiene que penetrar en la piel.

El nevero se aplicó a conciencia.

—Tienes que volver a hacerlo esta noche y mañana, eso ayudará a que se te cure la piel —concluyó Clément entregándole una segunda hoja—. ¿Quieres un par de guantes?

—Los acepto gustoso. Tengo otro par, pero querría que me acompañase Javier para echarme una mano.

—Mateo… ya hemos hablado de eso…

—¡Sí, pero lo necesito! Yo solo no doy abasto. La espalda me trae por el camino de la amargura. Qué quiere usted, tengo cincuenta y tres años. Los otros neveros son más jóvenes que yo, suben más alto y cogen hielo de mejor calidad, que venden mejor. ¡Con Javier podré salir adelante!

—Pero él tiene aptitudes para los estudios, podrá llegar lejos —replicó Clément, con la frente arrugada en un gesto de contrariedad.

—Sé bien lo que hace por Javier, lo que hacen Alicia y usted, y les estoy muy agradecido. Pero ha llegado el momento de que lo deje —insistió mostrándole sus manos destrozadas.

Clément se quedó mirando un buen rato el suelo, donde una hilera doble de hormigas atravesaba la vereda bordeándole el zapato.

—Mateo, encontraré una solución… Dame tiempo, ¿de acuerdo? Solo un poco de tiempo. Mientras tanto, déjale que siga yendo a clase. Tres meses.

—Es que…

—Hasta Navidades. Si no tengo nada de aquí a entonces, aceptaré lo que tú decidas.

—¿Qué, papá, has hecho eso? —dijo Victoria, indignada.

La cena no fue precisamente sosegada, por la sucesión de turbulencias que desencadenó la noticia. Clément deseaba anunciársela personalmente a Javier escogiendo bien cada palabra y afrontar cuanto antes la reacción de sus hijos, en lugar de dejar que Mateo le comunicase una decisión brutal e irreversible para la que no habría tolerado la más mínima réplica. El carácter jovial del nevero se había perdido entre la hierba del Sacromonte aquella noche de 1863 en que había entregado la berlina de su hermano a los gitanos. Ramón le había perdonado pero, desde entonces, le fue devolviendo real a real el precio del coche. Su madre había acabado encontrando la vía al paraíso, después de numerosas temporadas en el hospital, al que regresaba convencida de la inminencia de la llamada de Dios a su lado y del que salía convencida por el equipo médico de la robustez de su salud, una tregua que ella atribuía a la intensidad de sus plegarias.

En febrero de 1870, mientras cruzaba la calle para acudir a ver una corrida de toros, la arrolló un remolque que maniobraba para entrar en el coso. El cacharro transportaba uno de los toros que debía participar en la lidia, un morlaco monstruoso y afamado que llegaba de Madrid, si bien Mateo y Ramón habían tomado por costumbre responder a todo aquel que preguntaba que su madre había terminado sus días pisoteada por las pezuñas del toro más feroz de España, lo cual era el final más glorioso imaginable, un final que ellos habrían sin duda soñado para sí. Aunque su parte de la herencia habría permitido a Mateo reducir considerablemente la deuda contraída con su hermano, seguía abonándole un cuarto de los ingresos obtenidos con la venta del hielo, ingresos que se fundían más deprisa aún que la nieve en sus alforjas, de modo que el depósito iba menguando al mismo paso que él se quedaba sin fuerzas.

—No puedes dejar que lo haga —insistió Nyssia, apartando su plato en señal de protesta.

—Es mejor que todos nosotros en mates y física —aportó Irving, abundando en el argumento—. Puede llegar a ingeniero, ¡como tú!

Javier permanecía callado, con la mirada clavada en su plato lleno.

—Lo sé, sé todo eso, hijos míos. Voy a hacer todo lo posible para evitarlo, pero quería que lo supierais. Los estudios son una ecuación de dos incógnitas, el porqué y el cómo, y estamos decididos a resolverla.

—Confiad en nosotros y empezad a comer el gazpacho —añadió Alicia—. Es tarde.

Mientras los trillizos parecían aún impactados por la noticia y ninguno se movió, Javier cogió su cuchara y se la llevó a la boca con su carga de sopa fría. Los otros hicieron lo propio y enseguida solo se oyeron los ruidos de los cubiertos al chocar con los platos hondos. Contrariamente a los usos de la época, el silencio jamás había acompañado una comida en casa de los Delhorme; el ambiente era pesaroso.

—Que el mercurio se descalabre y la presión baje —comentó Clément—. Si seguís así, nos espera un huracán. Vamos, todo va bien.

—De momento —repuso Victoria sin atreverse a alzar la vista.

Javier, que se había quedado con la cuchara cogida con el puño apretado, la dejó delicadamente en la mesa y se levantó.

—Siento causarle tantas preocupaciones, señor Delhorme.

—¡De ninguna manera! —respondió Clément rápidamente—. Siéntate y terminemos la cena.

—Hasta mañana —dijo Javier como si no le hubiese oído—. No se preocupe por mí.

—Como quieras, muchacho.

Javier salió sin volverse.

—Así tocaremos a más con el postre —bromeó Clément ante el semblante cariacontecido de sus hijos.

—¡Papá! —exclamó Victoria, al borde del llanto.

Se levantó sin permiso, cogió un farolillo y metió dentro una vela encendida, luego desapareció en la noche por la puerta abierta. Oyó que la llamaba su hermana, que quiso ir con ella, y también la orden terminante de su madre impidiéndoselo. Se arrepintió de su acto, que obligaría a sus padres a castigarla cuando ambos eran contrarios a los castigos.

Hacía una noche clara. Victoria distinguió a Javier cuando este salía del Patio de Machuca por el arco de cipreses. Apretó el paso, cogido el farolillo con el brazo estirado hacia delante para evitar las múltiples trampas del suelo, losas y raíces, y por poco no se dio un testarazo con él al salir al camino que bordeaba el palacio de Carlos V. Javier estaba inmóvil delante de una patrulla de soldados de la Guardia Civil que bloqueaba el paso, una decena de hombres con la cabeza tocada con el tricornio distintivo, armado el fusil, dirigidos por un capitán con el rostro picado y mostacho. Este empuñaba una pistola apuntando hacia el suelo con las manos juntas, con actitud desenvuelta, y dio una orden a una segunda patrulla que salió en dirección a la Alcazaba.

Javier puso los brazos en jarras al tiempo que Victoria se refugiaba detrás de su irrisoria protección. Tenía miedo, se parecían a los ejércitos de fantasmas de rostros descarnados de las leyendas que contaba su padre. El capitán guardó el arma en su funda y avanzó hacia ellos.

—Niños, llevadme a casa del señor Delhorme.

Victoria gritó: era la voz de un muerto.

22

Oporto-Braga, Portugal,
lunes, 18 de octubre de 1875

Había divisado la primera joyería de la rua das Flores. Eiffel había entrado en la tienda, con un bolso en cada mano, los había dejado en el suelo y había recorrido las vitrinas del platero a toda velocidad antes de regresar a un collar con motivos geométricos que le habían recordado los arabescos de la Alhambra. La joya había sido cincelada con la finura de una pasta de vidrio soplada, lo que le pareció extraordinario. Pagó, se guardó el estuche en el gabán como si de un pañuelo se tratara, recogió su equipaje y salió. La estación de la línea ferroviaria del Miño estaba situada al norte de Oporto y le haría falta media hora para llegar en berlina, es decir, justo a tiempo para subir al tren. Le daba rabia haber salido tan tarde del restaurante, pero su encuentro con el periodista había resultado fructífero. El hombre le había prometido que acudiría a las diferentes fases del avance del puente para redactar artículos al respecto.

Una vez en el coche, Eiffel se relajó. El cochero parecía haber entendido bien su petición. Aunque su español era impecable, su dominio del portugués no pasaba de rudimentario y, sobre todo, reciente. El ingeniero pensó en sus hijos y se prometió que les llevaría joyas de aquella misma joyería. Al poco de empezar a ver desfilar ante sus ojos las primeras casas de la rua Santa Catarina, se le cerraron los párpados. Notó el zarandeo del coche por las calles adoquinadas, oyó la animación del mercado central, mientras sus pensamientos fluctuaban en su conciencia adormilada. Las imágenes de sus últimas obras de ingeniería se mezclaban con las de sus proyectos en curso. Soñó que estaba en un camino de Bolivia, donde dos años antes habían erigido una de esas obras en las condiciones más arduas. Acarreaba a hombros con un puente plegado, y al ver a Seyrig en la orilla de un río, le gritaba: «¡Tengo el puente portátil!», y lo dejaba a los pies de su socio, sacaba unas piezas con forma triangular y añadía: «¡He dado con la solución, tenemos que patentarlo!». En el momento en que Seyrig le respondía, el cochero llamó a la portezuela: habían llegado. Eiffel abrió los ojos, se frotó la cara, se atusó los cabellos peinándose con los dedos y divisó el reloj que reinaba como un ojo de cíclope en lo alto de la nave central.

—Permítame un minuto —indicó al mayoral.

Sacó su cuaderno y dibujó un bosquejo de lo que serían las diferentes piezas indispensables para montar un puente móvil. Era una idea que lo reconcomía desde hacía años. En 1873 había comprado una patente de puente ligero, pero no había sido capaz de mejorarla suficientemente para convertirla en la obra transportable, montable y desmontable en un par de horas, con la que soñaba. Le faltaba averiguar cómo hacer para que el montaje resultase sencillo y eficaz. Y precisamente ese cómo era lo que acababa de ocurrírsele gracias a esa pequeña cabezada. Dibujó nueve piezas, entre ellas los triángulos isósceles que servirían de riostras sustentadoras.

El cochero volvió a llamar con los nudillos y por señas le indicó que era la hora de la salida del tren. Eiffel pagó la carrera sin dar muestras de la más mínima inquietud, esperó el cambio, asió las dos maletas que le tendía el mayoral y entró en la estación con paso seguro. La gran cantidad de viajes que había hecho a estas alturas de su vida le habían dado cierta experiencia en cuanto al protocolo ferroviario y su puntualidad. Al salir al andén, en compañía del mozo que le había cogido autoritariamente las maletas, se encontró con que el lugar estaba repleto de amigos y familiares que habían acompañado a los viajeros y que se cruzaban con ellos las últimas recomendaciones o las últimas palabras de amor, todos mirando hacia las ventanillas abiertas. Resonó el canto de la locomotora y las puertas de los compartimentos se cerraron y el gentío que rodeaba los vagones retrocedió. Eiffel llamó a voces al jefe de estación, indicándole su intención de subir al convoy. El hombre detuvo la cuenta atrás con un autoritario toque de silbato, y se reanudaron en el andén las conversaciones entre viajeros y acompañantes.

Eiffel se paró delante del número 5 pintado en blanco sobre la carrocería roja. El vagón de primera olía a nuevo pero, como todos los de la red ferroviaria, carecía de pasillo y de lavabos. Cada compartimento tenía su propia entrada y el humo que escapaba del primero no provenía del vapor del tren, sino de los cinco pasajeros que se apresuraban a fumarse a pleno pulmón los Braserillos y los Panatellas en el único lugar del vagón reservado a tal efecto. Eiffel no les prestó atención e hizo una seña al mozo para que lo siguiera. Examinó atentamente los compartimentos siguientes y no se detuvo hasta el penúltimo. El empleado abrió con dificultad el doble sistema de cierre de la puerta y se montó en el habitáculo. Instaló los dos bolsos de cuero gastado en la red que recorría la parte superior, por encima de los asientos, se guardó en el bolsillo su propina y lanzó una ojeada furtiva a los dos ocupantes, hecho todo lo cual, apremiado por el silbato del jefe de estación, se apeó. El primero, un hombre de edad madura y con una barba de chivo al estilo napoleónico que le tapaba un mentón prominente, estaba repantigado más que sentado en mitad del asiento corrido de la izquierda, que parecía querer ocupar por entero él solo; con los quevedos en la mano, peroraba en tono confiado con la pasajera que ocupaba el asiento de enfrente, la cual se había arrimado a la ventana para evitar que la rozasen los zapatos del caballero. La joven tenía la cara redonda, salpicada de pecas, y una mirada bondadosa. Sus cabellos, recogidos en un moño, llenaban un sombrero alto ornamentado con flores naturales. Su chaqueta entallada, abierta sobre una camisa de seda negra, dejaba entrever un talle y unas caderas finos. Se había puesto su cesta de mimbre sobre el regazo. La aparición de Eiffel hizo aflorar a sus labios una sonrisa amplia que desagradó al donjuán, quien se sintió obligado a recoger las piernas y enderezarse.

—¿Me permite? —preguntó el ingeniero.

Cogió la cesta que ella le tendía y la puso al lado de sus enseres, en la red, mientras expresaba su admiración por el objeto.

—Un regalo de un allegado al que tengo mucho aprecio —respondió ella de una manera graciosa que contrastaba con su frialdad anterior, un detalle que no pasó desapercibido al pasajero y que no le hizo ninguna gracia, como manifestó la oscilación de su barba de chivo.

El viajero, decidido a no permitir que Eiffel se acomodase en su asiento, desplegó su periódico a un lado y sus guantes al otro en el momento en el que el trino del tren resonaba con alegría. Enseguida lo siguieron los sobresaltos del inicio de la marcha, que el ingeniero aprovechó para sentarse con todo su peso a la izquierda del zafio, que gruñó, retrocedió hacia la puerta, se puso los quevedos sobre el apéndice nasal y reclamó su gaceta, que había acabado debajo de las posaderas del viajero.

Eiffel le devolvió su número de *Le Gaulois*, del jueves de la semana anterior, sin tomarse la molestia de disculparse. El arrugado diario anunciaba la muerte del escultor Carpeaux y Gustave dedicó unos instantes a leer algunas líneas antes de devolvérselo. El hombre trató de estirar el periódico pero no consiguió otra cosa que rasgar una esquina. Se puso aún más ceñudo y abrió *Le Gaulois* como un biombo entre él y el intruso, que le había hecho perder una presa tan bonita.

La línea férrea hasta Braga comportaba tan solo cincuenta y cinco kilómetros, pero estaba jalonada por un sinnúmero de paradas. Con una duración prevista de cinco minutos cada una, lo cierto era que se eternizaban a menudo por culpa de viajeros que se apeaban para ir a los aseos y se veían obligados a hacer cola delante del único excusado del lugar. Eiffel y la pasajera conversaban sin prestar atención a las sacudidas de la máquina en cada llegada y en cada salida, ni a su compañero de viaje que se invitaba a sus conversaciones con soliloquios regulares, parapetado tras su *Gaulois*. Al llegar a la estación de Santo Tirso, el hombre dobló cuidadosamente su gaceta, guardó todas sus cosas en su bolso y se puso los guantes y el sombrero. Abrió la puerta, bajó, desapareció unos segundos durante los cuales Eiffel rogó a Dios que no volviese, y a continuación metió la cabeza por la ventanilla y los saludó con una sonrisa equívoca antes de dejar sitio a los dos cazadores a los que había animado a subir.

—Ya verán, es el mejor compartimento, el más cálido, y los ocupantes son encantadores —les dijo en portugués—. No se arrepentirán.

Los recién llegados dieron unos pisotones contra el suelo para quitarse la tierra reseca de las suelas, apoyaron sus escopetas contra la pared y subieron una decena de tordos y dos liebres a la red para el equipaje. Luego se sentaron muy pegados a la puerta y saludaron a los otros viajeros llevándose la punta del índice al sombrerito con visera que ambos usaban. Uno sacó una pipa que llevaba prendida entre la cartuchera y su panza prominente y se la puso en la boca sin encenderla. Cuando la locomotora arrancó, los dos hombres habían entablado una conversación animada y sonora en un dialecto local alejado del academicismo que había practicado Eiffel. El tren aceleró y frenó varias veces, provocando sobresaltos que hicieron caer uno de los tordos entre la malla de la red. El animal quedó enganchado por las alas, en una posición vertical incongruente, apuntando con el pico vengador al asesino de todo su clan.

—Su caza tiene plomo en las alas —bromeó el ingeniero, comentario que no suscitó ninguna respuesta.

Los cazadores los ignoraron por completo. La joven miró a Eiffel con una mirada interrogante.

—No entienden el francés —le confirmó él.

—Empezaba a creer que no vendrías a Oporto —dijo ella inclinándose hacia él, pero se detuvo al ver que él retrocedía.

—¿Qué tal tu viaje? —preguntó él rápidamente con un tono desprovisto de afecto.

—Agotador —respondió ella después de arrellanarse en el asiento de grueso terciopelo carmesí que distinguía los vagones de primera clase—. Muchos hombres creen que una mujer sola en un tren es forzosamente una pelandusca.

—Debiste coger el compartimento reservado para las mujeres...

—Completo hasta Burdeos. Y en este tren no hay. Si supieras lo contenta que estoy de volver a verte... Este viaje estaba empezando a ser una pesadilla.

El pitido indicó que se aproximaba otra parada. El convoy se detuvo en Lagoa y reanudó la marcha con los dos cazadores, que seguían con su conciliábulo sin hacer ni una pausa. El tordo se había acercado todavía más al sombrerito y se balanceaba al ritmo del convoy, solo sujeto por las patas.

—A lo mejor se bajan en la próxima estación —comentó Eiffel ante el gesto contrariado de la joven—. Y esta noche podremos disfrutar de una intimidad que nunca hemos tenido.

—Y tú, ¿te alegras de volver a verme? —preguntó ella, desconcertada por su actitud reservada.

—Sí, Victorine. Sí...

—Pues no lo parece.

—Estos caballeros no nos entienden, pero tienen ojos —respondió Eiffel.

—Ya lo sé, pero por qué escondernos estando a mil kilómetros de París. ¿Es que tienes conocidos entre los cazadores portugueses de Santo Tisso?

—Tirso. Es Santo Tirso.

—¡Qué más da! Tengo ganas de cogerte de la mano.

—Esto me frustra tanto como a ti, lo sabes.

—¡Tengo ganas de besarte!

Eiffel lanzó una mirada en dirección a los dos pasajeros, cuyo volumen sonoro había subido una muesca cuando Victorine había elevado la voz. Sintiéndose observados, volvieron la cabeza hacia él, quien se disculpó con un ademán. Los dimes y diretes recomenzaron al poco.

—Esperemos a estar en Barcelinhos. Ahora descansa.

El tono la desagradó. Le dieron ganas de replicar que no era uno de sus obreros en una obra de construcción. Suspiró y dejó que su mirada abrazase la alternancia de bosques y campos que componía el paisaje.

—Háblame del sitio, Gustave —le pidió ella tras un largo silencio.

—La casa es sencilla pero está bien amueblada y el pueblo es tranquillo. Solo me ausentaré uno o dos días como mucho.

Victorine levantó las cejas.

—Resultas más convincente cuando hablas de tus puentes —dijo ella, intentando que sonase a broma.

Eiffel cruzó simultáneamente las piernas y los brazos, cosa que ella sabía era una señal de enfado.

—¿Cuándo tendrás que irte? —murmuró ella.

—¡No pensemos ahora en eso, acabamos de reencontrarnos!

—¿Cuándo? —insistió ella.

Él descruzó piernas y brazos y se inclinó hacia ella hasta rozarle las manos.

—Antes de mediados de diciembre. Nadie entendería que no volviera para mi cumpleaños —añadió, adelantándose a los reproches.

—¿Y cuándo volverás? —prosiguió Victorine, sin alterarse.

—Para marzo o abril, todavía no lo sé —respondió Eiffel enderezándose en el asiento—. Ya hemos hablado de eso un montón de veces, madame Roblot.

El hecho de que la llamara por su apellido la hirió. Él se dio cuenta y lo lamentó de inmediato, pero no podía disculparse. No sabía hacerlo. Ella aguardó unos segundos y entonces respondió:

—Debo de estar loca por haber aceptado… ¡Me voy a pasar meses esperándolo, monsieur Bönickhausen!

—Vendré con frecuencia, estoy buscando más contratos de obra por esta zona —dijo Eiffel, sintiendo que había llegado el momento de contemporizar.

Sus riñas eran tan intensas como su pasión y tan efímeras como un fuego de yesca. El carácter exaltado de Victorine le había gustado tanto como su carita de muñeca y su espíritu.

—Vendrás por tu trabajo.

—¡Pero estaremos juntos más tiempo de lo que hemos estado nunca! —exclamó él, y luego comprobó que los otros ocupantes del compartimento no prestaban atención.

—Y yo estaré sola más de lo que he estado nunca —concluyó ella luchando contra una melancolía que iba creciendo en su interior.

Victorine vio su reflejo en el vidrio de la ventana opuesta.

—Discúlpame, es el cansancio, estoy agotada y lo he dicho sin pensar —dijo cuando se hizo el silencio en el compartimento.

Los cazadores habían sacado una botella de maduro verde de uno de los morrales, seguida de un sacacorchos y de dos vasos de barro. Su mutismo adoptó un carácter solemne al descorchar el vino y servirse sin derramar una gota. Admiraron el líquido ambarino y bebieron de un trago, antes de volver a llenar los vasos y ofrecérselos a la pareja de franceses. Mientras Eiffel dudaba, Victorine agarró el vaso que le ofrecían y lo apuró ante las expresiones de admiración de los cazadores. Sus miradas burlonas se tornaron enseguida hacia el ingeniero, que se sintió acorralado. El vino, aunque un tanto joven, era de una calidad que lo sorprendió y el alcohol lo relajó.

La distensión los ganó a los cuatro y los cazadores resultaron ser dos compañeros agradables, a pesar de la dificultad a la hora de entenderse. Al llegar a Celeirós, estos recogieron todos sus pertrechos con una viveza un tanto inesperada, puesto que tres botellas de maduro verde yacían, vacías, encima del asiento, cogieron deprisa y corriendo el producto de su caza y saltaron al andén después de despedirse con un rápido movimiento de la mano.

—¡El tordo, se han dejado el tordo! —exclamó Victorine señalando el ave que seguía colgada de la red.

Eiffel la desenganchó con dificultad, se asomó a la puerta y la agitó mientras gritaba. Los cazadores, que estaban en esos momentos abrazando a sus mujeres, no habían abandonado todavía el andén y respondieron a su llamada con mugidos y risotadas. Uno de ellos hizo amago de apuntar al bicho con la escopeta, mientras el otro gritaba *Presente!»** una y otra vez, hasta que desaparecieron arrastrados por sus parientas.

—Tengo frío —dijo Victorine acurrucándose contra Eiffel cuando el tren hubo reemprendido la marcha.

Él la envolvió con su redingote. La aventura en la que se había embarcado no era propia de él. Ignoraba por completo adónde los conduciría; no tenía controlados todos los parámetros de su pasión amorosa. Al pasar él cada vez más tiempo viajando por motivos profesionales, Victorine le había propuesto encontrarse en alguno de esos

* «¡Regalo!»

viajes. Él había aceptado con entusiasmo, pero ya se había arrepentido. La prudencia lo obligaba a residir lejos de los lugares en los que se realizaban las obras. Le acarició los cabellos mientras reflexionaba acerca de la construcción de unos estribos enterrados que iban a colocarse en ambas márgenes del río Duero. Debía prevenir sin falta a Joseph para que anotase en los planos de mampostería la inclinación de cuarenta y cinco grados que tendrían las almohadillas con el zócalo del pilar. El ángulo no aparecía en el anteproyecto, y no deseaba correr ningún riesgo con la empresa que se ocuparía de ese lote. «Le enviaré un telegrama mañana por la mañana», decidió, imaginando la reacción de Victorine cuando le dijese que tendría que acercarse a la estafeta de Barcelos.

—¿En qué piensas? —preguntó ella, cuando él creía que estaba dormida.

—En nosotros.

La luz empezaba a declinar cuando los faroles verdes y azules de los empleados de la compañía ferroviaria indicaron la llegada a Braga. Todos los pasajeros inundaron el andén y luego invadieron las calles aleñadas como si de un chaparrón de otoño se tratara, en busca de una berlina o de una carreta.

—La nuestra está reservada —explicó Eiffel—. El cochero debe traer consigo a la cocinera que estará a nuestro servicio; enseguida llegarán.

Treinta minutos después seguían en la plaza. El lugar estaba desierto y el crepúsculo se acercaba, cuando un carro subió por la calle. Tirado por dos poderosos bueyes, el carruaje se detuvo a unos metros de ellos.

—¿Senhor Eiffel? ¡Ha habido un problema!

El conductor, de unos dieciséis años, saltó del pescante y se quitó la gorra, que retuvo entre las dos manos a lo largo de toda su explicación. La cocinera se había puesto enferma y no iría con ellos hasta pasada una semana. No había podido hacer la compra y les pedía disculpas.

—Pero tengo pan y aceitunas —dijo el joven mostrándoles orgulloso lo que llevaba debajo de la cubierta trasera de lona, y al levantarla dejó ver un cesto colocado en el centro de un banco.

El trayecto de tres horas se desarrolló en silencio, puntuado por las voces de arreo del aprendiz de mayoral a sus bestias.

—Siempre podremos poner a hervir el tordo —dijo Eiffel, sopesándolo.

—¿Y quién va a desplumar al pájaro? ¿Quién le quitará las vísceras? ¿Tú?

En ausencia de respuesta, Victorine lo agarró y lo echó al cesto.

—Espero que sepas amarme, Gustave, lo espero sinceramente.

Llegaron a Barcelinhos cuando el doble campanil de la iglesia daba las once de la noche. El caserón hacía esquina con la calle principal, donde no había un alma. Embutido en un solar no muy grande, ofrecía una fachada lisa, perforada de ventanas cuadradas, y sin encanto alguno.

—¿Pues? —preguntó después de haberla ayudado a bajar.

—Esto parece una tumba.

Una lágrima rodó por su mejilla.

23

La Alhambra, Granada,
lunes, 18 de octubre de 1875

—Disculpe a mis hijos, capitán —dijo Alicia al tiempo que le servía una copa de valdepeñas—. No tienen costumbre de ver patrullas de la Benemérita aquí, menos aún de noche, y creo que han hecho demasiado caso a las historias que les contaba mi marido de pequeños.

—Lo siento en el alma —intervino Clément, que acababa de entrar también en el comedor—. Los chicos tienen una imaginación desbordante.

—¿Cómo está la cría? —se interesó el capitán por educación.

—Bien, ya ha entendido que no se trataba de ningún fantasma —respondió Clément—. ¿Qué lo trae por la Alhambra, capitán?

El hombre se tomó su tiempo para terminarse el vino y luego chasqueó la lengua y le devolvió la copa a Alicia.

—Gracias por su hospitalidad, señora Delhorme. Como sin duda sabrán, andamos buscando a un anarquista de nombre Pascual —anunció, observando su reacción—. Es un sujeto peligroso que forma parte de una banda de conspiradores.

Los Delhorme se miraron con sorpresa.

—El maestro de su hijo, en efecto. Se esfumó entre la vegetación justo antes de que pudiéramos arrestarlo en la escuela.

—¿En qué podemos ayudarle? —preguntó Alicia cerrando la puerta que daba al pasillo de las alcobas.

Había visto el bajo de una bata en el resquicio.

—Han creído verlo en la entrada a la Alhambra.

—Nosotros no lo hemos visto —sostuvo Clément— y, sin embargo, hemos pasado toda la tarde aquí, en el Generalife, trabajando.

El hombre se puso en pie y observó la explanada desde la ventana. Los puntos luminosos se habían reagrupado, señal de que los soldados no habían encontrado nada en el sector. Esperaban sus órdenes.

—¿En el Generalife, dice? Mis hombres irán para allá. Sin ánimo de ofenderlos, ellos son profesionales y no pueden ustedes imaginar en qué madrigueras pueden esconderse los bandidos.

Abrió la ventana y voceó una orden que hizo moverse el grupo de puntos luminosos. Clément notó que Alicia empezaba a crisparse. La rodeó con sus brazos y le hizo una seña discreta para que no dijese nada. Entonces habló:

—Capitán, como bien sabe, este lugar se encuentra en pleno proceso de reforma, hay obras sin acabar y no se puede revolver por las zonas que están renovándose.

—¿No se puede revolver? —La pregunta del guardia civil estaba teñida de ironía—. ¿Teme que las estropeen, como hicieron hace cincuenta años las tropas de su emperador?

—¡Los franceses han respetado más estos palacios que todos los potentados locales que los transformaron en talleres!

En un arrebato de enfado, Alicia había dado unos pasos en dirección al oficial; Clément la había retenido. Su mujer no se encolerizaba salvo cuando se trataba de defender su joya. La había visto, un día de septiembre de 1870, sacar, agarrándolo por las solapas de la chaqueta, a un viajero austríaco que acababa de grabar sus iniciales con un punzón en una de las paredes del Salón de los Embajadores. El fulano, que con unas espaldas impresionantes y veinte centímetros más alto que ella hubiera podido derribarla de un simple papirotazo, no se atrevió a defenderse ante el huracán de energía de la francesa. Clément la asió con más fuerza en previsión de la reacción del guardia civil. Alicia se arrimó a su marido y lo tranquilizó cogiéndolo de la mano. El hombre lanzó una ojeada a la explanada antes de mirar con atención a la pareja con aire condescendiente.

—No voy a malgastar el tiempo discutiendo, menos aún con una mujer. Me va a abrir todas las piezas, si no echaremos abajo las puertas. ¡Y acabaremos descubriendo en qué agujero se esconde esa rata!

—Don Pascual no puede encontrarse aquí, nosotros mismos cerramos con llave estos recintos. Además, la Alhambra cae bajo la jurisdicción de su gobernador y, con perdón de usted, aquí no tiene autoridad —sostuvo Clément con calma.

La sonrisa del capitán le indicó que había estado esperando este momento con júbilo contenido. Sacó una hoja del bolsillo de la guerrera, lo desdobló y se lo entregó.

—Lea, una orden que proviene del ministro en persona. Si no coopera, señor Delhorme, me veré obligado a arrestarlo como cómplice. Además, existe un precedente.

—¿Un precedente?

—Un día de junio de hace doce años. Yo era un joven alférez bajo el mando de nuestro capitán general. Un testigo vino a verme para informarme de una explosión en el pueblo de Cogollos.

—Sí, lo recuerdo —dijo Clément, intrigado.

—No puede haberlo olvidado, señor, ya que se jactó usted de que los hechos habían tenido que ver con la existencia de una fábrica clandestina de dinamita. He encontrado la declaración de mi testigo.

—Una mera hipótesis.

—¡O complicidad! Así pues, en sus manos está que ordene detener las pesquisas. Pero, en tal caso, no regresaré con las manos vacías —añadió, señalándolo con el dedo.

—¡Van a arrestar a papá! —cuchicheó Irving, que había seguido escuchándolos a pesar de la puerta cerrada.

Había entrado, pálido y jadeando, en la habitación en la que esperaban Victoria y Nyssia. Le latía el corazón como un tambor de guerra y las manos le temblaban mientras les contaba la escena que acababa de escuchar.

—Lo van a meter en el calabozo —agregó, fatalista.

—¡No lo consentiremos! —dijo Victoria, con las mejillas encendidas de cólera.

Nyssia se apoyó en la ventana.

—¡Mirad, se marchan con él! —les informó.

Los hombres de la Guardia escoltaban a Clément hacia el Palacio de Comares.

—Van a buscar por todo el Generalife —les contó Irving.

—¡Javier! Tenemos que avisarlo —exclamó Nyssia—. Querrá plantarles cara, como siempre.

—Es verdad —confirmó Victoria con lágrimas en los ojos—. Le harán daño —dijo entre hipidos.

Irving se quitó la bata y se puso la chaqueta de escolar encima del pijama. Sus hermanas, incrédulas, lo vieron atarse los cordones de los zapatos, abrir la puerta, volverse hacia ellas al tiempo que se llevaba el dedo índice a los labios, y salir.

—Pero ¿adónde va? —dijo preocupada Victoria, que nunca había visto a su hermano tomar una iniciativa arriesgada.

Nyssia no respondió. Se sentó en su cama, subió la llama de su quinqué y se refugió en la lectura de *Con el amor no se juega*, de Musset, que escondía entre las sábanas desde hacía un mes, después de haber robado el ejemplar en la biblioteca.

Irving salió de los cuartos por la escalera que daba a un pasillo que recorría la Cámara Dorada y por el que llegó directamente al Mexuar. Atravesó el Palacio de Comares cruzando por encima de la Sala de la Barca, en la que acababan de entrar los soldados. Oyó dar voces al capitán y a su padre responder con autoridad. Uno de los andamios fue desplazado sin que lo levantaran y rechinó al arañar el suelo, para acabar cayendo unos instantes después en medio de un estruendo. Irving, que se había parado a escuchar, reanudó la carrera como una mula que se hubiese espantado al sentir el látigo. Desde abajo le llegaban toda clase de órdenes, del capitán al sargento, del sargento al caporal, tan desordenadas como el eco de sus voces rebotando en los muros recubiertos de yeserías. Llegó al palacio cristiano por las habitaciones del Emperador y bajó a la planta baja, recorrió el patio de la Lindaraja hasta los jardines del Partal y allí se detuvo un momento. Se movía sin luz gracias a una luna poderosa y a su conocimiento perfecto de aquellos rincones. No había un nicho o un escondrijo que no conociese. Se dio cuenta de que su miedo había sido sustituido por otro sentimiento, extraño y nuevo para él, que le hacía actuar sin reflexionar, descargaba oleadas de escalofríos por todo su cuerpo y le dejaba un regusto amargo en la boca. ¿Era esto la aventura? Irving no tuvo tiempo para seguir preguntándoselo, pues acababan de aparecer las primeras teas por el sendero que bordeaba el hamam. Debía conservar la ventaja. Llegó al paseo de las torres, tropezando con frecuencia con las piedras irregulares del suelo pero sin llegar a caerse, y cruzó la puerta que comunicaba con el Generalife. Corrió a lo largo del camino de adelfas, cuyas ramas formaban un arco continuo por encima de su cabeza, y encontró a Javier sentado en un escalón de la entrada a los cuartos en los que vivía con Mateo. Había discutido con él y estaba esperando a que se fuera a dormir para entrar. Irving le explicó la situación y le propuso esconderse mientras aguardaban a que los uniformados se marcharan.

—¡Que intenten entrar en mi casa y verán! —lanzó Javier, bravucón, con el puño en alto.

—Si haces eso, te van a llevar, y a papá también —replicó Irving—. Tenemos que salvarnos. Ven, ya sé adónde iremos.

—Irving, ¿eres tú? —dijo Javier, asombrado ante la determinación de su amigo.

—Sí, soy yo, y soy la voz de la aventura —respondió, con una efusividad que a él mismo le sorprendió.

Sin esperar respuesta, se metió por las huertas del Generalife. Irving se sentía como si tuviera alas y se preguntaba cuándo decaería aquella excitación y lo devolvería a su estado natural, compuesto de temor y prudencia. Pero el impulso no aminoraba. Volvieron a entrar en el recinto de la Alhambra e Irving llevó a Javier de una punta a otra de la ciudadela hasta que vio a lo lejos a una patrulla ruidosa e iluminada, de la que tuvieron tiempo de esconderse en la Torre de la Cautiva, detrás de un pilar sobre el que descansaba el arco de la entrada. Los guardias civiles no se dignaron visitarla y se alejaron en dirección al Generalife.

—¡Hasta nunca! —gruñó Javier.

Los dos muchachos subieron a la terraza, desde la que se tenía una vista panorámica de toda la colina, con el fin de verificar la posición de los diferentes grupos de batida. Los guardias civiles se habían apostado en los puntos de acceso al Generalife. Los chicos podían volver a la residencia de los Delhorme sin que nadie los molestara.

—¿Y si nos quedamos aquí un rato? Se está bien —propuso Javier, sentándose con la espalda apoyada en el parapeto.

—Si vuelven, no tendremos tiempo de salir —objetó Irving después de echar un último vistazo a la situación, abajo.

—El general César ha hablado —dijo Javier con ironía, molesto por el ascendiente de su hermano de leche, habitualmente tan comedido.

Se puso de pie y se apostó a su lado imitando a un soldado en posición de firmes. Irving, que seguía escrutando a través del encaje de la penumbra, no prestó atención a su amigo; Javier se acodó en el murete, relajado.

—¡Ahí está! —exclamó Irving en voz baja, señalando con un dedo en dirección a los palacios nazaríes—. Don Pascual, estoy seguro de que es él. Lo he reconocido por su manera de andar. ¡Se ha metido en el Patio de los Leones!

Javier se había erguido. La sombra que había percibido podía efectivamente ser la de su maestro.

—Está demasiado oscuro para estar seguros —atemperó.

—Pero ¿quién, aparte de él, se pasearía por la Alhambra de noche y sin una luz? —insistió Irving.

—¡Nosotros! —fanfarroneó Javier—. Espero que salga de esta —añadió el muchacho, mientras los guardias cercaban el Generalife y les llegaban, acarreadas por el céfiro, las órdenes ladradas.

—Ven, vamos a ayudarlo —dijo Irving agarrándolo por el brazo.

—¡Espero que nos pague con la misma moneda!

El chico no le tenía una simpatía especial a su profesor de retórica, que se mostraba frío y distante con sus alumnos y jamás los había animado, a pesar de todos sus esfuerzos, por superarse en una materia que detestaban.

—Quisiera que me subiera la media de aquí al final del curso —añadió.

—Pero no entiendes nada, es un anarquista, no volverá nunca más. De lo contrario, lo meterían en la cárcel. Ya no es nuestro maestro.

—Entonces quedémonos aquí —objetó Javier.

—Pues yo me voy. No hay tiempo que perder —decidió Irving.

No le dio el gusto de replicarle y desapareció por la escalera.

El Patio de los Leones parecía un calvero de piedra en medio de un bosque de columnas. En el centro, la fuente estaba compuesta por un gran pilón dodecagonal de mármol blanco, en cuyo centro descansaba una segunda pila en forma de cáliz, de la que salía un surtidor que regaba ambos receptáculos. El conjunto se apoyaba sobre el lomo de doce leones esculpidos, cuyas fauces volvían a escupir el agua de los pilones. La luna se había detenido justo por encima de sus cabezas y las gotas de agua destellaban en el aire como luciérnagas de plata.

—Aquí no está —dijo Javier, que había recorrido todo el claustro antes de volver a la fuente con Irving.

Este lanzó una ojeada a las ventanas del piso superior.

—Hace un momento me ha parecido ver dos sombras.

—¿Un compinche? ¡Ya ves que no nos necesita!

—Espero que la Guardia Civil deje en paz a mi padre —dijo Irving acariciando maquinalmente la cabeza de un león.

—Desde luego, no tienen nada que recriminarle. Por cierto, gracias por haber venido a buscarme.

El reconocimiento de su amigo, que constituía una gran novedad, tenía para Irving el mismo valor que todas las medallas del mundo.

—¿Vamos? —añadió Javier para evitar efusividades.

—Vale. Pero antes quiero mostrarte un escondite que no conoces.

—Es imposible, los hemos descubierto todos entre los dos.

—Este no, este me lo ha enseñado mi madre.

—Entonces es un secreto de familia.

—No del todo. Jez ya lo conoce —señaló Irving, seguro del peso de su argumento.

—¿Jez? ¿Se lo has enseñado?

—Sí, y desde entonces lo ha utilizado alguna vez. La semana pasada, por ejemplo.

—¡Por eso no lo encontraba! —estalló Javier—. ¡Ya me las veré con vosotros más tarde! Anda, enséñamelo.

Irving rodeó los leones, dispuestos a intervalos regulares como los doce signos del zodíaco.

—No del todo regulares —comentó en voz alta plantándose delante de dos, situados frente a la cúpula del templo este—. El espacio entre estos dos es más ancho. Y ahora, fíjate bien…

Irving se puso a cuatro patas y se escabulló entre los cuartos traseros de las dos bestias y la columna central que sostenía el pilón. El espacio era angosto pero pudo rodear toda la fuente pasando por él. Y sobre todo, gracias a la penumbra reinante, se hizo invisible a las miradas exteriores.

—Y ahora tú. ¡Ven!

—No, yo soy demasiado ancho —respondió Javier agachándose para encontrarlo.

—Sí, puedes pasar y hay espacio suficiente para dos.

—Sal, ya volveremos otra noche. Si viene la Guardia, ¡estamos apañados!

—¡Es el escondite ideal! ¡Ven!

Javier se tumbó y reptó entre las dos estatuas para meterse en el nicho natural hasta que dejaron de vérsele los pies.

—No puedo ni sentarme, ¡no puedo darme la vuelta! —protestó.

—Ahora somos como los dueños del mundo, invisibles e intocables —proclamó Irving.

—¡Somos más bien dos cretinos acurrucados que se van a quedar atrapados aquí! La buena noticia es que mañana no tendremos clase con don Pascual, pase lo que pase.

A fuerza de contorsiones, logró doblar las piernas e incorporarse apoyándose en los codos sin que la posición le resultara demasiado incómoda.

—Parezco un perro esperando un hueso —dijo, lo que desató la risa de Irving—. Búrlate si quieres, pero dentro de seis meses tampoco cabrás tú. Y estaremos en igualdad.

El comentario de su amigo hizo reflexionar al hijo de Clément. Estaba dividido entre el deseo de crecer rápido y conducir su vida sin las trabas que imponían los adultos, y su anhelo de seguir siendo un niño protegido por los leones del patio.

—Pues yo lo único que quiero es no tener que pasarme la vida arañando hielo en Sierra Nevada —dijo Javier—. Cualquier cosa menos eso, cualquier cosa menos lo que él quiere hacer de mí. Me marcharé. No me quedaré aquí. ¿Quieres pescado seco? —le ofreció, sacando un filete de arenque de su bolsillo.

Lo dividió en dos y masticaron en silencio.

—¿Adónde te gustaría ir? —preguntó Irving limpiándose las manos en la chaqueta del pijama.

—Da igual, siempre y cuando me sienta libre. Y respetado. Sí, respetado, eso es importante. Me encantaría ser ingeniero, como tu padre. Pero ¡lejos de aquí!

—Sin embargo, en nuestra casa se está bien, esto es como el paraíso. Mamá dice que…

Un grito los interrumpió. Una manifestación de dolor y de sorpresa a la vez, seguida de un gruñido ronco. Un largo estertor que acabó en quejido.

—¿Lo han apresado?

La pregunta susurrada de Irving obtuvo respuesta al punto. Dos guardias civiles salieron, farolillo en ristre, del bosque de columnas que se abría sobre el Patio de los Leones, seguidos de otros dos que, más que sujetar a un hombre, cargaban con él, pues su estado de consciencia parecía tan titubeante como sus andares. Se pararon a menos de un metro de la fuente. Irving vio un par de botas cuyos botones plateados se reflejaron en el agua de uno de los desagües.

—¿Quieres esforzarte y empezar a caminar de una vez, maldito idiota? —dijo uno de ellos.

—Le has zurrado demasiado fuerte —respondió otro—. Está medio inconsciente.

—Menudo lumbrera —comentó el tercero—. Pues yo me planto. Pesa demasiado. Ten, métele la cabeza en el agua, eso lo despabilará.

—Esperad —ordenó el último—. Tengo sed, voy a beber antes de que ensuciéis el agua.

Los otros asintieron. Javier lanzó a Irving una mirada inquisitiva. Distinguía en la negrura el pestañeo de su amigo, que delataba su nerviosismo. Le agarró con fuerza el antebrazo, a lo que Irving respondió con el mismo movimiento: «no asustarse». Javier movió los labios: «No es él». Irving asintió con la cabeza para hacerle ver que estaba de acuerdo. «¿Quién es?», preguntó a Javier, que se encogió de hombros para indicarle que no lo sabía. El hombre era más bajo y corpulento que su maestro.

—A la de una, a la de dos… —dijeron al unísono los guardias civiles.

El agua salpicó a los dos chicos. El prisionero había sido arrojado al pilón, se había despabilado y hacía aspavientos, en medio de las risas de los soldados. Lo sacaron sin miramientos.

—Ahora, nos sigues sin causarnos problemas —anunció el que parecía dirigir el grupo—. Al anarquista no lo hemos pillado, pero a ti ya no te soltamos.

El vagabundo, que dormía en un rincón de un patio del Mexuar, había sido despertado brutalmente y se había puesto a soltar sapos y culebras por la boca contra los integrantes de la batida.

—¡Venga, camina! —ordenó el cabecilla, que tenía en mente hacerlo pasar por cómplice de Pascual para no presentarse ante el capitán con las manos vacías.

El hombre, a quien el paso por el agua de la fuente le había quitado la borrachera de golpe, comprendió la situación y trató de huir. Saltó a uno de los canales de desagüe y chocó pesadamente contra el mármol del suelo, abriéndose una brecha larga en la frente. Intentó ponerse de pie nuevamente pero recibió una somanta de puntapiés y porrazos. Los muchachos lo oyeron suplicar, pero después ya solo percibieron el sonido sordo de los golpes y los jadeos de los soldados. Una costilla crujió como la madera seca.

El aluvión cesó tan repentinamente como había comenzado y el sonido tranquilizador de la noche se impuso de nuevo en el Patio de los Leones. Javier vio una mano que recogía del suelo un tricornio que había caído cerca de él durante la borrasca. Irving se había tapado la cara con los brazos como si también hubiese sufrido el asalto. Estaba temblando.

—Ahora ya tienes una buena razón para no volver a caminar —dijo el cabecilla, sin resuello, desatando las risas de los demás—. ¡Hale, vámonos!

Los dos muchachos dejaron transcurrir una eternidad antes de atreverse a salir de su escondrijo. El patio vacío era de una belleza relajante, como de costumbre.

—Ha sido un sueño, una pesadilla —murmuró Irving, y entonces vislumbró la línea oscura que trazaba una raya entre el patio con la fuente y la Sala de los Abencerrajes.

Un largo rastro de sangre.

—Bienvenido al paraíso —dijo Javier.

Al volver a las habitaciones de los Delhorme, los chicos fueron recibidos por las mellizas, quienes les contaron que el registro se había interrumpido cuando Rafael Contreras mandó llamar al capitán general de la ciudad. El arquitecto se encontraba aún en el salón, en animada conversación con Clément y Alicia. Se decidió que Javier se quedase a dormir en su habitación. A pesar de las preguntas apremiantes de sus hermanas, Irving se negó a explicarles lo que habían estado haciendo las dos horas que habían estado ausentes. Se tumbó sin quitarse la chaqueta y se durmió enseguida, a pesar de los cuchicheos de las niñas que se prolongaron durante buena parte de la noche. Irving jamás olvidó los acontecimientos de aquella noche y mucho, mucho tiempo después seguía preguntándose si no habría sido todo un sueño.

VII

24

Oporto y Barcelinhos,
miércoles, 15 de marzo de 1876

Como cada día desde hacía tres meses, desde que Gustave había partido a Francia, Victorine Roblot acechaba la aparición del cartero. El hombre no obedecía ninguna rutina, su paso se escalonaba desde el amanecer hasta el final de la mañana en función de su itinerario, de los temas de conversación que abordaba con los habitantes y del ánimo que tuviera de repartir la correspondencia. Sobre todo de su ánimo, mermado por una anemia perniciosa y tenaz que su médico había tratado con ayuda de una maceración de plantas y clavos, uno de los cuales había acabado tragando, provocando algunas hemorragias, lo que había agravado la anemia y los pocos ánimos en cuestión. Ese miércoles por la mañana, delante de la pila de cartas acumuladas encima de su mesa y ante la urgente necesidad de dinero contante y sonante y de hierro soluble, el cartero había decidido desafiar su tendencia a la procrastinación y se había vestido para hacer su ronda. Había dejado a la bella francesa para lo último, con la esperanza de que no hubiese regresado el caballero que le había hecho compañía hasta las Navidades, en cuyo caso podría intentar arrancarle alguna que otra risa, pues su tristeza era cada vez más patente. Presentía que la carta que se disponía a entregarle no iba a subirle la moral, cosa que no lo disgustaba del todo.

Al tenderle el sobre, Victorine se ruborizó y de pronto sus ojos parecieron iluminados por un sol naciente.

—Me espero aquí, por si hubiera respuesta —dijo el hombre mientras ella abría el sobre.

La cocinera, atraída por el ruido, salió de la antecocina, lanzó una mirada hostil al cartero, pues conocía muy bien sus tejemanejes con las mujeres, y se echó el paño de cocina al hombro. Vivía con la francesa y, además de cocinera, le servía de profesora de portugués, guía local, confidente y, de vez en cuando, compañera de bingo.

La mirada de Victorine pasó en un abrir y cerrar de ojos del alba al crepúsculo. Frunció la boca. Dobló la carta y la volvió a meter en el sobre con cuidado, antes de hacerla desaparecer en su bolsillo.

—No puede venir hasta dentro de dos meses —dijo en portugués volviéndose hacia su empleada, la cual le manifestó su reprobación con la cabeza—. Mucho trabajo en París.

—¿Una respuesta, tal vez? —aventuró el hombre.

Victorine lo ignoró y se lanzó a un largo monólogo en francés, que ninguno entendió, tras lo cual salió de la pieza para irse a la cocina.

—Me espero —propuso el cartero, apoyando un muslo en la mesa—, volveré con una carta.

—No, no esperes nada, ¿te crees que no me he dado cuenta de tus mañas de galán?

La cocinera le atizó con el paño como hubiese hecho para espantar una mosca. El cartero resistió el primer asalto pero se batió en retirada en los siguientes. La mujer regresó a la antecocina, donde encontró a Victorine hecha un mar de lágrimas con un cuchillo en la mano y una cebolla en la otra.

—No crea que lloro —dijo en su portugués perfectible—. Es por culpa de esto —añadió mostrándole el bulbo.

—Cebolla —tradujo la criada—. Claro que es por culpa de eso —añadió, con ánimo de calmarla—. ¿Quiere ayudarme?

Le alargó un papel de periódico y la invitó a pelar patatas. Victorine, que delante de ella jamás había aludido directamente a su situación, se aplicó a la tarea concentrándose en la fineza de las mondas. Para todos los habitantes de Barcelinhos, ella era el ama de llaves del industrial francés, cuyos negocios lo obligaban a pasar largas temporadas lejos de su domicilio portugués. Victorine echó la primera patata en la palangana de agua, sorbiendo el aire por la nariz. En los momentos de desánimo, tiraba de su provisión de recuerdos de los dos meses que habían pasado juntos a su llegada. Pero desde finales de febrero había ido recibiendo cada vez menos noticias suyas y sus provisiones de recuerdos habían ido menguando. Ella se culpaba de estar resentida con él cuando el hombre se pasaba los días y las noches a la búsqueda de contratos para su empresa, y con la cuarta patata se serenó: en mayo estaría allí, con ella, solo con ella, después de atravesar dos países para regresar a su lado. Suspiró.

Al ir a reunir las mondas de patata en el periódico, Victorine se quedó inmóvil. Las apartó con el dorso de la mano, consultó la página manchada del *Comércio do Porto*, dio un puñetazo en la mesa y desapareció soltando por la boca una retahíla de improperios en francés, para los que la cocinera estaba segura no había equivalente en portugués, de tan abominables como le parecieron. Tras unos segundos de estupor, esta dejó el conejo que acababa de despellejar y cogió el *Comércio do Porto*. Solo era legible ya la parte inferior. El artículo indicaba que el creador del futuro puente sobre el Duero, el ingeniero Eiffel, había llegado a Oporto con su familia dos días antes y se había instalado en Vila Nova de Gaia para dirigir el inicio de las obras. La cocinera oyó a Victorine bajar la escalera y sus tacones resonar en el pasillo. La puerta de la casa se cerró sonoramente.

El reparto lo había dejado exhausto. El cartero lanzó una mirada en dirección a la ventanilla desierta, empujó la puerta de la trastienda y se tragó los polvos que el boticario le había preparado, preguntándose qué ingrediente maldito por los dioses podía tener un amargor tan fuerte. Bebió un pichel entero de vino sin conseguir quitarse el regusto. Esperó a que volviese su compañero, el jefe de la estafeta, mientras se comía un pastel de nata que no era para él, pero al que consideraba tenía derecho por haberlo sustituido hasta el mediodía. «Hasta pasado el mediodía, incluso», se dijo al tiempo que seguía con la mirada el minutero, que se desplazaba ya hacia la derecha de la cifra fatídica. Al oír unos pasos, se apresuró a terminarse el dulce.

Cuando salió a la ventanilla, con la boca llena, se llevó la sorpresa de encontrarse frente a la bella francesa y tragó con toda la calma del mundo, antes de limpiarse los labios con la manga de la camisa.

—¿Puedo…? —preguntó ella alargándole un texto para el telégrafo.

—Ande, deme, que se lo voy a enviar. Normalmente estamos cerrados pero, por usted, haré una excepción.

Victorine sonrió débilmente en señal de reconocimiento, cosa que él se tomó como un estímulo.

—Ya le había dicho yo que valía más que me esperase —dijo en tono bromista, y entonces leyó el mensaje.

El breve texto estaba en francés y el cartero no entendía ni jota, lo que lo frustró.

—Tal vez sería mejor enviarlo en portugués —tanteó—, para que no cometan ningún error en la recepción.

Victorine se negó en redondo. El cartero se aplicó en cada palabra y pidió confirmación al telegrafista de la estafeta de Oporto.

—Por el mismo precio —precisó—. Hale, ya está. Le llevaré la respuesta. Si es que la hay.

Ella le dio las gracias, pagó dejando una propina que él rápidamente rechazó alegando que era deber de todo empleado de correos en situaciones de urgencia, y al salir se cruzó con el jefe, sorprendido ante el celo de su anémico empleado. Una vez a solas, este le increpó y le puso el papel en las manos.

—Tú que hablas francés, ¿me lo puedes traducir?

—¡Cierra primero esa ventanilla antes de que el barrio entero venga y nos impida almorzar!

El cartero obedeció, mientras su colega sacaba las lentes y descifraba el mensaje.

—¿Pues?

—Te confieso que no lo he entendido del todo… Un cuento de un cazador y un tordo —respondió el otro devolviéndole la hoja—. Bueno —concluyó, frotándose las manos—, ¿y mi pastel de nata?

La sede portuense de la Companhia Real dos Caminhos de Ferro Portugueses se hallaba en plena efervescencia. La llegada de Eiffel había supuesto el pistoletazo de salida para las obras, lo que llenaba de alegría a Pedro Inácio Lopes. Joseph Collin, que se había quedado para coordinar los trabajos, le parecía un hombre con muy poco carisma en comparación con su cuñado. Y el industrial había anunciado la incorporación de dos figuras de primera, Émile Nouguier y Jean Compagnon, a los que había robado a la firma Gouin, una de las empresas de la competencia que no habían conseguido la concesión de las obras del puente.

Lopes estaba impaciente por conocerlos. Nouguier, ingeniero de minas, se encargaría de coordinar la ejecución del proyecto, y Compagnon, dotado de una vasta experiencia adquirida a lo largo y ancho de Europa, actuaría como director de montaje. Estaba convencido: si ellos no lograban llevar a cabo esta proeza de la tecnología, nadie en el mundo podría hacerlo. Con el gozo que le procuraba la perspectiva de trabajar codo con codo con tales expertos, salió de su despacho y se quedó mirando a Collin que departía con uno de los capataces. Su presencia ya no le parecía tan problemática. Sintiéndose espiado, Joseph se acercó al ingeniero portugués.

—Primer contratiempo, amigo mío: tenemos dos calderas averiadas en el terreno —explicó, haciendo molinillos con las manos.

—¿Dónde exactamente? —preguntó Lopes sin alterarse.

—En la margen derecha, donde los cimientos van con retraso. Voy a enviar a unos hombres para que las reparen. Trabajarán día y noche si es preciso.

—No se inquiete —dijo Lopes llevándoselo hacia su despacho y cerrando la puerta.

—Pero dentro de una semana tiene que empezar la mampostería. ¡Gustave no tolerará retrasos de ese nivel!

—Estoy seguro de que el señor Eiffel no se preocupará por ello. Esas calderas, ¿son arrendadas?

—Sí, hasta el final de las obras —respondió Joseph, ceñudo, como un estudiante en apuros delante de un examinador.

—Entonces contacte con la empresa, que se las cambie por otras.

—Pero ¿y si no pueden? ¡Les hemos arrendado tantas que no deben de tener más de reserva!

—Compruebe las condiciones del contrato. Tendrán que apañárselas, usted es su cliente más importante, ¿no?

—Sin lugar a dudas.

—Entonces no se preocupe. Escuche, usted es el jefe de obra y no pretendo interferir en su proyecto, pero si lo desea iremos juntos —se ofreció Lopes, cuya función se circunscribía a la supervisión de la planificación en nombre de su compañía.

—Se lo agradezco sinceramente, no me siento seguro con el idioma —confesó Joseph enjugándose la frente con unos toquecitos con su pañuelo.

Los interrumpió un asistente: acababa de recibirse un telegrama para Gustave Eiffel.

—Yo me ocupo —dijo Joseph cogiéndolo de manos de Lopes—. Ahora mismo me iba para Vila Nova de Gaia.

El sobre con el texto solo estaba cerrado por la punta y Joseph desplegó toda su inventiva a lo largo del trayecto para conseguir que se abriese solo, sin lograrlo. El envío le intrigaba aún más por proceder de la estafeta de Barcelinhos. Unas gotas de lluvia lo obligaron a guardarse el papel en el bolsillo de la chaqueta.

La casona que ocupaba Eiffel había sido alquilada por Joseph de acuerdo con los criterios del ingeniero. So pretexto de que Nouguier, Compagnon y Seyrig se encontrarían allí mejor para trabajar que en el colegio de huérfanos, donde no estaba nada claro que los curas responsables fuesen a dejarlos estar juntos, les había asignado a ellos algunas de las habitaciones de la casa y había aprovechado para incluirse él mismo en el reparto. La otra mitad del equipo de Levallois se había quedado en el orfanato, pero, presionado por sus quejas diarias, Joseph había mandado rehabilitar una construcción aneja a la gran casa que en breve podrían ocupar. Desde la finca, situada entre dos muelles pero a algunos metros del Duero, no se podía ver las obras, ocultas detrás de un meandro del río.

Llegado a unos metros de la entrada principal, Joseph tiró a la derecha, sacó el sobre un tanto arrugado por el trato a que lo había sometido y desgarró la punta con un tirón de la uña. El texto lo dejó tan perplejo que se arrepintió de su acto. Humedeció el borde de un lengüetazo para volver a darle aspecto de sellado, abrió la cancela del jardín y ya enfilaba por el camino de la Quinta do Coelho cuando la pequeña Valentine chocó contra sus piernas y se desternilló de risa. La niña, de seis años, era la única de sus cinco hijos que Eiffel había llevado con ellos. Joseph la aupó, escuchó atentamente su relato de lo que había hecho esa mañana sin parar un instante a coger aire y la dejó en el regazo de su madre, sentada en la veranda, organizando la lista de tareas para la criada. Desde el primer día, Marguerite se había hecho cargo de la intendencia de la casa, para inmenso alivio de Joseph, quien veía en su presencia un refuerzo logístico bienvenido.

—Gustave ha hecho bien al convencerte de que vinieras —dijo con una sonrisa.

Marguerite se aseguró de que ninguno de los colaboradores pudiera oírla y respondió:

—La última vez por poco no vuelve. Te das cuenta, echó a perder su aniversario y las Navidades. Tres meses de ausencia... Al menos ahora estoy con él. Pero ¡extraño tanto a los niños!

—Es que debe desplazarse por todo el país en busca de contratos de obra —lo defendió Joseph—. Por cierto, ¿dónde está?

Eiffel había organizado una reunión con todos los capataces y Seyrig, que acababa de llegar de Pest. «Se diría un general antes de la batalla», pensó Joseph entrando en la pieza atestada de planos y material que hacía las veces de sala de trabajo. Los hombres le dirigieron una rápida mirada y reanudaron su conversación. Seyrig le hizo una seña con la mano, a la que Joseph respondió con un saludo, tras lo cual se enfrascó en la clasificación de las facturas pendientes.

—No me avisaste de lo de las calderas.

Joseph levantó la vista: la reunión había finalizado y Eiffel se había plantado delante de él con las manos apoyadas en el escritorio. Aunque su mirada era serena y su voz neutra, su cuñado lo impresionaba siempre por su seguridad en sí mismo y su carisma.

—Pero... me ocuparé de ello, Gustave.

—No hace falta, ya está arreglado.

—¿Cómo lo habéis hecho?

—El proveedor tiene calderas en otras construcciones menos importantes. Va a sustituir las nuestras esta noche o mañana por la mañana. Mientras tanto, no atiendas ninguna de sus facturas —concluyó Eiffel saliendo del despacho.

Regresó sobre sus pasos y se dirigió a todos los presentes:

—Tenemos veinte meses para hacerlo y no invertiremos ni un solo día más, así se nos echen encima los elementos. Veinte meses —repitió, y salió finalmente.

—Si no, son quinientos francos de penalización por cada atardecer —añadió Seyrig—. Y la obra no llegará a término.

El comentario le provocó a Joseph sudores fríos. Se dio cuenta entonces de que se le había olvidado entregar el telegrama.

Tuvo que esperar hasta bien entrada la tarde para volver a encontrarse a solas con él. Los dos hombres se hallaban en medio del socavón abierto en la colina en el que se recibirían los cimientos, una enorme excavación cuadrada practicada en el granito, que había hecho falta atacar con explosivos y luego a golpes de pico, tras lo cual habían tenido que eliminarse los cascotes. Los obreros presentes habían hecho un alto para descargar las calderas nuevas. El calabobos que traía del mar las ráfagas de viento había cesado.

—¿Sabes cuánto hormigón vamos a verter para los estribos soterrados? —le preguntó Eiffel, entusiasmado.

Joseph le hizo un gesto de no saber.

—Veinte mil toneladas. ¡Veinte mil! ¿Te haces idea? Habrá que dar esta cifra a los periodistas, les encanta ese tipo de curiosidades. Bueno, ¿qué es eso? —preguntó al ver el sobre que le alargaba su cuñado.

—Ha llegado un telegrama para ti. De Barcelinhos —añadió, acechando su reacción.

Eiffel lo abrió sin reparar en el estado del sobre y se mantuvo impasible mientras leía el texto.

—¿Por qué no me lo has dado hasta ahora? Está fechado de esta mañana y la persona que me escribe espera respuesta —declaró guardándoselo de cualquier manera en el bolsillo de su chaleco.

—Lo siento, Gustave —farfulló Joseph.

—No pasa nada. Me voy al despacho de telégrafos; ocuparos vosotros de poner en funcionamiento las calderas, que estén listas para rendir mañana por la mañana. Nos vemos luego en casa.

Se quedó mirando a Eiffel mientras este salía de la obra con paso enérgico a pesar del barro que quería apresarle las botas a cada paso. «El cazador olvidó su tordo en el tren…» El texto daba vueltas sin parar en la cabeza de Joseph como una cantilena infantil cuyo sentido se le escapaba.

«¿Y si…?» Acababa de ocurrírsele una idea. De todos era sabido que Nouguier y Compagnon eran masones. Al contratarlos, ¿no había revelado Gustave su pertenencia a esa misma fraternidad?

—Me lo hubiera dicho —murmuró Joseph—. No me oculta nada.

Pero, si era masón, el texto adquiría entonces otro significado. «Un mensaje en clave entre masones…» Era una prueba. De lo contrario, ¿cómo habría podido conseguir las calderas tan rápidamente? En cuanto al mensaje, a Joseph le olía a asunto de Estado, así que decidió no preguntarle sobre Barcelinhos. Su admiración por su cuñado, ya grande, se volvió absoluta.

Victorine se arrepentía ya de su decisión. Cuando la cocinera le había propuesto la enésima partida de bingo para aliviar la espera de una respuesta al telegrama que tardaba en llegar, ella se ofreció a enseñarle las reglas del tric trac, su juego de mesa favorito, antes de comprender, demasiado tarde, que la explicación, ya ardua en francés, era un dislate en una lengua de la que tan solo poseía un conocimiento rudimentario. Las dos mujeres estaban sentadas delante de una bandeja forrada con fieltro verde sobre el cual había pintados unos puntos blancos y negros.

—Este es el *tablier*, el tablero —explicó Victorine en una mezcla de francés y portugués.

—¿El *tablier*? —preguntó extrañada la criada—. ¿Como este mío? —inquirió tirando de las cintas de la prenda que no la abandonaba en todo el día.

—Sí, exactamente. Hay dos partes —dijo despacio, sin estar muy segura de su pronunciación.

La francesa le mostró la arista de madera que dividía la bandeja en dos mitades.

—Eso es el *petit jan* —indicó mostrándole la mitad de la izquierda.

—El *petit jan* —repitió concienzudamente la cocinera.

—A la derecha, el *grand jan*.

—¿Grandjean? Así se llama el cartero, ¡el galán!

Dio una palmada y emitió un arrullo melodioso que en ella hacía las veces de risa.

—Tuvo un antepasado francés, pero él no habla el idioma. Total, a la derecha el cartero —dijo, divertida.

—Llamemos a esta mitad el cartero —convino Victorine—. Y la de la izquierda será…

—La carta —soltó la cocinera, tronchándose de risa.

—¡Pues, ea, la carta será!

Cogió un puñado de fichas negras y las puso encima del tablero.

—Las damas, para usted. Para mí, las mismas pero blancas —dijo enseñándole su montón.

—Blancas.

—Blancas —repitió Victorine afirmando con la cabeza—. Hay…

Se interrumpió, buscando la traducción de la palabra sin dar con ella.

—Hay diez y mitad de diez —indicó acompañando la demostración con los dedos.

—Quince, de acuerdo. ¿Y cuál es el objetivo del juego? —se impacientó la criada, reprimiendo un bostezo.

—Ganar puntos con las damas que se mueven —respondió Victorine, a la que irritaba su propia dificultad para traducir las reglas al portugués.

—¿Con los dados? —preguntó su interlocutora mientras los hacía rodar en una mano.

—Sí. De izquierda a derecha —indicó Victorine mostrándole el desplazamiento de las fichas.

—Ah, las damas van de la carta al cartero —dijo, divertida, la cocinera gorjeando aún más alto—. ¡Hacia el Grandjean!

Victorine echaba ya de menos el bingo y los granos de café que ponía al tuntún en las casillas sin tener que hablar ni que pensar. Cogió el pabellón, una bandera en miniatura hecha de marfil, e hizo girar el astil entre el pulgar y el índice.

—¿Pues? —preguntó la criada, que esperaba alguna otra indicación.

—¿Pues? La partida termina cuando se rescatan doce casas —respondió Victorine en francés—. Para rescatar las fichas de una casa hacen falta doce puntos, los puntos son pares y aumentan de la carta al cartero, por seguir con su analogía. Cada flecha, que yo llamo casilla, se llama de una manera: está la casilla del diablo, la del colegial —prosiguió, hablando cada vez más rápido—. No se puede poner una dama en una flecha que tenga una dama del oponente, pero se puede, qué digo, se debe cubrir las damas de un color con otras del mismo color para protegerlas; si no, son vulnerables. ¿Entiende, vulnerables? —preguntó alzando la voz—. Todo el mundo es vulnerable, sobre todo cuando se está sola, sola en una casilla y sin protección y…

Agarró la bandeja y la plegó con un chasquido ante la mirada atónita de la cocinera.

—No puedo más, no aguanto más esta espera, este lugar, este… Oh, lo siento mucho —dijo—. Lo siento, no tiene que ver con usted. —Se acercó a la buena mujer y le cogió las manos—. Lo siento mucho —repitió en portugués, arrancándole una sonrisa a su empleada a la que el chaparrón en francés había dejado petrificada en un primer momento.

—No se apure, madame, jugamos al bingo, ¿quiere?

Victorine asintió. La campanilla de la casa sonó.

—Voy a ver —dijo la cocinera ante la mirada implorante de Victorine.

Regresó con un telegrama en las manos.

Victorine rio y lloró a la vez antes de abrirlo, y luego volvió a reír al leer el texto que le anunciaba la llegada de Eiffel la semana siguiente y volvió a llorar, disculpándose nuevamente con su criada por su actitud tan desconcertante.

—El guaperas se lo quería entregar en persona, pero ya le he dicho que aquí no es como en el tric trac, que la dama no va de la carta al cartero.

25

La Alhambra, Granada,
viernes, 15 de diciembre de 1876

La anfisbena estaba agazapada, al acecho, entre dos capas de la gruesa alfombra de hojarasca. Acababa de escapar de un lince, escabulléndose por un agujero de la tierra mullida, y había aguardado un buen rato antes de salir. El bosque parecía haber recobrado su paz después del paso del mamífero, pero su olfato detectaba un olor fuerte que nunca había percibido antes. De pronto el reptil notó que lo inmovilizaba una fuerza aplastante y a continuación lo levantaban del suelo por la parte posterior de la cabeza.

—¡Mirad, una serpiente! —exclamó Jezequel sujetándola entre los dedos después de apresarla.

La exhibió delante de Irving, que se echó para atrás, y luego de Javier.

—Ni siquiera es una serpiente, es un lución —puntualizó este último después de haber intentado cazarlo sin éxito.

—No —replicó Jezequel—, los luciones son más anchos y más claros. Lo sé, mi padre me ha enseñado alguno en nuestro jardín.

Irving se había desinteresado de la conversación y seguía recogiendo leña seca.

—¿Tú qué opinas? —le preguntó Javier.

—Parece una lombriz gorda, es un reptil inofensivo, suéltalo.

—¿Vamos a enseñárselo a las chicas para darles un susto?

—No, harás gritar a Victoria otra vez.

—Papá está esperando que le llevemos la madera, ayudadme y volvamos —intervino Irving—. ¡Que hace frío!

—Doce grados a mediodía y solo cinco esta noche —confirmó Javier mientras cogía una parte de su carga.

—¿Has acompañado a mi padre a las tomas de datos?

—No, las tomo desde ayer, me lo pidió él, porque su máquina le roba todo el tiempo. ¡Oye, que vivo al lado, así te evito hacer todo ese camino a ti! —añadió al ver que el semblante de Irving se ponía serio—. ¡Vamos, estoy impaciente por verla en acción!

Salieron del bosque que cubría la ladera del Cerro del Sol y volvieron al Generalife por la huerta tapiada más grande del entorno, construida alrededor de una larga acequia, en cuya agua se reflejaba la luminosidad del cielo de diciembre. Clément y Mateo los esperaban en un pequeño mirador del flanco occidental de la acequia, que tenía unas amplias ventanas sin vidrios, en arcos de herradura, con vistas a las huertas exteriores y a la Alhambra.

La máquina era imponente. Se componía de tres secciones conectadas entre sí mediante unos tubos metálicos. Los chicos dejaron las ramas y se apartaron respetuosamente. Mateo hizo lo propio, con una mezcla de temor e incredulidad a partes iguales. Clément abrió la portezuela de un hornillo portátil, que constituía la base de la primera sección, lo llenó de leña y lo encendió. Del horno salía una caldera cilíndrica llena de agua, acoplada a una bomba de aire.

—Chicos, id a buscarme agua a la fuente del patio —les pidió, tendiéndoles una caja de zinc dividida en dos hileras de tres alveolos idénticos, y dos tinas de madera—. Mateo, estoy seguro de que estarás preguntándote cómo un artefacto que se calienta quemando madera es capaz de fabricar hielo, ¿no es así?

El nevero sonrió sin responder. Cuando Clément le había anunciado, unos días antes, que había dado con la solución para que ya no tuviera que recorrerse la montaña, Mateo no lo había creído. Lanzó una mirada a las cumbres de Sierra Nevada, cubiertas de una espesa capa blanca, y se santiguó.

Cuando regresaron los muchachos, Clément caló la caja llena en el centro de un recuadro de serpentines metálicos y tapó con lana todo el conjunto. Comprobó que el horno calentaba suficientemente el cuerpo de la caldera y lo rellenó con agua sirviéndose de las tinas.

—El vapor producido permitirá animar la bomba de aire, que a su vez hará el vacío en este recipiente metálico —explicó señalándoles con un dedo el componente principal de la sección intermedia de la máquina.

—¿Qué hay dentro? —quiso saber Javier, el primero en acercarse.

—Un líquido especial. Al expulsar el aire, lo transformaremos en gas. El principio es simple…

—Pero ¿por qué se convierte en gas si expulsamos el aire? —lo interrumpió Irving con su voz dulce.

—¿Y qué es el líquido? —preguntó Mateo a su vez.

—Una mezcla inventada por mí para comerse el máximo de calor posible al cambiar de estado.

—¿Se come el calor? ¿En serio? —dijo Jezequel.

—Es una forma de hablar —se corrigió Clément—, pero no anda lejos de la verdad. Se puede ver de este modo: todo cuerpo sólido necesita calorías para licuarse, al igual que todo líquido las necesita para evaporarse. Por tanto, cuando engullimos todo el calor ambiente, ¿qué producimos?

—¿Humo? —se aventuró Jezequel.

—Papá, no has contestado mi pregunta —insistió Irving.

—¡Frío! —exclamó Javier, entusiasmado por haberlo entendido—. La máquina envía frío, ¡caramba!

—Exacto, jovencito. Y nosotros vamos a canalizar ese frío gracias al serpentín lleno de agua que se sumerge dentro.

—Pero así se congelará —avanzó Javier con convicción.

—No si añadimos un poco de cloruro de sodio —puntualizó Clément—. De este modo, el agua volverá a enfriarse a temperaturas bajo cero sin dejar de permanecer en estado líquido. Y la vamos a llevar hasta la caja que Jez ha llenado de agua. Es la tercera parte del sistema, la sección en la que se hará el hielo, dentro de los alveolos cúbicos. Cada uno puede contener un bloque de diez kilos.

—¿Te das cuenta, Mateo? ¡La máquina puede fabricar sesenta kilos de hielo! ¡El equivalente a lo que puede cargar nuestra mula! —se entusiasmó Javier.

—Pero ¿cuánto tiempo se necesita para obtenerlo? —preguntó el nevero rascándose la cabeza, perplejo.

—Veinte minutos; muchas veces, menos. Depende de la temperatura del agua de la fuente.

—El Darro está frío, incluso en verano —apuntó Jezequel—. ¡Doy fe!

—Papá, no has respondido mi pregunta —repitió Irving tirando de la manga de la chaqueta de Clément.

—Son las leyes de la física, jovencito —respondió este último—. Cuando disminuye la presión del aire, los líquidos se transforman más fácilmente en gas, es así. Y este gas, una vez que vuelve a la presión de la atmósfera, se hará líquido de nuevo, más rápido cuanto más frío haga. A eso corresponde el montaje del centro: ¡mirad, ya se ven las primeras gotas!

Todos se colocaron alrededor del único elemento de vidrio, una columna recorrida por un serpentín, para ver con sus propios ojos la aparición de gotitas en las paredes, que se reunían en un charco que iba creciendo a simple vista.

—Y mi mezcla regresa por este tubo provisto de un grifo al recipiente de partida, donde de nuevo se evaporará para producir frío —dijo abriendo el grifo y dejando escapar el líquido—. Es un ciclo sin fin.

Clément se acercó a la tercera sección de la máquina, seguido por toda la tropa, y quitó la lana que envolvía la caja de zinc.

—Meted la mano en el agua.

—¡Está helada! —dijo Mateo frotándose la mano para calentársela de nuevo—. Está helada… —repitió para sí, mientras comenzaba tan solo a calcular las consecuencias de lo que tenía ante sí.

—No he entendido ni jota —confesó Irving, secundado por un movimiento afirmativo de la cabeza de Jezequel.

—¡Es genial, señor Delhorme! —exclamó Javier—. ¡Su gas genera frío igual que el fuego genera calor!

—Yo solo he combinado dos procesos existentes, y he aprovechado para perfeccionarlos.

—¡Con su mezcla secreta!

—Sí. Pero corresponde a Mateo decidir si opta por no guardarse el secreto —dijo Clément.

—¿Y eso qué cambiará? —preguntó el nevero, superado por los acontecimientos.

—Que todos los demás porteadores de hielo podrán fabricarlo igual que nosotros.

—¡Ah, no, eso sí que no!

—Entonces, lo mantenemos en secreto —declaró Clément, satisfecho.

—Nosotros también queremos saberlo —dijo Jezequel buscando el apoyo de los otros dos chicos.

—¿Seréis capaces de mantener la boca cerrada?

—¡Sí! —juraron a coro.

—Lo único que puedo decir es que contiene ingredientes volátiles —indicó Clément, divertido.

—¿Volátiles? Entonces ¿viene de los pollos? —preguntó Irving.

Sus dos amigos, que tampoco entendían, se rieron por lo bajo procurando que Clément no los viera.

—No andas desencaminado —le aseguró su padre—, pero no es eso. Algún día compartiremos el secreto con vosotros.

—Mientras tanto, ¡yo puedo seguir yendo a la escuela! —fanfarroneó Javier—. Jamás hubiera creído que me alegraría tanto.

Mateo, silencioso, se había hecho a un lado, arrimándose a la columna de una de las ventanas del mirador. Paseaba la mirada alternativamente entre la máquina y el paisaje montañoso. Parecía confundido. Acababa de comprender que el ingenio de Clément le permitiría producir sin esfuerzo en un solo día la misma cantidad de hielo que el que podía sacar en una semana de trabajos forzados en la sierra. Pese a que la noticia habría tenido que hacerlo dichoso, se sentía recorrido por sentimientos encontrados. Su vida ya no sería igual y eso le daba miedo.

Miró a Javier. El muchacho, entusiasmado, avasallaba a Clément a preguntas. Acababan de extraer el primer bloque de hielo de la caja de zinc, un hielo de un blanco inmaculado, casi tan hermoso como el hielo de las nieves perpetuas del Veleta o del Mulhacén.* Clément ayudó a Javier a sacar el segundo bloque de su alveolo y luego se acercó a Mateo. Había advertido el desconcierto de este.

—Pero ¿dónde está el inconveniente? ¿Cuál es el problema? —preguntó el nevero señalando el artefacto con las manos.

—¿Por qué te empeñas en que haya alguno? Esto es el progreso.

—No, usted no lo entiende, amigo mío. El hielo es un oficio duro, muy duro. No se puede remplazar por otro en el que todo se hace sin trabajo. ¡Eso no existe!

—Y no es el caso: tú tendrás que alimentar el fuego permanentemente con leña o carbón, acarrear el agua, descargar el hielo y trasladarlo hasta tus clientes habituales. Más los nuevos, porque los tendrás, créeme. Pero ya no necesitarás deslomarte en la montaña. He calculado que esta máquina, con una bomba de ocho caballos de vapor, es capaz de producir una tonelada de hielo al día. El precio de coste será de alrededor de cinco pesetas el kilo. ¿Cuál es tu precio de venta?

—Doce pesetas el kilo.

—Mantenlo. O, mejor dicho, bájalo a diez. Serás más competitivo y podrás servir a tus clientes a cualquier hora del día, cualquier día del año.

Los dos hombres se sentaron en el alféizar de una de las ventanas.

—Nunca querrán un hielo prefabricado —sentenció Mateo.

—Confía en mí, en algunas ciudades grandes los comercios y los burgueses ya están abasteciéndose de este hielo. Y este en concreto está hecho con agua del Darro, que viene de las nieves de Sierra Nevada. Todos lo querrán.

—No sé yo…

—¡Rápido, rápido, venid! —gritaron los muchachos, que acababan de depositar en el suelo uno de los bloques de hielo y se habían apartado.

En el centro del cubo, de veintidós centímetros de ancho, Clément vio un trazo negro que parecía dividirlo en dos y que en un principio tomó por un palito. Al acercarse, comprendió que se trataba de un reptil que se había incrustado.

—Pero ¿de dónde ha salido esa culebra?

—¡Jez! —gritó Javier—. ¿Qué has hecho con el lución?

* Los dos picos más altos de Sierra Nevada.

—¡Os juro que yo no he hecho nada! Además, ¡ya te dije antes que no era un lución!

—¿Dónde está? —bramó Irving al reconocer la anfisbena de escamas anilladas.

Jezequel rebuscó en su bolsillo y sacó un pañuelo con las puntas dobladas hacia dentro y anudadas. Abrió el cuadrado de tela y lo mostró a los demás: estaba vacío.

—No sé qué ha pasado… Me lo había guardado para darles un susto a las niñas —confesó—. Debió de escaparse cuando fuimos a por agua —añadió avergonzado.

—Papá, hay que hacer algo —imploró Irving, cuya empatía hacia todas las criaturas de la creación, incluidos las arañas y los insectos, había llamado siempre la atención de sus allegados.

—Podemos intentarlo —propuso Clément mientras Mateo sacaba del bolsillo de sus pantalones el pequeño punzón que siempre llevaba con él.

Distinguió un martillo dentro de la caja en la que se guardaban las herramientas y sonrió por primera vez desde que habían entrado en el mirador.

—Hendir el hielo, estoy acostumbrado, es mi oficio —soltó, y empezó a atacar el cubo cerca de una arista.

En cuestión de segundos partió la mayor parte del bloque. El reptil ya solo estaba rodeado por una fina película de agua congelada.

—Ahora, esto va a ser más complicado —confesó, buscando el lugar en el que apoyar el punzón sin partir en dos al animal.

—Cambiemos de método —sugirió Clément cogiendo el monolito con los dedos.

Lo puso cerca de la caldera. En menos de dos minutos, el sarcófago se había transformado en un charco alrededor del cuerpo reptiliano. Irving lo cogió y lo secó cautelosamente con el pañuelo de Jezequel. La anfisbena se había ablandado de nuevo, pero seguía desesperadamente inanimada.

—Qué pena me da —se lamentó.

—Yo he visto en la montaña animales que se creía que habían muerto congelados volver a la vida —dijo Mateo, corroborando con un pliegue de su frente la seriedad de su afirmación.

Se apresuró a contar una historia que devolvió la sonrisa a Irving y le hizo olvidar que a lo largo de los años él mismo había ido exagerando aquella anécdota. Una noche de diciembre de 1860, estando faenando en la ladera del Veleta, cargando hielo en los serones de su mula, había visto un lince persiguiendo un pájaro, «un alcaudón —precisó—, aunque lo supe más tarde», que había logrado escapar gracias a la intervención del nevero. El ave, agotada y herida en un ala, se había acurrucado entre una maraña de ramas que sobresalían del manto de nieve. Mateo intentó acercarse, pero el animal se revolvía, piando, en cada intentona, agotándose y lesionándose cada vez más. Le echó unas migas de su pan y volvió a su quehacer. Mientras tanto, habían llegado al mismo campo otros neveros que se aplicaban a serrar el hielo a la luz de sus antorchas. Antes de partir, Mateo volvió donde el alcaudón para constatar que yacía inánime, endurecidos por el frío las alas y el tronco. Lo cogió para llevárselo a Kalia, quien enseguida habría preparado con él un guiso suculento, a pesar de lo que pequeño que era, y así se lo guardó bajo la capa, en un bolsillo grande de la camisa, antes de emprender el trayecto de cuatro horas de regreso a casa. Llegado al barranco de las Tinajas, muy cerca ya del Sacromonte, Mateo notó que el corazón le palpitaba en el pecho como si quisiera salírsele, y entonces comprendió que el alcaudón se había despertado y estaba tratando de escapar, cosa que hizo en el instante en que el nevero se levantó la prenda.

—Desde ese momento, me creáis o no, me acompaña todos los días que subo a la sierra. Es él, estoy seguro, reconozco su cabeza rojiza. Y me protege, porque volvió del reino de los muertos.

Todos escuchaban arrobados el relato. Como buen narrador, Mateo multiplicaba los detalles, actuaba con todo el cuerpo para representar a cada personaje y decía las frases con entonaciones teatrales, para darle ritmo a la historia.

—No sabía que contases tan bien las historias —admitió Javier, al que por poco se le escapa un «papá».

Mateo se abstuvo de responder. Su hijo adoptivo nunca le había pedido que le contase un cuento cuando era chico. Sus historias se las contaba a sus compañeros de fatigas, por la noche, en Sierra Nevada o volviendo por el camino de Granada.

—¡Mirad! —exclamó Jezequel señalando su pañuelo, que acababa de coger junto a la caldera.

Un trazo reluciente cruzaba la tela. El reptil había desaparecido.

26

El abrecartas desgarró el sobre con un crujido imperceptible. Eiffel sacó los documentos, recorrió rápidamente la carta y, después de arrellanarse en el sillón de su despacho, observó detenidamente la foto con ayuda de una lupa. Marguerite pasó por el pasillo y tuvo un ataque prolongado de tos. Él levantó la cara, la oyó encerrarse en el cuarto de baño y reanudó su tarea. Los detalles que veía lo llenaban de satisfacción. Volvió a empezar la tos, expectorante, interminable, agotadora. Dejó la lupa sobre la mesa, esperó unos segundos a que su mujer consiguiera recuperar el aliento y se levantó para reunirse con ella.

—Estoy mejor —le aseguró Marguerite, molesta al verlo, con un pañuelo delante de la boca.

Desde su regreso de Portugal, en abril, había encadenado una bronquitis con otra y no había podido acompañarlo en las siguientes estancias.

—Le agradezco que se preocupe por mí, pero estoy mejor —repitió, viendo que no se iba.

—¿Quiere que vaya a por algún remedio a la botica? —se ofreció Eiffel—. Aún no han cerrado.

Ella lo empujó suavemente hacia la puerta.

—Ahora bajaré. Sobre todo, no se preocupe.

—¿Qué haríamos sin usted, mi señora? ¿Qué sería de toda nuestra gran familia de Levallois? —bromeó Eiffel para conjurar la mala fortuna, mientras les llegaban las voces estridentes de la planta baja—. ¡La espero en el pasillo para hacer frente a nuestros monstruitos!

—No se enoje con ellos, acaban de venir directamente de la escuela. La niebla es tan densa desde esta mañana que no he querido que cogieran frío.

Marguerite se había empeñado en ir a recogerlos ella misma y a su vuelta había sufrido varios episodios de tos.

—No debería haber ido —le reprochó Eiffel tendiéndole una bata—. Para eso está el ama de llaves.

Cuando llegaron al comedor, las tres niñas y los dos varones se habían puesto a bailar alrededor del abeto recién adornado, al pie del cual alguien había puesto un regalo. Rápidamente se sentaron todos a la mesa, con una algarabía a la que el señor de la casa puso fin con autoridad. La comida se desarrolló en un silencio que la expectación por el postre envolvía en una aureola. En el momento señalado, una criada llevó la tarta de cumpleaños, un milhojas descomunal con gelatina de grosella. Las velas encendidas rodeaban un puente de *nougat*. Todos se pusieron a contarlas salvo Valentine, cuya aritmética no llegaba hasta los cuarenta y cuatro años de su padre.

—Fue mamá la que la encargó especialmente y la que ha ido a recogerla a la pastelería Joulet. Cerca de la Ópera —precisó Claire muy ufana.

Eiffel dirigió una mirada de reprimenda a su mujer y a continuación se interesó en la obra de arte, cuyos bordes empezaban a fundirse bajo el efecto del calor.

—Nos frustró tanto su ausencia del año pasado que este había que festejarlo como es debido —se justificó Marguerite—. Y ahora, ¡sople, sople!

Todos se callaron. Eiffel formuló en su fuero interno un deseo y, acto seguido, sopló las velas con tanta fuerza que las apagó al primer intento, e hizo que el tablero acabara deslizándose por la pasta de hojaldre.

—El viento ha sido siempre el peor enemigo de los puentes —bromeó mientras trataba de volver a colocar la pieza sobre los pilares.

Como no lo consiguiera, se lo metió en la boca para ronzarlo, se chupó los dedos y cogió el cuchillo para cortar el pastel.

Cada uno recibió una porción de tamaño proporcional a su edad y a Albert le concedieron el derecho a comérselo sentado en las rodillas de su padre. A una seña de la madre, las tres hijas le hicieron entrega de su regalo. Él fingió una gran sorpresa al ver el par de guantes para los que el sastre le había tomado las medidas el mes anterior.

Una vez acostados los niños, el industrial recobró el aire preocupado que había dejado de lado para la velada festiva.

—¿Sabe que *Le Petit Journal* va a sacar sus pulseritas de la buena suerte para el nuevo año? —dijo Marguerite, que no se atrevía a preguntarle por el progreso de las obras—. Estarán disponibles a partir de mañana en su sede.

—¿Quería volver a cogerlas para los niños?

—Les gustaron mucho el año pasado.

—Entonces, cójame una a mí también.

—¿Tiene motivos para estar preocupado en cuanto a sus obras? —tanteó ella.

—No, las últimas noticias son buenas. Nouguier y Compagnon están haciendo maravillas en Oporto. Mire.

Eiffel sacó del bolsillo de su chaleco la fotografía recibida ese mismo día, en la que se veían dos pilares metálicos que salían de una plataforma de hormigón y se erigían a mucha altura por encima de la orilla del Duero.

—Hasta han empezado ya con el tablero derecho —precisó, indicándole la inmensa viga de hierro fijada en lo alto de la colina, que se extendía hasta el primer pilar del ribazo.

Explicó los detalles a Marguerite, sorprendida pero encantada de verse objeto de unas confidencias de las que habitualmente era excluida.

—Entonces ¿qué es lo que lo preocupa, marido mío? —se atrevió, envalentonada, a peguntarle.

Eiffel vaciló un instante antes de responder.

—He pedido a mi padre que reúna todos los documentos con el fin de presentar una instancia al Consejo de Estado. Ya no quiero que nuestras partidas de nacimiento indiquen «Bönickhausen, llamado Eiffel». Hay demasiada gente mala predispuesta a recordarnos ese patronímico y a acusarnos de prusianos o de vaya a saber qué. Podría comprometer el éxito actual de nuestra empresa.

—Entiendo —dijo Marguerite—. ¿Quiere echar una al tric trac y así se distrae un poco? Le encantaba ese juego cuando estuvimos en Oporto.

Eiffel declinó la proposición, se puso de pie y le dio un beso en la frente.

—Tengo mucho que hacer. Tenemos seis obras empezadas solo en Portugal. El deber me reclama.

A pesar de lo intempestivo de la hora, se acercó a los talleres, en los que se hacían turnos de continuo. El calor ambiente y el ruido metálico de los martillazos lo tranquilizaron. Dejó la chaqueta en la oficina de los ingenieros y bajó al taller a supervisar la producción de los montantes que se usarían en la construcción de la parte superior del arco de

Oporto. Seyrig había calculado las cotas de los planos a la décima de milímetro y las piezas metálicas se estaban manufacturando con una precisión extraordinaria. Este pensamiento le procuró una moderada euforia. Y la imagen de Clément subido al antepecho de la torre para demostrarle la seguridad de la infalibilidad de las matemáticas le arrancó una sonrisa. Se prometió escribirle próximamente para interesarse por el progreso de sus investigaciones. El trabajo le permitía también no dejarse invadir por los recuerdos de Barcelinhos. Se sentía culpable por haber dejado a Victorine sola allí, del mismo modo que se sentía culpable cuando volvía a encontrarse con ella. No tenía previsto regresar antes de la primavera. El jefe de equipo se acercó a comentarle un asunto relacionado con uno de los planos del puente. Se remangó y se fue detrás del hombre.

Émile Nouguier se arrimó al hornillo de una de las casetas para entrar en calor y se quedó mirando por la puerta abierta el agua que caía del cielo gris. Llevaba tres días lloviendo y la obra no avanzaba. Jean Compagnon, sentado a la mesa plantada delante de la única ventana, con vistas al Duero, daba los últimos retoques al programa de trabajo de la jornada. La calma de los dos hombres contrastaba con la agitación de los obreros, a los que la espera sacaba de sus casillas.

—Falta recibir una última entrega de viguetas metálicas que hay que ir a recoger a la estación y descargarlas después en el almacén tres —informó Compagnon—. Voy a enviar inmediatamente a los muchachos, antes de que el camino de acceso se vuelva impracticable por culpa del barro.

Nouguier asintió en silencio. Compagnon preguntó en portugués a los diez hombres presentes, que se ofrecieron todos voluntarios. Eligió a seis y envió a los otros cuatro a estabilizar el camino con ayuda de unas planchas.

—He pasado por el observatorio —indicó Nouguier—, la presión barométrica seguía baja.

—Todavía no vamos con retraso —subrayó Compagnon.

De natural tranquilo, el hombre poseía una fisonomía que transmitía seguridad, la cabeza redonda, cabellos y barba muy recortados, y una voz estentórea que se oía de lejos en todo el solar de la obra. Para Nouguier era un gusto trabajar con él, así como con el resto del equipo. Con menos de cuarenta años, el director de montaje contaba con una experiencia inigualable en la construcción de puentes en Europa.

—No vamos con retraso porque hemos programado todas las tareas de interior, pero a partir de mañana habrá que pasar al montaje de la grúa sobre el tablero —objetó Nouguier.

—Lo sé, pero no haré que los hombres se suban ahí arriba en estas condiciones. Demasiado peligroso.

—Los viejos del lugar dicen que parará antes de que se haga de noche. Al parecer, los vientos han virado y soplan hacia el mar.

—Si lo dicen los viejos...

El golpeteo de la lluvia contra el tejado de la casucha se atenuó, así como las ráfagas de viento. Un olor a humus y moho ascendió al mismo tiempo que una bruma subía desde la tierra.

—Habrá que hacer algo con eso —dijo Nouguier—, aborrezco este olor, no es bueno para la moral de los hombres. Salgamos —propuso.

—Ya me encargo yo, Émile —dijo Compagnon poniéndose la gabardina.

Una llovizna intermitente los recibió en el exterior. Caminaron a lo largo de la ribera hasta llegar al primer estribo enterrado, el punto en el que diez meses antes descansaba la panza ahíta de la colina y donde en esos momentos había una cantera abierta, directamente debajo del colegio de los huérfanos. Habían vertido la masa de hormigón en el ribazo hasta llegar a ras del agua. El pilar metálico que ascendía de ella tocaba el tablero, a sesenta metros de altura. La misma operación se había ejecutado en la otra orilla. Ambas secciones se habían montado a la par, con los obreros divididos en dos grupos, el de la margen derecha y el de la margen izquierda, y las dos agrupaciones trataban de aventajar a la contraria en la calidad de su trabajo.

—Los cambiaremos de lado para el montaje del arco —sugirió Compagnon—. Cada grupo debe poder apoyarse en el trabajo del otro.

Nouguier asintió mientras desplegaba una regla de madera, y la pegó a la base del estribo enterrado hasta el nivel del agua.

—¿Qué están haciendo? —preguntó Joseph Collin, que no los había oído acercarse.

—Émile está comprobando el nivel del río —respondió el director de montaje después de saludarlo, mientras el ingeniero, por su parte, arrodillado en el filo del estribo, se concentraba para alinear bien la regla de madera.

—Ha subido —comentó, lacónico.

—¿Cuánto? —preguntó Collin, preocupado.

—Diez centímetros.

Compagnon soltó una carcajada: donde se ubicaban los pilares, el ribazo tenía casi diez metros contando desde el nivel de las aguas bajas.

—¡Aún nos queda mucho margen! —exclamó alegremente mientras Nouguier replegaba su regla—. Pero no hay que confiarse, que estamos cerca de la desembocadura y las crecidas son tremendas.

—He preguntado a los viejos del lugar, dicen que escampará antes de mañana —avanzó Joseph.

—Ya lo ves —dijo Nouguier dirigiéndose a Compagnon—. Son más fiables que un barómetro de Fortin, créeme.

—¿Ha visto mucho mundo? —preguntó Collin.

—Pues bastante, en efecto —admitió el director de montaje—. He conocido Rusia, España, Italia, Hungría y ya no sé cuántos países más.

—Francia también, hombre —completó Nouguier.

—Francia también. Evidentemente.

—Rusia... tuvo que ser espantoso, con esos inviernos... —comentó Collin estremeciéndose.

—Para los que trabajamos encima del agua, no es el período más terrible. No, lo peor es la época del deshielo.

Se calló y dejó que Collin relanzara la conversación:

—¿Porque las nieves se derriten?

—¡Ya lo creo que sí! El Volga en el mes de mayo, ahí sí que hay que agarrarse bien: el nivel sube varios metros y el caudal se multiplica por cinco. ¿Se lo imaginan?

De pronto las aguas cenagosas y agitadas del Duero le parecieron a Joseph más amables. Compagnon los dejó que volvieran solos a la caseta de la obra y fue al encuentro de los obreros, que regresaban de la estación arrastrando una carreta con ayuda de una yunta de bueyes de la raza de Minho. Las bestias, con una musculatura poderosa y sus típicas astas gigantescas con la punta negra, tiraban de su precioso cargamento sin esfuerzo aparente. El vaho que exhalaban sus cuerpos formaba un halo que confería a la escena un aire irreal.

Los dos hombres entraron en calor y pusieron a secar los abrigos colgándolos por encima del hornillo. Nouguier volvió a enfrascarse en sus cálculos y Collin redactó el informe de la jornada que enviaría a Eiffel junto con los correspondientes a toda la semana. Compagnon apareció una hora después, con una olla de caldo verde caliente en las manos, que depositó encima del hornillo.

—Pedí a los muchachos que la mantuvieran siempre llena y encima del fuego —dijo mientras removía y olía el caldo de berza y chorizo—. ¿Qué mejor que el olor a sopa para ahuyentar el moho y subir los ánimos?

Repartió el caldo verde en los cuencos de madera. Los tres hombres comieron en silencio, cada cual sumido en sus pensamientos y en el efecto benefactor del líquido caliente y voluptuoso.

Los sacó de sus ensoñaciones un tamborileo: se había puesto a llover otra vez.

VIII

27

Granada,
martes, 2 de enero de 1877

El doctor Pinilla tenía el corazón desbocado como un caballo al galope. De nada le servía cerrar los ojos; los sonidos diastólicos de su paciente le impedían concentrarse. Con una mano sujetaba el pabellón del estetoscopio que subía y bajaba al compás de su pecho. La señora Delhorme debía de tener frío, tenía la piel de gallina, lo notaba al tacto, del mismo modo que percibía el perfume de argán de su jabón. El cuerpo de su paciente se contrajo imperceptiblemente y él terminó la auscultación, una práctica que seguía turbándolo como el primer día a pesar de los años transcurridos. Pinilla estaba convencido de que jamás había dejado entrever nada y que su secreta turbación no había salido del ámbito de su persona, de su conciencia y del Señor.

Alicia se había sentado y le hablaba mientras se abotonaba el chaleco de mujer. No entendía ni una palabra, los extremos de caucho del instrumento médico le taponaban completamente los conductos auditivos. Se lo quitó.

—Sigue teniendo el mismo auscultador —dijo ella señalando el estetoscopio.

—Cierto, una de las primeras veces que lo usé fue en su parto —respondió él, prometiendo para sus adentros referirse siempre al acontecimiento de ese modo de ahí en adelante—. Y no lo he cambiado. ¿Fue en mil ochocientos sesenta y cinco?

—Mil ochocientos sesenta y tres. Los niños tienen ahora trece años —aclaró ella, buscando su gorro con visera.

—¿Han pasado unas buenas fiestas navideñas? —preguntó el médico al volver a su escritorio.

Recordaba perfectamente la fecha, así como todos y cada uno de los detalles de aquel día en el que tantas veces pensaba con una admiración inconmensurable por el intenso deseo de vivir y de dar vida que había manifestado Alicia. Pero deseaba transmitirle que tenía con ella una relación profesional como con cualquier otro paciente.

—No somos especialmente religiosos en nuestra familia —le confesó ella—. Las pasamos trabajando en la Alhambra y los niños nos ayudaron.

—Ah, estos franceses... —respondió Pinilla fingiendo reñirla.

—También estuvieron con nosotros Javier y Mateo, y no creo que la ausencia de misas y acciones de gracias los hayan traumatizado. Pero para la Epifanía haremos un esfuerzo, doctor.

—Pues sí que ha cambiado Mateo desde que no sube a la montaña.

—Sí, está rejuvenecido —dijo Alicia mientras rebuscaba en el bolsillo de la chaqueta que tenía en una mano—. Tome, le he traído el aguinaldo, creo que le va a gustar —dijo ofreciéndole un paquetito.

El médico lo abrió y, al ver que se trataba de un estuche de plumines franceses, no pudo disimular la alegría y se atusó los bigotes.

—Los trajo Clément de su último viaje a París —le explicó ella—. Son de una marca nueva.

—Había oído hablar de ella, pero nunca había visto ninguno personalmente. «Baignol & Farjon» —leyó él en voz alta en la lengüeta de la pluma, admirando su diseño ahusado y su base en forma de cintura de avispa—. Qué belleza. ¡Gracias de corazón!

Utilizó una de las plumas para anotar en su cuaderno el informe de la auscultación.

—Bueno, todo sigue igual que el año pasado —concluyó tras releer sus apuntes antiguos—. ¿Cómo se encuentra usted?

—En plena forma, mi querido doctor.

—Eso parece, sin duda. El siguiente control, dentro de un año —indicó—, pero nos veremos antes seguramente y se lo recordaré.

Cuando ella estaba pagando la consulta, él sacó de su cajón derecho, el que reservaba para los accesorios de escritura, un frasco con el cuello erosionado, cerrado con un tapón de vidrio y lleno de un líquido de un intenso color azul mineral. Lo destapó e inhaló el olor como si de un perfume se tratara.

—Es una receta que he copiado de un inventor que acaba de publicarla en la *Enciclopedia Roret*: una tinta inalterable e imborrable, resistente a los agentes químicos y al frío más extremo, así como a la luz del sol. He modificado la tonalidad y he copiado la fórmula —dijo alargándole un papel doblado—. Será perfecta para los registros de datos de su marido. Escritos con ella, desafiarán el paso del tiempo.

Alicia salió de la consulta con el frasquito en las manos y subió por la calle Párraga en dirección a la plaza de Bib-Rambla. En realidad el comentario del médico sobre Mateo hacía alusión al cambio que había experimentado su comportamiento, pero ella se había hecho la tonta. A lo largo de los últimos meses más de uno se lo había comentado. Ella defendía a Mateo por la amistad que los unía, pero cada vez que le hacían comentarios sobre la actitud arrogante del antiguo nevero metido a empresario respondía con argucias.

La máquina de fabricar hielo que le había construido Clément no solo había permitido a Mateo dejar de deslomarse noche y día en la montaña, sino que en menos de un año había transformado radicalmente su nivel de vida. Desde las primeras semanas sus clientes habituales, los mejores heladeros de la ciudad, habían duplicado y hasta triplicado sus pedidos, y a ellos se sumaron rápidamente otros comerciantes; el género era más barato y se suministraba sin restricciones horarias, lo cual desbancaba por completo a los demás competidores. En junio, los otros neveros habían tratado de conseguir que el juzgado municipal prohibiera su hielo, a fuerza de hacer correr toda clase de rumores sobre los peligros que corrían quienes se aventuraban a consumirlo. El juez fue llevado hasta el Generalife para asistir a una demostración del proceso de fabricación y allí Clément le había explicado de forma pormenorizada el funcionamiento del ingenio, tras lo cual, en agosto, había decidido que no había motivos fundados para oponerse a la comercialización del hielo, ya que el agua que la máquina congelaba provenía directamente del Darro y que lo único artificial era el procedimiento por el cual se conseguía enfriarla.

La primera consecuencia había sido que los pedidos se habían disparado, sobre todo de particulares y administraciones, que iban a pisarles los talones a los comerciantes en un momento en que el calor del estío seguía siendo canicular, por lo que Mateo se vio obligado a contratar a un repartidor a tiempo completo, además de sus propias rondas de entrega. En cuestión de unos meses había absorbido la mitad de la demanda de la ciudad y devuelto definitivamente la deuda por la berlina de su hermano. Trabajaba aún más que antes, ocupándose de la madera para la caldera, de la producción de hielo, de los pedidos y del reparto, pero a cambio recibía unas sumas que, sin ser exorbitantes, a él le parecían fabulosas en comparación con la miseria de su vida pasada. Las amistades, tanto las antiguas y olvidadas como las nuevas, nacidas al calor del interés, habían afluido a su domicilio del Generalife; él las había despachado sin miramientos, creando en torno a sí una imagen de hombre desagradable y antipático, cosa que a él le traía al fresco. Mateo solo tenía una meta, y a una sola persona en la cabeza.

Alicia volvió con Kalia, que estaba sentada entre dos puestos de ropavejeros a media altura de la calle Zacatín, en una silla tan baja que parecía de niño. Delante tenía dos cestos de mimbre. La gitana, a sus treinta y cinco años, no se parecía a las otras mujeres del clan. Tenía la tez clara y unas facciones aristocráticas que denotaban seguridad en sí misma e imponían distancia. Sus labios carnosos dejaban entrever una hilera de dientes blancos como perlas, que nunca mostraba al completo. Llevaba un vestido de flores rojas y malvas muy chillonas y una estola negra con la que se tapaba el generoso escote. Kalia acudía los martes al mercadillo a vender caracoles, un ingrediente que no podía faltar en las tapas de los granadinos todos los meses del año.

Aquel sitio se había convertido en su punto de encuentro semanal. Alicia le llevaba noticias de Javier, que tenía dos años cuando Kalia lo había visto por última vez, y le compraba tres decenas de caracoles, lo que algunas semanas representaba la totalidad de su mercancía.

—¿Qué tal ha ido la cosecha hoy? —preguntó Alicia levantando una de las tapaderas.

—Bastante buena, como puede ver —respondió la gitana formando un cucurucho con una página de *La Lealtad**—. Prácticamente me saltaban encima.

Los bichos, un centenar, se amontonaban hasta la mitad del cesto. Eran más bien menudos, el cuerpo pardo vestido con una concha con rayas negras, con la base más ancha y gruesa. Kalia metió varias veces la mano hasta que hubo llenado el cucurucho con la cantidad deseada. Alicia entregó cinco pesetas a la gitana y se puso el paquete debajo del brazo, al lado del frasco de tinta.

—Bueno, ¿cómo está? ¿Qué tal mi hijo?

—Bien, en plena forma, como siempre —respondió Alicia—. Tiene una vitalidad que deja a los otros agotados.

El comentario hizo sonreír a Kalia. Muchas veces subía por las pendientes del Cerro del Sol, cerca del Generalife, para buscar gasterópodos y siempre daba un rodeo hacia la Alhambra con la idea de ver a su hijo a lo lejos, pescando golondrinas, jugando con Jezequel y los trillizos o, por las noches, ayudando a Mateo en el huerto.

—Ha vuelto a ser el primero de la clase en matemáticas —le informó Alicia, omitiendo el bajo rendimiento de Javier en literatura y poesía y sus dificultades recurrentes para plegarse a la disciplina de grupo.

—Menuda suerte tiene usted —intervino la prendera del puesto de la izquierda de Kalia, que iba doblando faldas de encaje con una destreza consumada—. ¡Yo no tendría unos varones así de brillantes! —concluyó, no sin antes cerciorarse de que su marido no alcanzaba a oírla.

—Habría preferido que fuese mediocre pero que estuviera conmigo —replicó la gitana, pero entonces, aun con lágrimas en los ojos, se contuvo—. No, prefiero que esté lejos del Sacromonte, que se haga un burgués y se case con una señorita de la nobleza. Tiene tan poco de gitano que podrá pasar sin el clan. Pero tenerlo ahí, tan cerca y a la vez tan lejos, se hace duro…

Alicia dejó su carga en el suelo, la abrazó para tranquilizarla y le

* Periódico granadino de contenido político.

susurró al oído unas palabras, tan bajo que la prendera, que se había ladeado hacia ellas, no pudo pescar ni una.

—Sé que está bien con ustedes y con Mateo —dijo Kalia—. Entiendo que no quiera verme, lo abandoné cuando era una criatura. Pero no me quedó otra. No me quedó otra. —Antes de proseguir, vaciló—. Mateo me está enviando mensajes desde hace semanas, me pide que vuelva con él, con ellos, al Generalife. Pero ¿cómo puedo volver, sobre todo ahora que se ha hecho rico? ¿Qué pensará mi hijo de mí?

La tendera vecina se mostró de acuerdo, abrió el abanico que llevaba siempre a mano y lo agitó delante de sí como cada vez que reflexionaba sobre lo que se disponía a decir. No hallando ninguna réplica que dar, paseó la mirada entre Alicia y la gitana, al tiempo que movía afirmativamente la cabeza con gesto de saberlo todo, y entonces exclamó señalando el cucurucho de caracoles:

—¡Que se le escapa la comida! *La Lealtad* ya no es lo que era.

Los moluscos habían perforado el fino papel del periódico y dos de ellos se habían escapado en dirección a los cestos. Kalia puso orden en el lío y fabricó un envoltorio de doble capa en el que echó un par de caracoles de propina.

—Para mi niño —indicó.

Alicia le acarició la mejilla con ternura y continuó su camino. La gitana vendió un puñado de caracoles a un cliente que regentaba un mesón en el Albaicín y volvió a poner las tapaderas de mimbre sobre los bichos, que escalaban en pos de una improbable libertad. Suspiró y se cerró la estola sobre el pecho ante la mirada maliciosa de un transeúnte, y luego se volvió hacia la tendera, a la que no había oído decir ni mu desde que Alicia se fuera. Estaba encorvada sobre un frasco en el que había empapado un trozo de tela blanca.

—¡Oye, que eso es de Alicia! —exclamó Kalia.

—Claro que sí, se lo ha dejado al marchar —reconoció la vendedora—. Fíjate, menuda tinta tiene la señora, me servirá muy bien para teñir…

La gitana le quitó el frasquito de las manos sin andarse con miramientos. Le puso el tapón que la vendedora le alargaba y echó a correr por la cuesta de los Gomeles, al tiempo que gritaba:

—¡Vigílame los bichos, o cómetelos!

Alicia había rodeado la Alhambra por detrás de las murallas y llegó directamente al Generalife, cruzó las huertas y se detuvo en la linde del bosque del Cerro del Sol. Abrió el cucurucho de papel y, como cada martes, esparció los caracoles en la hierba húmeda, en un lugar por el que sabía que Kalia pasaba con regularidad. El apaño venía durando cinco años y Alicia estaba convencida de que la gitana no se dejaba engañar.

Subió por la ancha calle bordeada de cipreses que conectaba con el Generalife, afligida por la pena de Kalia, y al llegar al puente de acceso a la ciudadela se detuvo a descansar, sin aliento, justo en el instante en que las doce campanadas de la Torre de la Vela ponían fin a la mañana. A lo lejos la llamaron a voces los tres muchachos, que emprendieron una carrera desde la medina para ir a su encuentro. Su alegría exultante le devolvió la esperanza en el futuro. Eran el mejor antídoto contra la melancolía. El primero en llegar fue Jezequel, seguido de Javier que puso como pretexto de su tardanza el cargamento que llevaba en las manos, y finalmente Irving, al que no le hizo gracia competir y que terminó la carrera andando.

—Toma, te dejaste este frasco de tinta en el mercadillo —dijo Javier tendiéndole el objeto.

Los despistes de Alicia eran una parte tan intrínseca de su personalidad que ya ni siquiera daban pie a bromas. En ningún momento se había dado cuenta de su olvido.

—¿Cómo lo habéis recuperado? ¿Qué habéis hecho? —preguntó, un tanto preocupada.

—Nos lo ha dado una señora que venía buscándote —respondió Irving mientras sopesaba las dos ramas muertas que acababa de coger.

—Ahí está todavía —añadió Jezequel señalando la silueta espigada de Kalia, que los miraba desde el camino que bordeaba la Alhambra.

—Es la vendedora del Zacatín, me lo dejé en su puesto del mercadillo —explicó Alicia haciéndole una seña con la mano.

La figura desapareció.

—¡Que le vaya bien y hasta nunca! —dijo Javier—. No me gusta que me espíen.

—Pues, para mí, parecía una princesa árabe —comentó Irving, que había tirado el palo menos macizo—. Como las de los cuentos de papá.

—¿Vamos corriendo hasta ella para darle las gracias? —propuso Jezequel haciendo amago de salir zumbando.

Un rebuzno fortísimo les llegó desde el Generalife.

—¡Barbacana! —gritaron al unísono los tres muchachos.

—Más bien corred a por vuestra mula y cogedla —propuso Alicia—. Ha debido de escaparse.

Dedicó un pensamiento a Kalia, a la que Javier no había reconocido, y se prometió hacer lo que estuviera en su mano para contribuir a su reconciliación.

Irving, que había sido el más rápido en salir disparado por la calle de los cipreses, fue rápidamente adelantado por Javier, que se detuvo en seco al ver a Clément. Irving entendió el porqué cuando identificó al hombre que se encontraba delante de su padre y que parecía cortarle el paso, tanto a él como a su mula. Aunque el militar estaba casi vuelto de espaldas, ambos habían reconocido al capitán de la Guardia Civil que había registrado la Alhambra catorce meses antes. Jezequel los adelantó a toda velocidad, se volvió hacia sus amigos preguntándose qué era lo que había podido convertirlos en estatuas de sal y terminó su carrera hasta Barbacana levantando los brazos al cielo. El animal soltó un rebuzno asustado, pero Clément le dio una palmada en el cuello para calmarlo.

—Ahí tiene mi respuesta —le dijo al capitán—. Barbacana ha hablado por mí.

El hombre apretó los dientes antes de responder:

—No debería tomárselo así. Su protección no durará eternamente.

Se despidió con un saludo seco y abandonó el lugar.

—¿Qué quería? —preguntó Irving preocupado, que no se había atrevido a mirar al capitán cuando se habían cruzado con él por el camino.

—Nada, es un hombre enfurecido y está equivocado. No es peligroso.

Alicia se había apoyado contra la pared de la muralla y jugaba con los reflejos tornasolados de la tinta del doctor Pinilla, que se deslizaba sin dejar el menor rastro en el vidrio. Tenía una tonalidad azulada que nunca había visto en una tinta, más oscura que la del zafiro, con un leve reflejo índigo que le confería un brillo peculiar, a la vez fascinante y reconfortante.

Percibió una presencia y levantó la vista para ver al hombre de la cara de rata que salía de la Alhambra por el camino de ronda. Alicia se precipitó hacia el Generalife, donde Clément, acompañado de los chicos, tiraba de Barbacana, que iba cargada con dos bultos, en uno de los cuales iba la tela del *Victoria*.

—¿Lo has visto? ¿Qué quería? ¿Qué quería ahora?

La actitud de Alicia inquietó a los muchachos y Clément se esforzó en tranquilizar a toda su gente.

—El capitán Cara de Rata ya no está destinado en Granada. Lo han trasladado a Murcia y está convencido de que nos lo debe a nosotros. No es más que un malentendido.

—Pero ¿por qué la toma con nosotros de esta manera?

—No os preocupéis. Ahora tengo que irme.

—¿Vas a lanzar un globo? ¡Pero si no hemos avisado a nadie! —se inquietó Alicia mirando el cielo, que no le parecía que presentase las condiciones idóneas para una ascensión.

Clément pasó las riendas a Irving y besó a su mujer.

—No me ha dado tiempo de decírtelo. He recibido el telegrama esta mañana.

Le alargó la misiva sin más explicación.

—Me lleva Ramón, cojo el tren en Guadix esta tarde.

Eiffel le pedía que acudiera a ayudarlo. La obra de Oporto llevaba dos semanas detenida por culpa de las inundaciones.

28

Oporto,
miércoles, 10 de enero de 1877

El pilar metálico emergía de las aguas del Duero a dos metros de distancia de la orilla. El equipo que dirigía la obra había rodeado a Clément, ataviado con una gabardina larga y un sombrero cordobés de fieltro negro; estaba metido con las botas en el agua en la parte de la orilla derecha.

—Toda la mampostería está sumergida —explicó Nouguier.

—El río ha subido once metros —añadió Compagnon.

Joseph Collin acompañó cada comentario con movimientos afirmativos de la cabeza, un tanto vacilantes. La mayor parte de la crecida se había producido en cuestión de medio día y, desde entonces, el nivel del agua se mantenía por encima de lo habitual, unos metros arriba o abajo.

—¿Eso son las casetas de la obra? —quiso saber Clément, señalando hacia las barracas con puertas abiertas de las que salía una lengua de agua.

—Sí. No nos dio tiempo a desmontarlas —especificó Compagnon—. El agua subió demasiado deprisa. Pero todo el material está a resguardo.

—Su alquiler nos cuesta caro, así como los hombres, que esperan para poder reanudar el trabajo —matizó Collin.

—¿No es mano de obra local?

—Sí, pero la mayoría no son de Oporto y los tenemos alojados en el orfanato —explicó Nouguier—. ¿Qué hace? —preguntó a Clément, que había retrocedido unos pasos.

Este no respondió; cogió impulso y saltó del agua al pilar, al que se agarró por las riostras metálicas.

—¿Qué hace, monsieur Delhorme? —repitió Nouguier, gritando para que lo oyera.

Había parado de llover, pero un viento constante procedente del mar entraba con fuerza por el canal y barría todo el paisaje, con su carga de humedad salada. Clément aseguró su primer apoyo y emprendió el ascenso por el interior del pilar, encajando los pies y las manos en los cruces entre las riostras y las vigas principales.

—Pero ¡está loco! —exclamó Collin—. ¡Hagan algo!

Los otros dos no respondieron y siguieron su avance, sin prisa pero sin pausa, hacia la cima. Cuando llevaba recorridos dos tercios, Clément se detuvo un instante y esperó a que amainara un vendaval más fuerte que los anteriores.

—¿Y se supone que ese sujeto nos va ayudar? —continuó Collin—. Se va a matar, la prensa se hará eco de la noticia y la obra se quedará paralizada para siempre. Pero ¿por qué razón lo hizo venir Gustave? ¡Qué mala suerte!

—¿Tú qué opinas? —preguntó Nouguier a Compagnon.

—Que el muy bruto será el primero en tener unas vistas únicas de la obra. Creo que sabe lo que hace, lo que no quita que pueda partirse la crisma.

Clément había llegado a lo alto de la construcción. Se subió al tablero horizontal, compuesto también por viguetas metálicas, que conectaba la cima de la colina con el pilar. Se sujetó bien con los elementos del armazón, dándoles la espalda, rebuscó en los bolsillos de la chaqueta y estuvo atareado un buen rato mientras los demás, a ras de suelo, no lograban distinguir nada con claridad en medio del viento y la lluvia, que había vuelto a empezar y les azotaba la cara. Delhorme había sacado una libreta y estaba tomando notas; al verlo, Joseph montó en cólera y se largó de allí.

—¿Va todo bien? —le preguntó a voces Nouguier, haciendo bocina con las manos.

Clément lo tranquilizó con un gesto de la mano y se guardó todos los útiles en la gabardina.

—¡Reunión esta tarde en Vila Nova de Gaia! —respondió gritando, y luego comenzó a desplazarse por el tablero en dirección a la colina.

Los dos hombres lo vieron salir del puente y seguir por el camino que llevaba al orfanato, hasta que desapareció de su vista.

—¿Y si hacemos como él? —sugirió Compagnon sacudiendo el sombrero, cuya ala hacia arriba se había transformado en una gotera.

Volvieron a la casa sin decir nada. Allí se encontraron a Collin, que seguía enfurecido. Acababa de enviar un mensaje alarmista a Eiffel.

—¿Cuándo estará por aquí? —le preguntó Nouguier mientras entraba en calor junto a la enorme chimenea de la mansión.

—Dentro de dos días. Todavía está en Barcelinhos —indicó Collin.

Nouguier no percibió el dejo de contrariedad de su respuesta. Hacía tres horas que habían dejado a Clément y este aún no había aparecido.

La berlina se había detenido finalmente en lo alto de la colina. Los dos rucios lusitanos con su capa grisácea salpicada de barro refunfuñaron resoplando poderosamente por las narices creando volutas de vapor. El mayoral anunció la llegada a sus pasajeros dando un toque con la esteva en el techo. Victorine, que se había acurrucado contra Eiffel, se enderezó, le sonrió y lo besó. Habían salido del pueblo de madrugada y llegaban a su destino a las tres de la tarde. Él se sentía mal por haberse dejado convencer por la joven, y culpable a la vez por haberla dejado en Barcelinhos desde hacía más de un año con la sola compañía de una vieja cocinera y un juego de tric trac.

—Salgamos —dijo ella—. Y enséñamelo todo.

—Ya hemos hablado de eso, no puedo hacerlo. Podrían reconocerme.

Sin la menor intención de hacerle cambiar de parecer, la joven se puso un gran sombrero, se recolocó la estola de piel en los hombros y le acarició la mejilla en señal de agradecimiento.

Dio unos pasos hasta el parapeto de la terraza. A sus pies, una decena de *rabelos* salían de un meandro del Duero deslizándose sobre sus aguas marronáceas con la superficie punteada por la lluvia. Las embarcaciones pasaron entre la orilla y el pilar metálico que emergía del fondo.

—¡Veo tu puente! —gritó mirando en dirección al coche—. ¡Qué bien pinta ya!

La puerta se abrió y una mano le hizo una seña para que volviese al vehículo. Ella obedeció sin apresurarse y se quedó quieta delante del coche como una colegiala preparándose para recibir una reprimenda.

—Victorine, no debemos hacernos notar. ¡Se supone que no estoy aquí! —dijo él con voz preocupada pero exenta de reproche.

—Lo sé. Pero no hay nadie, relájate. No estropeemos el momento —insistió ella abriendo la portezuela de par en par e invitándolo a salir.

Eiffel, sorprendido, tiró de la cortinilla negra del habitáculo para taparse con ella la cara y el cuerpo. La escena provocó la risa de su acompañante.

—Se diría un confesionario —dijo divertida, santiguándose hacia nada en particular—. ¿Padre?

—Quedan obreros en ese edificio de al lado, no deben vernos juntos —la riñó Eiffel sin apartar la cortina—. Ya lo hemos hablado. ¡Ven ahora mismo! —terminó, exasperado.

—Me habías prometido que me lo enseñarías —repuso ella dirigiéndose de nuevo al punto de las vistas panorámicas—. Iré yo sola.

Eiffel se encogió de hombros, volvió a cerrar la portezuela y se arrellanó al fondo del habitáculo.

—Las barracas de ahí abajo están inundadas —comentó ella.

—Lo sé —farfulló él para sí—. Y me salen por un ojo de la cara cada día que pasa.

Estaba en tratos con la Companhia Real dos Caminhos de Ferro Portugueses con idea de poder descontar del total del plazo todos los días de parón. En caso contrario, le sería imposible recuperar ese mes perdido de la agenda de la obra.

Victorine hizo otro comentario que él no oyó. Se prometió mostrarse más afectuoso con ella; la joven hacía gala de una paciencia ejemplar dadas las circunstancias. La joven metió la cabeza por la portezuela.

—Ya no llueve —repitió.

Le resultaba imposible renunciar a ella. Le aportaba algo que jamás había experimentado, que ni siquiera se había esperado, algo que además lo ponía una y otra vez en peligro, que lo alejaba por completo de su día a día, en el que debía prever hasta el último detalle y controlarlo todo al milímetro por temor a causar una catástrofe. Con Victorine, Gustave podía relajarse, lo deseaba y al mismo tiempo le remordía la conciencia; ella se había convertido en un riesgo del que no podía prescindir. Pero él no sabía cómo devolverle lo que ella le ofrecía. La miró entonces con una expresión de infinita ternura y ella se lo tomó como presagio de una mala noticia.

—No digas nada —se anticipó ella—, deja que disfrute de estos momentos. ¡Ven, enséñame tu casa!

Joseph dio un golpe a la leña con el atizador haciendo saltar una miríada de chispas que revolotearon en el hogar como pequeñas mariposas. El calor que reinaba en la Quinta do Coelho les había devuelto a todos una sensación de paz.

—Pero ¿por qué diablos se ha encaprichado Gustave con este... con este don Quijote? —renegó, dejando en su sitio el atizador.

—Hay que reconocer que tiene toda la facha —dijo Nouguier, acercándose a la ventana para inspeccionar el cielo—. Pero si pudiera ahuyentar los nubarrones igual de bien que escala puentes, ¡sería perfecto!

Compagnon sacó un palito del fuego y llevó la punta incandescente a la cazoleta repleta de tabaco de su pipa.

—En Rusia conocí a un chamán —comentó, interrumpiéndose para succionar por la boquilla hasta que de su boca salió una voluta de humo—, un chamán al que hicimos venir al lugar de la obra para que la naturaleza nos fuera favorable. Se quedó nueve meses con nosotros, rezando, bebiendo y consumiendo tantas setas alucinógenas como podían contener los bosques de Tartaristán.

—¿Y qué pasó? —preguntó impaciente Angevère, el contramaestre, metiéndose en la conversación.

—Pasó que ese invierno resultó suave y que el Volga no se salió de madre. Ni más ni menos que los dos años precedentes —agregó después de una pausa sabiamente destilada.

—Igualmente —insistió Collin—, no es serio que depositen su confianza en un aventurero que predice el tiempo meteorológico como predeciría su porvenir un mago de feria. Nadie ha conseguido nunca obrar semejante milagro y, si resulta que de verdad se trata de un milagro, entonces es cosa de Dios y no de los hombres.

—Discrepo —intervino Nouguier—. Es un ingeniero de la École Centrale y mantiene correspondencia con Gustave desde hace trece años. ¿Cree usted que nuestro amigo está tan loco para relacionarse con un iluminado y correr el peligro de perder su mayor obra de construcción?

—Tienes razón —convino Compagnon—, confiemos en Eiffel y en el tal Delhorme.

—¡Pues es como consultar las entrañas de un pollo! —exclamó Collin.

—Yo preferiría ver uno en mi plato… —dejó caer una voz a sus espaldas. Clément esperó a que todos se hubiesen dado la vuelta para continuar—: Si no les molesta, señores. ¡Tengo un hambre de lobo!

Dejó en el piso la caja que traía, de la que asomaban varios rulos de papel, se quitó la gabardina y el sombrero, que arrojó a uno de los sillones, y en medio de un silencio general únicamente interrumpido por el lamento de la leña en el hogar se acercó a calentarse las manos cerca de los troncos cubiertos con un manto de llamas rosadas.

—Me parece que he interrumpido su conversación —constató mirándolos uno a uno—. Pero también creo que les debo una explicación. ¿Verdad?

Nouguier y Compagnon asintieron y luego todos los demás.

—Sus métodos no son convencionales, monsieur Delhorme —confesó el primero—. Como tampoco lo es su materia —agregó.

—Entonces denme la oportunidad de convencerlos —sugirió Clément, antes de hurgar en su caja y de sacar una botella de vino que había comprado en las bodegas de la casa Taylor's, dos calles más abajo.

Se la ofreció a Collin. El cuñado de Eiffel miró maquinalmente la etiqueta; no le agradaba el vino del lugar, demasiado fuerte para su paladar.

—¿Y desea ganarse nuestra adhesión con este oporto? —dijo tendiéndole la botella a Compagnon.

—En realidad, con estos mapas —respondió Clément enseñándoles los rulos de papel—. Les demostraré que la ciencia es capaz de predecir el tiempo mediante modelos matemáticos.

—Pongámonos en la mesa de trabajo —propuso Compagnon con la pipa cogida entre los dientes—. Voy a decirle a la cocinera que nos traiga unos *petiscos* para hacer honor a esta cosecha del 68. Nos va usted a malacostumbrar, monsieur Delhorme. ¡El último año antes de la filoxera!

Desplegaron los rulos de papel unos encima de otros y luego sujetaron los bordes con los cubiertos que acababa de llevar la criada. En cada pliego había impreso un mapa de Europa con unos extraños arabescos dibujados.

—Todo comenzó hace treinta y cinco años con Adolphe Quetelet, en el Observatorio de Bruselas —explicó Clément—. Un verdadero erudito, el bueno de Quetelet, amén de hombre obstinado. Había creado una red de más de cuarenta observadores repartidos por toda Europa que le enviaban sus mediciones diarias. Un día se le ocurrió volcar en un mapa todos los datos recabados y *Eureka!* Se da cuenta de que determinados lugares tienen la misma presión atmosférica a la misma hora y que si se conectan entre sí mediante una línea da lugar a este tipo de elipses concéntricas —dijo mostrándoles el mapa de encima—. Lo más asombroso es que estas curvas de presión se desplazan, día tras día, como el frente gigantesco de un ejército en marcha.

Descubrió el segundo mapa, sobre el cual las elipses imbricadas unas en otras se habían desplazado hacia el sur.

—Quetelet lo había observado y de ahí sacó su teoría sobre las ondas atmosféricas, cuyo desplazamiento sería responsable del tiempo que hace en un lugar concreto.

Hizo una pausa para dar un bocado a un *petisco* mientras dejaba que su público mirase con atención los mapas.

—¿Lo que desplaza estas curvas de presión son los vientos? —preguntó Compagnon.

—Al revés. Las diferencias de presión entre las líneas son las que crean los vientos: el aire se desplazará de una densidad mayor hacia una menor, desde una alta presión hacia una baja presión. ¿Dónde está la bodega?

—Al lado de la cocina —respondió Collin después de unos segundos de duda—. Pero si tiene hambre, dígaselo a la cocinera. Le horroriza que revuelvan en su despensa.

—¡Cojan dos palmatorias y síganme!

La criada, que estaba preparando una *caldeirada*, vio aparecer en su santuario al equipo de la obra y detuvo en seco sus movimientos con un cuchillo en una mano y un calamar en la otra. Collin se disculpó por la intrusión, alabó el aroma que emanaba de la marmita puesta al fuego en el hogar y explicó que iban a hacer un experimento científico, y que no tenía que preocuparse por nada. Por toda respuesta, la mujer se encogió de hombros, hendió el sombrerete rosa del molusco, le sacó las vísceras y luego cortó la carne en dados. Clément había abierto la puerta de la bodega, cuyo frescor se acentuaba por el calor infernal que reinaba en la cocina.

—Perfecto —comentó dejando en el suelo uno de los candeleros. El otro lo sostuvo con el brazo extendido al frente, en el marco de la puerta—. Bueno, ¿qué es lo que observan?

—Un extraño fenómeno, la verdad —comentó Compagnon.

Las llamas del candelero del suelo señalaban hacia la cocina mientras que las del que sostenía en alto, apuntando al techo, se inclinaban hacia el interior de la bodega.

—Hay dos corrientes de aire —explicó Clément—. Una, más alta, que va de la zona caliente a la fría, y otra, inferior, que va de lo frío a lo cálido. Pues esto mismo sucede en la atmósfera. Y aún hay más, vengan conmigo —sugirió a la tropa, y volvieron todos al salón.

Una vez sola de nuevo, la criada cortó en dados un segundo calamar, reservó la misma suerte a un pimiento verde bien hermoso y esparció todos los ingredientes en la olla. Se quedó pensativa un instante, delante de la puerta ya cerrada de la bodega, la abrió y levantó las manos hacia el techo para notar la corriente y luego se arrodilló, sin lograr discernir el más mínimo soplo de aire. Apoyó la cabeza en el suelo y cerró los ojos para concentrarse. Notó entonces una ráfaga, volvió a abrirlos y se topó de bruces con un par de botas grandes.

—¿Qué pasa, María? —preguntó su marido, que acababa de entrar en la bodega—. ¿Te estás echando una siesta?

Ella se puso de pie sin decir ni media, se limpió las manos en el delantal y cogió el jamón que traía su marido.

—¡No, estoy haciendo un experimento científico!

Eiffel había empezado negándose categóricamente. Luego había cedido una primera vez cuando ella le había pedido visitar las obras que estaban en marcha, y una segunda cuando le dijo que deseaba ver la mansión que tenía alquilada. Llegaron a la Quinta do Coelho al atardecer y estacionaron un poco antes de la entrada principal, desde donde pudieron distinguir a los integrantes del equipo departiendo efusivamente alrededor del fuego.

Un hombre pasó junto a la carroza y se volvió hacia ellos, antes de entrar en la propiedad. Eiffel había reconocido a Clément. Esta vez estaba decidido a no transigir más, a dejar a Victorine en su habitación del hotel y a sumarse a la reunión con Delhorme y los otros. Pero todavía no había encontrado la manera de comunicarle sus intenciones sin herirla. El vehículo arrancó no sin dificultad, con las ruedas derechas patinando en una carrilada de barro antes de salir del arcén bajo los restallidos del látigo del cochero.

—¿Sabes lo que estaría bien? —preguntó ella mientras la berlina cruzaba al paso el puente de madera sobre el Duero. Dentro del habitáculo se notaba un ligero traqueteo.

Sin esperar respuesta, le tendió el *Jornal do Porto* abierto por la tercera página.

—¿Hacer un crucero en el *Albion*? —le interpeló Eiffel leyendo un encarte de un vapor inglés que estaba atracado en el puerto.

—Eso no, lo de la derecha —dijo ella señalando un suelto—. Me encantaría que fuésemos juntos al teatro São João. ¡Nunca lo hemos hecho! —dijo elevando la voz como anticipándose a la negativa de su amante—. En París no es posible y en Barcelinhos no hay teatro. Es una ocasión única. Mira, una compañía lírica italiana representa *Nabuco* esta noche. Mi sueño es ir contigo a la Ópera, Gustave.

—Pero sabes bien que…

—¡Y no me digas que no es posible, te lo suplico!

—Empiezan a conocerme en la ciudad —protestó él cogiéndole las manos—. Banqueros, industriales e incluso el gremio de periodistas. No puedo dejar que me vean en compañía de… —No terminó la frase—. Lo siento. Pero debes comprenderme —prosiguió después de reflexionar unos segundos—. Ya sabías que no puedo ofrecerte más.

—Y yo, ¿te das cuenta de lo que te he dado? Acabo de regalarte un año de mi vida, un año de espera, de dudas, de esperanza, siempre disponible para ti cuando quieres venir...

—Cuando puedo...

—Cuando te da la gana de venir. Pero no me quejo. ¡Por una vez, no te avergüences de mí!

—¡No es eso!

—Entonces vamos, cojamos un palco, entremos cuando haya entrado todo el mundo, marchémonos al final, hazme sentir que de verdad me deseas, que te apetece pasar ese rato conmigo, solamente conmigo. O al menos haz como si, pero que sea convincente, lo necesito, ¡de verdad que lo necesito!

Él se quedó callado, con la mirada gacha y la frente arrugada, sopesando los riesgos y evaluando los medios de precaverse de cada peligro.

—¿A qué hora es la función? —preguntó finalmente con una tímida sonrisa en la cara que en él era el colmo de la manifestación amorosa.

—A las siete y media —respondió ella, al tiempo que su mirada se teñía de una alegría desmesurada—. Gracias, amor mío.

Eiffel pasó los cuatro actos sentado en una butaca pegada totalmente al fondo del palco. Victorine se había colocado cerca del balcón y se volvía sin cesar para enviarle miradas cariñosas o lánguidas que él fingía no ver. Algunos de los espectadores habían reparado en el tejemaneje y habían tratado de discernir quién era el misterioso caballero que se ocultaba en la penumbra de uno de los compartimentos reservados a las personalidades, pero, cansados de no lograrlo, habían acabado por olvidarse. En cuanto a Victorine, terminó perdiendo el interés en la representación en el tercer acto y retrocedió para ponerse al lado de Eiffel, el cual a su vez daba muestras de cansancio. Al cabo de un último tira y afloja en el que ella finalmente cedió casi sin rechistar, la pareja abandonó discretamente el teatro en el momento en que se elevaba en el coro el canto nostálgico de los cautivos de Babilonia.

—Fascinante —admitió Nouguier cuando regresaron al comedor—. Lo que pasa es que todo esto sale de las constataciones pero no ofrece previsiones.

—Exacto. Y ahí es donde intervengo yo. Hace ya quince años que trabajo para crear modelos de lo que Quetelet y otros han observado. Para hacer una previsión matemática. ¿Tienen para escribir?

Collin, que había permanecido callado, de pie, apartado del grupo, le dio una hoja, pluma metálica y tinta y se sentó a su lado.

—Para establecer esta ley que rige la dinámica del aire en la superficie de la Tierra en rotación, nos enfrentamos a un problema con siete incógnitas: presión, temperatura, densidad del aire, humedad relativa y...

—Y las tres dimensiones del espacio —respondió Nouguier, empicado con el juego.

—Exacto. Entonces tenemos que hallar las siete incógnitas para resolver el conjunto.

—¿Cuántas ha encontrado?

Clément puso cara de contar mentalmente y dijo:

—Siete. Estoy casi seguro de haber hallado las siete.

—¿Y lo ha resuelto todo? —exclamó Nouguier.

—Para conseguirlo, he hecho unas aproximaciones sobre la heterogeneidad del relieve: no es igual la fricción del aire contra el océano que contra una montaña, una ciudad o el campo. Las turbulencias difieren y se hace más complejo elaborar modelos de los intercambios. Pero he establecido un modelo —anunció Clément, desenrollando sus ecuaciones con un crujido seco del papel.

—¿Qué plazo tienen sus previsiones?

—Tres días.

La cocinera entró llevando en las manos una pila de platos, con los cubiertos encima. Con una simple mirada Joseph Collin le dio permiso para poner la mesa y retomó el hilo:

—No es mucho.

—Con un coeficiente de acierto del ochenta por ciento. Y cinco días con un sesenta por ciento. Plazo de sobra para adelantar las labores de cosecha antes de que se ponga a llover o a helar, ¿no cree?

La criada hizo un gesto de asentimiento, antes de retirarse bajo la mirada reprobatoria de Collin, molesto ante la idea de que el servicio doméstico se inmiscuyese en una conversación que por fuerza no podía comprender.

—Efectivamente es admirable —concedió Nouguier—. ¿Cómo tiene pensado calcular sus previsiones en el caso presente?

—Cuando me despedí de ustedes, pasé por el observatorio meteorológico —explicó Clément—. Allí me proporcionaron datos de una veintena de observatorios situados en Europa.

—¿Son esos datos de ahí? —preguntó Compagnon señalando los mapas extendidos sobre la mesa.

—¡Aquí viene el jamón! —anunció a voces la cocinera al regresar de la antecocina.

—Sí, pero no será suficiente —respondió Clément volviendo a enrollar los pliegos—. Necesito afinarlo todo.

—En la cocina queda más —replicó la mujer.

—Gracias, María —dijo Nouguier, divertido con el diálogo de besugos—. Vaya rápido a por nuestra *caldeirada*. ¿Y cómo piensa hacerlo? —preguntó al tiempo que invitaba a Clément a tomar asiento.

—Pues contamos con una red de corresponsales repartidos por toda Europa y comprometidos a registrar diariamente temperaturas y presiones con el mismo rigor que los miembros de los observatorios. Sin ellos nunca habría dispuesto de datos suficientes para mis ecuaciones. Ellos me han hecho llegar hasta aquí los valores correspondientes a las cuatro últimas semanas. Se hallan en la caja que he traído, junto con otra botella de vino —dijo sacándola, y la puso en el centro de la mesa—. Ya solo me queda integrarlas para obtener una representación de las líneas de frente más… refinadas —dijo finalmente, picando una loncha de jamón—. ¡Que aproveche, caballeros!

Todos se sirvieron e hicieron los honores al guiso de calamar.

—Pero esos corresponsales suyos, ¿cuántos son? —quiso saber Nouguier.

—Más de veinticinco.

—¿Y quiénes son? —preguntó también Compagnon—. Nunca había oído hablar de esa red.

—Es que no se trata de científicos —especificó Clément—, sino de aficionados ilustrados, locos por el progreso, con unas profesiones que podrían dejarlos atónitos. Son todos relativamente discretos en lo tocante a esta actividad. La ciencia oficial no es sensible con la ciencia popular.

—¿Y Gustave forma parte de la red?

La pregunta venía de Collin.

—Gustave es un científico —respondió Clément con picardía, antes de continuar—: Pero no es ningún secreto: los registradores se encuentran en la caseta de su jardín, en Levallois.

«Nunca me ha comentado nada —pensó Joseph, decepcionado con que, al parecer, su cuñado confiase tan poco en él—. ¿Tendrá algo que ver con los francmasones? ¿Y con su telegrama? "El cazador olvidó su tordo en el tren"... Debe de ser una seña entre ellos...»

Ya más tranquilo, Collin pasó el resto de la cena escuchando a Compagnon y a Nouguier referir anécdotas de las peores situaciones vividas en obras de construcción, cosa que lo ayudó a relativizar la tesitura en la que se hallaban, y a Delhorme describirles las labores de restauración de la Alhambra. Joseph lo tomó como un pretexto de Clément para proclamar ante ellos el amor que profesaba a su mujer, algo que lo conmovió y al mismo tiempo lo entristeció respecto de su situación personal. Miró su reloj de bolsillo, un Billodes, después de haber estimado la hora mentalmente y sonrió al constatar que solo había fallado por cinco minutos. Luego observó el mecanismo, cuyo funcionamiento le procuraba tanto placer contemplar. Era un reloj que Eiffel le había regalado a la vuelta de un viaje a Suiza en el que había conocido a Georges Favre-Jacot, el fundador de la casa relojera, quien había tenido la brillante idea de reunir en su fábrica todos los oficios de la relojería para mejorar así la producción.

—¿Y usted, Joseph? —preguntó Clément—. ¿Qué opina?

Collin se dio cuenta de que había perdido el hilo de la conversación y que todos aguardaban su respuesta a una pregunta que lo había pillado totalmente desprevenido. Cerró la tapa del Billodes y se preparó para disculparse por estar, una vez más, a destiempo de los demás.

—No diga nada —se adelantó Clément para echarle un capote—. Hemos de mantener en secreto lo que hice en lo alto del pilar.

Joseph le agradeció la ayuda en su fuero interno y tuvo la sensación de que con ese engaño se veía reforzada su escasa credibilidad a ojos de los otros. A partir de ese momento, cada vez que se veían, sintió hacia Delhorme una sincera consideración. Pero en realidad nunca supo por qué Clément se había encaramado al puente en obras.

Nouguier abrió la ventana para comprobar que seguía lloviendo, Collin lamentó por quinta vez esa noche que Eiffel no hubiese respondido a su telegrama, Compagnon vació los restos de la pipa en el hogar, y luego, justo antes de que tintinease el reloj del salón dando las dos de la madrugada, todos se retiraron a descansar. Clément extendió todos sus mapas y los completó con los datos de sus corresponsales. Después, hacia las cuatro, emprendió la serie de cálculos que le permitirían conocer la evolución de los frentes. A las seis, los pájaros se pusieron a desgañitarse en la inmensa buganvilla del jardín, la mesa estaba cubierta de hojas llenas de tachones y garabatos y Clément había obtenido la respuesta a su interrogante. A las ocho, el día asomó el hocico e inundó la pieza con una luz lechosa que reflejaba la bruma que empezaba a subir pesadamente del Duero. Le había quitado la piel a una patata abandonada entre las cenizas calientes y estaba comiéndosela, verificando entretanto sus ecuaciones por tercera vez, cuando entró Eiffel.

Clément lo encontró igual que lo recordaba de la única vez que se habían visto, trece años antes. Tan solo su barba se había espesado ligeramente y se veía salpicada aquí y allá de hebras grises. Su voz era la misma y la energía que desprendía, más imponente aún.

—Vengo directo de la estación —indicó.

Lo cual era verdad. Eiffel solo había omitido que se hallaba en Oporto desde la víspera y que acababa de dejar a Victorine en el primer tren con dirección a Braga. El ingeniero se desabrochó el abrigo y lo echó sobre el sillón para dar un afectuoso abrazo a Clément. El mayoral entró arrastrando su maletón, resoplando y jadeando como un buey de Minho. Delhorme sonrió al reconocer el equipaje que había visto encima de la berlina estacionada delante de la mansión.

Los dos hombres compartieron el café que se había mantenido caliente la noche entera en el hogar, acompañándolo de un *centeio** de miga oscura y compacta.

—Metámonos ya mismo en harina —propuso Eiffel señalando los pliegos esparcidos encima de la mesa.

Delhorme no entró en el detalle de su algoritmo —el ingeniero confiaba plenamente en él— y se centró en los mapas, en los que había trazado la evolución probable de las corrientes atmosféricas.

Cuando hubo terminado su exposición, Eiffel se quedó callado un instante, con las manos juntas delante de la boca.

—Entonces mi decisión está tomada —concluyó—. ¿Cómo van las sueltas de globos en la Alhambra, mi querido amigo?

* Pan de centeno.

Gustave era informado con regularidad a través de su correspondencia acerca de los vuelos en altura de Clément y conservaba en la memoria cada uno de sus récords.

—Pues me he traído todo el material para soltar desde Oporto un globo perdido —le anunció—. Veremos si confirma mis últimos resultados.

—Me intriga mucho esta barrera de temperatura que observa —le confesó Eiffel—. Ya puede usted subir y subir, que por encima de los diez mil metros se topa de bruces con un muro. Cincuenta y cinco grados Celsius bajo cero… Nos quedamos lejos del cero absoluto.* ¿Qué es lo que ocurre allá arriba?

—No me lo explico, pero los datos son válidos y se repiten —dijo Clément poniéndose de pie para acercarse a alimentar el fuego—. Pero hay algo aún más extraño —añadió sacando una libreta de uno de los numerosos bolsillos de su chaleco.

La hojeó y se la mostró, abierta por un gráfico de cifras.

—Esto ha pasado dos veces —puntualizó.

—Increíble…

—Por lo que se ve, la temperatura sube. Me planteo cada vez más la posibilidad de un vuelo tripulado para verificar si no se trata de un error. Pero ¿se puede sobrevivir siquiera a semejante altitud?

Los ojos de Eiffel se abrieron mucho y los dos hombres se permitieron ilusionarse con sus ensoñaciones.

Nouguier y Compagnon los interrumpieron hacia las nueve, seguidos poco después por Collin.

—¡Gustave! Pero ¿por qué no me has avisado? ¿Recibiste al menos mi telegrama?

La animación subió un punto y Eiffel dejó que su equipo le pusiera al corriente de las novedades del frente.

—Solo hemos tenido dos días sin lluvias —comentó Compagnon.

La crecida del río solo había menguado un centímetro en el transcurso de las dos semanas anteriores. La espera hacía tanta mella en el organismo como la humedad ambiente.

—Señores, vamos a parar la obra hasta el día veinticinco —decidió Eiffel lanzando una mirada insistente a Delhorme, quien saludó la deci-

---

* −273,15 °C.

240

sión con un movimiento de la cabeza—. Émile, que los obreros regresen a casa con la familia. Joseph, se suspenden todos los arrendamientos, ocúpate de llegar a un acuerdo con los subcontratistas. Analizaremos la situación cada cinco días con las nuevas previsiones de Clément. Los que crean en Dios tienen permiso para rogar por su intervención, y los que crean en la ciencia… sepan que terminaremos dentro del plazo convenido.

IX

29

La Alhambra, Granada,
sábado, 3 de marzo de 1877

Alicia abrió la portezuela y el aire caliente le abofeteó en la cara. Pestañeó. El horno de mufla rendía al máximo desde la víspera y los azulejos con forma de onda habían terminado de cocerse. Se acercó protegiéndose los ojos y constató que el color rojo inicial había cambiado a una tonalidad oscura y que habían aparecido fisuras.

—Esta vez tampoco será la vencida —le anunció a Rafael Contreras, que aguardaba el veredicto.

—¡En el nombre de Dios! Y yo que pensaba que lo habíamos conseguido... Pero ¿cómo lo hacían para obtener ese rojo? ¿Cómo? —exclamó, y tiró contra la mesa su guante de protección.

Era el único color que seguía resistiéndose a sus trabajos de restauración. Habían logrado replicar los verdes a partir de sales de cobre, los azules gracias al cobalto y los amarillos con una mezcla de hierro y manganeso, pero el misterio del rojo seguía escapándoseles.

—La próxima vez será —admitió ella, sacando del horno la placa con los azulejos—. No merece la pena enfriarlos a estas alturas.

—A lo mejor Clément nos puede ayudar a dar con los pigmentos necesarios —sugirió Rafael.

—Lo suyo no es la química. Deja que siga ardiendo el fuego, tengo una serie de azules para cocer —añadió al ver que se disponía a apagar el horno.

—Le construyó la máquina de hielo a Mateo —objetó el arquitecto.

—Tienes razón —concedió ella—, y le fascinan los alicatados. Se ha puesto a elaborar un catálogo con todas las figuras geométricas de los bajorrelieves.

—«Los mosaicos son una ecuación de tres incógnitas» —dijo Rafael imitando la forma de hablar de Clément—. Por cierto, ¿sabes algo de él?

Alicia estaba amasando un bloque de arcilla que había ido a coger a orillas del Beiro. Se detuvo y suspiró.

—No, desde que llegó no he vuelto a tener noticias y no estoy tranquila.

Se había decidido a enviarle un telegrama por la tarde. Ese silencio no era propio de él, después de mes y medio en Oporto. Alicia echó un poco de agua a la greda y se concentró en la pasta: la amasó, la aplastó y finalmente la cortó en forma de estrellas de cuatro puntas con ayuda de un molde. Casi no se podía respirar del calor que despedía el horno. Y, pese a haberse recogido en la nuca la larga melena ensortijada, algunos mechones le caían por la frente y encima de los ojos. De nada le servía tratar de apartárselos a base de soplidos, invariablemente volvían a caerle y hacerle cosquillas en las cejas. También intentó valerse del dorso de las manos embadurnadas de arcilla, pero lo único que consiguió fue dejarse un pegote de barro en la frente.

—Me parece que necesitas ayuda —dijo Rafael, y le limpió la cara—. No te vuelvas a tocar más.

Deshizo el nudo de la cinta, liberando su voluminosa cabellera, que le cayó por la espalda como una cascada, y entonces se la recogió en una coleta y empezó a anudar la cinta. Sus gestos eran precisos, pero ejecutados con una lentitud equívoca que incomodó a Alicia. Rafael se dio cuenta.

—Tienes una cabellera magnífica, mi sueño siempre ha sido poder jugar a las muñecas —bromeó él.

—¡Nyssia! —exclamó Alicia, sorprendida.

Su hija había aparecido en el umbral de la puerta del taller y los observaba en silencio, inmóvil.

—He cogido en préstamo un libro de la biblioteca y he dicho que era para ti, mamá —explicó, enseñando de lejos la cubierta del volumen.

—Está bien, pero al menos dime cómo…

Nyssia ya había desaparecido.

—… se titula —terminó Alicia, contrariada—. Gracias, Rafael —dijo apartándose de él, con lo que volvió a soltársele la melena.

Cogió un trapo, se limpió por encima la arcilla de las manos y se hizo un moño que se sujetó con la cinta rápida y habilidosamente.

—Los niños no juegan a las muñecas, vigilan la cocción de los azulejos —dijo, saliendo—. No volveré pronto esta tarde.

Quiso dar alcance a Nyssia pero no la encontró por el camino a los aposentos de la familia. Victoria y los muchachos estaban jugando con Barbacana en el patio de Machuca, alrededor de la alberca, un estanque con forma rectangular cuyo perímetro estaba ornado con seis nichos. Pretendían que el animal saltara de un lado a otro del estanque. Jezequel se había sentado en su grupa y Javier e Irving tiraban del ronzal, mientras que Victoria se había colocado delante del obstáculo y agitaba unos manojos de zanahorias. La mula se resistía sin esfuerzo a las intenciones de los jóvenes.

Al ver aparecer a Alicia, Irving echó a correr hacia ella seguido por los demás niños y por Jezequel, que trató de que Barbacana arrancase al trote. La acémila partió en la dirección opuesta y se paró al llegar al seto para degustar una mata de cardos que había brotado al pie de los cipreses.

—Mamá, mamá —la llamó Irving—, ¿es cierto que un príncipe ruso ha comprado la Alhambra? ¡En el colegio no se habla de otra cosa!

—¡Esperadme! —gritó Jezequel, arreando con las botas los flancos de la bestia sin conseguir que se moviera ni que dejara de ronzar—. ¡Quiero ir allí!

—No, nadie ha comprado nuestra maravilla —los tranquilizó ella—. El gobernador nunca lo habría consentido.

—¡Ya voy! ¡No me estoy enterando de nada! —siguió voceando Jezequel, que había conseguido apartar a Barbacana de los cardos.

La mula miró el grupo mientras mascaba medio tallo que le salía por la boca, trotó en dirección a ellos, pasó por delante y salió por el seto a pesar de los esfuerzos del niño por frenarla.

—Lo único cierto es que ha llegado a Granada un príncipe ruso con su séquito —explicó Alicia elevando la voz para que también la oyera Jezequel.

Había conseguido parar su montura en el camino de la explanada y que diera media vuelta. Barbacana se mostró dócil y obedeció las órdenes de Jezequel, quien, muy ufano, hizo detenerse delante de todos al animal que supuestamente solo obedecía a Clément.

—Ha arrendado el Palacio de Comares y el Patio de los Leones —añadió ella—. Esta noche va a dar una fiesta de disfraces.

—¿Podremos ir, mamá? —preguntó Victoria con su voz aguda.

—No, solo participarán los invitados del príncipe.

—Pero esta es nuestra casa —protestó Javier—. ¡No tienen derecho!

Alicia, por intermediación de Rafael, había intentado que el gobernador prohibiese la velada. Pero lo único que había conseguido había sido una compensación económica para las obras, así como el compromiso del príncipe de no invadir las piezas que estaban en proceso de reforma. Se habían presentado varias veces unos emisarios y ella les había hecho una visita de toda la Alhambra, insistiendo en el carácter único de su arquitectura y en lo delicado de su estado al cabo de cientos de años en situación de abandono. A los edecanes de la casa Románov les había dado exactamente igual y solo se habían interesado en la posibilidad de instalar su cocina en una de las cuatro salas adyacentes al Patio de los Leones. Le habían echado el ojo a la Sala de los Reyes, en razón de su amplitud sobre todo en el lado este, pero Alicia había objetado que estaban restaurando los frescos del techo; en realidad, la reforma había finalizado hacía muchos meses. Había pedido a sus ayudantes que guardasen allí el material de pintura y de decapado. El batiburrillo de cosas y el fuerte olor a barniz que recibió a los emisarios del príncipe durante la visita había acabado por convencerlos de que el lugar no era el más adecuado en el que preparar la cena del festejo. En la Sala de las Dos Hermanas Alicia les había explicado que el hedor pestilente a letrinas provenía del cuarto de aseo contiguo, que tenía atascadas las tuberías de desagüe —Mateo había llevado, a petición suya, estiércol de su huerta—. En la de los Abencerrajes, les había referido la historia de la masacre de treinta y seis caballeros por parte de una familia rival, señalando las marcas rojas debidas a la oxidación del hierro en la fuente central como prueba de la matanza, perpetrada durante una fiesta —la palabra «matanza» los había confirmado definitivamente en todas sus reticencias—. En cuanto a la Sala de los Ajimeces, la renovación del techo era una realidad y habría sido imposible que las decenas de guisanderos y criados previstas circulasen entre las lonas tendidas y los andamios.

Los edecanes se habían quedado más tranquilos al encontrar en el piso superior el Patio del Harén, pequeño y estropeado pero en parte protegido, con unas celosías que daban al Patio de los Leones, de modo que podrían seguir el desarrollo del ágape y dirigir el baile de cocineros de acuerdo con el programa de la velada. La negociación había sido ardua, pero Alicia había logrado circunscribir el festejo al recinto menos en peligro del palacio. Esperaba que la lluvia, el viento y el frío se conjugasen para acortar la recepción y lamentaba vivamente que Clément no estuviera presente.

—Nos meteremos en nuestro escondite y así lo veremos todo desde primera línea —propuso Javier a Irving y Jezequel. Este último había dejado la mula y se había acercado al grupo.

—Nadie irá a ninguna parte esta noche —objetó Alicia, que lo había oído—. Habrá guardias en todas las entradas, con el encargo de echar a los curiosos y a los pedigüeños. Además, no hay nada interesante que ver. ¿Me habéis entendido? Prohibido salir del Mexuar al volver de la escuela.

La única que respondió fue Barbacana con un rebuzno intempestivo. La mula había visto en el estanque un pez cuyos reflejos plateados le habían llamado la atención, intrigándola hasta el punto de asomarse al agua y enseñarle los dientes mientras meneaba la cabeza.

—Estaba buscando a vuestra hermana. ¿Sabéis dónde se ha metido? —preguntó Alicia.

—Donde siempre —respondió Victoria señalando el palacio vecino con el dedo.

Alicia dejó a los niños después de una última recomendación sobre Barbacana y cruzó el Patio de los Arrayanes para llegar a las termas, desde donde oyó que la chiquillería prorrumpía en carcajadas, de la voz grave de Javier a la de pajarillo de Victoria. La risa de Irving era tan discreta que, como siempre, no la distinguió en medio de la algarabía, mientras que la de Jezequel estallaba siempre a destiempo, como para destacarse de la hilaridad dominante de Javier.

Alicia estaba impaciente por que Clément regresase, en primer lugar y principalmente porque lo echaba de menos, pero también porque cada vez le resultaba más difícil gestionar a un tiempo los trabajos en la Alhambra y el día a día de los trillizos sin dar un trato de favor a uno en detrimento de otro.

Encontró a Nyssia enfrascada en la lectura, sentada dentro de una de las hornacinas de la Sala de los Baños, iluminada por las estrellas de luz que bajaban de la cúpula del techo. El sistema de calefacción no había vuelto a utilizarse desde la noche del parto y el lugar, nimbado de penumbra alrededor del trayecto luminoso de los tragaluces estelados, desprendía un frescor que olía a humus. Aparte de su hija, nadie iba nunca por allí. Alicia le había dado las llaves. Los Baños eran el refugio de Nyssia.

La niña levantó la cara al entrar su madre y volvió a bajarla para continuar leyendo.

—No tengo hambre, mamá —dijo, extrañada de que su madre hubiese ido hasta allí.

—No entendí el título de la novela que habías sacado en préstamo sin esperar a que diese el visto bueno —explicó Alicia, después de que su hija hubiese apartado el libro del haz de luz.

—No es una novela, es poesía —replicó Nyssia mostrándole la cubierta a desgana.

Alicia se lo quitó de las manos antes de que le diera tiempo a retomar la lectura.

—Es poesía —repitió la jovencita sin convicción.

—¿*Las flores del mal*, de Charles Baudelaire? Lo conozco, y no es un poeta cualquiera. Además, se trata de una versión no censurada —añadió al consultar la primera página, en la que descubrió que era una edición publicada en Bruselas.

Alicia se sentó al lado de su hija.

—No voy a echarte un sermón moralizante, bien sabes hasta qué punto tu padre y yo somos alérgicos a la censura. Pero hay textos que no son apropiados para una chica de trece años.

—Casi catorce. ¡Y hasta Victor Hugo lo ha alabado! Devuélvemelo, por favor.

Alicia lo había abierto y se había encontrado con el poema titulado «El Leteo», que por lo que ella recordaba no dejaba lugar a dudas sobre la libido del autor.

Je veux longtemps plonger mes doigts tremblants
Dans l'épaisseur de ta crinière lourde
*Dans tes jupons remplis de ton parfum.**

* «Quiero, por largo rato, sumergir mis dedos temblorosos / En el espesor de tu melena densa / En tus enaguas saturadas de tu perfume.» *(N. de la T.)*

Cerró el libro y se lo confiscó con gesto indolente.

—Deja que el tiempo haga su labor, cariño. Sabrás apreciar este tipo de lecturas cuando seas adulta.

Nyssia no hizo amago de recuperarlo.

—¿Y cuándo se hace una adulta, mamá? —preguntó. Se levantó y se hizo un ovillo arrebujándose junto a Alicia.

—Creo que eso solo te lo dirá la experiencia —respondió su madre acariciándole la mejilla.

Se quedaron las dos inmóviles, abrazadas, saboreando este instante tan poco habitual.

—No tengas prisa —le susurró Alicia.

La puerta del hamam se abrió con un chasquido y apareció Victoria.

—¡Mamá, Jez se ha caído al estanque con ropa y todo!

El día volvía a su curso normal.

La estafeta acababa de abrir sus ventanillas cuando Alicia subió los escalones del edificio de la calle Puerta Real. Sonrió al empleado del telégrafo, pariente de Mateo y Ramón, que era el que transmitía siempre sus mensajes a Clément, dejando de lado todo lo demás. Pero este día el hombre pareció irritarse al verla y se mostró frío con ella cuando le pidió enviar un mensaje a Oporto con el fin de tener noticias de su marido. El aparato no funcionaba, el cable se había roto en algún punto entre Granada y Guadix y habría que esperar unos cuantos días hasta que pudiera usarse de nuevo.

—¿Está seguro? —preguntó ella ante la mirada avergonzada del joven, que no podía disimular su incomodidad.

—Por favor, vuelva dentro de una semana —le imploró el empleado, y lanzó varias ojeadas a las otras ventanillas donde sus compañeros se afanaban en sus tareas—. Espéreme junto a la fuente del parque de la plaza de la Trinidad —le susurró antes de cerrar el postigo que los separaba.

Alicia salió sin volverse. Recorrió con pasos apresurados los cuatrocientos metros que distaban, se sentó en un banco en el lugar indicado y solo entonces se dio cuenta de que estaba temblando. La asustaba la idea de pudiera haberle pasado algo a Clément. En él, la falta de respuesta no se debía nunca al olvido. Alicia se cruzó de brazos para reprimir el temblor y esperó diez minutos sin atreverse a mirar a su alrededor. Cuando finalmente el telegrafista se sentó a su lado, ella ya se había figurado todas las hipótesis e imaginado todas las soluciones, menos la realidad que se disponía a comunicarle el hombre.

—Siento haberme andado con tanto misterio, señora Delhorme, pero nos han pedido que guardemos todo el correo que le envíe su marido y que hiciésemos copia de todos sus telegramas.

La primera reacción de Alicia fue no entender lo que le decía. Desconocía que tuviesen enemigos en Granada, o en cualquier otro lugar, y no estaban implicados en ningún tipo de activismo político.

—¿«Les han pedido»? Pero ¿quién? ¿Por qué?

—El porqué lo ignoro. Ha sido un capitán de la Guardia Civil que vino a ver a nuestro director justo después de Año Nuevo. Mi jefe no quiso líos. Era una orden, ya me entiende usted.

A su mente afloró el recuerdo del militar que se había presentado para hablar con Clément el día previo a su viaje, su mirada desprovista de humanidad. Desde que había ordenado registrar la Alhambra, el capitán estaba convencido de que los Delhorme habían ayudado a escapar al maestro anarquista. Se estremeció y se echó por los hombros el chal de encaje.

—Ahora entiendo mejor su reacción —le aseguró ella, mirando al telegrafista a la cara por primera vez.

—Cuando la he visto, he sentido pánico. No quería traicionarla, les tengo mucha estima a usted y a su marido. Por eso me inventé el cuento de la avería.

—Le agradezco la sinceridad. ¿Sabe si mi marido me ha escrito desde el mes de enero?

El hombre afirmó con la cabeza y sacó del interior de la chaqueta un mazo de sobres atados con un cordel. Se lo alargó.

—Solo le pido que me las devuelva mañana mismo, de lo contrario me arriesgo a tener problemas con la Guardia Civil. Y con mi jefe. Puede quedarse algunas —añadió, adelantándose a la pregunta—. Soy el único que sabe cuántas hay exactamente.

Alicia miró el rostro juvenil del empleado de correos, que le sonreía con gesto torpe. Con sus cabellos negros, largos, y su barba y bigote perfectamente recortados, se daba un aire a Boabdil, el último rey nazarí de la Alhambra cuyo retrato, en uno de los techos del palacio, ella había restaurado. El Rey Chico, como lo habían apodado los españoles, no había destacado precisamente por la sagacidad y la sapiencia a lo largo de su reinado, que había terminado con su huida y exilio lejos de la Alhambra.

Por toda respuesta le sonrió a su vez, cogió las cartas y se marchó del parque sin volver la cabeza. Una vez en casa, preparó un granizado para cuando los niños volvieran de la escuela, se encaminó al taller donde terminó una composición geométrica de azulejos para un bajorrelieve del Patio de los Arrayanes, luego fue a por los muchachos, que se habían subido a la Torre de Comares para poder divisar la fiesta de disfraces del príncipe, dirigió las maniobras de la cena y mandó a todo el mundo a su habitación antes de que el campanil diese las nueve. Entonces, se sentó por fin ante el secreter de Clément, desató el fajo de cartas y abrió sin rasgar el sobre de la primera. Alicia reconoció la letra de su marido y ya con las primeras palabras sintió que la invadía una sensación de indecible bienestar.

30

La Alhambra, Granada,
sábado, 3 de marzo de 1877

La luna iluminaba con su resplandor macilento el Patio de los Leones en el que los invitados, disfrazados de personajes del palacio nazarí, recordaban los fantasmas moros que poblaban los cuentos de la Alhambra. Los primeros habían llegado hacía más de una hora y, dispersos en grupitos, deambulaban entre los arcos donde les estaban ofreciendo tentempiés y copas.

Acechaban la aparición del príncipe ataviado de sultán.

—Detesto las fiestas de disfraces —farfulló el guardia de servicio en la entrada principal, mientras se doblaba el puño de la manga demasiado larga de su uniforme.

—Al menos salimos de la rutina de los bailes de la corte en San Petersburgo —repuso su colega—. Yo lo encuentro original —añadió volviéndose hacia el patio, por el que deambulaban los invitados.

—Pero ¡mírate, disfrazado de *bachi-buzuk*! Estás ridículo.

El hombre se miró atentamente todas las prendas. Los dos soldados del ejército del zar llevaban un pantalón tableado muy amplio de color azul marino, camisa blanca y levita negra hasta los pies, calzados con babuchas de cuero. Se tocaban con un gorro cónico envuelto hasta media altura con un turbante blanco que acababa anudado debajo del mentón.

—Esto no es ningún disfraz de *bachi-buzuk* —se defendió—. Para empezar, los *bachi-buzuk* eran jinetes: ¿tú te los imaginas montando a caballo con semejante atavío? Y, en segundo lugar, no gastaban un uniforme especial: eso es lo que los hacía… ¡especiales!

La salida dejó al otro dubitativo. Reflexionó unos segundos y respondió:

—Pero, entonces, ¿de qué vamos disfrazados?

—De jenízaros. La unidad de élite del ejército.

—¿Jenízaros, con esta pinta? Yo nunca me he enfrentado a los otomanos, pero…

—Yo sí —puntualizó el hombre.

—¿De veras? ¡Pues explícame cómo has podido guerrear contra una unidad militar que desapareció hace por lo menos medio siglo!

—Tiene razón —terció el edecán, que venía de los jardines de la Lindaraja—. Fui yo quien organizó la distribución de los trajes y ustedes dos no van de jenízaros, eso se lo puedo asegurar.

—Ah, capitán Karatáiev. Entonces, nos va usted a ilustrar.

El mando se tomó su tiempo para inspeccionar con la mirada el patio, donde el fotógrafo contratado para la velada inmortalizaba a los invitados disfrazados, solos o en grupo, mientras que otros, apiñados alrededor de la Fuente de los Leones, observaban la capa de espuma que se había formado sobre la superficie de la pila superior. Un criado vestido con una larga túnica blanca sin botones, con galones rojos en las mangas, se precipitó hacia ellos pertrechado con una bandeja y copas vacías.

El edecán pronunció entre dientes una lindeza en eslavo dedicada al organizador de la velada y entonces respondió:

—Señores, ustedes representan a los guardianes de las odaliscas.

La frase resbaló por encima de los soldados como el agua por el plumaje de un ánade.

—O sea… ¿qué somos? —tanteó el más temerario de los dos.

—Pues, a ver, la guardia próxima al harén, ¡los eunucos! ¿Han visto al príncipe? Tiene que entrar por su puerta.

—No.

—Vengan a buscarme en cuanto aparezca, he de ocuparme de la orquesta. Cuando empiece a sonar la música, todo el mundo saldrá al patio. Y también habrá danzas —añadió Karatáiev para sí, marchándose ya.

Los dos soldados volvieron a sus puestos, en la entrada del patio.

—A mí no me da la gana de ser un eunuco —dijo rápidamente el primero.

—¡Ni a mí! Diremos a los demás que somos jenízaros del siglo pasado y punto.

—Tienes razón. Y, a todo esto, ¿de qué va disfrazado Karatáiev?

—¡De listo!

—Sí, se los reconoce vayan como vayan disfrazados —soltó el primero, acompañando el comentario con una carcajada, y de pronto se quedó de piedra.

Los dos militares se pusieron firmes ante el hombre que acababa de cruzar la Sala de las Dos Hermanas, y que pasó por delante de ellos sin mover la cabeza. Al llegar al patio, todas las miradas se volvieron hacia él y los presentes lo saludaron con una venia. Su edecán se le acercó corriendo y le resumió el programa de la velada, evitando mencionar los fallos del inicio. El príncipe se acercó a la fuente; la capa de espuma de la pila superior se había vuelto más espesa, rebosaba y caía directamente en la vasija inferior que descansaba sobre los lomos de los leones. Mandó que le sirvieran un poco de aquel líquido y lo bebió, despacio, con la mirada fija en la fachada que tenía enfrente. Karatáiev aguardaba el veredicto a su espalda, a unos pasos de él.

—Parece que el champán fue idea de su organizador —comentó en voz baja uno de los invitados disfrazado con una chilaba de lana muy fina con una capucha enorme.

—Pues le queda poco en el cargo. ¿Sabe usted que el gobernador de la ciudad ha protestado contra la ocurrencia? —dejó caer la mujer que tenía a su lado, envuelta en una tela de seda multicolor.

—¿Por ser este un lugar cargado de historia?

—En absoluto. Porque lo que sale de esa fuente no es vino andaluz. ¡Que se vierta alcohol a su río poco le importa, siempre y cuando se haya comprado aquí!

—En todo caso, esta fiesta ha debido de costarle un dineral, como siempre.

—Es un Yusúpov. Dicen que son más ricos que el zar. ¡Podrían hacer que lloviera champán si quisieran! Pero hasta que llegue ese día aprovechemos lo que hay —concluyó la dama cogiéndolo del brazo.

El príncipe dio las gracias a Karatáiev, cuyo alivio era evidente, y dirigió una mirada hacia las celosías de las ventanas superiores, por encima de la Sala de los Abencerrajes. Cruzó la sala, siempre impasible, tomó por el pasillo de la derecha y subió la escalera hasta el piso superior cruzándose con los criados que iban y venían de las cocinas próximas. Llegó a una galería de azulejos blancos y azules, al fondo de la cual un pequeño aposento con dos arcos como pórtico daba al Patio de los Leones. Yusúpov entró en la estancia del centro e hizo que la mujer que se encontraba dentro se volviese hacia él.

Alicia abrió el sobre siguiente. La carta estaba fechada el jueves 25 de enero. Miró el montón de cartas que aún no había leído; volvía a contarlas antes de iniciar la lectura de otra, como los bombones que desearíamos que se multiplicaran cada vez que nos comemos uno, y dejó escapar un suspiro. Ya solo quedaban cinco.

Amor mío:

Aquí la situación es muy extraña para todos. Te explicaba en mi anterior carta que mi amigo Eiffel había decidido hacer caso a mis previsiones y paralizar las actividades de la obra hasta el día de hoy. Para que te hagas una idea, hace cinco días dejó de llover y el agua ha bajado bastante. Pues bien, rehíce mis cálculos de acuerdo con los últimos datos obtenidos y concluí que volverían las lluvias, y copiosamente, antes de que acabase el mes, probablemente a partir del sábado. Tengo en contra a todos los hombres de Eiffel, que exigen que se reanuden las obras, cosa que podría ocurrir de aquí a uno o dos días, en cuanto el río haya retornado a su cauce original. Pero Gustave me ha secundado, confía en mis estudios. Espero no decepcionarlo, y he de confesar que también a mí me entra a veces la duda. Si me he equivocado, para ellos significaría haber perdido una semana como mínimo, dos incluso, que se sumarían al mes y medio de parón.

Se me olvidaba contarte qué hice con el mechón de tus maravillosos cabellos que te habías cortado para mí. Está prendido en lo alto del pilar que sostiene el tablero, dominándolo todo, orgulloso, anudado como un cabo de marinero, preparado para resistir los vientos más furibundos. Así, estarás presente por siempre jamás en lo alto del puente más hermoso de Europa (¡y puede que del mundo!). ¡Si hubieses visto sus caras cuando me puse a escalar el pilar de metal! Me han tomado por loco, y no se equivocan. Pero es por ti por quien estoy loco y cada segundo que pasa me acerca a tu reencuentro. La ausencia es una ecuación de dos incógnitas: el cómo y el cuándo. ¿Cómo hacer para regresar cuanto antes, y cuánto tiempo puede latir mi corazón sin ti?

Tu A, Clément

Alicia oyó cuchichear a los niños, dudó si debía reñirlos, aguardó un poco y de nuevo reinó el silencio. Metió la carta cuidadosamente en el sobre, puso en la lengüeta una gotita de la cola que solía emplear en el taller para las cerámicas, y la cerró del todo antes de depositarla encima de la pila de sobres, cada vez más alta.

Nyssia se quedó mirando al hombre que acababa de sorprenderla espiándolos desde detrás de la celosía. No era ni muy alto ni muy bajo, su rostro era como un óvalo alargado y lucía un bigote recortado y anchas patillas curvas. Tenía las cejas levemente caídas, al igual que las comisuras de la boca, un rasgo que le confería cierto aire melancólico y frágil que desmentían unos ojos de mirada firme y dominadora.

—¿Quién es usted? —preguntó el hombre en español con voz rotunda.

—*Et vous, monsieur?* —replicó ella en francés, en tono irrespetuoso.

Su insolencia pareció hacerle gracia.

—Imagino que ya lo sabe, jovencita.

—Soy una mujer, no una niña.

—¿De veras? ¿Cuántos años tiene? —dijo él mirándola de pies a cabeza.

—Diecisiete —afirmó ella con el mayor aplomo.

El príncipe Yusúpov se cruzó de brazos.

—Está bien… ¿Por qué me miraba a hurtadillas?

—Se da usted mucha importancia. Sepa que yo vivo en este lugar. Incluso he nacido aquí.

—Pues sepa usted que he alquilado este sitio toda la noche. Según mi deseo, vamos a revivir el apogeo de la dinastía que erigió la Alhambra. Y es una fiesta privada, mademoiselle.

Nyssia se acercó al príncipe saltándose todo protocolo.

—Usted ha alquilado este sitio, pero no a los que nos hallamos en él. Se ha abolido la servidumbre, también en Rusia, señor Yusúpov.

—¡Se comporta con un descaro asombroso delante de un hombre de mi alcurnia! Y, para ser una chiquilla de la Alhambra, parece instruida. Decidamente es usted un misterio, jovencita.

—Leo todo lo que puedo —respondió ella—, ya que los maestros de historia están reservados a los varones. En cualquier caso, habla usted un francés perfecto —lo alabó ella, volviendo a sentarse en el banco de mármol de la ventana protegida con celosías.

—No tengo ningún mérito, toda la corte de Rusia es francófona. ¿Me concedería el gusto de participar en nuestra velada de otro modo que a través de esta ventana?

—¿Quiénes son sus invitados? —preguntó ella, viéndolos animarse en el patio bajo los efectos del champán, cuya espuma seguía yendo a más.

—Los mismos que me acompañan desde el inicio de este viaje, además de la pequeña comunidad rusa de Granada y sus potentados locales. Apenas un centenar de personas. Venga conmigo —le ordenó tendiéndole la mano.

—Desde aquí se ve todo perfectamente, mejor incluso que en el patio —replicó ella eludiéndolo—. Además, su reconstrucción de la época está plagada de errores.

—¿Ah, sí? Entonces tal vez nos permitiría aprovecharnos de sus conocimientos. ¿Puedo? —preguntó antes de tomar asiento a su lado.

De pronto Nyssia se sintió importante para un hombre importante y notó que se ruborizaba. Esa reacción era exclusiva de su hermana, que se ponía colorada al menor cumplido, y Nyssia se había burlado demasiado de ella para verse ahora en el mismo trance. Ahuyentó el sentimiento de orgullo del que empezaba a disfrutar y se obligó a considerar al príncipe como uno más de los desconocidos visitantes de la Alhambra que la paraban asiduamente para preguntarle al cruzarse con ella. Esperó a que se acomodara y acostumbrara la vista a la observación a través del dibujo de la celosía, y entonces empezó a enumerar los detalles inverosímiles de la recreación.

—En primer lugar, debe saber que el rojo era el color de la dinastía nazarí y que nuestros sultanes lo utilizaban mucho en la divisa dorada bordada en las mangas. En segundo lugar, por encima de la camisa los hombres de rango elevado llevaban un blusón con capucha.

El príncipe parecía realmente interesado en las explicaciones que le daba. Ella no se atrevía a mirarlo a la cara, mientras que él no se privaba de hacerlo y se fijaba con insistencia en cada detalle de su rostro.

—Por último, no solían llevar turbante —concluyó ella deteniendo un instante la mirada en el tocado del príncipe—. Eso era costumbre entre los sabios y los juristas, más bien.

—Así pues, ninguna de mis prendas habría podido hacer de mí un sultán de la Alhambra —dedujo él mirando divertido sus calzones blancos y su chaqueta de seda azul—. Tengo que agradecérselo a Karatáiev, mi edecán, que ha sido el responsable de verme ahora rebajado de este modo.

—¡No haga nada de eso —dijo Nyssia, angustiada—, no quisiera ser la culpable de su destitución! Puedo mostrarle un fresco del patio, aquí mismo, en el que todos llevan turbantes. ¡Está usted muy bien así y nadie se dará cuenta aparte de mam... de la señora Delhorme, créame!

El príncipe rio ante el candor de su joven interlocutora.

—¡Sea! ¡Acaba usted de salvarlo! —dijo dándole una palmadita en la mano—. Y ya que la señora Delhorme no viene a la fiesta, usted y yo somos los únicos que lo sabremos. Será nuestro secreto, ¿le parece bien?

Ella asintió sin decir nada. Nyssia estaba descubriendo el interés que despertaba en los hombres, sobre todo cuando adoptaba una expresión ingenua mezclada con una madurez que los dejaba intrigados. Ya lo había percibido en algunos de sus maestros, o en Javier, pero la atención que despertaba en ellos la dejaba indiferente. Sin embargo, el príncipe había suscitado en ella la maravillosa sensación de caminar entre las nubes.

Él se puso de pie y le tendió una mano para invitarla a levantarse.

—¿Cómo se llama, joven desconocida? Para que pueda presentarla a los demás —añadió al verla titubear.

—Me llamo Verónica. Verónica Franco.

La ausencia de reacción por parte del príncipe le infundió seguridad. Pillada por sorpresa, había dicho el nombre de la cortesana más célebre del Renacimiento, cuyos poemas había leído en la biblioteca. Le fascinaba la vida de Verónica, entre el fasto y la miseria, entre la grandeza y la decadencia, y esta atracción la turbaba y le provocaba remordimientos a partes iguales.

Yusúpov se frotó las manos y las alzó con las palmas hacia el cielo a la manera de un pope dando gracias al Señor.

—Bien, ahora que nos conocemos, ¿está dispuesta a unirse a nuestra fiesta? Indíquele a Karatáiev las prendas que debe buscar para transformarla en princesa árabe y lléveme a visitar su Alhambra y todos sus misterios.

Alicia miró hacia arriba cuando oyó la música que salía del palacio contiguo. La pieza, *Le Désert*, era una oda-sinfonía de Félicien David teñida de exotismo oriental. Se felicitó por haber escapado a lo que consideraba el capricho de un aristócrata y reanudó la lectura.

El 30 de enero se puso a llover. Quince litros por metro cuadrado. Luego, al día siguiente, el doble y luego ya lo que cayeron fueron auténticas trombas de agua, vertidas por el enorme frente nuboso procedente de Escocia. No me vanaglorié de nada y, más bien, me sentí casi tan decepcionado como todo el equipo. El caudal del Duero volvió a crecer y habrá que esperar que crezca aún más. La buena noticia es que esta situación solo durará una semana. Eiffel ha reservado ya el alquiler del material para el 10 de febrero. La confianza que ha depositado en mí me honra.

Paso los días ayudando al equipo a preparar la reanudación de los trabajos de la obra. La moral está alta y todos tienen tanta confianza en mis cálculos que nadie se plantea reiniciar las labores antes. ¿Cómo transcurre la vida en la Alhambra? ¡Os echo de menos a todos! Estoy seguro de que los niños están siguiendo mis consignas y te ayudan lo mejor posible. A veces me noto preocupado con Nyssia, es como si ya hubiese dejado atrás las tribulaciones propias de la niñez. Qué diferentes son Victoria y ella, no valdrían de ejemplo para el libro de Darwin sobre la evolución humana. Por cierto, ¿querrás decirle de mi parte al bibliotecario que no podré devolvérselo a tiempo? Se pondrá hecho una furia pero luego acabará aceptándolo, como suele hacer. Puedo intentar enviárselo en mi globo, pero no estoy seguro de que los vientos lo lleven hasta él, si no hace ya tiempo que te habría hecho una visita sorpresa. Adivino tu sonrisa al leer estas líneas. Echo de menos todo de ti, amor mío, tu mirada, el tacto de tu maravillosa piel (¡ahora presiento que te has ruborizado!). Gustave se fue ayer al norte en busca de clientes nuevos a los que ofrecerles obras de construcción. Este hombre es inaccesible al desaliento. Hemos previsto, a su regreso, llevar a cabo una prueba para tratar de superar mi récord actual de altitud. Está entusiasmado con la idea, pero yo estoy más dividido: por un lado, espero registrar un montón de datos nuevos, y por otro quisiera batir el récord estando en Granada, contigo presente —qué quieres, soy un sentimental—. Entretanto, tenemos que aguardar a que vuelva de Barcelinhos y a que escampe. En cuanto a mí, debería estar de regreso a mediados de marzo.

Alicia releyó varias veces esta última frase: ¡volverían a estar juntos al cabo de solo unos días! La sombra del capitán de la Guardia, que cruzó por su mente, no pudo atenuar su júbilo.

Todas las miradas se volvieron hacia ellos. Nyssia había entrado del brazo del príncipe y todos se preguntaban quién era esa mujer ataviada con una marlota roja y blanca, con el rostro oculto detrás de un antifaz de encaje negro. Su nombre, que los invitados repetían a porfía, no les sonaba de nada. Yusúpov fue presentándosela a cada grupito con el que se cruzaban a medida que avanzaban por el patio. Nyssia no tenía miedo, se sentía protegida por su anfitrión, transportada por el lugar, respetada, deseada; descubrió que dominaba las conversaciones, que le salía naturalmente, que era como un juego y que le encantaba. En cuanto al príncipe, no ocultaba su admiración por esta joven, a la que no le echaba más de dieciséis años, que iluminaba su fiesta con una luz única y con un aire fresco en medio de una comitiva cada vez más indolente. Habría sido capaz de persuadir a los convidados de que era una auténtica princesa nazarí, y él mismo ansiaba creerlo. La muchacha poseía el raro don del poder de convicción y de la seducción sin esfuerzo, con un físico que encandilaba.

Karatáiev se acercó al hospodar para susurrarle algo al oído. Yusúpov dio su conformidad asintiendo con un leve movimiento de la cabeza. El edecán dio unas palmadas mirando a los criados y estos comenzaron a colocar sillas en hileras, en el lado este, frente al templete de la entrada de la Sala de los Reyes.

—La sorpresa de la noche —comentó el príncipe volviéndose hacia Nyssia.

De pronto, entornó los ojos al ver que en la entrada opuesta los dos eunucos acababan de dejar pasar a un hombre sin disfraz. Era Rafael Contreras, al que reconoció de inmediato y que les había dado tanta guerra como Alicia.

—¡Mire, ha venido el arquitecto! Se lo voy a presentar, la encontrará a usted adorable… Pero ¿dónde se ha metido? —preguntó, mirando a la concurrencia.

Nyssia había desaparecido. Yusúpov se recorrió todo el patio, preguntó grupo por grupo y, contrariado y atosigado por Karatáiev, fue a sentarse en la primera fila. En el momento en que tomaba asiento, distinguió una silueta detrás de una celosía de la planta superior. El príncipe hizo que la silla de su derecha quedase vacía y se quedó mirando la fachada un buen rato. Entonces, dio la señal para que comenzase el espectáculo.

Cinco bailarinas salieron a la improvisada escena creada delante del bosque de columnas doradas. Detrás de ellas, debajo de la cúpula del templete comenzó a tocar una orquesta, rasgueos de guitarra, violines, flautas, tambores y panderetas, a un ritmo lento y casi hipnótico, que las bailarinas marcaban con ayuda de unos crótalos diminutos enganchados en los dedos. Iban vestidas con tules ligeros que ondulaban con cada movimiento.

—Pero, dígame, ¿esto no es lo que se conoce como flamenco? —quiso saber Yusúpov.

—No, es una zambra mora —le informó Rafael, que se había instalado a su izquierda—, una mezcla de danza oriental y flamenco. La fusión entre las músicas populares española y árabe. La introdujeron los gitanos hace casi quinientos años. Además, las bailarinas son todas del Sacromonte.

El ritmo se había acelerado imperceptiblemente y las mujeres puntuaban sus movimientos ondulatorios del vientre con taconeos y gritos.

—Pero ¿qué chillan?

—¡Olé!

—¿Olé? ¿Y qué significa?

—Viene del árabe *Wa'Allah*, «por Alá».

El príncipe miró al arquitecto con cara de risa.

—Querido amigo, no sabía que la Iglesia católica fuera tan tolerante.

—Creo que o lo ignoran o simulan ignorarlo —respondió Rafael—. Si se lo pregunta a un granadino, le responderá que las zambras son danzas de origen católico. Este error es lo que las salvó de la prohibición.

La coreografía dio paso a otras zambras moras. El baile de los cuerpos tenía hechizados a los invitados, excepto al príncipe, que de tanto en tanto lanzaba miradas en dirección a la celosía con la esperanza de que Verónica Franco le hiciese alguna señal, cosa que no ocurrió. En cuanto acabó el espectáculo, dio las gracias cortésmente a la compañía y desapareció enseguida por el Patio del Harén y subió la escalera. El príncipe sonrió antes de abrir la puerta de la estancia precedida de arcos.

—Decididamente es usted... —fue a decir, y entonces se calló de pronto, la sonrisa transformada en un gesto de interrogación.

En lugar de Nyssia, la mujer que estaba allí sentada en el banco de la celosía era una de las cocineras, petrificada por la sorpresa.

—... ¿quién es? —terminó de decir él con el tono altivo que conocía el personal a su servicio.

La mujer se levantó con presteza e hizo una venia.

—Alteza, quería ver, yo no quería... He terminado mi jornada —dijo atropelladamente, sin osar mirarlo.

—Salga —le ordenó.

Una vez a solas, se acercó a la ventana y vio que Karatáiev acompañaba a los primeros invitados que se iban. «Verónica Franco —pensó— es el misterio más insondable de este lugar.»

—¿Sigue queriendo que lo lleve a visitar la Alhambra? —preguntó la voz de Nyssia a su espalda.

Esta vez era la última. Alicia había mejorado su técnica de apertura de sobres a medida que iba abriendo las cartas y prácticamente ya no se notaba que los había manipulado. Estiró el cuerpo; tenía los músculos doloridos de llevar tanto rato sentada. Se acercó a la cocina para servirse lo que quedaba de granizado, aprovechó para ver qué hora era, que daba por hecho sería una hora avanzada, tal como comprobó en el reloj de péndulo de la cocina —más de las dos de la madrugada—, y regresó al despacho, para sentarse en su postura favorita, con las piernas cruzadas en la silla baja que usaba para estar cerca del fuego. Al abrir la carta, cayó en su regazo un papel suelto, metido entre los pliegues. Clément le enviaba en él la anotación de la altitud: el globo no había superado los ocho mil metros.

—El récord lo conseguirás aquí, amor —susurró pensando en él, y entonces comenzó a leer la carta.

El intento de batir la marca se había llevado a cabo el 22 de febrero, después de muchos días de espera debido a un viento que soplaba del interior hacia el mar. El jueves por la mañana el viento ya venía del norte y, a mediodía, con tiempo seco y una temperatura de catorce grados, Clément y Gustave habían procedido a soltar el *Victoria* bajo la condescendiente mirada del corresponsal del *Jornal do Porto*. El globo había aterrizado a treinta kilómetros al sureste de Oporto, en pleno campo, cerca de la población de Canedo. Pese a no haber conseguido ningún récord, la experiencia había entusiasmado a Eiffel, quien se había comprometido a retomar sus planes con Clément.

> Gustave quiere presentarme a Camille Flammarion, que ha llevado a cabo ya numerosos vuelos en aeróstato, como el de su viaje de recién casado: ¿te imaginas conmigo en la barquilla, viendo el mundo desde un montón de kilómetros de altura?

—Sí, mi amor —dijo Alicia sonriendo ante la idea.

> Pero de momento Gustave ha vuelto a embarcar rumbo a Burdeos y la buena noticia es que ya no me necesitan en la obra del puente: me dispongo a partir de Oporto y estaré de regreso el 4 o el 5 de marzo.

La aurora mordisqueaba la noche con su blancura por la parte de atrás del Generalife cuando Nyssia llegó al piso superior del Mexuar. Se coló sigilosamente en los cuartos, vio a su madre dormida en el canapé del despacho, con un atado de cartas en las manos y, sin dudarlo un instante, entró en la alcoba de sus padres. No tardó mucho en encontrar el libro que buscaba, en la mesilla de noche encima de otros tantos. Nyssia se fue a su cama, situada junto a la ventana, y dobló una esquina de la cortina de esta, que sujetó con una horquilla de pelo, pues estaba habituada a leer en la penumbra para no despertar a sus hermanos. Entonces, con un halo de luz diáfana que alumbró su cama, abrió su edición en francés de *Las flores del mal*.

X

31

Granada,
martes, 28 de mayo de 1918

El tendido eléctrico se cruzaba por encima de Plaza Nueva como una telaraña gigantesca. Debajo, en el centro de la plaza, cuatro tranvías de madera barnizada esperaban, resplandecientes, el momento de la salida. Nyssia montó en el primero, pagó su billete al interventor, al que le pareció reconocerla (pero bien es verdad que media ciudad se volvía a su paso y que la otra mitad esperaba a que ella quedara de espaldas) y, aunque el vehículo estaba vacío, se acomodó al fondo, en el asiento de la derecha.

En París nunca había viajado en transporte colectivo. Desde su llegada, no había conocido otro medio que las berlinas y los simones de uso particular. Tuvo la sensación de que el conductor del tranvía esperaba una eternidad a que subieran otros pasajeros, en vano (eran las dos de la tarde), y finalmente se decidió a arrancar. El interventor tocó la campana, que sonó con un «la» alegre, y fue a colocarse cerca de su colega para charlar con él, ignorando a su única pasajera. La línea se había creado hacía más de diez años y había ido ramificándose sin cesar por toda la ciudad, atreviéndose con calles cada vez más angostas o en pendiente. Abandonaron Plaza Nueva e hicieron un alto infructuoso en la plaza de Isabel la Católica, antes de recoger a tres mujeres en Puerta Real y de torcer hacia la majestuosa calle Ribera del Genil, donde se apearon. Nyssia se dejó mecer por el cabeceo despreocupado del tranvía y por sus recuerdos de los años felices con Victoria e Irving, Javier y Jezequel. El atuendo de la gente había cambiado más que las calles, cuyos edificios en general solo habían añadido una o dos alturas. Localizó la librería en una calle adyacente y se apeó en el Paseo del Salón. Nyssia se quedó mirando el tranvía alejarse por la calle, con una gavilla de chispas que saltaron desde el alambre en contacto con la pértiga, y luego se dirigió a la tienda.

La vendedora pregonaba su juventud en una sonrisa vivaracha que parecía querer desafiar el futuro y que le recordó su propia actitud a esa edad. Nyssia fingió interés en los libros de las estanterías centrales, que ofrecían obras de autores españoles de los que solo reconoció a la mitad; la otra le resultaba desconocida, señal de la vitalidad de la literatura ibérica. Luego se decantó por *Impresiones y paisajes*, de un joven autor local al que no conocía.

—Es un estudiante universitario que lo ha publicado pagándolo de su bolsillo —explicó la librera cuando Nyssia se lo alargó—. Cuenta la historia de un viaje de juventud, está muy bien escrito —añadió para asegurarse la venta.

—Los viajes de juventud son como odiseas —murmuró Nyssia mientras buscaba en su bolso para pagar a la mujer—. Todo el mundo debería relatarlos.

—Pues yo nunca me he movido de aquí —comentó la joven, y le entregó el volumen—. Pero porque no me apetece, simplemente.

—La envidio —respondió Nyssia, buscando la boquilla sin dar con ella—. Es usted la que está en lo cierto.

Nyssia arrugó las cejas, incapaz de recordar cuándo había sido la última vez que la había usado ni dónde podía haberla dejado. Sacó del bolso una novela con las tapas gastadas.

—Había un librero hace treinta y siete años en este mismo establecimiento —dijo mirando a su alrededor como para convocar sus recuerdos—. Era el hijo del tendero. ¿Sabe si vive aún?

—Sí —dijo la muchacha sin dar muestras de asombro—, ¡es mi padre! Vive aún, pero ya no viene mucho por aquí.

Nyssia le tendió el *Bel-Ami*.

—¿Se lo podría dar? Me lo prestó en 1881 y nunca se lo devolví.

El campanario de Santo Domingo, muy cerca de allí, dio cuatro campanadas.

—He de irme, me están esperando —dijo Nyssia, marchándose ya.

—Espere —protestó la joven—, ni siquiera sé cómo se llama.

—Él se acordará.

Nyssia llegó a la plaza del Realejo donde un grupo de jóvenes granadinos se divertía alrededor de un muñeco que representaba a una mujer puesta de pie encima de un dragón. «La Tarasca», pensó mientras se aproximaba a la bestia. Los chicos se apartaron para que pudiera mirar de cerca la carreta.

—La culpable de mis más espantosas pesadillas de niña —dijo acariciando un ala del dragón.

—Es hermosa, ¿verdad? —preguntó uno de los chicos—. Nuestra andaluza —especificó, señalando el maniquí—. ¡Y su vestido es el último grito!

—Lo dice porque la ha hecho su padre —apuntó otro.

—Y presume con razón. Podrás decirle a tu padre que este vestido es espectacular —dijo Nyssia, lo que provocó que al muchacho se le subieran los colores.

—Usted también es muy guapa —se atrevió a decir el primero—, ¡y muy salada!

—¿Vendrá a ver la procesión mañana? —se aventuró el segundo.

La campana del tranvía puso fin a sus preguntas. El grupo la siguió con la mirada mientras ella se iba presurosa en dirección al coche y subía a la plataforma, antes de desaparecer en el interior del habitáculo.

El tranvía tuvo que detenerse en la calle de los Reyes Católicos para esperar a que liberasen la rueda de una carreta que se había quedado atascada en los raíles. Por primera vez desde que se marchara del hotel Internacional, Nyssia pensó en su marido. El vehículo del conde seguía estacionado en el aparcamiento, pero había cambiado a otra plaza. Uno de los empleados del establecimiento, con su traje de cazador inglés, frotaba la carrocería amarilla con una piel de gamuza con grandes movimientos circulares. Solo entonces se fijó en Pierre, que fumaba un cigarrillo, recostado en la tapia, mientras impartía indicaciones sobre el movimiento que debía hacer el mozo, cuyos aspavientos obviamente no le agradaban lo más mínimo. Se acercó al sirviente y le quitó el paño de las manos para enseñarle el protocolo que debía seguir, tras lo cual se volvió hacia el tranvía con las manos en jarras. Nyssia se hundió en su asiento. El tranvía arrancó.

El Albaicín había sido el gran olvidado de las primeras líneas eléctricas y Nyssia subió a pie desde Plaza Nueva hasta la placeta de Nevot. La casa de la familia Pozo asomaba por encima de la tapia que la rodeaba, un muro grueso por el que rebosaba una vegetación exuberante. Nyssia esperó en el patio unos minutos, mientras consultaba una biblioteca compuesta exclusivamente por novelas de Victor Hugo. Tenía la sensación de que alguien la observaba a hurtadillas. Desde hacía treinta y cinco años era el centro de todas las miradas, de lo cual era consciente no sin cierto placer, pero desde su regreso a Granada todo eso le resultaba vano. El hombre que se acercó a ella, de cabellos entrecanos cortos pero revueltos, había conservado la misma tez cobreña del día de su nacimiento.

—Jezequel —dijo ella cuando él la saludó besándole la mano—, me alegro sinceramente de volver a verte.

—¿Eso quiere decir que me has perdonado por mi actitud estúpida y que volvemos a ser amigos?

—Precisamente fue estúpida porque eres mi amigo. Si hubiese venido de un extraño, me habría sido indiferente.

—Entonces, permíteme que te diga como amigo que cada vez que nos vemos estás más guapa.

—¿Te ha dado por coleccionar toda la obra de Victor Hugo? —le preguntó ella señalando los libros del autor francés.

—Podría decirse. La heredé al fallecer el doctor Pinilla. Era deseo suyo que los tuviera yo. Creo que Ruy me guarda rencor desde hace mucho tiempo precisamente por ello. Ven conmigo —le dijo, sin esperar respuesta.

Salieron del patio y enfilaron por el pasillo hasta la antecocina, en la que borboteaba a fuego lento una olla que exhalaba un aroma a chorizo.

—Ni que decir tiene que te quedas a comer —comentó él saliendo al jardín.

Jezequel había cogido a Nyssia del brazo y ella se dejaba llevar.

—Cuando murieron mis padres compré este terreno colindante y me he hecho un jardín a mi gusto. Todo se puede cuando se tiene dinero, ¿verdad? —dijo parándose delante de un pilón de una longitud fuera de lo común, rodeado por un seto de arbustos podados.

—Diríase el Patio de los Arrayanes —señaló ella, llevando en la mano los zapatos para caminar descalza por la hierba.

—Es casi una copia exacta. El agua viene del Darro. Solo se diferencia en que yo soy el único pez que nada ahí. ¡Se lo debo a las escamas doradas que siempre me han traído suerte!

Nyssia se sentó en el borde del estanque y metió con cuidado los pies en el agua.

—No está fría —constató.

—Hay una caldera detrás de la tapia. Cada cual tenemos nuestra idea del paraíso —añadió—. Todos los días me doy un baño. Es mi jardín secreto.

El paraje estaba resguardado por una hilera de árboles lo bastante tupidos para que nadie pudiera ver nada desde el exterior o desde la casa.

—Esto te sorprenderá, pero yo, que era una niña solitaria, no he vuelto a estar sola desde que me marché de aquí. Ni un solo día. Y hasta este preciso instante no me había dado cuenta de que lo he echado de menos. ¿Por qué no te has casado, Jez?

Él se sentó a su lado antes de responder.

—No quería tener hijos y un matrimonio sin hijos no tiene sentido. Había un riesgo demasiado alto de que nacieran con la misma enfermedad que yo. Y mi curación fue un milagro… Tú tampoco has tenido hijos —concluyó él para sacudirse el sentimiento de culpa que siempre lo había acompañado.

—Y no me arrepiento, no era compatible con mi vida. Pero sí me casé, conque todo es posible. Solo tienes que seguir mi ejemplo.

Nyssia captó la expresión suplicante de la mirada de Jezequel.

—Quería darte las gracias por haberme dado noticias de mi familia todos estos años —dijo, cambiando de tema—. Era muy importante para mí.

—¿Por qué los abandonaste, si era tan importante?

—Ya hemos hablado de eso y no tengo que justificarme ante ti —replicó ella, levantándose.

Nyssia se secó los pies frotándoselos entre la hierba y se puso los zapatos, de anchos tacones altos.

—Lo siento —dijo él—. Ya ves, sigo siendo el mismo bruto, no he cambiado. Era un placer para mí darte noticias de ellos, eso me permitía verte cuando iba a París, así yo también salía ganando, ya ves. Ven, quedémonos un ratito más.

—He vuelto, Jez —dijo ella alejándose por las losas de mármol—. Puede que sea tarde, pero no demasiado tarde. Vamos al patio, anda, no me gusta este sitio. Si quieres ayudarme a encontrar a mi padre, tienes que contarme todo lo que sabes.

Cuando bajó del Albaicín, Nyssia se cruzó con un sinfín de paseantes que formaban riachuelos multicolores, que confluían en el centro de la ciudad para asistir a la procesión que inauguraba la feria. Las nubes se habían teñido, durante el crepúsculo, de tonalidades índigo y el aire exhalaba las fragancias que el calor había inhibido durante el día. Andaba despacio en dirección a la Alhambra, absorta en sus pensamientos y lastrada por el dolor que le provocaba la caminata en las articulaciones. Decidió que consultaría a Ruy Pinilla para que le diera algún remedio.

Kalia estaba esperándola sentada en un murete de la explanada.

—Yo ya estoy demasiado cascada para estos jolgorios —respondió la anciana cuando Nyssia se brindó a llevarla a la procesión—. He participado en decenas de fiestas del Corpus, primero recibiendo el pan del pobre, después bailando la zambra y, para terminar, repartiendo el pan entre los menesterosos. Siéntate, anda, descansemos un poco, no me veo capaz de subir a la Torre de la Vela. Así me cuentas tu visita al hijo de los Pozo.

Sonó un zambombazo en la parte baja de la ciudad y a continuación todos los campanarios empezaron a tocar a vuelo.

—Ya ha salido la procesión —comentó la gitana—. ¿Te acuerdas de que fue un día del Corpus cuando acepté volver a la Alhambra?

—Sería difícil olvidarlo: ¡Mateo estuvo a punto de parar el desfile para sacarte de allí!

Se quedaron calladas un momento. Las golondrinas pasaban rozando las murallas de la Alcazaba. El soldado de guardia subía de la Puerta de la Justicia silbando y haciendo tintinear las llaves. Apareció en la Puerta del Vino, saludó a Kalia con la mano y continuó su ronda. En el Generalife, una mula emitió un rebuzno ronco.

—Aquí todo transmite paz, como si no pudiera acaecer ninguna desgracia —observó Nyssia—. ¿Dónde murió? —inquirió repentinamente.

La pregunta, pronunciada sin variar el tono dulce de su voz, cogió a Kalia por sorpresa.

—Mamá —concretó Nyssia—. ¿Dónde la encontraron?

—En el hamam —respondió la gitana—. No había vuelto a funcionar desde el día de vuestro nacimiento. Alicia siempre dejaba para más tarde la reforma, pero a Rafael le daba miedo que el gobernador les suprimiera el presupuesto. Por eso se había decidido a hacerlo y había empezado a quitar los azulejos de la sala caliente...

La emoción interrumpió el relato de la anciana. Se enganchó las gafas en los cabellos como si así los recuerdos pudieran danzar con más claridad ante su mirada.

—Hasta el gobernador vino a rendirle un último homenaje. Hizo tanto por la Alhambra... Si hubieses visto cuánta gente... Era una persona muy querida, lo sabes.

Nyssia la abrazó y le susurró al oído:

—No podía. Si supieras cuánto me arrepiento, pero no podía estar presente.

«No es culpa mía —pensó—, no es culpa mía, mamá, ¡perdóname!»

De nada sirvió que Nyssia hubiese esperado, de nada sirvió que se hubiera preparado: el cargo de conciencia que sentía, que lejos de Granada sí había podido contener, resquebrajó todos los diques que había erigido a lo largo de los años. Se levantó y dio unos pasos, tras lo cual regresó con Kalia. La vieja tenía la vista clavada en el suelo.

—Tu hermana se ocupó de todo, fue muy valiente, se comportó con gran abnegación, como siempre. ¿Sabes? Muchas veces me ha dicho que me debía a mí su vocación, por el día que le conté la leyenda de los gitanos. También ella ha hecho mucho bien a su alrededor. Es una mujer formidable, ¡se parece tanto a tu madre!

—¿Quieres contarme también a mí tu leyenda? —preguntó Nyssia frotándose los brazos.

—De acuerdo, pero entremos. Te haré una buena sopa de tomate, pareces destemplada. Espero que no sea fiebre.

—No, es uno de mis achaques. Me pasa desde hace años, pero no es nada grave.

El puré y una botella de Clos de Vougeot que Kalia no sabía cómo había llegado a la Alhambra distendieron los músculos tensionados de Nyssia y le aliviaron el dolor de las articulaciones.

—Hace mucho tiempo —comenzó la gitana—, en la India, vivía un rey del Imperio gupta...

Nyssia se hizo un ovillo pegada a ella, como hacía de niña con su madre. Los cabellos de Kalia olían a humo de leña. Nyssia acarició la piel arrugada con el dorso de su mano.

—Sigue —dijo.

—A este rey le daba mucho miedo la sed de conquistas del rey de Persia, y cada cierto tiempo le enviaba regalos en señal de concordia entre sus respectivos reinos. Un día hizo llamar a todos los músicos del reino y ordenó que tocaran para elegir de entre ellos a los dos mejores, un hombre y una mujer, a los que envió a Persia a entretener al soberano y su corte. Este último quedó tan maravillado que les ofreció una vaca, un asno, trigo y una parcela para que se quedasen a vivir allí por siempre jamás. Sin embargo, la pareja regresó al cabo de un año, después de haberse comido la vaca y el trigo. No tenían dinero y la mujer estaba encinta. Furioso, el rey de Persia se negó a ayudarlos por segunda vez. «Os queda el asno —les dijo—. Coged la rudra-vina* y marchaos a recorrer el mundo de reino en reino para dispensar alegría, que es vuestra única riqueza. Pero nunca más regresaréis aquí y nunca más volveréis a ocupar una tierra.» La pareja se fue y, poco después de perder de vista las murallas de Persépolis, la mujer dio a luz a trillizos en la montaña del Kuh-e Rahmat. Allí vivieron muchos años y, cuando los niños fueron lo bastante grandes, prosiguieron su camino. Ya adultos, cada uno de los tres hermanos tomó una dirección y sus descendientes se dispersaron por el mundo con el nombre de gitanos.

—Es una historia preciosa, Kalia.

—Victoria la cuenta todos los años en su clase. Y lo más curioso es que, de esos trillizos, dos eran niñas y uno varón, igual que vosotros.

—Y además cada uno ha tomado un camino diferente. Tan diferente…

---

* Cítara tubular, instrumento de cuerda pulsada.

XI

32

Oporto,
lunes, 2 de abril de 1877

El pincel lamió el lienzo depositando delicadamente un trazo sobre el arco en proceso de construcción. El artista se retiró, de espaldas, y entornó los ojos: su representación del puente era fiel al original, al menos a él le producía una satisfacción indudable. Nunca en su vida había visto una obra semejante, las pilastras de metal y el tablero eran piezas caladas y había tenido que repetir el dibujo dos veces hasta conseguir representarlas con la suficiente precisión.

El cuadro era un encargo que le había hecho Gustave Eiffel, quien le había pedido que representase tres etapas de la construcción del arco. El pintor había optado por situarse a un kilómetro del lugar de la obra, en la orilla de Vila Nova de Gaia; había jugado con las proporciones, achatando la altura de los edificios y elevando la de las dos colinas que acogían las bases del puente, y el efecto conseguido era que la construcción resultaba aún más gigantesca. Este cuadro, mejor que los dos o tres dibujos publicados por la prensa, mostraría a los descreídos que aún quedaban cómo se integraba estéticamente la obra con el paisaje, así como su plástica.

«A Gustave le va a encantar», pensó Joseph Collin, que supervisaba los trabajos mientras el jefe estaba ausente. Consultó la hora en su Billodes y confirmó que el gacetillero del *Jornal do Porto*, que corría por la vereda haciéndole gestos, moviendo los brazos arriba y abajo («Como si no lo hubiese visto. Parece un pelícano queriendo alzar el vuelo», pensó Joseph, divertido), llegaba con media hora de retraso. El hombre se presentó, empapado de sudor, y casi sin aliento le explicó que venía en sustitución del periodista previsto inicialmente, que había tenido que desplazarse al puerto para cubrir el incendio de un barco de vapor inglés procedente de Liverpool. La noticia contrarió a Joseph, a quien la marcha precipitada de Eiffel a Barcelinhos había dejado ya con los ánimos por los suelos. Afortunadamente, después de una mañana de lluvia fina, estaba haciendo un tiempo espléndido y la temperatura había superado los veinte grados, lo cual, después de las inclemencias de los meses anteriores, le sabía a recompensa bien merecida. Con Eiffel, Joseph se había acostumbrado a la presencia de los periodistas y, si bien era consciente de carecer de su carisma, recordaba perfectamente las respuestas a las preguntas que salían de forma invariable durante las entrevistas, así como las entonaciones que empleaba Gustave para tener el control de la conversación.

—¿Piensa que terminarán la obra a tiempo, senhor Collin? —preguntó el hombre mientras se enjugaba el sudor de la frente.

—¿Por qué cree que no será así?

—Bueno, es que hemos tenido estas crecidas fuera de lo normal y las obras han estado paradas dos meses y medio. Cabe preguntárselo, ¿no le parece?

El reportero se guardó el pañuelo en el bolsillo del chaleco, dejando asomar una parte, y apoyó la punta del lápiz en el cuaderno, como un atleta listo para salir disparado en una carrera.

—Habíamos contado con ese riesgo desde el primer momento —respondió Joseph mientras miraba cómo el otro tomaba notas—. El montaje del arco empezó hace un mes y aún estamos dentro de plazo. Por otra parte, tenemos en nuestro equipo a un ingeniero encargado de la previsión meteorológica, lo cual nos permite establecer un programa de trabajo ideal —alegó, y justo después se mordió el carrillo al caer en la cuenta de que, en otra ocasión, Eiffel había dicho «óptimo».

—¿Ideal? —recalcó el periodista—. Parece que confía en la ciencia a pie juntillas. ¿Cómo se puede saber el tiempo que va a hacer esta tarde, mañana, dentro de un mes?

—Por las curvas isobaras —respondió Collin refugiándose en un lenguaje abstruso—. Siguiendo las corrientes atmosféricas fundamentales. ¡Usamos unos modelos muy fiables! —concluyó con un punto de desdén.

—¿Podría entrevistar a su ingeniero? Es un tema que puede interesar a nuestros lectores —preguntó el hombre, viendo que ya no podría sacarle nada más.

—Ya no se encuentra en Oporto. Vive en Granada.

—¿En España?

El hombre sacó el pañuelo del bolsillo y se tocó la cara con él, maquinalmente, mientras cavilaba.

—Pero ¿cómo puede prever el tiempo desde tan lejos? —preguntó haciendo énfasis en las dos últimas palabras—. ¿Lo está diciendo en serio?

—Mire, caballero, se trata de fenómenos complejos que no puedo explicarle con un simple par de frases, aquí plantados en mitad de un camino de herradura —arguyó Joseph, al que le costaba trabajo contener la irritación—. Lo que cuenta es el resultado y punto. El puente estará terminado en octubre, se lo puedo asegurar, y representará una gran innovación en el ámbito de la tecnología.

Algo más lejos, el artista, que había finalizado, los escuchaba mientras recogía sus bártulos.

—Permítame que insista, senhor Collin. ¿No nos estaremos arriesgando a sufrir la cólera de Dios si nos empeñamos en hacerle la competencia, en levantar torres de Babel cada vez más altas?

—*Mãe de Deus!* —exclamó el pintor—. Pero ¿usted tiene ojos para ver, señor mío?

El periodista titubeó un segundo y entendió que se dirigía a él, no al francés.

—¡Mire! —dijo asiéndolo por la manga para llevarlo hasta el caballete en el que descansaba el lienzo, altivo—. ¿Alguna vez ha visto una obra tan perfecta?

El hombre contempló la pintura y consideró que el calificativo era exagerado.

—De acuerdo, es una representación fiel, pero de ahí a decir que…

—¡Que no, estúpido, hablaba del modelo, de eso! —exclamó exasperado el pintor, señalando con la mano el paisaje que tenían delante de sus narices—. Este puente es la prolongación de las dos orillas y dentro de poco será su unión, el nexo de unión. ¡Mire este arco que brota de las dos márgenes como si fuesen dos manos tendidas la una hacia la otra queriendo entrelazarse! —Dejó al gacetillero luchando con sus dudas recién suscitadas, y agregó—: Yo nunca he visto una obra industrial tan bien lograda estéticamente. Imagínese el arco cuando esté completo, cuando las dos orillas queden soldadas a su brazo, su fuerza, al tiempo que su delicadeza, estas riostras que están abiertas, puro equilibrio entre el vacío y la materia en pareja proporción pero que podrán con todo. Hace horas que lo observo para copiarlo, que lo acaricio a fuerza de dibujarlo, y cada segundo que pasa me doy más cuenta de hasta qué punto esta proeza es una obra de arte. Y Dios ama el arte, créame, ¡no es ninguna blasfemia decirlo! —añadió, cogiendo con las manos su pintura para entregársela a Joseph Collin—. Volveré dentro de seis meses cuando hayan terminado. Y, dicho esto, les deseo que pasen una buena tarde, señores.

Se quedaron mirándolo mientras él plegaba el caballete y después lo siguieron con la vista cuando se marchó de allí silbando. El periodista se rascó los cabellos con el lapicero, en lo que leía sus apuntes:

—Creo que vamos a empezar desde el principio.

33

*Vigo, España,
jueves, 5 de abril de 1877*

«Este mundo es un fandango y el que no lo baila es un tonto.» La frase le daba vueltas sin parar en la cabeza. El dicho español había sido la última frase que pronunciara Victorine en su presencia, un mes antes, en Barcelinhos. Habían reñido, sin que mediara violencia pero con acritud y sobreentendidos, en presencia de la cocinera, a la que cada vez le costaba más no tomar partido por ella, con quien compartía el día a día y a la que aliviaba su soledad mucho mejor que la presencia episódica de su amante. Eiffel había aprovechado para adelantar su regreso a Oporto, donde lo esperaban tanto su equipo como el ramillete de problemas que conllevaba una obra de semejante envergadura. Fue cuando iba a subirse a la berlina que ella lo retuvo para abrazarlo. El beso había sido un beso furtivo. Él nunca había sabido expresar sus sentimientos. Los labios de Victorine estaban fríos, fue lo único que se le ocurrió pensar en aquel instante. Le había aconsejado que entrase en la casa lo más aprisa posible, por el viento y el frío. Ella le había citado el adagio, con un brillo en los ojos que él no había sabido descifrar. Luego se marchó, pensando ya en su puente.

Al llegar a Vila Nova de Gaia, le mandó una carta disculpándose y con el encargo para la cocinera de adornar la casa con flores, tras lo cual se había llegado hasta el lugar de las obras, donde se encontró con que el arco había avanzado varios metros y la moral de todos había retornado a su punto álgido. Eiffel regresó una semana después a Levallois-Perret, permaneció allí diez días y luego informó a su mujer de que volvía a irse a Portugal. El 1 de abril se citó en Oporto con el pintor que había elegido para la representación pictórica del puente y, para desespero de Joseph, recibió un telegrama procedente de Barcelinhos que lo hizo salir a toda prisa.

Eiffel tenía el rostro vuelto hacia las colinas que rodeaban la bahía de Vigo y su puerto. Pasó por delante del encargado de la aduana con su equipaje de camarote; el hombre lo invitó a subir a bordo sin hacerle la menor pregunta. «¿Será tan evidente mi dolor?», se preguntó, tratando de cruzar la mirada con las de los otros pasajeros para comprobarlo. Pero estaban todos muy ocupados, unos instalándose en sus camarotes, otros participando del bullicio reinante en la cubierta del vapor. Dejó sus enseres sobre la colcha y se echó, sin lograr conciliar el sueño pese a no haber pegado ojo la noche anterior. Los remordimientos lo habían aguijoneado cada vez que el sueño trataba de vencerlo. Se levantó y esperó la hora de zarpar, de pie en la toldilla del buque, con la mirada perdida en la inmensidad del océano. En la punta de la bahía, una nube infinita de pájaros envolvía las islas Cíes, revoloteando a ras del mar o lanzándose en picado sobre los bancos de sardinas que blanqueaban el agua, en combate desigual. El espectáculo le hizo olvidar brevemente su tristeza y su abatimiento, hasta que se acercó a saludarlo el capitán. El navío, de la compañía Pereire, cubría la conexión habitual con Burdeos, y Eiffel lo había tomado muchas veces, una de las cuales con Marguerite y su hija Valentine. La travesía iba a durar cinco días. Cinco días durante los cuales el vapor se mecería sin descanso, al capricho del viento y los vendavales. Eiffel, que por lo general se ponía malo al más mínimo vaivén, se dejó llevar por la danza nauseabunda del mar, rehusando cualquier asomo de lástima de sí mismo a modo de merecido castigo. No salió en todo el viaje, ni siquiera durante la escala del barco en Bilbao, y finalmente se bajó sin haber pronunciado ni una sola palabra desde Vigo. La subida en tren a París se desarrolló entre el sueño y la realidad, pues se encontraba aturdido por la falta de descanso y por lo que acababa de vivir.

No podía contarle a nadie el dolor que lo consumía por dentro, condenado a callar y a quedárselo en lo más profundo de sus entrañas sin jamás poder exteriorizarlo. Cuando llegó a Levallois-Perret, se fue derecho al taller de la calle Fouquet y mandó que llevaran sus cosas a la casa. Necesitaba sentir el familiar olor del hierro, oír los martillazos, sumergirse en el ambiente de trabajo y concentración, volver a hacer pie en la urgente realidad. Se sentó ante su mesa de despacho y, por primera vez desde que había recibido la noticia, lloró. Victorine había perdido la vida brutalmente el 3 de abril, unas horas antes de que él llegara a la casa de Barcelinhos. Se sentía terriblemente responsable.

34

La Alhambra, Granada,
sábado, 30 de junio de 1877

Mateo estaba de pie en el mirador, entre las dos máquinas de fabricar hielo. Con la mirada fija en el Sacromonte, se secó las manos.

—¿Soñando, eh, papá? —preguntó Javier, que acababa de terminar dos garrafas heladas.

—Sí —respondió él volviéndose hacia el adolescente—. Como dices, estaba soñando...

La alusión velada a Kalia, que seguía viviendo allá, molestó a Javier, que se encogió de hombros y dijo:

—Pues haz como yo, ¡olvídala!

El muchacho detectó que Mateo enarcaba levemente las cejas, cosa que no auguraba nada bueno, pero se negó a entrar al trapo. Cada vez que le sacaban el tema, el antiguo nevero se ponía a hablar sin parar de las cualidades de la madre de Javier y de su retorno, que él consideraba ineluctable. Y Javier siempre intentaba que entrase en razón y que comprendiese que ella ya no estaba enamorada de él y que prefería vivir con los gitanos antes que con su hijo. Pero nada socavaba la decisión de Mateo de hacerla volver con ellos. Javier prefirió cambiar de tercio:

—Termino la serie y te dejo para que las entregues tú, que yo empiezo la escuela dentro de una hora.

—La escuela, la escuela, pero ¿por qué sigues yendo? Ya no te hace falta, nuestro negocio marcha bien, mira —rezongó Mateo, señalando la estancia repleta de cajas.

La última máquina creada por Clément, con la que conseguían producir el hielo directamente dentro de unas grandes garrafas de vidrio, había cosechado un éxito rotundo entre los granadinos. Javier no replicó; las discusiones acababan invariablemente en desavenencias entre los dos. Hizo el vacío dentro del aparato accionando diez veces una bomba, arrimó otras dos garrafas, que contenían agua hasta un tercio de su capacidad, contra los tubos que salían de dos grifos, abrió estos y pegó bien las botellas. Puso unas gotas de agua en los tapones y finalizó la maniobra del vacío bombeando de nuevo. Las dos últimas burbujas de aire escaparon del agua, que comenzó a congelarse. Al cabo de veinte minutos, las dos garrafas estaban totalmente congeladas.

—Son para el señor Cañadas, el dentista —indicó Javier, quitándose los guantes de cuero que utilizaba para majear la bomba.

Se los puso a Mateo en las manos.

—¡No me digas! Lo sé de sobra, ¡aquí el jefe soy yo! —protestó Mateo, para que no se dijera y sin provecho alguno.

Javier se había marchado ya de la sala del Generalife reservada para la elaboración del hielo. Pasó al Mexuar para recoger a Irving. Jezequel los estaba esperando en la explanada en compañía de Victoria.

—No tengo clase esta tarde, tocan asignaturas reservadas a los chicos —puntualizó con ganas de chinchar.

Jezequel intentó divertirlos con un chiste que no hizo reír a los otros. Solo le valió un papirotazo de Javier, quien no soportaba que otra persona que no fuese él hiciese comentarios sobre sus mellizas favoritas. Victoria los siguió con la mirada mientras salían de la Alhambra, y entonces se metió por el Patio de los Arrayanes para dar de comer a los peces los restos de pan que había recogido de la mesa de la comida. Rodeó el estanque, seguida por las carpas y los peces rojos a los que el pan había abierto el apetito. Aceleró y paró varias veces, divertida al ver lo obedientes que eran, y al final les echó el último mendrugo que se había guardado en el bolsillo. Victoria se encontraba sola varias tardes a la semana, mientras los chicos asistían a sus clases de matemáticas y ciencias y Nyssia se alejaba del mundo para leer en sus refugios secretos. Victoria se había fijado en que además, desde hacía unos meses, su hermana escribía cartas y las enviaba a escondidas de sus padres.

Miró al cielo y suspiró: la tarde iba a ser larga y el calor llamaba ya a la siesta. No le gustaban nada esos ratos de quietud impuesta y, a diferencia de su hermana, no tenía la menor paciencia para leer ni sentía afición por la lectura.

Victoria decidió explorar una zona apartada del Mexuar que aún no había pasado a engrosar la lista de reformas. La colina ofrecía infinitas posibilidades de exploración y los niños jamás se privaban de aprovecharlas. A veces no decían nada de los sitios que descubrían, ni siquiera a sus padres, o sobre todo no a ellos, pues les habrían prohibido volver por allí. Había gran número de puertas falsas y túneles y cada paseo era una aventura. Jezequel soñaba con encontrar más escamas de oro, Javier rebuscaba en todos los rincones en busca de algún plano o de alguna señal que lo llevase al tesoro de la Alhambra, y a Irving le daba miedo despertar a todos los fantasmas nazaríes. En cuanto a Victoria, prefería buscar los subterráneos descritos por Washington Irving en sus crónicas, aunque de momento no había encontrado ninguno.

Decidió acercarse hasta la Torre de las Infantas, una fortaleza de reducidas dimensiones encajonada entre la muralla del camino de ronda que subía hasta el Generalife. Le encantaba aquel lugar, levantado alrededor de un patio central cubierto, y sobre todo la leyenda a la que debía su nombre. Victoria se detuvo al pie de un lentisco exuberante, que protegía la vereda de la mordedura del sol del mediodía, y se quedó mirando la ventana de la torre desde la que las princesas habían bajado por una cuerda de seda para huir con sus enamorados. Repasó mentalmente la descripción de Washington Irving que se sabía de memoria: «La escabrosa colina sobre la cual estaba edificada la Alhambra se

halla desde tiempos antiguos minada con pasadizos subterráneos cortados en la roca y que conducen desde la fortaleza a varios sitios de la
ciudad y a distantes portillos en las riberas del Darro y del Genil». Se
asomó al borde del murete que protegía de la caída en picado de la
colina y trató de encontrar algún indicio que pudiera permitirle localizar alguna de las galerías, pero se dio por vencida por culpa del sol, que
hacía que la fachada brillase como un espejo. Distinguió un embrión
de camino entre las zarzas y los matorrales que poblaban el flanco de la
colina; parecía que bajaba hacia el Darro. Como el paraje era escarpado,
decidió esperar a los muchachos para aventurarse. Al dejar la excursión
para más tarde, se adentró en la torre y subió a la planta superior, a una
de las cámaras que daban al patio interior. Como no encontró la salida
al pasaje secreto, se propuso descubrir el punto de partida.

Victoria trató de averiguar el grosor de los muros dando golpecitos
con el puño cerrado, como había visto hacer a su madre tantas veces en
las labores de restauración. Enseguida cesó: la piedra era maciza y se
hacía daño en los dedos enrojecidos por los golpes. Se asomó a mirar
por la ventana por la que supuestamente habían escapado las cautivas, y
la altura le dio vértigo. De haber estado en su lugar, jamás habría podido escapar. La menor de las princesas de la historia se había quedado en
la torre para no entristecer a su padre, quien sin embargo había sido el
responsable de su cautiverio. ¿Podía ser que Zoraida hubiese sentido
vértigo en el momento de huir?, se preguntó escrutando toda la estancia. La torre estaba deshabitada y el lugar olía a moho y polvo. No
quedaba ni un solo mueble, salvo un arcón lleno de vestidos que, asom-
brosamente, no habían sido objeto de ningún saqueo. Eran ropas viejas
y usadas. Victoria ya se las había probado todas, eran marlotas de vivos
colores, de todas las tallas, que habían sido utilizadas en los tiempos en
que la Alhambra había estado invadida de talleres clandestinos. Escogió
una por su color verde chillón, se la puso y se tapó la cabeza con la
capucha. Se sentó en el suelo, delante de la balaustrada que daba al patio
interior, y dejó los pies colgando en el vacío, balanceándolos. Fuera, el
calor imponía el silencio a toda forma de vida.

Victoria aguzó el oído: en el camino de ronda un ruido extraño
había alterado el orden establecido. Un tintineo sordo y regular. El ruido
cesó. De nuevo se puso a balancear las piernas y luego se paró bruscamente. El soniquete había vuelto a empezar, discreto pero constante. Le

pareció que podían ser chinitas empujadas por las ráfagas de viento que las soltaban en el camino. Pero no hacía ni gota de aire. O bien canicas, como las de los muchachos, con el mismo sonido que hacían estas al entrechocar cuando se las metían en los bolsillos. Pero no, era un sonido más apagado. Victoria se levantó y apoyó las manos en la barandilla como los capitanes piratas cuando se disponen a lanzar un abordaje. El sonido se acercaba. No tenía miedo, se sentía protegida: la Alhambra era el caparazón en el que moraba toda su familia y allí no podía pasarles nada. Victoria no podía ver el exterior, pues delante tenía el pasillo en ángulo recto de la entrada, pero no le cupo la menor duda: el extraño sonido estaba ahora dentro de la torre.

—¿Señor Álvarez?

Mateo se volvió, sorprendido de que alguien lo llamase por su apellido. Para todos era Mateo a secas. Y su éxito reciente no había cambiado sus costumbres en absoluto. Se asomó a la ventana del mirador y vio que había dos personas al pie de uno de los naranjos de la huerta.

—¿Es usted Mateo Álvarez, no es cierto? —se impacientó el más corpulento, ante la ausencia de respuesta.

El individuo se volvió hacia su acólito, quien se lo confirmó moviendo la cabeza en señal de afirmación. Mateo reconoció a su hermano. Ramón no le había avisado de su llegada, cosa que lo puso de mal humor. Le desagradaba profundamente que alterasen sus rutinas, y más aún teniendo todavía mucho que hacer hasta la puesta de sol. Al otro hombre no lo conocía, pero su atuendo revelaba que iba a la moda de Madrid del momento. También reflejaban un nivel de vida propio de la más alta burguesía, que él jamás alcanzaría ni vendiendo todo el hielo del mundo.

—¿Qué quieren de mí? —preguntó de viva voz desde el mirador.

—¿Podemos subir? Queremos hablarle de un asunto importante —declaró el hombre, y entró por el camino.

—¡Hola, Ramón! —lo saludó Mateo, antes de desaparecer dentro sin responder a la pregunta.

El hombre aguardó unos instantes y se volvió hacia el mayoral, que mordisqueaba nerviosamente su Braserillo apagado.

—¿Y bien? —preguntó.

—Quiere decir que sí —infirió Ramón.

—Caramba, esto no va a ser fácil...

—Mateo es un tipo de pocas palabras, pero no es mala gente, señor, ya lo verá.

El hombre se detuvo y lo cogió del brazo.

—Amigo mío, sepa que, cuando uno vende cincuenta toneladas de hielo en un año a toda la población de Granada, no se es mala gente. Se es un genio. O si acaso un buen pillo. Hoy son garrafas, ¿y mañana qué? Este hombre puede ser una bicoca, quién sabe lo que tendrá aún en la cabeza.

—¿Mateo? Lo conozco bien y no tiene absolutamente nada, aparte de a su gitana. La máquina se la construyó el señor Delhorme, ya se lo he dicho —afirmó el hermano triturando las briznas de tabaco que se le habían quedado entre los dientes.

—¡Bah, ya está bien! Me pregunto por qué sigo discutiendo con usted. Vamos.

En el interior, Mateo vio al hombre saludarlo con el sombrero y recibió sin entusiasmo el abrazo de su hermano.

Escuchó el discurso de Alfredo Lupión, que se presentó como un industrial llegado de Madrid para ayudar a desarrollar su negocio. O quizá era un banquero. O ambas cosas. A Mateo no le quedó claro. Lupión le mencionó todas las ventajas de contar con un socio que le permitiría vender sus máquinas en las principales ciudades del país.

—¡Incluso más! —añadió con entusiasmo—. No le ocultaré que el mercado europeo está ahí y que podemos hacer grandes planes, muy grandes, gracias a mis contactos. También estamos metidos en el ferrocarril —arguyó el hombre, imparable en sus conclusiones.

Mateo se lo quedó mirando sin decir esta boca es mía. Se enfundó los guantes y accionó la bomba de vacío.

—¿Y bien? —se impacientó Lupión.

—¿Y bien qué? —respondió el antiguo nevero colocando una garrafa.

—¿Qué le parece?

Mateo enarcó las cejas, luego se encogió de hombros y, por toda respuesta, dijo:

—No.

Bombeó enérgicamente mientras vigilaba las pompas de gas que se formaban en la superficie del agua, bajo la mirada incrédula del industrial.

—Pero no puede rechazar mi oferta, ¡es la oportunidad de su vida! —probó, después de lanzarle una mirada a Ramón para que le ayudase—. ¡Dígaselo usted, que es su hermano! —insistió ante su falta de reacción.

El mayoral no pareció inmutarse por la insistencia del empresario.

—A mí me ha pagado para que lo trajera aquí, no para jugar a hacer de intermediario. Mi hermano hace lo que le da la gana. Como siempre.

Mateo hizo un gesto de aprobación y siguió maniobrando con la bomba.

Lupión se había acercado a la máquina y estaba observando las diferentes partes.

—Puede llegar a hacer bloques de cincuenta kilos en una hora —afirmó muy orgulloso Ramón—. ¡Y tiene dos!

—¡Pues juntos podríamos multiplicarlos por diez, por cien! —afirmó el empresario—. Se haría increíblemente rico…

Mateo seguía ignorándolo. Lupión apoyó la mano en la bomba para impedir que siguiera.

—Si le da miedo lanzarse, yo puedo comprarle la patente —se ofreció, mirándolo a los ojos—. Y entiendo sus reticencias, acabamos de conocernos. Piénseselo. Me quedo unos días en Los Siete Suelos. Le espero, tómese su tiempo.

Saludó a los dos hombres y dio media vuelta.

—¡Espere! —le pidió Mateo, arrancándole una sonrisa a Lupión, que se detuvo en el vano de la puerta para escucharlo. Mateo tardó un poco en secarse las manos y enjugarse la frente, y a continuación dijo—: Le ahorraré el tiempo y de paso me lo ahorro yo. Le he dicho que no, estoy bien como estoy y quiero que todo siga igual, señor mío. Por lo tanto, le va a pedir a Ramón que lo lleve de vuelta a la estación de Guadix hoy mismo, seguramente tendrá muchas otras cosas que hacer en lugar de estar perdiendo el tiempo en Granada, ¿verdad?

—Como guste. Le dejo aquí mi tarjeta —replicó el hombre sin insistir más, lo cual sorprendió a Mateo.

Cogió la tarjeta y la echó en el hogar abierto de la caldera.

«No importa —pensó el señor Lupión—, ya tengo lo que quería.»

Victoria había retrocedido y se había agazapado detrás de los gruesos barrotes de la barandilla, desde la que podía ver bien la calle. Dos pies descalzos aparecieron en el umbral y avanzaron por el patio interior. Sin hacer el menor ruido, Victoria se tumbó a lo largo de la barandilla y pegó la cara entre dos de los barrotes de madera: el intruso se hallaba justo debajo, en línea recta. Sus cabellos largos y su busto no dejaban lugar a dudas sobre su feminidad. En la mano derecha llevaba un cubo metálico cuyo contenido tintineaba con cada balanceo. La desconocida levantó la cabeza hacia el piso superior y Victoria se echó para atrás rápidamente. Había reconocido a la gitana que vendía caracoles en el mercado. Era la primera vez que se la encontraba en la colina. La mujer no le inspiraba la menor desconfianza, era joven y de una belleza que comparó con la de su madre. Pero ¿qué estaba haciendo en la torre? Victoria aguardó un instante que se le hizo eterno, luego se asomó con precaución. El patio estaba desierto. Se puso de pie lentamente, para poder inspeccionar toda la sala de abajo, pero no se veía a la gitana por ninguna parte. Victoria bajó la escalera esperando verla aparecer de un momento a otro, pero la torre permanecía sumida en una quietud silenciosa que, contrariamente a sus visitas anteriores, ya no le parecía ni protectora ni tranquilizadora. Recorrió de parte a parte la planta baja, enfiló por el pasillo de la entrada y salió al camino de losas recalentadas por el sol. Se detuvo, vaciló y después volvió sobre sus pasos.

El cubo, que la mujer había dejado encima de la mesa, era una invitación a saciar su curiosidad. Todavía llevaba puesta la marlota, que le quedaba enorme y entorpecía sus movimientos. Se subía las mangas, pero al poco se le volvían a bajar. Victoria recorrió la estancia con la mirada para asegurarse de que la gitana no estuviera escondida en algún rincón, observándola, y, después de una última vacilación y de dar una vuelta entera sobre su eje, levantó la tapa. El recipiente metálico contenía un centenar de caracoles amontonados en varias capas, la última de las cuales sobre un lecho de hojas. Las conchas de los gasterópodos eran las responsables del intrigante tintineo que aún le resonaba en la cabeza. La gitana, que había dejado sin vigilancia el fruto de su cosecha, no debía de andar muy lejos.

«Solo puede estar ahí arriba», dedujo mirando la entrada de la segunda cámara, en el piso alto, el único lugar en el que no había pensado. Subió sigilosamente hasta la puerta y vio que no estaba cerrada del todo. La empujó, abriendo apenas unos centímetros, lo suficiente para poder ver a Kalia ante la única ventana de la pieza, un vano con arco de herradura dividido en dos por una columna, contra la que se había apoyado la gitana, inmóvil como una estatua de piedra que formase parte del lugar.

«¿Qué estará mirando?», se preguntó Victoria, abriendo un poco más la puerta.

—Entra, muchachita —dijo Kalia sin volverse.

Sabiéndose descubierta, a Victoria le entró la vergüenza. Dio media vuelta para salir corriendo de allí, pero entonces notó que tiraban de ella hacia atrás por un brazo. Se le había enganchado la larga manga derecha de la marlota en el tirador de la puerta, la tela se desgarró y ella basculó de espaldas. Se dio un buen testarazo en la cabeza con la puerta, que se había cerrado ruidosamente. Soltó un alarido agudo y apabullante, más cercano a un bramido que a un grito de dolor. Al otro lado, la gitana gritó a su vez.

Los tres muchachos, que volvían de la escuela, se detuvieron en seco al pie de la Torre de la Cautiva.

—¿Qué ha sido eso? —preguntó Jezequel adelantándose a los otros dos.

—Se diría un chirrido —conjeturó Javier.

—O un alarido —intervino Irving.

—La máquina del hielo hace ruido últimamente. Tengo que revisar los engranajes.

—No, ha sido como un animal —señaló Irving—, como un chillido de gato.

—¿Un lobato? —propuso Jezequel.

—O el fantasma de Boabdil que se ha desinflado como una tripa —bromeó Javier reanudando la marcha—. Venga, vamos —dijo al ver que los otros vacilaban—, que nos está esperando un granizado en casa. ¡Y aquí hay tantos lobos como osos polares en Sierra Nevada o princesas en la torre!

—¿Ya estás mejor, Victoria? —preguntó Kalia aplicándole un trapo húmedo en la mejilla inflamada.

—¿Sabe quién soy? —respondió la muchacha entre sollozos.

—Sí, tu madre me compra caracoles todas las semanas en el mercado.

—Ah… —dijo ella, tratando de comprender el vínculo entre ellas.

—Muchas veces me habla de sus hijos, de ti y tus hermanos mellizos —se sintió obligada a explicar la gitana.

—Ah…

A Victoria le costaba pensar con claridad. Aún notaba cierta confusión mental, seguía oyendo pitidos y le dolía la cabeza. Cogió el trapo de manos de la gitana y se frotó la sien derecha contusionada.

—Pero ¿qué estaba haciendo en la ventana? —preguntó cuando los sollozos amainaron y fueron reemplazados por hipidos.

Kalia había memorizado las horas a las que regresaban los muchachos y había tomado por costumbre otear a hurtadillas desde la torre para ver a Javier.

—Pues vengo con frecuencia a descansar un rato, en verano aquí siempre se está fresquito —respondió tratando de creerse ella misma que no era un embuste.

Aquella explicación pareció convencer a Victoria, que recuperó su sonrisa habitual.

—¿Y tú, jovencita?

Victoria le contó la leyenda de las princesas y le habló de la existencia del subterráneo.

—Pero no le diga nada a mamá, me prohibiría volver aquí.

—Está bien, será nuestro secreto.

—¡Eso, me encantan los secretos! —exclamó la joven, sorbiéndose los mocos—. En cualquier caso, ese ungüento suyo me ha sentado de maravilla. ¿Qué es?

—Eso, por el contrario, es un secreto que no le cuento a nadie —respondió Kalia, que había empapado la tela en la baba de los gasterópodos—. Te he visto muchas veces con otros muchachos —se lanzó la gitana—. Unos deben de ser tu hermano y tu hermana. Y también hay otro más mayor.

—Sí, es Javier. Es más grande pero no más mayor, sabe usted. ¡Solo nació unas pocas horas antes que nosotros!

Kalia se hizo la sorprendida y dejó que la joven hablase de su hijo. Se habían sentado con la espalda contra el muro de la fachada, que irradiaba un calor suave, y Kalia, que había cogido a Victoria en sus brazos, le acariciaba lentamente los cabellos. La joven hablaba sin parar y Javier era, a través de su mirada, el más perfecto de los muchachos. La gitana sonrió; se daba cuenta de que Victoria sentía debilidad por él.

—Y no exagero ni pizca —recalcó Victoria clavando en Kalia una mirada tan intensa que habría extasiado al pintor más desganado—. Nos protege a todos, incluso a Jez, que siempre anda buscándole las cosquillas.

—Huy, pues me encantaría tener un hijo como él —dijo la gitana abrazándola fuerte—. Y una cría como tú, princesita —añadió. Y le dio un beso en la mejilla, lo que provocó que Victoria pusiese una mueca de dolor—. Te voy a contar un cuento, un cuento que en el Sacromonte se cuenta de generación en generación desde la noche de los tiempos y que te descubrirá que también tú eres una gitana.

Victoria abrió los ojos como dos soles azules, que no volvieron a recobrar su forma de almendra hasta el final del relato. Salieron de la cámara y al bajar a la planta baja se dieron cuenta de que los caracoles se habían escapado del cubo. Kalia vio que se había olvidado de ponerle la tapadera y Victoria se lanzó a buscarlos por toda la estancia. Al final encontró hasta el último de ellos. Los más raudos habían tenido tiempo de llegar al pasillo, los más intrépidos se habían subido por los paramentos.

—Tengo que irme —dijo de pronto la adolescente al oír la llamada de las campanadas—. ¡Están dando las cuatro!

Regresó directamente al piso del Mexuar donde los chicos no le habían dejado ni gota de limonada, ni siquiera Javier, cosa que la afligió mucho después del retrato que había pintado de él a la gitana. Sin embargo, fue el primero que le preguntó por su mejilla y ella se lo perdonó enseguida. Para Irving era la confirmación de la presencia allí de un gato salvaje. Pero la jovencita no quiso ni darle la razón ni quitársela, los dejó hechos un mar de dudas y se fue a buscar a su hermana a la habitación. Nyssia estaba terminando de escribir una carta y la releyó para sí escondiéndola de la vista de su melliza.

—¡Eh, esa es la tinta de papá! —exclamó Victoria al ver el frasco abierto, en el escritorio.

—Hay de sobra para todos —replicó su hermana—. Además, me encanta el color, nadie tiene tinta como esta.

—¿Por qué la has firmado como «Verónica»? —preguntó Victoria asomándose por encima de su hombro.

—¡Cotillita! ¡La has leído! —exclamó Nyssia doblando la carta.

La hoja desapareció por debajo de su camisa.

—Di, por qué.

—Es un secreto, a ti qué te importa.

—Pues yo también tengo un secreto, me lo ha contado la gitana y no pienso contártelo.

—En eso aciertas.

—¿No quieres saber qué es?

—No.

—Sí, tienes que oírme, ¿para qué sirven los secretos si no se le pueden contar a la hermana de una?

—Un secreto es un tesoro que debe permanecer oculto como si no hubiese existido jamás.

—Entonces se convierte en una leyenda.

«Exacto —pensó Nyssia—. Verónica Franco es una leyenda...»

35

Reuil, región de París,
domingo, 8 de julio de 1877

Marguerite Eiffel inspiró con avidez, profundamente, y se repitió una vez más los motivos que hacían de este domingo un día feliz. Hoy celebraban su aniversario de boda, Gustave se encontraba en casa desde hacía un montón de semanas y parecía haberse recuperado de un mes de abril que lo había dejado extenuado y melancólico, los niños jugaban alrededor de los dos, en la hierba, rodeados por los pinos del bosque de Saint-Cucufa, riendo y cantando como hacía mucho tiempo que no los oía reír y cantar; el pecho no le ardía y caminar se había vuelto una delicia. Lanzó una mirada tranquilizadora a Gustave y a los niños, que tan preocupados habían estado a lo largo de las últimas semanas.

—Mac Mahon no goza de buena prensa en estos momentos —comentó Eiffel con la nariz metida en las páginas del periódico—. Y bien que se lo ha buscado, no debería haber llamado al duque de Broglie para formar gobierno.

—De todas formas el domingo pasado fue mucha gente al bosque de Boulogne —comentó ella.

—Iban a ver la revista militar, como nosotros. Pero no lo aplaudieron, eso ya dice algo. ¿Quiere una fruta? —le preguntó alargándole una cesta de mimbre.

A Marguerite la solicitud de su marido la conmovió y a la vez la inquietó, pues no estaba acostumbrada a esas atenciones e incluso a veces tenía la impresión de que hablara con una moribunda. Él pareció darse cuenta y añadió:

—Los vesicatorios y la tintura de yodo han resultado eficaces. Creo que por fin hemos dado con el remedio. ¡Menuda diferencia con el domingo pasado!

—Es que prefiero los jardines de la Malmaison a los desfiles —bromeó ella.

Los niños chillaban dando vueltas alrededor del aya, que intentaba atraparlos con los ojos tapados con un pañuelo.

—A ver, familia, que nos vamos —dijo Eiffel plegando el periódico.

—¡Un ratito más, papá! —gritó Valentine en representación de todos. Fue hasta ellos y se abrazó a su madre—. Por favor, mamá Guite —imploró con el tono zalamero de sus siete años, cuya eficacia indudable conocía bien.

—Vuestro padre tiene cosas que hacer —respondió Marguerite—. Además, ya son más de las cuatro.

—Quizá podríamos pasar por las Tullerías a ver el diorama —propuso Eiffel mostrando la reproducción de un cartel que aparecía publicado en la contraportada del diario—. Si se siente con fuerzas.

—¿Qué es un diorama? —preguntó la niña.

—Hoy me siento lista para escalar el Cervino, así que aprovechemos —proclamó Marguerite, poniéndose en pie enérgicamente.

—¿Qué es el Cervino? —insistió Valentine mientras sus cuatro hermanos, viendo que su mediación no había dado resultado, volvían también hacia donde estaban los padres.

—¿Cómo van con la suscripción? —preguntó Marguerite, mientras doblaba el mantel que habían usado para la comida campestre.

—El comité no ha recogido fondos suficientes. Pero Viollet-le-Duc ha empezado a construir la cabeza.

—No sería la primera vez que se viera una estatua sin cabeza, pero cabezas sin cuerpo, eso ya es más original —osó decir ella, dejándose llevar por una dulce euforia.

Solo entonces se dio cuenta Gustave de que su hija lo miraba fijamente, esperando una respuesta.

—¿Quieres saber lo que es una suscripción? —le preguntó él revolviéndole los cabellos.

—No. Eso ya lo sé. Pero ¡no quiero ir a ver cuerpos descabezados!

Claire Eiffel se acercó a la barandilla trasera del barco para admirar la rada de Nueva York que se alejaba imperceptiblemente. Los demás fueron con ella y saludaron con la mano a la multitud de curiosos, que semejaba una cinta de un color claro en el muelle oscuro. A su alrededor los pasajeros del transatlántico, vestidos a la moda americana, parecían indiferentes a su entorno, absortos, cigarrillo en mano, entretenidos con conversaciones efímeras y fútiles.

—¡Allí está! —gritaron los niños entusiasmadísimos.

Bedloe's Island se extendía a estribor, con un pedestal enorme en la punta, encima del cual se erigía la estatua de la Libertad con un brazo levantado hacia el cielo y una antorcha encendida con una luz eléctrica en la mano. El barco maniobró y el símbolo, tan alto como las torres del paseo marítimo, quedó de frente a ellos, descomunal, plantado en su islote. Entonces la imagen se congeló.

—Se acabó, nos vamos —dijo Marguerite, que se había quedado atrás con su marido.

—¡No! —exclamaron a coro los niños.

—Una vez más —pidió Claire.

—¡Sí, más! —la apoyaron los demás.

—Yo también quiero quedarme —se oyó la vocecilla del más pequeño.

—Está bien —cedió Eiffel—. Os espero fuera con vuestra madre.

Pagaron nuevamente los tres francos que costaba el pase del diorama para los niños y el aya y se fueron a pasear arriba y abajo por la gran nave de la planta baja, no lejos del salón donde se había instalado la atracción.

—Nunca había visto una representación así de espectacular —confesó Marguerite—. Los maniquíes del barco parecen más reales que la vida misma.

Eiffel asintió con la cabeza. Sabía por conocidos comunes que, a pesar de una campaña publicitaria sin precedentes, a Bartholdi le había costado Dios y ayuda conseguir los fondos para la construcción de la estatua. Los periódicos republicanos habían tomado partido para que la *Libertad iluminando el mundo* pudiese ver el día y se ofreciese como obsequio al pueblo estadounidense, pero una parte de la opinión pública, secundada por las gacetas conservadoras, no entendía que se hiciese un regalo a una nación que había apoyado a Alemania durante una guerra de la que se guardaba aún un vivo recuerdo.

Habían llegado al extremo oeste de la galería, a una arquivolta con vidrieras en las que se representaba una alegoría de Francia invitando a las demás naciones a la Exposición Universal. Eiffel se quedó observando la imagen, pensativo. Admiraba la tozudez de Bartholdi, que seguía luchando contra viento y marea, organizaba veladas de prestigio en el Louvre o en la Ópera, vendía fotos, dibujos y reproducciones de barro cocido de una estatua que de momento solo existía en el imaginario colectivo. Entendía la mezcla de excitación y dudas que debía de sentir el escultor y que él mismo experimentaba con cada uno de sus proyectos. En Oporto las dos mitades del arco, erigidas desde cada orilla del Duero, estaban a punto de encontrarse en el centro del río y sus decenas de toneladas de hierro no deberían haberse desviado más que unos cuantos centímetros. Ambos formaban parte de esos constructores que desafiaban los elementos, a los hombres y a los dioses. Al pensarlo sintió un punto de orgullo.

—¿Quién es ese caballero que nos hace señas? —preguntó Marguerite interrumpiendo el curso de sus pensamientos.

—¡Bartholdi! —exclamó él con júbilo al reconocer al hombre que se dirigía hacia ellos con pasos largos.

El diseñador de la estatua de la Libertad les presentó al redactor del

Journal illustré, al que llevaba en esos momentos a ver el diorama, tras lo cual iba a publicar un artículo de apoyo con el que pensaba relanzar la recolecta.

—Estaremos presentes en la Exposición Universal del año que viene —precisó—. Expondremos la cabeza de la Libertad en la entrada del palacio, podrá visitarla todo el que quiera y subir por dentro.

—Pero ¿cuál es ese gran avance suyo? —preguntó preocupado el plumífero.

—Es una sorpresa que le tengo preparada, ya lo verá por sí mismo después del diorama. ¿Quiere acompañarnos a los talleres, mi estimado Eiffel? Será un gran placer para mí.

A Marguerite le dio un ataque de tos, al que el eco amplificado de la nave otorgó una sonoridad que no dejaba indiferente. Eiffel declinó la invitación. Cuando los niños salieron del Palacio de la Industria, su madre había recuperado el resuello pero Claire se inquietó al verla tan pálida.

—Estoy bien —la tranquilizó ella—, solo es la fatiga al final de un día que ha sido precioso.

Se despidieron de Bartholdi, que los siguió con la mirada mientras ellos se alejaban.

—Ahora nos toca a nosotros —le dijo al reportero—. Venga, ¡voy a transportarlo a Nueva York!

Los dos hombres se metieron en el salón.

A la salida del pabellón, Eiffel les mostró a todos el arco de la entrada principal.

—Más grande que el Arco de Triunfo —explicó a su familia, cuya capacidad de atención estaba ya al límite.

Los niños se dispersaron por la inmensa avenida central, mientras su padre paraba un coche. Los jardines de las Tullerías presentaban una afluencia de público modesta a pesar de la temperatura estival, los paseantes se habían diluido por los caminos y los alrededores del estanque. Muchos recogían sus cosas y se disponían a volver a sus casas, a excepción de un hombre que, remontando contra la corriente principal de curiosos que salían, se había plantado a pie firme delante del cartel del diorama.

Dejó pasar el coche de la familia Eiffel, divisó la entrada del Palacio de la Industria, consultó la hora en su reloj y se echó para atrás la gorra para llegar a la conclusión de que se había presentado tarde a su cita. El hombre sacó un cuaderno y un lápiz de un bolsillo y se puso a dibujar la fachada y sus dos centenares de ventanas. Sería el croquis de una de sus futuras ilustraciones para *Le Journal illustré*, del que era colaborador. En menos de cinco minutos el edificio había cobrado vida bajo sus dedos. Vio que el periodista salía de pronto por el arco principal y echaba a correr en dirección a él, lo pasaba de largo y se metía entre el primer cogollo de árboles que encontró. Luego oyó los sonidos guturales ásperos característicos de quien está arrojando, seguidos de los de varias expectoraciones. El dibujante continuó con su boceto y esperó a que el redactor volviese donde estaba él secándose la boca con un pañuelo de tela.

—Qué hay, Claverie —dijo este último adoptando un aire despreocupado.

—¿Tan horrible de ver ha sido? —respondió guasón el ilustrador.

—¡Lo siento en el alma, lo siento en el alma! —exclamó Bartholdi, que había salido detrás de él—. ¿Se encuentra mejor?

El periodista lo tranquilizó con un ademán.

—¡De verdad le digo que es la primera vez que un visitante sufre mareos de alta mar en el diorama! —se disculpó el escultor.

—Yo lo explicaría como un tributo al realismo de la recreación —comentó divertido el dibujante.

—Podemos aplazar la visita al taller, si lo desea —propuso Bartholdi, que se imaginaba ya un artículo demoledor.

—No, irá de maravilla, ya estoy mejor, créame. Vamos.

—Antes quisiera asegurarme de una cosa —intervino Claverie cerrando el cuaderno con una sola mano.

—¿De qué? —preguntó el redactor dejando entrever un asomo de enojo en la voz.

—No tiene usted vértigo, ¿verdad?

Cuando se apearon en el número 25 de la calle de Chazelles, delante de los talleres Gaget, Gautier & Cie, el aire resonaba con los martillazos sobre las planchas de cobre. El trayecto en berlina había devuelto los ánimos al periodista, que se encontraba de buen humor. Claverie se quedó boquiabierto un instante ante el espectáculo de la cabeza a medio construir y de los obreros que trajinaban como hormigas alrededor de una giganta dormida. Luego, dominado de nuevo por su sentido de la estética, buscó el mejor ángulo de visión para su croquis y fue a colocarse discretamente cerca de unos hombres que estaban amasando una mezcla de yeso y agua. Otros transportaban la mezcla en unos cubos que a continuación eran izados hasta los tres pisos de andamios que rodeaban la faz de la Libertad.

—Primero hacemos un modelo de escayola, gracias al cual sacamos un molde de madera que será como una máscara de la forma definitiva —explicó Bartholdi al plumífero—. Venga conmigo —le indicó para llevarlo hasta los plomeros que trabajaban directamente en el suelo, encorvados sobre las láminas de cobre, a las que iban dando la forma de los modelos de madera.

Su paciencia y su precisión impresionaron al periodista. Pero Bartholdi ya se lo estaba llevando hacia otra zona y le explicaba con efusividad todos y cada uno de los detalles del proceso de fabricación. Se cruzaron con Claverie, que buscaba la posición adecuada para realizar un dibujo del perfil de la cabeza.

La visita duró más de una hora, al término de la cual ninguno de los dos hombres quería abandonar los talleres, fascinados como estaban con la actividad que se desarrollaba alrededor de la giganta. Bartholdi les tendió una botella de champán con una etiqueta en la que aparecía una estatua de la Libertad.

—Caballeros, se la quiero ofrecer en recuerdo de su visita. La casa Elite-Sec me ha comprado los derechos para hacer un reclamo publicitario con ella. Dígales a sus lectores que todas las fuerzas vivas de la nación están convencidas del éxito de mi empresa, pero que sin el pueblo no podremos sacar adelante nuestra colecta.

Bartholdi acompañó a sus invitados a la salida de los talleres.

—Por cierto, ¿quién le ha servido de modelo? —quiso saber el redactor—. Circulan tantos nombres…

—Lo siento —respondió el escultor con una sonrisa con la que consiguió que el visitante no insistiera—. Se lo he enseñado todo, pero algún secretillo tengo que guardarme del proceso de creación…

XII

36

La Alhambra, Granada,
viernes, 7 de septiembre de 1877

La manga de tela prendida en el balcón crujió. Clément le lanzó una ojeada despreocupada que ocultaba su gran emoción interior.

—El viento es perfecto, hace el día ideal para un récord —les explicó a los muchachos, que estaban esperando para ayudarle a trasladar los bártulos al lugar desde el que efectuaba los lanzamientos.

Había fabricado el sistema a partir de una tela, el pabellón de un barco que no tenía ni idea de cómo había podido embarrancar en la caja de uno de los viejos talleres clandestinos de la Alhambra. El ángulo que formaba la manga con el asta, junto con su volumen de inflado, indicaba tanto la velocidad como el sentido del viento.

Clément abrió el frasco de tinta y rellenó el cartucho del barotermógrafo. Luego, haciendo girar el cilindro de registro, comprobó que el líquido llegaba al papel milimetrado.

—Perfecto —declaró al ver el trazo fino.

—Pero ¿dónde está el mecanismo del cilindro? —preguntó Javier mientras daba vueltas alrededor del aparato para intentar encontrar la respuesta.

—Buena observación, muchacho. Es que aún no lo he instalado.

No vio la mueca de Irving, al que le daba rabia no haber caído en ello antes. Sabía que era bastante más flojo que Javier en todo lo relativo a materias científicas, pues le costaba esfuerzo entender hasta el más simple esquema, y tenía la sensación de decepcionar a su padre. Nunca se había atrevido a comentarle nada y se esforzaba por demostrar interés, aun cuando su imaginación estaba siempre en otra parte.

Clément separó los dedos como un prestidigitador y sacó de otro cajón un objeto con un tamaño impresionante.

—Esto es un movimiento de relojería que tomé prestado de un reloj de péndulo que pasó a mejor vida, que había sido de vuestra madre. Pero le pareció bien… Al reloj, digo, no a Alicia —agregó para distender el ambiente, pero la gracia no surtió efecto: los chicos estaban igual de nerviosos que él.

Insertó el movimiento en la argolla de sujeción que él mismo había fabricado y lo hizo girar unas diez vueltas para asegurarse de que las ruedas dentadas estaban bien engranadas en el mecanismo del cilindro. El rulo de registro inició su lenta rotación.

—Hay que darle cuerda a fondo justo en el momento de la partida, así tendrá más de dos horas de autonomía.

Clément atornilló bien todo el equipo a un tablón de madera que los muchachos le ayudaron a transportar hasta una carretilla.

—Llevadla a las Placetas —indicó a los chicos, que asumían muy ufanos su responsabilidad.

Sus éxitos crecientes lo habían obligado a realizar los lanzamientos desde la explanada del Palacio de Carlos V, con el fin de mantener a la muchedumbre alegre y exuberante lo bastante lejos del globo. El año anterior, antes de un lanzamiento desde los Jardines del Partal, alguien había robado varias placas de aluminio de la lona.

El meteorólogo había querido quedarse a solas para llevar a cabo la última operación. A diferencia de los vuelos anteriores, este debía enviar a la atmósfera una máquina más, que Clément había podido fabricar gracias a la financiación de la Universidad de Granada. El dispositivo, cuyo mecanismo había sido invención suya, le iba a permitir tomar una muestra de aire a gran altitud.

«Por fin vamos a conocer su composición», pensó mientras rellenaba un globo de vidrio con ácido sulfúrico. Su fuerte olor atoró las narinas de Clément y este tuvo que darse la vuelta para tomar una bocanada de aire. Luego colocó el depósito con el ácido en lo alto del aparato.

El doctor Pinilla había sido su apoyo más ferviente en la universidad y había defendido con vehemencia lo ingenioso de la máquina ante la comisión encargada de evaluarla.

Imagínense, caballeros, que a una altitud de quince mil metros la depresión permitirá la apertura de una trampilla que liberará el ácido. El líquido escurrirá por un cable que al partirse hará caer un peso, el cual a su vez romperá la punta de vidrio que asegura el vacío dentro de un gran depósito, de manera que este se llenará con el aire de las alturas, un aire del que a día de hoy no sabemos nada.

Y aquí es donde la invención del señor Delhorme roza la perfección: cómo hacer para que este gas quede prisionero de su jaula de vidrio para que no se mezcle con nuestro aire terrestre al descender. Acuérdense del ácido sulfúrico que, al mismo tiempo que corta un cable, cae en una mezcla de cloruro de potasio y azúcar. Esto genera una reacción de combustión que hará que se funda la punta de vidrio partida y que sellará la muestra de aire atmosférico. Diez minutos después de haberse abierto, nuestra ampolla volverá a quedar cerrada.

La facultad había dado por válido el principio y aportado la financiación. El trozo de tela volvió a crujir. No había tiempo que perder.

En las Placetas no reinaba el bullicio habitual que acompañaba el lanzamiento de cada globo, y había motivos: el viento había comenzado a soplar de súbito y sus corrientes ascendentes eran toda una sorpresa. Las autoridades habían recibido el aviso esa misma mañana, al despertar, y de momento solo había dado tiempo a rellenar la sonda con gas urbano. Los pocos espectadores presentes estaban allí gracias a que la noticia había pasado de boca en boca.

—Tenemos que esperar a los representantes públicos —advirtió Alicia a su marido viendo las prisas con que se afanaba.

—Con Pinilla bastará —replicó Clément al ver al médico, que subía corriendo desde la Puerta de la Justicia.

—Conoces igual que yo las sutilezas de la pompa y del protocolo —objetó ella—. Esos caballeros han puesto el dinero.

—Qué más da por una vez —dijo Clément abriendo y cerrando la tapa de su reloj con gesto seco. Alzó la vista al cielo—. No pienso desaprovechar esta oportunidad, los vientos ascendentes son excepcionales;

la temperatura, ideal; la visibilidad, perfecta, y Barbacana tiene hormigueos en las patas. ¡Nuestros ediles se calmarán en cuanto vean el nuevo récord!

Corrió al encuentro del médico y lo llevó a la barquilla para que verificase que el artefacto para la toma de aire estaba correctamente cebado. El globo, con cuatro puntos de anclaje que lo mantenían perfectamente equilibrado, se mecía a izquierda y derecha dando la impresión de un caballo piafando de impaciencia antes del inicio de una carrera.

—¡Es el mío! —dijo Victoria al ver el nombre en la barquilla, señalándolo para que su hermano lo viese también—. ¡El *Victoria*, el globo de los récords!

Los chicos se habían apiñado alrededor de Alicia, todos menos Nyssia, a la que no habían podido encontrar por ninguna parte.

—Porque no tiene un globo con su nombre —sospechó Victoria, a la que entristecía la indiferencia de su hermana.

—No parece que estén muy de acuerdo —comentó Irving señalando hacia su padre y el doctor Pinilla.

—Es la tensión del lanzamiento —atemperó Alicia con fatalismo—. Vigilad a Barbacana —añadió antes de encaminarse hacia los dos hombres.

—Señora Delhorme, écheme una mano para hacer entrar en razón a su marido —suplicó el médico sin muchas esperanzas—. El alcalde y los decanos de los colegios de la facultad están avisados, llegarán dentro de una hora como mucho, esperémoslos para el lanzamiento.

—Creo que son los elementos los que guían la decisión de Clément —justificó ella.

Sus ojos, con sus reflejos de color esmeralda, aniquilaron todo deseo de réplica por parte del galeno.

—Sea como sea, el viento afloja, basta de discutir —zanjó Clément. Hizo unas señas a los cuatro hombres presentes, cada uno en un punto de anclaje—. ¡Suelten amarras!

Nada más desenganchar los cordajes, el globo se elevó oscilando. La parte superior se acható. Victoria creyó que estaba a punto de explotar y se le escapó un grito.

—No es nada —los tranquilizó Clément—, la resistencia del aire, nada más. Prueba de que sube aún más rápido de lo previsto. Se dirige hacia Sierra Nevada, perfecto. ¡Venid!

Todos subieron a la azotea de la Torre de la Vela, en la que un catalejo ocupaba un lugar preponderante.

Los niños lo rodearon, llenos de curiosidad.

—¿Esto es nuestro?

—¿Lo acabas de comprar?

—¡Nunca lo había visto!

—Es un catalejo Dollond. Ha pasado de generación en generación en nuestra familia desde hace cien años, pero funciona como el primer día. Se me había olvidado que lo teníamos, hasta que tocó hacer la selección de trastos en el pabellón del Partal cuando hubo que vaciarlo para la reforma.

—Lo cual nos permitió encontrar unos frescos únicos —puntualizó Alicia.

—Y esta joya de la familia —añadió él, pegando ya un ojo al instrumento óptico.

Después de él, todos se disputaron el puesto y Alicia tuvo que inventarse un juego para organizar los turnos. El jaleo y el desconcierto aparente parecían divertir a Clément, quien vigilaba discretamente la trayectoria del globo mientras disfrutaba con el entusiasmo de los jóvenes.

—Ahora me toca a mí pasar a la acción —proclamó al cabo de unos minutos; el punto luminoso seguía viéndose a simple vista—. Me marcho a lomos de mi Rocinante a cazar estrellas de día. La colecta debería ser buena, doctor, muy buena. Avise a sus eminentes colegas.

Los chicos se quedaron en la azotea y pudieron observar con el prismático el destello plateado del globo durante casi tres cuartos de hora, antes de perderlo definitivamente de vista.

—Bueno, se acabó. Adentro todos —decidió Alicia.

El campanil dio las diez. Hacía una mañana limpia, el cielo había decidido inventar un nuevo azul y el Darro gorgoteaba de gozo en su lecho. Las clases recomenzaban el lunes y Jezequel estaba nervioso, como cada inicio de curso. Javier, por su parte, no podía esperar a retomar las diferentes asignaturas, no tanto por ganas de estudiar como por evitar tener que faenar a diario en la fábrica de hielo con Mateo. A los mellizos les gustaba ayudar a su madre en las obras de remodelación y se habían pasado el verano rascando la pintura de un tabique de la vivienda del Partal que ella les había confiado. Por lo que respectaba a Nyssia, lo único que le gustaba era leer.

297

Después de la comida, trataron de negociar una reducción del tiempo dedicado a la siesta, que para ellos era como un castigo. Pero Alicia, curtida en esas lides, se mantuvo firme y los trillizos acabaron encontrándose en su habitación.

—¿Crees que lo habrá logrado? —preguntó Victoria a su hermano, mientras Nyssia, sentada con las piernas cruzadas encima de su cama, se había zambullido ya en la lectura de un volumen cuya tapa había ocultado con la sábana.

—Debe de estar volviendo ya. Papá me dijo que el globo iba a caer en algún punto del Trevenque.

Victoria se acomodó en la ventana y respiró hondo.

—Quisiera quedarme aquí toda la vida. Para siempre.

—¡Pues yo ni loca!

La sentida exclamación de Nyssia dejó helados a los otros.

—Qué pasa. ¿Os sorprende? —añadió con vehemencia.

—Aquí se vive bien —se defendió su hermana.

—Vosotros viviréis bien. Yo estoy deseando viajar, conocer mundo, sentir su movimiento, ¡avanzar con él!

—¿Y eso por qué? —preguntó Victoria con su voz infantil.

—¡Bah, olvidadlo! —suspiró Nyssia, retomando la lectura.

El granizado fue la señal de liberación. Se lo tomaron en silencio y después salieron de los cuartos y se dispersaron como las golondrinas de la Alhambra.

Alicia se puso su ropa de trabajo: los pantalones de hombre y el blusón de jornalero; se remetió la enorme cabellera por su gorra con visera y pasó el resto de la tarde en el taller, preparando azulejos para cocerlos. Se concentró tanto en la labor que consiguió engañar la espera del regreso de Clément. A las siete, Victoria e Irving entraron corriendo y ella se sobresaltó. Venían a preguntar si había habido noticias pero se marcharon con las manos vacías.

A las ocho cerró el taller y dio un rodeo por la Torre de la Vela, donde se habían reunido todos los muchachos en compañía de Mateo, para observar con el catalejo el sendero que subía desde la Puerta de las Granadas.

—Chicos, no vamos a pasarnos la noche entera esperando a que vuelva vuestro padre. Puede que se haya quedado a dormir en algún refugio.

Mateo admiraba la confianza inquebrantable de Alicia en su marido. Admiraba su unión, que para él era un modelo para el día en que regresase Kalia.

Alicia dio unas palmadas y decidió tocar retreta para la cena.

—¡Mirad, ahí está! —gritó Irving, que no había dejado de escudriñar el paisaje.

El primero en plantarse detrás del catalejo fue Javier.

—¡Sí, reconozco a Barbacana! —dijo con la gravedad que convenía a la situación—. Pero ¿por qué hay dos?

—¿Dos qué? —quiso saber Mateo.

—Dos mulas. Antes no estaba seguro, pero ahora las veo bien. ¡Está volviendo con dos mulas!

—¡Caray, pero si ese es el Chupi! —exclamó Mateo, que lo había remplazado detrás del catalejo.

—¿El otro jumento? ¿Lo conoces?

—¡No, hablo del que los lleva! ¡No es Clément, es otro nevero!

37

Sierra Nevada,
viernes, 7 de septiembre de 1877

Cuando Chupi les hubo explicado que había encontrado a la mula errando sola por el camino que bajaba del Trevenque, Nyssia había lanzado un grito, Victoria había prorrumpido en sollozos e Irving había retrocedido unos cuantos pasos para aislarse de los demás, tapándose las orejas con las manos. Javier y Jezequel habían ido a confortarlo. Y Alicia había manifestado calma y determinación como si llevase tiempo preparándose para ese momento. Se había acercado a Barbacana, le había acariciado la cabeza para tranquilizarla y había mandado a los chicos al Mexuar. Ellos habían obedecido sin rechistar. Alicia había bajado al suelo los trastos que transportaba el animal y los había registrado metódicamente uno por uno en busca de alguna nota de Clément o de algún indicio que pudiera servirle para dar con él. El registrador de altitud estaba entre todas aquellas cosas, pero faltaban la tela del globo y el aparato para la toma de muestras de aire. Ni los víveres ni la cantimplora estaban en las alforjas, cosa que, en lugar de tranquilizar a Alicia, la hizo temer más que nada que estuviese herido o que hubiese topado con mala gente.

Rafael Contreras llegó enseguida y ofreció su ayuda a Mateo, que quería partir sin aguardar a la mañana.

—Conozco bien ese camino incluso de noche —repuso cuando Alicia le manifestó sus objeciones—. Iré con Chupi, si no le molesta a usted —dijo a Rafael.

—Pues lo siento en el alma, pero tengo que repartir mi mercancía —replicó el hombre señalando a Alicia los kilos de hielo que sobresalían de los canastos de su mula—. Usted me comprenderá, señora…

—Chupi, que Javier se ocupe del reparto. Y en cuanto volvamos yo te hago otros cincuenta kilos como compensación. Te necesito, eres el único que puede indicarme dónde estaba Barbacana.

El nevero le escupió a los pies como muestra de su negativa.

—Por tu culpa he perdido un montón de clientes y los precios están por los suelos —terminó espetándole, aun tratando de contener la ira—. Ahora no me queda otra que subir otro día más a Sierra Nevada cada semana. ¡Por tu culpa! Lo lamento, señora, espero que no le haya pasado nada a su marido pero yo tengo que irme.

Y se marchó sin dirigirle ni una palabra ni una mirada más a Mateo. Este decidió que subiría solo. Alicia intentó disuadirlo una vez más, pero su mirada suplicaba que no la hiciera caso. Mateo se equipó para la montaña y para la noche y se llevó la cena en una alforja grande. Aunque a primeros de septiembre seguía haciendo un calor asfixiante, Barbacana había aparecido a más de mil metros de altitud. Cuando abandonó la Alhambra, la luna empezaba a teñir de sombras y ámbar el llano de la Vega.

Mateo divisó Monachil a lo lejos después de hora y media de marcha a lomos de la mula, cuyo cansancio iba en aumento. A pesar de todo, la bestia, espoleada por los ánimos y los cánticos de su jinete, había hecho trotando gran parte del viaje. Mateo descansó en el pueblo, en casa de un amigo en la que había tomado la costumbre de hacer un alto cada vez que volvía de Sierra Nevada, para comer con él y suministrarle hielo.

—Me alegro de volver a verte, Mateo —dijo el hombre sirviéndole un buen cucharón de gazpacho—, a pesar de las circunstancias.

Mateo sacó su alforja y compartió su comida y sus dudas con su amigo. Iba a continuar por el valle del Huenes y después ascender al Trevenque pasada la media noche, alumbrado tan solo por dos farolillos de aceite, sin saber a ciencia cierta en qué punto había encontrado Chupi la montura de Clément. El nevero, que gozaba de una memoria visual excelente, tenía por el contrario un sentido embrionario de la orientación y no había sido capaz de ubicar el lugar solo con su descripción.

—Nada se parece más a un peñasco que otro peñasco —dijo compadeciéndose de él su amigo mientras recogía la mesa—. Chupi no te ha hecho ningún favor. Pero, hay que entenderlo, te la tiene jurada como todos los demás.

—Ya lo sé, pero no les he hecho nada. Sigo sintiéndome un nevero yo también.

El hombre se encogió de hombros.

—Deberías esperar a que claree. Quédate a dormir si quieres —dijo antes de meterse en la cocina.

Mateo bebió con ganas un último trago de vino de Jerez y miró a su alrededor con atención. La casa le traía recuerdos. La pequeña estancia no tenía más que una gran mesa rodeada de sillas de enea y una chimenea que solo cobraba vida un puñado de noches al año, cuando el invierno descendía de la sierra al valle. Las paredes estaban cargadas de adornos muy dispares, macetas con plantas, cazuelas de cobre, un cartel publicitario de una marca de chocolate con una niña pequeña que escribía unas palabras en francés en una tapia. Era un cartel que siempre le había intrigado, pues no entendía las palabras, y siempre que lo veía sentía unas ganas irreprimibles de tomar un alimento que no podía permitirse. Esta vez se dio cuenta de que ahora que tenía medios para comprar todos los chocolates franceses y españoles juntos, no sentía la menor gana. Solo lo inaccesible había sido su motor para avanzar. Pensó en Kalia y se convenció de que no significaba nada para ella.

Volvió el amigo y con una sonrisa de oreja a oreja que le iluminaba toda la cara exclamó:

—¡Mira quién acaba de llegar! —Y se hizo a un lado para dejar paso al recién llegado.

Chupi se detuvo un instante en el umbral, lo justo para fulminar a Mateo con la mirada. Luego se acercó a él con determinación y le propinó un puñetazo furibundo en el pómulo derecho.

—Llevaba dos años con ganas de hacer esto. ¡Por todo lo que le has hecho al gremio! Ahora estamos en paz. Pero ¡ni se te ocurra dirigirme la palabra en todo el camino! Vamos.

Mateo se levantó de la silla sin decir ni mu. Se frotó la mejilla dolorida, en la que ya empezaba a notar que se le estaba formando un hematoma, cogió su sombrero y dio las gracias a su anfitrión, tras lo cual invitó sin palabras a Chupi a ir delante de él. La búsqueda podía comenzar.

38

Oporto,
sábado, 8 de septiembre de 1877

Los dos equipos habían progresado perfectamente sincronizados en la edificación de las dos mitades del puente que iban elevándose como en espejo una de la otra y ya se habían encontrado, unidas por la parte inferior del arco semicircular. Los cables suspendidos iban y venían entre las mitades de puente, desde cada orilla, como una gigantesca telaraña formando un arabesco de ramas. Los cables más gruesos, de acero, conectaban el arco a medio construir con los tableros del puente superior, perpendiculares a los pilares soterrados.

—Qué lástima que Gustave no haya podido estar presente para la colocación de la clave del intradós —comentó suspirando Joseph Collin dirigiéndose a Nouguier—. Ni siquiera ha contestado mi telegrama.

Los dos hombres se encontraban de pie en el tablero, por encima del primer pilar del puente de la orilla derecha, que los obreros habían bautizado como la orilla «Oporto» en contraposición a la otra, la orilla «Lisboa», por la que en el futuro llegaría el tren desde la capital. Compagnon se había preocupado de intercambiar regularmente a los hombres del equipo «Oporto» y a los del «Lisboa», con el fin de evitar que compitiesen entre sí por ver cuál era el primero en acabar «su» parte del puente. Nouguier y él habían hecho encaje de bolillos y el día previsto, el 27 de agosto, los dos equipos soldaban con el correspondiente remache la parte inferior del arco por su centro.

«¡Y con tan solo un centímetro de variación en la conexión!», pensó Nouguier sin dejarse llevar por la euforia, aun cuando en su fuero interno tenía la sensación de que lo más difícil había pasado. Avanzó por el tablero, sin apartarse del centro, pues todavía no tenía barandilla.

—Le dejo que vaya usted —dijo Collin—. Siempre el dichoso vértigo —añadió, frustrado al no poder avanzar más allá del pilar de hormigón empotrado en la ladera de la colina.

Nouguier se cerró la chaqueta, cuyos faldones se agitaban al viento, más sostenido que de costumbre. Delante, a sesenta metros por encima del río erizado de olas que el sol dotaba de destellos, varios obreros dirigían la maniobra de colocación de dos secciones del arco. La máquina elevadora estaba formada por un torno que se manejaba desde la ribera y por un sistema de poleas, las últimas de las cuales estaban sujetas a una estructura situada al nivel de la clave del intradós. Uno de los obreros se mantenía a pie firme sobre la barra metálica que iba elevándose lentamente en el vacío. Ninguno de los hombres llevaba arnés en la obra, y aun así no había habido que lamentar accidente alguno desde el comienzo de los trabajos, para enorme alivio de Collin que durante mucho tiempo había intentado obligarlos a trabajar con alguna medida de seguridad, sin que le hubiesen hecho caso ni una sola vez.

—En breve habrá que remachar la clave del trasdós —murmuró Nouguier.

Las dos barras elevadas estaban a muy poco de alcanzar la base del arco. Collin, que había bajado a la orilla, contemplaba embelesado la belleza irreal del espectáculo. La edificación resultaba imponente y frágil a la vez, una suerte de esqueleto de hierro por encima del cual se afanaban unos insectos minúsculos.

Un chirrido agudísimo irradió desde el puente. La ascensión de las barras se detuvo en seco a un metro del objetivo. El hombre que estaba de pie sobre una de ellas estuvo a punto de caer de espaldas, pero consiguió aferrarse al cable. Los obreros gritaron. Nouguier se fue corriendo hasta el filo del tablero inacabado, dando órdenes a voz en cuello.

Collin se quedó de piedra. Volvió a oírse el chirrido, un gañido metálico como los que había oído alguna que otra vez, en los tiempos en que había trabajado en las forjas, y que nunca auguraban nada bueno. Una chapa se había doblado y había arañado otra que estaba en el sistema elevador. Al hombre lo auparon sus compañeros de equipo para subirlo al nivel del arco y, un instante después, el caballete de la estructura cedió, arrastrado por el peso de las dos piezas de metal. Todo el conjunto cayó al Duero, lo que provocó un haz de agua de más de tres metros de altura. A continuación, se hizo el silencio. Joseph se quedó mirando las pequeñas olas que iban a morir a la orilla, mientras Nouguier comprobaba que no hubiese ningún herido. Mandó bajar a todos los obreros y paralizar la obra. Cuando se cruzó con Collin, este seguía en el mismo sitio de antes; dándole una palmada en el hombro lo animó a ir con ellos.

—De buena nos hemos librado —dijo Joseph con la vista clavada en el sendero.

—Solo hay un herido: el obrero que manejaba el torno. La manivela se ha puesto a dar vueltas sin control y le ha partido un pulgar. Compagnon lo ha llevado al hospital.

—Por unos segundos pensé que el arco entero iba a desplomarse en el río, he visto desmontarse todas las piezas y caer una tras otra. ¡Menuda pesadilla! Realmente, de buena nos hemos librado.

—¡Venga, Joseph, hay que confiar en nuestros ingenieros! —proclamó Nouguier, a quien el incidente no parecía haber afectado—. Muchachos, todo el mundo a la oficina —dijo a los obreros mientras los hombres empezaban a dispersarse.

El grupo entró en la caseta de obra, menos Collin, que prefirió quedarse fuera un instante. Nouguier repartió vino y lo que quedaba del gazpacho que habían tomado a mediodía. Luego habló con los obreros que estaban participando en la maniobra, para determinar la causa del accidente. Todos hicieron su aportación, hasta Gustavo, el que estaba encima de la barra metálica. El hombre no parecía conmocionado en absoluto y se ofreció voluntario para la siguiente subida. El espectro de la tragedia se desvanecía rápidamente.

Joseph tardaba en reunirse con ellos, cosa que contrarió a Nouguier. Collin no era aún muy popular entre los obreros y su actitud no iba a mejorar las cosas. Entró justo cuando Nouguier acababa de dar por concluida la reunión y decidir paralizar la obra durante dos días.

—Es una tragedia —dijo Joseph con el rostro más desencajado aún.

—No, el incidente ha terminado. Hemos localizado el problema: un defecto de concepción del caballete. Vamos a cambiar de proveedor y el jueves haremos las pruebas de carga…

—Pero ustedes no lo entienden —lo interrumpió Collin agitando un telegrama—. Acabo de recibir noticias de los Eiffel: ¡Marguerite se muere!

39

La Alhambra, Granada,
sábado, 8 de septiembre de 1877

Rafael Contreras se enjugó el rostro perlado de sudor. Los azulejos rojos que habían salido eran de mala calidad, pues, obnubilado por la desaparición de Clément, había dejado que el horno se le apagara dos veces. Echó las piezas en una caja que ya contenía una buena cantidad de desechos, amontonados como otros tantos estratos generados por sus trabajos de restauración. Él mismo era capaz de asociarlos con cada suceso que había alterado su concentración. Las cerámicas no toleraban el menor error.

Todos seguían aguardando el regreso de Mateo y Clément. Él se sorprendió imaginando que, en caso de desgracia, Alicia sería una viuda joven codiciada. Contra todo pronóstico, aquella idea ahogó su tristeza y multiplicó el deseo amoroso que se hallaba latente en él. Pero enseguida le puso fin un sentimiento de culpabilidad. Cerró el taller y cruzó la placeta, más frecuentada que de costumbre. Avisados de la desaparición de Clément, los granadinos se habían reunido espontáneamente a esperar noticias de su regreso e iban de acá para allá por la Alhambra, preocupados por su suerte y por el récord que se disponía a batir. Un grupo de gitanos que había bajado del Sacromonte tocaba aires flamencos y zambras moras. Alicia se había acercado a darles las gracias y ofrecerles algo de comer. Rafael, al que paraban una y otra vez en el camino a la Torre de la Vela para preguntarle, confirmó que seguían esperando. Los ánimos que recibía de parte de los habitantes, vecinos, amigos y desconocidos lo emocionaban, pero también lo tenían perplejo. Tan solo entendía que el matrimonio Delhorme era muy conocido y querido en Granada.

Subió hasta la terraza de la torre, en la que los chicos habían montado su cuartel general. En el cielo se habían instalado desde por la mañana unas nubecillas que habían pintado a rayas el azur e incrementado, si cabía, la sensación de calor, después de una noche de tregua del viento.

Alicia no estaba. Mientras Javier, al estilo de los marineros en la proa del barco, escrutaba la subida a la Alhambra, adonde había enviado a Jezequel, Irving y Victoria jugaban a atrapar golondrinas con la despreocupación propia de los jóvenes. Cada vez que pescaban un pájaro, resonaban sus exclamaciones de júbilo, seguidas de los gritos de temor cuando tenían que volver a soltarlos.

—Aún nada —dijo Irving, adelantándose a sus preguntas—. Mamá ha ido al Partal.

Rafael se encaminó a la obra y encontró a Alicia barnizando muy concentrada la parte de un fresco mural que había decapado previamente para eliminar la pintura que lo cubría.

—Data del reinado de Yusuf I, al que llamaban el Deslumbrante —comentó Rafael acercándose a la representación pictórica para ver mejor a los personajes—. Otro que murió asesinado. Ah, ahí está —dijo señalándolo con un dedo.

—¿Sabes lo que más me preocupa? —lo interrumpió ella de pronto, para poner fin a una conversación que no le interesaba lo más mínimo.

Él negó con la cabeza y la invitó a continuar.

—Que Barbacana ha traído una parte del instrumental, lo cual me dice que había empezado a cargarla —prosiguió ella, al tiempo que sumergía las manos manchadas de pintura en un barreño de agua turbia—. Por lo tanto, el globo no había caído en una zona inaccesible.

—Eso es más bien positivo, me parece a mí.

—No, porque estaba el altímetro —siguió ella—. Es el aparato al que más aprecio le tiene. Eso quiere decir que estaba tranquilo pero que le pasó algo inesperado que debió de sorprenderlo.

—¿En qué estás pensando?

Alicia se secó las manos con gesto rabioso, sin darse cuenta. Él le quitó el trapo y lo dejó entre los utensilios esparcidos sobre la mesa de trabajo.

—No lo sé… Espero estar equivocada. —Salió y fue a sentarse en el umbral, desde donde lo invitó a hacer lo propio—. Sin embargo, lo que no estaba era el cacharro de la universidad con la muestra de aire —continuó—. ¿Se rompería tal vez durante el aterrizaje?

—O quizá no le dio tiempo a guardarlo. Tú misma has dicho que a lo mejor algo lo sorprendió.

Alicia abrió mucho los ojos. Estaba luchando contra los sentimientos encontrados que la asediaban desde la tarde anterior.

—Estoy cansada… —murmuró.

—Ve a descansar —le propuso él—. Este fresco lleva quinientos años esperando, podrá esperar a mañana.

—Ni hablar, tengo que estar despierta para cuando vuelva.

Rafael quiso manifestarle cuánto la admiraba, pero guardó silencio.

—¡Señora Delhorme! —la llamó Jezequel, que acababa de materializarse en el jardín escalonado en medio de una nube de polvo—. ¡Ha vuelto Mateo! ¡Y viene solo!

El antiguo nevero y Chupi habían inspeccionado la zona en la que este último había encontrado a Barbacana, un pico rocoso cuya cara noroeste formaba un estrecho desfiladero de paredes verticales. A las siete de la mañana, después de llegar a la cima del Trevenque, habían decidido abandonar y habían regresado, exhaustos. Tras una somera explicación, Mateo había vuelto a sus dependencias en el Generalife para dormir un rato antes de iniciar una segunda tentativa, prevista para primera hora de la tarde.

Rafael acompañó a Alicia hasta su residencia. Por el camino le dijo que iría a buscar ayuda a Granada para organizar una auténtica batida por Sierra Nevada, después del fracaso de Mateo. La voz del arquitecto resonaba en su cabeza como un bordón incesante, pero habría sido incapaz de repetir una sola de sus palabras, que resbalaban por ella como si las estuviera diciendo en una lengua extranjera. Tuvo fuerzas para darle las gracias y luego se encerró en su alcoba, antes de romper a llorar hasta quedarse dormida.

Cuando despertó, Nyssia estaba a su lado. La niña sonrió, mirándola, y ella le acarició la mejilla y abrió la tapa del libro que llevaba en una mano para leer el título.

—¿*Madame Bovary*? Vas rápido, mi niña, demasiado rápido. Es una novela para mayores. La empecé a leer hace cinco años pero no llegué a terminarla. Es todo tan desesperante en la protagonista. ¿Cómo se llamaba?

—Emma.

—¡Eso! Emma… Qué sufrimiento, qué atolladero, una mujer que solo sueña con la vida mundana; no supo ver a su alrededor la belleza de la vida. Y, sin embargo, está ahí, más presente que las quimeras del lujo y las apariencias, créeme.

Nyssia cerró el libro y lo dejó encima de la cama, cerca de su madre.

—Toma, dame ese gusto, mamá, termínalo. Pasa la tarde leyendo y despeja un poco la mente.

—Una hija mía haciendo de madre conmigo —bromeó Alicia, incorporándose—. Eres mi misterio, Nyssia.

Se frotó los ojos y puso algo de orden en su cabellera.

—No sé cómo lo haces para conservar la calma en estas circunstancias —añadió mirando la novela, que dejó entonces encima de la mesilla de noche.

Nyssia le cogió las manos.

—Mamá, ¿no confías en papá?

—Claro que sí, ¡vaya pregunta! Pero la situación se sale de lo corriente.

—También papá —respondió Nyssia con una naturalidad que desarmaba.

Alicia recibió la observación como una bofetada. ¿Cómo había podido dudar? Clément siempre había salido airoso de los peores trances que le había impuesto la vida y había tenido que ser su propia hija quien se lo recordase.

—Tienes razón, cariño —proclamó enérgicamente, al tiempo que se levantaba—. ¡Voy a organizar la casa para su regreso!

—Sierra Nevada es una ecuación de dos incógnitas, mamá, y estoy segura de que él las ha resuelto las dos.

Las cañas de pescar y la jaula de los pájaros habían quedado tiradas por el suelo de la azotea, que mordía las plantas de los pies y abrasaba los ojos por el efecto del sol a plomo. Los chicos se habían refugiado en la mísera sombra del campanil pero no habían querido abandonar el terreno al astro altivo. Jezequel había entrado por el Partal y se había unido a ellos con un botijo lleno de agua y cubitos de hielo. Todos fueron cruzando por turnos la terraza para espiar la Puerta de las Granadas, por donde habría de aparecer su padre con la alforja repleta de historias para contarles.

—Mamá no ha querido decirlo —comentó Victoria, replegada contra el relativo frescor de las piedras, abanicándose con indolencia.

—¿El qué? —preguntó Irving masajeándose los pies.

—Si había batido su récord.

—¡Yo creo que sí! Si hubieses visto el globo subiendo por el aire…

—¡Cómo no lo iba a ver! ¡Si estaba contigo! —exclamó ella fingiendo ofenderse.

Los dos se dejaron llevar por una risa nerviosa, hasta que Javier le recordó a Irving que le tocaba hacer de centinela. El muchacho fue y volvió a la carrera.

—Aún nada de nada —dijo brincando—. Solo gente esperando, como nosotros.

—¿Por qué vas descalzo? —preguntó Jezequel echándose a un lado para hacerle sitio a la sombra, que menguaba peligrosamente.

—Porque descalzo corro mejor.

—Sí, pero con este calor te vas a quemar los pies.

—Puede, pero menos rato.

Nueva risotada catártica, prueba de que tampoco ellos habían dormido gran cosa.

—En cualquier caso, si vuestro padre sale de esta… —empezó Jezequel.

—¿Cómo que «si sale de esta»? —lo interrumpió Victoria.

—Querrás decir «Cuando vuelva» —lo corrigió Irving.

—Vale, perdón. Cuando vuestro padre vuelva —reinició Jezequel su frase mientras se buscaba algo debajo de la camisa—, cuando esté aquí le daré una de mis escamas —añadió, y a continuación exhibió muy orgulloso su collar.

—¡Menuda suerte! —exclamó Irving queriendo tocarlas.

Jezequel se metió rápidamente la alhaja por dentro de la ropa.

—Eres muy amable —ponderó Victoria, viendo que su hermano se había enfurruñado—. ¿Cuántas tienes ya?

—¡Cinco! Todas encontradas en el estanque de los Arrayanes.

—Cinco monedas que no valen nada —apostilló Javier.

—Entonces ¿por qué no se encuentran en otros sitios? —le espetó Victoria, que notaba que el tema estaba a punto de degenerar en una discusión entre los dos muchachos, como solía ocurrir—. Eso demuestra que son escamas de peces dorados y no monedas, ¿no?

Todos se quedaron callados. El calor exigía ahorrar esfuerzos. Victoria cerró el abanico. Las golondrinas revoloteaban alrededor del grupito e incluso a veces pasaban al ras por su lado formando arabescos provocadores. Javier alargó un brazo y cerró el puño como queriendo atrapar una, y los demás lo imitaron.

—¡He cogido una! —bromeó Victoria, fingiendo que metía su presa en la jaula vacía.

Los muchachos hicieron lo propio e Irving empezó a contorsionarse exageradamente, como si lo retorciese su cautiva imaginaria, antes de arrojarla a la jaula y cerrar la portezuela. Sostuvo entonces la jaula con el brazo estirado, examinando orgulloso el resultado de la caza colectiva, y se la pasó a Jezequel.

—La mía es la más gorda… —comentó, sosteniendo la prisión de mimbre contra el cielo azul claro—. Eh, ¿qué es eso? —dijo soltando de repente la jaula.

Su reacción inesperada sorprendió a los otros, que se pusieron en pie.

—¿El qué?

—¿Has visto una serpiente?

—Ese destello —se impacientó Jezequel—. ¿No lo habéis visto?

—No —respondió Javier después de haber consultado con la mirada a los demás—. ¡Vas a tener que ponerte a la sombra, amigo!

Jezequel hizo oídos sordos a la mofa y se fue hasta la esquina de la terraza para examinar el paisaje. De la montaña salió un segundo destello, más sostenido que el anterior.

—¡Ahí, mirad! ¡Lo veis, no lo he soñado!

Todos se apiñaron a su alrededor. El tiempo se les hizo eterno hasta el tercer destello. A diferencia de los anteriores, esta vez el punto luminoso no se apagó.

—¡Es él, es el señor Delhorme! —exclamó Javier—. ¡Nos está mandando señales, como hacía mi padre!

40

Sierra Nevada,
sábado 8, domingo 9 de septiembre de 1877

Clément respiró hondo sin poder reprimir una mueca de dolor. La herida le dolía. Apoyado contra el tronco de un árbol, no se atrevía a moverse. Le abandonaban las fuerzas. Había perdido mucha sangre pero el corte había dejado de sangrar. Tenía la camisa adherida a la piel, la tela pegajosa y húmeda. Se le nublaba la vista. Debía hacer grandes esfuerzos para no perder la consciencia. Clément alzó la cara hacia el follaje, le pareció que algo se había movido pero no soplaba ni un ápice de viento.

El olivo, completamente cubierto por la envoltura del globo, semejaba una bola de Navidad. Los rombos de aluminio relucían al sol, que siempre hallaba materia en la que reflejarse a lo largo de su recorrido. Con todo, estaba ya emitiendo sus últimos rayos y pronto el gran farol gigante se apagaría.

Clément sacó el reloj de bolsillo. La tapa, hundida, se resistía a abrirse. Tenía sed, la boca seca. Le pareció oír unas voces, oír a sus hijos llamándolo. Llevaba horas en ese estado y ya no prestaba atención. Sin darse cuenta se quedó dormido.

La tierra tembló a su alrededor pero él se sentía incapaz de moverse. Clément abrió los ojos a la noche estrellada. Lo habían amarrado a una parihuela enganchada a un caballo.

—¡Se está despertando! —anunció la voz de Mateo.

El convoy paró lentamente para evitar trompicones. El doctor Pinilla se inclinó hacia él. En su rostro flotaban las sombras de la noche que la llama de una antorcha no lograba disipar del todo.

—Querido amigo… —dijo Clément articulando lentamente las palabras—. Sabrá usted disculparme… si no lo saludo como es debido… —consiguió decir, indicándole los brazos apresados bajo las sogas de cáñamo. Antes de proseguir, recuperó el aliento con una mueca de dolor—. Ha venido con Mateo…

—Y con una decena de guardias civiles que el gobernador ha puesto a nuestra disposición. Tenía a toda la ciudad con el corazón en un puño, Clément.

El malherido trató de levantar la cabeza pero tuvo que abortar el gesto, de tan penetrante como era el dolor que acompañaba cada movimiento. Los caballos piafaron.

—¿Cómo se encuentra? —le preguntó el médico mientras le examinaba el vendaje que le había puesto en la herida.

—Eso le corresponde decirlo a usted, doctor… ¿Sigo vivo?

—¡Y para rato! Ya nos contará lo que le ha sucedido. Pero, mientras tanto, tómese esto —le ordenó Pinilla y le puso una píldora en la boca.

—¿Y el material? —preguntó el meteorólogo, súbitamente preocupado.

—Lo hemos recuperado todo —respondió Mateo, que se le había acercado—. Me alegro de volver a verlo, Clément. Solo tuvimos que seguir la estrella luminosa hasta llegar a donde se encontraba. ¡Han sido los niños los que han dado con usted!

—¡Vivan los sábados! —bromeó él, dicho lo cual un vértigo repentino lo obligó a cerrar los ojos.

El tiempo se ralentizó y las cuatro horas del trayecto se le hicieron eternas. A la montaña le siguió el llano, luego el pueblo de Monachil en el que le esperaba Ramón, que lo subió a su berlina y lo trasladó al hospital de San Juan de Dios. Una sala, dos salas, tres salas, una ristra de salas que no terminaba nunca, y los vértigos en todo momento, la náusea y una sed infinita, hasta una mesa de tacto frío y duro. Un olor fuerte a éter le llenó las fosas nasales y un gusto azucarado le empapó la boca.

—Justo a tiempo para poder suturar este feo boquete que le ha perforado el abdomen —dijo la voz lejana y distorsionada del médico.

Las palabras se transformaron en un pitido que lo llenó todo, y entonces todo desapareció.

—¿Dónde lo encontrasteis?

La voz de Alicia lo despertó. Pero era incapaz de separar los párpados pegados.

—En el Veleta, bien lejos del Trevenque.

El tono de voz de Mateo rezumaba todo su orgullo. Clément, que flotaba entre la vigilia y el sueño, percibía perfectamente las intenciones al margen de las palabras.

—Mateo, nunca te estaré lo bastante agradecida —le aseguró ella.

«Noto su mirada puesta en mí —pensó Clément—, le habla a él pero lo dice mirándome a mí.»

—Ni a usted, doctor —agregó ella.

«Pinilla acaba de ruborizarse. Oigo su rubor.» Esta idea le hizo gracia, pero la risa no sobrepasó las lindes de su mente. Lo que lo tenía dominado era una euforia que lo embotaba.

—Cuando se despabile, va a sentir mucho dolor en las carnes, así que dejemos que siga descansando —sugirió el médico.

«Huye —pensó divertido Clément—. Está huyendo de su propio malestar.»

La puerta se cerró suavemente. Los sonidos de la sala común contigua le llegaban en sordina. Sintió deseos de dejarse arrastrar de nuevo al limbo; se adormeció y recobró el sentido un par de veces, sin lograr levantarse, ni siquiera despertarse del todo. La tercera vez fue brutal. En la estancia reinaba el silencio y, sin embargo, había ocurrido algo anormal. Clément se sentía espiado.

«Hay alguien, aquí hay alguien y está mirándome… Noto su respiración y su mirada, ¡y no es una mirada amistosa! ¡He de despertar, es preciso!»

Hizo un esfuerzo que le pareció sobrehumano para salir de su estado de consciencia flotante y abrió los ojos: la habitación estaba vacía.

Clément se encontraba totalmente despierto cuando, al final de la mañana, Alicia reapareció en compañía de Mateo y Ramón. Este último llevaba en la mano *El Pensil Granadino*, en el que se había publicado un artículo sobre el lanzamiento del globo y la desaparición del señor Delhorme.

—Este mediodía se pasará el periodista a hacerle unas preguntas —le informó Mateo—. Está todo el mundo pendiente de las novedades sobre el récord.

Clément soltó una carcajada ante la mirada interrogante de los dos hermanos. Pero los puntos de sutura lo llamaron dolorosamente al orden.

—¡Pero si yo no sé nada! —se disculpó—. Pregunten a Alicia.

—Antes de su partida habíamos decidido que solo comprobaríamos el altímetro una vez que Clément estuviese ya de regreso en la Alhambra, para descubrirlo juntos —les confió ella.

Alicia se había puesto el vestido largo de encaje negro, que le había encargado su marido en el modisto Juan Zapata para el día de la procesión de la Virgen de 1870 y que había impresionado a todos más que la ceremonia en sí. Luego, cada año, a medida que se acercaba la festividad del 15 de septiembre, se hacían toda clase de comentarios y apuestas sobre el aspecto de los encajes divinos que se pondría aquella a la que ya nadie llamaba «la bella francesa». Alicia se había convertido en «la bella andaluza».

—Entonces ¿todavía no lo sabe nadie? —preguntó Ramón, que disimulaba mal su emoción.

—Hemos cumplido nuestra palabra —respondió Clément—. El papel con el registro sigue dentro del cilindro.

—Pero ¿a qué esperan? ¡Vamos a buscarlo, ahí fuera hay al menos medio centenar de personas deseando saberlo!

Ramón abrió la ventana y se puso de lado en el marco para dejarle ver el bullicio.

—Estaban todos en la Alhambra. Esperando su regreso. Me han seguido hasta aquí —se defendió Mateo ante la mirada ensombrecida de Clément.

Pinilla entró con una religiosa e hizo salir a los hermanos Álvarez para examinar a su paciente.

—Dígame que volveré a casa esta tarde —le rogó con vehemencia Clément después de que la enfermera hubo cambiado el vendaje.

—Si me promete que guardará cama una semana, de acuerdo —respondió Pinilla sin hacerse ilusiones.

—¡Ni hablar de eso, doctor!

—Nada de largos viajes hasta pasados tres meses, o idealmente seis —insistió el médico arrojando la tira de gasa en un cajón puesto en el suelo.

—Pues he de ir a Oporto el mes que viene para la inauguración de un puente. Eso no es negociable, querido amigo.

—Bueno, ya sabía yo que no podría contar con su colaboración, señor Delhorme —bromeó Pinilla a modo de capitulación—. Afortunadamente tiene usted una constitución robusta… Al menos cámbiese el vendaje dos veces al día hasta que la herida haya cicatrizado. Le daré un ungüento para acelerar el proceso.

—Eso creo que sí podría prometérselo, doctor. ¿Vamos, amor mío? —La sonrisa de su mujer le recordó que solo llevaba puesta encima la camisola larga de los pacientes—. Tienes razón. ¿Me puedes traer el sombrero y dos o tres trapos, para ir un poco decente aunque sea tumbado en una parihuela?

Una vez a solas intentó levantarse de la cama pero no consiguió ni sentarse siquiera. La convalecencia iba a ser un tormento. Se consoló decidiendo que aprovecharía para mejorar el principio de la máquina de hacer cubitos de hielo de Mateo. Se le había ocurrido una idea.

Clément dejó volar la imaginación entre las cuatro paredes encaladas de la sala de curas del hospital. Este no disponía de habitaciones individuales y le habían preparado aquella sala para la ocasión. Fuera, el gentío emitió un murmullo sonoro que le llegó por la ventana que se había quedado abierta.

«Habrá que decirles que se marchen a casa», pensó.

De pronto se le vinieron a la mente las imágenes de las largas horas en que había estado esperando auxilio y lo invadió una gran tristeza, un vacío inmenso. No había sentido miedo a la muerte, le gustaba demasiado flirtear con ella y se había pertrechado de creencias en torno al fatalismo inexorable de las matemáticas. Se había sentido más bien dispuesto a asumir las consecuencias de sus pasiones. Pero por primera vez en su vida había calibrado el impacto que ello causaría en sus hijos. Todos sus pensamientos se volcaron en ellos. Eran tan jóvenes todavía… Debía seguir presente en sus vidas, no solo para protegerlos sino también para proporcionarles todas las armas necesarias con las que enfrentarse al mundo; era su papel y su responsabilidad. Nunca había considerado la paternidad desde este ángulo. Ni los hombres ni la naturaleza eran justos, pero ¿por qué imponer semejante lección a unos niños tan cargados aún de candor? Debía guiarlos hacia esa conclusión a través de su propia reflexión personal.

«Ahí es donde he fracasado —se dijo—. Me he portado como un ser inmaduro con mis hijos. Y ha sido necesario que acabase recostado contra un olivo, desangrándome, para darme cuenta.»

Decidió poner fin a sus lanzamientos de globos hasta que los trillizos saliesen de la Alhambra para seguir cada cual su propio camino. Decidió que no había pasión mayor que la que lo ligaba a los suyos y que la más noble de las ambiciones y el más bello de los récords era la triple felicidad de sus hijos. «El más difícil de alcanzar», reflexionó.

Cuando volvió Alicia, quiso informarla de su decisión pero la sonrisa se había borrado de la faz de ella y su semblante había perdido su luminosidad. Detrás de su mujer venía un hombre, un desconocido. Su rostro enjuto tenía un matiz ceroso, los cabellos amarillentos mezclados con canas le enmarcaban la frente como una enredadera, sus arrugas componían una expresión de sufrimiento y de vejez a la par: todo en él hacía presentir tribulaciones interiores ocultas bajo una frialdad que helaba el corazón.

—Enseguida desalojamos la sala de curas, señor —dijo Clément.

—Clément, este es el juez Ferrán. Tenemos un problema grave.

XIII

41

Levallois-Perret,
domingo, 9 de septiembre de 1877

Queridos padres:

Estoy aún conmocionado por la muerte de la pobre Marguerite, mi amada Marguerite. Por mucho que supiéramos que el problema no nos permitía abrigar esperanzas, lo cierto es que llevaba un tiempo encontrándose mejor. El viernes estaba bien al acostarse, después de haber cenado. De madrugada, a eso de las cuatro, me llamó y acudí presto. La encontré vomitando sangre. Le dio un síncope y falleció sin haber recobrado la consciencia ni un solo instante, pese a todos nuestros esfuerzos. Estoy atenazado por el estupor, no puedo hacerme a la idea de que haya ocurrido esta desgracia terrible. ¿Qué será ahora de mis pobres hijos y de mí?

Un abrazo,

GUSTAVE

Eiffel permaneció largo rato con los ojos fijos en la misiva, sin lograr releerla ni pensar en nada. La pena y el agotamiento habían podido con las pocas fuerzas que le quedaban. Muchas veces había imaginado estos momentos, para los que lo habían preparado todos los médicos, mientras a Marguerite la dejaban en la más completa ignorancia sobre su situación. Con su padre había evocado, a media voz, su situación futura, y la idea de volver a casarse le repelía. Pero cómo reorganizar la vida familiar, ahora que las obras y los encargos se le acumulaban. Contempló la foto de Marguerite y él rodeados por los niños, la fotografía tomada en el jardín hacía dos años, justo antes de que le concediesen la obra de Oporto. Abajo, en el salón, el murmullo de voces iba a más: parientes y amigos habían venido a rendir homenaje a su mujer. No tenía valor para afrontar sus condolencias, cada palabra le recordaba su nueva situación. Aún no.

—¿Gustave, dónde andas? —preguntó una voz desde el pasillo.

—En mi despacho, Albert —respondió.

Albert Hénocque era la única persona a la que Gustave tenía ganas de ver en estas circunstancias. Era a quien había mandado llamar cuando se había encontrado a Marguerite en medio de un charco de sangre. El médico vivía en una casa muy próxima pero, a pesar de su pronta aparición, no había podido reanimarla. Tenía una hemorragia interna masiva. Él se había ocupado del papeleo y de los pormenores del entierro, ahorrándole a Eiffel la insoportable frialdad de los trámites consabidos.

—Marie está con Marguerite, ha terminado de arreglarla y pregunta qué vestido querrías que llevara puesto.

—¿Qué vestido? La verdad, cómo puedo saberlo yo...

—¿No hay ninguna prenda que fuera su favorita o algún conjunto que le hubieses comprado y que le gustara ponerse?

Eiffel reflexionó largamente y acabó poniendo cara de ignorancia absoluta.

—Para serte sincero, no lo sé. En realidad no tenía tiempo para fijarme en esos detalles. Pídele a Marie que escoja ella.

—Ya sabes cómo es tu hermana, quería estar segura de que no tuvieses alguna preferencia.

—No, no tengo ninguna... no...

—No te preocupes, encontrará algo en el ropero de Marguerite. A propósito, no sabía que tu mujer se llamara también Marie en verdad.

—No podía haber dos Maries —dijo Eiffel sonriendo débilmente—. A ella le gustaba mucho su nombre ficticio, mucho.

El médico le apretó el hombro en un gesto de ánimo.

—Procura comer algo, si no me veré obligado a extenderte una receta.

—La de Chamonix —respondió misteriosamente Eiffel.

—¿De qué hablas?

—De la ropa. Que coja la ropa que llevaba en Chamonix.

El viaje de agosto de 1874, que lo había llevado en compañía de Marguerite y Claire a los Alpes franceses y suizos, había sido su mejor recuerdo de unas vacaciones familiares. Una joya de sosiego en un joyero de olvido. Una semana durante la cual los pulmones de Marguerite habían hecho las paces con ella, el sol se había instalado en el cielo por encima de una nieve granulosa como el adorno con que se cubre un pastel apetitoso, los paseos habían sonrosado las mejillas e incrementado el apetito y cualquier cosa había sido un pretexto para jugar y reír como locos. Le había comprado un vestido de muselina negra en uno de los modistos de aquel centro turístico tan chic, que el hombre había presentado como si fuese el último grito en París y que había confeccionado en dos días. Ella se lo había puesto la tarde de su partida, atrayendo las miradas y los cumplidos de los huéspedes del hotel.

—Sin duda —confirmó, hablando para sí—. El vestido de Chamonix. Es el que le habría gustado a ella.

Una vez a solas, Eiffel observó detenidamente su reflejo en el espejo de pared. Albert tenía razón, se le notaba el cansancio en los rasgos y en las mejillas hundidas. Nunca se había preocupado por su aspecto físico, pero decidió cuidarse para no desasosegar a sus hijos y allegados. Tenía demasiadas responsabilidades para dejarse arrastrar por la pena. Se cambió de batín a uno sobrio y elegante, que a Marguerite le hubiera gustado verle puesto.

—¿Me has mandado llamar, papá?

Claire había entrado sin que la oyera.

—Sí, hija mía. ¿Puedes cerrar la puerta y sentarte?

Eiffel sentía un cariño especial por su hija mayor. Con catorce años, era la que imponía orden en toda la chiquillería y en las ayas sobre cómo conducir a la tropa.

Lo que su padre estaba a punto de pedirle iba a cambiarle la vida para siempre.

—Claire, mi hija querida, debemos ser valientes en estos momentos. Debemos enfrentarnos a esta pérdida irreparable. Pero la vida sigue su curso sin importarle nuestra desgracia. Debemos preparar el futuro de nuestra familia desde este mismo instante.

Eiffel, que se había quedado de pie, hizo una pausa y a continuación afirmó con aire solemne:

—De ahora en adelante tu papel en esta casa cambiará. Serás, aún más que antes, la responsable de tus hermanos y hermanas. Deberás reemplazar a tu madre ante ellos. Lo van a necesitar. Sé que te estoy pidiendo mucho, pero es tu obligación, nuestra obligación, por la memoria de tu pobre madre, llevar la casa como si siguiera entre nosotros.

—Bien, papá —respondió ella sin saber qué otra cosa decir.

La emoción la privó de su elocuencia natural. Sin atreverse a mirarlo, trató de fijar la vista en un objeto neutro. Le sirvió el pequeño reloj de péndulo del secreter, de mármol negro y coronado por dos angelotes. Era un reloj que siempre había visto en un lugar destacado del escritorio de su padre y se había hecho una idea del paraíso con la estampa reconfortante de aquellos dos querubines regordetes y risueños. Pero todo le recordaba a su madre y las lágrimas la pillaron desprevenida.

—Vamos, vamos, tienes que ser fuerte —le dijo él ofreciéndole un pañuelo al ver que se secaba con la manga—. Pienso posponer todos los viajes que tenía previstos para los próximos días, pero hay uno que no voy a poder eludir mucho tiempo. Así pues, partiremos a Oporto a primeros del mes que viene.

—¿Partiremos?

—Tú me acompañarás. No será un viaje de placer, te necesitaré como ayudante, como confidente y también como sostén. Era el papel que hacía tu madre y estoy seguro de que sabrás cumplirlo a la perfección.

—Lo haré, papá, y no te decepcionaré —le aseguró su hija, cuyo entusiasmo con la idea de ver la obra con sus propios ojos barrió por un instante la gravedad de lo sucedido.

—No volveremos hasta que el puente esté acabado y haya sido inaugurado.

—Pero ¿voy a faltar al colegio?

—No te preocupes más por el colegio, hija mía. A partir de ahora ya no irás.

—Ah —respondió ella, atribulada—. Pero ¿hasta cuándo?

Se oyó la campanilla de la puerta. Eiffel miró por la ventana y vio que Marie recibía un ramo enorme de flores. Su hermana lanzó una ojeada en dirección al despacho y entró de nuevo en la casa. Él sopesó la decisión y una vez más le pareció que era la única opción posible. Su hija estaba en edad de asumir esas responsabilidades domésticas y tenía aptitudes. Se sentó a su lado en la silla baja de la chimenea.

—Ya no habrá más colegio, Claire. De ahora en adelante tu sitio es este, a mi lado y al lado de tus hermanos y hermanas. Te necesito, ¿comprendes?

Ella respondió con la cabeza, vacilante.

—Todo irá bien, ya lo verás.

Marie entró sin llamar.

—Gustave… Perdonad que os haya interrumpido —dijo al ver su gesto de sorpresa—, pero no encuentro por ninguna parte el vestido que dices.

—Yo me ocupo, papá —se ofreció Claire poniéndose en pie—. ¿Cuál buscas?

—No será necesario. Creo que ya lo he encontrado —respondió Marie mirando a su sobrina de hito en hito.

—¡Pues claro! —exclamó Eiffel al ver entonces por primera vez el vestido negro que se había puesto su hija.

—Me lo dio mamá hace unos meses —indicó Claire—. Ya no le valía. ¿Por qué lo buscabas?

—Por nada, hija. Estoy seguro de que mamá se habría alegrado mucho de que te lo hayas puesto hoy.

42

Hospital de San Juan de Dios, Granada,
domingo, 9 de septiembre de 1877

El juez Ferrán había mandado que le llevasen un sillón y aguardaba pacientemente, con las manos juntas debajo del mentón, a que Pinilla hubiese instalado una pila de almohadas para incorporar a Clément. El médico los dejó no sin antes insistir en que la conversación fuese lo más breve posible, a lo que el magistrado no respondió nada. Alicia se había sentado al lado de su marido para disimular su nerviosismo. Él le cogió la mano discretamente y ella respondió de forma maquinal. Clément comprendió entonces que lo que en un primer momento él había tomado por inquietud era cólera. Una enorme cólera contenida.

—Bien, ¿a qué debo el honor de conocerlo, señor juez Ferrán?

—En primer lugar, quisiera unirme al sentir de todos los granadinos para expresarle hasta qué punto me alegro de verlo de vuelta sano y salvo. La ciudad se enorgullece de sus hazañas. Ahora bien, si estoy aquí en estas circunstancias es porque he recibido una denuncia en la que me piden que lo encarcele.

El hombre hizo un alto para calibrar la reacción de Clément, cuya incredulidad le pareció sincera.

—¿Y no me puede decir más? —preguntó él después de mirar a su mujer con expresión interrogante—. ¿Habré suscitado alguna que otra susceptibilidad por haber soltado mi globo sin esperar a las autoridades?

—A Dios gracias, la falta de urbanidad no es delito —respondió el magistrado, serio. Ferrán hablaba en voz baja, con un timbre agudo y sin desprenderse en ningún momento de su mirada inexpresiva y fría—. Pero parece ser que está a malas con un miembro de la Guardia Civil.

El capitán Cabeza de Rata había acudido a la justicia después de que sus superiores hubiesen rechazado su petición de encarcelar a Clément.

—¿Y todo porque cree que ayudé a un anarquista a esconderse en la Alhambra hace dos años? Pero ¡qué disparate!

—Por desgracia la situación es un poco más compleja. Por eso estoy aquí. —El juez se enderezó en el sillón antes de continuar—: Hace catorce años, siendo él un joven alférez, un conocido de ustedes, un mayoral de Guadix, testificó ante él en relación con la explosión de una casa en el pueblo de Cogollos.

—Sí, lo recuerdo. Pasamos por allí aquel mismo día. ¿Y?

—El problema es que, según él, usted se jactó de saber que se trataba de un taller clandestino de explosivos —prosiguió la voz de falsete.

—Pero si yo solo le expliqué lo que debió de pasar. No era nada del otro mundo, por las paredes había salitre a espuertas.

—Su alférez conectó mentalmente ambos incidentes. Primero ese testimonio escrito que lo relacionaba a usted con un taller clandestino, y luego la presencia de un anarquista en su lugar de residencia.

—Pero todo eso no es otra cosa que un malentendido combinado con una coincidencia. Estamos los dos perdiendo el tiempo —dijo Clément, aliviado ante la levedad de las acusaciones.

—Entre usted y yo, estoy de acuerdo, pero «malentendido» y «coincidencia» son dos palabras que a la justicia no le hace gracia asociar.

—¿Y por qué ahora? ¿Por qué viene a por él justo hoy? —intervino Alicia.

—El sábado por la tarde se perpetró un atentado anarquista en Murcia, señora. Un artefacto explosivo en medio de una función de teatro. Afortunadamente no ha habido muertos, tan solo un puñado de heridos por la estampida.

—Como usted mismo puede ver, en ese preciso instante me encontraba yo malparado, a trescientos kilómetros de Murcia.

Clément no conseguía tomarse en serio la denuncia del militar, pero se contuvo de bromear con el asunto. El tiempo que el juez estaba tomándose para replicar, cada vez más largo, delataba el bochorno que sentía.

—Lo sé. Pero este capitán se encuentra destinado actualmente en Murcia y están todos con el agua al cuello: tienen la obligación de dar con el paradero de los culpables del atentado. Hace ya unos años se formó en Andalucía un grupito anarquista que trata de reclutar adeptos para fomentar una revuelta.

—Pero ¿qué tiene que ver eso conmigo? Sigo sin entender —insistió Clément sin perder la calma.

El hombre parecía haber ido menguando en el transcurso de la conversación. Se había cogido las manos a la altura del pecho y se las masajeaba como para aliviar un dolor invisible.

—Se trata de su aparato —dijo después de tomar aliento como si le faltara el aire—. Su máquina de tomar muestras atmosféricas.

—¿Qué pasa con ella?

—Pues pasa que funciona mediante un mecanismo de retardo que contiene ácido sulfúrico.

—Correcto. Yo mismo lo he perfeccionado y no es ningún secreto. El doctor Pinilla informó hace unas semanas a la Academia de Ciencias.

—El capitán está al corriente de esta máquina. Esto es precisamente lo que ha motivado su denuncia. Según dice, es el mecanismo que habría podido emplearse para el atentado, puesto que se han encontrado restos de ácido en las ropas. Lo acusa de ser cómplice de los anarquistas y de haber fabricado la bomba.

—¡Pero mi marido no es un activista, no defiende ninguna causa política! ¡Eso es absurdo!

Alicia se había puesto de pie y era como si su cuerpo quisiese erigir una muralla física contra esas acusaciones. Clément tiró suavemente de su mano para acercarla a sí.

—Una máquina como esta no puede servir como arma, esta acusación no se sostiene —resumió con tono neutro, una vez que ella se hubo sentado de nuevo.

El juez parecía incómodo en su papel de acusador. Del exterior les llegaba el murmullo del gentío, impaciente, como una marea que fuera subiendo. El magistrado esperó hasta percibir una resaca de silencio para retomar la palabra:

—Estoy tan convencido como ustedes, créanme. Pero también entenderán que no queda más remedio que ver su máquina para constatarlo y archivar oficialmente la denuncia. Después ya no volverá a saber de mí. Salvo para felicitarlo por su récord.

—Me temo que eso no va a ser posible, juez Ferrán —respondió Clément apretando con más fuerza la mano de su mujer.

—¿Por qué no? Me han dicho que la Guardia Civil ha recuperado todo el material.

—Sí, cierto. Todo menos el aparato para la toma de muestras de aire. Se partió en el aterrizaje.

El rostro del magistrado no denotó sorpresa, como si la práctica de la justicia lo hubiese vuelto impermeable a las emociones.

—En tal caso, me veo obligado a interrogarlo sobre qué fue lo que le sucedió, señor Delhorme.

Clément había pedido agua y había bebido despacio, saboreando en cada trago el frescor intenso del Darro que diluía los últimos restos del cloroformo que había inhalado. Después había hablado sin omitir ningún dato, del tirón, aportando a su relato una dosis suficiente de detalles para evitar preguntas intempestivas. Ferrán lo escuchó sin interrumpirlo. Asimismo, había considerado innecesario mandar llamar a su secretario para dejar constancia escrita de la explicación del ingeniero. No se trataba de un interrogatorio sino de una mera formalidad. Reiteró al matrimonio Delhorme su convicción sobre la inocencia de Clément, se despidió y se volvió a su casa con la satisfacción del deber cumplido.

Augusto Ferrán vivía en la ciudad baja, a quince minutos a pie del hospital, en el cruce de las calles Almona del Campillo y Acera del Casino. La tarde tocaba a su fin y el viento extraía las fragancias de los jardines floridos ocultos tras las altas tapias, para esparcirlas luego por toda la ciudad; las piedras conservaban el calor acumulado y adquirían tonalidades áureas. Ferrán cruzó el Darro justo antes de que el río se metiera bajo tierra, saludó con su sombrero cordobés la fachada de la casa que había visto nacer a Eugenia de Montijo, como siempre que pasaba por delante de la vivienda de la que fuera emperatriz de los franceses, lo que provocó por error el saludo de un paisano con el que se cruzó, y aprovechó la larga avenida que conducía hasta su casa para repasar los hechos descritos por Delhorme, cuya sucesión le resultaba poco coherente. Se paró en la acera delante de su inmueble y levantó la vista hacia el último piso, en el que tenía su domicilio. El piso estaba coronado con una torre de esquina con un sorprendente diseño octogonal y dos alturas, sobre la cual a su vez había una azotea en la que se erigía, imponente, una estatua de la reina Isabel la Católica. Ferrán había soñado muchas veces que esta, empujada por unas manos asesinas, se despeñaba encima de él justo cuando salía del edificio. Nunca se había atrevido a pedir que la quitaran, se habría considerado una provocación digna de los anarquistas a los que todo el mundo perseguía, cosa que ni su estatus ni sus convicciones le permitían hacer. Pero el juez tenía siempre cuidado de comprobar que la giganta de piedra estuviera sólidamente plantada en lo alto de la torre antes de pasar. Después de haberla mirado hasta que la fachada la ocultó, se apresuró a entrar y subió parsimoniosamente todos los pisos, lo cual no evitó que llegase arriba sin resuello. La versión de Delhorme lo tenía cada vez más intrigado. Saludó a su mujer con un beso en la frente y le pidió que lo escuchara con atención un momento. Se sentaron en su despacho y Ferrán le contó el relato del francés con gran fidelidad.

—¿No le parece que resulta algo asombroso? —le preguntó al concluir, sin decirle antes lo que opinaba.

—Ciertamente no —respondió ella sin tomarse tiempo para meditar—. Sierra Nevada está llena de historias de este estilo. Ha habido muchos viajeros que han sufrido el ataque de los lobos. Hace diez años le pasó al vendedor de hielo, no recuerdo cómo se llamaba, sabe cuál le digo, el que ahora tiene la máquina esa. Le faltan dos dedos de la mano izquierda.

—Bueno, se lo agradezco, querida esposa. Voy a redactar mis conclusiones para que el gobernador esté informado desde mañana por la mañana.

El magistrado no tenía ninguna opinión definida, aunque desaprobaba la actitud del capitán. Sin embargo, no terminaba de entender que los lobos, que en septiembre andaban ya hambrientos, hubiesen atacado a Delhorme y no a su mula cargada.

Había decidido esperar hasta última hora de la tarde para proceder a abrir el canuto y leer el registro de altitud en la placeta de la Alhambra. Clément había descansado en su cuarto bajo la mirada conmovida de sus hijos, en primer lugar de Nyssia, y de Javier. Jezequel se había unido a ellos para la cena que, por deseo de todos, habían decidido tomar en la estancia en la que se encontraba él, echado. Era como si quisieran recuperar el tiempo perdido. Clément les había contado una vez más su lucha con los lobos, arma blanca en mano, y luego les había anunciado su intención de suspender temporalmente las sueltas de globos para concentrarse en su algoritmo de predicción a partir de los datos enviados por los corresponsales de su equipo. La sonrisa de los trillizos había sido el regalo más precioso.

Ramón y Mateo ayudaron a Clément a instalarse en una carreta que habitualmente se usaba para transportar los cascotes de las zonas que estaban restaurándose, después de haberla limpiado y cubierto con una sábana de lino, y lo llevaron hasta la explanada donde los esperaba una nutrida concurrencia. Habían puesto el instrumento de registro encima de un mueble alto traído del taller, como si fuera un trofeo expuesto, y el doctor Pinilla tuvo el privilegio de extraer el papel milimetrado en el que había quedado registrado el trazo de la ascensión. Se caló los anteojos, se concentró en la lectura del gráfico y se inclinó hacia Clément para obtener su confirmación. El murmullo de la muchedumbre se hizo tumulto. Había ocurrido algo. La agitación alcanzó a Alicia y a sus hijos, que en esos momentos rodeaban a los dos hombres. Cuando finalmente el médico se presentó ante los granadinos allí congregados, agitó en alto el papel y explicó lo que nadie se había esperado.

43

La Alhambra, Granada,
martes, 11 de septiembre de 1877

Por fin estaban solos. Alicia se tumbó junto al cuerpo de su marido, que había lavado con un jabón de nerolí antes de aplicarle la pomada del médico en la impresionante cicatriz que le cruzaba el abdomen, así como en los tres grandes hematomas de los brazos y el vientre. Después de encender un pebete de incienso, lo acarició rozándolo apenas, largo rato, en silencio, sin dejar de cubrir su mirada con sus ojos de color esmeralda. Ya no importaba nada más que ese instante que los llevaba lejos, muy lejos de todo, allí donde nadie podría acompañarlos, a ese paraíso aún más salvaje que Sierra Nevada. Cada beso era una recompensa que sabía a cerezas dulces; cada tierno abrazo, un grito de liberación.

Hicieron el amor con mil y un cuidados, inventándoselo una y otra vez a lo largo de una noche salpicada de intervalos efímeros. Cuando las velas entregaron el alma, en la penumbra diáfana de los rayos del alba, habían renovado ese pacto mutuo que ya duraba más de veinte años.

—Nunca el uno sin el otro —murmuró Alicia.

—Nunca el uno sin el otro —repitió él.

Transcurrieron unos instantes en silencio; en el rostro de Alicia se reflejaban las dudas.

—Sé lo que estás pensando —dijo Clément acariciándole la frente.

—¿Tanto se nota?

—Mi historia no era muy creíble, ¿verdad?

—No tienes por qué darme explicaciones.

Alicia ayudó a Clément a incorporarse un poco y a apoyar la espalda en la pared. Luego se acurrucó pegada a él.

—Hay una incógnita que había olvidado en la ecuación de la montaña —dijo con los ojos vueltos hacia la sombra de la sierra que se destacaba en el marco de la ventana.

—¿Qué fue lo que pasó realmente, amor mío?

El viento había llevado muy rápidamente el globo por encima el macizo montañoso. Había superado el Trevenque y se había posado suavemente en una pendiente del Veleta, bastante antes de los primeros ventisqueros.

—En un campo con unos cuantos olivos y las ruinas de una vieja casa medio derruida —le contó—. Cuando llegué, la barquilla se había empotrado en la copa de un árbol y había impedido que el globo se arrastrase a lo largo de cientos de metros, como pasó hace un año.

Alicia recordaba la desventura que le había costado a Clément el verse obligado a cambiar totalmente de material. Se abrazó a su pecho y luego apoyó la cabeza en el torso de su marido.

—La tela estaba ya desinflada y solo tenía que volver a embalarlo todo y cargar a Barbacana —prosiguió mientras le acariciaba los bucles de seda de la cabellera—. ¡De los vuelos más fáciles hechos jamás! Decidí descansar un poco y comer algo, y estaba metiendo los aparatos de registro en los cestos de la mula cuando comprendí entonces qué era lo que me incordiaba desde que había llegado al lugar: la tela.

—¿Qué tenía de raro?

—Su emplazamiento. Teniendo en cuenta el ángulo de la caída, era imposible que se hubiese quedado en esa posición. Físicamente imposible: en vez de haber tapado por completo la copa del árbol, la tela estaba parcialmente enrollada a la base del tronco. Había habido una intervención exterior. Entendí que algún mamífero de gran tamaño había intentado llevársela tirando de ella. En ese preciso instante Barbacana rebuznó. Me di la vuelta y ahí...

—¿Sí? —dijo Alicia, que había dejado de acariciarlo.

—Nada, todo estaba normal. Ni una sola bestia, solo el campo vacío hasta donde alcanzaba la vista, el sol que pegaba y, al fondo, el valle con la ciudad que titilaba. Una belleza. Empecé a desatar las cuerdas que sujetaban la barquilla a la tela, buscando marcas de colmillos en los rombos de aluminio, y justo en ese momento acerté a ver una sombra que se reflejaba en ellos. Algo me empujó de costado y luego todo pasó muy deprisa.

—¿Era un lobo?

—Un hombre. Había un hombre, Alicia. Vi un destello en sus manos. Cuando quise levantarme, me asestó un tajo.

Se calló. Los ojos de Clément se movían rápidamente bajo los párpados. Estaba reviviendo la escena, no para exorcizarla sino para entender en qué momento había bajado la guardia.

—Estaba tendido, la camisa se me estaba empapando de sangre —prosiguió—. Recuerdo que me sorprendió lo caliente que estaba el líquido. Mientras tanto, el tipejo me dijo por gestos que no intentara nada. Se acercó a Barbacana y, como puedes imaginarte, necesitó Dios y ayuda para asirla de las riendas. Y se marchó con ella y todo el material en dirección al llano.

—Y más tarde ella se marchó por las buenas… ¡Barbacana siempre ha detestado que la lleve otra persona que no seas tú!

—Yo no podía levantarme. Me arrastré hasta el árbol. Mi suerte fue que la punta de su cuchillo resbaló primero al chocar con mi reloj. El corte era grande pero no demasiado profundo para resultar mortal. Lo demás ya lo sabes.

Dejaron que pasase el tiempo, suspendido de los primeros rayos de sol que traspasaban la habitación. La ternura del instante sabía a las fresas silvestres que cogían en las laderas del Cerro del Sol.

—Te topaste con el único bandido que queda en Sierra Nevada —concluyó ella abrazándolo con más fuerza—. Qué suerte hemos tenido. Pero ¿por qué mentiste al juez? ¿Para proteger a ese vagabundo que a punto estuvo de convertirme en viuda?

—No era ningún vagabundo, Alicia. Su acto fue premeditado.

Ella se sentó en la cama, las piernas recogidas debajo de los muslos, envuelta en la sábana en la que el perfume de sus pieles se mezclaba con la fragancia de las especias exóticas del incienso.

—Me preocupas. ¿Qué pasa, Clément?

—Eres hermosa, eres mi maravilla —respondió él, conmovido e impresionado por la belleza de su mujer como el primer día—. ¿Lo sabes, mi amor? —Sus ojos respondieron por ella cubriéndose con un velo húmedo—. Al pie de mi árbol tuve tiempo para reflexionar —continuó Clément, la frente arrugada por el dolor que despertaba de nuevo—. El ladrón no quería nada de nuestra mula. Llegó antes que yo e intentó arrancar los paneles de aluminio.

—¿Para revenderlos?

—Sí, valen una fortuna. Rápidamente se dio cuenta de que tardaría demasiado rato y trató de llevarse la tela entera. Ahí otra vez fracasó: hace falta práctica y el individuo era evidente que no tenía ninguna, pues me encontré las cuerdas todas enredadas. Fue entonces cuando llegué y él se escondió en la casucha en ruinas. Esperó a que le diera la espalda para dejarme de tal manera que no pudiera hacerle nada. A falta de aluminio, acabó conformándose con los instrumentos que estaban a lomos de Barbacana. Fin del misterio, o casi.

El sonido característico de la carreta de Mateo saliendo a entregar su hielo resonó en la calle del Mexuar. Alicia se levantó, envuelta en la sábana como en una toga romana, y trajo de la cocina dos trozos de sandía.

—Eso no responde a mi pregunta, mi amor: ¿por qué se lo ocultaste al juez? No porque lo hayamos recuperado todo hay que dejar que el criminal siga suelto. ¡Por poco te mata!

Él puso cara de niño pillado en falta mendingado un perdón, antes de decir:

—Hay un último asunto del que quisiera hablarte. Un detallito. El aparato de toma de muestras de aire no se partió en el aterrizaje. Estaba intacto; y la ampolla con la muestra, sellada. Lo había dejado junto con todos los objetos que luego me robó.

Alicia le acercó los tacos de sandía que había pinchado con un palillo.

—Pudo romperse cuando se le escapó Barbacana —sugirió ella mientras se comía sus trozos.

—Sí. Y en ese caso no lo sabremos nunca. Pero existe otra posibilidad y ha sido el juez el que me ha dado la idea.

Alicia volvió a colocarse como antes, aovillada junto a su marido, con la cabeza en el hueco de su cuello y las piernas enroscadas en las suyas como lianas, con cuidado de no rozarle el abdomen dolorido. Clément sospechaba que el hombre, desde hacía un tiempo, se había fijado en todos los ingredientes que se podían emplear en la composición de un artefacto explosivo.

—Si creemos lo que ha dicho Ferrán, está formándose un grupo anarquista en Andalucía. Y necesitan productos químicos.

—Puede que sí en el caso del ácido de tu frasco de aire, pero ¿qué interés puede haber en robar la tela?

—El polvo de aluminio mezclado con el perclorato de potasio es un explosivo deflagrante, ángel mío. Nunca lo había pensado antes, pero ¡en mi globo hay de todo para fabricar una bomba! Empiezo a entender al capitán Cabeza de Rata... Por todo esto no podía contarle la verdad al juez: demasiados elementos para suponerme culpable.

En la puerta se oyó un primer arañazo que interrumpió la conversación. Al segundo, Alicia abrió y por el marco asomó la cabeza de Victoria.

—No puedo dormir más. Hace rato que lo intento —dijo con su voz más engatusadora—. ¿Puedo venirme con vosotros? He echado mucho de menos a papá —añadió, subiéndose a la cama sin esperar respuesta.

—Te haremos un pequeño hueco —cedió Clément.

Los combates de las horas precedentes lo habían dejado incapaz de oponer la más mínima resistencia. Y, además, estaba deseoso de estrechar entre los brazos a sus trillizos, de apretarlos sin pensar en la herida que le tiraba la piel, deseoso de decirles cuánto los quería, y de repetírselo también, porque los niños, a diferencia de los adultos, no se cansan nunca de que se lo digan, deseoso de que le dijesen a él todo lo que él mismo no había sabido nunca decir a sus padres antes de que Alicia entrase en su vida y lo liberase de todos los artificios de su educación.

—Mi pobre papá —dijo Victoria, zalamera—, ¿no te da una pena horrible el resultado?

Con la precipitación del lanzamiento del globo, el meteorólogo se había olvidado de dar cuerda al mecanismo del cilindro conectado con el rulo de registro. Al cabo de quince minutos el trazo se había interrumpido, a más de siete mil metros de altura, lo que había motivado a Clément a sostener que, en vista de la progresión, el globo había superado sin duda su récord anterior en mil metros por lo menos.

—Me dan pena los que estaban esperándolo —concluyó—. Para mí ha sido la señal de que era hora de parar.

Irving irrumpió en la habitación poco después, seguido de Nyssia, y acabaron todos hechos un nudo encima de la colcha, jugando y riendo, procurando no hacer daño a Clément, pero sin separarse ni medio centímetro de él, como si quisieran impedir que volviera a marcharse.

Desayunaron en la cama y Clément declaró que ese día sería festivo para la familia Delhorme, lo que desató los vítores de los chicos. Alicia los observaba y pensaba que nunca habían sido tan felices todos juntos, y se prometió que reproduciría cada día aquel instante de gracia, aunque solo fuera un ratito, pues en materia de felicidad hasta las migajas eran esenciales. Alicia las estuvo picoteando hasta el final de la tarde, evitando en todo momento pensar en la última frase que había dicho Clément justo antes de que sus hijos pusieran fin a su intimidad: se le había metido en la cabeza buscar a su agresor y sus compinches, para poder recuperar su máquina.

XIV

44

Oporto,
lunes, 15 de octubre de 1877

U na gran aclamación se elevó del puente: los obreros acababan de unir las dos mitades del tablero fijando los últimos remaches. Avisaron por señas a los que estaban mirándolos desde los dos ribazos y todo el mundo aplaudió, se abrazó y se felicitó.

—¿Eso quiere decir que está terminado? —preguntó Claire dirigiendo a su padre una mirada interrogante.

—Eso quiere decir que tiene su forma definitiva —respondió él tendiéndole los prismáticos—. Queda hacer las pruebas de carga.

Instalados en la terraza del orfanato que se extendía por encima del puente, en la margen derecha, los Eiffel habían podido seguir el desarrollo de las operaciones con todo lujo de detalles. Pedro Inácio Lopes, acompañado de su mujer, se acercó a felicitar al ingeniero.

—¡Lo hemos hecho! —exclamó entusiasmado, obsequiándolo con un prolongado y caluroso abrazo. Alzó la vista al cielo, se santiguó enfáticamente y se llevó el pulgar a los labios para besarlo—. ¡El arco más grande de Europa, puede que del mundo, senhor Eiffel! ¡Tu papá es un genio! —añadió mirando a Claire, que se puso colorada de orgullo.

Habían llegado a Oporto la semana anterior, después de un periplo por España, y la adolescente había descubierto la popularidad de la que gozaba su padre entre los habitantes y las autoridades.

La primera vez que había visto la obra, no había podido dar crédito a sus ojos. Era bastante más grande aún de lo que se había imaginado, más de lo que dejaban entrever las fotografías, más de lo que le había descrito su padre. Los pilares metálicos que se elevaban hacia el tablero eran tan altos como las agujas de las catedrales, y el arco, que conectaba las dos orillas como un Atlas encorvado bajo el globo terráqueo, empequeñecía el paisaje con su magnificencia. Había sentido una especie de vértigo al pie de ese gigante inmóvil, cuyas dimensiones la mareaban. Se había ido acostumbrando con el transcurrir de los días, sin dejar en ningún momento de notar en su interior un temor difuso ante el gigantismo de la construcción.

Claire pasaba los días en el lugar de la obra o en la biblioteca que daba a la plaza de São Lázaro, al lado de su hotel. Escribía a diario a su tía Marie, que se había quedado al cuidado de sus hermanos y hermanas, y salpicaba sus epístolas con frecuentes signos de exclamación, de tan excitados como estaban sus sentidos y de tan maravillada como se sentía. Trataba por todos los medios de disimular la tristeza que le entraba al pensar en su madre pero, una vez a solas, en su habitación del hotel o andando por las calles de la plaza, permitía que la alcanzase aquella melancolía ácida que ella mantenía a raya durante el resto de la jornada. El viernes anterior habían viajado al norte para visitar el sitio de construcción de otro puente, sobre el Cávado, y la admiración que profesaba hacia su padre se había tornado veneración.

—¿Vamos? —preguntó Eiffel ofreciéndole el brazo.

Claire salió de sus ensoñaciones y lo miró atónita.

—¿Podemos? ¿No es peligroso?

—No, si no te alejas de mí.

Se reunieron con Pedro Inácio Lopes y los obreros presentes, que llevaban dos años esperando ese momento. Claire se agarró a su padre, obligándolo a no desviarse ni un ápice del centro del tablero para impedir que se asomase al filo a verificar detalles técnicos, y a él le hizo gracia.

—Me da vértigo —explicó ella, haciendo un mohín enfurruñado—. Y hay viento. ¡Papá, para!

El enfurruñamiento no le duró más que unos pasos, al cabo de los cuales alcanzaba la orilla izquierda. Allí Collin estaba tratando de impedir que un periodista entrara en el puente. Joseph había abierto los brazos en cruz para hacer de parapeto, pero la insistencia del hombre lo obligaba a retroceder un paso a cada intentona, como en un ballet cómico.

—Pobre —dijo Claire, compadeciéndose de él.

—*Que diabos?* —preguntó Eiffel con autoridad.

—Monsieur Eiffel, represento al *Jornal do Porto* —dijo el hombre—. Permítame ser el primero en caminar por el puente.

—Entenderá usted que ese privilegio corresponde a los que lo han construido —se opuso el ingeniero.

—¡Lo entiendo, lo entiendo, pero nuestro periódico le ha apoyado desde el principio! Este día es un poco nuestro también.

Eiffel puso cara de dudar un momento y entonces replicó:

—Venga, le acompañaré en la visita. Pero a cambio le pediría que envíe su artículo a los principales periódicos de París.

—Con mucho gusto, así lo haré —aprobó el redactor, que pasó por delante de Joseph dedicándole una mirada retadora—. ¿Sabe que en el último baile el rey ha hablado de usted? —añadió, al tiempo que sacaba del bolsillo un cuaderno.

Claire, que se había quedado junto a Joseph, le daba ánimos mientras su padre recorría el tablero adornando sus explicaciones con las anécdotas que habían puntuado los dos años de obras. El redactor insistió para que el ingeniero le desvelara su secreto, el que le había permitido terminar en los plazos fijados a pesar del parón causado por las inundaciones.

—Un hecho que tendría que servir de inspiración a cualquier empresario de este país —le aseguró para terminar, lo que desató la risa de Eiffel.

—Analizar, anticipar e innovar —explicó el jefe de la obra—. Analizar todos nuestros puntos fuertes y nuestros puntos más débiles, para construir sobre los primeros y adelantarnos a los segundos. E innovar, innovar sin cesar, pero sin correr riesgos en lo fundamental.

—¿Puedo escribir eso en mi artículo? —le preguntó el hombre, que había dejado de tomar apuntes un instante.

—Por supuesto, no hay nada que ocultar, son las palabras maestras de todo constructor. Lo más difícil no es saberlo, sino no desdeñar ese conocimiento —agregó con malicia—. Venga, le presentaré a mis colaboradores.

Nouguier y Compagnon, inclinados sobre los remaches puestos a la altura de la clave del intradós, saludaron al periodista sin dejar lo que estaban haciendo. Cuando el hombre se asomó por encima de la barandilla metálica para observar el punto de unión, una ráfaga de viento más fuerte le arrancó la gorra, que cayó al vacío dando vueltas, al ralentí, y amerizó suavemente sobre la superficie rugosa del Duero.

—¡Y no se hunde! —comentó Nouguier viéndola alejarse, mecida por las olitas—: Un güito de buena factura.

—Émile ha perdido unos cuantos durante las obras. A partir de la experiencia ha elaborado una teoría sobre la calidad de los sombreros —explicó Compagnon.

—Cinco, nada menos —confirmó Nouguier—, y los que están hechos con los mejores tejidos y las mejores costuras flotan como boyas. Solo uno se hundió —precisó—, uno adquirido en el mercado de Levallois. Los demás cubren aún la cabeza de los peces del Atlántico. ¡Mi teoría se confirma impepinablemente!

Dos gaviotas plateadas pasaron por debajo del arco como burlándose de él.

—Ya se han acostumbrado —comentó el redactor—. Su obra se ha integrado con el paisaje.

Eiffel le explicó las etapas restantes, de las cuales la más importante consistía en una prueba de carga con una locomotora lastrada, y estimaba la inauguración para el 4 de noviembre aproximadamente.

—¿Puedo hacerle unas preguntas a su hija, señor? —preguntó el hombre, una vez en tierra firme.

Claire estaba a varios metros de ellos, en compañía de Collin, y parecía presa de una tristeza inconsolable, reflejada a su vez en el rostro hermético de Joseph.

Eiffel comprendió las intenciones del periodista de entrevistarla acerca de la muerte de su madre y se negó cortés pero rotundamente. Se juró a sí mismo que siempre cuidaría con denuedo de proteger su vida privada.

—El artículo saldrá mañana —terminó el hombre, llevándose maquinalmente la mano a la cabeza para despedirse.

Entonces, al caer en la cuenta de que su gorra iba camino del puerto, sonrió a modo de excusa y se marchó silbando, con las manos en los bolsillos. Hasta la atmósfera misma se hallaba impregnada de una mezcla de alegría y melancolía.

La cocinera tenía los carrillos colorados por el calor del hogar. Olió los aromas del guiso de ternera lechal con salsa de nata, cuya receta, elegida por la señorita Eiffel, había seguido a pie juntillas. Para la comida organizada en honor de la finalización de las obras, padre e hija se habían decantado por platos franceses. Claire, que se había llevado un libro con cientos de recetas, había compuesto el menú y lo había escrito en una tarjeta para cada uno de los miembros del equipo:

Sopa con huevos escalfados
Esturión braseado
Ternera en salsa de nata
Hojaldre de champiñones
Compota de pera
Postre sorpresa

El menú inicial incluía también un plato de alondras asadas, que Eiffel había hecho retirar sin que Claire entendiese por qué. Desde la muerte de Victorine, ya no soportaba los platos de ave, que le recordaban los tordos del tren y su llegada caótica a Barcelinhos con ella. En cuestión de unos meses las dos mujeres de su vida habían desaparecido. Pero eso, al igual que todo lo demás, no podía contárselo a nadie, y menos aún a su hija.

—Bueno, y el postre ¿qué es? —preguntó la cocinera con su peculiar forma de hablar, un acento fricativo que delataba su origen lisboeta, al tiempo que le alargaba una cuchara de palo que había llenado en la cazuela.

—Una sorpresa —respondió Claire antes de probar el guiso con nata líquida.

—Pero yo tengo que saberlo, ¡a mí me tendrá que desvelar el misterio!

—Ni siquiera a usted, ¡ni hablar de eso! —respondió la muchacha, divertida—. La ternera le ha quedado excelente —la felicitó—. Cuando haya terminado de hacerse, no olvide agregarle ralladura de nuez moscada y de ligarlo con las claras de huevo…

—… y vinagre, ya lo sé, señorita —respondió la cocinera sonriendo ante la aplicación de la joven—. Puede decirles a esos caballeros que se sienten a la mesa.

Claire cruzó el comedor de la Quinta do Coelho y salió al jardín, donde habían instalado una carpa enorme que cobijaba unas mesas colocadas en U cubiertas con manteles bordados. No necesitó tocar la campanilla: todos los empleados de la obra, más el equipo técnico, habían tomado asiento ya, y compartían cervezas y anécdotas en un guirigay de voces que cesó en el acto en cuanto ella entró en la zona cubierta por la lona. El anuncio de la comida desató un concierto de hurras y aplausos. Claire se sentó al lado de su padre, en la mesa de honor que conectaba las dos paralelas. Él le guiñó discretamente un ojo: la joven había sabido encontrar enseguida su sitio en todo aquel dispositivo, ocupándose de la intendencia cotidiana y de la organización de sus viajes. Con ayuda de Nouguier, Eiffel había empezado a iniciarla en los conceptos básicos de las técnicas de construcción y Claire, que lo acompañaba a las obras, lo acribillaba a preguntas. El interés de su hija por su trabajo halagaba al ingeniero y este dedicaba largos ratos a responderle, a evocar ideas y proyectos. En unas semanas, se había convertido en su asistente y en su confidente. Él había preferido instalarse con ella en el hotel y no en la casona alquilada en Vila Nova de Gaia, en la que reinaba un ambiente demasiado masculino para ella. Claire se encontraba más aislada pero no se quejaba.

—Cómo me gustan estos momentos —le dijo al oído cuando el jaleo de las conversaciones subió un punto—. Esta dulce euforia del trabajo bien hecho.

Ella asintió y se topó con la mirada de Théophile Seyrig, sentado al otro lado de Eiffel. El ingeniero había llegado la víspera para asistir a las pruebas de carga. Su semblante no expresaba la misma alegría que la que se reflejaba en el resto de invitados. Durante el discurso al inicio de la velada, Gustave había dado las gracias a sus colaboradores, mencionándolo a él entre los demás, y Seyrig no terminaba de superar lo que él consideraba una afrenta, pues era oficialmente su socio y el artífice del arco en forma de media luna que todos los diarios portugueses alababan como fruto del genio del señor Eiffel.

Mientras esperaban el postre, él se sirvió una copa de champán y abandonó la mesa para apartarse del resto a rumiar su decepción, de la que no lograba zafarse. Entró en la bodega y admiró los dos orondos jamones colgados; la primera tajada dejaba ver un apetitoso color rubí oscuro. A pesar de la malla protectora, dos moscas se paseaban por la grasa que envolvía el Chaves, parándose para frotarse las patas o las alas y echando otra vez a andar en dirección contraria o desviándose tan súbitamente como se paraban. «La lógica de las moscas es algo que no entenderé nunca», meditó, intentando espantarlas con el dorso de la mano. Los insectos aletearon sin lograr encontrar la salida. Seyrig repitió el gesto pero cuanto más las amenazaba él, más zigzagueaban ellas, enloquecidas, entre la carne y su tela protectora. Se detuvo y esperó a que se tranquilizaran, desató el nudo y abrió bien el faldón de la malla. Las moscas desaparecieron enseguida sin pedir explicaciones.

—¿Se quedó usted con hambre? —preguntó, preocupada, la cocinera, que acababa de entrar.

—No exactamente —respondió Seyrig—, solo pasaba por aquí. Y estaba espantando unas moscas, forma parte de mis atribuciones —añadió con amargura.

—Ah, pues entonces tendrá usted aquí trabajo para todo el año —respondió ella riéndose—. Pero a la antecocina no puede pasar, ha llegado el postre y no puede verlo nadie —explicó ella al ver que se disponía a entrar—. Estoy esperando a la señorita Eiffel para servirlo.

El ingeniero frunció ostensiblemente las cejas.

—Se lo diré al oído —dijo la mujer, interpretando erróneamente el gesto de contrariedad—. Pero sobre todo no diga nada a nadie.

Sin aguardar siquiera la respuesta de Seyrig, se inclinó hacia él y le desveló el secreto repostero.

—Ha sido idea de la señorita, para festejar el puente del señor Eiffel. ¡Esta joven es un ángel!

A Seyrig se le había contraído el rostro. Decidió ahí mismo no asistir a la inauguración, dejó la copa de champán sobre la tapa de la artesa y regresó al jardín, donde se cruzó con Claire. Ella lucía aún su sonrisa de niña y se la obsequió antes de entrar en la cocina. Seyrig, por su parte, respondió con un rictus crispado y fue a ocupar una silla vacía, en compañía de los remachadores franceses, lejos del jefe de obra. Pensando en las moscas, se dijo que no esperaría a verse atrapado para recuperar su libertad. Así pues, decidió redactar en su solo nombre una comunicación relativa al puente del Duero, dirigida a la Société des Ingénieurs. Todos debían saber que era él el autor principal de la obra.

—¿Una cervecita, señor Seyrig? —le propuso uno de los obreros ofreciéndole un vaso que él aceptó maquinalmente—. ¡Por su obra!

Los otros remachadores alzaron también sus vasos en dirección a él.

El brindis le devolvió la confianza y observó ya sin acrimonia la aparición de la obra hecha de *nougat*, una réplica exacta de la suya. Delante, una tarjeta de almendrado deseaba larga vida al puente de Eiffel.

—Sírvame otra —pidió Seyrig a su vecino, después de apurar de un trago la cerveza.

En la mesa de enfrente los obreros portugueses se habían puesto a cantar un fado de marineros y todo el mundo guardó silencio para escucharlos. Cuando terminó la canción, los franceses entonaron a coro «Les Temps des cerises». Las dos mesas se lanzaron a una justa musical hasta que se agotaron cuerdas vocales y toneles de cerveza.

Claire, derrengada después de la velada de la víspera con los oficiales de la Companhia Real dos Caminhos de Ferro Portugueses, pidió permiso para retirarse. Nouguier fue el encargado de acompañarla a su hotel. Todo el mundo la felicitó por el ágape y ella quiso compartir los honores con la cocinera, a la que hizo salir al jardín para recibir una ovación.

La intensidad menguó un punto y la velada se prolongó. Se habían formado grupitos, tanto en el exterior como dentro de la vivienda; algunos invitados empezaron a marcharse a ritmo regular, no sin antes dar las gracias a su patrón o hacerle entrega de algún presente a modo de recuerdo.

—Bueno, Jean, ¿qué le ha parecido su primera obra con nosotros? —preguntó Eiffel una vez que la casa hubo recobrado su calma.

—La verdad, es un honor haber participado en esta construcción —respondió Compagnon, dando unas caladas al puro que acababa de encender—. ¡Es soberbia! Volvería a empezar cuando usted quiera.

—Me alegro, porque hay dos más que le esperan en el norte del país. Se llevará al mismo equipo.

—Es un honor, señor Eiffel. Pero he de decirle... —Compagnon suspiró y se aseguró de que nadie los oyera, antes de añadir—: Mire, los muchachos del equipo, el capataz, todos están de acuerdo. No quieren seguir trabajando con el señor Collin. Me siento obligado a decírselo: carece por completo de autoridad. Y no es que no posea los conocimientos propios del oficio.

Eiffel no pareció sorprenderse, pero se abstuvo de responder.

—Es un buen hombre, el señor Collin, y además pariente suyo, pero el capataz debe hacerse respetar por su experiencia —insistió Compagnon—. Lamento decírselo esta noche. ¡Creo que la cerveza me ha ayudado! —concluyó, mostrando su vaso vacío.

—No se preocupe para la próxima vez —dijo Eiffel dándole unas palmaditas de afecto—. Venga, vamos a ver las estrellas con el telescopio que he instalado en el piso de arriba.

Al pasar por el salón se cruzaron con Joseph, que se afanaba en ajustar su reloj de bolsillo de acuerdo con la hora del reloj de péndulo. Compagnon rehuyó su mirada. Collin, al verlos, les dio las buenas noches y se retiró. Se había comido la cúspide del arco de *nougat* y parecía que se le estaba indigestando.

Cuando Gustave regresó al hotel de São Lázaro se encontró a Claire tumbada encima de la cama, dormida. De una mano se le había escapado la carta que no había terminado de escribir, y en la otra tenía aún un portaplumas con el plumín ya seco. Se lo quitó delicadamente, sin despertarla, le echó encima un cobertor y recogió la carta destinada a su hermana Marie. Su hija le describía en ella los acontecimientos del día, hora a hora, incluida la velada de ese día, que terminaba con su propia partida y concluía con un «¡Papá es un genio!». Un mes después de la muerte de su madre, la vida había sumido a Claire en una existencia de adultos que no había elegido pero que aceptaba con valentía. Eiffel se preguntó qué sería de él sin su hija y rezó para que no se alejase nunca de su lado.

45

La Alhambra, Granada,
domingo, 21 de octubre de 1877

Los primeros rayos de sol impactaban ya en el Albaicín con sus fuegos rasantes, cubriéndolo con un tul de matices anaranjados, cuando Kalia abrió de par en par la puerta de su cueva excavada en la ladera del Sacromonte. La ciudad titilaba a sus pies. El espectáculo la dejó sobrecogida un buen rato. No se atrevía a moverse ante tal belleza, como si el más mínimo gesto fuese a romper la magia y a ahuyentar los colores como una bandada de golondrinas. Se resolvió a entrar, cogió su escoba hecha con un atado de ramas y sacó hacia el umbral el polvo del interior con movimientos bruscos, casi rabiosos. Mateo había ido a verla una vez más para suplicarle que dejase el clan y se instalase con él y con Javier en la Alhambra. Kalia, como siempre, se había negado, pero esa respuesta era un verdadero tormento para ella, ¿cuándo se daría cuenta Mateo? Se había negado a recibirlo la próxima vez, a sabiendas de que no sería capaz de mantener la palabra cuando lo viese aparecer. Oír hablar de su hijo y saber de él era su mayor alegría y no estaba dispuesta a renunciar a eso. «Si es que me lío yo más que la pata un romano —reflexionó—. Eso va a ser, sí. Soy un rato complicada, y bien sencillo que podría ser todo.» Dejó la tarea y salió cuando el polvo levantado empezó a picarle en la garganta.

Se acercó al borde la terraza natural y se sentó al filo del barranco. La Alhambra estaba tan cerca y a la vez tan lejos. Esa loma vecina, en cuyas laderas rebuscaba caracoles y migajas de la intimidad de Javier, le parecía otro mundo, separado del Sacromonte por bastante más que una simple quebrada. Bastaba tan poco para cambiar de vida, una palabra, tan solo una, pero sentía que no tenía ni derecho ni fuerza para decirla: el clan la necesitaba y, además, Javier seguramente la echaría de su lado, por mucho que Mateo le asegurara que no.

Siguió con la mirada la silueta humana que bajaba del Generalife por su pendiente más empinada. Sus andares, enérgicos y ágiles, su avance raudo y regular la convencieron de que se trataba de un varón que conocía perfectamente el paraje. Kalia entornó los ojos y trató de ajustar la vista, que desde hacía tres años le hacía jugarretas y le valía alguna que otra burla de sus convecinos. El desconocido desapareció detrás de una revuelta y reapareció al cabo de un cuarto de hora en lo alto de la plataforma, en la que hombres y bestias habían tomado por costumbre descansar antes de llegar al primer nivel de las terrazas.

Entonces fue cuando Kalia lo reconoció. El corazón se le paró un instante como un caballo ante un obstáculo y, a continuación, reanudó su palpitar y se embaló: Clément acababa de entrar en la morada del príncipe de los gitanos. El motivo de su presencia no dejaba lugar a dudas. Kalia entró en su cueva, cerró la puerta y se sentó en la cama a esperar su llegada.

La única fuente de luz era un agujero horadado en el techo de roca, delante de la puerta de entrada. El príncipe entró sin llamar. Se había puesto todos los oropeles propios de su función y su sombrero de ala ancha le ocultaba la parte superior del rostro. Nanosh no era tan autoritario como su antecesor Torquado y, sobre todo, no había intentado hacer de Kalia su compañera ni su amante. Por la sombra alargada que veía en el suelo, adivinó que Clément se había quedado fuera, en la terraza, esperando a que le dieran permiso para entrar.

—Kalia, te figurarás por qué estamos aquí —dijo el príncipe, inmóvil en el haz de luz.

Ella asintió sin osar levantar la cabeza.

—Hace poco hablaste con Mateo y le dijiste que tenías una información de interés para los franceses. —Respiró profundamente antes de proseguir—: Por lo general nosotros no nos mezclamos en los asuntos de los payos. Pero Javier, que es hijo de nuestro llorado Torquado, es el protegido de los franceses. Y te doy permiso para decirle todo lo que sabes.

Salió acompañado del sonido de los cascabeles de su sombrero. El príncipe hizo una seña con la cabeza en dirección a Clément para indicarle su consentimiento. Luego volvió a su vivienda, se sentó en una silla puesta a la sombra de su tejado y se dispuso a escuchar una zambra mora. La mañana había avanzado sigilosamente hacia la hora de la comida cuando divisó a Clément bajando de las terrazas del Sacromonte. El príncipe aspiró el aire todavía empapado de la humedad de la noche, ahuyentó a la chiquillería que levantaba una polvareda mientras perseguía a un perro a cuya cola habían atado una rama cargada de hojas, y se enderezó el sombrero antes de bajar a ver a Kalia.

Clément se llegó al mirador del Generalife con objeto de informar a Mateo sobre sus intenciones después de las revelaciones de la gitana. Kalia se encontraba entre el puñado de espectadores presentes en el lanzamiento del globo. Con el cubo de caracoles en una mano, se había quedado a un lado, resguardada en uno de los innumerables recovecos que aprovechaba con frecuencia para observar a Javier sin ser vista. Dos granadinos que estaban a unos metros de ella, creyendo hallarse lo bastante apartados, habían comentado con toda la tranquilidad del mundo su intención de seguir la trayectoria del globo. La idea la había intrigado, pero le había parecido que solo se trataba de un juego, hasta que se enteró de la agresión a Clément. Kalia ardía en deseos de contar lo que había escuchado, pero los gitanos debían mantenerse siempre al margen de los asuntos de los payos. Por eso había callado hasta que Mateo había ido a verla.

El antiguo nevero no se encontraba en la sala donde tenían las máquinas para hacer hielo. Estaban apagadas. La tarde anterior había dicho estar preocupado ante la reciente disminución de pedidos y Clément lo había tranquilizado aduciendo que estaba haciendo un frío poco habitual para la época. El meteorólogo dio un rodeo por el pabellón en el que guardaba sus instrumentos de registro para tomar los datos de mediodía. «No hay riesgo de que desaparezcan los pedidos los próximos días», se dijo después de calcular las previsiones de temperatura para la semana y haberlas apuntado en un cuaderno en el que posteriormente se les unirían los valores reales. Había afinado aún más su algoritmo y Clément preveía que el año siguiente estaría en condiciones de comunicarlo a la Académie des Sciences.

Concentrarse en su trabajo le permitía dar salida a la cólera que lo había invadido tras su acalorada conversación con Kalia. Antes ya de escuchar lo que tenía que contarle, estaba seguro de que el hombre que lo había agredido en Sierra Nevada, o uno de sus compinches, se hallaba presente en la explanada en el momento de soltar el globo. Ahora tenía la prueba que necesitaba. Kalia no los conocía, pero su descripción había sido lo bastante precisa.

—¡Al fin te encuentro! —exclamó Clément avistando a Mateo, que estaba labrando la tierra de su huerto.

El hombre tenía medios para permitirse verduras frescas a diario, medios para contratar un hortelano y tener campos enteros de fruta, pero nunca había dejado de arar la tierra él mismo, día tras día, como cuando bajaba de Sierra Nevada en los tiempos en que había sido nevero. El francés le resumió la conversación con la gitana, mientras él se enjugaba el sudor de la frente con un faldón de la camisa.

—¡Esto sí que no me lo esperaba! —exclamó Mateo.

—Yo creo que ya no hay duda —concluyó Clément.

—¿Qué piensa hacer?

—¿Puedes quedar con él esta noche? Le voy a dar una oportunidad para redimirse antes de ir a ver a las autoridades. Y todavía albergo esperanzas de recuperar mi muestra de aire.

—Es usted demasiado bueno. ¡Yo le habría hecho comerse el cuchillo! —soltó Mateo, enojado, dejando la pala en la tierra removida.

Clément se enfundó los guantes de cuero y se levantó el sombrero.

—Lo pensaré —respondió, llevándose la mano al sitio de la cicatriz.

Mateo sabía que era incapaz de ello, la ciudad entera sabía que el aventurero era reacio al menor gesto de violencia.

—Preferiría ir con usted —le propuso—. En el fondo, me concierne a mí también.

—Para ti tengo pensada otra cosa para esta noche y creo que te va a gustar, amigo mío.

—¡Ahí está! —exclamó Nyssia al ver a su padre cruzando el Patio de Machuca—. Pídeselo enseguida, mamá, ¿vale?

A Alicia le hizo gracia la prisa de su hija, que acostumbraba pasar los días apartada del resto y rezongaba por tener que participar en las comidas familiares. Su pregunta la había sorprendido, pero se había dejado convencer enseguida, al ver el interés que manifestaba Nyssia en otra actividad que no era la lectura.

En cuanto llegó Clément, se sentaron todos a la mesa. Para él fue una sorpresa encontrarse aquel ambiente estudioso, tan distinto de la zarabanda habitual de conversaciones ruidosas, que eran lo propio de las comidas en casa de los Delhorme y que tanto sorprendían a los invitados de paso, a quienes la libertad de expresión de sus hijos conquistaba o extrañaba.

Se lavó las manos y se las secó sin apresurarse, reflexionando acerca de cuál podría ser la explicación del silencio religioso que reinaba en la casa. Hasta Javier, cuya voz, con su tesitura grave, dominaba habitualmente los debates, callaba. Todas las miradas estaban puestas en Alicia, a la que la situación parecía divertir.

—¿Hay algo que deba saber? —preguntó Clément después de sentarse sin que aquello desencadenara el tintineo de los cubiertos.

—Venga, mamá —susurró Nyssia, con la frente arrugada por la impaciencia.

—Amor mío —comenzó Alicia, removiendo con una cuchara de palo una sartén ancha y honda llena de gachas pimentonas—, tengo que pedirte algo en nombre de Nyssia. —Se aseguró de que el caldo de sémola en el que nadaban trozos de chorizo y de cebolla estuviese bien de sal y continuó—: Nuestra hija querría acompañarte a Oporto a la inauguración del puente de Eiffel. Y me ha convencido.

—Esa es una ecuación que presenta numerosas preguntas —respondió él acercando las manos al mentón con gesto de duda.

—¡Papá —imploró Nyssia—, no hay incógnita que valga en tu ecuación!

—Es una ocasión única para que viaje de otro modo que no sea a través de los libros —observó Alicia.

—Eso es verdad —reconoció Clément—, pero solo tiene catorce años.

—¡Casi quince! —exageró Nyssia—. ¡Es verdad! —exclamó, enojada ante la mirada burlona de su padre—, dentro de poco estaré más cerca de los quince que de los catorce, ¡eso no lo puedes negar! Papá, sabes que siempre me he sentido más mayor que Victoria. Sin ánimo de ofender, hermanita.

—No me molesta —respondió Victoria—. Yo no tengo ninguna prisa por cumplir quince años, toca doña Augusta de maestra y me da miedo.

—Pero allí no se te ha perdido nada, Nyssia —rebatió Clément—. No se le ha perdido nada allí —insistió mirando a su mujer.

—Me dijiste que estaría la hija de Gustave Eiffel —objetó Alicia.

—Sí, pero…

—¡Tiene los mismos años que yo, papá!

—Tiene los mismos años que tú cuando no exageras… ¿Desde cuándo te interesan los puentes?

—Habrá una recepción con el rey de Portugal y estás invitado. Nyssia sueña con ir —dijo Alicia a modo de alegato—. Bueno, qué, ¿la llevas contigo?

Clément cogió su cuchara y simuló estar dudoso, sin dejar de mirarla con mucha atención.

—Está bien, acepto —acabó diciendo—. Y lo hago por una sola razón.

—¿Cuál?

—Para que no se enfríen las gachas pimentonas. ¡A comer!

El concierto de voces y cubiertos pudo comenzar al fin.

Después de la comida, la dispersión fue rápida y los jóvenes encontraron a Jezequel cerca de la fuente del Patio de los Arrayanes, donde le hicieron un resumen de la situación.

—Ya sé por qué quiere ir a Oporto —afirmó Victoria.

—Porque quiere ver cómo son un rey y su corte —intervino Jezequel, jugando maquinalmente con su collar de escamas—. ¡Muy propio de Nyssia!

—En la Alhambra siempre se aburre con nosotros. Ella lo que quiere es viajar —añadió Irving.

—No, hay otra razón y yo la sé —declaró su hermana—. Pero no os la voy a decir. Ni por una escama de oro.

Clément salió del bazar del Zacatín en el que había comprado unos regalos para Eiffel y su hija, cruzó el puente del Darro y se metió en el mesón del Corral del Carbón poco antes de que dieran las ocho de la tarde. Pidió un licor con fuerte aroma a vainilla, agitó los hielos del vaso y se lo tomó de un trago mientras el mesonero cerraba el postigo. Había logrado su objetivo.

«Casi demasiado fácil», pensó mirando los cubitos de hielo medio derretidos en el culo del vaso. Los hizo tintinear varias veces y cogió uno. Se lo puso en la palma izquierda para observarlo con atención. Había algo que lo intrigaba.

—¿Algún problema? —preguntó el tabernero, que subía de la bodega con un cajón de vino en las manos.

—Un inserto. Una aguja de pino.

—Ahora le traigo otros —dijo el hombre dejando encima del mostrador su carga.

—No vale la pena. ¿Quién le ha traído este hielo?

—Pues, como no me ha dado tiempo a pedirle a Mateo, me ha sacado del apuro Hortega, el cafetero. Lo que viene a ser lo mismo, porque Mateo le reparte hielo a diario.

—Eso es imposible, amigo mío.

—¿Por qué, si se puede saber?

—Pues, mire usted, los hielos son una ecuación de dos incógnitas: el cómo y el dónde.

El hombre, sabedor de la fiabilidad de las deducciones de Clément, tomó asiento a su mesa y prestó atención.

—Cómo se ha fabricado: o viene de un hielo natural recogido por un nevero, o proviene de la máquina de Mateo. En el presente caso, viene de una máquina de hacer hielo, reconozco los rasgos característicos de las capas sucesivas —dijo enseñándoselos.

—Entonces, el «dónde» está claro: viene de la Alhambra —se adelantó el hombre.

—Pues no, todo lo contrario —lo contradijo Clément—. En el entorno del taller de Mateo no hay pinos. Y la cuba de producción tiene su tapadera.

—Entonces ¿qué significa eso?

—Significa que hay otro productor de hielo en Granada que posee una máquina.

La aldaba de la puerta interrumpió la conversación.

—Aquí está su hombre —dijo el mesonero levantándose—. ¿Por eso quería verse con él con tanta discreción?

—No, pero acabo de relacionarlos a los dos… ¡Debería haber caído antes!

—Si me necesitan, estaré en la trastienda —concluyó el hombre girando la llave en la puerta—. Pueden servirse en la barra.

Abrió la puerta, dejando así entrar una luz polvorienta en la que se recortó la silueta oscura del visitante. Los dos hombres se saludaron y luego el mesonero lo dejó a solas con Clément. El recién llegado se tomó su tiempo para quitarse la capa y dejar el sombrero en el respaldo de una silla, antes de sentarse frente al francés.

—¿Quería verme, señor Delhorme?

—Hola, Chupi. Tenemos un asunto del que hablar tú y yo.

46

Oporto,
domingo, 4 de noviembre de 1877

La ciudad entera estaba engalanada. Casi cuarenta mil espectadores se repartían por las dos orillas del Duero, cubriéndolas de puntos multicolores. El río de reflejos amarillos estaba tachonado de barcas; y el cielo, constelado de nubecitas aborregadas. Pero la lluvia no iba a aguar la fiesta, Clément se lo había prometido a Eiffel. Había llegado el día anterior con Nyssia y se alojaba en el mismo hotel que él. Claire había acaparado a la joven granadina, dichosa de tener al fin una confidente de su edad, y los padres no habían vuelto a verlas esa tarde ni a la mañana siguiente.

—¿Y ahora dónde están? —preguntó intranquilo Eiffel a Delhorme.

—Al otro lado —respondió este—. Un periodista ha anunciado la llegada de la pareja real.

—La inauguración está a punto de comenzar y Claire no se quería perder el primer tren por nada del mundo.

A unos metros de ellos, la locomotora escupió un poco más de vapor, como un purasangre piafando de impaciencia.

—Su cuñado parece preocupado —comentó Clément.

Le hacía gracia ver a Collin andando de un lado para otro sin cesar, en el inicio del puente, abriendo y cerrando nerviosamente la tapita de su reloj.

—No es para menos, se ha ocupado de supervisar la organización de la ceremonia, y los ensayos han sido laboriosos. El rey debe condecorarlo después de la inauguración y, para colmo, está intranquilo por el paso del tren. Es demasiado para mi pobre Joseph.

—¿Cómo fueron las pruebas de carga? —preguntó Clément, distraído, admirando los colores rutilantes de la locomotora.

—Perfectamente. De acuerdo con sus cálculos. Es usted de una precisión diabólica, estimado amigo.

—¿Cuánto fue la rebaja de la clave del arco en la prueba del peso rodante?

El ingeniero disfrutó repitiendo mentalmente las cifras antes de anunciarlas:

—Un centímetro en el caso de un tren de pasajeros, uno y medio en el caso de un tren de mercancías. Cuatrocientas setenta y siete toneladas, no está mal, ¿verdad?

Una orquesta empezó a tocar «O Hino da Carta», el himno nacional, en el que los pujantes metales apagaron la voz de los violines presentes.

—Vengan, crucemos —les dijo a voces Joseph—, han de ir con los reyes. Y no te olvides del cuadro —añadió dirigiéndose a Gustave.

Eiffel cogió una acuarela colocada en el banquillo de la berlina que los había llevado hasta allí.

—Pintada hace unos días por mi amigo Sauvestre. Aún no se lo he presentado: es el arquitecto de nuestros proyectos. Un obsequio para el rey. ¿No ha cambiado de idea?

El día anterior Clément había avisado a Gustave de que detestaba las mundanidades y que tenía la intención de permanecer al margen de la ceremonia de inauguración. Esperaría a que se hubiese marchado todo el mundo para disfrutar plenamente del puente. La única concesión que había hecho a Alicia había sido acceder a acompañar a su hija al baile que estaba previsto que se celebrase esa noche.

Los vio alejarse a toda prisa, mientras al otro lado Luis I y María Pía felicitaban a los obreros que habían trabajado en la construcción. Ellos, a su vez, iban inclinándose uno por uno a su paso, como las cañas dobladas por el viento. La aparición de Eiffel fue recibida con aplausos de los empleados y sus familias, aplausos que se propagaron a toda la concurrencia como una marea. Solo entonces comprendió Gustave lo que aquel puente representaba para los habitantes, para el país entero. Pero no tuvo tiempo de disfrutar de aquel instante de gracia, pues el obispo avanzaba ya hacia allí para bendecir la obra. Las dos muchachas iban con él y sonrieron, radiantes, cuando el protocolo las situó con el ingeniero al lado de la pareja real.

—¿Son sus hijos? —preguntó Nyssia señalando a los dos adolescentes que acompañaban a la reina.

—Los príncipes Carlos y Alfonso —precisó Claire con la seguridad de una asidua al ambiente de la corona—. Uno de los dos será rey algún día.

Nyssia los observó discretamente, tras lo cual se entretuvo mirando uno por uno a todos los invitados de aquella suerte de almanaque de alta sociedad que rodeaba el epicentro de la celebración: miembros de cuerpos diplomáticos de todos los países de Europa, ministros y diputados, embajadores, así como el consejo de administración al completo de la Sociedad Real de los Ferrocarriles. Su mirada se detuvo en uno de los príncipes, quien la miró a su vez y le sonrió, y luego la ignoró.

El obispo ofició y después todo el mundo pudo al fin pisar el puente detrás del rey, al que Eiffel iba refiriendo anécdotas de la construcción, exactamente igual que como venía haciendo desde hacía dos años con los periodistas. Estos últimos iban en la retaguardia, precediendo a la muchedumbre anónima que había querido asistir a ese momento único.

Cuando los primeros llegaron a la orilla izquierda, Clément había desaparecido. Los oficiales montaron en los vagones de cabeza. Los demás participantes habían desembolsado una suma nada desdeñable para estar en el tren. Claire y Nyssia, inseparables, tuvieron derecho a una ventanilla y la abrieron para responder con la mano a los clamores de la multitud que agitaba pañuelos blancos. Delante de la locomotora, los príncipes Carlos y Alfonso se encaminaban presurosos hacia una calesa que estaba esperándolos.

—Ellos no pueden montar en el tren, es preciso asegurar la continuidad de la monarquía en caso de accidente —explicó Claire, que le había pedido a su tío Joseph que le describiera cómo iba a ser la ceremonia—. Qué pena que no venga tu padre —se lamentó, al tiempo que se asomaba a ver la cola del convoy que se perdía de vista por la vía interminable.

—Ya, es para asegurar la continuidad de la familia en caso de accidente —bromeó Nyssia, provocándole a Claire una risa sincera que hizo volverse a la reina.

La soberana le dedicó una graciosa sonrisa. Las dos jovencitas se cruzaron una mirada cómplice. Nyssia había compartido con Claire su admiración por la vida mundana.

—No te preocupes por mi padre —siguió diciendo—, así es más feliz. Estoy segura de que se ha ido a escribir una carta o un telegrama a mi madre, es uno de sus pasatiempos favoritos. ¡Pero qué enormidad de tren!

—Veinticuatro vagones. Los conté ayer al llegar. ¡Creo que nos ponemos en marcha! —se entusiasmó Claire, buscando los ojos de su padre.

Eiffel estaba conversando acaloradamente con el monarca. Había decidido no esperar para hablarle de su proyecto de puente para tráfico rodado, río abajo. Tras años de sinsabores, no estaba dispuesto a desaprovechar el viento del éxito.

Las dos muchachas se asomaron para disfrutar del espectáculo. El paso por el puente fue motivo de asombro para todos los pasajeros. Nunca nadie había cruzado el Duero a esa altura. En Oporto no se recordaba un día en que hubiese habido tal cantidad de gente en las dos orillas; nunca el alborozo popular había sido así de espontáneo y sincero. Se rendía tributo a los hombres, se saludaba el progreso, se albergaban grandes esperanzas para el porvenir.

El trayecto duró cinco minutos, los cinco minutos más largos de la historia del ferrocarril, los más bellos para los invitados que habían podido montar. La continuación del protocolo le pareció a Nyssia más aburrida, mientras que Claire, por su parte, se sonrojó de orgullo cuando su padre recibió de manos de Luis I las insignias de comendador de la Orden de la Concepción. Todo el mundo se dispersó finalmente, a la espera del baile que se ofrecería esa misma tarde en honor del puente de María Pía.

La bandera francesa ondeaba en lo alto del Palacio de Cristal, mientras el ballet de berlinas que iba depositando a los invitados ante la inmensa nave de entrada alcanzaba su apogeo. Cuando Nyssia se apeó de su coche, se volvió hacia la muchedumbre que se apiñaba detrás del seto humano que habían formado los soldados de la guardia real. Por fin estaba allí, ella, la niña de la Alhambra, entre las personas importantes del mundo, en un decorado digno de las novelas de sus escritores favoritos. Pero eso solo era el primer paso. El siguiente tendría lugar esa misma noche.

Mientras su padre había cogido el primer traje que le había propuesto el sastre para la velada, sin probárselo antes siquiera, Nyssia se había enfundado en cuatro conjuntos antes de decidirse por un quinto, más caro de arrendar pero que había usado una condesa húngara para la inauguración de la bautizada como Exposição Internacional do Porto de 1865, un vestido largo con crinolina adornado con puntillas de color oscuro, que acentuaba sus rasgos andaluces, borraba los últimos vínculos que la ligaban a la adolescencia y le daba ese aire de mujer de mundo que soñaba ser.

Clément se detuvo en el atrio para admirar la inmensa cristalera hemisférica que presidía la entrada, en la que los fulgores oblicuos del crepúsculo magnificaban el trabajo de los vidrieros. Nyssia tiró de él, susurrándole discretamente un «¡Papá!»; ni uno solo de los invitados prestaba la menor atención a la arquitectura del edificio, y ella había llegado a la conclusión de que el decoro requería no quedarse nunca pasmado ante las cosas del mundo, o al menos no ante aquellas cuyo entusiasmo podía compartirlo el pueblo llano. No era el momento de llamar la atención con una falta de buen gusto. Clément no se dio cuenta y dudó de si reabrir el tema que los había enfrentado ya en el hotel unas horas antes. A él le costaba más que a Alicia aceptar la fascinación de su hija por el oropel mundano y sus sueños improbables de formar parte de todo aquello. Pero decidió no estropearle la velada. Si ella había ido, era tanto por el puente como por vivir aquel instante. Clément sacó pecho, se obligó a sonreír, tomó a Nyssia del brazo y entró.

La nave principal se extendía más de cincuenta metros y acababa en un estrado, en el cual una orquesta sinfónica tocaba ya para los numerosos invitados. A ambos lados se extendía una galería cubierta que recorría toda la planta y se repetía en el piso superior, como si de un inmenso palco de teatro se tratara. El conjunto estaba enmarcado por dos hileras de columnas que sostenían la bóveda central, de hierro y vidrio. Los invitados habían tomado posesión de las galerías o bien se repartían en grupos por el espacio central. Todos aguardaban la llegada de la pareja real que abriría el baile. Los Eiffel se reunieron con ellos y Claire se llevó a Nyssia a la balconada.

—Ciertamente la levita le sienta igual de bien que el atuendo de aventurero —dijo el empresario observando atentamente la ropa de Clément.

—No me diga que estoy creíble —respondió este, pasando la mano por dentro del cuello de su camisa, que para su gusto le quedaba demasiado prieto—. Esta corbata es peor que un nudo corredizo de ahorcado. ¡Me sentía más a gusto en Sierra Nevada en medio de un entorno hostil!

—¡Demonios! Vamos a tomar un vaso de oporto, nos relajará. Y le presentaré al presidente de la Compañía de los Ferrocarriles. Está impaciente por conocer al hombre que ha sido capaz de domar los caprichos de la meteorología. Creo que está interesado en su talento. Al igual que yo, por cierto.

Clément buscó con la mirada a su hija y la localizó rápidamente en el piso superior: Claire y ella estaban rodeadas de un grupo de oficiales portugueses, de los que Nyssia se desembarazó con naturalidad y distinción. La facilidad de su hija para moverse en ese universo de códigos que él no dominaba le causó incomodo.

—¿Ya has asistido a otros bailes? —quiso saber Claire, impresionada ella también.

—Es mi primer baile, pero es que leo mucho —respondió Nyssia.

—En cualquier caso, los dejas a todos impresionados. Bajemos, el rey está a punto de llegar.

—¿Verónica Franco?

Las dos jóvenes se volvieron hacia el hombre de acento eslavo que se había acercado a ellas.

—No —respondió Claire, sorprendida, mirando fijamente al militar.

—Sí —respondió simultáneamente Nyssia con toda naturalidad, como si llevase ese nombre adherido a la piel desde que nació.

—Sígame, por favor. La esperan.

—Pero se equivoca usted...

—Ya te lo explicaré —susurró Nyssia—. Sobre todo, ni una palabra a mi padre. Luego nos vemos.

Claire se la quedó mirando mientras ella bajaba por la escalera y abandonaba el Palacio de Cristal moviendo con elegancia el abanico. Se quedó pensativa largo rato, con la mirada fija en la inmensa araña de cristal. Nyssia era definitivamente un misterio. El movimiento en masa la sacó de sus conjeturas: la pareja real acababa de salir a la pista.

Claire bailó con su padre y después con su tío Joseph, antes de declinar las siguientes invitaciones. Pasó el resto del tiempo pegada a su padre, entre discusiones de índole profesional y las felicitaciones propias del momento.

—¿Qué tal ha ido la velada?

No había visto llegar a Nyssia. La joven andaluza estaba sola y lucía la misma sonrisa que a su llegada.

—Ya no llevas el abanico —observó Claire.

—No.

—¿Lo has perdido?

—Lo he regalado. ¿Y papá? Me encantaría bailar con él.

—Se ha marchado, jovencita —intervino Eiffel—. Ahora tengo la responsabilidad y el placer de llevarla al hotel.

—Quedémonos un poco más —propuso Claire por deferencia hacia Nyssia.

—Preferiría volver ya —dijo ella—, si no es molestia.

—Esta noche sois las princesas —respondió Eiffel inclinándose.

Al entrar en su habitación se encontró con que su padre la estaba esperando. Clément hojeaba un libro y lo cerró de golpe, ruidosamente. Se puso de pie con el libro apresado por debajo de los brazos cruzados. Nyssia trató de ocultar su sorpresa bajo una capa de banalidades.

—¿Lo has pasado bien en la velada, papá? ¿No te has aburrido?

—Fue más instructiva de lo que pensaba. ¿Y tú, cariño? No te he visto mucho.

—Estuve dando un largo paseo por los jardines. Son inmensos, y las vistas, soberbias —respondió ella, irritada con su falta de imaginación.

Su voz disimulaba mal su inseguridad. Se sentía como una de las golondrinas que los niños pescaban en lo alto de la Torre de la Vela y metían en una jaula de mimbre. A pesar del peligro, seguían volando por la ciudadela y mordiendo el anzuelo que les tendían los mellizos.

—Qué pena que no hayas aprovechado el baile y a nuestros encantadores amigos de la alta sociedad —comentó Clément blandiendo el libro para mostrar la tapa—. *Essai sur l'histoire du violon*. Interesante tu libro de cabecera. Igual que su autor: Nicolas Yusúpov. De hecho, el príncipe estaba esta noche en el baile. Pero curiosamente no se ha dejado ver. Ha sido de lo más discreto.

Clément arrojó el libro encima de la cama sin ningún cuidado.

—¿No tienes nada que contarme, hija mía? ¿No se me habrá escapado algo sobre los motivos de nuestra venida a Oporto?

—Pero… si solo me regaló su libro… solo me regaló su libro, ¿qué tiene eso de malo? —replicó Nyssia con un nudo en la garganta, intentando resistirse al llanto.

—Os conocisteis en Granada el pasado mes de marzo y después os habéis carteado con regularidad. Decidisteis aprovechar la inauguración del puente para volver a veros. Y no tengas la frescura de negármelo, no es ninguna hipótesis, sino un hecho contrastado.

—Ha sido Victoria, que ha leído mis cartas, ¿a que sí? ¡La odio!

—Tu hermana te quiere y se preocupó por ti.

—¡La voy a matar!

—Entonces tendrás que matarme a mí también, porque te seguí al jardín. No me hizo falta buscar mucho para encontraros.

Nyssia no pudo contener las lágrimas pero se negó a bajar la vista. A cada salva de lágrimas, se secaba los ojos con gesto de rabia, sin apartar la mirada de su padre.

—Es un hombre cultivado e interesante, un hombre que conoce las formas de la alta sociedad —consiguió decir—. Ha viajado por todo el mundo, habla cinco idiomas y ¡no se ha quedado en lo alto de una colina perdida, rascando ruinas o corriendo en pos de globos! ¡Y yo no acabaré como vosotros!

Clément se contuvo de responder. Hasta donde le alcanzaba la memoria, Nyssia jamás lo había visto encolerizarse, ni siquiera desprenderse de su serenidad acostumbrada. Hasta esta noche en que, desestabilizado como estaba, era ya incapaz de identificar las incógnitas que componían la ecuación de su hija.

—Lo siento mucho —dijo ella después de reprimir los lloros—. Siento mucho lo que he dicho, papá.

—Tú no formas parte de su mundo ni nunca formarás parte de él, no te hagas ilusiones. Volvemos mañana a esa colina que tanto pareces detestar —anunció Clément alargándole el libro.

Nyssia se refugió en el silencio durante todo el viaje de vuelta. Su padre no la entendía, ni su madre, ni su hermana, nadie. Lo que la atraía hacia el exterior era mucho más fuerte que los lazos de sangre, mucho más fuerte que sus raíces que surcaban el subsuelo de la Alhambra y que el cielo inmaculado de Andalucía, lo que corría dentro de ella era un viento de libertad, un dulce céfiro que le susurraba al oído lo que ya sospechaba desde hacía meses: la fascinación que ejercía en los hombres y de la que acababa de tomar conciencia, sin que tuviera nada que ver en eso salvo ser ella misma, algo de lo que no había que avergonzarse y que, por el contrario, le producía un orgullo inmenso. Un príncipe de la corte de Rusia había cruzado Europa entera para verla. A ella. De ahora en adelante todo era posible y su destino le pertenecía.

XV

47

Granada,
miércoles, 29 de mayo de 1918

Nyssia se miró en el gran espejo picado que estaba apoyado en la pared del cuarto de baño. Esas manchas negras estaban ya ahí en su niñez. Habría podido situarlas con los ojos cerrados, pero en treinta y cinco años el azogue se había alterado y dado lugar a parches que no devolvían reflejo alguno. Jugó con las imperfecciones del espejo desplazando su rostro, que por momentos aparecía cubierto de pecas, por la superficie reflejante, y se preguntó qué habría sido de su vida si hubiese estado dentro de otro cuerpo, antes de intentar convencerse de que su personalidad, tanto como su aspecto exterior, había sido el vector de su éxito. Desde su llegada a París, Verónica Franco había turbado a los hombres con el misterio que ella nunca había dejado de alimentar, con su superioridad intelectual acompañada por el análisis preciso de cada carácter y con su poder de persuasión, que había llevado a los hombres a darlo todo, incluso su vida.

«Todo eso está construido sobre la arena —concluyó—. Si mi espejo de nacimiento hubiese estado picado, ¿quién habría sido yo?»

Kalia entró sin llamar y no pareció incómoda. Le tendió la ropa admirando su cuerpo desnudo.

—Ay, hija mía, entiendo por qué aún vuelves locos a los grandes de este mundo. Nunca vi piel tan bella, ¡ni siquiera entre las jóvenes! —dijo acariciándole un brazo—. La próxima vez sírvete tú misma directamente del armario ropero, todavía quedan muchas cosas de tu madre. Victoria prefirió dejarlas aquí y las usa cuando viene a refugiarse en la Alhambra. ¿Tienes intención de verla?

—Le escribí cuando estaba llegando a Granada. Sabe dónde encontrarme —replicó Nyssia poniéndose una camisa blanca.

—Tú también. Sabes sus señas. Si es tan cabezota y orgullosa como tú, no os veréis en la vida, ¡y eso que la tienes en la colina de enfrente! Ella sí que tiene motivos para estar enfadada, no como tú —se enojó la vieja gitana.

—Déjame, Kalia, por favor —le pidió Nyssia empujándola hacia la puerta.

De nuevo a solas, se puso un vestido largo de flores después de mirar una vez más su cuerpo, que numerosos pintores y escultores habían inmortalizado con pigmento y arcilla. Unos habían sido sus amantes, pero nunca por mucho tiempo, pues su situación no les permitía rivalizar con el poderío de los caballeros de sociedad; y otros no se habían recuperado nunca de no haberlo sido. Nyssia se sentía prisionera del personaje que ella misma había ido construyendo año tras año, de esa Verónica mundana que sería el resto de su vida.

Notó un dolor en el codo izquierdo y entonces los dedos se le cerraron un poco, sin que pudiera abrirlos de nuevo. Se los masajeó hasta que recobró la movilidad. El enemigo que dormitaba en el interior de su cuerpo despertaba. «Mi amante más fiel, siempre conmigo desde hace quince años», se dijo, bromeando de desesperación. Hubiese deseado no tener que echar mano de las sales de mercurio durante su estancia en Granada.

—Pero tendré que apañármelas contigo, monstruillo —dijo mientras se hacía un moño con los cabellos, en los había prendido un clavel.

—Espero que le hayas explicado el motivo de tu viaje —le dijo la gitana, que la había oído susurrar a través de la puerta—. Tiene que saberlo. ¡Por vuestro padre!

Nyssia abrió de golpe, dándole un susto.

—Perdóname, Kalia, por favor. No creas que soy una cínica o que no tengo corazón, soy la misma Nyssia que conociste, no te quepa duda. Pero las cosas no son fáciles para mí.

—Lo sé. Y te creo. Pero nadie lo tiene fácil, niña. Nunca olvidaré el día que te fuiste dejando solo una carta. Alicia vino a verme al Zacatín para preguntarme si te había visto o si había oído algún rumor sobre ti. Ojalá hubiese podido ayudarles, pero por desgracia sabía tan poco como ellos. Nadie supo nunca cómo te las habías ingeniado para viajar a París sin un real encima. Ninguno de los mayorales de la región te había llevado en su berlina y tampoco habías subido al tren a Murcia. Removieron cielo y tierra para encontrar tu rastro —concluyó Kalia, llegando a la cocina.

—Les escribí al llegar —se defendió Nyssia una vez allí también.

—Y después desapareciste —siguió la gitana, cortando un trozo de pan y cerrando de un golpe seco la navaja.

Nyssia picoteó las migas de la mesa.

—Me convertí en otra persona.

Kalia se encogió de hombros y extendió sobre la rebanada una cucharada grande de pulpa de tomate.

—No se lo merecían.

Nyssia acusó el golpe.

—No —dijo con su voz frágil de niña.

—Sabías al venir aquí que sería duro —dijo la gitana tendiéndole la rebanada—. Pero has venido. Y espero que no sea demasiado tarde.

—Me avisó él, ¿no?

—Ven, vamos al Generalife, tengo una sorpresa para ti.

Las dos mujeres cruzaron la medina al paso vacilante de la gitana. Nyssia llevaba a Kalia del brazo y la ayudaba a superar los numerosos accidentes del terreno. La gitana, que contaba ya setenta y seis años, tenía una constitución robusta y había conservado una agilidad que superaba la media, pero se le había estropeado mucho la vista y no había vuelto a graduarse las gafas, que solo se ponía de tanto en tanto.

—Yo te daré para que te las cambien —se ofreció Nyssia.

—¿Es que te piensas que no tengo medios? No, no quiero unas nuevas. Estas las conservo porque fueron un regalo de tu padre, ¿te acuerdas? —dijo enseñándoselas.

—No. Nunca te había visto con ellas.

—¿Ah, no? Entonces, ya te habías ido…

El aire mezclaba todos los perfumes de las flores que cubrían el jardín de la parte de abajo: salvia, magnolia, romero, barbajove, amaranto, creando un batiburrillo oloroso relajante. Cuando estaban cerca del edificio principal, Kalia se desvió hacia la izquierda y se metió por un huerto que tenía una parte en barbecho. En medio había una mula que se entretenía en destrozar un cardo.

—¡No, no puede ser! ¿Es ella? —exclamó Nyssia.

—Sí, ella es.

—¡Barbacana! —la llamó—. ¡Barbacana!

—Todavía vive pero está sorda como una tapia —dijo la gitana agitando su chal.

El animal levantó la cabeza y fue hasta ellas con cierta desgana. Nyssia estuvo un buen rato acariciándola, mientras Barbacana sacudía arriba y abajo la cabeza con gestos amplios.

—¡Pero si tiene que tener por lo menos cincuenta y cinco años!

—Cincuenta y siete, para ser exactos. Se ha convertido en toda una institución, la mula más añosa de Andalucía, ¡puede que hasta de España entera!

—Ah, Barbacana, mi querida Barbacana, tú que tantas veces llevaste a papá, que acompañaste sus récords, ¡te has convertido tú misma en un récord! —exclamó Nyssia volviendo a abrazarla—. ¡Qué contenta estoy de volver a verte!

Se sentaron en uno de los bancales del huerto, muy cerca de un penacho de hierbas prietas que el animal se puso a masticar, más por reflejo que por verdadera hambre.

—Tu padre solía decir que la mula es una ecuación de dos incógnitas: cuándo se para y cuándo echa a andar de nuevo. ¡Así es Barbacana!

—Él nunca aprobó mi vida ni en qué me convertí —suspiró Nyssia con la mirada fija en Sierra Nevada.

Kalia se quedó callada. No se sentía legitimada ni creía contar con la suficiente credibilidad. Pero quizá era la que mejor podía comprender a Nyssia, por haber vivido ella misma una vida hecha de elecciones radicales.

—No puedo culparlo por eso —continuó Nyssia—. Pero nunca sentí que me valorase tanto como a mis hermanos.

Barbacana se acercó a darles un lametazo con su lengua áspera y a mendigarles carantoñas, tras lo cual volvió a su entretenimiento de igualado.

—Nunca entendí por qué nunca le puso mi nombre a uno de sus globos. En cada lanzamiento todos se preguntaban si verían ascender al *Victoria* o al *Irving*.

Kalia se levantó con una vivacidad insospechada.

—Pero, ¡cómo!, ¿no lo sabías?

—¿Qué tenía que saber?

—¡Ven!

La gitana la llevó al mirador de planta cuadrada situado en la entrada del bosque que rodeaba el Generalife. Rebuscó en su corpiño, sacó una llave y pidió a Nyssia que abriera la puerta.

—La cerradura está oxidada —explicó.

La señorita Delhorme tuvo que intentarlo tres veces hasta conseguir que cediera el mecanismo. En el piso de arriba estaba aún todo el material de observación de Clément.

—Pero ¿quién lo pone en funcionamiento? —preguntó Nyssia al darse cuenta de que el cilindro de registro de los valores térmicos giraba al son del mecanismo de relojería con el que estaba conectado.

—Tu hermana y Javier, las más de las veces; Irving de vez en cuando, pero hace mucho que no viene. Ellos mantienen la llama encendida. Ahora, mira en ese armario grande.

Dos telas enormes llenaban cada una por completo cada mitad del mueble.

—¡Sus globos!

Los nombres de las aeronaves se extendían en letras doradas a lo largo de las telas: *Victoria* e *Irving*.

—Para una criatura, algo así no es ninguna tontería, Kalia. Nunca se lo dije. Por orgullo. Pero me afectaba.

La gitana, que había sacado unos periódicos, los puso delante de ella.

—Todo el mundo estaba al corriente, hasta la prensa de aquí habló de ello. Había fabricado un nuevo globo especialmente para el viaje. El globo en el que se montó antes de desaparecer llevaba tu nombre, Nyssia.

TERCERA ÉPOCA

1879-1881

XVI

48

El capitán Cabeza de Rata no se inmutó cuando llegó el juez Ferrán, ni cuando se le expusieron las denuncias que acababan de llevar a su expulsión de la Guardia Civil. Miró la pared desconchada de la sala del Consejo y pensó que las cosas seguían exactamente igual que antes de su destierro de dos años a Murcia. Había obtenido su reasignación a Granada a primeros de año y no había cesado de insistir hasta convencer al juez Ferrán para que reabriese el expediente del señor Delhorme, arriesgándose a desoír las advertencias tanto de sus superiores jerárquicos como del magistrado. Las amenazas no habían tenido otro efecto que reforzar su convencimiento: que Clément era culpable y que el gobernador de la provincia lo tenía bajo su ala, por un motivo que se le escapaba pero que acabaría descubriendo. Los anarquistas estaban a un paso de urdir un complot, se beneficiaban de complicidades en el seno del aparato del Estado y su exclusión de la Benemérita había terminado de convencerlo de ello. Pero aquello poco le importaba, y, pese a estar reintegrado a la vida civil, continuaría indagando sobre Delhorme, lo desenmascararía y de paso lavaría su honor escarnecido.

El excapitán se quitó el cinto y entregó sus armas depositándolas, impertérrito, en la mesa. Hizo el saludo por última vez a su superior y abandonó el palacio, la mirada dominada de súbito por el espacio que se abría ante sí. Tenía permiso para conservar hasta fin de año su aposento en el cuartel de la calle Molinos. Allí fue. Se mudó de ropa, arrojó la vieja por la ventana abierta y se quedó un buen rato contemplando los tejados rugosos que parecían al alcance de su mano. El cachivache para las muestras de aire había reaparecido intacto una mañana de noviembre; alguien lo había dejado a la puerta del despacho del doctor Pinilla, en el hospital San Juan de Dios. Intacto pero vacío de su reserva de ácido sulfúrico. «Como por casualidad, justo cuando Delhorme se encontraba en Portugal», farfulló para sí. Cabeza de Rata había deducido de ello que la coartada demasiado perfecta del francés era una prueba más de su culpabilidad. Apretó las mandíbulas y bajó a estrenar su nueva vida en la ciudad.

Cabeza de Rata recorrió la majestuosa avenida de plátanos que seguía el río Genil, cruzó por el Puente Verde, vestigio de la ocupación francesa, y atravesó unos cuantos barrios antes de penetrar en una zona de la ciudad baja en la que las viviendas habían cedido el espacio a un puñado de fábricas y un sinnúmero de talleres. Se quedó a pie firme mirando a un hombre que trataba de venderle dos pavos a un restaurador del Albaicín. Un joven aguador se acercó a ofrecerle un vaso por un real, que él aceptó con tal de quitárselo de encima.

Cabeza de Rata se presentó en la puerta de un taller, al fondo de una calleja de tierra apisonada, cuya estrechez y la presencia de un pino enorme mantenían sumida en una penumbra permanente. Pestañeó para acomodar la vista a la falta de luz y poder así leer la inscripción de la placa de cobre. «Se acabó el recreo —pensó—, vuelta al deber.»

Chupi estaba de pie, los brazos en jarras, delante de la inmensa máquina de hacer hielo. Lo había reclutado Alfredo Lupión junto a otros tres neveros. Después de su visita a Mateo, aquel había mandado fabricar una réplica de su aparato de hielo, aun desconociendo cuál era el líquido calorífero. Después de un montón de ensayos infructuosos, había terminado por comprarles a los hermanos Carré una patente que empleaba éter sulfúrico, y con esto había podido iniciar la producción. De todos modos, el rendimiento había sido inferior al de la máquina de Mateo y los riesgos de explosión los habían obligado a exiliarse lejos del casco urbano. Lupión había decidido construir una segunda máquina, dos veces y media más grande, con el fin de paliar el magro rendimiento, y había ofrecido a comerciantes y particulares unos precios más bajos que los que aplicaba Mateo. Pero al cabo de dos años no había logrado ganarse más que un cuarto del mercado granadino, por culpa de un hielo de aspecto heterogéneo y gusto a veces ácido, y el señor Lupión no había conseguido en ningún momento reducir los costes de fabricación al nivel de su competidor. Seguía vendiendo con pérdidas, esperando que Mateo terminase tirando la toalla. Lupión mantenía su actividad gracias a los beneficios de sus otras empresas y a las disminuciones salariales de sus empleados, lo cual había tenido como consecuencia que dos de los tres neveros se hubiesen marchado.

—¿Es usted el que andaba buscando mano de obra?

La voz de Cabeza de Rata resonó en la sala, coronada por una bóveda metálica. Todavía no se había habituado a actuar con discreción y su pregunta había sonado como una orden. Chupi se dio la vuelta con parsimonia.

—*Pué* ser —dijo secándose las manos, enrojecidas por el frío.

—¿Qué tipo de faena?

—Fabricar hielo y repartirlo —respondió Chupi, al tiempo que calibraba la fuerza física de su interlocutor.

—¿Y el salario?

—Quince reales.

Cabeza de Rata dio un silbido.

—Buena paga.

—Eso es el salario semanal, no por día. Y nada la primera semana, el tiempo de aprender a usar la máquina.

—Ah, eso lo cambia todo.

—Lo toma o lo deja. Es un oficio con futuro. Puede acabar de jefe de taller en otra ciudad —alegó Chupi, que ya no se hacía ilusiones con las promesas iniciales de Lupión pero que tenía una necesidad imperiosa de ayuda.

El excapitán se acercó a la máquina y la rodeó.

—Y ese olor, ¿qué es? —preguntó después de olisquear el cilindro de vidrio que entraba en la caldera.

—El refrigerante líquido —respondió evasivamente Chupi—. Un secreto de fabricación.

—Es acre, como de ácido —observó Cabeza de Rata—. ¿No será peligroso, al menos?

—Ningún peligro. Todo se hace al vacío —afirmó Chupi—. Una maravilla del progreso.

Esa misma mañana le había enviado un telegrama a Lupión alertándolo una vez más sobre la precariedad de las juntas, que se estropeaban enseguida y dejaban escapar con frecuencia el líquido volátil.

—Bueno, qué, ¿le interesa? —le lanzó con gesto contrariado ante la vacilación del hombre—. Tendré un detalle con usted: la primera semana se la pago. La vida está difícil para todos, ¿verdad?

Cabeza de Rata asintió.

—¿Cuándo empiezo?

—Ya mismo: me va ayudar a llevar el hielo del hotel de Los Siete Suelos.

—¿Dónde tiene el tiro? —preguntó el antiguo militar que no había visto ni pollino ni carreta.

—¿El tiro? ¡Delante mía lo tengo! —respondió Chupi lanzándole sus guantes—. ¡Dar de comer a los animales cuesta demasiado dinero!

Pusieron dos bloques de hielo de cincuenta kilos en una carretilla de mano que Cabeza de Rata llevó él solo hasta la Puerta de las Granadas, después de lo cual Chupi lo ayudó a subirla por la Cuesta de los Gomeles.

—Espéreme allí y recupérese un poco —dijo este, dándole una palmada en el hombro con gesto condescendiente—. Al principio pasa siempre. Voy a avisar al patrón para que nos abra la puerta trasera de la antecocina. La última vez me montó una escena porque supuestamente habíamos estropeado las esteras de esparto de su pasillo.

Cabeza de Rata miró su cargamento con aire de reproche y se sentó contra una de las ruedas. Su plan marchaba tal como lo había previsto. Hacerse contratar por el antiguo nevero había sido coser y cantar.

49

Levallois-Perret,
miércoles, 15 de octubre de 1879

Émile Nouguier masticaba concienzudamente un trozo de pan fresco mientras hojeaba el número de *Le Temps* de ese día, barriendo con la mano las migas cada vez que pasaba la página.

—Vaya, Inglaterra ha recuperado Cabul* —comentó en voz alta—. Pero ¿esto no se acabará nunca?

Partió un trozo más, que mojó en su café frío antes de comérselo. Nouguier, que llevaba en el taller desde las cinco de la mañana, no se había alimentado de otra cosa durante la jornada que de expedientes. Acababa de permitirse un descanso antes de continuar con el diseño de la estructura de Le Bon Marché.

—¿Qué hay de nuevo? —quiso saber Jean Compagnon entrando en la oficina de los ingenieros, con una pila de registros en los brazos.

—Pues que acaba de terminar la huelga de carpinteros —respondió Nouguier paseando su lupa por la página del diario—. Pero ahora les han tomado el relevo los chiquichaques.

—Deberías encargarte unas gafas —comentó Compagnon dejando su carga encima del escritorio.

—Ellos sí que deberían encargar un tipógrafo nuevo, ¡este se empeña en que todo quepa en cuatro páginas! ¡Ni un águila subida a mi hombro vería algo!

—Pues cambia de periódico.

—Es el más completo para la actualidad internacional. Con nuestras obras en el extranjero, es importante mantenerse al corriente de todo —alegó Nouguier doblando el periódico—. Coge pan si quieres, lo he comprado esta mañana en el mercado.

—Con mucho gusto —respondió Compagnon tomando asiento—. Tu café tiene tan mal aspecto como tú —dijo señalándole el brebaje en cuya superficie flotaba un montón de migas.

—Pues también es de esta mañana.

Compagnon abrió de nuevo *Le Temps* y rechazó la lupa que Nouguier le ofrecía.

—¿Qué haces con esos registros? —preguntó este último señalando la pila.

—Gustave me ha pedido que rehaga el inventario. Al parecer Seyrig pone en cuestión una parte —respondió distraídamente Compagnon. Levantó la cabeza de su lectura y añadió—: ¿Tú te esperabas que se separaran?

—Hacía tiempo que la relación entre ellos había dejado de ser cor-

* La actual Kabul, en Afganistán.

dial, tú mismo lo notaste antes que yo —atemperó Nouguier, mirando con aire dubitativo la taza antes de decidirse a terminarse el café.

—Sí, pero nunca habría imaginado que ocurriese de manera tan brutal. ¿Te ha propuesto Seyrig que te vayas con él?

—Sí. Supongo que a ti también, ¿no?

—Sí. Pero no habría sido correcto con respecto al patrón, y más cuando está pasando por un momento tan duro —concluyó Compagnon limpiándose la barba.

Después de perder a su mujer, Eiffel había perdido a sus padres, con un año y medio de diferencia, y había vivido el trance como una pesadilla.

—No sé cómo lo hace para mantener el tipo. Y además se empeña en no querer contraer matrimonio nuevamente —le confió Nouguier—. Menos mal que tiene estos proyectos.

—El cuaderno de pedidos está lleno. Cuando veo las dificultades de las otras empresas y las huelgas un poco por todas partes, me digo que, por ese lado, tiene mucha suerte.

—Se lo ha ganado, no escatima esfuerzos. Él mismo fue a buscar estos contratos a la otra punta de Asia y de América del Sur. Por cierto, ¿y el pedido de hierros para el puente de Cubzac?

—Está en marcha. Nos hemos decidido por la empresa Dupont et Fould, de Pompey. Tienen los mejores productos. ¿Has visto que ha vuelto a haber un caso de rabia? Un obrero de Saint-Ouen. «El sábado por la tarde, en la fábrica donde trabajaba, se abalanzó sobre uno de sus compañeros con la intención de darle un mordisco» —leyó en voz alta—. ¡Qué desgracia de enfermedad! ¿Qué tiene de cómico? —preguntó viendo que Nouguier se aguantaba la risa.

—Ya sé que no es muy caritativo por mi parte, pero el patrón ha llevado tanto al límite a Seyrig que me lo imaginaba tratando de morder a Gustave para reclamarle lo que le debe. ¡Lo habrían acusado de tener la rabia y se lo habrían llevado al hospital de Beaujon!

—La imagen resulta chusca —dijo Compagnon, sonriendo a su vez—. Pero de ahora en adelante habrá que desconfiar de él como de la rabia, efectivamente. Nos hará una competencia temible. ¿Qué hora es?

—¿Me tomas por Joseph? —bromeó Nouguier sacando su reloj de bolsillo—. ¡Las cuatro en punto!

—Está bien, tengo tiempo —dijo Compagnon doblando el periódico antes de pasárselo—. Le prometí a mi mujer que iríamos al teatro. Están representando *La taberna* de Zola en el Ambigu-Comique.

—Yo prefiero los libros. De todos modos, cuando salgo de los talleres las funciones han empezado ya.

—¡Sí, o han terminado ya!

—Tienes razón. Afortunadamente acabamos de contratar a Koechlin, así podré respirar un poco.

Compagnon hizo sitio en la mesa, tomada por un puñado de rulos de planos.

—¿Qué te parece el nuevo? —preguntó abriendo el primer libro de registro—. Un poco joven, ¿no?

—No te fíes de su edad, Maurice es terriblemente inteligente. En cuestión de poco tiempo nos dará mil vueltas. A todo esto, ¿dónde se ha metido?

—Está con el jefe. Salieron a primera hora de la tarde a una cita fuera.

—Otro puente que tirar entre dos orillas; me apostaría lo que quieras a que es en la Conchinchina —dijo Nouguier rebuscando algo en los bolsillos, haciendo sonar las monedas.

—No deberías, pierdes todas las veces —le avisó Compagnon, divertido.

—Bueno, qué —insistió el ingeniero.

—Yo me inclino por Portugal.

—¡Chócala! Me da que voy a ganar yo. Gustave me pidió que gestionara las patentes de puentes portantes y el gobernador de Conchinchina, al que conoce en persona, está en París en estos momentos. *Quod erat demostrandum!* —exclamó, jubiloso, Nouguier—. A la espera de mi victoria oficial, me voy al cafetín a por otro café, ¿te traigo uno?

—No, pero sí que me tomaría un cuenco de sopa para entrar en calor y ayudarme a tragar esta lectura indigesta.

Nouguier se acercó y hojeó uno de los libros de cuentas.

—¿Qué le reprocha Seyrig a Gustave?

—Pone en duda una partida de las cifras del inventario por la parte que le corresponde, el montante de unos ingresos, la tasa de interés… Y esto aún no ha acabado, puedes creerme, ¡esos dos van a pelear hasta por el último céntimo, como los traperos! Tráete también un pan, creo que me terminaré el tuyo —añadió Compagnon lanzándole cincuenta céntimos—. Y que te pongan también un poco de mantequilla, no tendré tiempo de ir a casa a comer antes del teatro.

Nouguier atrapó la moneda y se paró en el umbral. Entornó los ojos con gesto de perplejidad.

—Qué raro tanto silencio. No se oye ni un ruido en el taller. ¿Dónde están los muchachos?

Se oyeron entonces unos gritos en el lado de la entrada principal. Los dos se precipitaron hacia allí y comprobaron que había estallado una gresca entre los obreros, que se habían escindido en dos grupos desiguales. El primero, formado por una cincuentena de franceses, rodeaba al otro, la mitad de numeroso y constituido por obreros italianos. Estaban todos muy alterados, y las amenazas y las invectivas se mezclaban alegremente en el idioma de la ira. Dos de los protagonistas llegaron a las manos. Todos los demás hicieron un gran corro a su alrededor y los insultos se convirtieron en jaleos. En el centro del ring improvisado el italiano le lanzó un cabezazo al francés, que lo esquivó solo a medias y, desequilibrado, cayó de espaldas. El otro se le tiró encima y lo inmovilizó, pegándole la cara contra el suelo.

—¿Qué está pasando aquí? —tronó Compagnon con su vozarrón estentóreo, para imponer la calma.

El corro se abrió y dejó ver en medio a los dos contrincantes, embadurnados de polvo. Cada grupo se recompuso al instante y quedaron frente a frente.

—Levántense —ordenó Compagnon— y vayan a limpiarse.

Se los quedó mirando mientras ellos se aseaban rabiosamente, cerca del punto de abastecimiento de agua. La ira no había disminuido.

—Y ahora me van a explicar por qué nadie está en su puesto de trabajo. ¿Marcel?

El hombre, uno de los obreros de más edad de los talleres, era conocido por su facundia y su carácter vengativo; avanzó hasta el jefe del taller y respondió:

—Es la huelga, Jean.

—¿La huelga? —repitió Compagnon, perplejo.

—Sí, la huelga —aseveró el obrero después de buscar con la mirada el apoyo de los demás.

Los franceses asintieron y el grupo de italianos protestó, provocando un barullo general. Compagnon sofocó la reanudación de las hostilidades.

—¿Aquí? ¿En los establecimientos Eiffel?

Marcel respondió que sí con la cabeza.

—Pero ¿por qué motivo? —preguntó el jefe de taller, realmente sorprendido.

—¡Nosotros no queremos huelga! —interrumpió un hombre con un acento transalpino muy marcado—. ¡Pero ellos no quieren dejar que trabajemos! —dijo señalando a Marcel—. Quieren bloquear la entrada mañana por la mañana.

La intervención desencadenó nuevos abucheos de una parte y otra.

—¡Basta!

Todos reconocieron la voz de Eiffel. El silencio fue inmediato. El grupo de los franceses se abrió en dos para dejar pasar al industrial acompañado de Koechlin. Mientras el joven ingeniero se iba con Compagnon y Nouguier, Eiffel afrontó a solas a sus obreros.

—Ahora mismo me van a explicar cuáles son todas sus reivindicaciones y por qué se ha armado semejante trifulca. Pero antes de nada quiero que salga un representante de cada grupo. Marcel, parece que es usted el designado para el papel. Señores italianos, ¿quién quiere representarlos?

Las miradas del grupo se dirigieron hacia el púgil, que había vuelto al grupo pero se mantenía aparte, con el rostro magullado.

—Yo —dijo ante el asentimiento tácito de los suyos.

—Muy bien. Rosario y Marcel, vengan conmigo. Los demás, a trabajar. Juntos.

—Vayan, muchachos —transigió Marcel—. Nos vemos luego.

Los dos hombres acompañaron a Eiffel como dos críos pillados en falta que se iban tras su maestro antes de recibir el castigo. Desde la oficina, en el piso de arriba, se dominaba la totalidad del espacio que ocupaban los talleres. Eiffel se quedó de pie cerca del gran ventanal interior.

—Soy todo oídos.

—Pues, mire usted —dijo Marcel después de tragar saliva mientras sopesaba sus argumentos—, los muchachos y yo hemos pensado que, en vista de las actividades del momento y de la cantidad de horas que echamos a diario, deberíamos tener derecho a un aumento de cinco céntimos la hora, como mínimo.

—¿Se están quejando de tener demasiado trabajo?

—No, no es eso, nunca hemos renegado de la faena, señor Eiffel, bien lo sabe, pero…

—¿Les parece que están peor pagados que en otros sitios?

—Eso tampoco, usted paga bien, por ahí no tenemos queja ninguna.

—Entonces ¿qué? ¿Quieren que contrate otros obreros?

—¡Ah, no! —reaccionó enojado Marcel mirando a Rosario—. ¡Hay quien está quitándoles el trabajo a los franceses!

—¿De verdad? ¿Qué tiene que decir usted, Rosario?

—Nosotros tampoco tenemos queja ninguna, señor Eiffel, pero algunos quieren impedirnos trabajar si no vamos a la huelga como ellos. ¡Y de eso nada! ¡Nuestra dignidad está en juego!

Eiffel se dirigió a su escritorio y sacó un papel de uno de los cajones.

—¿Puede decirme algo de esto? —preguntó, alargándoselo a Marcel.

El hombre, reconociendo su letra, rehusó coger el papel.

—Tal vez quiera que lo lea yo mismo —concluyó el industrial.

—¿De dónde lo ha sacado? ¿Quién se lo ha dado? —rezongó Marcel.

—Eso es lo de menos.

—¡Han registrado el guardarropa!

Eiffel soslayó la acusación frunciendo las cejas, irritado, y no se tomó la molestia de contestar.

—Se trata de una petición —explicó—. Una petición para expulsar a los italianos, leo: «… porque vienen a Francia a quitarle el trabajo al proletariado francés».

Rosario soltó un taco entre dientes.

—Tenían la idea de hacérmela llegar una vez iniciada la huelga —prosiguió Eiffel—. Con el fin de contar con un modo complementario de presión.

—¡Estos son unos esquiroles! —exclamó Marcel señalando con un dedo a Rosario—. ¡La huelga es un derecho! Qué, señor Eiffel, ¿acaso quiere que lleven sus talleres, que se conocen y gozan de respeto en el mundo entero, únicamente obreros extranjeros? ¿Obreros italianos?

—¿Y qué les recriminan ustedes?

—¡Pues que nos quieren quitar el pan de la boca!

—Rosario, usted es remachador, ¿no es cierto? —le preguntó Eiffel—. Marcel, ¿acaso Rosario hace mal su trabajo?

—Pues… ¿a qué viene esa pregunta?

—Ya veremos después a qué viene. Ahora solo respóndame: ¿hace mal su trabajo? Porque en ese caso me veré obligado a prescindir de él. No porque sea italiano, sino porque sería un punto débil en nuestra organización. Y, como les he dicho tantas veces, todos somos importantes aquí. Un remache mal puesto puede resultar en una catástrofe para un puente o un armazón metálico.

—No, es un buen obrero, pero...

—Mejor así, me tranquiliza usted, Marcel. Caballeros, yo respondo por cada uno de ustedes cuando estamos aquí, en los talleres, preparando los componentes, o en la obra montándolos. De cara a mis socios, actúo como garante de su profesionalidad, de su moralidad y de sus cualidades humanas, pues un equipo sin solidaridad, un equipo en el que no haya colaboración ni altruismo, no es un equipo. Marcel, si Rosario se encontrara en apuros a ciento cincuenta metros del suelo, cerca de usted, ¿qué haría? ¿Dejaría que se las apañara solo?

—¡No, jamás he hecho eso! ¡Por supuesto que lo ayudaría!

—Yo también lo ayudaría si estuviera en apuros, sabe que puede contar conmigo —intervino Rosario.

—Puede que él sí que me ayudase, y recalco lo de «puede que», pero ellos, los italianos, siempre están en grupo, siempre apartados, maquinando en su rincón.

—Pero ¿maquinando el qué?

—Yo no sé nada, pero no enseñan sus cartas, se niegan a unirse a nosotros cuando la huelga es por el bien de todos los obreros. Si conseguimos ese aumento, ellos también lo recibirán sin haber movido un dedo. Eso no es honrado.

—¿Y le parece a usted honrado ir a la huelga cuando se les paga mejor que en otras compañías?

—Hoy por hoy, hay veces en que trabajamos más de doce horas al día por causa de los pedidos. ¡Es gracias a nosotros que sacan ustedes sus beneficios!

—¿Acaso se recorren ustedes el mundo entero en busca de obras nuevas? ¿Son ustedes los que negocian con las autoridades, los que contrarrestan las jugarretas de la competencia, los que adelantan miles de francos para poder participar en las licitaciones? Si puede responder afirmativamente a estas cuatro preguntas, estoy dispuesto a renegociar su estatuto, Marcel. Tengo el mayor de los respetos por mis colaboradores, por todos mis colaboradores, y eso lo sabe aquí todo el mundo. Pero si desea probar suerte en otra parte, si piensa que le pagarán mejor en otro lado, si piensa que trabajará menos y estará mejor considerado, lo invito a marcharse, ya que eso es lo que quiere. Si no, le pido que dé lo mejor de sí mismo por el bien de la empresa que les da de comer y que trabaje en armonía con todas las comunidades. Y diga a todos que en la compañía Eiffel nadie usurpa el papel de nadie porque cada cual está en el lugar que le corresponde, y que si he elegido a Rosario es porque ustedes no correrán ningún riesgo cuando él ponga sus remaches. Es una suerte para ustedes trabajar con los mejores de cada oficio.

Marcel, a falta de argumentos, se rascó la cabeza por debajo de la gorra.

—Pero… los muchachos están decididos, esperan algo concreto, un aumento. Va a haber huelga, aunque no la promueva yo, ¡es el grupo entero el que se revuelve!

Eiffel los acompañó a la puerta, poniendo así fin a la discusión.

—Sabrá hablarles, sabrá convencerlos. Y podrá comunicarles que, gracias a su don de gentes, he aceptado encargarme del seguro de accidentes de las obras. Eso debería sosegar los ánimos y suponerles cierto ahorro. Señores, esta conversación no saldrá de estas cuatro paredes —finalizó, rompiendo el papel de la reclamación.

El sonido del papel al rasgarse hendió el aire como el restallido de un látigo.

El patio se había quedado desierto y habían recomenzado los martillazos contra las piezas metálicas. Los tres ingenieros se quedaron allí un buen rato antes de regresar a la oficina.

Nouguier guardó las monedas que se había quedado en la mano.

—Se me han quitado las ganas del café —le confesó.

—Pues la sopa se va a quedar para luego —añadió Compagnon.

—Menos mal que la tarde había empezado bien —dijo Koechlin.

—¡La Conchinchina! —exclamó Nouguier.

—¿Portugal? —preguntó Compagnon.

—¿Eh? Yo no sé nada de eso —se extrañó el joven ingeniero.

—Pero, entonces, ¿adónde han ido? —se impacientó Nouguier.

—A los talleres Gaget, en la calle de Chazelles. Bartholdi nos llamó para que lo ayudásemos con la estatua de la Libertad.

50

Granada,
miércoles, 15 de octubre de 1879

Cuando entró en la cocina, Chupi se quedó de piedra al ver ante sí a Mateo, al que el gerente del hotel estaba pagando una remesa de hielo.

—Eh, amigo —dijo el hotelero—, ¿no has recibido mi mensaje? Mandé a mi empleado para que te avisara. Anulé mi pedido.

—Pero ¿por qué motivo? —quiso saber Chupi.

—Pues porque otra vez encontré inmundicias en tu hielo —explicó el hotelero mostrándole un insecto que había dejado como muestra en un platillo—. Mis clientes están hartos y yo también. Fui yo el que pedí a Mateo que se pasara por aquí. Qué quieres, prefiero pagar más caro a cambio de un producto de mejor calidad.

Chupi empezó a sulfurarse pero Mateo le dijo que se callara. Cuando Clément se había visto con Chupi en el mesón del Corral del Carbón, los había acusado a él y a su hermano de su agresión en Sierra Nevada. Viéndose acorralado, el hombre lo había negado con uñas y dientes y se había hecho el ofendido hasta rayar en el ridículo. Clément le había dado una semana para entregar el aparato de toma de muestras de aire, so pena de demandarlo al juez Ferrán. «Yo lo habría mandado al calabozo —se había dicho Mateo—. Clément es demasiado bueno con este granuja.» Desde entonces, ponían cuidado en evitarse el uno al otro, una actitud tanto más difícil de mantener cuanto que eran competencia directa en el mercado del hielo.

Mateo le dio las gracias al gerente por su confianza y le prometió una siguiente entrega para el fin de semana. Al salir, vio que Cabeza de Rata tiraba de la carretilla al lado de Chupi, que, incapaz de dominarse, iba soltando imprecaciones a todo aquel con que se cruzaba, bestias inclusive.

Mateo recordó el día en que había recorrido la montaña en compañía de Chupi, buscando a Clément. El hombre lo había llevado deliberadamente hacia la parte opuesta al lugar en el que se hallaba el francés. Como siempre que evocaba aquel recuerdo, apretó los puños. Sin la presencia de ánimo de los niños, Clément habría muerto en el monte. Chupi había salido demasiado bien parado y era algo que Mateo no podía soportar. Se dejaba la piel en su batalla contra su competidor; en solo un año le había arrebatado a sus principales clientes. Estaba decidido a hundirlo definitivamente y a obligarlo a abandonar Granada, como ya había hecho su hermano y cómplice, que había sido el que había asestado la cuchillada.

El camino de vuelta a la Alhambra le permitió soltar la ira y concentrarse en su relación con Kalia. En el mes de mayo, habiendo perdido él ya toda esperanza, la gitana había aceptado reiniciar una vida en común con Javier y con él. Lo más difícil había sido convencer al joven; Mateo se había empleado a fondo en ello con ayuda de la familia Delhorme. El reencuentro había sido gélido pero, poco a poco, Kalia había ido ganándose a su hijo. Mateo estaba feliz, por mucho que en ocasiones sintiera celos de la estrecha relación que empezaba a nacer entre los dos.

Entró en las huertas del Generalife e hizo con el brazo un gesto amplio hacia Clément, que salía en ese momento del mirador con sus datos de la jornada.

Mateo le relató el incidente con Chupi.

—¡Pienso eliminarlos de la lista de proveedores de hielo! —terminó diciendo, al tiempo que enseñaba el puño cerrado.

—No te tomes la molestia, Mateo, ellos solitos ya lo están haciendo. Su producto es de tan mala calidad que dentro de poco no tendrán ni con qué comprar la leña para el fuego.

—Igualmente, me pregunto qué estaba haciendo con él ese capitán. Sigue vigilándole a usted de cerca.

—Pues acabo de enterarme de que ya no está en la Guardia Civil. No volverá a molestarnos. Pero ellos no son los que me preocupan en estos momentos.

—Entonces ¿quién?

—Todos esos industriales, como Geneste y Herscher, que están inundando Francia con máquinas domésticas para hacer hielo. El año pasado presentaron un modelo de Carré en la Exposición Universal y ahora la quiere todo el mundo. Dentro de poco habrá una en cada domicilio burgués y también en las cafeterías. España irá detrás, no te quepa duda.

—Entonces ¿es el fin de nuestro negocio? —preguntó Mateo, preocupado, quien, adelantándose a los acontecimientos, se veía ya entrando en bancarrota, a Kalia dejándolo y a Javier renegando de él por no haber sabido conservar a su lado a su madre.

—No, si sabemos adelantarnos a los demás. Tengo un nuevo proyecto de máquina que te mostraré en cuanto esté terminado.

—¿Sí? Pero ¿qué otra cosa podemos hacer mejor que nuestras barras de hielo? ¿Meterles trozos de fruta? Se me ocurrió el otro día mientras hacía el reparto en el mercado. ¡Podríamos ponerlo todo junto y hacer una especie de granizado!

—No es mala idea, pero a la semana siguiente puedes estar seguro de que todos los demás estarían ofreciéndolo también. No, no es una máquina para fabricar hielo. ¿Sabes?, el comercio es una ecuación con dos incógnitas: la necesidad y la apetencia. ¡Ten una pizca de paciencia!

Clément dejó que Mateo terminase de llegar a su trozo de tierra. Desdobló su gorro dándole una buena sacudida en el aire y se lo caló, ligeramente echado para atrás. A pesar de la época del año, el sol seguía imponiendo un calor que picaba. Optó por entrar por el camino de ronda para concederse un respiro antes de reencontrarse con su familia, que ya no lo dejaría tranquilo en toda la tarde. Todos menos Nyssia, cuyo comportamiento solitario se había acentuado todavía más desde su regreso de Oporto, hacía un año. Él ya no sabía de qué modo abordar a su hija. No le había quedado otra opción que imponerle ciertas restricciones, por mucho que abominara del funcionamiento familiar clásico, que él juzgaba represor. Su sistema personal, que a su modo de ver se basaba en dar responsabilidades a los niños así como en concederles una libertad considerable, tenía sus fallos también. «Pero ¿en qué he fracasado? —se preguntó, parándose cerca de la Torre de la Cautiva, que se quedó mirando como un símbolo del malestar de Nyssia—. ¿Por qué se considera una prisionera de este lugar? ¡De este lugar, nada menos!»

Guiado por la intuición, cruzó el Patio de los Leones y entró en los Baños por la sala caliente. Allí estaba Nyssia, sentada con la espalda apoyada en una pared, absorta en la lectura de una novela. Ella le lanzó una ojeada sin levantar la cabeza y siguió a lo suyo. Clément no conseguía acostumbrarse a la actitud arisca que había adoptado desde hacía meses. Había creído que acabaría cediendo, pero su hija poseía el mismo carácter testarudo que él. Se sentó a su lado y esperó a que ella iniciase la conversación. Nyssia terminó su capítulo sin darse ninguna prisa y cerró el libro.

—¿Es la hora de la cena? —preguntó con falsa ingenuidad.

—Más bien la de tener una charla, ¿no crees?

—Ya hemos tenido un montón, no hay nada nuevo, papá.

—No podrás seguir mucho más tiempo evitando a toda la familia. Reconoce que tuve motivos para poner fin a una relación inconveniente.

—¡No era inconveniente!

—Sea. Imaginemos que hubiese continuado. ¿Qué estaría pasando en estos momentos? ¿Te habrías casado con él? Una plebeya andaluza de dieciséis años y sin un real. Respóndeme con toda franqueza: ¿crees que hoy seguiría interesado en ti?

Nyssia callaba. La contrariedad afloró a su semblante.

—Fuiste para ese hombre un paréntesis que nosotros cerramos antes de que lo hiciera él. Tu belleza y tu vivacidad intelectual lo cautivaron, eso no lo dudo, son dos rasgos que nos cautivan a diario, a tu madre y a mí, y nos llena de orgullo tener una hija como tú. Pero ese tipo de personaje solo va tras una cosa: la conquista. Después se cansa y cambia de terreno de caza. Y así se recorre todo el vasto mundo, créeme.

Ella suspiró, conteniendo el llanto.

—Mira a tu alrededor, este lugar está lleno de hombres jóvenes dispuestos a condenarse por tenerte de novia.

—Pero yo no quiero vivir aquí, no quiero ser una madre y una esposa resignada, no quiero ser la sombra de un hombre, quiero decidir qué hacer con mi vida, ¡que sea decisión mía y que no me la dicte nadie!

—Pero ¿quién te mete esas ideas en la cabeza, hija mía? —le preguntó, quitándole el libro de las manos.

«*El pobrecito hablador* de Larra, llamado Fígaro», indicaba la tapa, que desprendía un fuerte olor a cuero nuevo.

—No son otros que los que me dejáis que lea… Pero ya no necesito que ningún escritor me dicte mis ideas.

Clément le devolvió el libro con expresión de desamparo.

—Papá, padre mío —dijo ella estrechándolo contra sí—, ¿cuándo vas a confiar finalmente en mí?

—«A quien Dios le quiso bien, en Granada le dio de comer.» Tu sitio está aquí, hija mía.

—Pues, sabes qué, quisiera que Dios se olvidase de mí. Yo os quiero, os quiero a todos, pero siento una atracción irresistible por el ancho mundo. El exterior es mi hogar, papá.

Clément se quitó el sombrero y lo dejó en el suelo, cerca de los datos científicos. Rodeó a su hija con un brazo y constató que había crecido aún más, que la cabeza de ella le llegaba por encima de su hombro. Había alcanzado su estatura de adulta.

—Te voy a contar una historia, Nyssia. No sé si será verdadera, pero en nuestra familia se ha ido contando de generación en generación. Es la historia del Erizo Blanco.

—Otra historia de animales parlantes —se lamentó ella—. Papá, que ya no tengo diez años.

—El Erizo Blanco era un cirujano que vivía en Nancy en los tiempos en que la Lorena era un ducado independiente. Cierto era que tenía mucha labia y un carácter que más valía no provocar demasiado, y siempre llevaba puesto un pequeño sombrero blanco. Pero este hombre tenía un sueño particular.

—¿Cuál? —preguntó ella poniendo las piernas encima de las rodillas de su padre, como cuando era una niña y escuchaba los cuentos de la Alhambra, sentada en la cama de su habitación, a la luz de la luna.

—El sueño de llegar al mar en barca desde Nancy.

—¿Y se puede?

—Sí, siguiendo el río que discurre hasta allí. El Meurta se vierte en el Mosela y este, a su vez, desemboca en el Rin. Y el Rin, lejos, muy lejos, desemboca en el mar del Norte. Con una embarcación y experiencia de marino, podía navegar hasta la desembocadura, en el reino de los Países Bajos. Solo que él no tenía ni una ni otra.

—¿Y qué hizo? ¿Contrató a un capitán y su barco?

—Pues no tenía medios para eso y además era demasiado orgulloso para delegar su sueño en otra persona. El Erizo Blanco construyó él mismo el *Nina*, un velero de cinco metros de eslora, tablón a tablón. A ello dedicó más de veinte años.

Nyssia, con creciente interés, se enderezó para mirarlo de frente.

—¿Y luego? ¿Zarpó?

—Sí. Un año después de terminarlo. El 3 de diciembre de 1702, el mismo día que las tropas francesas invadieron Nancy. Tenía miedo de que pudieran prenderle fuego a su *Nina*.

—Y lo logró, espero, ¿no?

—Mi antepasado, su mejor amigo, cirujano como él, nunca más tuvo noticias suyas.

—Entonces ¿nadie lo supo? Pues qué lástima... Tu historia no es interesante —comentó, apoyándose contra la pared de baldosines, con ese frescor que tanto le gustaba las noches de verano.

—Casi cien años más tarde, mi bisabuelo, un abogado del colegio de Lyon, recibió una carta de uno de sus colegas de profesión de la ciudad de Metz en la que le contaba que tenía a su disposición un baúl lleno de los papeles personales del Erizo Blanco: su compañera, que había fallecido, había pedido expresamente que se devolvieran a mi familia. Uno tras otro habían ido sucediéndose diferentes notarios hasta que uno, más avispado, o simplemente más terco, logró dar con mis familiares, cuarenta y cinco años después.

—Bueno, entonces ¿sí que consiguió llegar hasta el mar?

—No exactamente. Cuando mi bisabuelo recuperó el baúl, contenía numerosos apuntes anatómicos y quirúrgicos, lo que demostraba que había seguido ejerciendo su oficio durante diez años en otra población. Pero, además, se guardaban en él las cartas que había escrito nuestro hombre y que nunca había enviado: en ellas contaba su peripecia, que no tenía nada de la odisea de Ulises. El Erizo Blanco había alcanzado el Mosela, eso sí, pero había encallado en un banco de arena cerca del pueblo de Vaux.

—¿Nunca llegó al mar?

—Vaux está a unos kilómetros al suroeste de Metz. El casco del *Nina* estaba demasiado dañado y requería muchas reparaciones. Él se instaló provisionalmente en Vaux y allí acabó sus días. A cuatro horas a caballo de Nancy.

—Pero ¿por qué nunca regresó? ¿Por qué su silencio?

—Su verdadero sueño no era ver el mar, sino construir su barco, día a día. Eso fue lo que aprendió, y ya no le importaba tanto continuar. Pero era un hombre orgulloso y no quiso regresar después de su fracaso.

—¿Por qué me cuentas ahora esta historia, papá?

—No hay que equivocarse de sueño, hija mía. Las cosas mundanas no son otra cosa que ilusiones, como el mar al final del camino. Todos, en algún momento de la vida, nos hemos sentido atraídos por espejismos. Solo hay que darse cuenta a tiempo.

XVII

51

Levallois-Perret,
miércoles, 7 de julio de 1880

Vamos! ¡Deprisa!
 La exhortación de Koechlin no afectó a Nouguier. Lanzó una ojeada al reloj de péndulo del taller y siguió con lo que estaba.

—¡Que nos están esperando! —insistió el ingeniero.

Con ayuda de unas tenazas, Nouguier cortó una varilla de hierro que sobresalía de la maqueta. Se retiró un poco para contemplar el conjunto y emitió un gruñido de satisfacción.

—Ya nos podemos ir. No te apures, que Gustave tiene un montón de asuntos que tratar con el señor Bartholdi y no estarán desocupados mientras nos esperan. Bonita, ¿eh? —le preguntó señalando la maqueta.

La estructura interior de la estatua de la Libertad estaba formada por piezas de hierro caladas, sujetas entre sí por un enrejado en forma de cruz de San Andrés; tenía el aspecto de un tronco de árbol del que hubiese salido una única rama.

—Se diría uno de los pilares del puente del Duero —comentó Nouguier.

—¿Cómo vamos? —preguntó Koechlin a lo suyo, preocupado.

—No queda ningún vehículo disponible —les informó Compagnon, que acababa de entrar—. El patrón se ha ido con el coche de punto y yo necesito la carreta para llegarme a la estación a recoger los hierros de Pompey.

—¿Cogemos el tranvía? —sugirió Koechlin.

Compagnon se había acercado a un mapa de las líneas que tenían puesto en la pared.

—No hay ninguno que pase por la calle de Chazelles. En cuanto al colectivo… —empezó a decir mientras seguía con el dedo las líneas rojas que cruzaban el plano de París—. Tenéis que ir hasta el cruce de Berzélius para coger la línea H y cambiar en Legendre a la AJ y bajar luego en el parque de Monceau. Me parece a mí que iréis más rápido a pie y os llevaréis menos zarandeos.

—Llueve a ratos —apuntó Nouguier—. Cogeremos un coche de punto. Hay una parada de coches en la plaza Clichy.

Envolvieron la maqueta, de un metro de alto, y su pedestal con una tela de yute, y salieron mientras las nubes, infladas cual esponjas, desplegaban su llovizna sobre la ciudad.

El coche vacío rodaba al paso en busca de clientes potenciales. El cochero sabía que tenía prohibido recoger a nadie que no estuviera en alguna de las paradas reservadas al efecto, pero su situación era precaria. «Culpa del monopolio», rezongó en su fuero interno. Ese monopolio, instaurado por Napoleón III, que en 1855 había creado la Compagnie Impériale des Voitures de París y la había abolido en 1865, había permitido la eclosión de una empresa dominante y favorecido la desaparición de gran cantidad de participantes del sector. La Compagnie Générale des Voitures de París empleaba desde entonces a cinco mil de los diez mil cocheros en activo. «Y yo me las veo solo frente a todo un ejército», se dijo el hombre, cruzándose con un cochero de la susodicha CGV, cuyos caballos trotaban ligeros en medio de un tráfico, sin embargo, denso. Había hecho su aprendizaje y obtenido su permiso de conducir trabajando para la compañía Les Phaétons, que poco antes había sido adquirida por el monopolio y a la que le había comprado su coche de punto. Iba a tener que cambiarlo al cabo de tres o cuatro años, visto su rápido desgaste por el empedrado parisino, pero eso ya no sería posible, lo cual lo llevaría inevitablemente a la quiebra. Había decidido reaccionar y luchar con sus armas. Por eso, el hombre buscaba clientes entre Clichy y Levallois, donde sabía que podía encontrar gente entre las empresas establecidas en esa zona, que hacían negocios con todos los barrios de la capital. «Aquí es donde hay que estar —se dijo para tranquilizarse—, y no en la estación con decenas de cocheros.» Las carreras, generalmente cortas, le permitían aumentar el número de rotaciones y, por tanto, de propinas. Estaba empezando a ahorrar un poco y esperaba una mejora que lo salvase. La jornada había empezado bien y esos dos hombres que vio a lo lejos, andando con paso de húsar, cargados con un bulto, no se le podían escapar.

—¡Menuda suerte haber encontrado este coche que volvía! —dijo Nouguier una vez instalados en el habitáculo.

—Salvo que está prohibido por ley —puntualizó Koechlin.

—Qué más da, dentro de diez minutos estaremos en los talleres Gaget-Gautier, ¿no era lo que querías?

—Sí que corre —respondió Koechlin viendo desfilar las fachadas por la ventanilla.

—Todos circulan a gran velocidad. ¿No te gustan los transportes públicos?

—Lo que no me gusta es no controlar la situación.

—¿Tampoco con la estatua? —preguntó Nouguier mostrándole el envoltorio de yute.

—Tampoco —respondió Koechlin, relajándose—. Pero, una vez establecidos los cálculos, no quedará ninguna incógnita sin resolver sobre las tensiones. Aparecimos en el momento oportuno, Viollet-le-Duc no habría podido conseguirlo.

Inclinado hacia delante en su asiento, el cochero silboteaba al tiempo que hacía restallar el látigo por encima de la cabeza de su percherón. Los dos hombres le habían prometido una gratificación considerable si llegaban a su destino antes de las cuatro de la tarde, y él se lo había tomado como un reto difícil pese a saber positivamente que, incluso yendo a trote corto, llegaría a tiempo. El conductor divisó un embotellamiento en la esquina de la calle de Prony y la de Chazelles. Se secó la cara, mojada por la lluvia, y se dio cuenta de que se trataba de una aglomeración de curiosos delante de unos policías de uniforme. Tiró de las riendas con todas sus fuerzas. El coche se paró a la altura de la intersección.

—¿Qué pasa? Casi estamos —dijo Nouguier abriendo la portezuela.

Un guardia municipal se acercó hasta ellos para explicarles que la calle de Chanzy estaba cerrada al paso.

—Se ha cometido un homicidio, una comerciante. El sospechoso se ha refugiado en una de las viviendas. Lo tenemos, está rodeado.

—¿En qué número? —se inquietó Nouguier.

—En el cinco. Sobre todo, no avancen más y quédense aquí hasta que haya acabado todo.

La aglomeración crecía a ojos vistas. Prevenidos por el rumor, los curiosos llegaban de todas partes. Los que salían de las viviendas aledañas eran empujados de nuevo al interior o sacados sin la menor consideración para no estorbar a las fuerzas del orden.

—Pues adiós a nuestra suerte —suspiró Koechlin, que se había apeado del coche.

Varias decenas de mirones rodeaban en esos momentos el coche bloqueando la calle. Empezó a caer un chaparrón, pero aun así nadie se movió: el espectáculo prometía estar a la altura de la espera. Los dos ingenieros volvieron a subir al habitáculo para resguardarse.

—Me tienen que abonar la carrera, caballeros —voceó el cochero desde el pescante—, tengo otros clientes esperando.

—Le pagaremos el tiempo perdido, amigo —propuso Nouguier—, y esperaremos el desenlace dentro.

El hombre saltó al firme y su cabeza, tocada con una chistera, apareció en el marco de la ventana.

—Eso no va a ser posible, me tengo que ir. Me deben ustedes treinta y cinco perras chicas.

—Pero debemos proteger nuestra maqueta de la lluvia —se enojó Koechlin omitiendo precisar que estaba hecha de metal.

—Lo siento mucho, pero me tengo que marchar, mi trabajo no espera, ni siquiera por un crimen —protestó el hombre antes de volver a subirse a su asiento—. ¡Treinta y cinco perras!

—Paguémosle y vayamos a cobijarnos a una puerta cochera —sugirió Nouguier.

—Ni hablar de eso —replicó Koechlin—. Es una cuestión de principios: ¿qué más le da a él que le paguemos nosotros u otro cliente?

—Las propinas, Maurice. Todavía no estás lo bastante acostumbrado a París.

El cochero dio unos toques en el techo con el látigo para que espabilaran y lo que consiguió, sin querer, fue volver a crispar al guardia.

—¿Qué está pasando aquí? —preguntó dirigiéndose directamente a Koechlin.

—Nada, nada en absoluto —respondió el conductor súbitamente conciliador, cosa que no hizo sino acrecentar los recelos del agente.

—Entonces va a enseñarme usted sus papeles —dijo al conductor—. El certificado de su permiso de conducir, la tarjeta del seguro y el recibo de inicio de servicio.

—Pero si le digo que...

—No se lo estoy pidiendo, se lo estoy ordenando.

El hombre rezongó y se agachó a buscar en su cartera.

—Le está bien merecido —cuchicheó Koechlin—, solo tenía que mostrarse más amable con sus clientes.

A Nouguier no le dio tiempo de responder: de la multitud de curiosos ascendió un vocerío que fue a estrellarse contra la barrera humana formada por una decena de agentes, a los que se unió rápidamente el guardia. Un puñado de policías había entrado en el inmueble. La calle estaba inmóvil, como sacada de un daguerrotipo.

El coche se puso en marcha lentamente, al paso del percherón.

—Eh, pero ¿qué hace? —se inquietó Koechlin.

—Creo que pretende sustraerse a la fuerza pública —dijo Nouguier, sujetando la maqueta en previsión de zarandeos.

Un disparo retumbó en el número 5, seguido de otros dos. El pánico cundió entre la gente. Un segundo grupo de policías penetró en el inmueble, mientras el coche se alejaba dos calles más allá, bordeando el parque Monceau.

—No me paguen —dijo el hombre después de haberles abierto—, pero no me denuncien. No le ha dado tiempo a ver mi número de coche, todavía tengo una probabilidad de salir de esta.

—¿Y por qué íbamos a hacerlo? —preguntó Koechlin—. ¡Podrían habernos matado!

—No soy ningún criminal, ¡solo me olvidé los papeles! Pero la policía no deja de acosarme por pequeños desacuerdos con otros cocheros, y me tienen fichado. Este coche es todo lo que poseo para ganarme la vida, ¡se lo ruego, caballeros!

—La maqueta está intacta —intervino Nouguier—. Estamos en paz, señor. De todas formas, aun sin usted, no habríamos podido entrar en esa calle.

—Puedo ayudarlos —dijo el hombre cuando los dos ingenieros se alejaban—. Les diré cómo llegar a los talleres Gaget desde la calle Guyot.

El estrépito no cesaba ni un momento durante las horas de trabajo: los martillos golpeaban el cobre, las limas afinaban las formas, las piezas acabadas eran transportadas bajo los chirridos de las poleas y el entrechocar de las cadenas. Gaget, Gautier et Cie vivía desde hacía varios años al ritmo de la construcción de la *Libertad iluminando el mundo*. La muerte de Viollet-le-Duc tan solo había alterado un poco el ritmo de los equipos y el anuncio de la llegada de Gustave Eiffel, empresario de lo extremo, lo había acelerado, apaciguando a Bartholdi y reafirmándolo en su elección. Además, el escultor había logrado cerrar la cuestión de la financiación después de muchos años recabando fondos, públicos y privados.

Los dos hombres estaban delante de una mano gigante de madera que los peones de albañil se aplicaban a recubrir con yeso.

—Impresionante —confesó Eiffel.

—Solo el índice mide dos metros cuarenta y cinco —concluyó Bartholdi dando unas palmaditas en el molde—. Su idea de soldarlos por detrás mediante remaches me parece muy acertada.

—Serán invisibles. Mis colaboradores han hecho pruebas: el resultado es muy estético —le aseguró Eiffel—. El envoltorio quedará superpuesto encima del armazón como una prenda en un perchero, sin tener que soportar su propio peso. Mire —dijo llevándoselo a un aparte—, la idea del señor Viollet-le-Duc de rellenar con arena la estatua hasta la cintura presentaba algún que otro riesgo relacionado con la masa total. Mi equipo rehízo los cálculos: el peligro de derrumbe era real.

Bartholdi lanzó una mirada reflexiva a la maqueta de escayola de la estatua, que servía de base para las dos ampliaciones que estaban por venir. Por primera vez, se preguntó si la altura final, cuarenta y seis metros, no estaría fuera del alcance de sus medios... y de los medios que ofrecía el progreso.

—En cualquier caso, su solución es sumamente ligera para semejante carga. ¿No es mayor el riesgo?

—Al ser mucho más flexible, resistirá mejor la tensión horizontal del viento —respondió Eiffel—. Aguantará, me comprometo a ello.

—Su seguridad es admirable, estimado Eiffel, y, a juzgar por sus obras, estoy tentado de creerle.

—No se deja nada al azar. En mi empresa, los riesgos se corren en el momento de la concepción. Una vez tomadas las decisiones, ya no volvemos atrás. Todo se somete a control más de una vez. He llamado al mejor ingeniero de cálculos que existe y que me ayudó con el puente del Duero. Koechlin y él van a trabajar con los métodos más recientes de la estadística gráfica, y le garantizo que dentro de más de cien años esta estatua seguirá en pie, resistiendo el embate de los vientos y las olas.

Un obrero martillador se había llegado hasta ellos y aguardaba a que terminasen de conversar para intervenir.

—Patrón, acaban de llegar dos señores. Dicen que trabajan para el señor Eiffel.

—Perfecto, eso significa que la calle ya no está cerrada al tránsito.

—Sí, seguimos sin poder salir, señor. Pero ellos han cruzado por los tejados de la fábrica. Allí ha sido donde los hemos recogido.

Bartholdi miró al industrial con gesto de admiración.

—Nada es imposible para la casa Eiffel —replicó este último con expresión flemática, en un intento de disimular su admiración por la profesionalidad de sus colaboradores.

Koechlin y Nouguier hicieron una aparición llamativa, el primero portando la maqueta como si se tratase del Cáliz Sagrado. La depositó encima de la mesa que le indicó el escultor.

—Así, pues, he aquí la osamenta de nuestra bella —dijo este último—. Más impresionante que en el plano del polígono de fuerzas.

Los ruidos habían ido cesando paulatinamente y todos los obreros se habían acercado para examinar la obra de carpintería que iba a soportar su obra. Rodearon a los ingenieros y Koechlin tuvo el honor de presentarles las innovaciones que ofrecía la envoltura en forma de poste.

—¿Cuánto será el peso? —preguntó un escayolista.

—Ciento veinte toneladas —respondió Koechlin, levantando murmullos de admiración—. Más ochenta toneladas de cobre que tendrán que montar ustedes, caballeros.

—¿Cuántas piezas? —quiso saber un remachador.

—Trescientas. A ustedes les tocará ponerlas.

—¿Alguna pregunta más antes de volver al trabajo? —intervino Bartholdi.

—Sí —dijo un calderero—: ¿saben si los polis han detenido al asesino de la madre de los Garin?

52

La Alhambra, Granada,
miércoles, 7 de julio de 1880

Clément apoyó la mejilla en el tubo de vidrio que salía de la máquina.

—¡Otro fracaso! —constató antes incluso de mirar el termómetro, que le confirmó que la temperatura era de doce grados cuando él esperaba ver tres o cuatro.

El gas elegido, que había extraído de alquitrán de hulla, no serviría. Sopló sobre la bujía que calentaba una solución amoniacal, al otro lado del circuito, cogió su libreta y tachó el pentano de la larga lista de experimentos infructuosos. Le quedaba un último alcano con el que hacer la prueba.

Aunque es cierto que los refrigeradores ya no eran novedad, aún no se les había encontrado un uso doméstico. «Si Mateo fuese el primero, no volvería a pasar necesidad el resto de su vida, ni tampoco Javier —se dijo mientras paseaba la mirada por el circuito corto de tubos—. Tiene que haber una solución, la ecuación solo contiene dos incógnitas.»

—¡Papá, estamos listos! —La voz de Irving lo sacó de sus ensoñaciones técnicas—. ¿Ya está, lo has conseguido? —preguntó el muchacho apoyando a su vez la mano en los tubos.

—No. Voy a tener que dar con un gas que libere más frío. Si no, siempre podremos usarlo para enfriar las piezas —dijo, y cerró con una mano la libreta.

—¿Como en el teatro de Madrid?

—Ahí usan bloques de hielo y ventilan el frío, no es ninguna innovación.

—Sí, pero funciona de maravilla: el año pasado tuvimos frío durante la representación de *Amar por arte mayor*. Bueno, qué, ¿vamos?

Irving no esperó la respuesta de su padre y se lo llevó al Mexuar, haciendo de pez piloto, a unos metros por delante de él. Alicia y los demás jóvenes los esperaban, así como Mateo y Kalia, a la sombra del seto del Patio de Machuca.

—He recibido el programa del examen por mediación de Gustave Eiffel —empezó a explicar Clément cogiendo el sobre que le tendía Alicia. Sacó dos cuartillas impresas que comentó sin detenerse a leerlas—: Tendréis seis pruebas escritas. Trigonometría, física y química, dibujo de geometría descriptiva, diseño y, la más importante, geometría analítica.

—¿Cómo se puede encontrar belleza en las ecuaciones? —susurró Nyssia a Javier.

—Basta con penetrar el misterio —respondió él—. Como con las chicas.

—La primera tanda es a primeros de agosto —los avisó Clément—. Si seguís de acuerdo, nos queda un año para estudiar.

Javier asintió vigorosamente.

—Pero ¿cómo lo vamos a hacer? ¿Vas a ser tú nuestro profesor? —preguntó Irving, a quien llamaron la atención dos fotógrafos que se encontraban desplegando su material en la terraza que quedaba justo por debajo del Mexuar.

—Mateo se ha ofrecido a pagar a varios profesores de la facultad para que os preparen lo mejor posible en cada materia. Y yo me encargaré de las matemáticas.

El antiguo nevero aprobó sus palabras soltando una frase incomprensible.

—Entonces ¿mi hijo se va a hacer ingeniero? —le preguntó Kalia, dividida entre el orgullo que le producía su futura situación y la pena de perderlo de nuevo.

Él no oyó la pregunta. Estaba también interesado en las maniobras de los dos sujetos. El más veterano de los dos estaba a pie firme, recto como el campanil de la Torre de la Vela, con las dos manos apoyadas en la curva de su bastón, ataviado con una marlota blanca con las vueltas azules y tocado con un fez rojo. Este le daba indicaciones al otro, que llevaba una camisa blanca salpicada de cercos de polvo y sudor y que iba desplazando con pequeños toques sucesivos la cámara oscura colocada encima de su trípode.

—Si estudian a fondo este año, sí, nuestros hijos tienen todas las de ingresar en la École Centrale —respondió Clément—. Para ellos es una ecuación de una sola incógnita: las ganas. Si de verdad tienen ganas, nada los detendrá.

—Pero ¿qué hacen? —preguntó Irving sin mirar a su padre.

—Pues montones de aplicaciones industriales para las minas, la metalurgia, la química. Tendrás tres años para decidirte.

—No, digo ellos. ¿Qué hacen? —repitió señalando con el dedo a los dos extraños.

Cuando el desconocido del fez vio que los estaba observando todo el grupo, les dedicó un saludo amistoso.

—Habrá que decirles que salgan del cuadro —dijo el otro, con la cabeza metida debajo del faldón de tela negra.

—No, al contrario, me interesa que salga el elemento humano en mis fotografías. Se acabaron los tiempos de los monumentos desangelados y fríos. ¡Las obras de arte necesitan de la vida! Sigue con la puesta a punto, necesitamos el patio y la fachada en la misma vista. Con los autóctonos.

El hombre bajó por el camino con paso doliente y se les acercó, campechano.

—¡Hola! ¿Cómo estás? —dijo en castellano.

—¿Es usted francés? —respondió Alicia reconociendo el acento del visitante.

—¿Compatriotas en Granada? ¡Esto sí que no me lo esperaba! —exclamó—. Parece totalmente andaluza. Y usted, madame —dijo en dirección a Kalia, provocando la risa en los niños.

—Somos los moradores de la Alhambra —resumió Clément—. Las familias Delhorme y Álvarez.

—Le Gray. Gustave Le Gray.

—¿Le Gray, el fotógrafo? —dijo asombrado Clément, despertando el interés de Irving.

—No sabía que mi nombre fuera tan famoso —apuntó el hombre.

—Usted fue el retratista del emperador y su familia —explicó Clément, para poner al tanto a los demás.

—Huy, qué lejos me parece ahora todo eso. Y no es precisamente de lo que más orgulloso estoy —dijo Le Gray quitándose el fez con una mano para atusarse los cabellos con la otra.

—Tampoco parece usted muy francés —se fijó Alicia, señalando la marlota.

—Es que vivo en El Cairo desde hace veinte años —respondió él, volviendo a ponerse el sombrero.

—¿Y qué buena aventura lo trae por aquí, señor Le Gray?

—La Misión Heliográfica. He venido para ponerle el punto final.

—Acepte nuestra hospitalidad y así nos contará en qué consiste esa Misión.

Le Gray se volvió hacia su ayudante, quien, interpretándolo como una señal, introdujo el negativo en la cámara oscura.

—Me parece que vamos a tener que quedarnos quietos un instante —dijo Le Gray—. ¿Quieren colocarse alrededor de mí?

Las dos familias rodearon al francés. Mateo se quitó el sombrero y Kalia se recogió atrás los cabellos con ayuda de la pañoleta.

—Qué lástima que no esté Jez —se lamentó Victoria.

—¡Atentos! —voceó el fotógrafo destapando el obturador. Contó hasta diez y volvió a cubrirlo—. ¡Gracias! —exclamó al tiempo que sacaba la placa.

—¿Es un caliotipo?

La pregunta de Irving sorprendió más a sus padres que a Le Gray, el cual, encantado con el interés del joven, se entregó a una explicación de índole técnica.

—Colodión húmedo. Un procedimiento que he inventado yo mismo. Solo presenta un inconveniente, como puedes observar —dijo señalando a su ayudante que se marchaba pitando en dirección al hotel Washington Irving—. El negativo debe usarse y revelarse muy rápidamente, si no se vuelve insensible. Pero, a cambio, proporciona a las imágenes una fineza incomparable. Esa será para ustedes. Vamos a fotografiar todos los edificios.

—¿Puedo acompañarlos? ¡Les haré de guía! —se ofreció el muchacho, entusiasmado.

—Irving se conoce la Alhambra mejor que nadie —añadió Alicia ante la mirada interrogante de Le Gray—. Nació aquí.

—Impresionante. Pues te nombro mi segundo ayudante, joven. Sígueme.

Todos los vieron subir a la terraza. Irving cogió el aparato con su trípode, Le Gray se puso en bandolera el cabás de mimbre en el que llevaba los negativos y los dos juntos desaparecieron detrás del palacio de Carlos V.

—¿Vosotros conocíais su interés por la fotografía? —preguntó Clément.

La negativa fue general.

—¿Y dónde se ha metido Nyssia? —inquirió Alicia, preocupada.

—Se marchó justo antes de la foto —respondió Javier—. No quería salir.

—¿Me acompañas al club de flamenco? —le propuso Victoria.

—Ya no hay que hacer más entregas de hielo hasta mañana —mintió Mateo—. ¡Ve con ella!

—¡Aprovechad que aún estáis de vacaciones! —les aconsejó Clément al ver las dudas del joven—. De aquí a un mes ya no tendrás ni tiempo de echarte la siesta.

Dirigió una mirada perdida hacia Alicia. Las ecuaciones habían topado con sus límites: ninguno de sus hijos estaba haciéndose mayor como él había imaginado.

«La Misión Heliográfica...» Las palabras del francés resonaban en la cabeza de Irving como la gran aventura con la que llevaba años soñando. Acompañó a Le Gray y a su asistente por todos y cada uno de los palacios, cargando con el material, atento a sus pláticas en torno a las ventajas y desventajas del nitrato de celulosa y de la albúmina, acerca de las técnicas de la fotografía de marinas y la técnica del cielo añadido, sobre el futuro del arte fotográfico, e interviniendo solo cuando lo invitaban a hablar, con el fin de guiarlos por el laberinto de la Alhambra. Le Gray no contaba más que con una lista de los sitios garabateada a mano, que iba sacando después de cada foto, mientras su colaborador corría al hotel para revelar la placa.

—Es un francés de El Cairo, un joven apasionado como tú. Me ayuda desde hace dos años —explicó el fotógrafo mientras aguardaban, antes de dirigirse al siguiente emplazamiento—. Luego nos toca ir a... —dijo desdoblando la hoja arrugada— a los jardines del Partal. ¿Qué tienen de interesante, que merezca inmortalizarse?

—¡La Torre de las Damas! —se entusiasmó Irving—. Mi madre terminó la restauración de la fachada el año pasado, es soberbia.

—No lo dudo, no lo dudo —respondió Le Gray pensando en Alicia.

—A esta hora el sol nos dará de espaldas e iluminará la torre. Habrá que ponerse al principio del estanque, para que se refleje en él.

—¡Qué buena sugerencia! Tienes ojo de artista, muchacho. He hecho bien trayéndote.

Le Gray se enjugó la frente y observó en silencio una construcción en ruinas que tenía la techumbre medio derrumbada.

—¿En qué piensa, señor? —preguntó Irving, listo para contarle la historia de cada tapia del lugar.

—En Palermo. Me recorrí la ciudad después de que fuera bombardeada por el ejército siciliano. Había barrios enteros que estaban como esa casucha.

—¿Conoció al gran Garibaldi?

—Sí. E incluso lo fotografié. Estuve en el bando de los revolucionarios, con Alexandre Dumas.

Los ojos de Irving se habían quedado inmóviles, abiertos como platos. La admiración lo dejó mudo.

—Hacía calor, un día caluroso y seco como este —contó Le Gray—. Era el 19 de julio de 1860. Había desembarcado en Sicilia con Dumas, que era amigo de Garibaldi. El general le había pedido que llevara a un fotógrafo para que tomase clichés de Palermo. Esas imágenes contaban más de la guerra que cualquier crónica. Lo que los hombres habían levantado durante siglos se había venido abajo en unas pocas horas. Unos días después, me mandó llamar para los retratos. De unos príncipes prisioneros, István Türr y luego el mismísimo general Garibaldi en persona. Tenía una poblada barba roja y unos ojos pequeños y penetrantes, combativos y magnánimos a un tiempo. Le pedí que cogiera el sable, ¿acaso se ha visto alguna vez a un general desarmado? Alrededor del cuello llevaba una larga cadena dorada, enganchada a un reloj que guardaba dentro de un bolsillo. Lo coloqué de cara al sol, afortunadamente velado ese día, delante de un muro contra el que pudo apoyarse ligeramente, lo cual le dio esa postura que algunos han calificado de romántica. Al día siguiente Dumas y yo le llevamos el cliché. Era un papel con impregnación de albúmina y un negativo sobre vidrio con colodión, ya que te interesa nuestro arte. Una precisión y un grano perfectos. Alexandre añadió unas palabras y partimos ese mismo día rumbo a Malta.

—Dumas y Garibaldi… Entonces ¿esa era su Misión Heliográfica?

Le Gray soltó una carcajada.

—No, muchacho. La Misión comenzó nueve años antes, en París. ¡Ah, ya está aquí nuestro heraldo cargado con la obra de Dios! —exclamó al ver a lo lejos a su colaborador, que volvía hacia ellos con un marco debajo del brazo—. ¡Vayamos a ver la belleza de las damas de la torre!

53

La Alhambra, Granada,
jueves, 8 de julio de 1880

Irving se había pasado la noche entera soñando con ello. Había acompañado a Dumas en sus aventuras por Oriente, se había alistado en las filas de Garibaldi y había seguido a Le Gray hasta El Cairo, donde el fotógrafo le había revelado todos los secretos de la heliografía. Cada vez que se despertaba, se apresuraba a conciliar de nuevo el sueño para no perder el hilo de sus andanzas y, cuando los primeros arabescos de sol vinieron a dibujarse en la pared, él ya se había vestido sin hacer el menor ruido, había cortado un pedazo de pan que había untado de pasta de aceitunas machacadas, se lo había comido de camino al hotel y, sentado en lo alto de la muralla de delante del Washington Irving, había aguardado más de una hora a que saliese Le Gray.

—Hoy vamos a inmortalizar el Generalife —anunció el francés con alegría contagiosa—. ¡Te seguimos a ti, nuestro guía!

Irving no olvidó ninguno de los elementos que estimaba indispensables para la visita del lugar, escogiendo los mejores puntos panorámicos de las huertas, de la avenida con los cipreses, de los estanques del Carmen y del Patio de la Acequia, parándose en todas las reformas realizadas, desde los dinteles más pequeños cubiertos de mosaicos hasta salas enteras decoradas con frescos que Alicia había limpiado centímetro a centímetro, provocando la admiración de los dos hombres, que pudieron tomar doce clichés antes de que el calor los obligase a buscar cobijo a la sombra, dentro.

—Si seguimos a este paso, voy a acercarme a mi récord —anunció Le Gray, apartando su plato después de terminarse su segundo trozo de tortilla—. Treinta clichés en una sola jornada. Estaba en Chenonceau con Mestral, mi ayudante por aquel entonces —dijo dirigiéndose a su colaborador, que puso cara de admiración y luego se metió en la boca una cucharada de sopa de guisantes.

El joven no dejaba de lanzar miradas a Nyssia, que lo ignoraba con aire altanero. El juego había divertido inicialmente a los adultos, pero luego dejaron de prestar atención.

—Papá también ha batido récords —afirmó Victoria.

—¿Y en qué ámbito se ha distinguido usted, señor Delhorme?

La conversación derivó hacia los globos perdidos, alimentada por el fervor tanto de Alicia como de los chicos, sin que Clément tuviera que abrir la boca.

—¿Puedo retirarme? —preguntó Nyssia, que había permanecido en silencio.

Se levantó sin esperar la respuesta, seguida por la mirada desencajada del cairota, a quien la presión del decoro a duras penas reprimía su deseo de ir tras ella.

—¿Y no se ha planteado tomar vistas desde el aire? —preguntó Le Gray, indiferente a las emociones de su ayudante.

—Pues he trabajado en un mecanismo de liberación automática que habría permitido fotografiar a una altitud precisa, pero hace tres años dejé todos esos experimentos.

Alicia relató el accidente del último vuelo, ciñéndose a la versión oficial.

—No lo echo de menos —concluyó Clément para cambiar de tema—. Ya no.

—Señor Le Gray, ¿puede hablarnos de la Misión Heliográfica? —le pidió Irving, que se retorcía de impaciencia en su silla.

—¿Me permiten abandonar la mesa? —lo interrumpió su ayudante—. He de preparar los colodiones para esta tarde. Y ya me sé la historia.

—Desde luego, vete, vete —respondió Le Gray distraídamente.

—Los calotipos —le lanzó Irving.

—¿Cómo dice? —preguntó sorprendido el cairota.

—Que iba a preparar los calotipos, no los colodiones. No se hacen con antelación —explicó Irving en un tono seguro.

—Ah, sí, eso. Discúlpenme. Estaba todo muy rico.

El joven rodeó el edificio y se plantó en el Patio del Mexuar delante de la ventana del balcón del primer piso, que había deducido sería la de la habitación de Nyssia. La llamó discretamente, dividido entre la curiosidad y el temor a llamar la atención del resto de la familia. Todas sus intentonas chocaron contra los muros del patio cerrado. Desesperado, vio dos guijarros y los lanzó contra el marco de madera del balcón. No pasó nada. Encogiéndose de hombros, se metió las manos en los bolsillos mientras farfullaba conclusiones apresuradas y poco gratas sobre los andaluces.

—¿Así es como piden una cita los chicos a las chicas en su país? ¿Tirándoles piedras?

Nyssia salió de la penumbra que reinaba en la Cámara Dorada. Él no había visto nunca una belleza tan irrebatible, como si todas las gracias femeninas se hubiesen concentrado en un solo rostro y en un solo cuerpo. Incluso superaba los atractivos de las cortesanas que había fotografiado con su mentor y sobre las que había fantaseado mucho tiempo después de que quedasen reveladas sobre la placa. Nyssia no hacía nada para ser hermosa, no tenía que hacer nada, era una encarnación universal del Grial del amor. Cuando la vio la primera vez, el joven supo que la amaría el resto de su vida y de todas sus vidas subsiguientes, que sería capaz de dejarlo todo sin que se lo pidiera siquiera, capaz de matar, capaz de morir, capaz de renunciar. Era más fuerte que él. Hubiera preferido no ser nada, pero serlo con ella, antes que poseer un reino o una fortuna, pues todo lo demás era tan arena que se deslizaba entre sus dedos en comparación con esa mujer inalcanzable. Y, por encima de todo, había comprendido que un simple mortal no podía desposar a una diosa y que no tenía ni la más remota probabilidad de ser su elegido.

Ella llevaba en las manos un libro cuyo título no pudo ver. Nyssia se detuvo al otro lado de la gran pila central, en el centro de la cual gorgoteaba una fuente cristalina.

—Quería volver a verla —dijo él simplemente.

—¿Tiene guitarra?

—No, ni la menor noción musical tampoco. ¿Por qué?

—En estas tierras es costumbre que los muchachos den la serenata a sus novias debajo de su ventana, no que le arrojen chinas.

—Le pido disculpas —barbulló él sin hallar qué otra cosa decir.

—No importa, no es mi novio. Pero sí que podemos hablar —dijo invitándolo a sentarse directamente en el suelo, contra la arista de la fachada—. A cambio, quiero pedirle un favor.

Se lo dijo al oído. Hasta ahí llegó toda su intimidad, pero el joven cairota recordaría toda su vida el roce de su vestido, su aliento acariciándole la oreja, el perfume de su piel y su voz de timbre embaucador. Hasta ahí llegó toda su intimidad, pero valió infinitamente más que la disparatada petición de Nyssia. En ese instante hubiera podido pedirle que fuera a recogerle una flor de loto azul, que él habría partido a todo correr a buscarle una en las orillas mismas del Nilo.

Nyssia se sentó a su lado con las piernas cruzadas.

—Ahora hábleme de El Cairo, hábleme de Egipto, hágame viajar.

Después de comer, todos se habían instalado en los sillones de mimbre blanco dispuestos en círculo en el jardín de la Lindaraja, donde los árboles altos dispensaban una sombra muy agradable. El fotógrafo, a instancias de Irving, aceptó finalmente descorrer el velo de la Misión Heliográfica.

—Éramos cinco. Cinco artistas jóvenes en este arte novicio que era la fotografía: Hyppolite Bayard, Henri Le Secq, Édouard Baldus, Auguste Mestral y yo.

Le Gray dejó transcurrir un instante de silencio durante el cual sus siluetas desfilaron ante sus ojos.

—Habíamos sido elegidos por la Comisión de Monumentos Históricos, con qué criterios es algo que jamás he sabido, para dejar constancia fotográfica de los más excelsos edificios históricos de Francia. ¡El primer inventario visual de nuestro patrimonio, imagínense el fervor que sentimos en el momento en que nos separamos para recorrer la cuadrilla de las carreteras del país! A Mestral y a mí nos tocaron todas las comarcas del Loira hasta el Mediterráneo. Durante el verano de 1851 él y yo tomamos más de seiscientos clichés. Al término de la Misión, habíamos entregado todo el material a la Comisión, al igual que los otros tres. En total habíamos recorrido todas y cada una de las regiones; estábamos orgullosos de nuestro trabajo. Yo experimenté con una técnica nueva usando papel encerado seco y cloruro de oro. ¡Y es que no hay nada mejor para devolver a la vida los detalles aletargados de una catedral o de un castillo, créeme, Irving!

Le Gray hizo un alto para humedecerse la boca con un trago de agua fresca.

—Por desgracia, nunca se han publicado las imágenes —prosiguió—.

Y, sin embargo, habíamos sacado pruebas a partir de nuestros negativos. Nunca hemos sabido por qué. Esos miles de negativos eran un tesoro y desconozco por completo dónde están hoy en día. Es el gran misterio de esta primera Misión Heliográfica. Hubo quien dijo que jamás existió, como si hubiese sido una fantasía nuestra —concluyó con rictus amargo—. En fin, decidí volver a empezar y ponerle su punto final. Solo que esta vez no iba a contentarme con Francia. Contacté con Bayard, Le Secq, Baldus y Mestral y los cuatro aceptaron fotografiar los edificios más importantes de toda Europa, que publicaremos porque todo el mundo tiene derecho a ver lo que realmente construyeron nuestros ancestros, y no solo sus representaciones artísticas, por muy fieles que sean. Yo me encargo de inventariar los monumentos de los países del Mediterráneo, y esta es la razón de mi presencia aquí.

La conversación discurrió sin agotarse, hasta mediada la tarde. El ayudante de Le Gray volvió a aparecer, acompañado de Nyssia, en el momento en que el sol, cansado de flagelar las pieles, se transformaba en caricia. El equipo realizó una sesión más de fotos, acompañado por Alicia, que les abrió los talleres de los frescos que estaba restaurando. Clément se retiró al Generalife, a su mirador, donde tomó unos datos atmosféricos, antes de verificar los últimos cálculos de tensiones que debía enviar a Eiffel para la estructura de la estatua de la Libertad. Acababa de detectar un problema grave: las aguas del mar, cargadas de sal, y las aguas de lluvia, cargadas de nitratos, podían convertir la estatua, hecha de láminas de cobre y armazones de hierro, en una inmensa pila eléctrica de cuarenta metros de altura con una potencia desconocida.

XVIII

54

París,
martes, 14 de diciembre de 1880

Ya, ábrelos! —dijo Eiffel después de pedirle a Claire que bajase del coche con los ojos cerrados.

Ella obedeció y se le escapó un pequeño grito.

—¡Qué preciosidad! ¿Cuál es nuestro piso? —preguntó.

Padre e hija se hallaban ante la fachada del hotel particular de la calle Prony, número 60.

—A ver que piense… —dijo él fingiendo titubear—. Pues me parece que lo he alquilado entero.

—¿Entero?

Claire se adelantó con paso vacilante hacia el porche de la entrada.

—¿Las tres plantas? —exclamó, sin poder dar crédito.

—Sí. Doscientos ochenta metros cuadrados.

—¡Oh, papá, te quiero! —dijo echándose en sus brazos—. Pero ¿tenemos los posibles para eso?

Ella inició en silencio la visita del lugar, con un comedimiento temeroso, hasta que recobró su sentido de la organización y comenzó a hacer disposiciones relativas a la mudanza y al destino de cada estancia.

—Para Édouard y Albert —dijo señalando las dos piezas del fondo, en la segunda planta—. Valentine estará cerca de Laure, al otro lado. En cuanto a nosotros, las habitaciones estarán en la primera, así como tu gabinete.

—Podría instalarlo en la planta baja —objetó Eiffel.

—Arriba es más luminoso, estarás mejor, hazme caso, sobre todo los días como hoy en que está todo tan gris. El gran salón a ras de calle irá bien para las comidas, y la antecocina no queda lejos.

—¿Qué haría sin ti, hija mía? —dijo él estrechándola en los brazos con ademán afectuoso.

—Allá donde esté, mamá está orgullosa de ti, papá, no me cabe duda.

—Está orgullosa de todos nosotros, de la familia que somos. Te dejo, debo llegar a los talleres Gaget. El dueño de las mudanzas tiene que llegar de un momento a otro, organízalo todo con él. Pero ten cuidado, tiene cierta tendencia a exagerar cuando sopesa volúmenes.

Se acercó a pie a la calle de Chazelles y saboreó el encanto que envolvía París en las postrimerías del otoño. Eiffel constató con satisfacción que su nuevo domicilio se encontraba a seis minutos exactos de los talleres de Bartholdi, lo que lo reafirmó en su elección. Reinaba en ellos la misma actividad intensa y febril que siempre que les hacía una visita. Unos obreros trabajaban encorvados ante la reproducción en escayola de la mano derecha que salía del hombro de la giganta cubierto con una tela. Uno de ellos, blanco de la cabeza a los pies, se había sentado en el índice, pegado al pulgar, y pasaba una gamuza por la piel de yeso aún fresca. Otros trabajaban las piezas de cobre al son de sus martillos. Había trozos de muestras numerados, moldes de escayola, polvo por todas partes. Eiffel se paró delante de la primera de las cuatro reproducciones puestas de pie de la *Libertad iluminando el mundo,* de dos metros setenta de alto.

Bartholdi se acercó a recibirlo y lo hizo pasar a la oficina de ventanales, donde podrían hablar sin verse obligados a alzar la voz. Eiffel desenrolló el dibujo en sección del armazón metálico.

—Mis ingenieros, Nouguier y Delhorme, han rehecho los cálculos una vez más. Y ambos han llegado a la misma conclusión —dijo apoyando la yema de un dedo en la estructura del brazo extendido—. Va a tener que modificar el diseño original para que el ángulo con el pilar sea de veintiún grados y medio.

Bartholdi manifestó su contrariedad frunciendo las cejas.

—Actualmente la cabeza está posicionada demasiado cerca del brazo que sostiene la antorcha. Necesitamos que esté más estirado —explicó Eiffel—, a fin de que el armazón esté asegurado con un sostén mejor sobre el pilar. De lo contrario, solo tendría un único punto de apoyo.

—¿Qué diferencia habrá?

—De cincuenta centímetros a la altura de la coronilla. No afectará a la estética general de la estatua.

Bartholdi miró nuevamente el croquis antes de enrollar la lámina y dejarla encima de las demás.

—Lo vamos a integrar en la construcción —prometió—. ¿Alguna novedad sobre el problema de riesgo eléctrico que ha detectado?

—Ya que no podemos evitar que las olas de agua salada toquen la superficie, la solución consistirá en separar la envoltura de cobre y la estructura de hierro mediante una capa fina de minio. Es algo que se hace ya en construcción naval.

—¿Y no hay ningún modo de canalizar esa electricidad?

—Eso sobrepasa mis competencias y las de mi equipo; yo no me aventuraría.

Uno de los ayudantes del escultor llamó con los nudillos en el vidrio y le hizo una señal para que fuese con él. Bartholdi se disculpó y dejó a Eiffel a solas unos minutos. El ingeniero observó la inmensa cabeza de porte sobrio que ocupaba el lugar preponderante del patio exterior, devuelta después de haber pasado unos meses en el Campo de Marte. El brazo que sostenía la antorcha seguía expuesto en Estados Unidos, donde la suscripción para la edificación del pedestal a duras penas estaba logrando reunir los fondos necesarios. La giganta estaba a la espera de que se le construyera el cuerpo.

—La visita de los periodistas de *Le Petit Parisien* y de *L'Illustration* —explicó Bartholdi al volver—. Van a tomar unos clichés de los avances del trabajo. Sabe tan bien como yo lo importante que es la prensa en los tiempos que corren. ¿Quiere unirse a nosotros?

Eiffel declinó la invitación. Tenía una cita en la calle de Sèvres para supervisar otra obra, y allá se fue en un coche de punto por una calzada que se había tornado resbaladiza después de un chaparrón. Lo recibió la directora en un Le Bon Marché bullicioso, lleno del frufrú de vestidos de una multitud mayoritariamente femenina. Los sombreros adornados con flores, cintas y plumas formaban las pequeñas olas de una mar inmensa que había invadido todas las alturas del edificio.

El rostro de Marguerite Boucicaut transmitía una gran bondad, con su óvalo relleno y una leve sonrisa. Llevaba un vestido de tafetán negro y gris con reflejos de muaré. Le hizo un ademán para que fuese con ella, se levantó un poco la tela del vestido para no tropezar y se lo llevó briosamente, pese a su edad, hasta la otra punta del establecimiento. Antes de entrar en la zona en obras, bajaron al segundo sótano para admirar los caloríferos recién instalados, donde reinaba un calor incómodo, y después hicieron un alto en las cocinas con el objeto de tomarse un vaso de agua y un café, mientras los marmitones preparaban la comida asando cientos de bistecs y cortando patatas en trozos. La señora Boucicaut precisó muy orgullosa que los cinco mil quinientos servicios diarios hacían de su restaurante el número uno de París y se lo llevó hacia las escaleras, al tiempo que los primeros empleados del departamento de expediciones se dispersaban en dirección a las mesas alineadas en hileras paralelas.

La obra de ampliación se hallaba entre la calle del Bac y la de Velpeau, donde la sociedad Eiffel estaba levantando un mercado de estructura metálica, de treinta metros de alto, que se comunicaba con los otros edificios. Allí se reunieron con Louis-Charles Boileau, el arquitecto de los grandes almacenes. Entre los dos evaluaron el avance de las obras, que no habían sufrido ni retrasos ni inflación del presupuesto a pesar de las técnicas empleadas, por las que Boileau felicitó al ingeniero, como siempre que se veían. Además de la calidad de su equipo, el nombre de Eiffel se había convertido en garantía de éxito de una obra.

—Su Le Bon Marché es un lugar fascinante —dijo este a la directora, una vez que ella hubo regresado a su despacho, con una cristalera en saliente con vistas al cuerpo principal del establecimiento, cuya magnífica escalera amagaba un arabesco monumental—. ¡Qué idea visionaria la de haber reunido todas las tiendas de novedades en un mismo sitio y, además, haber indicado el precio de cada artículo! Verdaderamente fascinante —concluyó mientras observaba la masa de clientes, un organismo vivo dotado de movimientos aleatorios que la conectaban con las distintas secciones del lugar.

—Algunas de nuestras clientas se quedan hasta doce horas en nuestros almacenes —le confió la señora Boucicaut—. El propio Zola me ha escrito para comunicarme que desearía venir a visitarnos para un proyecto de novela. ¿Se da usted cuenta? Reina aquí una especie de frenesí que en ocasiones me desasosiega. Debemos ofrecer siempre más y más.

—Es el progreso. Está en marcha y usted es su imagen más resplandeciente. Su éxito es admirable. Y su filantropía es conocida entre la flor y nata parisina. ¿Le puedo pedir un favor?

—Sea lo que sea, desde ya mismo lo tiene concedido.

—¿Qué clase de juguete busca? —preguntó la empleada, cuya belleza contrastaba con la austeridad de su uniforme.

—Quisiera comprar los regalos de Año Nuevo de mis hijos, pero me temo que no tengo ninguna idea —respondió Eiffel—. Me ha dicho la señora Boucicaut que es usted la persona idónea para aconsejarme.

La joven agachó la cabeza en señal de apuro y a continuación levantó los ojos hacia el ingeniero y le dedicó una sonrisa coqueta.

—Lo haré lo mejor posible, caballero.

—Me da miedo perderme en la inmensidad de artículos en exposición —añadió sin reparar en su juego.

—Hábleme de sus hijos —le pidió ella, invitándolo a seguirla—. ¡He de saberlo todo sobre ellos! En primer lugar, cuántos años tienen y cómo se llaman. Se puede saber mucho de alguien a través de su nombre —le susurró, demorando un tanto su mirada puesta en él.

Aquello divirtió a Eiffel, que se prestó al juego intentando definir con precisión los gustos y la personalidad de su prole. La joven le había hecho tomar asiento a su lado y lo atosigaba a preguntas. Él tomó conciencia de que siempre había presenciado la evolución de sus retoños sin pararse a pensar en la personalidad de cada uno. Con cada evocación, iban afluyendo más y más recuerdos familiares, y el semblante de Eiffel se iba tornando más y más sombrío. La vendedora se dio cuenta y puso fin al asunto levantándose con cierta prisa.

—Sígame —lo invitó, llevándoselo hacia una mesa adyacente en la que destacaban unos juguetes de equilibrio.

El ingeniero pareció reparar entonces en las zalamerías de la vendedora, a la que dedicaba discretas ojeadas. Sus cabellos castaños y ondulados, recogidos en un moño alto, dejaban al descubierto una nuca fina y diáfana que le recordó la de Victorine. Su cara poseía unas proporciones agradables, y la nariz, con un perfil de fino arabesco, resaltaba una boca de labios rubí que recordaban los seductores encantos de las flores carnívoras. Se volvió un instante y constató que los demás hombres presentes eran también vendedores.

—Empezaremos por Albert y Édouard —dijo ella cambiando coquetamente el peso del cuerpo de una pierna a otra, alentada por la actitud de su cliente que parecía mostrar interés hacia ella—. Para el chiquitín...

—Albert —precisó él.

—Para Albert, yo le sugiero el balancín.

El juguete se componía de una escalera sobre la cual dos figuritas con unos pies desmesurados, que representaban a unos estibadores nipones, estaban unidas mediante una escalera de mano a la altura de los hombros.

—Funciona así —explicó ella colocándolos en lo alto de la escalera y basculando el primero en el escalón inferior.

Una vez que los soltó, el más alto de los dos, ayudado por la escalera, pasó por encima del otro hasta detenerse un escalón más abajo. El movimiento de balancín continuó hasta que el tiro humano hubo bajado todos los peldaños.

—Mágico, ¿verdad? —dijo ella juntando las palmas de las manos como si fuese a aplaudir.

Cogió el juguete para dárselo y le rozó la mano al hacerlo.

—También porque el centro de gravedad pasa por el centro de la escalera —dijo él devolviéndoselo—. Para Albert será perfecto. ¿Y para los otros?

Édouard recibiría un tablero de peonza de cremallera con un agujero.

—Este modelo se llama La Cigarra. Cuando se pone a dar vueltas, suena como ese bicho.

—Pues adelante con La Cigarra —aprobó Eiffel.

Valentine sería gratificada con una caja de Burattini que llevaba unas marionetas y un decorado. La vendedora, después de esbozar otra sonrisa encantadora, abrió un cajón y sacó un fenaquistiscopio.

—Es la última moda —insistió ella—. ¡Gusta a niños y a mayores por igual!

El juguete se resumía en una manga que sujetaba un eje de metal, rematado en el lado izquierdo con un disco negro lleno de hendiduras perforadas y, por el derecho, con un disco igual de grande encima del cual estaban dibujados unos polichinelas en las actitudes sucesivas de saltar la comba.

—Mire por una de las hendiduras —le indicó ella acercando el artículo a los ojos del industrial.

Entonces hizo girar el disco de polichinelas.

—La sensación de movimiento es asombrosa, ¿no le parece?

Eiffel movió arriba y abajo la cabeza en señal de afirmación. Su paciencia con este tipo de compras empezaba a rozar sus límites. Los caloríferos, sumados a la densidad de la nutrida clientela y a las prendas de abrigo, provocaban que reinase en la tienda un calor pesado, y los coqueteos de la vendedora, que encendían su deseo masculino, lo irritaban en el mismo grado.

—En fin, para Claire…

—Claire es mi hija mayor y para ella no quiero ningún juguete. Quisiera algún objeto para su habitación. ¿Podemos ir al anexo?

Sin esperar respuesta, cruzó la calle en diagonal y se metió por el pasaje que llevaba a la galería reservada al mobiliario, obligando con ello a la empleada a correr detrás de él para no distanciarse. En ese lugar, menos concurrido, sentía que respiraba mejor y pudo pasearse tranquilamente por la exposición de muebles, escoltado por su vendedora, bajo la mirada reprobadora de sus compañeros encargados de la sección. Se paró delante de la zona dedicada a las alfombras y pidió consejo a la joven, que con el ajetreo de la carrera se había despeinado por el camino.

—Si fuera para usted, ¿cuál escogería?

Ella se tomó su tiempo para volver a sujetarse el moño y a continuación se fijó atentamente en cada modelo expuesto. Señaló una alfombra francesa de inspiración moderna, con un colorido intenso y abigarrado.

—Buena elección, esta es muy del gusto de Claire. Envíen todo a esta dirección —le indicó, alargándole su tarjeta.

Y se marchó de Le Bon Marché, aliviado.

De vuelta en la calle de Prony, Eiffel se cruzó con el dueño de la empresa de mudanzas en el porche.

—Su hija es aún más dura que usted haciendo negocios —comentó este último, con una sonrisa en los labios—. Ha negociado implacablemente y hemos llegado a un acuerdo que, creo, dejará satisfechas a todas las partes.

—Envíeme ese presupuesto y lo firmaremos tal cual —respondió Eiffel para demostrar la confianza que tenía en su hija.

Claire lo esperaba en el comedor vacío y estaba secándose los ojos, con los párpados enrojecidos, cuando él entró.

—Hay mucho polvo aquí —dijo ella a modo de explicación.

«No debí dejarla sola —se reprendió él para sus adentros—. El recuerdo de su madre está muy vivo.»

Movió afirmativamente la cabeza sin insistir.

—¡Cuéntame cómo ha ido el día, papá! —exclamó ella llevándoselo fuera.

Una vez en el coche, Eiffel le relató sus visitas a las dos obras, algo que a Claire le gustaba mucho escuchar, en especial todo lo relacionado con los detalles técnicos.

—Los pliegues del vestido nos proporcionarán gran cantidad de fuelles que nos permitirán absorber la dilatación inevitable del metal. ¡Por una vez, las irregularidades de un monumento suponen también una ventaja! —concluyó, como respuesta a una de las múltiples preguntas de su hija—. Hemos llegado —dijo al distinguir el tejado de su casa, que sobresalía entre las copas de los árboles.

Eiffel vio salir a Claire corriendo del coche y lanzarse por el camino llamando a voces a sus hermanos. Él esperaba que, con la mudanza, Claire hiciera más rápido el duelo por su madre, ya que cada estancia de la casa estaba aún impregnada de su presencia. Pensó con pena en Marguerite, en Victorine, en sus padres.

—¡Papá!

Claire se había dado la vuelta en la terraza y lo llamaba. Le hizo una señal para que fuese con ella. La vida continuaba su curso imperturbable.

Los juguetes se recibieron en el domicilio a las seis y media de la tarde, enviados desde Le Bon Marché. Eiffel se apresuró a atender la entrega antes de que el huracán de energía de los niños lo obligase a revelarles el secreto. Dio una propina al repartidor y casi se llevó una decepción al saber que la vendedora no venía con él. Luego se enfadó por su propia ingenuidad: la joven seguramente probaba suerte con todos los caballeros a los que atendía, con la esperanza de pescar un pez gordo, y eso no tenía nada que ver con su encanto personal. Aun a sabiendas, se había dejado llevar por la ilusión en el espacio de una hora, una forma de engañar su soledad como engañamos la sed con el hueso de un dátil. Lanzó una mirada furtiva a su imagen reflejada en el espejo de la entrada, que le pareció idéntica a la del decenio precedente. Eiffel subió los juguetes a su habitación, bajó a por la alfombra, que consiguió transportar solo, y finalmente cerró la puerta con llave. Abrió todas las cajas y, sentado directamente sobre el parquet, accionó los juguetes. Luego se interesó por el regalo para Claire. La alfombra venía enrollada en un paño verde de fieltro ligero, atado con una cinta ancha debajo de la cual habían metido una cartulina pequeña. La sacó, la abrió y sonrió: la vendedora se llamaba Denise y le dejaba sus señas con el fin de «servirle [a Ud.] mejor en su próxima visita». Eiffel se guardó la tarjeta en un bolsillo.

—¡Papá! ¿Dónde estás? —voceaba Claire desde la planta principal.

—¡Voy! —respondió él escondiendo la alfombra debajo de su cama.

—¡Sales en el periódico!

La voz estaba más cerca. El pestillo se agitó.

—¡Te has encerrado! —protestó ella al otro lado de la puerta.

—Tengo derecho a un poco de intimidad —se quejó él, abriendo.

Claire entró enarbolando el ejemplar de *Le Temps* de ese día y lo dejó sobre la cama antes de sentarse al lado con todo su peso.

—¡En primera plana! —dijo ella, ufana, mientras él empezaba a leer el artículo titulado «El viaducto de Garabit».

Claire se apoyó en la espalda de su padre y se asomó por encima de su hombro para leerlo:

—«Esta solución exigía un viaducto formidable, y la administración de los Ferrocarriles del Estado, impactada hondamente por el recuerdo del puente del Duero, del que ya nos ocupamos en estas disquisiciones científicas divulgativas...» Y con razón —comentó ella antes de proseguir—: «... confió la ejecución del nuevo viaducto al señor Eiffel, un joven ingeniero civil de altísimo mérito». ¿Joven? —dijo, jugando a que lo miraba de arriba abajo con aire circunspecto.

—Tengo solo cuarenta y ocho años. Que ya no estamos en el siglo XVIII, hija mía. Sí, aún soy joven, ¡aunque este periodista debería ponerse gafas! —concluyó al enterarse del resto de la información.

—¿Es verdad lo que dice? «Podríamos meter en el fondo del valle las torres de Notre-Dame y ponerles encima la columna de Vendôme y la punta de esta nueva columna quedaría aún a cierta distancia del tablero encima del cual van los raíles.»

—No tiene ni idea, llegaría apenas al extradós. ¡Unas gafas es lo que necesita!

—¡Papá, eres el mayor constructor del mundo! —se entusiasmó

Claire saltándole a los brazos, lo que le arrancó una punzada de dolor a la altura de las cervicales.

Eiffel se masajeó la nuca.

—Ya ves hasta dónde alcanza mi juventud —admitió—. Tanto viaje no es bueno para la espalda.

—Bueno, otro artículo más; voy a guardarlo con los otros. ¡Mamá se alegraría tanto!

La joven salió enseguida. Eiffel cruzó la mirada con los ojos de Marguerite, cuyo retrato se había subido del comedor a la alcoba para ponerlo encima de la chimenea. Era el único cuadro que tenía de su mujer, y en él se traslucía ya, en la palidez de sus facciones, la enfermedad que habría de llevársela. Suspiró, metió la mano en el bolsillo y arrojó a las llamas la tarjeta de Denise.

55

La Alhambra, Granada,
viernes, 17 de junio de 1881

El señor Pozo se frotó enérgicamente los dedos enjabonados y los metió en el barreño sin conseguir eliminar del todo los restos negros de la piel. Se secó las manos, plantado delante de la ventana de su gabinete, observando los dos gasómetros telescópicos que descollaban de su fábrica. Las enormes campanas de chapa metálica, encerradas en sus jaulas de mampostería, que se elevaban al ritmo del volumen de gas producido, como dos pulmones gigantes, lo llenaban de orgullo. Fabricados siguiendo el modelo de los de Londres, sus gasómetros constaban de cuatro niveles capaces de quintuplicar la altura de base del depósito cilíndrico. Para los vecinos y los curiosos, era siempre una atracción verlos llenarse, y cada ascensión extra era señal de la buena salud de la fábrica.

Después del fracaso del negocio familiar, el señor Pozo se había montado en el tren del progreso y había invertido sus últimos ahorros en la construcción de una unidad de producción de gas para el alumbrado, unos meses antes de que el ayuntamiento de Granada decidiese cambiar el sistema de alimentación de sus farolas de aceite, cosa que unos habían calificado de idea visionaria y en otros había despertado sospechas por colusión. Desde entonces, abastecía de gas a toda la ciudad y sus arrabales, y había ampliado su red de fábricas instalándose en otras cuatro ciudades andaluzas. Gracias a un procedimiento de extracción del gas a partir del carbón, menos costoso, y a un rendimiento superior al de toda la competencia, tenía reservas para varios años y el porvenir se le anunciaba con tintas claras y cálidas. El único inconveniente de esta actividad era la acumulación de subproductos generados por la extracción del gas, como el alquitrán de hulla, que se iban acumulando en una sucesión de escombreras que la chiquillería granadina se había apropiado como escenario de sus juegos.

Siguió con la mirada la carreta que se llevaba cien kilos de alquitrán, que él mismo había ayudado a cargar, y luego se miró la mano derecha y se la olió: aquel olor característico del líquido negro iba a quedársele impregnado en la piel un montón de horas y su mujer, una vez más, se lo haría ver exagerando su desagrado dando arcadas. «Pero es el olor de nuestro éxito», respondió mentalmente a los reproches que no dejaría de dirigirle. Pensó en Jezequel, que hacía poco se había incorporado también a la fábrica y que parecía haber tenido la piel, marcada por la enfermedad de Winckel, puesta a remojo en la brea mineral. Daba la impresión de que el hijo era feliz con esa vida, aunque el señor Pozo le hubiese impuesto que comenzase trabajando con los obreros en la extracción del gas. «El olor de nuestro éxito», se repitió para sus adentros, viendo alejarse la carreta. Cuando Clément le había propuesto comprarle el alquitrán de hulla, Pozo le había cedido una cantidad sin cobrársela, pues le hacía inmensamente feliz que el ingeniero se interesase por un desecho que él calculaba que el francés sería capaz de transformar en oro. No tenía prisa, ya sabría sacarle partido más adelante.

Barbacana resopló ruidosamente por el esfuerzo, expulsando una rociada de partículas acuosas que hizo exclamar a Jezequel y a Javier, sentados en la parte delantera de la carreta. Irving, que iba detrás, soltó una carcajada y Clément, que tiraba de la mula por la subida a la Alhambra, se detuvo y le acarició el cuello.

—Un último esfuerzo, preciosa, y tendrás el resto del día libre.

—¡Y ya no tendrás que soportar este olor infernal! —añadió Javier, inclinado hacia los dos barriles llenos hasta arriba del líquido negro.

Barbacana echó sus últimas fuerzas en el tramo final del trayecto hasta el Generalife, donde Clément había acondicionado una pieza del ala más apartada de las zonas utilizadas del edificio. El lugar estaba equipado con una caldera y un conjunto de retortas y serpentines de vidrio destinados a la destilación del alquitrán de hulla.

—La brea mineral contiene gases disueltos —explicó a los muchachos—, una vez que el líquido denso es trasvasado a un horno. Puedo separarlos calentándolo a diferentes temperaturas. Cada gas se evapora a una temperatura, escapará por estos tubos y después pasará a los purificadores para acabar aprisionado en este gasómetro.

Los chicos se habían acercado.

—Se diría nuestra fábrica en miniatura —comentó Jezequel—. Pero ¿qué busca exactamente? Mi padre me explicó que los gases de la brea mineral no eran adecuados para el alumbrado.

—Exacto. Pero poseen otras propiedades, en especial la de producir frío cuando entran en ebullición.

—¿Vas a fabricar una nueva máquina para hacer hielo? —preguntó Irving, que se había quedado cerca de la ventana y no parecía muy interesado en la conversación hasta ese momento.

—No. Una máquina de frío: un aparador cerrado dentro del cual podrán conservarse los alimentos.

«Como un invierno permanente», pensó Irving.

—¿Y cuál es el gas que le interesa? —preguntó Javier mirando el termómetro que sobresalía del horno.

—El gas butano, el último de mi lista. Los otros no han dado el rendimiento suficiente para obtener el frío adecuado. Una vez que lo hayamos extraído, lo probaremos en mi máquina.

—¿Te quieres quedar? —propuso Irving a Jezequel—. ¿A qué hora entras a trabajar?

—Esta tarde no me toca. Hago un poco lo que se me antoja, para eso soy el hijo del patrón —dijo, dándose aires.

—Pues yo soy el hijo del maestro de matemáticas y, sin embargo, estamos obligados a estudiar todos los días, domingos inclusive, ¿eh, Javier?

—Alegraos: esta tarde no habrá clase —dijo Clément alterando la combustión para controlar la temperatura de la caldera—. Solo ejercicios prácticos.

—¿Esta máquina va a ser para mi padre? —quiso saber Javier sin apartar la vista del ingenio.

—El progreso es una ecuación de una sola incógnita: el cuándo —respondió Clément después de asentir con la cabeza—. Todo es alcanzable, simplemente es cuestión de tiempo. Y conviene ir siempre un paso por delante. —Una ráfaga de viento atravesó el mirador por sus vanos de arcos—. Un día perfecto para soltar un globo —comentó observando el cielo sin nubes—. Ideal para un récord… Javier, ¿puedes abrir el grifo del gasómetro portátil?

Irving volvió a su posición apartada, cavilando sobre cuál sería el marco más propicio para fotografiar el experimento, mientras Jezequel se imaginaba en el papel de director de una fábrica de máquinas de frío y Javier se preguntaba cuándo encontraría el valor necesario para confesarle a Clément que estaba de novio con Victoria desde hacía tres meses. El primer paso lo había dado ella, lo que lo había animado a lanzarse sin comedimiento alguno a una relación que le parecía evidente, dado que se conocían de toda la vida. Como todos los demás muchachos de la ciudad, se sentía atraído por Nyssia pero nunca se habría atrevido a cruzar la línea, convencido de que hasta él se toparía con una negativa que le dejaría malparado el orgullo. Corría el rumor de que iban tras la jovencita unos pretendientes mucho más talludos, próximos a la corte de España o a otras ilustres familias, alguno de los cuales habría sido visto visitando la Alhambra de incógnito, cosa que él no se creía; todas las cortes de Europa pasaban por la Alhambra y todas lo hacían de incógnito. Nyssia era un alma solitaria que inspiraba toda clase de fantasías y que se burlaba de su reputación entre los muchachos; esa era la conclusión de Javier. Victoria poseía la misma belleza de familia, pero le tranquilizaba con la sencillez de su carácter. Con ella, las conversaciones no eran un toma y daca sin fin para ver quién dominaba intelectualmente a quién. A semejanza de Irving, Victoria era la empatía misma, para con todos los animalillos de la Creación, incluidas las lombrices, que él había decidido finalmente dejar de trocear para no apenarla, para con las flores que había que dejar que se marchitaran en sus tallos, y para con todos los seres humanos, desconocidos o íntimos. En eso Victoria era un paraíso sereno y Javier le estaba amorosamente agradecido.

—¿Sigue con nosotros, señorita Delhorme?

Arrancada de sus ensoñaciones, Victoria regresó bruscamente a la realidad.

—Sí, señora —respondió sin pensar.

—Entonces ¿podría contestar a la pregunta que acabo de hacerle?

Victoria miró a las demás alumnas de la Escuela de Institutrices, ninguna de las cuales se arriesgaba a echarle un capote delante de la antipática de la maestra. No insistió.

—Creo que se me ha ido el santo al cielo, señora —confesó bajando los ojos—. Le ruego que me disculpe.

Dejó que pasara el chaparrón de reproches, anotó el castigo que se le impuso y aguardó pacientemente el final de la clase, instante que la maestra eligió para retenerla.

—Va a tener que reconducirse, Victoria. A primeros de curso era una de nuestras mejores alumnas y desde hace unos meses no es la misma. Inexplicablemente —agregó con aire de connivencia que pretendía decirle a la joven: «Sé lo que tiene, yo también he pasado por eso, pero no es motivo para arrojar por la borda los estudios».

Victoria puso cara de no entenderla y adujo una fatiga pasajera.

—Pues vaya a ver a Pinilla, que la deje como nueva —concluyó la maestra, irónica—. Por esta vez no le pondré una advertencia, pero no olvide que nuestras institutrices deben ser un dechado de virtud para sus discípulos. Sepa que en Francia, cuando salen de la escuela normal, las jóvenes deben mantenerse solteras al menos tres años para consagrarse exclusivamente a su misión. Desgraciadamente aquí no aplicamos esta regla tan beneficiosa, pero sí sancionamos todo descarrío moral y las costumbres ligeras.

«¡Las costumbres ligeras! —meditó Victoria durante todo el camino hasta la Alhambra—. Como si amar fuese delito. ¿Qué sabrá esa vieja?» Victoria no pensaba que estuviera hecha de la pasta necesaria para ejercer de institutriz el día de mañana, al menos no bajo semejantes condiciones de vida conventual. La Escuela de Institutrices era la única opción que le quedaba a una joven si deseaba estudiar, pues los demás diplomas estaban reservados a los varones. «Por poco tiempo ya», le había dicho su padre. Las Universidades de Zúrich y Berna acababan de admitir mujeres. Pero Victoria no se sentía ni con ganas ni con fuerzas para ser una pionera, ni estaba dispuesta a alejarse de su familia para irse a estudiar al extranjero.

—Si acaso a París —le dijo a Kalia, a la que se había encontrado en la Puerta de la Justicia. Juntas, se dirigieron al Mexuar—. Me gustaría tanto estar cerca de Javier cuando esté estudiando.

—¿Cuándo se lo vas a contar a tus padres? —preguntó la gitana—. Ya tenéis dieciocho años, no sois unos críos.

—¡Se lo tiene que decir él!

—Llevas razón, pero me parece que a mi Javier se le va toda la valentía cuando se trata de sentimientos.

Kalia le dio un beso y la abrazó como hacía con frecuencia desde aquel día en que se conocieron en la Torre de la Cautiva.

—Qué feliz te veo —dijo Victoria.

—¿Cómo no iba a estarlo? Vivo con mi hijo, con un hombre que me adora, y tú eres como la hija que nunca tuve —añadió abrazándola aún más fuerte—. Hoy bailo la zambra mora sin que nadie me obligue, por gusto y nada más. ¿Quién no soñaría con una vida así?

—Es verdad —concedió la joven—, quién no soñaría con una vida así.

Las risas de los muchachos les llegaron del Generalife. Victoria lanzó una mirada a Kalia, que exclamó:

—¡Anda, ve con ellos, mi pajarita preciosa!

El olor fuerte y acre había ido a más por el efecto de la combustión y le picaba en la nariz. Victoria se había encaramado al lentisco que crecía en la orilla de la huerta, delante de uno de los vanos de la edificación, y se había quedado observándolos desde allí. De este modo podía comerse con los ojos a su novio sin que su padre sospechase nada ni Javier se incomodara. Había sido idea de Kalia, que se había definido a sí misma como una experta en el arte de la contemplación discreta. El término había gustado a Victoria, que decidió, subida en lo alto de su arbolito, ser su más fiel adepta, a lo que Barbacana puso fin enseguida poniéndose a rebuznar justo al pie del arbusto y llamando la atención de los chicos, que la descubrieron a la vez que a la mula. Irving, que se había desinteresado del experimento hacía rato, aprovechó para dejarlos so pretexto de ir a terminar un ejercicio de geometría analítica. Victoria lo sustituyó y ayudó al grupo a sujetar el gasómetro portátil cargado de butano en la bandeja de una carreta que luego llevaron entre todos hasta el mirador vecino.

Clément transfirió un pequeño volumen del butano licuado en el depósito del circuito cerrado de su máquina de frío, encendió una vela y se la tendió a Victoria.

—Haz los honores, acércala al frasco de amoníaco.

La joven obedeció con aire solemne y miró fugazmente a Javier. La llama acarició el fondo del recipiente de vidrio como hubiese hecho el pincel de un pintor con un lienzo. La llegada del amoníaco al depósito provocó la ebullición del butano y el enfriamiento del líquido restante.

—Es un buen comienzo —constató Clément, con la mano sobre el serpentín que rodeaba el depósito—. Vamos a esperar.

Nadie se atrevía a decir nada, ni a moverse siquiera. Estaban todos en corro alrededor del termómetro que salía del cofre de zinc recubierto de aislante; el mercurio estaba bajando lentamente.

—Diez grados —comentó Clément—. ¿Alguno quiere apostarse algo sobre el mínimo? —añadió, divertido ante el gesto serio de los jóvenes, que miraban fijamente la escala graduada.

Ninguno contestó.

—Yo diría tres grados —continuó él—, pero si respiráis demasiado fuerte, no podremos bajar de los seis.

Javier y Victoria retrocedieron con precaución, mientras que Jezequel se tapó la nariz con la mano derecha.

—¡Que era broma! Podéis bailar alrededor, que no cambiará nada.

La ocurrencia no alteró ni un ápice su actitud. También Javier y Victoria se habían tapado la mitad de la cara con las manos. El termómetro indicaba seis grados.

—¿Qué pasa? —preguntó Irving, que acababa entrar corriendo—. ¿Por qué os tapáis la nariz?

Con un ademán, Victoria le mandó no acercarse más.

—¡Cinco! —anunció Jezequel con voz grave.

—¿Barbacana se ha vuelto a restregar en su propia caca? ¿Por qué yo no huelo nada? —susurró Irving, arrimado a la pared.

—No conviene hacer aspavientos bruscos —le susurró su hermana al oído, tras lo cual volvió a su posición, delante del cofre, con las manos en la cara.

—Cuatro —dijo Javier a su vez.

Irving imitó a los demás, no fuera a ser.

—¡Tres! Niños, podéis respirar, la temperatura ya no va a bajar más. ¡El ensayo es oficialmente concluyente!

Todos aplaudieron y metieron las manos en el cofre no bien Clément lo hubo abierto.

—¡Sí que está frío! —exclamó Irving con admiración—. Entonces ¿ya no hará falta hielo para conservar los alimentos? ¿La gente va a pedir gas?

—No, no tendría sentido: el ciclo del frío no tiene fin, es siempre la misma cantidad de butano que va circulando. Este aparato es económico, basta con calentarlo con una fuente continua y el frío será permanente.

—Calor para el frío —resumió Irving, pensativo—. Por cierto, papá, que yo venía por otra cosa: hay un señor que te está esperando en la terraza de la Torre de la Vela.

—¿Quién es? ¿Por qué no lo has llevado a casa? —preguntó Clément antes de apagar la vela con las yemas de los dedos, cosa que siempre había provocado admiración en sus hijos.

—Es que me ha pedido la más absoluta discreción.

Los pájaros volaban al ras de la torre, más cerca de lo habitual. Hacía meses que los chicos ya no subían, cada cual atareado con sus cosas, y la pesca de la golondrina había caído en el olvido. El hombre contemplaba desde allí la ciudad, bajo una luz que empezaba a proyectar sombras alargadas y a envolver los contornos en un amarillo ámbar. Al oír el crujir de la gravilla del suelo, se dio la vuelta.

—Señor juez —dijo Clément mientras cruzaba el terrado sin el menor atisbo de premura—. Es usted la última persona con quien hubiera imaginado encontrarme aquí.

—Pues hace unos días yo mismo hubiese pensado lo mismo —respondió el magistrado Ferrán saludándolo.

—¿Me permite ofrecerle mi hospitalidad?

—Otra vez será, con mucho gusto. Pero ahora nadie debe vernos juntos.

—Vayamos a la sombra de la planta baja, tengo la llave —sugirió Clément sin manifestar emoción alguna.

La pieza estaba sumida en una penumbra que olía a humedad y a polvo. Se hallaba vacía, con la excepción de unas cuantas piedras de las antiguas almenas que habían depositado allí a la espera de su restauración. Tan solo dos troneras aseguraban el paso del sol, formando unos haces de luz como vigas luminosas fijadas al piso.

—Soy todo oídos —dijo Clément.

—Le traigo una mala noticia —declaró Ferrán, de pie con los brazos cruzados en el centro de la pieza.

Su actitud recordó a Clément uno de los grabados que ilustraban los cuentos del Reino de Granada, en los que se representaba al príncipe Boabdil poco antes de huir de las huestes de Isabel, unas imágenes de las que emanaba una mezcla de hastío y melancolía.

—Se trata de nuestro excapitán de la Guardia Civil. Acaba de presentar otra denuncia contra usted.

Cabeza de Rata aseguraba tener un testigo que corroboraba la implicación de Clément en los círculos anarquistas.

—Se trata de un tal Chupi —precisó Ferrán—, su nuevo empleador.

—Lo conozco. Es un antiguo nevero y el principal competidor de Mateo en la fabricación de hielo.

—Y habría podido añadir «alcohólico conocido» y «con mala reputación». Al parecer, le abrió su corazón durante una velada bien regada y le habría asegurado que conocía la identidad del que depositó en casa del doctor Pinilla el artefacto para las tomas de muestras de aire. Vamos a interrogarlo. —El juez guardó silencio un instante y se acercó a Clément, que permanecía impasible—. Pero no espero nada. Esta clase de individuo está dispuesta a decir una cosa y su contraria por un puñado de pesetas. Hay otra cosa que me preocupa más.

Ferrán había bajado la voz. Los rayos de luz habían desaparecido, absorbidos por el paso de una nube. Antes de continuar, tuvo la precaución de escrutar a conciencia la pieza.

—Me he enterado de que su expulsión de la Guardia Civil no fue otra cosa que una farsa ideada para que pudiera emplearse de civil en el negocio de Chupi. Nuestro hombre goza de protecciones, un coronel destinado en Murcia, al que ha convencido de su culpabilidad.

—Pero ¿por qué demonios la ha tomado conmigo?

—Esperaba que pudiera usted decirme algo más, señor Delhorme.

—Sabe lo mismo que yo, juez Ferrán.

El magistrado dudó. Se jactaba de saber juzgar con una simple mirada si podía confiar en una persona. Pero Clément le parecía un misterio.

—Pues entonces, prepárese para enfrentarse a él —concluyó—. No desistirá jamás, está obsesionado con usted. Ha encontrado su Javert, señor Delhorme.

XIX

56

París,
jueves, 18 de agosto de 1881

Todas las cabezas estaban inclinadas sobre sus respectivas hojas de papel. De tanto en tanto, una de ellas se levantaba, se quedaba un instante suspendida en busca de una idea o de un comienzo de solución, y a continuación volvía a zambullirse, frenéticamente, en su ejemplar. Debido al calor, se habían abierto las ventanas y el aire de la calle entraba en la sala, junto con los aromas y los ruidos de la ciudad, tan diferentes de los de Granada. La mirada de Irving se cruzó con la del vigilante, el señor Boutillier, uno de los profesores de la École Centrale des Arts et Manufactures, que se había presentado como su futuro profesor de Obras Públicas de tercer curso. El muchacho fingió revisar su trabajo, que había terminado hacía media hora, y luego, una vez que el docente dejó de prestarle atención, retomó sus cavilaciones. La prueba de dibujo duraba cinco horas y aún quedaba una hora y media de paciente espera. Javier, sentado en la otra punta de la sala, continuaba trabajando en la figura industrial de un gasómetro seco, al igual que el resto de los candidatos, trescientos en total, que llenaban una de las salas de la Orangerie, el invernadero de los Jardines de Luxemburgo. Dibujo era su asignatura favorita, la única con la que había disfrutado en los meses de estudio. Un pájaro se coló por una de las ventanas abiertas y volvió a salir casi al instante, espantado por los movimientos de brazos del señor Boutillier.

Prácticamente ninguno de los examinandos se dio cuenta. Irving sofocó un bostezo. Las otras pruebas habían sido largas, agotadoras, esta era la última antes de la sesión de exámenes orales, a la que había decidido no presentarse. No había aprobado ninguna asignatura y el dibujo no lo salvaría. Antes ya de salir de la Alhambra, había comprendido que no tenía ni la menor probabilidad de aprobar. El espíritu de lógica y de deducción de la geometría analítica se le resistía, así como la física industrial y la metalurgia. Delante de su padre y de Javier fingía entender sus explicaciones pero, una vez a solas, había tirado de manuales para conseguir terminar los ejercicios. «Ya me queda poco para acabar con esta impostura», pensó escribiendo su nombre en la hoja.

Cuando se levantó, la silla chirrió en el suelo de baldosas blancas y negras. Varias cabezas se volvieron para consultar el reloj de péndulo de la pared. Irving se cruzó con la mirada interrogante de Javier y entonces alargó con mano temblorosa su examen al señor Boutillier y salió con la sensación de caminar al ralentí, como si una parte de él deseara luchar y creer aún en sus posibilidades. El frescor relativo del gran pasillo lo devolvió a la realidad. Había terminado y de pronto se sintió más ligero. Ahuyentó del pensamiento la idea de enfrentarse a su padre y al señor Eiffel, en cuya casa se alojaban y que ya había previsto tenerlo de aprendiz en sus talleres en las horas en que no tuviera clase, para ir enseñándole el oficio. Irving se llenó de aire los pulmones y cruzó los jardines para ir a sentarse en un banco próximo al carrusel, desde el que se podía ver el invernadero.

Tenía hambre. Le sorprendió, hasta tal punto había arraigado en él la sensación de haber dejado de lado su cuerpo durante ese último año. Tenía hambre, tenía ganas de comerse esta ciudad que le era desconocida, esta ciudad pulpo, ciudad de contrastes, gigante y minúscula, rebelde y domesticada, esta ciudad en la que todo el mundo le parecía guapo y elegante. Pensó en Nyssia, que lo había intentado todo para poder ir con ellos y que al final no lo había conseguido. Entre lo que iba a costar el viaje y su actitud con sus padres, la discusión había quedado definitivamente zanjada. Irving tenía ahora el sentimiento de estarle robando estos momentos a su hermana.

—*Vous voulez la justice?**

* «¿Quiere la justicia?» (*N. de la T.*)

La voz le sorprendió tanto como la pregunta en sí. Se quedó mirando al joven que se había plantado delante de él, con las piernas separadas, la gorra calada, un pañuelo rojo anudado al cuello, y que le alargaba un periódico cogido de lo alto de un montón que sostenía con la otra mano.

—¿La justicia? —repitió Irving, calculando que el muchacho tendría entre catorce y quince años.

—Sí, *La Justice*. Un rotativo nuevo —respondió el vendedor mostrándole el número—. El fundador es Georges Clemenceau. ¡Son cinco céntimos nada más!

—Es que… no tengo dinero.

—Todo el mundo lleva encima al menos cinco céntimos —repuso el chaval, haciendo tintinear las monedas dentro de su bolsillo—. Es obligatorio; si no, le puede detener un poli. ¡Me lo dijo uno que es abogado!

—Pues yo no llevo nada, ni una perra chica.

El muchacho se echó la gorra para atrás para rascarse la frente.

—Pero no es un vagabundo —observó—. Entonces, qué, ¿un príncipe? Dice mi padre que los príncipes nunca llevan ni una perra encima. ¿Es eso?

—Vivo en un palacio —admitió Irving—. En Granada.

—¡Lo sabía! —soltó el vendedor después de dar un silbido de admiración.

—Pero no soy ni un príncipe ni un mendigo.

—¿Un criado, pues? ¡Tengo lo que necesita! —proclamó el chico con la apostura de un adulto avezado. Y sacó otro ejemplar de debajo de la pila—. Este se lo puedo regalar, es de hace una semana. Léalo y hable de él en su entorno, déselo a su patrón. Él se puede abonar, incluso en el extranjero. ¿Lo hará?

Irving aceptó pensando en dárselo a Eiffel para que lo leyera. A este le interesaba la política, puesto que iba a presentarse a las siguientes elecciones cantonales de Neuilly.

El vendedor ambulante se había encaminado ya hacia el estanque, calibrando que los paseantes de esa zona eran más acaudalados. Irving observó la maña que se daba el chico para llamar la atención de su público y emplear toda su labia en vender hasta el último de los ejemplares.

—¡Entonces es usted un príncipe! —oyó que le decía a voces a uno de los compradores, antes de dirigirse hacia otros curiosos.

Irving hojeó rápidamente su ejemplar y luego leyó con atención la gaceta del día que informaba sobre la inauguración de la Exposición Internacional de Electricidad el 15 de agosto, en el Palacio de la Industria. Decidió proponerle a Javier ir juntos en cuanto hubiese terminado la prueba. Se detuvo en la última página, donde le llamó la atención un encarte de tamaño pequeño. Lo arrancó y se marchó a toda prisa del parque, con las señas en el bolsillo y el corazón latiéndole aún más rápido que a la salida anticipada del examen de dibujo, tan rápido como aquella noche en que lo había invadido por vez primera el espíritu de aventura.

El recadero había esperado pacientemente la respuesta al billete que había entregado, fumándose varios cigarrillos delante de la casa Poulenc, en el número 7 de la calle Neuve-Saint-Merri. En el momento en que se disponía a encender otro Bastos, salió el gerente, le dio una voz y le entregó un frasquito envuelto en un trozo de cuero grueso.

—Dígale al señor Belay que le doy todo lo que me quedaba, pero que es menos de lo que había pedido. Y, sobre todo, ¡no lo vuelque! —añadió, devolviéndole el cambio.

El recadero dobló a la derecha por la calle de Le Temple con paso lo bastante brioso para demostrar su profesionalidad intachable y no aminoró hasta llegar al puente de Arcole. Había adoptado la costumbre de calcular mentalmente el total de idas y venidas de la jornada y compararlo con el de los días precedentes, sacar los totales semanales, mensuales, deducir los gastos y evaluar el número de días que le quedaban al servicio de la misma empresa antes de poder adquirir la quincallería con la que soñaba, sita en la calle de Les Batignolles. Este ejercicio le permitía, además, sobrellevar mejor lo tedioso de su oficio.

Cruzó los Jardines de Luxemburgo y, ya cerca de la fuente Médicis, saludó al vendedor de periódicos que acababa de colocar los últimos ejemplares de *La Justice*.

—¡Eh, primo! —lo llamó este último—. Ya he terminado mi jornada, ¿te acompaño? ¿Adónde vas?

—A la calle del Faubourg-Saint-Jacques. No me importa que vengas, siempre y cuando no me demores la carrera —respondió el repartidor apretando el paso.

En realidad se alegraba mucho de ver al mozalbete, que le alegraría el trayecto, tanto más cuanto el voceador siempre tenía algún chisme que contar.

—¿Qué llevas? —le preguntó el muchacho señalando el trozo de cuero que envolvía el objeto.

—Pues no lo sé y tengo a gala no saberlo. Va con el oficio.

—¡Alto, primo! ¡Qué va a ir con! No me dirás que no te pica la curiosidad. Mira, yo siempre me leo los periódicos antes de venderlos —arguyó mientras cruzaban la calle en dirección a la avenida de L'Observatoire.

—Pero es que tus periódicos son públicos; mis paquetes, no.

—Pues tú suponte que estás participando en un tráfico de productos prohibidos. Serías responsable de haberlo transportado.

El joven se paró, se lo quedó mirando para calibrar qué parte de verdad había en su afirmación, alzó la vista al cielo y cruzó el jardín de Les Explorateurs sin contestarle.

—¡Que sí, te digo, hazme caso! Que me lo dijo un abogado.

—Desde que te conozco, siempre hay un abogado que te asesora sobre los asuntos más variopintos, primo. ¡Ni que vivieras en la Facultad de Derecho!

—¡Eso no quita para que no debas echar un ojo! ¡Yo solo te digo eso, con abogado o sin abogado! El que tiene que mandar paquetes sin pasar por el jefe de correos es que tiene algo que ocultar.

—Su impaciencia, tal vez —replicó el repartidor pensando que la suya se le estaba empezando a agotar.

Se acercó a la fuente de Les Quatre Parties du Monde.

—¡Hay que ver qué preciosidad! —dijo dando la vuelta alrededor de la amplia fontana, en la que unas tortugas de bronce escupían chorros de agua hacia unos caballos encabritados que protegían a cuatro mujeres, las cuales a su vez sostenían en alto el globo terráqueo.

—Las chicas son bien parecidas, sí.

—Toda la fuente es una preciosidad. Mi padre participó en su construcción —repuso el joven con tono altivo.

—Qué idea me has dado: la próxima vez vendré aquí a vender mis periódicos y explicaré que la hizo mi tío. Seguro que eso me ayuda. Pero no sabía yo que se había hecho escultor…

—Sigue siendo calderero. ¿Ves esos caños que salen de la boca de las tortugas? Pues los hizo él. Hale, que ya hemos perdido bastante el tiempo.

El muchacho se inclinó hacia uno de los animales de bronce, hizo una mueca y se fue con su primo.

—Bueno, qué, ¿lo abres? ¡No me aguanto las ganas de saber qué es!

—Que no.

—¿Y si es una bomba? Serás cómplice y estarás muerto, que no es ninguna tontería.

—Es un producto de la casa Poulenc.

—¿Eh? Me habría esperado algo más jugoso.

—Hace tres años llevé de parte de un impresor los ejemplares de la novela de un autor y se los entregué personalmente. Un autor muy conocido, ¡eso sí que me llena de orgullo!

—¿Y quién era? —preguntó el muchacho, animado ante la perspectiva de un cotilleo que haría las delicias de sus compradores.

—Como podrás figurarte, no te lo puedo decir.

—¿Y eso por qué? ¡Ni que fueses cura o médico!

—Porque no te lo puedo decir. Pero sí puedo desvelar el título de la obra, no será traicionar ningún secreto. Era *La taberna*.

El vocero no ocultó su ignorancia.

—¿Cómo? ¿Tú que lees a diario *La Justicie* y no sabes que estoy hablando de Émile Zola?

—Para empezar, *La Justice* es un periódico nuevo —se defendió el muchacho—. Además, hace tres años no sabía leer, era demasiado pequeño. Y, para terminar, estoy harto de esperar para saber. —Dicho esto, le arrebató el paquete de las manos y se largó pitando antes de que al otro le diera tiempo a reaccionar.

La carrera era desigual: el repartidor, cinco años mayor, tenía una ventaja atlética innegable y una energía centuplicada por la cólera. Alcanzó al adolescente delante de la fuente, quiso agarrarlo por el cuello, tropezó y se abalanzó sobre él, haciéndolo caer pesadamente contra el suelo como un jugador de rugby aplacado por un adversario. El chico lanzó un grito agudo y extraño, con los pulmones comprimidos por el peso de su primo. Este se levantó, se sacudió el polvo y, soltándole una sarta de improperios, se puso a buscar el paquete sin conseguir encontrarlo.

—¡Levántate, sapo estúpido —dijo volviendo hacia el vendedor—, mi paquete está debajo de ti! ¡Venga, muévete!

El chico, tumbado de bruces, no reaccionó. Se les habían acercado unos cuantos transeúntes.

—¿Qué pasa? —preguntó uno de ellos—. Iba corriendo detrás de él, ¿le ha robado?

—No, solo era un juego —atemperó el repartidor.

—Pues menudo juego, se ha quedado alelado —anunció otro que se había agachado hacia el adolescente—. Mírelo usted, se ha golpeado la cabeza contra una piedra —afirmó ante las protestas del protagonista.

—No lo podemos dejar así —dijo una mujer, del brazo de un militar.

—Yo me encargo, voy a buscar ayuda —se ofreció este.

El repartidor se agachó y dio la vuelta a su primo con delicadeza. Tenía la mitad de la cara cubierta de tierra y de gravilla fina, pero no se le veía ninguna brecha. A la altura del pecho una mancha larga, oscura y grasienta, de olor acre, le había empapado la tela de la camisa. El muchacho gimió.

—Tome, aquí tiene su paquete —dijo uno de los viandantes sosteniéndolo entre el pulgar y el índice—. No está en muy buen estado.

El trozo de cuero se había chafado y escurrían de él unos goterones. El sonido de vidrio roto completó la impresión de catástrofe. El recadero olisqueó el paquete y arrugó la nariz.

—Pero ¿qué es esto?

57

Granada,
jueves, 18 de agosto de 1881

Era un tabuco en la planta más alta de la librería Zamora, con la atmósfera tamizada por una cortina escarlata que dejaba pasar a través de sus numerosos desgarrones rendijas de luz rojiza. En el aire danzaba una miríada de partículas, empujadas por las corrientes de aire caliente. Los dos cuerpos, acurrucados uno contra el otro en el colchón puesto directamente en el suelo, respiraban a compás, lánguidos, pesados.

—¿Qué piensas? —preguntó el joven levantando ligeramente la cabeza.

La pregunta formaba parte invariable del ritual de su relación amorosa. Sabía que la respuesta lo sorprendería, como cada vez.

—En Lélia de Almovar y en una rebanada enorme de pan con acei-te de oliva —respondió Nyssia sin volverse.

—¿Lélia? ¿La de Georges Sand?

—La misma.

—¿Por qué piensas en ella, estando conmigo? —dijo ofendido, apo-yándose en un codo.

—Lee la novela y lo sabrás. Además, no solo pienso en ella.

—Alto, prefiero no saberlo. A veces tengo la sensación de que soy tu novio solamente porque soy el hijo del librero —dijo acariciando la espalda arqueada de Nyssia.

Ella se volvió para besarlo, pero detuvo el gesto y le puso el dedo índice sobre los labios.

—Chitón. No digas nada que pueda hacernos daño a los dos.

—Pero soy sincero, ¡te quiero más que a nada!

—Lo sé, lo veo y me llega al alma.

—¿Y tú? ¿Me quieres? —se sintió obligado a preguntar.

Un aguador se había parado al pie de su ventana y voceaba los mé-ritos del agua fresca del Darro al tiempo que entrechocaba dos cubiletes. Nyssia se puso de pie y levantó ligeramente la cortina para mirar.

—¡Cuidado, que podría verte! —le advirtió su novio, que se preci-pitó sobre ella para acercarle su vestido.

—¿Quién querría levantar la cabeza al sol con este calor?

—El que quiera regalarse la vista con la mujer más hermosa de la ciudad, desnuda delante de sus narices. ¡Y los hay a porrillo! —se enojó él antes de correr del todo la cortina.

Ella cogió su vestido de seda y se secó la cara perlada de sudor, antes de hacer lo propio con su amante.

—Respondiendo a tu pregunta, estoy bien contigo, me encantan nuestros encuentros —dijo—. Me hace la vida más soportable.

—¿Soportable?

La cogió por la muñeca, le quitó el vestido de las manos y lo arrojó en su lecho.

—¿No te gusta el contacto de la seda?

El joven le cogió la otra muñeca.

—Si quisieras hacerme tu prisionera, me perderías al instante —le lanzó a guisa de advertencia, sin intentar zafarse.

Él le besó rabiosamente la palma de las dos manos y, sin soltarla, recorrió con la lengua su rostro y finalmente la besó en la boca. Nyssia se dejó hacer, se dejó echar sobre el colchón, se dejó penetrar, acompañó su gozo y lo acarició distraídamente hasta que él se quedó traspuesto, sumido en la breve muerte poscoital. Miró largamente el techo, evadiéndose muy lejos de Granada, hasta que el presente se enseñoreó de todo: dos plantas más abajo la persiana de hierro de la librería acababa de sonar con estrépito, indicando el cierre de mediodía, confirmado al punto por el campanario de Santo Domingo.

Nyssia se levantó, recogió las enaguas y se las puso cuidadosamente. Se sentó delante de un baúl de cuero oscuro de la firma Goyard, cuya tapa estaba adornada con el escudo de armas del Imperio ruso, cogió la llavecita que llevaba prendida de la ajorca del tobillo y abrió el baúl.

Su novio no le había hecho preguntas cuando ella le había pedido que lo guardase en su casa, pese a la pequeñez de la habitación que le arrendaba al propietario del inmueble. Tampoco había hecho preguntas cuando ella le había exigido poder quedarse a solas durante sus horas de trabajo en la librería, aun cuando le volvía loco saberla tan cerca y a la vez inaccesible. Y, de nuevo, tampoco había dicho nada cuando ella le había encomendado llevar a la estafeta del barrio unas cartas con destino a Francia (prohibiéndole llegarse a la oficina central de correos). Y no le había hecho preguntas porque, desde su primer beso, ella se lo tenía prohibido. Era una de las condiciones de su relación amorosa. De nada le sirvió tratar de convencerse de lo contrario: no era el único hombre que ocupaba su corazón y su vida, lo sabía. Pero, para poder seguir siendo uno de ellos, debía tragarse el orgullo y desechar toda idea de matrimonio: su relación debía mantenerse en secreto; y cada vez que estaban juntos, él temía el anuncio de un final que estaba escrito desde el primer día de su aventura, que él consideraba ya como la más formidable de su vida, pasara lo que pasase.

En el baúl guardaba muchas obras y cuadernos, dos montones de cartas atadas con sendas cintas, numerosas prendas de vestir y de lencería procedentes de los mejores sastres de Europa, dobladas con mimo y tapadas con una edición original de *La Casa Tellier* que Maupassant había dedicado a Verónica Franco. Además, contenía una colección de guantes de los mejores fabricantes de París y Grenoble, de piel, seda o encaje, unos accesorios con los que había soñado durante toda su adolescencia, fascinada por unos artículos que no formaban parte del guardarropa de las mujeres andaluzas, cuyo contacto sensual y misterioso adoraba. Finalmente, el baúl contenía un estuche con unas joyas cuyo valor Nyssia había sabido después de llevarle una de las alhajas, un zafiro engastado en una sortija de oro, al joyero del Zacatín, que no había podido ocultar su sorpresa y había hecho correr el rumor de que la familia Delhorme había encontrado el tesoro de la Alhambra, tras lo cual se había disculpado públicamente ante Alicia sin revelarle el origen del rumor, pero sin llegar a apagarlo del todo.

Nyssia abrió un cuaderno en el que tenía guardadas unas fotografías. Estuvo hojeándolo y entonces abrió la carta que su novio le había traído de la estafeta. Sonrió al leerla y se puso a redactar una respuesta corta, que repasó dos veces, añadiendo algunos cambios, y luego la metió en un sobre. Cambió de postura y se masajeó los pies, atacados por colonias de hormigas invisibles, se sentó nuevamente con las piernas cruzadas y puso delante de sí un neceser de artículos para lacrado y un cordón de seda. Un soplo caliente le acarició la nuca.

—Es un sobre engomado, no necesita lacre —dijo su enamorado, al que no había oído despertarse—. Salvo que no te fíes de mí. —Vio en su semblante que la había herido y trató de enmendarse—: Los he visto más veces, incluso mi padre ha encargado para la tienda. Al parecer hay gente que los humedece con la lengua y dejan un regusto raro. Otra novedad más que quedará en agua de borrajas —añadió poniéndose ya la camisa.

Se sentó al lado de ella y se fijó en las fotografías que había encima del cuaderno abierto.

—¿Quieres verlas? —le ofreció ella ante su expresión implorante.

Nyssia seleccionó dos. Los clichés eran unos retratos de sí misma en el Patio de los Leones y en los jardines del Parta, que el joven reconoció pese al encuadre cerrado. En las dos fotografías llevaba puesto el mismo vestido gris rata, recto, de líneas ceñidas a la silueta y con un cuerpo ligeramente drapeado que él supuso sería la última moda en París, y se había adornado el cuello con una ristra de perlas que le daba el aire y el aplomo de una mujer de mundo. Le impresionó el realismo que emanaba de la composición: su novia tenía la prestancia natural de una Eugenia de Montijo o de todas las beldades de las excelsas familias europeas que habían viajado a conocer la Alhambra. De pronto experimentó un arranque de celos hacia el autor de las tomas que tan bien había sabido resaltar la belleza de su amada.

—¿Quién es?

—¿No me reconoces? —preguntó ella, perpleja.

—Digo el fotógrafo —aclaró él, dándose cuenta de la incongruencia de su pregunta—. ¿Quién es?

—Qué más da —replicó ella cogiendo con delicadeza los clichés de sus manos.

—¿Me enseñas las demás?

—No.

—¿Por qué no? ¿Es que hay cosas que no deba ver?

Ella cerró el baúl con la llavecita y lo miró de arriba abajo.

—Esas fotos me llenan de orgullo, son una parte de mí. Eres el primero en verlas pero ni siquiera las has mirado de verdad. Solo estabas buscando pistas sobre su autor.

—¡Uno que estaba enamorado de ti, eso seguro!

—¿Y qué culpa tengo yo?

Había subido el tono de voz y se levantó para ponerse el vestido. El joven se sintió estúpido, de repente, y le pidió perdón.

—Es este calor, que me saca de mis casillas.

—Pues entonces deberías vivir en Sierra Nevada o dentro de una máquina de hacer hielos. Has echado a perder nuestro día juntos.

—¡Quédate, Nyssia, quédate un poco más! —le suplicó él ciñéndola con el brazo en el instante en que pasó por su lado.

Se aovilló contra ella y hundió la cabeza en su hombro. Nyssia le acarició los cabellos y esperó a que se serenase, para soltarse.

—Lo siento, no volverá a pasar, he sido un idiota.

—Tienes razón: no volverá a pasar.

Se dejó abrazar y le acarició la mejilla afectuosamente para atenuar la frustración del joven, que iba a inundarla durante los días siguientes de mensajes de contrición e invitaciones para volver a verse.

La subida hasta el Mexuar, a primera hora de la tarde, resultó agotadora. Nyssia se detuvo en la fuente de Carlos V para refrescarse echándose un poco de agua y luego se metió en el bosque de la Alhambra con el fin de protegerse de la mordedura del sol. Era la única de toda su familia que huía del astro y su piel estaba tan blanca como en invierno, lo cual, unido a sus cabellos y a sus ojos de andaluza, contrastaba con las mujeres del lugar y reforzaba a ojos del sexo opuesto su encanto etéreo. Trató de olvidar la actitud de su novio pero no lo consiguió. Los celos que había manifestado eran algo habitual, y sabía por experiencia lo posesivos que eran los hombres; y aquellos que no lo eran le resultaban sospechosos. Pero el joven no había dedicado ni una palabra a sus retratos.

Nyssia había comprendido muy rápido que la fotografía era el arte del embrujo y la seducción. El embrujo de la cámara oscura y la seducción del fotógrafo hacia su modelo, que ella había puesto en práctica con el ayudante de Le Gray. Este último había sacado tres copias de los clichés y se había quedado con una de cada. Nyssia había enviado otra copia de cada una al príncipe Yusúpov y ahora lamentaba haberle enseñado dos de las suyas a su joven librero. Los negativos no se encontraban en el baúl, sino en uno de los múltiples escondites de la Alhambra. Ardía en deseos de repetir la experiencia, pero no tenía ni idea de cuándo podría volver a posar.

La vivienda estaba desierta y Nyssia se sirvió un granizado antes de salir a dar una vuelta por los palacios, en busca de viajeros fotógrafos, que en Granada no eran legión. Se cruzó con Kalia, que le preguntó si había noticias de Javier. Nadie había vuelto a saber nada desde el martes, cuando Clément había enviado un telegrama tranquilizador: los exámenes habían ido bien y, a pesar del cansancio, Javier conservaba su optimismo y su alegría naturales.

—He tenido cirios encendidos toda la semana —le confesó Kalia—. Es todo lo que puedo hacer para ayudarlo. Mateo no dice nada, pero sé que está igual de preocupado que yo.

Clément tenía previsto regresar a España después de las pruebas escritas, y los muchachos, mientras tanto, debían quedarse en casa de Eiffel hasta las orales de octubre.

—En la École el curso empieza en noviembre. Mateo está intentando convencerme para que vayamos a París a ver a Javier.

—¿Vais a ir a París? ¿Querríais llevarme con vosotros? —preguntó Nyssia, que le había cogido las manos a la gitana con gesto de súplica.

—Para, para, preciosa. ¡Que yo no he viajado en mi vida y abandonar Granada se me hace insoportable! Y primero tendrías que convencer a tus padres. Empieza a dar muestras de buena voluntad con ellos y deja de aislarte de todos como estás haciendo ahora. A tus padres no les agrada que los trates como a los enamorados a los que dan calabazas.

—¡Gracias, Kalia, gracias! —exclamó Nyssia estrechándola con una fuerza insospechada, cosa que sorprendió a la gitana y la hizo reír tan alto que su risa llenó la galería sur del Palacio de Comares—. ¡Me voy pitando a ver a mamá!

—¡Pero yo no he dicho que sí! Y no me ahogues así, o tendrás que decir adiós a tus sueños.

Nyssia adoraba el contacto con la piel de Kalia, elástica y dorada, sus cabellos que olían a arrayán y sus manos impregnadas de la fragancia de las hojas de la tomatera, con las que gustaba de frotarse las palmas. Amaba su belleza de rasgos atrayentes, que la sencillez de su vestimenta no menoscababa, amaba el destello de su mirada siempre sonriente y su boca con ese mohín eternamente malhumorado. Admiraba la libertad de la que siempre había dado muestra y las decisiones que había sabido tomar a la hora de la verdad. «Es a ti a quien debería haber mostrado mis fotos», pensó. Dio un beso a la gitana en el cuello y se marchó a buscar a su madre.

La joven pasó a todo correr por los tres sitios que estaban en proceso de restauración, pero no la encontró. Dio un rodeo por el taller de Contreras. La pesada puerta de madera se hallaba cerrada, lo que daba a entender que el horno estaba apagado. Nyssia miró por la ventana entreabierta, con las cortinas corridas. Distinguió a su madre. Aguzó un instante el oído pero no entró. Fue a la sala fría de los Baños y se quedó allí leyendo hasta la caída de tarde, sentada en la luz del pozo de estrellas.

Alicia se enjugó las lágrimas, acurrucada en los brazos del arquitecto.

—Va a salir bien, funcionará —dijo Contreras apartándole los cabellos, despeinados, que le tapaban la cara.

—Lo siento, Rafael, necesitaba tanto hablarlo contigo.

—Has hecho bien. Te ayudaré.

—Hay veces en que egoístamente me digo que sería mejor que Clément se quedara en París.

—Te entiendo. Esta situación se ha hecho insoportable.

Alicia se sobresaltó.

—¿Qué es eso? —preguntó fijando la mirada en los ojos del arquitecto.

—¿El qué?

—Ese ruido, fuera.

Contreras deshizo su abrazo lentamente, como si no quisiera asustarla. Abrió la ventana y se asomó a mirar.

—No es nada —dijo después de cerrar. Y echó los visillos, sucios del polvo de los azulejos y del yeso—. Era Nyssia, que cruzaba la explanada.

Alicia se había soltado la melena y se la recogió atrás para rehacerse el moño.

—También ella me preocupa. Es extraño cómo la vida se nos escapa a veces.

—Vamos a avisar al capitán general de la guardia. Las patrullas de la Alhambra recibirán la orden de impedirle el paso a ese sujeto al Mexuar. Ya no te importunará más, créeme.

—Gracias por tu solicitud, Rafael, pero no creo que eso sirva para pararlo. El capitán Cabeza de Rata solo tiene un objetivo y ninguna cortapisa para cumplirlo.

—¿Te ha amenazado?

—No físicamente. Pero me vi acorralada en la esquina del fresco del Partal. Estaba arrinconada y no me quedó más remedio que escucharlo mientras gritaba cosas espantosas sobre Clément. Quería convencerme de su culpabilidad para que fuese a testificar en contra de mi marido.

Alicia se sacudió los pantalones y la blusa de trabajo.

—Hubiera deseado plantarle cara pero no supe reaccionar. Él sabía que Clément y los chicos estaban lejos.

—Quería aprovecharse de tu vulnerabilidad aislándote. Actúa como los depredadores. A partir de ahora trabajaremos siempre los dos juntos en las obras de restauración. ¿Te parece bien? —añadió Contreras al ver que Alicia arrugaba las cejas, ella que siempre había defendido a capa y espada su autonomía en los trabajos de renovación.

—Pues no lo sé, hablemos de eso en otro momento —respondió ella, con la respiración entrecortada.

Se sentó en el taburete bajo que utilizaba habitualmente para trabajar las piezas de cerámica con su pico de tallar.

—¿Puedes abrir la puerta? Necesito aire.

Contreras abrió, echó agua limpia en un barreño, empapó un trapo y se lo puso en la nuca. Ella intentaba respirar hondo pero no podía. Un sonido ronco y silbante salió de su garganta. Alicia se llevó la mano al pecho y abrió el pequeño pastillero que llevaba colgado del cuello. Lo sacudió una sola vez y cogió el medicamento entre el pulgar y el índice. Al llevársela a la boca, la píldora se le cayó sin que le diera tiempo a atraparla.

—No te muevas, la encontraré —dijo el arquitecto arrodillándose.

—Más valdría: es la última que me queda —dijo sonriendo débilmente—. De lo contrario, mi torturador habrá logrado su objetivo.

El piso de tierra estaba tachonado de partículas de yeso del mismo color y tamaño que el fármaco.

—Va a ser difícil —respondió Rafael, preocupado. Se enderezó, mirándola, y le cogió la mano—. ¿Hay otra solución? —le preguntó dándole unas palmaditas en los dedos.

Alicia tenía la tez ligeramente grisácea y fruncía los labios.

—Sí, pero no esa —respondió apartando la mano, encontrando dentro de sí fuerzas para bromear—. Si puedes acercarte a la consulta de Pinilla —empezó a decir, antes de hacer una respiración honda entreverada de estertores de ahogo— y traerme una pastilla antes de diez minutos, te lo agradeceré toda la vida.

—¡Pero tardaré una media hora!

—Esa es la pega —dijo Alicia, que a cada respiración se ahogaba un poco más.

—Entonces ¿qué hago? —preguntó Contreras, invadido por el pánico.

Ella no pudo responder, reservaba todo el aire para respirar.

—¿Mamá? ¿Mamá? —gritó una voz en la explanada.

—Victoria… —murmuró Alicia jadeando—. Ella… tiene… la solución.

58

París,
jueves, 18 de agosto de 1881

El reclamo rezaba: «Monsieur Belay, discípulo del gran Gustave Le Gray, reabre el taller de fotografía de la calle del Faubourg-Saint-Jacques, número 32, y estará encantado de recibirles para retratos y tarjetas todos los días laborables a partir de las 9».

Irving comprobó una vez más la dirección, miró atentamente el escaparate, donde había expuestas varias decenas de tarjetones fotográficos y que no dejaba ver el interior, salvo un mostrador revestido de madera con lustre de pátina. Al entrar, accionó una campanilla cuyo tintineo quedaba amortiguado por un tampón de fieltro. Un daguerrotipo, obsoleto desde el punto de vista de la técnica, decoraba uno de los ángulos del local y en las paredes se veían también varias ampliaciones y unos cuantos negativos. No había nadie. Un resplandor rojo salía de la trastienda, en la que Irving distinguió una sombra que se movía y se reflejaba en la cortina negra que no llegaba a ocultar del todo la pieza. Carraspeó y volvió a tocar la campanilla, sin ningún resultado. Irving se acercó y llamó con los nudillos en la pared.

—¡Señor!

No sucedió nada. Cuando se disponía a apartar el cortinaje, este se abrió de repente y apareció un coloso trajeado de negro, que lo hizo retroceder de la sorpresa.

—¡Ah, al fin, ya era hora! —exclamó el hombre enjugándose la frente—. A ver, ¿lo tiene? Venga por aquí —añadió entrando de nuevo en el cuarto oscuro sin aguardar respuesta.

Irving se fue tras él y se detuvo junto a una mesa repleta de tinas y frascos de tamaños diversos llenos de polvos, en cuyo centro había un pesillo. Varias torres de placas de vidrio estaban colocadas directamente en el suelo. Flotaba en la estancia un fuerte olor a productos químicos. Tanto el individuo como su tugurio habrían puesto los pelos de punta a cualquiera, pero Irving se sentía como pez en el agua en aquel entorno, tanto como fuera del agua entre los aspirantes a la École Centrale.

—Venga —dijo Belay alargando la mano—. ¡El nitrato de potasio! —gruñó ante la mirada interrogante del joven.

Irving le enseñó el anuncio publicitario del periódico.

—Pero, entonces, ¿no es el recadero? ¡Contra! ¡Me va a tocar hacerlo yo mismo! —refunfuñó el fotógrafo, cuyo semblante había pasado de nubarrón a tormenta.

Metió la mano en un cajón de la mesa y sacó un fajo de hojas renegridas escritas a mano con una letra a la que le traía al pairo la rectitud y la regularidad.

—Ah, aquí está: una parte de salitre y sal de nitro y dos partes de plomo —comentó en voz alta, y entonces buscó los ingredientes y los depositó en una probeta graduada—. A todo esto, ¿quién es usted? —preguntó sin mirarlo siquiera.

—Me llamo Delhorme. Irving Delhorme.

—Si quiere un retrato, vuelva mañana. Ese maldito recadero me ha dejado en la estacada cuando peor me venía: debo entregar una placa antes de esta noche para un importante concurso que tengo todas las probabilidades de ganar.

—¿El de la Société d'Encouragement? —preguntó exaltado Irving, cuya voz de pronto sonaba despojada de todo rastro de timidez.

El señor Belay se volvió para mirarlo.

—¿Cómo es que lo conoce?

—Me interesa la fotografía y se trata de un premio prestigioso.

—¡Prestigioso y remunerado! —agregó el fotógrafo—. El gran premio del marqués de Argenteuil, ¡doce mil francos en juego! El año pasado se me escapó por los pelos, se lo llevó Chardon con una emulsión seca de bromuro de plata. Qué rabia... Una técnica con la que yo había coqueteado un tiempo. Cable de hierro, necesito cable de hierro —se interrumpió él mismo, revolviendo todos los cajones.

Irving vio un cable dejado junto a la balanza y se lo dio.

—Gracias... ¿Y dices que te interesa la fotografía? ¿Me puedes ayudar? Dos no seremos multitud. ¡Quítate la chaqueta y remángate, muchacho!

Mientras Irving removía con el cable de hierro la mezcla fundida en un crisol, Belay preparó una solución de ácido carbónico.

—¿De qué color está? —preguntó el jefe.

—Rojo oscuro, pero me estoy quemando los dedos —respondió el joven.

—¡Cógelo con otros, que tienes de sobra! Cuando se ponga rojo claro, es que el plomo habrá cambiado a amarillo. Ahí lo quitaremos del fuego. ¿Qué sabes de fotografía?

—Conozco las técnicas principales.

—¿Cómo se hace un colodión húmedo?

—Alcohol, éter, yoduro de amonio y bromuro de cadmio, señor. Una vez impregnada la placa, se la sumerge en nitrato de plata.

—Mmm... no está mal. ¿Cómo te llamabas?

—Irving.

—¿Y ese nombre de qué colonia viene?

—Viene por un escritor americano.

—¿Naciste en las Américas?

—En España. Y se me olvidaba una cosa —añadió Irving cambiando de mano para poder seguir dando vueltas a su varita de hierro.

—¿El qué?

—El revelado se hace con sulfato de hierro y la fijación con hiposulfito de sodio.

—Bien, te sabes la lección, pero ¿has fotografiado alguna vez?

—No, señor.

—Entonces estoy tratando con un químico —se lamentó Belay—. Te falta lo fundamental, muchacho.

—¡Está rojo claro, señor!

El fotógrafo se apostó encima del crisol como un cocinero que quisiera oler los vapores de su plato, agarró un guante forrado de amianto y vertió el líquido encima de un filtro.

—Lo dejamos enfriar —le previno—. ¿Dónde has aprendido la técnica?

—Con el señor Le Gray.

—¿Gustave? ¿Lo conoces? ¿Cómo le va? ¡Cuenta, cuenta!

La actitud de Belay cambió al instante. Desapareció su altanería e Irving, feliz de verse convertido en objeto de su consideración, le contó con pelos y señales el paso del fotógrafo de la Misión Heliográfica por la Alhambra.

—Comprendo tu entusiasmo, Irving. Fui su ayudante en 1858, cuando hizo sus últimas fotografías de marinas. Arte con mayúsculas: hacíamos un negativo del paisaje y otro del cielo y luego los superponíamos. Sí, Arte con mayúsculas… ¿Qué esperas de mí, pequeño? ¿Por qué has venido a verme?

—Quiero ser fotógrafo.

Irving le contó de forma pormenorizada la correspondencia que mantenía desde entonces con Le Gray, los libros sobre técnicas fotográficas que poco a poco habían ido sustituyendo los manuales de matemáticas y física, hasta llegar a los exámenes de ingreso, el encuentro con el vendedor de periódicos y el anuncio que él había interpretado como una señal del destino.

Belay lo escuchó sin interrumpirlo, mientras hacía pasar una corriente de ácido carbónico sobre la solución enfriada.

—Mi padre quiere que sea ingeniero —prosiguió Irving—, pero no aprobaré los exámenes. Ahora ya estoy preparado para decírselo.

Belay tomó la solución de nitrato de potasio y cubrió con ella la placa de vidrio.

—Y querrías que yo te enseñara el oficio, ¿no es eso?

—¡Estoy dispuesto a trabajar doce horas al día, todos los días!

—¿Y sin sueldo? Porque no dispongo de medios para contratar a un ayudante, menos aún a un aprendiz.

—¡Sin sueldo! Ya me las apañaré.

Belay dejó las placas dentro de una de las tinas y le señaló un cántaro grande de estaño.

—Ve a por agua a la fuente del patio, deprisa.

—¿Eso quiere decir que estoy contratado? —preguntó Irving precipitándose a por el recipiente.

—No, eso quiere decir que se me echa el tiempo encima —replicó el fotógrafo, que había recuperado su semblante gruñón.

Una vez lavadas las placas, Belay las apoyó en la pared.

—Listo, hemos hecho todo lo posible dentro de la urgencia. Si no me llevo el premio, siempre podré echarle la culpa al repartidor.

Se secó las manos y se acercó al joven mirándolo largamente.

—¿Qué edad tienes, Irving?

—Dieciocho años.

—Tu entusiasmo me recuerda el mío, muchacho. Pero…

Dejó la frase inacabada y arrojó el trapo con ademán colérico.

—Pero ¿qué diablos habéis hecho?

Los primos habían aparecido en el umbral de la puerta, cariacontecidos. El vendedor de periódicos llevaba un vendaje que le ceñía la frente y un agujero enorme en la camisa. El repartidor sostenía con las dos manos los añicos del frasco, que yacían sobre el pedazo de cuero.

—Lo sentimos mucho. Pero se lo podemos explicar —empezó a decir antes de que lo interrumpiese un aluvión de improperios que Irving nunca había oído y que habría sido incapaz de traducir al español.

El fotógrafo los echó a la calle agitando los brazos.

—¡Y sobre todo no volváis a poner los pies en mi casa, jamás! —les gritó, antes de cerrar la puerta con fuerza y darle la vuelta al letrero para ponerlo del lado de «Cerrado». Belay se serenó en la rebotica y retomó el hilo de la conversación con el chico—: Pero primero tienes que estudiar.

—¿Estudiar? ¡Ninguna facultad enseña fotografía!

—Hablo de pintura, hablo de escultura, dibujo. Le Gray, Bayard, Le Secq, Baldus y hasta Carjat son pintores. Un buen fotógrafo es, en primer lugar, un buen ojo. El mejor químico del mundo podrá hacer las fotos más nítidas, pero no las más hermosas. Aprende pintura, estudia las bellas artes y después veremos. —Belay lo agarró de un hombro—. En cualquier caso, gracias por tu ayuda. Me voy ahora a llevar el material.

El fotógrafo desvió la atención a las placas, que fue colocando en vertical dentro de un arcón de madera preparado especialmente.

—¿Y usted? —preguntó Irving después de haber estado reflexionando un rato.

—¿Yo?

—¿Es pintor?

—Eso qué importa.

—¿Cómo le vino su pasión?

Belay respondió una vez que hubo cerrado el arcón.

—Tenía tu edad cuando conocí a Le Gray. Andaba necesitado de brazos y yo hice esa función.

—Entonces fue él el que le dio una oportunidad.

—Te veo venir, muchacho. Pero yo no soy Le Gray, solo soy uno más de los muchos fotógrafos que hay en esta ciudad.

—¡Deme una oportunidad a mí!

—Pero ¿por qué yo?

—Porque usted es una señal del cielo.

—Yo soy agnóstico, a mí déjame en paz.

—Porque es el mejor.

—Por ahí no vas mal pero no es suficiente.

—Porque yo le abriría las puertas de la Alhambra, como al señor Le Gray.

Belay soltó una carcajada.

—¡Un poco tarde, joven! Estuve hace unos años y ya plasmé toda su belleza en el papel.

Cogió el arcón y salió de la trastienda.

—En cualquier caso, tienes la primera cualidad que hace falta para lograr hacer bien una fotografía: la tozudez. ¿Serás capaz de aguantar dos horas al pie de tu trípode esperando que salga la pose, serás capaz de no estrangular al paseante o al bichejo que te echará a perder la foto justo antes de que acabe el tiempo de la toma, de soportar todas las atmósferas, todas las temperaturas, de aguantar mis cambios bruscos de humor, las placas que se chascan, la injusticia que sentirás cuando les diga a los clientes que si su prueba ha quedado mal ha sido por tu culpa? Si sí, entonces te propongo lo siguiente: que curses tus estudios en Bellas Artes y que me ayudes por las tardes y los fines de semana, sin refunfuñar ni una sola vez, sin rechistar, siempre con alegría, buen humor y veneración hacia mi persona. ¿De acuerdo?

Dominado por la emoción, Irving dijo que sí con la cabeza.

—Supongo que con esto cerramos el trato —concluyó Belay estrechándole la mano.

—No se arrepentirá, ya lo verá —dijo Irving, entusiasmado—. Tengo ya un montón de ideas...

—Guárdatelas para más adelante, muchacho, todo a su debido tiempo. Si verdaderamente son buenas, nadie más las tendrá por ti. Ahora te falta convencer a tu padre de tu cambio de rumbo.

Astronomía popular de Camille Flammarion. La cubierta era reconocible entre miles. Enmarcadas por una orla de color rojo sangre, estrellas y galaxias destacaban sobre un cielo azul turquí, por encima de un sol de oro dibujado como un girasol gigante.

—Es un placer regalárselo, señor Delhorme —dijo el autor—. Me alegro mucho de conocerlo y le estoy infinitamente agradecido a mi amigo Gustave por haber hecho posible este momento.

—En efecto, hacía años que tenía pensado presentarlos —abundó Eiffel—. El pionero de la divulgación científica y el pionero de los globos libres, reunidos; ¡esto bien merecería una fotografía!

—Antes de entrar en el meollo de la cuestión, celebremos el acontecimiento —propuso Flammarion—. ¿Qué desean tomar?

Todos optaron por una copa de Clos de Vougeot, de una botella obsequio de Eiffel. La señora Flammarion la llevó ella misma en una bandeja, tras lo cual se incorporó a la conversación, revelándose como una apasionada de la astronomía.

—¿Sabe usted dónde pasamos la luna de miel mi Sylvie y yo, señor Delhorme?

—Por el aire, de viaje en globo —respondió su mujer sin darle tiempo a Clément a pensar una respuesta.

Camille Flammarion era de constitución robusta y algo más bajito que la media. Llevaba una barba poblada que daba la réplica a una cabellera espesa, la cual ondulaba formando dos curvas opuestas desde una raya al medio, una mata de aspecto indómito. Su mirada, penetrante e inquisitiva, dejaba entrever un gran rigor intelectual, combinado con la perseverancia culpable propia de los exploradores.

Se habían instalado en la planta alta, en una pequeña terraza que había sido convertida en observatorio, con catalejos que dirigían sus lentes hacia el cielo.

—Una Secretan de 108 milímetros y un telescopio de 200 milímetros de los hermanos Henry —precisó Flammarion—. Pero muchas veces voy al Observatorio, que está a dos minutos de la calle Cassini. Pero ya hemos hablado bastante de mí, ¿en qué punto está usted en sus investigaciones?

—Pues sigo reuniendo datos para afinar mi teoría de los frentes de depresiones y su modelización matemática —respondió Clément dirigiendo la Secretan hacia el parque de Luxemburgo—. Igual que otros cientos de observadores.

—El señor Delhorme es demasiado humilde —intervino Eiffel—. Su algoritmo hace maravillas en nuestras obras y posee el récord incontestado de altitud de globo suelto.

—¿Es eso cierto? ¿Cuánto?

—Veinte mil metros —respondió Eiffel.

—¡Dioses del cielo! —exclamó Flammarion—. ¡Imagínese las vistas de nuestro planeta a esa altura!

Todos se lo imaginaron en silencio. Camille aprovechó para bajar a la biblioteca y subir con un ejemplar de *Viajes aéreos*.

—La obra que escribí con mi amigo James Glaisher —puntualizó—. Está en posesión del récord de vuelo más alto con globo tripulado: ocho mil quinientos metros según el registro. Tal vez más, a decir verdad, pero es que a esa altura James se desmayó. Se lo regalo: podrá servirle de inspiración.

—Me lo pensaré —respondió Clément de forma evasiva.

—Yo, por mi parte, casi no he pasado de los dos mil metros —confesó Flammarion—, pero sí he recorrido distancias nada desdeñables.

—Como de París a Prusia —apostilló su mujer, frisando el ridículo con sus gestos de admiración no fingida.

—Contrariamente a lo que se dice, los viajes en globo no son tan peligrosos, siempre y cuando no se pretenda batir ningún récord. Es necesario contar con un piloto experimentado y buenos conocimientos de meteorología. Entonces se puede disfrutar de ese espectáculo extraordinario, del silencio absoluto, tan solo perturbado por los gritos de los animales o de los niños que suben del suelo.

—Es curioso cómo viajan los sonidos en altura —confirmó su mujer—, como si se amplificasen y nos llegasen en su pureza original. El único al que no me acostumbraré en la vida es al de los crujidos del mimbre de la barquilla.

—Es una aventura que me tentaría, si no fuera porque estoy solo y soy responsable de cinco hijos —dijo Eiffel.

Flammarion besó afectuosamente la nuca de su mujer. Su complementariedad recordó a Clément su propia pareja y echó aún más de menos a Alicia. El vino generoso había desfajado las mentes y distendido los cuerpos. Delhorme jugaba a observar con la lente los detalles de las calles adyacentes.

—El instante que más me gusta es el momento en que el piloto lanza su «Suelten amarras», tan simbólico —siguió diciendo el periodista científico, poniéndose en pie para acercarse al borde de la terraza—. Ya nada nos ata a la tierra matriz, qué sensación absoluta la de hallarse entre la humanidad y los otros mundos... ¿Usted cree en la existencia de planetas habitados, señor Delhorme?

—Las matemáticas le dirán que sí y, si hago caso a sus propios cálculos, el primero de ellos sería Marte, ¿verdad?

—¡Ya lo creo! ¡Se han descubierto canales y mares en su superficie! Yo estoy convencido de que, si vive allí una raza, será superior a la nuestra. Me encantaría vivir el tiempo necesario para poder conocerla. Mire, cuando se lleve a cabo la conquista del aire, se fraguará la fraternidad universal sobre la tierra, la paz verdadera descenderá del cielo, desaparecerán las últimas castas y fundaremos la libertad en la luz.

—Ojalá el progreso pueda contribuir a ello —opinó Eiffel.

—¿Qué hora es? —preguntó Clément.

—Las doce y cuarto —respondió Flammarion, el más raudo abriendo la tapa del reloj—. Pero estoy siendo un absoluto desconsiderado, señores: permítanme que los invite a comer, y después iremos juntos a la Exposición de Electricidad.

Eiffel rehusó por cortesía y luego cedió a la insistencia de su anfitrión, que se lo llevó a un aparte.

—¿No se lo ha propuesto?

—Todavía no —dijo Eiffel—, estoy esperando el momento oportuno.

—¿Qué le pasa a Delhorme? Se le ve preocupado.

—Su hijo está haciendo los exámenes de la École Centrale en este preciso instante.

—Ah, ahora lo entiendo mejor. ¿Cree que aceptará?

—Para serle sincero, no lo sé. Pero si acepta, nadie tiene más probabilidades de lograrlo que él.

Al margen de los caballeros, Clément se quedó pensativo unos minutos, apoyado con los codos en la barandilla de la terraza, con la mirada perdida. Estaba seguro de haber visto a lo lejos a Irving discutiendo con un desconocido, en la esquina de la calle del Faubourg-Saint-Jacques una hora antes de que hubiese finalizado la prueba de dibujo. La Secretan era como las matemáticas: infalible.

La multitud, compacta, circulaba por las calles del recinto o se aglutinaba alrededor de los puestos del Palacio de la Industria en un tumulto indescriptible, obligando a los participantes a elevar la voz o a migrar a la calma relativa del piso superior. Georges Berger, comisario de la exposición, había dado una calurosa bienvenida a sus tres invitados, a los que había calificado de prestigiosos (de Clément no sabía nada, pero un señor que acompañaba a Eiffel y a Flammarion debía de tener también una hoja de servicios fuera de lo común). Los había dejado después de que el ministro de Correos se lo llevase, pues debía dar el discurso inaugural del congreso de electricistas que se celebraba en la primera planta.

La baja se dividía en dos por una fuente enorme en cuyo centro se alzaba, imponente, un faro de diez metros de altura y en la que convergían los visitantes en busca de algo de frescor. La primera mitad estaba dedicada a las naciones invitadas, con puestos de exposición que ocupaban espacios proporcionarles a su poderío industrial.

—Ganador: Estados Unidos, seguido de cerca por Inglaterra. Más distanciada queda Alemania —comentó Clément, entretenido en observar las diferencias. Pero lo apenó la escasa representación española, a remolque de Suecia y Suiza.

La segunda mitad estaba enteramente reservada a Francia y en ella la parte del león se la llevaban los ferrocarriles, lo cual tranquilizó a Eiffel por lo que respectaba a sus futuros encargos profesionales. Aprovechó para reavivar antiguos contactos, entre ellos con funcionarios del Ministerio de Guerra, en el que sus puentes portátiles contaban con numerosos apoyos.

—Bell y Edison están arriba —anunció Flammarion—, haciendo unas demostraciones.

La sala en la que el inventor americano había encendido sus bombillas eléctricas estaba repleta de curiosos y tuvieron que hacer cola para poder entrar. Para su gran decepción, no vieron a Edison, pues en ese momento se hallaba interviniendo en el congreso de los electricistas. Flammarion le hizo prometer a su ayudante que concedería una entrevista para *Le Siècle* y Eiffel dejó una tarjeta a Bell invitándolo a verse más adelante.

—Estos científicos son tan populares como los presidentes —observó Clément, que se había sentado un poco alejado, cerca de un aparato enorme para desmagnetizar relojes que no parecía interesar a nadie.

—Y aún más —lo corrigió Eiffel—. Estos hombres dentro de nada van a manejar un volumen de negocios inimaginable. ¡Dense cuenta de que el teléfono y la electricidad invadirán los hogares de todos los países!

—O por lo menos de los más ricos. Ya conoce mi opinión sobre las patentes. Estas invenciones deberían pertenecer a la humanidad.

—Las patentes permiten obtener los fondos que sirven para financiar otras investigaciones. Es usted un idealista, Clément, pero hasta sus globos necesitan dinero para volar más alto.

—Reconozco mis límites y mis contradicciones, Gustave.

—Todos nos enfrentamos a los mismos —agregó Flammarion—. Mi *Astronomía popular* le debe mucho a nuestro amigo Zola: pudimos editarlo gracias a los ingresos que obtuvimos con *La taberna*.

—La verdad reside siempre en el baricentro —concluyó Clément levantándose para marcharse de la exposición.

Flammarion y Eiffel cruzaron una mirada furtiva.

—Teníamos una propuesta que hacerle —empezó Gustave después de asegurarse de que nadie los oyera.

La sala de relojería estaba desierta, con la excepción de un representante de la casa Billodes que se había quedado traspuesto en su silla.

—Me gustaría mucho que se viniera a París a trabajar conmigo. Con nosotros —añadió señalando a Flammarion—. Su hijo y su amigo van a alojarse en la casa y usted podría venir con ellos. Toda su familia podría venir.

—Ya tiene suficientes ingenieros para los cálculos y yo puedo seguir ayudándolos desde Granada —objetó Clément.

—No se trata solo de eso. Me habló del fenómeno observado por encima de los diez mil metros, cuando la temperatura se estabiliza, y más arriba aún, cuando parece que vuelve a subir.

—Debemos saber, debemos comprender —completó Flammarion—. ¿Qué pasa en las capas altas de la atmósfera? Hay que ir, quiero decir no solo con el instrumental, las máquinas, sino nosotros, los seres humanos, para hacer observaciones sensibles e informar sobre ese secreto que inaugurará una nueva era para la humanidad.

—Yo no necesito subir allí para describirle lo que pasa. Por encima de ocho mil metros lo primero que se experimenta son vértigos y luego debilidad. Siente un hormigueo por las extremidades. A diez mil metros, si todavía está consciente, corre riesgo de sufrir asfixia y cianosis. Los miembros se le pondrán azules. A veinte mil, en la barquilla ya solo viajarán cadáveres. Ya ve, no me seduce la idea de ser el capitán del *Holandés volante*, ni aun siendo el que más arriba haya llegado del mundo.

Clément había hablado con calma y precisión. Eiffel comprendió que él mismo se había planteado la cuestión mucho antes que ellos, que había sopesado los pros y los contras y que, en nombre de la lógica matemática, había dilucidado las probabilidades de éxito. Entró un visitante y, al ver el aire de conspiradores de los tres caballeros, volvió por donde había venido, disculpándose.

—Imagino que no se habrá quedado satisfecho con esta conclusión —insistió Eiffel—. Lo conozco muy bien, Clément, y habrá imaginado el modo de mitigar todos esos riesgos. ¿Me equivoco?

El silencio del aventurero fue interpretado por los otros hombres como un sí. Y empezaron a avasallarlo a preguntas.

—He pensado en varias soluciones —terminó reconociendo—. Hoy solo queda una.

—Yo quiero estar ahí —suspiró Flammarion—. Por nada del mundo quisiera perderme ese intento. ¡Llevaremos a Eugène Godard, el mejor piloto, y usted es el mejor meteorólogo!

—Ni siquiera sé si es viable, yo solo he dibujado unos planos. Y no está al alcance de mis posibilidades.

—¿De qué se trata? ¿Desea compartirlo con nosotros?

—La única forma de alcanzar con vida semejantes altitudes es fabricando una aeronave con una barquilla cerrada y presurizada.

—Nosotros tendremos el dinero —anunció Eiffel, entusiasmado—. Camille donará una parte de sus derechos; y yo, de los beneficios de mis puentes portátiles. El presupuesto ya no será un impedimento. Queremos ser los primeros en conquistar esta última frontera. Y usted, ¿lo desea también?

El representante de Billodes se despertó cuando Flammarion exclamó un «¡Suelten amarras!» atronador. Miró a los tres sujetos con cara circunspecta, se preguntó si estaría soñando y volvió a adormecerse para comprobarlo.

—Yo no he dicho que sí —señaló Clément tratando de atemperar los ánimos, una vez que hubieron salido a la escalera—. Les pido un tiempo para meditarlo, tengo que hablarlo con Alicia. Sin ella no vendré.

—Esto le honra. Lo comprendo —lo tranquilizó Eiffel—. Incluso podríamos pensar en…

—¡Irving, es Irving! —lo interrumpió Clément al distinguir a su hijo entre el gentío—. Los dejo, señores, ¡hasta luego!

Fue con los dos muchachos, que se habían sentado en el borde de la fuente central. Javier fue el primero en verlo y se levantó, sonriendo de oreja a oreja, seguido de Irving, cuyo semblante reflejaba su tribulación interior.

—Papá, tengo que decirte…

Clément lo abrazó.

—Lo entiendo, no te preocupes. Lo has hecho lo mejor posible. Volvemos a casa.

—No, papá, yo me quedo. Me quedo en París.

XX

59

La herencia genética había salvado a Alicia de un desenlace incierto. De sus tres hijos, solo Victoria había desarrollado el mismo tipo de asma, para el cual llevaba siempre consigo unas píldoras de nitrito de cobalto y de potasio. La que había tomado Alicia le había permitido superar la crisis sin consecuencias para su corazón frágil.

—¿Ha padecido alguna otra dolencia en los últimos tres meses? —preguntó Pinilla anotando en su cuaderno el resultado de la auscultación.

—Ninguna desde el 18 de agosto —respondió Alicia—. Gracias a su tratamiento. ¿Me puedo levantar?

—Sí, perdón, por supuesto, venga al escritorio a sentarse —dijo sin levantar la cabeza para no mirar de reojo su busto, que atraía irresistiblemente su mirada.

Alicia se tomó su tiempo, con el fin de evitar los vértigos que sufría de tanto en tanto cuando cambiaba de posición y que la obligaban a tomar flor de azufre todas las mañanas.

—¿Está segura de que va todo bien? —preguntó Pinilla, preocupado, con ojo de experto.

Pero no insistió más ante la respuesta segura de su paciente y sacó una caja que parecía una pitillera.

—Hace unos meses comuniqué mis conclusiones sobre la etiología de las crisis de asma a mis colegas del hospital San Juan de Dios. La presentación fue un gran éxito y aparecerá publicada próximamente en un artículo.

El médico estaba tan orgulloso como si hubiese escrito una novela para declararle su pasión. Al no detectar la menor reacción en su paciente, prosiguió:

—Sin entrar en detalles, he observado que, en muchos de mis pacientes, estas se presentaban como crisis de urticaria o de eccema en el nivel de los bronquios. Este exantema bronquial puede tener diversas causas, pero entre ellas podría sospecharse la inhalación de un agente del entorno. He conocido a un enfermo en el que se desencadenaba una crisis cada vez que entraba en un molino. El polvo de la harina… ¿Me sigue, Alicia?

—Me temo que sí —respondió ella enumerando mentalmente los lugares en los que se habían producido las crisis.

—¿Y bien?

—El taller de cocción y las dos obras de restauración bajo techo.

Pinilla concluyó con unos movimientos de mímica, con las palmas levantadas:

—Puede ser el yeso y el polvo que desprende, unos pigmentos de las pinturas que emplean, cualquier elemento presente.

—Pero si hace años que vivo en este entorno, doctor.

—No basta con su presencia, tiene que haber un desencadenante, como una tensión interior grande.

Alicia relacionó enseguida las fechas de las crisis con situaciones que le habían provocado una gran contrariedad. El 18 de agosto había recibido las amenazas de Cabeza de Rata; y el día de la última crisis, la noticia de la relación entre Nyssia y el príncipe Yusúpov.

—No me planteo detener mis restauraciones —le aseguró con templanza.

—Ni es mi intención pedírselo. Pero deberá tomar ciertas precauciones en los espacios cerrados, evitar disgustos, seguir con la flor de azufre y tomarse esto si le sobreviene otra crisis.

El galeno empujó la caja hacia ella. En su interior había unos cigarrillos liados con una mezcla seca dentro, más parecida a una pasta que a la picadura de tabaco.

—Una receta compuesta por mí, con lo mejor en materia de tratamiento contra el asma. Será la primera en beneficiarse, y espero que tarde mucho en hacerlo. —De los pitillos emanaba un olor a heno desagradable, casi fétido—. Belladona, beleño, felandria acuática y opio —le detalló—. Admito que, como perfume, estas plantas no han sido agraciadas por Dios ni por la naturaleza, pero tendrán un efecto salvador. Y no corre peligro de extraviarlos —añadió, oliendo a su vez la preparación—. Guárdelos bien en su estuche —concluyó, con una mueca.

Alicia le dio las gracias y, como cada vez, insistió en pagar hasta que él acabó cediendo. El médico la acompañó a la entrada y le preguntó por las novedades de la familia Delhorme.

Clément había vuelto solo a Granada. La admisión de Javier no había sido ninguna sorpresa y, mientras esperaba el inicio de las clases previsto para el 3 de noviembre, se había empleado en la oficina de proyectos de Gustave Eiffel a las órdenes de Nouguier. Irving se había inscrito en el examen de admisión de la sección de pintura de la Escuela Nacional de Bellas Artes de París, para la que debía esperar hasta el mes de marzo siguiente, pero había empezado a estudiar dibujo anatómico y arquitectura con una motivación que había tranquilizado a Clément. Las tardes las pasaba en el taller de Belay, que en un primer momento lo había relegado al papel de criado, pero después había reconocido que su entusiasmo no era un capricho pasajero y le había dado permiso para ayudarlo en la preparación y el revelado de las placas.

Los dos jóvenes habían previsto regresar a Granada para las fiestas navideñas, para inmensa alegría de Alicia y Victoria.

—Nosotras no podíamos ir a verlos a París, había demasiadas cosas que hacer aquí —explicó Alicia, rememorando la reacción de Nyssia al anuncio de la decisión.

Su hija había dejado de comer varios días y había terminado claudicando. A partir de entonces manifestaba a diario una indiferencia y una pasividad que los padres no sabían cómo resolver. Victoria era la única con quien Nyssia había conservado un vínculo familiar. Alicia había tratado en numerosas ocasiones de reinstaurar el hilo roto y había acabado tirando la toalla para no enfermar.

—Dígale que venga a verme —propuso Pinilla—. He tratado con éxito algún caso de melancolía entre jovencitas.

Alicia se limitó a asentir. Nyssia no era más melancólica que las nubes que se deslizaban por el azur granadino, pero soñaba con el más allá hacia el cual se desplazaban, cosa que su madre no consideraba ninguna dolencia del humor.

—¿Vendrá al experimento de Clément? —le preguntó, con el fin de zanjar un asunto que la agotaba mucho más que sus problemas de salud.

—Pues tengo la intención, sí. ¿A qué hora es?

—A las doce en Plaza Nueva. Ya conoce a mi marido: ha querido correr todos los riesgos.

Las dos hileras de árboles de la plaza ofrecían una sombra reducida a su mínima expresión y las grandes cortinas de colores colgaban de las ventanas de las fachadas como irrisorias defensas a la espera del sol. Un perro callejero se aventuró hasta la fuente y lamió la piedra del pilón aún húmeda, antes de encaminarse hacia el grupo de humanos que habían desertado de los islotes de sombra para salir a la explanada central. Olisqueó unas cuantas piernas, un pie despreocupado lo asustó y fue a echarse en el quiosco, instalado delante del Palacio de la Chancillería.

—Señores periodistas, tengan a bien acercarse —anunció Clément—. La prueba va a comenzar.

Los cuatro gacetilleros, seguidos por los ediles invitados y el puñado de curiosos presentes, avanzaron hacia el mueble cúbico colocado en el quiosco, espantando de allí al chucho. El francés les explicó el principio de la máquina de frío, omitiendo el nombre exacto de los fluidos empleados, y atribuyó la paternidad del invento a Mateo, a pie firme junto a él. El antiguo nevero, mandíbula apretada y sombrero encajado hasta las cejas, estaba petrificado solo de pensar en ser el centro de atención.

—La ventaja de este sistema es que requiere muy poca energía —explicó Clément indicando las cuatro bujías puestas en un candelabro, que servían de fuente de calor—. No es necesario que ardan de manera permanente, pueden apagarse por la noche, el arcón está recubierto de una capa de aislante térmico tanto en la cara interior como en la exterior.

—¿Por qué nos ha invitado hoy aquí, señor Delhorme? —preguntó el redactor de *El Pensil Granadino*.

—Vamos a meter unos alimentos en esta máquina de frío y mañana la volveremos a abrir para demostrar su eficacia. La temperatura alcanzada es de tres grados Celsius.

449

—¿Cuáles son los productos elegidos? —preguntó otro reportero, al que el experimento empezaba a intrigar.

Mateo se había hecho con una bandeja tapada con una campana de vidrio, que levantó con gesto solemne.

—Un pichel de agua fresca con dos cubitos de hielo —anunció el francés—, este trozo de mantequilla y este pescadito pescado esta mañana en el Genil.

Mateo acercó la bandeja a los periodistas, que pudieron constatar el estado de frescura del género. Clément abrió el arcón, metió los tres elementos, volvió a cerrarlo y bloqueó el asa con ayuda de un candado.

—Mañana a la misma hora la abriremos y sabremos —dijo guardándose la llave en su bolsillo con gesto teatral—. Si todo se ha derretido, si el pescado echa una peste fétida, entonces, caballeros, pediré perdón como es debido.

—¿En qué consistirá su acto de contrición? —quiso saber el plumífero de *El Pensil Granadino*.

—Eso lo dejo a su elección.

—¿Se lo comerá todo?

—Algo más osado, caballeros.

—¿Prenderá fuego al aparato aquí mismo?

—Más imaginativo.

—Desvelará al mundo entero la composición de los fluidos utilizados en su máquina de cubitos.

Todos se volvieron hacia el que había hablado.

—¿De qué periódico viene? —preguntó el representante del *Diario de Granada*.

Su vecino se encogió de hombros. El sujeto les era desconocido. Avanzó hasta plantarse delante de Clément, con los puños apoyados en las caderas. Cabeza de Rata tenía siempre la misma altanería despectiva.

—¿Qué, acepta el reto? —insistió el excapitán.

Clément no había manifestado ni sorpresa ni cólera. Había retenido, eso sí, a Mateo, que se había adelantado para vérselas con él, mientras Chupi, empujando algún que otro hombro, se había llegado a la altura de su acólito, ante la mirada pasmada de los periodistas, perplejos con aquel giro de los acontecimientos.

Cuando, a su regreso de París, Clément se había enterado del acoso al que Cabeza de Rata había sometido a Alicia, le había dado un arrebato épico de cólera, el primero y último que se le había conocido. Se había desfogado talando un viejo olivo hendido por un rayo el verano anterior y aserrando el tronco y las ramas en bloques pequeños que a continuación llevó a la sala de la caldera de los Baños con órdenes de no usarlos nunca. Después se había instalado en la terraza de la Torre de la Vela y se había pasado la tarde y parte de la noche yendo y viniendo entre la ciudad y el Sacromonte bajo una bóveda celeste parcialmente encapotada, hasta que hubo tomado una decisión. El antiguo militar había dado en el blanco al amenazar a Alicia: aquello había herido profundamente a Clément, decidido a terminar con aquella historia viéndoselas personalmente con ese hombre que siempre lo había denigrado.

—¡Acepto el reto! Pero con una condición: si gano, exijo de usted una muestra pública de contrición. Reconocerá públicamente que estaba equivocado respecto a mí. Y se comprometerá a no acosarnos nunca más.

Cabeza de Rata soltó un «¡Pues muy bien!», que contaba con no tener que cumplirlo, convencido de llevar razón. Los periodistas, picados, intentaron sonsacarle. Pero él los rechazó desdeñosamente, ayudado por Chupi que gesticulaba y hacía muecas más aún que de costumbre, excitado por el juego y por su consumo de valdepeñas. Los reporteros se volvieron hacia Clément, lo avasallaron a preguntas sobre el asunto que se traían entre manos los dos hombres y se marcharon a paso ligero a sus respectivas redacciones para que el artículo apareciera a la mañana siguiente. El acontecimiento, precedido por el rumor que iba a propagarse a lo largo de toda la tarde, haría subir las ventas y ninguno quería desaprovechar la ocasión. Granada se despertaba finalmente después de un inicio de mes tan plano como el llano de la Vega.

Los que acudieron a felicitar a Clément por la ingeniosidad de su aparato silenciaron el incidente como si no hubiera pasado nada, pero ninguno de ellos tenía otra cosa en mente que aquel reto. Pinilla exclamó entusiasmado:

—¡Esto tiene un sinfín de utilidades para nuestro hospital, ya lo estoy viendo! En caso de que funcione, le pronostico un éxito total.

—Su ventaja es el bajo consumo de energía para su funcionamiento —repitió Clément mientras se cercioraba de que el candado estuviera bien cerrado—. Incluso hemos empezado a trabajar Mateo y yo en la utilización de energía eléctrica.

—Me alegro por adelantado —intervino el señor Pozo, que los había escuchado—. Y me ofrezco a proporcionarles todo el alquitrán de hulla que necesiten, al mejor precio.

—Dentro de poco ya no tendrá que preocuparse por los desechos de su fábrica —le aseguró Clément—. ¿Cómo va todo, Jezequel? —preguntó al joven que acompañaba a su padre.

—Bien, bien. ¿Qué se sabe de mis amigos?

Delhorme le resumió las novedades desde que había vuelto.

—Escríbeles que los echo de menos, ¿lo hará? Ya nada es igual ahora que están lejos.

—¿Qué te ha pasado en los dedos? —preguntó preocupado Clément al ver el vendaje que le envolvía la mano derecha.

—No es nada, de los errores se aprende. Pero hay que fastidiarse… —añadió en voz baja para que no lo oyera su padre.

Clément, al que se había acercado Mateo, los vio alejarse en dirección al Albaicín.

—No le entiendo —dijo Mateo levantándose el sombrero por el ala—. Si perdemos, no solo nuestra máquina de frío no volverá a venderse, sino que todo el mundo podrá hacer cubitos como nosotros y será el fin. Yo siempre le he seguido en todas sus empresas y usted me ha cambiado la vida. Pero espero que esté seguro de lo que hace —concluyó la que había sido la parrafada más larga que hubiese pronunciado nunca.

—Estate tranquilo, Mateo. Cabeza de Rata vendrá. Vendrá y yo estaré esperándolo. El odio es una ecuación sin incógnitas, sobre todo cuando es compartido.

La plaza, que se había vaciado durante la hora de la siesta, se animó rápidamente poco después. Bajo el impulso del boca a oreja, convergieron en el quiosco grupitos de curiosos que acudían para ver la famosa máquina de la que hablaba todo el mundo. Pero ante el aspecto monolítico del arcón y decepcionados por no poder ver otra cosa, se citaron para el día siguiente a las doce para asistir a su apertura. El atardecer atrajo a más gente aún y un conjunto de músicos gitanos, que se habían olido que podían sacar tajada, tomó posesión del lugar y comenzó a tocar su repertorio. La animación y la densidad humana fueron a más hasta la una de la madrugada y a partir de ese momento se diluyeron poco a poco. A las tres solo atravesaba la plaza algún que otro viandante, volviendo a su domicilio con paso presuroso.

A esa hora entraba Clément en compañía del juez Ferrán en el inmenso edificio de estilo manierista de la Chancillería. Subieron a la azotea que dominaba la plaza, donde los esperaban el capitán general de la Guardia y varios hombres más. El quiosco quedaba a sus pies, a diez metros a plomo desde la azotea.

—Le agradezco que haya aceptado mi invitación, señor juez —dijo el militar invitándolo a sentarse en las sillas dispuestas de frente al antepecho.

—Convendrá en que era una cita de lo más original en cuanto al lugar y la hora —respondió el magistrado.

—He aceptado el plan propuesto por el señor Delhorme para poner fin a este asunto que ya está durando demasiado.

Clément se asomó: las farolas, situadas a un metro de la hilera de árboles, iluminaban la plaza con suficiente intensidad para que pudieran distinguirse las caras desde el terrado.

—Los informes policiales que he consultado indican que la franja en que los delincuentes actúan con más frecuencia va de las tres a las seis de la madrugada, con un pico de actividad a las cinco —explicó—, es decir, cuando la probabilidad de cruzarse con alguien en esta plaza es menor. Pensamos que nuestro hombre va a hacer todo lo posible para sabotear el experimento.

—Salvo correr riesgos desproporcionados —añadió el militar—. ¿Quiere una capa para resguardarse del relente, juez Ferrán? —le ofreció mientras se envolvía en la suya.

Desde su llegada, todos los presentes se habían puesto a cuchichear. Ahora se callaron rápidamente. Entre las tres y media y las cinco y media no pudieron constatar otra cosa que el paso de tres grupos de personas, entre las cuales solo una pareja se paró delante de la máquina. El joven hizo amago de abrir la portezuela con intención de impresionar a su novia, pero no insistió mucho y se la llevó un poco más allá para recibir un largo beso en recompensa por su acto de bravura.

A las seis y cuarto el juez bostezó ostensiblemente.

—Se está retrasando respecto a sus previsiones —le murmuró a Clément.

A las seis y media, al tiempo que los primeros albores de la aurora dibujaban un trazo rosicler por encima de la colina del Sacromonte, se acercó un oficial a decirle algo al oído al capitán, el cual anunció a los demás, moviendo solo la boca: «Aquí están». Clément, que no había dejado de vigilar ni un momento, no los había visto llegar. Pero ahí estaban, reconocibles sus respectivas siluetas, hablando en voz bajar sin parecer tomar más precaución que esa. Un alivio perceptible animó a los hombres presentes en la terraza, a todos menos a Clément. El capitán tiró del borde de su chaqueta para desarrugarla, el juez dejó caer su capa con un movimiento de los hombros. El desenlace estaba próximo. Chupi y Cabeza de Rata se metieron derechos en el quiosco.

60

París,
lunes, 24 de octubre de 1881

Desde sus doce metros de altura, el busto de la *Libertad iluminando el mundo* contemplaba con su mirada enigmática e impasible el areópago de invitados, unas sesenta personas, entre altos cargos públicos, periodistas y empleados, que se apretujaban alrededor del estrado, en el patio del taller Gaget-Gautier. El pie izquierdo de la futura estatua reinaba en el centro de la escena, enmarcado por los primeros metros de la estructura metálica levantada por el equipo de Eiffel, encima de la cual ondeaban decenas de banderitas francesas y americanas.

—Para que luego hablen de puesta en escena —comentó Nouguier, divertido, que se había quedado en un aparte con Javier—. Un remache en el pie, tres discursos enfáticos y todos estos caballeros se vuelven para su casa con la satisfacción del deber cumplido, cuando la verdadera dificultad empieza ahora. ¿Qué opina, inspector? —preguntó al policía de paisano apostado cerca, que lo escuchaba con una sonrisa.

—A mí no me pagan para opinar, y menos aún para manifestar mi opinión en alto —respondió el hombre, recostándose contra una pila de tubos de hierro colado, temiendo que se trataba de un periodista.

Crepitaron los primeros aplausos. Édouard Laboulaye, presidente de la Unión Franco-Americana, tomó la palabra para hacer su alocución. Eiffel y Koechlin se encontraban junto a Bartholdi.

—Y tu amigo, ¿se apaña? —le preguntó Nouguier a Javier.

Instalado al fondo del patio, Irving se aplicaba en cargar una placa en una cámara oscura bajo las órdenes de Belay. El fotógrafo estaba en la gloria: gracias a la intermediación de su ayudante, había conseguido ser el único con autorización oficial para inmortalizar la escena. Y, aun sintiéndose agradecido, estaba convencido de que aquello se lo debía por igual a los contactos de su joven empleado y a su fama de retratista.

Irving vio a lo lejos a Nouguier y fue a su encuentro.

—El señor Belay ha tomado un buen número de clichés pero quisiéramos tomar alguno más en altura. ¿Cree que podríamos meternos en la cabeza?

El ingeniero se ofreció a llevarlos, para gran alegría de Javier. También él estaba deseando subir a lo más alto. Sobre todo, de contárselo a Victoria a su vuelta, y ya se deleitaba por anticipado con los destellos que brillarían en los ojos de ella cuando le relatase todo lo que había hecho en París desde que habían llegado a finales de julio. Esta ciudad era el acelerador de su existencia, y Javier había vivido en tres meses tantas experiencias como las que hubiese podido vivir en la Alhambra en cien años. Se había dado cuenta de que ya no podría vivir en otro sitio que en una capital y estaba decidido a convencer a Victoria para que se fuese con él.

Rodearon el edificio aledaño y llegaron a la cabeza por la parte de atrás. La estatua había pasado meses expuesta en el Campo de Marte, donde se había podido visitar por dentro previo pago de la correspondiente entrada, por una puerta de acceso que le habían instalado por debajo del hombro izquierdo. Subieron la escalera de caracol y llegaron al nivel de la plataforma de la diadema justo cuando el embajador Morton iniciaba su alocución en inglés. Belay trató de asegurar el trípode en el espacio limitado, para poder enmarcar la ceremonia.

—Es imposible, me ponga donde me ponga siempre hay un barrote que me lo fastidia. ¡Están demasiado juntos! —concluyó, apoyando la espalda en la pared interna y resoplando.

Fuera, el trasiego había hecho desviar hacia allí la mirada a varios invitados. Imperturbable, el embajador continuaba relatando las tribulaciones de la colecta de fondos.

—Cabe otra posibilidad —sugirió Nouguier—. Se puede acceder al tejado de uno de los hangares, que solo está en ligera pendiente. Allí estará bien.

—Pues, hale, recogemos todo y nos vamos pitando —ordenó Belay a Irving.

—Vayan, yo me quedo aquí —dijo Javier—. Voy a sondear los pensamientos de doña Libertad.

Cruzaron el patio en el instante en que el embajador cedía el sitio a Bartholdi. Estaba a punto de hacerse la solemne puesta del primer remache. Nouguier, que iba delante de ellos, les señaló el edificio del fondo y les indicó por gestos que se subieran encima de unas cajas llenas de chapas de cobre para acceder al tejado, y luego se dirigió al policía de guardia para impedir que detuviera aquella chaladura estrambótica. La explicación del ingeniero apaciguó al inspector, quien a su vez hizo una seña a los otros para que permanecieran en sus puestos. Bartholdi había tomado la palabra.

—Paz, libertad, justicia, amistad entre las naciones, tal es la obra que debemos entre todos intentar cumplir codo con codo. Tal es el porvenir que simbolizará esta estatua para nuestras dos democracias, una ya centenaria, la de Estados Unidos, y pronto también la nuestra.

Irving había encajado dos de las patas del trípode en el canalón y ajustado el marco, mientras Belay introducía la placa en la cámara oscura. El fotógrafo dejó su mano en el obturador para esperar el instante oportuno. En el estrado, Bartholdi había alargado un martillo al embajador, quien lo mostró ostensiblemente a la concurrencia. Irving, jadeando aún, lanzó una mirada interrogante a Belay.

—Tenemos tiempo, muchacho —murmuró este, con la mirada fija en la ceremonia.

Morton se puso de rodillas para golpear unas cuantas veces el remache en el pie de bronce. Después, se levantó en medio de los aplausos del público y recibió el abrazo de Laboulaye, mientras Eiffel y Bartholdi se felicitaban mutuamente y uno de los tenores de la Ópera de París subía al estrado. Cuando empezó a cantar el himno nacional americano, todo el mundo se quedó inmóvil. Belay quitó la tapa del obturador y contó hasta dos antes de volver a ponerla.

—¡Listo! Ah, cómo me gustan las demostraciones patrióticas: ¡ideales para la calidad de las fotos! Una lección que debes recordar, mi querido ayudante.

Una vez abajo, se reunieron con el equipo de Eiffel. El empresario les propuso participar en la colación que estaba a punto de ofrecerse.

—Lo siento, pero tenemos trabajo —se lamentó Belay.

—Es colodión húmedo —precisó Irving—. Tenemos que revelarlas sin pérdida de tiempo.

—Entonces vénganse después, así podremos ver sus positivados.

Prefirieron el ómnibus al tranvía, hicieron dos transbordos y se apearon finalmente a pocos metros del taller. Irving sacó los seis clichés tomados durante la ceremonia y Belay decidió quedarse solo con cuatro.

—Vamos a coger un coche de punto —dijo el fotógrafo—. Los transportes públicos me dan náuseas y empiezo a tener hambre.

En el trayecto Belay dio una cabezadita, pero Irving fue todo el camino con la nariz pegada a la ventanilla, admirando los monumentos y los edificios que desfilaban ante sus ojos. Todos se le ofrecían, obsequiosos, listos para que los fotografiase. París estaba tachonado de esas joyas.

Al llegar a la calle de Chazelles, las autoridades se habían marchado ya. Solo quedaban los equipos de Eiffel y de Bartholdi, achispados, alegres y jaraneros. El escultor acababa de anunciar que la fiesta había terminado y los empleados comenzaban a dispersarse.

—Pero queda comida para ustedes —añadió dirigiéndose a ellos dos y señalando el bufet en el que subsistían unas cuantas tajadas de paté y de carne asada, al lado de una hogaza de pan empezada—. Bueno, ¿y esas fotos?

Mientras Belay le presentaba su trabajo, Irving se fue a buscar a Javier. Entró en el taller, desierto ese día. Había partes enteras de la estatua en proceso de fabricación, algunas en forma de plantillas de madera, otras recubiertas de yeso para obtener los vaciados, sin contar los elementos definitivos realizados en cobre. Irving se preguntaba cómo las piezas desperdigadas en semejante batiburrillo podrían encontrar sin dificultad su destino final para formar una obra de arte, como en los álbumes de rompecabezas chinos que a su padre le gustaba compartir con ellos.

Se quedó un rato, pensativo, delante de la mano izquierda que sostenía una tablilla aún sin pulir, con el antebrazo saliendo por una tela hecha de yeso, de un realismo impresionante. Los pliegues de la toga daban la impresión de que la titánica extremidad, que reposaba directamente en el suelo, fuese a ponerse en movimiento. «Este es el siglo de los gigantes», pensó justo antes de notar que algo lo levantaba del piso. Javier se le había acercado sigilosamente, lo había agarrado por la cintura y lo había aupado para lanzarlo a continuación lo más lejos que pudo. Era uno de los juegos favoritos de los dos chicos, de cuando se aburrían, de niños, a la sombra del campanil de la Torre de la Vela.

—Javier, que ya no somos unos niños —protestó Irving levantándose del suelo.

—¿Tú crees? —replicó su amigo, contento del efecto causado—. A mí me ha parecido que he agarrado por la cintura a un niño pequeño. ¡Un chiquillo!

—¿Dónde estabas? Te he estado buscando desde que llegué.

—Con el señor Eiffel, estuvimos hablando un rato. ¿Subimos? —le propuso, señalándole el brazo.

—No podemos.

—Por aquí ya no queda nadie.

—Pero podríamos estropearlo.

—Si se montan ahí diez tipos todo el santo día. Búscate otra excusa, yo voy a subir —dijo Javier agarrándose ya a los primeros pliegues de la toga.

Se sentó a horcajadas en la muñeca.

—¡Venga!

Irving miró a su alrededor. El último grupo se encontraba en el patio y Belay estaba entretenido zampándose los restos del bufet.

—¡Ven y te cuento un secreto!

El argumento lo convenció e Irving subió con su amigo.

—Bueno, qué, no te quejarás, ¡estamos cabalgando la Libertad! —fanfarroneó Javier espoleándola con el talón.

—¿Dónde está el otro brazo, el de la antorcha?

—Qué ojo tienes, viejo amigo. —Aquella expresión, que Javier ya decía sin pensar, como un tic, molestaba profundamente a Irving—. Todavía lo tienen en un parque de Nueva York. Tienen que repatriarlo dentro de poco. ¿Sabías que tu padre estaba trabajando en un nuevo proyecto de globo?

—¿Quién te ha dicho eso?

—El señor Eiffel. Un intento de récord. Y también me ha contado que le sugirió que se trasladase toda la familia a París, pero que tu padre dijo que no.

—No, no sabía nada —repuso Irving apretando los dientes.

Se enojó con su padre por haberse enterado por boca de otra persona. Aun cuando el joven ya había decidido que se quedaba en París, no le parecía bien hallarse al margen de las novedades cotidianas de su familia. También se enfadó con él por haber rechazado la propuesta de trasladarse a París.

Javier se había puesto de pie y daba pequeños pasos agarrándose al pulgar de la estatua.

—Eiffel no se ha rendido del todo y cree que aún puede convencerlo —añadió—. Pero para mí que es más bien tu madre a la que hay que convencer. Oye, ¿qué haces? —preguntó al ver que Irving había bajado al suelo de un salto.

—¿Ese era el secreto que querías contarme? ¿Ya está?

Javier saltó a su vez.

—Pues en realidad no. Cuando me quedé a solas en la cabeza de la Libertad, aproveché para grabar el nombre de Victoria en el interior de la diadema. Es romántico, ¿no?

—A mí me parece una idiotez —replicó Irving, con malas pulgas.

—Pero ¿qué te pasa? —se sorprendió Javier—. ¡A mí me parece una bonita prueba de amor! Si hasta me he cargado la punta —dijo mostrándole la navaja—. ¡Mi novia tendrá su nombre inscrito en Nueva York para toda la eternidad!

—En cuanto le hagan la primera inspección te pillarán. El señor Eiffel conoce a Victoria, y tu estupidez le va a hacer muy poca gracia cuando tenga que cambiar la pieza.

—No hay de qué preocuparse, viejo amigo: está en un lugar de difícil acceso.

—Hasta que la desmonten para mandarla allí.

—Caramba, no se me ocurrió… En todo caso, Victoria se alegrará mucho y eso es lo principal.

—Sobre todo se alegrará si vuelves por Navidad y pasas tiempo con ella.

Los interrumpió un estrépito de platos rotos. Al fotógrafo se le había escapado de las manos el plato lleno de comida y se le había hecho añicos a los pies. Belay miró atentamente hacia el patio y, una vez hubo comprobado que nadie había visto nada, empujó los desperdicios con la punta del zapato para meterlos debajo del mantel que arrastraba hasta el suelo. Se sirvió una copa de vino y se alejó silbando.

—Creo que vamos a volver al taller enseguida —comentó Irving.

—El viernes hago una fiesta con los otros estudiantes de la École Centrale, en la Laiterie du Paradoxe. ¿Irás?

—Dependerá de mi trabajo.

—Estarán las chicas de la École Normale…

—Dependerá de las ganas que tenga.

—… y una mesa de juegos en la sala del fondo.

—Dependerá de mi economía.

—Hay que ver cuántas condiciones, viejo amigo.

—Y falta la última: ¡deja de llamarme así!

61

Granada,
martes, 25 de octubre de 1881

La orden era clara: había que dar tiempo a que Cabeza de Rata y Chupi cometieran su fechoría. Los arrestarían cuando fueran a salir de la plaza. Pero Clément no las tenía todas consigo. La aurora había sustituido al alba y Plaza Nueva aparecía bañada en una luz macilenta. Había algo que no encajaba. No terminaba de entender la aparente desenvoltura de los dos sujetos. Era ya tarde para cometer una fechoría. Quince minutos después de haberse metido en el quiosco, salieron y atravesaron la explanada sin la menor prisa. Luego, no opusieron resistencia alguna cuando los guardias los detuvieron y los llevaron ante el juez, que estaba acompañado del capitán general y de Clément.

—¿Pueden explicarnos qué hacen ustedes aquí? —preguntó Ferrán después de pedirles que desvelaran su identidad.

—Dirigirnos a nuestro trabajo, señor juez —explicó Cabeza de Rata con una calma que impresionó a Delhorme—. Nos hemos parado a ver la máquina, como todo el mundo.

No le temblaba la voz, ni las manos, y no pestañeaba. Su mirada, fría y segura, iba del juez a Clément y viceversa.

—Sigue cerrada con llave —afirmó uno de los guardias en respuesta a la pregunta del magistrado.

—Entonces, vayamos a hacer las debidas comprobaciones. ¿Señor Delhorme?

Clément desbloqueó el cerrojo, entreabrió la puerta, se ayudó del candelabro para iluminar el interior y volvió a cerrarla rápidamente.

—Todo está bien, a cinco grados —resumió—. No se ha forzado nada.

El candado emitió un chasquido seco. El antiguo capitán aguardaba de brazos cruzados la decisión del juez.

—Todo conduce a creer que su presencia aquí no es casual —comenzó Ferrán.

—Lo mismo que la de ustedes —replicó Cabeza de Rata—. Este comité de bienvenida parece una trampa tendida por alguien que ha jurado acabar conmigo.

—¡Será cabrón! —exclamó furioso Clément, que se adelantó con un puño levantado y al instante frenó el gesto y lo señaló con el dedo índice—. ¡Le prohíbo que se acerque a mi familia!

—No sé de qué me habla. ¿Podemos irnos ya?

—Se les prohíbe abandonar la ciudad —dijo el juez poniéndolos en libertad con un ademán enojado.

—Pierda cuidado, no querríamos perdernos la apertura oficial de este mediodía —replicó, ocurrente, Cabeza de Rata, dicho lo cual les dio la espalda.

Un vendedor ambulante se había instalado delante de ellos, al otro lado de la hilera de árboles, y se aplicaba en montar su puesto. Otro llegó tirando de su cargamento. El mercado alcanzaría su punto álgido al cabo de una hora. Cabeza de Rata no era ya más que un punto que se alejaba por la calle de los Reyes Católicos. El hombre se había olido las intenciones de Clément y lo había engañado. Y a este le dio rabia haberlo subestimado.

De regreso en la Alhambra, se acostó al lado de Alicia y se quedó dormido al instante, sumiéndose en un sueño salpicado de impresiones desagradables. Lo despertó un ruido seco, pero en realidad lo había soñado. Estaba solo en la cama. La ventana estaba abierta, y Alicia, en el patio, conversaba con Mateo. Antes de bajar con ellos, Clément se tomó su tiempo para lavarse y comerse un pedazo de pan untado con tomate y una loncha de jamón serrano, lo que lo ayudó a ordenar las ideas. Juntos bajaron hasta Plaza Nueva. Una vez que hubieron cruzado la Puerta de las Granadas, Clément se forzó a romper el silencio desasosegado que los había acompañado todo el camino, como para conjurar el mal fario.

—Con las manos en la masa no lo pillamos, eso desde luego. Pero a mediodía se cuidará muy mucho de no volver a importunarnos.

—¡Pero si ni él ni Chupi son hombres de palabra! —se revolvió Mateo.

—Yo preferiría saberlos lejos, más que arrepentidos —confesó Alicia.

—¿Qué es ese runrún? —dijo Mateo ralentizando el paso al final de la calle de los Gomeles.

El ruido fue a más y, como una tripa inflada, estalló justo cuando entraban en la plaza, en la que no cabía ni un alfiler. Cerca de un millar de curiosos se habían sumado a los varios centenares de granadinos que acudían a hacer sus compras al mercado al aire libre y todos charlaban animadamente mientras esperaban el momento en que se abriría la heladera. Los periódicos llevaban en primera plana el experimento de Clément, describiéndolo como una novedad mundial de la cual la ciudad podría sentirse orgullosa, lo que había hecho las delicias del orgulloso pueblo andaluz.

Su aparición estuvo seguida por un incremento de la algarabía. La multitud fue abriendo un pasillo para ellos hasta el quiosco, donde el capitán general había ordenado que se despejara un espacio. Clément no pudo evitar buscar a Cabeza de Rata entre el público y lo localizó arrimado a uno de los árboles de la plaza.

El militar hizo una seña a Delhorme para que abriera el candado. Clément accionó la cerradura y se dio cuenta, nada más abrir la puerta, de que el arcón había vuelto a la temperatura ambiente hacía unas cuantas horas. El pescado había cambiado de aspecto, con los ojos vidriosos y las escamas brillantes. Desde las branquias escurría un hilillo de moco que indicaba el comienzo de la descomposición. El pedazo de mantequilla se había puesto de color amarillo oscuro y estaba como hundido sobre sí mismo, mientras que los dos cubitos de hielo habían desaparecido.

El capitán general mostró de manera ostensible a la muchedumbre los tres alimentos. Los que estaban en las primeras filas cuchichearon en dirección a sus vecinos de atrás, estos a su vez a los de más atrás y poco a poco la noticia se propagó como un escalofrío en la piel: el señor Delhorme había perdido la apuesta. Su máquina no funcionaba.

Clément cogió a Alicia de la mano. No entendía lo que había podido pasar. A las seis de la mañana todo estaba frío aún. Las bujías habían funcionado la noche entera. Nada podía impedir el éxito del experimento, salvo un acto de mala voluntad. Pero no era capaz de explicarlo, y menos aún de demostrarlo. La decepción de la multitud era manifiesta.

Mateo percibió el murmullo que, cada vez más alto, aumentaba sin cesar y oyó que decían el nombre de Clément, el suyo, y ya no quiso oír nada más. Se abalanzó contra el gentío con los puños apretados y los ojos clavados en el suelo para rehuir las miradas que convergían en él, como los rayos abrasadores del sol en verano, y abandonó la plaza en el momento en que Cabeza de Rata tomaba la palabra.

Mateo subió al Generalife, partió unas encendajas y echó las astillas en la caldera de su máquina de fabricar cubitos de hielo. Esperó a que el gas producido generase frío suficiente, rellenó con agua un cubo en una de las fuentes del Darro y la vertió en el arcón de zinc del sistema. Se concentraba al máximo en cada gesto, en el agua que lentamente iba blanqueándose, no quería pensar en nada más, no había ocurrido nada en Plaza Nueva, solo había sido una pesadilla que empezaba a disiparse.

—¿Mateo? —Clément había vuelto—. Les he dado la composición del líquido —anunció el francés.

—Pensaba que era decisión mía si nos callábamos el secreto, ¿ya no se acuerda?

—No me ha quedado más remedio, Mateo. Di mi palabra.

—Sé de sobra que sin usted yo no habría podido tener todo esto —dijo el antiguo nevero indicando el sistema de producción—, ni todo lo demás. Pero igualmente era decisión mía.

—Lo siento mucho. De verdad. Mis cálculos estaban equivocados. Creía que lo tentaría si le ponía de cebo algo con lo que llevaba meses soñando. Que lo sorprendería con las manos en la masa. Estaba seguro de que caería en la trampa, cegado por su odio. Pero he sido yo el que ha caído en la suya.

Clément se calló esperando una palabra de Mateo. Pero este se mantuvo fiel a su carácter.

—El riesgo es una ecuación con una sola incógnita: la persona que se arriesga. También yo estaba cegado, y lo subestimé.

Mateo sacó el primer cubo helado y echó más agua, mientras Clément volvía a meter astillas en la caldera.

—¿Y ahora qué va a pasar?

El más joven de los dos hermanos Álvarez ya no estaba enojado con su amigo francés, pero temía las consecuencias de su bravata.

—Tú tienes una experiencia que los demás no tienen. No solo hay que conocer la receta, hay que tener también la maña.

—¿Y la máquina de frío?

—Haremos una nueva prueba en público dentro de dos o tres años. Caramba, temo que su difusión, de aquí a entonces, sea confidencial. Pero averiguaré lo que hizo para sabotear nuestro experimento. Restableceré la verdad. Y trabajaré con otras máquinas, no te preocupes.

Mateo hizo una mueca para dar a entender que no estaba preocupado. Produjeron un segundo bloque de hielo, que el granadino puso en una carretilla.

—Por cierto, ¿cuál era la composición?

Clément sonrió: en tres años Mateo nunca le había preguntado cuáles eran las moléculas que había aprisionado en los tubos de vidrio y que, incansablemente, cambiaban de estado, líquido, gaseoso, líquido, en un ciclo infinito. No era ninguna muestra de indiferencia respecto a un asunto científico, sino más bien de pudor y comedimiento.

—Una mezcla de cinco partes de sulfato de sodio y ocho partes de ácido clorhídrico. La mejor mezcla para obtener un refrigerante, un descenso de temperatura de veintiocho grados. Este es el secreto de la duración de la conservación de nuestros cubitos. Pero Cabeza de Rata se ha llevado un chasco: en la mezcla no había ácido sulfúrico, que para él habría sido una confesión de mi pertenencia al movimiento anarquista. Y además, Mateo, le he revelado los ingredientes pero no sus proporciones. A Chupi le llevará su tiempo dar con ellas, puedes creerme.

XXI

62

París,
viernes, 4 de noviembre de 1881

Aunque a principios de siglo la Laiterie du Paradoxe había dejado de ser una mantequería, había conservado el nombre. Situado en la planta baja de un vetusto hotel particular, en la calle Saint-André-des-Arts, el café había vivido su apogeo local en la década de 1850, atrayendo a gran cantidad de artistas en ciernes o de moda, antes de volverse de nuevo hacia una clientela más anónima, que no daba tanto caché al sitio pero sí era más solvente.

Rosa hizo un alto en la calle Gît-le-Coeur y dejó su cargamento de café y de vinos pensando que acabaría haciendo honor al nombre de la calle, pues terminaría echando el corazón por la boca a fuerza de aceptar ir ella a hacer las compras en lugar del mozo, en quien el patrón tenía una confianza limitada. Rosa trabajaba en el establecimiento desde hacía más de veinte años y era la única que quedaba de los que habían conocido al grupo de literatos que había animado las veladas del café, lo que la convertía en memoria viva del lugar, mientras que el establecimiento había cambiado de gerente dos veces. Se sopló la mano enrojecida, en la que finalmente se le había abierto una ampolla dejándole la palma en carne viva, y trató de volver a colocar la piel muerta en su sitio antes de asir de nuevo los dos sacos y reanudar la marcha, con la mente centrada en los recuerdos. Ella había tenido también su dosis de fama. Alphonse

Delvau, el cronista, había alabado su belleza en su *Histoire anecdotique des cafés et cabarets de Paris*: «Iluminaba las mañanas más que los incendios que no podía apagar por las noches»… Cosa que la había enfurecido, pero que, con el paso de los años y el declive de sus éxitos, había acabado por considerar más un halago que una afrenta. Con cuarenta y dos años, conservaba el encanto de su mirada amatista, algo que al tiempo implacable no le resultaba tan fácil de borrar como sí la fineza de sus rasgos y la tersura de su cutis.

Rosa divisó la Laiterie du Paradoxe e hizo una segunda pausa para no entrar jadeando delante de los clientes —el paso de los años no había hecho desaparecer del todo ni su coquetería ni sus esperanzas de encontrar a un hombre que la liberara de su condición—. Dejó las sacas detrás del mostrador y se puso el mandil. La sala, con las paredes de color azul desvaído, tenía un aspecto pobre en comparación con los otros cafetines de la capital y solo contaba con cuatro mesas. Los clientes habituales se encontraban allí para tomarse un café o una cerveza, mientras echaban una partida de ajedrez o de dominó en un ambiente de calma engañosa.

—Cuando termines aquí, ven a ayudarme —dijo el patrón, que se había asomado a por una botella de absenta—. Quieren cerveza, pero me da que la cosa va a virar a bebida de hombres.

La segunda sala, más grande, daba al patio trasero. Se accedía por un gran vano. El año anterior había sido investida por los estudiantes de la École Centrale en su búsqueda de un lugar de encuentro unificador para su asociación. Los de Medicina se reunían en la cervecería Schaller, los de Derecho en el café Soufflot, los cadetes de Saint-Cyr habían asentado sus reales en el Hollandais, los estudiantes de familias pudientes le habían echado el guante al Café de l'Europe. El patrón de la Laiterie du Paradoxe esperaba fidelizar a los alumnos de la École Centrale y a los futuros ingenieros en que se convertirían en cuestión de tres años, tanto más cuando su presencia arrastraba consigo una clientela femenina inesperada.

Rosa tostó los granos de café en la estufa y preparó unas tazas para los jugadores de ajedrez, y luego entró en la sala de los «centralinos» con una bandeja de vasos de cerveza en la mano. Prorrumpieron aclamaciones de todos los grupos, que en mesas o de pie aguardaban la tercera ronda de la bebida (las primeras habían animado los espíritus sin llegar a caldearlos aún en este inicio de la tarde en el que hacía una temperatura inusitadamente suave).

—¡Aquí, Rosa!

El que la llamaba era su favorito. Tenía aspecto de ser algo mayor que los demás, tanto por su estatura como por su complexión atlética. Su tipo también contrastaba con el de sus compañeros: piel mate, ojos y cabellos de un negro profundo y tendencia marcada a pronunciar las erres francesas como fricativas; todo el encanto de la juventud y de lo exótico combinados. Ahuyentó semejante pensamiento, sonrió al guapo muchacho y dejó dos picheles en su mesa antes de irse a servir a los estudiantes que la reclamaban a voz en cuello.

—Bueno, ¿qué dices? —preguntó Javier a Irving después de darle un primer trago al suyo y esperar a que su amigo hiciese lo propio.

—Que es amarga, muy amarga —dijo con una mueca—. Tendré que acostumbrarme.

—No, me refiero a todo esto, al sitio, a los demás: ¿qué dices?

Un alumno del último curso de Ingeniería estaba muy atareado pintando en una de las paredes un fresco de un tren cuyos vagones acababan de descarrilar, enviando por los aires a unos viajeros que eran la caricatura de sus profesores. Rosa, por su parte, acababa de propinarle un revés con el trapo a un joven que le había dado un pellizco en la nalga, haciendo salir disparado su sombrero hasta la mesa vecina, en la que se lo pasaron de mano en mano mientras él trataba de atraparlo, lo que desató un jolgorio general.

—Pues lo que diría es que no tiene nada que ver con nuestras tertulias y que parece que la panda se divierte —comentó Irving, sobrio—. Y sobre todo parece que la panda se emborracha de lo lindo, ¿no?

—Sí, pero es una borrachera alegre, ligera, colectiva —dijo Javier, enardecido—. Todo el mundo vive la misma locura a la vez. No había visto nada parecido antes.

—¿Ni siquiera por las fiestas del Corpus?

—Bueno, sí, en el Corpus sí, pero eso es una vez al año. En París es permanente, no tienes más que abrir la puerta de un café y siempre habrá alguien con quien te pondrás a arreglar el mundo hasta quedar ahíto.

—No hace más de tres meses que llegamos y ya te pareces a los peces dorados de la alberca del Patio de los Arrayanes —comentó Irving después de darle un segundo tiento a la cerveza, que acabó empujando lejos de sí y concluyendo que, definitivamente, aquel brebaje no estaba hecho para él.

—Es que aquí todo se vive de forma acelerada. Puedes encontrarte con gente increíble. ¿Te das cuenta de que un poeta inmenso como Charles Baudelaire antes venía mucho por este establecimiento? ¡Nyssia se va a morir de envidia cuando se entere de que frecuento los mismos lugares que él y que a lo mejor un día me lo encuentro!

—Deja tranquila a Nyssia. Yo, en tu lugar, no le escribiría para decirle algo así.

—¿Por qué no? Siempre me ha tomado por un cazurro.

—Pues con eso no creo que mejorase su opinión sobre ti: Baudelaire murió hace años.

—¿Ah, sí? Bueno, eso no quita que fuera cliente habitual, como tantos otros, y que sus espíritus ronden aún por estos lugares —insistió Javier para dárselas de algo—. Otro ejemplo: Nadar el fotógrafo. También venía a menudo por aquí, me lo ha dicho el patrón. —Irving consideró un instante el cafetín como si se tratara de un santuario de glorias pasadas—. ¿Qué? ¿También la ha palmado? —dijo Javier al ver su gesto de duda.

—No, Belay me ha contado que sigue teniendo un taller en París. Pero en la Alhambra yo conocí a Le Gray, que como fotógrafo es mucho mejor que Nadar.

—Irving, viejo amigo, eres demasiado sentimental —concluyó el de la École Centrale, retirándose del combate.

—Tu promesa...

—Es verdad, nada de «viejo amigo», ¡compañero! —replicó Javier dándole una palmada en el hombro—. ¿Quieres que te pida otra cosa? ¿Un mercurey? ¿Un licor Raspail? ¿Una abs? No querrás un agua de Seltz, ¿verdad?

—¿Una «abs»? ¿Y eso qué es? ¿Y cómo vamos a pagar todo esto?

—No te preocupes: esta noche elegimos a los miembros de nuestra junta y las consumiciones ya están abonadas. ¡Eh, ahí vienen dos modistillas! ¡Cucú! —voceó Javier para llamar la atención de las dos jóvenes que acababan de entrar—. ¡Venid!

Soltó una carcajada ante la mirada perdida de su amigo.

—Yo creo que aquí todo va demasiado rápido para mí —confirmó Irving.

Las dos empleadas no se dignaron responder, aun habiendo visto la maniobra de Javier, y fingían buscar una mesa. Una de ellas lanzó a hurtadillas varias miradas en dirección a Irving. Era la mujer más guapa con la que se cruzaba desde su llegada a París, si bien su experiencia en la materia se reducía a la hija mayor de Gustave Eiffel y a las clientas del taller fotográfico de la calle del Faubourg-Saint-Jacques. Claire era más joven que él por unos meses, pero su papel de señora de la casa le confería una autoridad sobre Irving y Javier que hacía que los muchachos no pudieran evitar una actitud de agradecimiento hacia ella, cosa que incomodaba a Irving. En cuanto a las clientas, eran mujeres que no prestaban la menor atención al ayudante del fotógrafo durante las sesiones fotográficas y que dejaban al personal del servicio la tarea de recibir los clichés que Irving se ocupaba de repartir y entregar. Solo una vez la mujer de un industrial americano, representante en París de la compañía US Electric Lighting, se había dirigido a él para preguntarle por curiosidad por el origen de su nombre.

La joven modistilla se desinteresó de él y se fue detrás de Rosa, que las instaló en una de las mesas opuestas a la de ellos. Javier, por su parte, parecía haberlas olvidado igual de rápidamente que las había visto entrar.

—¿Qué es una modistilla? —le preguntó Irving, mientras Javier, que se había terminado su cerveza, se disponía a beberse la de su amigo.

—¡Ah, muy buena pregunta! —clamó una voz a su espalda.

—Irving, te presento a Alphonse Lavallée, el alumno más veterano de nuestra escuela, tanto por su edad como por su longevidad en nuestras aulas —dijo Javier sin mirar siquiera al recién llegado—. La memoria viva de la École Centrale.

—Qué queréis, no tengo la menor prisa por volver a la fundición de la familia, a la provincia y a su aburrimiento mortífero —confesó el muchacho, aplastándole las articulaciones a modo de saludo—. No tengo madera para enterrarme en vida a los veintiocho años. ¿Verdad que no, Torquado? —terminó, dándole una palmada a Javier en la espalda.

—Todos tenemos un mote en la escuela —explicó este a Irving, que lo había mirado pestañeando.

—Eso —confirmó Alphonse—. Yo soy La Fontaine. Por la fábula de la tortuga —añadió, produciendo la risa maquinal que emitía siempre que ofrecía aquella explicación—. Y para responder a tu pregunta, una modistilla es una joven que suponemos es de condición obrera y no tiene nada más que su carita y su... —dijo dibujando en el aire un trasero—... que ofrecer. Lo cual es poco y mucho a la vez. Fíjate que, técnicamente, no es ni una casquivana ni una mujer de vida alegre, por tanto no tiene una ambición desmesurada, tan solo la de cazar a un buen partido para no tener que ir más a la fábrica o al taller de costura. Cosa que a mí me parece completamente honesta, y para nosotros los estudiantes representa una oportunidad de divertirnos por poca guita, a condición de no preñar a la bella; si no, ¡habremos caído en la trampa!

Javier, que de pronto pareció acordarse de la existencia de las dos jóvenes, las buscó con la mirada y se levantó para invitarlas a su mesa. Alphonse aprovechó para preguntar a Irving:

—Usted que es también íbero, ¿es cierto que Torquado era el nombre de su padre y que era príncipe de los gitanos? ¡Javier nos cuenta cada anécdota que a veces cuesta creerlo!

Irving lo miró fijamente con unos ojos en los que se adivinaba ya una melancolía que no lo dejaría nunca. En París, a pesar de su francés intachable, lo consideraban español, del mismo modo que en Granada ellos eran los franceses de la Alhambra. El calificativo de Lavallée, aun siendo anodino, lo perturbaba, al igual que la reivindicación por parte de Javier de sus orígenes gitanos, de lo que hasta entonces se había avergonzado. Las raíces de Irving estaban en la Alhambra, no en una nación ni en un pueblo. Tenía la sensación de pertenecer a ella en cuerpo y alma. Su nacionalidad le traía al fresco, pero no parecía ser el caso en el resto de la gente.

—Bueno, ¿qué? —se impacientaba Alphonse—. ¿Ya le había contado el secretillo, o en realidad nuestro amigo Torquado tiene más imaginación de la cuenta?

—Si él se lo ha dicho, puede creerlo. Es verdad —respondió Irving con aire solemne—. Y todo lo demás también.

—¿Oh, sí? ¿Lo de los peces con escamas de oro y lo de la pesca de la golondrina?

—Todo es verdad —repitió Irving enseñándole el colgante que siempre llevaba al cuello y que se parecía a un medallón antiguo amarillento y deslustrado.

Jezequel había provisto a toda la familia Delhorme de escamas de oro, a lo largo de sus inmersiones en el estanque del Patio de los Arrayanes. Pero seguía abierto el debate entre quienes, como Victoria, creían que eran auténticas escamas de oro y quienes, como Nyssia, lo ponían en duda. Por lo que respectaba a Irving, nunca había conseguido formarse una opinión definitiva y había adoptado el parecer de su madre, que le decía con frecuencia que toda leyenda empezaba a existir en el momento en que al menos una persona creyera en ella.

Alphonse examinó el medallón con expresión circunspecta en un primer momento, para declarar luego, convencido:

—Entonces, creo que votaré por él esta tarde. ¡Torquado, presidente! —exclamó dirigiéndose a todos los allí reunidos.

De las otras mesas prorrumpieron nuevas exclamaciones. Algunos hicieron suya la fórmula, otros vociferaban el nombre de los otros dos candidatos a la presidencia de la junta de alumnos. Los partidarios de Torquado tomaron rápidamente la ventaja en la batalla acústica preelectoral. La agitación benefició a Javier, que, gracias a esa aura de popularidad, logró convencer a las dos jóvenes para que fuesen a instalarse a su mesa.

Hizo las presentaciones mientras ellas tomaban asiento y Lavallée se marchaba para esperar en la calle al padrino de la velada, un antiguo alumno de la escuela, cuya llegada, prevista para las ocho, era ya inminente.

Irving juzgó a la modistilla aún más bonita vista de cerca. Se llamaba Juliette y vendía flores en un quiosco al lado de la estación de Montparnasse, con su amiga Zélie. Había sido esta la que la había llevado a la Laiterie du Paradoxe después de que la invitase un alumno de segundo al que Javier acababa de levantárselas.

—No tengo costumbre de salir así —le confesó ella—, es decir, a esta clase de lugar y sin venir acompañada. O sea, quiero decir por un hermano o un novio. Yo no tengo novio… o sea, ya no. Pero sí tengo un hermano… Ay, perdóneme, debo de parecerle una tonta. A decir verdad, me siento incómoda… No conozco los códigos de su mundo.

—No se preocupe, no es mi mundo, aquí solo soy un invitado, como usted.

El tono de voz de Irving era tan tranquilizador como sus palabras y Juliette se sintió en confianza a pesar del ambiente de exaltación y de borrachera crecientes.

—¿Qué desean tomar los tortolitos? —preguntó Javier, ganándose una mirada asesina de su amigo—. ¿Qué? ¿No le has dicho que soy un gran bromista?

—No es eso lo que dice Victoria.

—¿Quién es Victoria? —preguntó Zélie.

—Su novia —respondió Irving en español sin darle tiempo a Javier a dar con la más mínima explicación—. ¿Quiere saber lo que significa «novia»?

—Después se lo cuentas —lo interrumpió Torquado—, ¡ya está aquí el padrino de nuestra fiesta!

63

La Alhambra, Granada,
viernes, 4 de noviembre de 1881

Victoria miró a hurtadillas la foto de Javier que había escondido en el hueco de la mano. Las manecillas del reloj habían decidido por fin avanzar y ya faltaba poco para que finalizaran las clases. Cerró el puño y siguió escribiendo bajo la mirada recelosa de la maestra. Amaba a su novio como nunca, pero la lista de reproches se había alargado considerablemente desde su partida. Javier todavía no había revelado su relación con ella a sus padres, lo que había impedido que Victoria fuese con él a París. Aguardaba impaciente su vuelta para las fiestas, pero temía a la vez que se encontrase con demasiado trabajo y que lo pospusiese. Todos los días acechaba la aparición del cartero que, invariablemente, se disculpaba por no tener nada que entregarle, antes de coger su carta diaria y de decirle que mañana seguro que sí, para darle ánimos.

Cuando tocó la campana, Victoria metió maquinalmente sus cosas en el bolso y tomó el camino de la Alhambra, subió a la Torre de la Vela desde la que vio llegar la berlina procedente de Guadix; bajaron unos viajeros desconocidos, ninguno con la silueta de Javier.

Solo le escribía Irving, unas cartas enviadas desde la estafeta del bulevar de Courcelles los lunes y los jueves con la regularidad concienzuda que lo caracterizaba, y él le daba noticias detalladas de su novio. Victoria tocó el sobre de cartulina rugosa que había recibido de su hermano esa misma mañana y que no había abierto, con el fin de reservar intacto el placer de su lectura para la tarde. Veía a Javier en todas partes, en los personajes de los frescos que Alicia restauraba, en todos los escondrijos de la Alhambra en los que se habían metido, en las nubes a las que les contaba sus temores y sus esperanzas y que ella esperaba que fuesen a decirle cuánto llenaba él su vida cotidiana. Pero esta omnipresencia, que ella bien sabía que no era compartida, la estaba dejando cada vez más exhausta. Levantó la vista al cielo, en el que el rostro de Javier le sonrió tenuemente, le respondió con un movimiento de la mano y decidió entrar.

Victoria se sorprendió al encontrarse a Nyssia en la habitación, cuando por lo general pasaba los días fuera. Se había sentado con las piernas cruzadas, la espalda apoyada en la pared, y estaba leyendo *La Casa Tellier*. La obra, encuadernada en piel, había sido editada en el mes de abril, y Victoria había oído a Alicia preguntarle a Clément cómo había podido hacerse con un ejemplar tan reciente y lujoso.

—No ha sido el muchacho de la librería Zamora —había respondido precisamente su padre—. Se los mandan de París.

Victoria no quería preguntarle a su hermana por el misterio que la rodeaba, un misterio cada vez más opaco, y esperaba, sin hacerse demasiadas ilusiones, a que Nyssia se lo contase.

—He recibido carta de Irving —anunció agitando el sobre.

Su hermana apenas levantó los ojos.

—Ya la veré, si se tercia—dijo, y volvió a su lectura—. ¡Sobre todo, no la leas en alto!

Victoria se tomó su tiempo para acomodarse en su cama, echarse una sábana por encima de las piernas y entreabrir la cortina para dar mayor luminosidad a la estancia, que empezaba a sumirse en penumbra. Oyó el suspiro de su hermana melliza, que con un sonido seco pasó la página de su libro, y ella se concentró en la letra fina y prieta de su hermano.

Nyssia se había sumergido de nuevo en el ambiente de los cuentos de Maupassant. Yusúpov le enviaba toda suerte de novelas, desde autores franceses a traducciones de autores rusos, desde ediciones recientes hasta más antiguas, que ella comentaba después de haberlas leído. El príncipe estaba fascinado con la pertinencia de los análisis de la joven, a quien describía a su entorno como una poeta y musa española, aumentando así el aura de la misteriosa Verónica Franco. A Nyssia aquel juego la divertía mucho y hacía tiempo que le había tomado la medida a su mentor.

Había sacado *La Casa Tellier* de su baúl y había escondido el volumen en su habitación para releerlo de vez en cuando. Le gustaba especialmente el último de los cuentos, «La mujer de Paul», que en cuarenta páginas describía los mecanismos de la pasión amorosa y de los celos posesivos de los hombres. Madeleine, la mujer de Paul, en realidad su amante, dominaba al pobre muchacho con una facilidad desconcertante y, pese a la aversión de Paul hacia las lesbianas, le imponía sus infidelidades con otras mujeres, como habría podido imponerle todo lo que él detestaba. A pesar de leerlo una y otra vez, Nyssia no lograba experimentar compasión hacia el muchacho, que al final se arrojaba desesperado a las aguas del Sena y moría ahogado. A Madeleine la veía como una mujer moderna, y a Maupassant, como un autor que había entregado a las mujeres los defectos de los hombres.

La respiración irregular de Victoria la sacó de su burbuja. Al levantar la vista vio que unas lágrimas rodaban por la cara de su hermana. Victoria sorbió por la nariz y se secó las mejillas con la manga. La carta, que se había arrugado entre sus dedos crispados, descansaba sobre sus rodillas.

—¿Qué pasa? ¿Qué ha ocurrido?

—Nada —respondió ella antes de romper en sollozos.

Se tapó la cara con las manos para tratar de contener la riada de emociones. Nyssia, que se había acercado, quiso rodearla con los brazos, pero Victoria la rechazó y se marchó precipitadamente del cuarto.

—Puesto que va todo bien… —murmuró Nyssia sin intención de ir tras ella.

Recogió la carta que se había caído al suelo y volvió a acomodarse en su cama, en su postura favorita, para leerla. No tardó en reaccionar.

—¡No! ¡Pero cómo ha podido! ¡No! —exclamó enfurecida, y salió corriendo a su vez.

También Nyssia quería una explicación sobre lo que Irving les comunicaba.

El termómetro de mercurio, metido en la caja de zinc de la máquina, indicaba quince grados.

—Esto no va —constató Mateo.

—Entonces perfecto —sentenció Clément, sentado delante de un tubo acabado en una sección con orificios, como la boca de una regadera, insertado en un cilindro grande de vidrio—. ¡Lo hemos conseguido!

—¿Qué hemos conseguido? ¡Fabricar una máquina sin frío, sí!

El francés se levantó y se lavó las manos en una tina de agua fresca.

—Hemos conseguido demostrar que Cabeza de Rata saboteó nuestra instalación —lo corrigió, secándose con un trapo lleno de manchas de alquitrán de hulla—. Observa.

Clément le mostró la boca por la que entraba el tubo rematado en forma de ducha. La juntura presentaba varios agujeros.

—Vertieron el contenido de una jeringa en la reserva de butano líquido. Eso modificó las propiedades del gas, que no se evaporó. Por eso dejó de generarse frío. He rehecho el experimento con butano nuevo y todo ha funcionado.

—¡Joder, maldito sea! —soltó Mateo, conteniéndose para no echar un escupitajo.

—Nunca sabremos a ciencia cierta cuál fue el producto que pusieron, pero les resultaría muy fácil repetir la operación con las máquinas que vendiéramos a nuestros futuros clientes. Voy a revisar los planos para que todo quede integrado dentro de un arcón más grande.

Mateo se frotó el vientre a la altura del estómago. Admiraba la manera en que Clément controlaba sus emociones y la actitud desapegada con la que afrontaba los acontecimientos. Él, por su parte, estaba rumiando ya su venganza contra Chupi y Cabeza de Rata, sin tener una idea clara de la forma que esta adoptaría.

—Estate tranquilo, Mateo —lo calmó Clément—. Disfruta del instante presente: Javier es un joven brillante, su futuro está garantizado y tú te has ganado el amor de Kalia. ¿Qué más querrías?

Aquella frase tuvo en él el mismo efecto que una revelación. Clément tenía razón: hacía cuatro años era un simple porteador de hielo de Sierra Nevada, solo y sin un real. A modo de respuesta, Mateo le dedicó una amplia sonrisa.

—¡Eso está mejor! ¡La vida es bella, amigo mío!

—¡Papá! —gritó Victoria desde el patio central del Generalife.

—¡Victoria! Ven, sube al mirador, te voy a enseñar cómo a nuestra máquina la…

—¡Me importa un pito, papá! —lo cortó ella, entrando—. Tengo una cosa importante que decirte. Quédate, también te concierne a ti —añadió dirigiéndose a Mateo, que se iba ya.

Clément nunca había visto una ira tan intensa en los ojos de su hija.

Pensándolo bien, nunca había visto ira en ella. Arrojó el trapo junto a la tina, se acercó a Victoria y con un gesto la invitó a hablar.

—Esto… —empezó a decir ella, y entonces se dio cuenta de que no había preparado lo que le iba a decir y que las ideas le daban vueltas en la cabeza—. Javier y yo nos queremos, desde hace más de un año. Vamos en serio, soy su novia, queremos casarnos cuando termine sus estudios en París. Es él quien debería habértelo dicho antes de irse, pero no se atrevió. Le daba miedo que lo rechazaras… ¿Qué? ¿Ya lo sabíais? —Se enfadó al ver que su padre le lanzaba una mirada cómplice a Mateo.

—Digamos que en el fondo no nos sorprende —respondió Clément—. Pero ¿por qué me lo dices con tanta rabia?

—Irving me ha escrito, papá. Javier no va a venir por Navidades, está demasiado ocupado con la *Libertad iluminando el mundo*. Ni siquiera ha tenido el valor de escribirme directamente. ¡Estoy muy enfadada con él!

—Y yo te apoyo —intervino Mateo—. Mi hijo es tonto de remate por preferir una estatua a su preciosa novia. ¡Tienes mi bendición y la de Kalia!

—Y la nuestra —remató Clément—. Por si acaso dudabais.

—¡Pero es que tengo la sensación de que se está olvidando de mí, estando tan lejos! —dijo Victoria arrojándose en brazos de su padre.

Sus arrebatos de dolor barrían el mirador, expuesto a los cuatro vientos de Andalucía. Clément ordenó los cabellos de su hija.

—Desengáñate. Los estudios en la École Centrale son muy duros y lo absorberán durante los próximos tres años. Solo habrá que esperar hasta la próxima y tener paciencia. Para él también es un sacrificio.

—Entonces ¿por qué has…?

—¡Papá! —Nyssia había lanzado su grito desde la entrada del Generalife e hizo su aparición a los pocos segundos—. ¡Papá! —gritó por segunda vez, agitando en el aire la carta de Irving.

—¿Y aquí viene mi otra hija, igual de enfurecida que la primera? Pero si mis instrumentos de registro no habían previsto tormentas —bromeó Clément.

—¡Para, papá! ¡Esto es serio!

La gravedad era una noción que Nyssia manejaba con prodigalidad y que afloraba regularmente a sus labios cada vez que se presentaba algún obstáculo en su camino.

—Nyssia, ya lo hemos hablado y me alegro de que te solidarices con tu hermana…

—No se trata de eso. ¿Por qué te has negado a trabajar en París con el señor Eiffel?

Mateo aprovechó el silencio que se generó a continuación para hacer mutis por el foro, mientras que Victoria, por su parte, se acercó a su hermana. Clément levantó momentáneamente las cejas: acababa de tomar consciencia de la amplitud del conflicto que se avecinaba.

—Nyssia, cálmate —replicó sin muchas esperanzas.

—¡Cómo quieres que me calme cuando te has negado a que la familia se reuniese al completo en París! ¡Por tu culpa, nos pudriremos aquí en vez de vivir allí!

—No es tan sencillo. En mi decisión entran en juego otros elementos más importantes.

—¡Qué! ¿Cuáles? ¿Qué sería más importante que la felicidad de tus hijos?

—No tengo por qué discutir esto contigo —respondió Clément haciendo esfuerzos para mantener un tono de voz neutro en todo momento.

—¿Por qué no? ¡Tú siempre has dicho que todos los miembros de una familia tenían que poder expresarse y que contaba la opinión de todos!

—Papá no sabía lo de Javier conmigo —atemperó Victoria—. Bueno, no oficialmente —se corrigió.

Clément se volvió hacia su máquina sin responder, cogió una llave y se agachó detrás del aparato para desmontar las tuberías. Las mellizas rodearon a su padre.

—Todavía puedes cambiar de idea —lo increpó Nyssia—. ¡Debes!

—¡Di que sí, papá! —la secundó Victoria—. ¡Podríamos ser tan felices todos allí!

Las recriminaciones se prolongaron aún varios minutos más, hasta que lo obligaron a salir de su refugio.

—Escuchad, hijas mías, yo no tengo por qué justificarme ante vosotras. Debéis aceptarlo como una limitación o una prueba, da igual. Pero no habrá concertación.

—¿Por qué lo has hecho? —gritó Nyssia—. ¿Por qué?

—Hija mía, tus motivaciones me parecen muy personales y no tengo ninguna gana de llevarte a París para ofrecerte como festín a un depredador, por muy de linaje real que sea. Mi deber es protegerte, incluso de ti misma.

477

Nyssia acusó el golpe y se preguntó qué podían saber sus padres. Victoria la rodeó con un brazo para consolarla.

—Te odio —murmuró como si le arrojara el guante a su padre.

—Clément no tiene nada que ver —intervino una voz a sus espaldas. Alicia había entrado en compañía de Kalia y Mateo. Se plantó en el centro del mirador y los miró a los ojos a los tres antes de añadir—: Fui yo quien decidió que no íbamos, no vuestro padre.

64

La Laiterie du Paradoxe, París,
viernes, 4 de noviembre de 1881

Gustave Eiffel se había instalado en la mesita de honor. Hizo una seña al distinguir a los dos muchachos, lo que sirvió para aumentar todavía más la popularidad de Javier ante los demás alumnos, y escuchó luego con actitud solemne el discurso de presentación del alumno más veterano. Lavallée lo obsequió con una loa muy detallada y citó de memoria las principales realizaciones del ingeniero, entre ellas los puentes de Cubzac, de Szeged y de Garabit, todavía en proceso de construcción.

Eiffel le dio las gracias de forma efusiva antes de tomar la palabra, visiblemente feliz de encontrar ribetes de recuerdos entre las caras de los allí reunidos.

—Queridos estudiantes y futuros colegas, es para mí un motivo de alegría hallarme en este lugar, después de haber estado en el de ustedes hace casi treinta años ya. Para mi discurso de apadrinamiento he pensado hablarles hoy de las grandes construcciones metálicas. No se enfaden conmigo, es mi especialidad y no me atrevo a hablar de nada que no conozca bien. Pero no se inquieten, no los tendré en vilo demasiado tiempo antes de la elección tan esperada —añadió lanzando una mirada cargada de intención hacia Javier—. Además, es un tema demasiado vasto para condensarlo en estos minutos que me dedican ustedes.

Irving dejó volar la imaginación por los espacios algodonosos de la ensoñación, mientras Eiffel se lanzaba a un estudio comparativo de las ventajas del hierro frente al hierro fundido y al acero. No se atrevía a mirar a Juliette, pero sí percibía su respiración ligeramente ansiosa. Sabía que la joven no estaba prestando atención a la exposición de Eiffel, al igual que él. Sentía la misma tensión y la misma atracción que ella. Y ese instante de palabras no dichas le pareció delicioso, los cuerpos inmóviles, paralelos el uno respecto del otro, el tiempo que discurría denso y pastoso como las gotas de miel al compás de la explicación de los puentes en arco y los puentes suspendidos. Eiffel dedicó un apartado a la estatua de la Libertad que hizo las delicias de Javier; Irving tampoco se enteró de nada.

—Uno de ustedes trabaja en mi equipo en la edificación de esta estatua, no duden en preguntarle acerca de esta experiencia única —dijo sin dar más detalles, aunque todo el mundo había identificado a Torquado.

—Qué te parece, ¿eh?, te hace un trono a la medida, el señor Eiffel —comentó Alphonse, que se había acercado a ellos—. Si con esto no sales elegido… Pero, fíjate, él había hecho una buena campaña en las cantonales y al final acabó tercero —dijo, retrocediendo unos pasos para evitar la reacción de Javier, que no se produjo.

Irving había arrimado la mano a la de Juliette con mucho cuidado de no tocarla. Le lanzó una mirada y ella hizo como si no se diese cuenta. Él quería dejar impregnado su perfil en el recuerdo como si de una placa fotográfica se tratase. Sobre todo, quería evitar mostrarse brusco con ella. No sabía cómo comportarse con una chica, modistilla o no, y se preguntaba qué sería lo conveniente en tal circunstancia. Nunca había hablado de eso con Javier, y menos aún con sus hermanas. Desprovisto de pistas, decidió aplazar toda tentativa de seducción, convenciéndose a sí mismo de que no había ninguna prisa.

Se inclinó hacia Juliette y le susurró:

—¿Sabe lo que es una «abs»?

La pregunta sorprendió a la joven, que le tuvo que pedir que se la repitiera. A su vez, ella se inclinó hacia él y le puso la mano en el hombro, un gesto que él consideró desprovisto de segundas intenciones, y respondió:

—Pues una «abs» es una absenta. Aquí usamos mucho la apócope.

—¿«La pópeque»?

—Está de moda suprimir las últimas sílabas de las palabras —le explicó, sin corregirlo—. Dentro de nada ya no quedará ni una entera. Me lo explicó un cliente —se apresuró a añadir—. Un señor muy amable que me compra rosas todos los meses para regalárselas a su señora.

Zélie, que los estaba escuchando, se metió en la conversación, encantada de distraerse durante el discurso.

—Su señora… Mira que eres ingenua, mi pequeña Juliette —dictaminó ella con el acento guasón y lánguido a la vez del barrio del Temple—. ¡Es su querida, a la que consuela de esa manera por no ser su señora! —concluyó sin la menor discreción, lo que le valió una mirada furibunda de Javier y un «chist» de Alphonse parecido a un escape de gas del alumbrado.

Por su parte, Eiffel había conquistado al resto del público, incluida Rosa, que había dejado de servir las bebidas y se había puesto a soñar con las ciudades lejanas que mencionaba el ingeniero al hablar de los puentes más bellos del mundo.

—El buen ingeniero, caballeros, es aquel que termina su obra dentro del plazo establecido, sin pasarse de presupuesto y que deja una obra perenne que podrán utilizar con total seguridad muchas generaciones. Una obra que combine el placer visual y la utilidad. Es lo que les deseo a todos para los años venideros.

La calidad del discurso, unida a las botellas de Clos de Vougeot aportadas por el ingeniero, desencadenó una ovación prolongada. Rosa reanudó su faena, mientras los asesores de Lavallée traían la urna de la votación con los brazos extendidos, como en una parodia de ceremonia. El objeto en sí era un florero de bronce de estilo vagamente antiguo, que había pertenecido al Hôtel de Juigné antes de que fuese arrendado a la École Centrale. Los alumnos de la época le habían echado el guante al jarrón y lo habían sustraído al propietario de la mansión como si se tratara de un botín de guerra. Cada alumno se acercó a depositar en la urna un papel con el nombre de su candidato, en medio de una algarabía y sin respetar ningún procedimiento, ante la mirada divertida de Gustave Eiffel, a quien el papel de padrino confería además el de juez supremo de las elecciones.

Cuando Javier introdujo en el florero su papelito doblado, de varias mesas surgieron tandas de aplausos seguidos al momento por exclamaciones de ánimo a los otros contendientes. La liza duró unos minutos, hasta que un estudiante de segundo, con los cabellos hincados como un seto, se levantó en equilibrio precario y bramó:

—¡Reirá, no reirá!

La frase fue repetida a coro por toda la concurrencia, incluidas Zélie y Juliette, una decena de veces, puntuada en todo momento por carcajadas y voces. El muchacho volvió a tomar asiento, satisfecho con su aportación.

—Es como un estribillo —dijo la joven a Irving, que la miró sin entender nada—. Repetimos frases sin un sentido exacto.

—Pero ¿eso por qué?

A ella le dieron ganas de darle un achuchón. Irving parecía un niño inocente perdido en un mar de adultos.

—Pues inicialmente para chinchar al otro —respondió ella—. Creo que este viene de una obra de teatro. Luego estos estribillos se convierten en una especie de cantinelas sin pies ni cabeza. ¿De verdad que no lo conoce?

—¡Atrapen a los canarios! —mugió el estudiante de último curso que había abandonado su pintura al fresco desde hacía rato.

Esta otra frase dio lugar a unos cuantos minutos de reiteración en bucle, durante la cual los grupos se respondían gritando cada vez más alto.

Irving hizo un gesto de no entender, mirando a Juliette.

—Esta otra es de origen desconocido —le explicó ella—. Solo se sabe que nació en Lyon antes de que fuese adoptada por París. Es el misterio de las cantinelas.

Alphonse puso fin al jolgorio proclamando que había concluido la votación.

—Vamos a proceder al escrutinio —anunció levantando la urna por las asas.

Todos se acercaron a la vez que él volcaba el jarrón para echar los papeles en la mesa. Iba abriéndolos uno a uno, se los pasaba a Eiffel y este decía en alto uno de los tres nombres, mientras los asesores iban añadiendo un palito en cada una de las columnas. Ayudados por el alcohol, algunos alumnos habían anotado nombres que no eran los de los candidatos. Unos diez habían votado a Eiffel, al que aplaudieron, otro a Mac Mahon, al que silbaron. Una papeleta había sido sustituida por la foto de una actriz de éxito del teatro de la Gaîté. Contaron unas cuantas veces todas las papeletas válidas y Eiffel anunció el resultado:

—Con ciento veinticinco votos de ciento ochenta y ocho votantes, ¡Javier Álvarez ha sido elegido presidente de la junta de alumnos!

Lo felicitó, le susurró al oído que ya habría querido para sí ese resultado en las elecciones cantonales, sobre las cuales había decidido que serían su primera y última incursión en la política, y luego se despidió y se fue. La fiesta podía comenzar.

Javier desapareció un instante y regresó a los pocos minutos enarbolando un curioso sombrero con forma de embudo, con ala ancha y terminado en un pompón.

—¡Qué extraño tocado! —dijo Juliette volviendo a sentarse al lado de Irving, que no se había movido de su silla.

Se preguntó desde cuándo contaba Javier entre sus pertenencias con el sombrero característico del príncipe de los gitanos y, sobre todo, quién se lo había dado, porque su amigo nunca le había hablado de ello. Y se dio cuenta de que había cosas de su hermano de leche que él desconocía. En la cabeza de Javier, el sombrero se había transformado en la corona del presidente de los alumnos de la École Centrale y seguiría siéndolo a lo largo de décadas hasta que desapareciese en 1940, la víspera de la entrada de las tropas alemanas en París.

Torquado fue llevado a hombros por sus partidarios, que recorrieron así las dos salas y salieron a la calle formando un alboroto tremendo, antes de volver rápidamente al interior del establecimiento al ver a una patrulla de la policía en la esquina de la calle Séguier. Javier intentó decir unas palabras de agradecimiento, pero a cada frase lo interrumpían los gritos y los vítores, y acabó dándose por vencido, prometiendo un torrente interminable de alcohol y cánticos. Zélie, que no se separaba de él ni medio centímetro, le arrancó un beso por sorpresa y él se apresuró a dar parte de ello a todos los presentes, tras lo cual rechazó un segundo beso.

El vino había sido reemplazado por alcoholes más fuertes que habían tenido por efecto incrementar el barullo confuso y ruidoso de las conversaciones.

—¿No le gusta la fiesta? —preguntó Juliette.

—En Granada siempre contemplo las procesiones del Corpus Christi desde una de las torres —respondió Irving, aliviado por que fuera ella la que tomase la iniciativa de la conversación—. Me dan miedo las muchedumbres, sobre todo si la gente ha bebido.

—¡Pero es que siempre se bebe!

—Pues me pasa desde hace años, no sé por qué —mintió él, haciendo esfuerzos para no evocar las imágenes de la noche en que había asistido a la paliza al vagabundo en el Patio de los Leones.

—Entonces, tiene que beber también —sentenció ella, buscando a Rosa con la mirada.

La fámula dejó dos copas y la botella de absenta sobre la mesa.

—Oye, chico, todo el mundo toma absenta, ¡hasta los auverneses! —dijo ella al ver los titubeos de Irving.

—Esa sí que es una frase fácil de recordar —comentó él, dando un primer trago.

Rosa les rellenó las dos copas, aplastó el tapón en su gollete con su sonido característico y respondió:

—¡Solo que no es una de esas cantinelas, sino una verdad como un templo! ¡A tu salud, muchacho!

El alcohol le abrasó primero las papilas y luego la garganta y finalmente le dejó claro dónde tenía el estómago. Irving logró no toser, pero le salieron gotitas de sudor por toda la cara, que se le había puesto de color carmesí. Alphonse, que observaba desde el umbral de la sala, donde administraba la entrada de los flujos alcohólicos, le gritó una frase de ánimo que él no comprendió, de tanto como había aumentado el jaleo reinante.

—¿Estás bien? —se preocupó Juliette, que había puesto su mano encima de la de Irving.

—Sí, creo que aún estoy con vida —respondió este, entrelazando sus dedos con los de la joven, movido por un reflejo de ternura, pero retirándolos luego dulcemente.

—Esto sí que es una entronización hermosa en la hermandad de la embriaguez —declaró Lavallée, que se les había acercado—. ¡Brindemos, amigo mío! Este veneno es el más alegre que conozca. —Irving rehusó dos veces antes de claudicar ante la insistencia del estudiante y las primeras bocanadas de euforia que soplaban en su organismo—. ¿Sientes que es diferente? Delvau ha escrito que la cerveza producía una borrachera pesada; el vino, una borrachera jovial; y el aguardiente, una borrachera feroz. Pero la «abs» te transporta desde los primeros tragos a un universo diferente, en el que te sientes a un tiempo como una pluma y como el plomo, lúcido y confuso, donde todo se vuelve incoherente y armonioso. ¡Este licor te transporta a un lugar único a la velocidad del sonido! ¡Por ti! —concluyó vaciando su copa. Lavallée reprimió una arcada y se acercó para murmurarle, con el aliento empapado de una mezcla de alcoholes—: Aprovecha bien a tu modistilla, amigo mío.

Irving quiso mostrarse ofendido pero no pudo reaccionar. Alphonse se había marchado en pos de Rosa o de una botella de absenta que aún pudiese dar algo de rendimiento. En la mesa contigua, Javier peroraba sin ilación e Irving supuso que había ingerido tanto alcohol como él. «O más incluso», se dijo cuando su amigo se subió encima de la mesa para esbozar un paso de flamenco, algo que nunca se había contado entre sus habilidades. La gente, formando corro a su alrededor, se desternillaba de risa; sobre todo Zélie, con una voz que recordaba los rebuznos de Barbacana. Juliette era la única que conservaba la dignidad y la belleza, que él no dejaba de admirar. Ella le preguntó algo e Irving tuvo la sensación de no ser más que el testigo de su conversación y que otro, un joven gracioso y encantador, hacía todo el trabajo en su lugar, como un doble soñado de sí mismo. Deseó que ese momento durase lo más posible, le daba miedo que se le derritiesen las alas, que cayese y se estampase contra el rugoso suelo de la realidad. Debía continuar ingiriendo el líquido de gusto floral y anisado, ligeramente amargo, si quería que no se apagase esa llama y siguiese iluminándolos a Juliette y a él.

Javier se sentó con ellos varias veces, e incluso entre ellos, para dedicarle ocurrencias chistosas a las que él parecía responder con chispa, pero Irving olvidaba al instante las preguntas y las respuestas, tan solo la voz de Juliette permanecía arraigada en él. Luego el tiempo remontó como un salmón en el nacimiento de un río, se dilató y finalmente explotó y desapareció. Tenía la impresión de haber vivido toda una vida en la Laiterie du Paradoxe, conversando con el primer ángel escapado de lo divino. Juliette también había bebido, tan solo lo necesario para apagar las inhibiciones y la vergüenza que le daba su propia condición, cosas ambas que la seguían como una sombra siempre que salía en compañía de Zélie.

Quienes no habían conseguido detener a tiempo las rondas incesantes de Rosa y del patrón acabaron alfombrando el suelo o arrastrándose, incapaces de tenerse en pie sin parecer peleles de feria, ayudados por otros alumnos más prudentes o más habituados, con mejor conocimiento de la frontera invisible que no debía traspasarse. La fiesta había comenzado con la euforia de las elecciones y había desembocado en una suerte de retirada bélica anunciada que no acababa nunca. Alphonse, después de haber orinado contra una mesa, se había dormido al pie de la pintura al fresco, cual un personaje salido de él. Javier no se había quitado el sombrero pero de su camisa no había ni rastro. Estaba echando una partida imposible al lansquenet en compañía de dos estudiantes, uno de los cuales conservaba aún la camisa pero iba descalzo. Zélie seguía pegadita a él, apoyada en su hombro, comentando el desarrollo de las partidas y puntuándolas con su imitación de Barbacana que Irving juzgó cada vez más próxima a la perfección. Tenía la impresión de haberle contado su vida entera a Juliette, comentándole todos y cada uno de los días que había pasado en la Alhambra, pero ella no daba muestras de haberse hartado. Le brillaban los ojos como aquellas canicas translúcidas de ágata que él había relegado tanto tiempo atrás a un cofre, pero que seguía mirando de vez en cuando y poniéndolas al sol para jugar con sus reflejos. Se oyó proponerle que salieran del café. Ese fue su último recuerdo antes de despertar.

XXII

65

Granada,
sábado, 12 de noviembre de 1881

El 4 de noviembre Nyssia había discutido con su madre y luego otra vez con su padre. Las conversaciones se habían vuelto estériles enseguida y ella se había marchado sin decir una palabra, ni dedicarles una mirada. Solo Victoria había intentado retenerla, pero Nyssia la había rechazado sin miramientos. Había recogido todos sus enseres personales en un bolso de viaje, cuyo olor a cuero noble le gustaba mucho y que le había granjeado un sinfín de preguntas a las que nunca había respondido. Había esperado al hijo del librero Zamora, que un joven gitano había ido a buscar por cinco reales, y le había contado la bronca. Su novio no había entendido su decisión de abandonar el hogar familiar, algo que consideraba desproporcionado, pero se había sentido honrado cuando ella le pidió que la acogiera durante unos días. Él había optado por llevarla a Cenes de la Vega, un pueblo de las inmediaciones de Granada, a hora y media de camino a pie, donde un tío suyo tenía una casita aislada en la ladera de un altozano, al final de un sendero donde la umbría reinaba de forma permanente y que solo habitaba los meses de verano para escapar de Granada y de su calor sofocante. Había mentido a su tío para hacerse con las llaves, a su padre para que le diera libre y a sí mismo para convencerse de que Nyssia también se había fugado porque lo amaba.

Compró un jamón serrano no muy grande, higos secos, tomates secos y una hogaza de pan en el mercado del pueblo. El aire estaba cargado de humedad, había estado lloviendo toda la noche y el cielo lechoso parecía una sábana salpicada de manchas grises. Tenía la consigna de no entretenerse a hablar con nadie, cosa que hizo de buen grado, deseoso como estaba de regresar cuanto antes con su amada. Por el camino cogió algunas flores silvestres y, cuando la llamó desde el pie de los escalones que subían a su alcoba, sintió alivio al oírla responder. Vivía aquello como un sueño cuyo despertar sabía que sería brutal.

Nyssia estaba tumbada, envuelta en la sábana de lino blanco que hacía las veces de segunda piel para ellos.

—Ven, deprisa —le dijo tendiéndole los brazos como queriendo aferrarse a él—. Te he echado de menos. ¿No te ha preguntado nadie?

Él la tranquilizó, le enseñó el ramo de flores y lo metió en la botella de barro convertida en jarrón. El joven Zamora se desnudó y se reunió con ella, el cuerpo tenso por su deseo no saciado de Nyssia.

—Tómame en tus brazos, lo necesito tanto después de todo lo que ha pasado —susurró ella—. Tus caricias me hacen bien. ¿Qué has comprado para comer?

Él le describió sus compras concentrándose en la sensualidad de sus gestos. Ella respondió con murmullos felinos antes de acariciarlo a su vez. Nyssia sintió la intensidad de su deseo, lo alivió antes de que pudiese penetrarla y después se acurrucó pegada a él y le pidió que le leyera un poema de Rosalía de Castro. El joven se había llevado un ejemplar de *Follas novas*, del que le leía fragmentos varias veces al día fingiendo entusiasmo por los versos de la gallega.

—¿No prefieres leer hoy el *Bel-Ami*? —sugirió el joven señalando la tapa.

—Luego. Quiero que me acaricies con sus palabras —respondió ella recostándose.

Él obedeció, recitando concienzudamente dos poemas extraídos de la parte titulada «*D'a terra*». Ella lo alentó a insuflar más sensualidad a su interpretación, lo que tuvo por efecto exagerar su declamación.

—Es tan melancólica y está tan desencantada de todo —adujo ella, y entonces dejó el libro en el suelo junto con otros tantos, dispuestos en montoncitos de tres o cuatro como pilones de un puente imaginario.

Por el suelo había desperdigados objetos diversos: platos, vasos, un cuenco de aceitunas a medio terminar, ropa tirada, velas fundidas, un periódico local, todos testigos de su reclusión voluntaria. Una fragancia floral flotaba en torno a ellos. El joven Zamora besó a Nyssia en la nuca y aspiró intensamente el aroma de su piel.

—Es un agua de rosas del perfumista Rigaud —precisó ella.

—Algún día te la podré regalar yo. ¡Y ya no tendremos que soportar todos esos obsequios que recibes de yo qué sé quién!

Ella sonrió y se estiró para recoger del suelo su corsé recto, que él la ayudó a ponerse. El tejido de encaje negro que perfilaba las copas del pecho estaba orlado de hilos dorados y las ballenas se ceñían a la perfección a las caderas y al final de la espalda.

—Sí —dijo ella adelantándose a la pregunta—, me lo hicieron a medida. —Le echó los brazos al cuello y lo besó en la frente—. Y no, el sastre no vio mi cuerpo: me tomé yo misma las medidas. ¿Algún comentario más antes de cambiar de tema?

Se inclinó para alcanzar el cuenco de aceitunas y se metió una en la boca. El joven Zamora vaciló. Nyssia cogió otra, se la ofreció y se la comió también cuando él la rechazó.

—¿Qué me quieres decir? —insistió ella.

—Supongo que el que te lo pagó sí que pudo verlo.

La bofetada restalló en su cara sin que le diera tiempo a evitarla.

—Te la has ganado —se justificó ella, sentándose con las piernas cruzadas en el centro de la cama.

—Lo siento —dijo tratando de acercarla hacia sí.

Ella se soltó de sus brazos sin dejar de mirarlo ni un instante. Su novio no se atrevía a sostenerle la mirada.

—¿Por qué siempre tienes que estropearlo todo? ¿Y más ahora?

—¡Porque te amo! —gimió él.

—Amar no da derecho a hacer daño.

—También tú me has hecho daño —respondió él.

—La bofetada no ha sido tan fuerte, pero sí te la merecías.

—Pero ¿tú te haces idea de lo que tengo que aguantar? ¡El otro que te cubre de regalos, de los que encima tú presumes delante de mí!

—Si me los pongo es para estar guapa para ti, tonto. ¿No lo has entendido? Él es el que tiene que estar celoso, que paga para que se aproveche otro.

—Eso es cierto... Tienes razón...

—¿De verdad piensas que me pasaría ocho días encerrada contigo si no te quisiera?

Su cólera y sus celos desaparecieron al instante. En su lugar, el joven sintió vergüenza. Había dudado de la mujer a la que amaba y que, a su manera, le demostraba también su amor. Apoyó la cabeza sobre los muslos de Nyssia.

—Perdóname, perdóname —repitió cadencioso, hundiendo la cara en la piel sedosa de su novia.

Ella le revolvió los cabellos, sin responder. Se quedaron largo rato así, callados, cada cual sumido en sus pensamientos.

—Me marcho de Granada —declaró ella cuando notó que él se había calmado. Por toda respuesta las manos de su novio se contrajeron sobre su piel—. Ambos lo sabíamos, sabíamos que pasaría, ¿no?

El joven Zamora movió la cabeza amagando un sí y luego se incorporó lentamente y la besó. Los labios de Nyssia estaban fríos. Se envolvió con ella en la sábana.

—Llévame contigo —murmuró—. Iremos a donde quieras.

—Sabes que no es posible. Tu vida está aquí —replicó ella acariciándole la mejilla.

—¡Pero yo no puedo vivir sin ti!

—No me pidas que lo sea todo para ti, no lo podría soportar. Te escribiré a menudo, estaré cerca, muy cerca de ti.

Él no reaccionó. Nyssia supo que acababa de culminar dulcemente su primera ruptura. Ya podía darle la noticia.

—Me marcho hoy. Vienen a recogerme.

—Una mujer joven, dieciocho años, se me parece mucho. Es mi hermana melliza y ha desaparecido.

Victoria, al igual que sus padres, no se había quedado de brazos cruzados. Todos los días, a mediodía y a las seis de la tarde, bajaba a la ciudad a preguntar a los tenderos y viandantes, barrio a barrio, incansablemente.

—No, no me suena —respondió el cochero de la plaza del Realejo—. ¿Y dice que desapareció el día 4?

—Sí, a última hora del día.

—Yo no me encontraba en Granada pero pregunte a Manuel, ese de ahí; estuvo trabajando aquí ese día.

Todos la remitían a otra persona que tenía más probabilidades de haber visto a Nyssia, y esa otra persona conocía a una tercera que podía ayudarles, y Victoria se sentía como una pelota pasando de mano en mano. Tras una semana con esas idas y venidas, seguro que acabarían encontrándola, pues la mitad de la ciudad había citado como posible testigo a la otra mitad. Victoria no había perdido la esperanza.

Aunque fuera el rato del descanso del inicio de la tarde, había decidido proseguir con la búsqueda. Se llegó al Zacatín, donde Kalia repartía entre los puestos vecinos los últimos caracoles que le quedaban. La jornada no se le había dado bien.

—No está siendo la mejor temporada —comentó, tras lo cual se alejó para ir a limpiar el cubo en la fuente más cercana.

—¡Qué va! Si se ha pasado el día preguntando a la gente que pasaba —explicó la vendedora de telas—. Poco le importa vender o no los caracoles, ¡podría comprar la mercancía de todos los puestos de la calle si quisiera!

—¿No hay novedades? —preguntó Victoria.

—No. Me apena mucho lo que os ha pasado, mi niña. En cualquier caso, está en boca de todos y la opinión más extendida es que ya no se encuentra en Granada.

—Pues hemos preguntado a todos los cocheros de punto y nadie la llevó en su coche —objetó Victoria, con un velo de cansancio en la mirada.

—Le he pedido a mi prima Simza que me echara las cartas —añadió Kalia cuando volvió al puesto—. Es más tonta que hecha de encargo, pero tiene don y es formal. Y me ha dicho que Nyssia no anda lejos. No hay que darse por vencidos, cariño —dijo acariciándole la mejilla a Victoria.

La joven asintió sin decir más y se marchó para regresar al Mexuar. Se encerró en su cuarto y lloró a lagrimones, tumbada en la cama de su hermana, antes de quedarse dormida de agotamiento. Al despertar tenía la tez reseca e irritada. Se despabiló con agua en el cuarto de baño y se atrevió apenas a mirar su reflejo en el gran espejo. No se atrevía a mirarse, pues en su semblante le parecía ver el de Nyssia.

—¿Victoria, estás ahí?

Era su madre, que la llamaba. Debía recobrar la compostura para ofrecer sostén a sus padres. Alicia regresaba del barrio de la plaza de toros, en el que el transporte de astados daba origen a numerosos trayectos entre Granada y Murcia o Sevilla.

—Nadie la ha visto —confirmó—. Ramón nos ha telegrafiado desde Guadix: ninguna mujer sola ha tomado el tren desde el sábado pasado. Nada de nada… Pero ¿tú no deberías estar en clase?

—Es sábado, mamá.

—Es verdad, perdona.

Alicia se frotó largamente los ojos con la palma de las manos.

—Está aquí, no se ha marchado. Se lo ha dicho a Kalia su prima que es vidente.

La reflexión de Victoria arrancó una sonrisa a su madre.

—¡Ojalá tuviese realmente ese don!

—Pues yo me voy a verla, mamá. A lo mejor puede decirnos algo más —propuso Victoria.

Y se fue sin esperar siquiera el consentimiento de su madre. Necesitaba hacer algo, lo que fuera, con tal de sacudirse de encima los malos presentimientos. A nadie se le había ocurrido aún subir a preguntar al clan del Sacromonte: la idea le dio fuerzas renovadas.

Simza era más mayor que Kalia y más agitanada, con la piel morena y marcada por el sol. Miró fijamente a Victoria con sus ojillos en los que se confundían el iris y la pupila y le dedicó una sonrisa de oreja a oreja que dejó ver la extensión de sus encías desdentadas. Repitió lo que ya le había dicho a Kalia, en una mezcla de español y árabe con una dicción aproximada, puntuando las frases con una risa burlona y breve que acentuaba su imagen de pitonisa algo chiflada.

—¿Dónde? ¿Me puede decir dónde está? —insistió la joven.

La buena mujer hizo una mueca, como si estuviera concentrándose con todas sus fuerzas, arrugando la cara, y finalmente concluyó que Nyssia estaba rodeada de libros y de amor.

—No, en la casa ya no está. Ayúdeme, se lo suplico, dígame algo más —imploró Victoria.

Simza le dio a entender que también ella necesitaba ayuda para poder seguir ejerciendo su talento y que, para poder hacerlo con total tranquilidad, Kalia debía pagarle. La buena fortuna de la gitana no era ningún secreto para nadie, igual que su generosidad para con el clan. Por su mirada vivaracha, Victoria comprendió que la cabeza de la vidente funcionaba estupendamente.

Alrededor de las dos mujeres se habían apiñado los chiquillos, que jugueteaban sin prestar atención a la conversación, como las luciérnagas alrededor de un quinqué. La adivina canturreaba sus fórmulas mágicas en un idioma incomprensible, con los ojos entornados, y Victoria, al constatar que ya no conseguiría extraer de ella ninguna información más, se marchó de la terraza. Uno de los niños le fue a la zaga.

—No tengo dinero —le dijo al llegar al pie del Cerro del Sol—. No soy una viajera acaudalada, vivo aquí.

—Ya lo sé —dijo el niño—. La conozco.

Ella reanudó la marcha, ansiosa por continuar con sus indagaciones, y a su lado fue el gitanillo. Remontaron la colina sin decir nada y rodearon el Generalife.

—¿Quieres acompañarme? —le preguntó ella de pronto—. ¿Has oído que estaba buscando a mi hermana?

Él asintió con la cabeza. Victoria necesitaba una compañía tranquilizadora y el mudito le serviría.

—Te daré una recompensa —decidió ella. El muchacho se encogió de hombros—. Venga, vamos a mi casa.

Clément y Mateo iban de un lado a otro de estanque del Patio de Machuca. Al verlos hablar tan agitados, Victoria sintió renacer sus esperanzas.

—No vaya solo —le avisó Mateo justo cuando Victoria se les acercaba.

—El mesonero del Corral del Carbón tiene información y quiere verme —le contó a su hija.

—Yo lo acompaño —insistió Mateo.

—No dirá ni mu si estás delante. La última vez que te vio, le diste una buena tunda. Quedaos aquí y esperad a Alicia. También tú, chico —añadió dirigiéndose al chaval, que ya salía detrás de él pisándole los talones.

Victoria sujetó al niño por un brazo y los tres se quedaron mirando a Clément mientras se perdía de vista por la Puerta de la Justicia.

Atajó por las callejas empinadas, con sus escaleras irregulares, y llamó a la puerta del establecimiento situado a la entrada del antiguo caravasar. A las tres del mediodía, todas las tiendas estaban cerradas. El mesonero abrió y salió para comprobar que no hubiese nadie emboscado en algún portal.

—Estoy solo —confirmó el francés.

—Es que no tengo ganas de que vuelva a armar ninguna gresca —explicó el hombre antes de franquearle el paso con un ademán.

El posadero no le había pagado a Mateo su último pedido de hielo, so pretexto de las quejas de algunos clientes por su calidad. El comerciante se había visto entra la espada y la pared y había recurrido a la misma estratagema con los demás proveedores para alargar su crédito con ellos, cosa de la que Mateo se había enterado.

—¿Qué puede contarme? —lo presionó Clément sin quitarse la capa ni el sombrero.

—Yo no; aquí el caballero —dijo señalando a un hombre sentado en la esquina opuesta a la entrada.

Clément reconoció a Cabeza de Rata antes de que saliese de la penumbra que oscurecía parte de la pieza.

—Ustedes van a hablar y nada más que hablar —advirtió el posadero—. Y luego no quiero volver a verlos por aquí, que mi establecimiento no es lugar para saldar sus cuentas —añadió mientras entraba en la antecocina.

El exoficial le dedicó su sonrisa irónica y su mirada burlona habituales.

—No tengo tiempo para perderlo con un estafador —anunció Clément—. Venga a verme dentro de diez años o cuando se haya vuelto honrado, con lo que tengo margen de sobra.

Por toda respuesta, el hombre dio un medio bostezo, tranquilamente, y luego le espetó:

—Tengo informaciones relativas a su hija…

—¿Nyssia? ¿Tiene noticias?

—… pero, qué decepción, esperaba un poco más de respeto por su parte. ¡Le ofrezco mi ayuda y usted me trata de estafador!

—Dejemos este juego, dígame dónde está. Dígame lo que sabe y lo que quiere. ¡Deprisa!

Cabeza de Rata se había puesto de pie y se paseaba alrededor de

Clément, parándose y volviendo a andar como un felino en torno a su presa. El francés permanecía inmóvil, la mirada fija en la puerta de la cocina, de la que salía el resplandor blanquecino de una luz de gas.

—Me enteré de lo de la fuga de su hija y lo siento en el alma —continuó el hombre, que había acabado plantándose a pie firme delante de él—. Pero ¿quién no abandonaría a un padre cómplice de los anarquistas?

El mesonero había echado la llave a la puerta de la calle. A Clément no le quedaba otra que escuchar sus provocaciones sin entrar al trapo.

—Bueno, al grano. Sé dónde está. Pero, para proporcionarle esta información, necesito su confesión.

—No tengo nada que confesarle. No como usted.

—Veamos… Haga memoria. Usted escondió a un anarquista huido y es cómplice de sus actividades. Bastará con una carta de su puño y letra. Una simple carta para salvar a su hija de un error propio de una adolescente no me parece que sea pedir la luna, ¿no?

—En cuanto a usted, haga memoria y acuérdese del producto inyectado en mi máquina de hacer frío. ¡Posadero! —llamó Clément acercándose a la antecocina—. La conversación ha terminado, ya puede abrir.

Se plantó delante de Cabeza de Rata, que lo miró impasible.

—No lo necesito para encontrarla. En absoluto.

—Hay otro asunto del que quisiera hablarle. La sociedad que ha contratado mis servicios ha puesto a trabajar a un abogado en relación con el asunto de sus máquinas de hielo.

Clément había llegado a la puerta de la calle y se detuvo de espaldas a Cabeza de Rata. Este se le acercó tanto que el francés notó su aliento en la nuca.

—Y no hay ninguna solicitud de patente para ninguna de ellas…

Clément se apartó de él y, antes de responder, se acodó en la barra.

—Yo solo mejoré unos sistemas que ya existían. No tenía obligación de solicitar ninguna patente —dijo, haciéndose una idea cabal de la falla en la que su adversario estaba a punto de meterse.

—Pero bueno, señor Delhorme, ¡qué negligencia! —le sermoneó el otro, colándose detrás del mostrador—. Menos mal que estamos aquí nosotros para echarle un capote: ya las hemos solicitado por usted —agregó Cabeza de Rata sirviendo un par de copas de vino. Le alargó una, se llevó la otra a los labios y la apuró de un trago—. Y no habría sido posible sin su colaboración —continuó—, cuando tan amablemente pregonó a los cuatro vientos la composición de sus refrigerantes químicos. Una colaboración involuntaria, ciertamente, pero valiosísima.

—No conoce la composición exacta, no sabrá hacerlas funcionar —replicó Clément alejando de sí su copa—. ¡Mesonero! —gritó por segunda vez.

—Como sabrá, eso no sirve con las patentes: hemos cubierto la totalidad de las posibles composiciones. Esto quiere decir que desde el día de hoy todas y cada una de sus máquinas estarán fabricando hielo gracias a un proceso que es propiedad nuestra. Y si no firma su confesión, su amigo Mateo deberá abonarnos una parte de sus ganancias, más lo que deberá del hielo ya vendido. ¡Ya ve lo simple que puede ser todo en esta vida!

66

Granada,
sábado, 12 de noviembre de 1881

—¡Está muy bueno! —dijo el gitanillo después de relamerse. Se secó la boca con la manga de la camisa—. ¿Puedo repetir?

Victoria cortó una rebanada de pan, la mojó en aceite de oliva por uno de los lados y lo untó de tomate rallado.

—Vamos fuera, te voy a enseñar una cosa —dijo ella recogiendo las migas esparcidas por la mesa.

Salieron del piso y subieron a lo alto de la Torre de la Vela. El chiquillo, que nunca había subido a los edificios de la Alhambra, se acercó prudentemente al borde. Victoria echó los restos de pan en el centro de la terraza y fue con el niño, que se había sentado para terminarse la rebanada. Al cabo de unos segundos se habían posado a picotear las migajas los primeros vencejos de los que revoloteaban alrededor, seguidos al poco por una nube de compañeros que se lanzaron atropellándose unos a otros para aprovechar el magro festín. Después, el sitio quedó totalmente limpio y reanudaron su danza en el cielo.

—¿Cuántos años tienes? —El gitano se encogió de hombros en señal de desconocimiento—. Diez u once años —estableció ella considerando su estatura—. Cuando era como tú, venía a pescar pájaros con mi hermano y mi hermana. Con ayuda de una caña —añadió imitando el gesto. Entonces suspiró—. Ahora Irving está en París y Nyssia puede que lejos también.

Victoria dejó que el chaval se terminase la merienda y se apoyó en el parapeto, pensativa, mirando la mancha proteiforme de viviendas que engullía el valle. Uno de los puntos blancos que la componían quizá escondiese dentro a su hermana.

—No está lejos —dijo el niño cogiéndole la mano con los dedos pringosos.

—Rodeada de libros y amor… ¡Ojalá tenga razón la pitonisa! —respondió Victoria apretándole suavemente la mano. El niño había arrugado el ceño—. ¿Qué pasa? —le preguntó Victoria, arrodillándose para estar a su altura.

—Eres buena conmigo. Me da miedo que te enfades.

—Venga —dijo ella estrechándolo en sus brazos—. No tengo ninguna razón para enfadarme contigo. Dímelo.

—Simza no ha adivinado nada, se lo conté yo. Tu hermana me dio dinero para que fuese a buscar a su novio. Ya sé que está mal, pero los seguí.

Cabeza de Rata estaba a punto de cobrarse al fin la revancha. Cogió el vaso de Clément, se lo bebió y se frotó las manos.

—¡Mesonero, no hace falta que venga, aquí mi amigo ha cambiado de parecer! —voceó jubiloso.

Le había asestado un golpe fatal. El señor Delhorme, el francés al que Granada aplaudía por sus récords de altitud con sus aeróstatos, el hombre cuya mujer despertaba la admiración general por su belleza y por su implicación en la restauración de la Alhambra, el mismo que había hecho olvidar a los andaluces que no era hijo de su tierra, Delhorme se disponía, al fin, a confesar su crimen, borrando así tantos años de impunidad. Y él, Cabeza de Rata, podría reincorporarse a la Guardia Civil con todos los honores, después de desenmascarar a un conspirador.

La sonrisa inesperada de Clément lo inquietó. Cabeza de Rata se volvió. En el marco de la puerta estaba Mateo con una llave en la mano.

—¡Qué pena, amigo! —replicó el antiguo nevero, balanceándola en el extremo de su cuerda—. El jefe se ha ido de viaje y ahora estoy yo en su lugar.

Mateo cruzó la pieza y abrió la cerradura.

—Eso no cambia nada mi oferta, Delhorme —le avisó Cabeza de Rata—. ¿Sabe su amigo que si usted se niega estará acabado?

Mateo abrió la puerta de par en par, dejando entrar la luz polvorienta de la calle.

—He oído su conversación, señor mío. Y no acepto su oferta.

—Su chantaje —lo corrigió Clément.

—Su chantaje —abundó Mateo—. ¿Quiere tener para usted solo todo el mercado del hielo? Pues quédeselo, se lo cedo. ¿Las máquinas de frío? También. Siempre irá un paso por detrás del señor Delhorme. Y el próximo golpe lo dejará mudo. ¡Adiós!

Clément se despidió de Cabeza de Rata levantándose el sombrero y salió en pos de su amigo. En la puerta se cruzó con dos parroquianos que, viendo cerrado el establecimiento, esperaban, sorprendidos, en el umbral.

—¡Pasen, pasen, que invita el señor! —dijo señalando al exoficial, que no se había movido de detrás del mostrador.

En menos de diez minutos habían llegado a la Cuesta de los Gomeles y emprendieron en silencio la subida hasta la Puerta de las Granadas.

—Gracias, Mateo. Me equivoqué al pedirte que no vinieras conmigo.

—No se preocupe por mí. Ya no necesito vender bloques de hielo para subsistir.

De pronto Clément se acordó de Nyssia y apretó el paso.

—¿A qué te referías cuando dijiste lo de mi próximo golpe? —le preguntó mientras cruzaban la explanada.

—No lo sé. Pero como siempre anda inventando artefactos, quise impresionarlo. ¡Y seguro que alguno tiene!

Al llegar se encontraron con que no había un alma en casa. Un papel doblado les llamó la atención en la mesa de la cocina.

El sol acababa de esconderse detrás de la colina en cuya ladera se extendía Cenes de la Vega. Victoria y el gitanillo se habían sentado en el inicio del camino que subía hasta la casa. Alicia había entrado sola. Poco después había salido una figura que había vuelto por el sendero de tierra flanqueado de tilos; caminaba maquinalmente, casi como si estuviera beoda. Cuando vieron que se trataba del joven librero, el chiquillo se escondió

497

detrás de Victoria. Pero Zamora no se fijó en ellos, o bien no quiso fijarse, y prosiguió su camino arrastrando el cuerpo como los actores de las pantomimas teatrales cuando exageran el sentimiento de pesar.

—Está triste —sentenció el pequeño bohemio.

—Más bien creo que se siente responsable. Fue cómplice de su fuga.

En el piso superior de la vivienda se había encendido una luz. La construcción, reciente, era sencilla y anodina. La fachada de color ocre se confundía con la piel visible de la loma que le servía de decorado. Todo parecía en calma.

El crespúsculo tiñó de bermejo las colonias de nubes que acompañaban la huida del sol, mientras una capa de niebla subía del valle siguiendo el curso del Genil.

—Tengo frío —dijo el gitanillo, al que la camisa de lino no protegía del frescor incipiente.

Victoria se dio cuenta entonces de que iba descalzo.

—Perdóname, pequeño —dijo ofreciéndole su chal—. Llevamos ya una hora esperando a mi padre. ¡Ah, ahí viene! —exclamó—. Ahora vamos a poder entrar para calentarnos.

Clément le abrió los brazos a su hija. A través de su ropa, su cuerpo exhalaba un calor suave con un aroma que apaciguaba. Mateo venía unos metros por detrás, sin aliento.

—Nunca había andado tan deprisa, ¡ni en Sierra Nevada perseguido por los lobos! Vayan, yo los espero aquí —dijo el nevero sentándose en la roca que señalaba la entrada de la parcela.

Dentro, la pieza principal contenía por todo mobiliario una mesa no muy grande, un aparador lleno de platos de porcelana francesa y fuentes de cerámica, y un sillón de rejilla con el cojín gastado. Había también un cuadro de un antepasado de los Zamora, en la pared, encima de un hogar espacioso en el que terminaba de consumirse una capa gruesa de brasas. Clément subió por las escaleras mientras Victoria y el chiquillo se acercaban al fuego.

—Qué gusto —dijo el niño abriendo los brazos para recibir el calor que Victoria reavivó con ayuda del atizador.

La joven arrimó el sillón a la chimenea y se acurrucó en él con el niño. Por encima de sus cabezas ya no se oían más pisadas.

Cuando Clément entró en la habitación, Alicia estaba sola y postrada encima de la cama. Tenía los ojos enrojecidos, cercados por unas ojeras hinchadas.

—¿Dónde está?

Alicia se levantó con dificultad, pesado el cuerpo, y se acercó a él.

—¿Y nuestra hija?

—No había más remedio —gimió ella, envolviéndolo con sus brazos como si fuesen una camisola—, no había más remedio…

—Suéltame —dijo él sin hacer amago de zafarse de su abrazo—, todavía estamos a tiempo, ¡aún puedo alcanzarla!

—¡No lo intentes, te lo suplico!

Clément la cogió por los antebrazos y la obligó a ceder. Abrió la ventana pero no vio ningún vehículo por la carretera que serpenteaba por el valle. Se acercó a ella y la sujetó por los hombros.

—¿Hace cuánto que se ha ido? ¿Cuánta ventaja lleva? ¡Dímelo!

—Es demasiado tarde.

—¡Por favor, ayúdame!

Ella lo rechazó bruscamente.

—Pero ¿no te das cuenta de que debemos dejar que se vaya? ¡No podemos hacer nada contra su voluntad! ¡Nada! Cuando llegué, tenía el equipaje cargado ya en la berlina. Le rogué que se quedase y entonces comprendí…

—¡Jamás! —bramó él, volviéndose hacia la puerta.

Alicia se arrojó sobre él y lo sujetó. Él se soltó, ella le rodeó la cintura con los brazos, él se debatió, ella se asió de su pierna. Gritaba, lloraba, le imploraba. Clément perdió el equilibrio y se le cayó encima. Alicia gritó de dolor pero no dejó de apretarlo con todas sus fuerzas. Lucharon en un cuerpo a cuerpo en el que ninguno deseaba hacer daño al otro. Luego ella percibió que los músculos de él se distendían, que claudicaba. Se quedaron un buen rato tumbados el uno junto al otro, en silencio. Ella le cogió la mano y la apretó.

—¿Por qué? ¿Por qué? ¡La habíamos encontrado! —gimió él.

—¿Y después qué? Se marcharía de nuevo, al cabo de una semana o un mes, lo habría vuelto a hacer una y otra vez hasta salirse con la suya. No teníamos otra opción, amor mío, ninguna otra opción.

Ella lo besó con dulzura. Clément se apartó, movido por un acto reflejo, pero entonces le acarició los cabellos y le devolvió el beso.

El suelo de madera del pasillo crujió.

—Victoria nos está esperando —dijo Alicia—. La vida continúa. No podemos hacer nada más que acompañar a Nyssia lo mejor posible. Si ella quiere.

—¿Y si no?

—Si no, ya conoces el carácter de nuestra hija. La habremos perdido para siempre.

La noche había transcurrido sin que Clément pudiera conciliar el sueño. Alicia se había acostado sin cenar y se había sumido en la oscuridad del sueño. Victoria se había quedado con su padre hasta que no pudo con su alma. Él mismo la había llevado a la cama, dormida, al lado de su madre, y luego se había acostado en la cama de Nyssia, en la posición favorita de su hija: arrimada a la pared. Por la mañana había sopesado todas las hipótesis y reducido todas las ecuaciones a una sola incógnita.

Más sereno ya, fue a la cocina, donde se encontró con Kalia, que les había llevado pan recién hecho, como cada mañana. Desayunaron los dos juntos y solo hablaron de temas baladíes, lo que él agradeció de corazón.

—Tu hija es fuerte, Clément. Confía en ella —le dijo, empero, en el momento de despedirse.

Tanto Mateo como ella tenían el don de no perderse en palabras vanas y en conjeturas y de fiarse de la intuición, más que de las matemáticas. Y, si bien Clément confiaba ciegamente en estas últimas, reconocía también que la intuición les había servido de mucho.

Rafael Contreras pasó para interesarse por las últimas novedades, de camino a su taller. Clément le expuso sus ideas, que él consideró acertadas.

—Aunque sea una opción que no puede alegrarme —puntualizó.

El doctor Pinilla les hizo una visita después de pasar consulta y dejó unas píldoras para su paciente.

—Que las tome como medida de precaución. Después de lo que está viviendo, nos arriesgamos a que sufra otra crisis.

A las diez, Alicia y Victoria seguían durmiendo. Clément se fue al pabellón del Generalife que utilizaba como estación meteorológica y tomó los datos matutinos, que anotó en su cuaderno anual. La depresión, localizada los días precedentes en el norte de Europa, empezaba a acercarse. Clément ejecutaba los mismos gestos, invariablemente, desde hacía veinte años. Los resultados le habían permitido fabricar un modelo matemático que había ido refinando con el paso del tiempo. Pero no había avanzado nada desde hacía dos años: había llegado al límite de su sistema.

Clément se dirigió a los Baños. En las cúpulas brillaban las estrellas. Se sentó a la luz del sol que bajaba formando haces, al lado del pilón en el que habían nacido sus hijos. El tabique de enfrente dejaba entrever un fresco medio restaurado, una más de las numerosas obras en las que trabajaba Alicia.

—Sabía que te encontraría aquí —dijo esta, apareciendo en el vano en forma de arco que los separaba de la sala fría.

—Era uno de los rincones preferidos de Nyssia.

—Y lo sigue siendo, Clément. No hables de ella en pasado; volverá.

La tensión afloraba a su voz. Él se hizo a un lado para que ella pudiera sentarse a su lado, entre las estrellas de luz.

—Lo temía y al final ocurrió —confesó—. ¿Tú nunca lo pensaste?

—¡Desde el día mismo en que nacieron! Pienso en ello desde entonces… Es inevitable.

—Pero no así. No de este modo. Nos necesita.

—Nyssia no necesita de nadie —repuso Alicia. Las estrellas disminuyeron de intensidad, absorbidas por las nubes pasajeras, y volvieron a aparecer, más brillantes aún, antes de apagarse definitivamente—. Volvamos —dijo ella, levantándose—. Victoria nos espera. —Clément le dio un beso, prolongándolo como si quisiera convencerse de que entre ellos nada había cambiado—. Dentro de poco empezaré a trabajar en otra obra —le contó, llevándolo al Salón de los Embajadores—. Hemos recibido el dinero del gobernador para restaurar el artesonado.

Clément levantó la vista hacia la alta bóveda decorada con carpintería fina que simbolizaba los cielos estrellados. El paso del tiempo lo había estropeado y un antiguo gobernador había rematado el daño mandando que lo repintaran de dorado.

—He encontrado una plancha de madera que indicaba que en su origen era polícromo. Vamos a restaurarlo exactamente igual —le explicó—. ¡Será la pieza más esplendorosa de la Alhambra!

A Clément le dio de pronto un mareo y salió al Patio de los Arrayanes a respirar un poco de aire fresco.

—¿Estás bien? —le preguntó ella, preocupada, mientras se acercaba a él—. A mí, la primera vez también me causó ese efecto: mirar hacia arriba todos esos dibujos geométricos marea. Habrá que andarse con ojo cuando estemos en los andamios. Ven, te voy a enseñar los mocárabes del centro…

—Espera, Alicia —dijo él, reteniéndola de la mano—. He estado pensando desde anoche. —Le acarició los brazos y los hombros, al tiempo que notaba la fragancia sedante del arrayán de los setos, antes de continuar—: Solo se me ocurre una solución: viajar a París para encontrar a Nyssia. Eiffel se pondrá contentísimo, lleva meses ofreciéndome trabajar en su departamento de proyectos. Victoria se alegrará, pues volverá a estar con su novio; Irving seguirá trabajando con su fotógrafo y nosotros nos libraremos definitivamente de Cabeza de Rata, lo que no es poca cosa.

Alicia, visiblemente afectada, se quedó muda.

—Podríamos encontrar a nuestra hija y vivir cerca de ella —insistió él.

—¿Por qué en París? A lo mejor no ha salido de España.

—El que acaba de quitárnosla es un hombre casado, que no puede instalarse en San Petersburgo pero que sí posee bienes en París. No me cabe la menor duda de que es allí adonde se dirige nuestra hija.

—No sé… No sé…

Alicia retrocedió y se apoyó en la pared, con la mirada clavada en la fuente, en la que se reflejaba, temblorosa, la Torre de Comares.

—Quiero que estemos allí cuando la abandone —continuó Clément—. Porque acabará abandonándola, cuando se haya cansado de ella. Nyssia no pertenece a su mundo. Estaremos cerca para ayudarla a que no caiga en malas manos. No tiene ni fortuna ni dote. Es una presa fácil.

—Me das miedo cuando hablas así.

Por primera vez en su vida, se sentía superada por los acontecimientos. Temía haberse equivocado al dejar partir a su hija, pero tampoco estaba segura de que lo contrario hubiese sido lo mejor. Dudaba de todo, y Clément ahora le pedía que tomase de nuevo una decisión.

—A día de hoy la ecuación contiene tan solo una incógnita —dijo él, inclinándose hacia ella para acariciarle la mejilla y besarla.

—¿Cuál?

—Tú, amor mío.

XXIII

67

La Alhambra, Granada,
jueves, 30 de mayo de 1918

Era el gran día. La ciudad entera se había engalanado para la procesión del Corpus Christi. La señorita Delhorme se había levantado temprano, torturada por el dolor de las articulaciones. Kalia había ido a buscar a Ruy Pinilla, quien la había auscultado y constatado el estado avanzado de su sífilis. Ella lo había confirmado con un mero cruce de miradas.

—¿Padece además problemas de memoria? —le preguntó el facultativo, rebuscando algo en su maletín.

—Padezco todos los síntomas observados por el cuerpo médico, una auténtica dicha —bromeó ella, volviendo a vestirse.

—Supongo, entonces, que conoce usted la evolución de la enfermedad…

—Sí, a no ser que tenga alguna buena noticia que darme.

—Pues no, ninguna, por desgracia. El progreso avanza día a día a pasos de gigante, pero a saltitos de pulga en lo que atañe a la ciencia médica —le confirmó él, sacando un pastillero—. Tenga, tómese esto, la aliviará. Y que su médico se ocupe de administrarle el tratamiento de fondo.

—Ya ni siquiera el mercurio me alivia durante mucho tiempo —dijo ella, frotándose los dedos y la muñeca—. Si tuviese otro remedio que pudiera sugerirme…

—Quédese en Granada. El aire sano de la Vega le sentará bien.

—¿Y cree que regresar al origen de mis recuerdos podría hacer de elixir de la juventud para mí? —preguntó Nyssia apoyándose con los codos en la ventana, desde la que se veía toda Sierra Nevada.

—Pues en ocasiones eso es así, ¿no le parece?

Ella encendió un cigarrillo encajado en su boquilla de jade y respondió:

—Mi marido no estaría de acuerdo con su receta.

—Disculpe la pregunta, pero ¿está su marido al corriente de su enfermedad?

—Difícilmente podría no estarlo: me la contagió él. Pero lo lleva mejor que yo.

Tras una primera crisis, veinte años antes, Pierre de la Chesnaye no había vuelto a sufrir ningún síntoma.

Kalia se había quedado en el pasillo y no podía parar de moverse, impaciente.

—La dejo para que pueda ir a la procesión —dijo Pinilla, y cerró con un chasquido la hebilla dorada de su maletín.

—Yo me quedo en la Alhambra.

—Caminar le sentará de maravilla.

—Nunca ha sido mi actividad favorita, ni siquiera aquí —le confesó ella, acompañándolo a la puerta.

El médico fue a abrir el pestillo pero vaciló y se volvió hacia ella.

—Después de su visita estuve pensando en nuestra conversación y me vino a la memoria un detalle. A finales del año 1889 su madre tomó muchos analgésicos, además de sus píldoras para el corazón.

—¿Qué le pasaba?

—Pues se quejaba de dolores abdominales, pero yo estoy seguro de que no tenía nada. Siempre pensé que se los daba a otra persona. Mi padre era el que la atendía, pero yo le subía los medicamentos a la Alhambra. Quizá tenga alguna relación con el señor Delhorme.

Kalia siguió con la mirada al hijo de los Pinilla hasta que hubo desaparecido por detrás del Palacio de Carlos V, y solo entonces fue con Nyssia.

—No me apetece nada bajar a ver el desfile de los cabezudos y la tarasca. Iré a misa el domingo —dijo la señorita Delhorme para evitar la pregunta que vio venir.

—Como quieras, niña. Ruy me ha aconsejado que no te insista —le confesó la gitana mientras buscaba su mantilla para taparse el moño—. Pero yo no tengo elección —añadió.

«Siempre se tiene, Kalia», reflexionó Nyssia. Pero no le dijo nada. Se había dado cuenta de que la vieja se había vestido con mucho esmero para la celebración, en la que seguramente iba a verse con algún antiguo amante (si bien nunca había querido volver a casarse después del fallecimiento de Mateo).

—Nuestras elecciones se pagan —murmuró para sí, una vez que estuvo a solas—. Al contado o a crédito.

El Patio de los Leones estaba desierto. Nyssia se había instalado en la planta de arriba de la Sala de los Abencerrajes y contemplaba la fuente a través de las celosías de arabescos de madera, desde el mismo lugar en el que Yusúpov había entrado en su vida, cuarenta y un años antes. Cada vez que rememoraba aquel instante de su existencia, se le representaba de nuevo con toda su viveza y acompañado siempre de aquella primera emoción sensual.

Se había llevado un libro de poesía y estuvo leyéndolo durante varias horas, mecida por el chapoteo del agua en las pilas de la fuente y por la euforia leve que le provocaba el opiáceo, que le había aliviado parcialmente los dolores.

—¡Nyssia!

No vio la cara del que la llamaba desde la fuente, pero su voz no había cambiado nada con el paso del tiempo ni con la seriedad propia de las personas adultas. Conservaba la misma entonación juvenil y provocadora de la adolescencia. Bajó la escalera sin responderle, por el placer de oír cómo la buscaba, y lo encontró en el centro del patio. Solo en el último instante levantó la cabeza y vio la cara de Javier.

Era la de un hombre con muchas y profundas arrugas, con los cabellos de un blanco uniforme y el rostro cubierto en su mayor parte por una barba en la que subsistían algunos pelos negros como el azabache. En un primer momento no lo reconoció, pero entonces encontró en sus ojos la misma mirada rebelde.

Los dos experimentaron idéntico incomodo, mezcla de temor e inseguridad, el resultado de haber pasado varias décadas en un sueño profundo y del miedo a los juicios del otro.

—No has cambiado nada —dijo él con sinceridad, deslumbrado ante la belleza inalterada de su amiga de la niñez.

—Tú tampoco —mintió ella, antes de rectificar—: No mucho.

El silencio los sorprendió después de esas primeras palabras.

—Gracias por venir —dijo ella entonces.

—Acabo de llegar de Barcelona. Ahora vivo allí, desde hace diez años —respondió él rascándose maquinalmente la barba.

—Me lo dijo Kalia. Se ha visto obligada a contarme en unos días todo lo que ha pasado en estos años.

De nuevo, el silencio se instaló entre ellos sin que lo hubiesen invitado.

—¿Te has fijado en lo que cuesta hablar cuando se tienen tantas cosas que decirse? —dijo Javier con un estremecimiento de emoción.

—Entonces vamos a dar un paseo —sugirió Nyssia, dirigiéndose hacia el Patio de los Arrayanes.

Sobre todo, tenía el sentimiento extraño de que Javier había pasado de ser un adolescente a convertirse en un abuelo sin haber tenido una vida entre esos dos estadios. Y solo deseaba preguntarle acerca de su hermana.

—Te pareces tanto a ella, ¿sabes? —dijo él adivinando sus pensamientos.

—No en vano somos mellizas. Pero hemos llevado las vidas más opuestas imaginables.

—Desde luego que sí… Qué buenos momentos compartimos aquí, en este patio —suspiró él, parándose delante de la alberca rodeada de setos fragantes.

—Yo ya no me acuerdo —se lamentó ella.

—Hay que decir que te pasabas el tiempo leyendo, aislada de todos. Y la cosa sigue igual… ¿Qué novela es? —le preguntó, sin atreverse a quitarle el libro de las manos.

—Apollinaire. Poesía francesa.

—¿Ya no lees los libros de recetas de Platón? —bromeó él.

La broma relajó a Nyssia, que bajó un poco la guardia. Javier conseguía no tomarse nunca en serio ni las situaciones de máxima tensión. Seguía conservando un rasgo de carácter que ella había apreciado siempre en el adolescente de antaño. Los cabos del tiempo volvían a atarse.

Cruzaron la Alcazaba hasta la Torre de la Vela.

—Nuestra guarida de piratas —dijo cuando hubieron salido a la azotea, donde les llegaba el rumor de la aglomeración de gente que presenciaba la procesión.

Ella se acercó al borde y dejó que el viento le acariciara el rostro.

—Has tenido el mundo a tus pies, princesa —dijo Javier acercándose a su lado.

—Sí, pero pronto perdí mis ilusiones.

—Pero has vivido la vida que querías —insistió él—. Una vida de ensueño.

—Que fue efímera, tan efímera… Después te dejas la piel tratando de conservar las migajas. ¿Y tú? —le preguntó, volviéndose hacia él.

—¿Yo? Pues formo parte de ese mundo que está a tus pies —respondió, haciendo un amago de reverencia.

—¡Ponte serio! Por una vez…

—Ya me conoces, todo lo serio me espanta. ¿Qué puedo contarte de mi vida? Victoria es lo mejor que me ha pasado, es mi gran suerte, aun cuando no me haya casado con ella… y te lo estoy diciendo en serio, por una vez. Hemos seguido estando muy unidos.

—Kalia me ha contado que tienes dos hijos, ¿es cierto?

—Los veo poco, como a mi mujer. Tengo obras en marcha en todos los rincones de España y en Portugal. Trabajo incluso con los arquitectos, pero es por una buena causa: el templo de la Sagrada Familia. Vengo de tanto en tanto a ver a mi madre, pero ella no me necesita.

—¿Cómo sabes que no?

La pregunta de Nyssia le llegó al alma. Reflexionó un buen rato antes de contestar, tiempo que ella aprovechó para alejarse unos pasos y liberarse un poco del dolor que despertaba de nuevo y le mordía las rodillas.

—Pues, la verdad, tienes razón —concedió él—: es lo que me conviene pensar. Pero creo que es todo lo feliz que puede serlo en el otoño de su vida.

—Vamos dentro, anda —decidió Nyssia, notando que la necesidad de tomarse un analgésico se tornaba imperiosa.

—Si acabamos de subir.

—Pero ni siquiera hay golondrinas.

—¿Eh? —dijo él levantando obedientemente la cabeza—. Pero si no te gustaba nada pescarlas…

Ella no respondió y se metió por la escalera de caracol. Las crisis de la enfermedad la obligaban a cojear al andar, algo que hasta ese momento había logrado disimular en público. No soportaba el menor defecto de su cuerpo, que consideraba una traición hacia sí misma.

Javier se había fijado en que había subido los peldaños con dificultad, por lo que le dio una ventaja suficiente. En el camino de vuelta ella se equivocó de dirección antes de encontrar la senda correcta, y él no hizo ningún comentario.

Cuando supo que se había presentado en Granada, Javier no había querido viajar en un primer momento. Nyssia pertenecía a un pasado que le parecía otra vida. Pero Kalia había insistido y le había transmitido su preocupación respecto a la salud de la señorita Delhorme. Entonces, antes de decidirse, había hablado con Victoria.

Nyssia lo llevó hasta el pórtico de la Cámara Dorada, una especie de mirador con dos asientos recubiertos de mosaicos, frente a frente, adosados a la ventana central.

—Uno de mis escondites preferidos de la juventud —comentó ella—. Las vistas siguen siendo igual de relajantes.

—¿Por qué no volviste nunca? Al menos para el entierro…

—¡Te lo suplico, Javier! No empieces tú también. ¡Todas las personas con las que me encuentro me preguntan lo mismo!

—Perdona. Perdóname, querida —se disculpó al verla tan alterada de pronto.

Nyssia recobró la compostura y sus facciones mostraron de nuevo la serenidad y la media sonrisa muda que constituían su encanto desde la adolescencia.

—A ti te lo voy a contar, porque sé que Victoria dejó de considerarme su hermana desde aquel día. Iba a casarme el 16 de mayo de 1903 con Pierre de la Chesnaye. Cuando le conté que mi madre había fallecido y que íbamos a tener que posponer la boda para que yo pudiera venir al entierro, se negó. Me contó entonces que la conocía, que sabía que me apellidaba Delhorme y que no era ninguna princesa de sangre española. Aunque eso le daba absolutamente igual, yo era su trofeo más preciado y tan solo le importaba eso. Nadie debía sospechar de mi pasado. De lo contrario, yo dejaría de tener valor y, entonces, no se casaría conmigo. Tal vez te parezca cínico, a todos seguramente os resultará inmoral, pero no dije nada y me casé, mordiendo un pañuelo para no llorar.

—Tus padres te educaron y te rodearon de amor más que cualesquiera otros padres, y no se lo merecían.

—¡Lo sé perfectamente! —exclamó, enfadada—. ¡Lo sé, te digo!

Se levantó, se acercó a la fuente del patio contiguo y mojó en ella un pañuelo para refrescarse el rostro y la nuca.

—No sabes nada de mi vida, así que te pido que no me juzgues —dijo sin darse la vuelta—. El mundo en el que yo me muevo no tiene la menor conmiseración hacia las mujeres como yo.

—Entonces ¿por qué lo elegiste?

Ella se acercó de nuevo y se sentó delante de él, antes de proseguir:

—Por la misma razón que huiste tú. Un día un amigo rumano me dijo que la felicidad era una vocación. Ni tú ni yo tenemos ese don... Y, ahora, ¿podemos hacer las paces?

—Tienes razón —convino Javier, nervioso por el giro que había dado la conversación—. Vaya, ya no se oye la música —observó—. Ha debido de terminar la procesión. ¡Cada año la hacen más corta! Bueno, ¿y qué has descubierto desde que llegaste? —le preguntó, intentando sonar alegre.

—Poca cosa. En Granada se acuerdan tan poco de mi padre como de mí. ¿Cómo se lo ha tomado Victoria?

—También ella empezó a preguntar a todo el mundo. Mantiene la cabeza fría y se resiste a perder los nervios. Si de verdad es así, ¿cómo se entiende que él no se haya puesto en contacto con ella en todo este tiempo?

Nyssia se hacía las mismas preguntas desde su llegada. A fuerza de insistirle a Kalia, había logrado que la gitana le revelase un elemento inquietante. Estaba convencida de que, después de la desaparición de Clément, su madre había mantenido hasta su muerte una relación secreta. No tenía pruebas que lo corroborasen, tan solo una serie de pequeños detalles y su intuición femenina, como le había explicado a Nyssia. La gitana siempre había respetado la vida privada de Alicia y nunca le había preguntado al respecto.

—Victoria escribió a Irving para contarle que estabas aquí —añadió él como broche del asunto.

—¡Irving! ¿Dónde está en estos momentos? ¿Sigue con Méliès?

—No, dejó la Star Film en 1913 por culpa de Pathé. Se fue a Rusia para trabajar en la fotografía a color, pero luego se marchó por la revolución. Desde entonces vive en Inglaterra.

Kalia puso fin a la conversación llamándolos desde el Patio de Machuca. Ruy Pinilla había querido acompañar a la anciana, quien, en las semanas anteriores, se había caído varias veces por el camino de la Alhambra. El médico saludó a Javier, pero este no le respondió.

—Han cancelado la procesión por la epidemia de gripe —explicó—. Han prohibido las aglomeraciones. Ha muerto un enfermo en el hospital San Juan de Dios.

CUARTA ÉPOCA

1884–1889

XXIV

68

París,
jueves, 12 de junio de 1884

E l ómnibus de la línea Auteuil-Madeleine hizo parada en la avenida Montaigne para que se apease una mujer joven, cuya llamativa cabellera de color azabache y cuya belleza habían sido el tema de conversación de los dos estudiantes que habían subido en el Trocadero, así como objeto de las insistentes miradas de un individuo que llevaba en el coche desde el inicio de su trayecto. Este se bajó en el último momento, mientras el cochero sudaba de lo lindo intentando que el tiro reanudase la marcha y, de paso, provocaba los gritos de los pasajeros del piso alto, que por poco no se caen con los trompicones del vehículo.

La mujer joven no se volvió, pero notó que el desconocido la seguía, acompasando el paso al de ella. Muchas veces le pasaba que se le ponía al lado algún sujeto en la calle, o que otro la seguía, y había acabado acostumbrándose desde su llegada a París. Pero aquel individuo no era como los demás. Ella se detuvo delante de la primera tienda que vio. Las pisadas cesaron de pronto. Estaba ahí, a su espalda. Podía ver su sombra tenue, de perfiles borrosos, proyectada por un sol debilitado. Eran las dos de la tarde, la calle estaba animada y ella se convenció de que no corría ningún peligro.

—Disculpe, señorita… —dijo el hombre con voz intranquila.

Ella lo ignoró y siguió observando atentamente el escaparate decorado con sombreros a la última moda. Si se ponía pesado, solo tenía que entrar y pedirle ayuda al sombrerero.

—¿Nyssia? —dijo el hombre al cabo de unos segundos de duda—. ¿Eres tú, Nyssia?

La joven se dio la vuelta y pudo observarlo detenidamente. A pesar de unos rasgos finos y juveniles, las arrugas de su rostro delataban una cincuentena de años y un buen puñado de tribulaciones interiores.

—No, lo siento, caballero, no soy esa persona —respondió ella, ya más tranquila—. Me llamo Laure.

El hombre había comprendido su error en el instante en que la joven se había dado la vuelta. Al momento, se apagó el brillo de su mirada.

—No, perdóneme usted, señorita. La había confundido con otra persona. Disculpe la molestia.

—Está perdonado, gracias a usted he descubierto una tienda de lo más interesante —respondió ella, dirigiendo la atención hacia un sombrero de paja decorado con flores de aciano—. Si no es indiscreción, ¿quién es la...?

Laure no terminó la pregunta: el desconocido cruzaba ya la calzada, librándose por los pelos de que lo atropellara un coche de punto, en dirección a la rotonda de los Campos Elíseos.

Clément se enojó consigo mismo. Como cada vez, se había recorrido las líneas de ómnibus o de tranvías, había interrogado a los cocheros, se había pateado las calles, había entrado en los cafés y en los cabarets que estaban más de moda, había examinado los periódicos en busca del más mínimo indicio y, como cada vez que creía haberla visto, se le desplomaron desde lo más alto unas esperanzas que él nunca había perdido.

Buscaba a su hija desde hacía ya tres años. Y tenía la sensación de que nadie en toda la capital había visto ni había oído hablar nunca de Nyssia Delhorme. Una y otra vez se preguntaba si no habría tenido razón Alicia al dudar de que se encontrase en París. Su mujer se había quedado en la Alhambra. No había tenido ánimos para decir adiós al palacio que estaba restaurando y Victoria había decidido a última hora no dejarla sola.

Llegó a la calle Courcelles por la avenida Antin y siguió por ella hasta la plaza Pereire. Había quedado con Maurice Koechlin en su piso de la calle Le Châtelier, número 11.

—No se fije en el desorden que tengo —dijo el joven ingeniero que, a pesar de las indirectas de Clément, no conseguía tutearlo, impresionado como estaba con sus hazañas, además de cohibido por la diferencia de edad—. Todavía estoy soltero.

Los cuadernos, planos y dibujos formaban pilas de estratos encima de su escritorio, dejando tan solo un pequeño espacio libre, lo justo para poner un par de hojas y un tintero. Koechlin rebuscó entre un montón de dibujos y entregó a Clément unos diez bocetos.

—Solo son unas ideas, siguiendo sus indicaciones —dijo, e invitó a su visita a tomar asiento—. Le dejo que haga usted los cálculos de cargas.

Se trataba de dibujos en borrador de aeronaves con barquilla cerrada. El proyecto de Eiffel y Flammarion de enviar a la capa alta de la atmósfera un globo tripulado había progresado lentamente debido a las limitaciones que iban acumulándose al mismo tiempo que los avances, pero todos compartían la idea de Clément de construir una barquilla cerrada.

—Esta propuesta la descarto —dijo este, mostrándole una cabina de mimbre alargada, con una tela sujeta a ambos lados mediante unas estructuras metálicas—. Necesitaremos algo totalmente hermético.

—Pero ¿cómo se las ingeniará para evacuar el gas carbónico?

—Estoy trabajando en el diseño de un artefacto que lo almacenaría. Se insuflará aire purificado al habitáculo. No se me ocurre otra solución para mantenerse con vida: a dieciséis mil metros, hay diez veces menos de oxígeno en la atmósfera, insuficiente para alimentar el corazón y el cerebro —le explicó mientras seleccionaba dos bocetos.

—Lo admiro. ¡Qué gran aventura científica!

—Salvo porque si no consigo reducir el peso y el volumen de ese artefacto, no nos moveremos del suelo. Estará abocado al fracaso.

Clément seguía el hilo de la conversación de forma maquinal. No conseguía sacudirse de encima la equivocación de aquel día. Cuando se había cruzado con la joven en el ómnibus, se había puesto a temblar de pies a cabeza. Durante varios minutos había ido encadenando ideas a la velocidad de la electricidad, se había repetido el discurso que tenía preparado y había decidido desecharlo para decirle simplemente cuánto la había echado de menos.

—¿Se ha fijado en la variante que he introducido en este otro? —preguntó Koechlin. La cabina estaba enganchada al globo mediante un cinturón de carga, del que salían las cuerdas, de dos en dos—. Es para evitar que se enreden —precisó.

—¡Muy ingenioso, ya veo! —aprobó Clément, dejándolo encima del montón de bocetos seleccionados.

Le dio un ataque de tos. La ausencia prolongada de precipitaciones había hecho que las calles no pavimentadas estuvieran siempre cubiertas de polvo.

—¿Quiere un poco de agua fresca? —le ofreció Koechlin, que se había levantado sin esperar respuesta—. Hay una fuente en el patio.

Clément aprovechó su ausencia para afinar la selección, que invariablemente recaía en los modelos con casco de hierro. Seleccionó uno con forma esférica y otro cúbica, cada cual con las ventajas e inconvenientes correspondientes a su forma respectiva.

Salió al balcón para disfrutar el suave calor de las postrimerías de la primavera y observar la perspectiva de los tejados de París que ofrecía la vivienda, situada en un cuarto piso. Echaba de menos las vistas a Sierra Nevada, sobre todo porque solo había podido volver a Granada tres veces desde su partida, que se había producido exactamente dos semanas después de la desaparición de Nyssia. Por su parte, Alicia y Victoria iban a verlo dos veces al año, por Pascua y en verano, como mucho unos diez días pero a veces incluso menos, dependiendo de las obras de restauración. A pesar de las cartas, su ausencia le resultaba tan insoportable como la de Nyssia, y solo el trabajo a destajo lo salvaba de hundirse en la tristeza.

—A ver si adivina a quién traigo —dijo Koechlin, con una garrafa de agua en la mano—. ¡Al señor Sauvestre!

—Gustave me pidió que me acercarse a trabajar con usted en el pilar que está diseñando —aclaró el arquitecto, colaborador habitual de la casa Eiffel.

—Pues, entonces, voy a por una botella de vino, una superviviente que me viene de Alsacia —propuso Koechlin.

El sabor afrutado devolvió las fuerzas a Clément, que se alegró pensando que en agosto volvería a ver a Alicia y a Victoria. Irving y Javier lo acompañarían en el viaje. Decidió reservar sin demora los pasajes de tren.

—¿Qué clase de trabajo es ese pilar? —preguntó, y dio un sorbo del vino blanco de Zellenberg.

—Un proyecto para la Exposición Universal del centenario de la

Revolución. Los organizadores quieren algo sensacional, algo fuera de lo común. Por eso he imaginado esta idea —dijo el joven ingeniero tendiéndole un dibujo.

—¿Un pilar de trescientos metros? —preguntó Clément, asombrado, al tiempo que leía el membrete.

—He pensado que el umbral mítico de los mil pies sería un hermoso objetivo. Lejos quedan sus veinte mil metros de altitud. ¡Pero esta será la construcción humana más alta del mundo!

El dibujo, realizado a tinta, representaba cuatro vigas de enrejado metálico que se juntaban arriba y pasaban a formar una sola. A la derecha, Koechlin había hecho un bosquejo a lápiz de Notre-Dame, por detrás de la cual descollaba la estatua de la Libertad, a su vez coronada por la columna Vendôme, el Arco de Triunfo, la columna de la Bastilla, el Obelisco de la Concorde y de un edificio de viviendas de cinco plantas, cuyo tejado apenas si alcanzaba la cima del pilar.

—Esta comparación condensa en sí misma toda la ambición del proyecto —comentó Clément, admirativo.

—Y toda su dificultad —replicó Koechlin.

—¿Lo ha visto él? —preguntó Sauvestre.

—Sí, y ha puesto mala cara. No está nada convencido.

—Entraña riesgos, es cierto —admitió el arquitecto—. Una construcción de mil pies, ¡parece imposible!

—Los riesgos se controlan con las matemáticas —intervino Clément—. Nunca mienten.

—No se quita de la cabeza el fracaso del viaducto del Tardes —objetó Koechlin dejando su copa de vino en la mesa, pues los primeros sorbos le habían mareado.

El viaducto, en fase de construcción, se había venido abajo el 26 de enero por los efectos de una borrasca repentina.

—No hubo que lamentar muertos ni heridos —atemperó Clément—. Las tormentas son las únicas incógnitas de mis predicciones.

—El patrón no está convencido, pero nos da permiso para profundizar un poco en el proyecto.

—Por eso he venido —dijo Sauvestre, encorvado delante del boceto.

—Por eso ha venido —abundó Koechlin—. Y quisiera aprovechar que también está aquí el señor Delhorme para sacar los cálculos de las constricciones de cargas y vientos. ¿Tendrá tiempo para ello?

—Ese es un reto que me complace. Déjeme una esquinita del escritorio, un poco de papel, tablas de logaritmos y ¡seré su hombre! ¿Cuál es la fuerza de viento que hay que aplicar?

—Cuatrocientos kilos por metro cuadrado, ¿le parece razonable?

—¡Que se eche a temblar el huracán del Tardes!

Un largo silencio de una hora se instaló en la pieza, transformada en despacho de proyectos.

—¿Qué les parece, caballeros? —preguntó Stephen Sauvestre mostrándoles el resultado de su trabajo—. ¿Es presentable?

Las cuatro vigas habían quedado conectadas mediante unos arcos amplios, las dos plataformas se habían transformado en salas acristaladas cubiertas y, en lo alto de todo, el conjunto se coronaba con una cúpula.

—Ya no es un pilar, es una torre. Una preciosa torre vestida —comentó Koechlin, admirativo.

—Habría que ponerle un nombre —dijo Sauvestre, mojando ya la pluma a la espera de alguna idea.

—La Torre Gallia —propuso Clément—. Ya que se erige para celebrar la revolución del pueblo francés.

—¡Por la Torre Gallia! —dijo Koechlin alzando su copa vacía.

—¡Por la Torre Gallia! —repitieron los otros a dúo.

—Solo queda convencer al señor Eiffel y a la comisión de la Exposición de que es el mejor proyecto.

—¡Y lograr la proeza de que se tenga en pie! Eso les toca a ustedes, caballeros —concluyó el arquitecto.

El interludio había ahuyentado la melancolía de Clément. Regresó, rebosante de esperanza, al pequeño inmueble arrendado en el que vivía con Irving, en el primer piso de un edificio de construcción reciente, en la calle de Prony, no lejos de la residencia de Eiffel. El dueño, que vivía en el bajo, lo llamó al verlo llegar.

—¡Señor Delhorme! ¡Tiene un telegrama! ¡Un escándalo, un escándalo! —exclamó poniéndole el papel en la mano.

—No sabía que fuera ilegal —bromeó Clément, habituado a los saltos incongruentes que daba el pensamiento de su patrono.

—¡Me refiero a la conclusión de la comisión especial! —aclaró este, poniéndose rojo solo de mentar la susodicha comisión—. ¡Han votado a favor del desagüe directo!

—¿Y no es más bien una buena noticia? —respondió Clément, abriendo ya su telegrama.

—¿Está de guasa? —respondió el propietario cogiéndolo de las dos manos, de tal forma que por poco no rompe la misiva—. ¡Estamos apañados! ¡Acabaremos todos contagiados!

—A ver, señor Brouardel, tranquilícese —dijo Clément guardándose el telegrama en el bolsillo para protegerlo.

—¡El cólera, el tifus! ¡Eso es lo que nos espera! —despotricó el hombre, siguiéndolo por la escalera hasta el rellano.

—Debemos recibir el progreso con serenidad —repuso Clément, buscando en vano la llave en sus bolsillos.

El señor Brouardel se acercó a él moviendo los ojos a diestra y siniestra, señal inequívoca de la inminencia de una relevación importante.

—Un familiar mío trabaja en la Comisión de Olores de París. Y lo sabe de buena tinta: en las ciudades en las que han instalado los desagües colectivos ha habido una explosión de fiebres tifoideas. ¡Demostrado! Los gérmenes van a circular por las tuberías y subirán hasta las casas. Las enfermedades van por el aire, señor Delhorme. Pasteur, el gran Pasteur, lo ha demostrado fehacientemente. ¡Y hasta él se opone a los desagües comunes! Además, usted que es ingeniero debería saberlo.

—Estese tranquilo, señor Brouardel, que no hay peligro. Solo son paparruchas.

—¿Paparruchas? ¿Y todos esos muertos en las grandes ciudades? Se habrá enterado usted, ¿no?

Sin dejar de escucharlo, Clément rebuscaba desesperadamente su llave. Pero entonces renunció, pues se acordó de que se la había llevado Irving porque se había olvidado la suya en su casillero del trabajo.

—¿Y Vidal? ¿Y Lagneau? ¿Y todos esos valerosos científicos que denuncian el peligro, por qué no les hacen caso? —tronó el propietario—. Vamos de cabeza a un cataclismo, ¡se lo digo yo!

Clément intentaba mantener el tipo, pero se sentía ajeno a una polémica que llevaba meses haciendo furor. Los palacios de la Alhambra habían sido construidos con un sistema de desagües que funcionaba a la perfección desde hacía siglos y que para él representaba el modelo que había que seguir. Se contuvo para no decirlo delante de Brouardel, un hombre tan impermeable a las ideas foráneas como permeable era su fosa séptica a las emanaciones fétidas.

—Pero lo peor no es eso —continuó—, figúrese que quieren imponer únicamente a los propietarios de los pisos el coste del agua, ¡un abono de cincuenta litros como mínimo por día y habitante! Para esta casa, serán mil litros que tendré que apoquinar a diario, a treinta y tres céntimos el metro cúbico, o sea… —Se interrumpió para echar la cuenta mentalmente.

—Ciento veinte francos al año —dijo Clément para abreviar la parrafada.

—¡Ciento veinte francos para la Compagnie Générale des Eaux, más la instalación de los retretes! ¡Mi ruina! ¡Mi muerte y mi ruina!

—¡Ánimo! El progreso exige obrar con la misma energía para combatir los dogmatismos que para penetrar los misterios del mundo —sentenció Clément antes de bajar otra vez por la escalera.

—¿Perdone? —gritó el arrendador, preguntándose en qué lado de la balanza lo había puesto su inquilino—. Pero ¿qué hace? —preguntó, extrañado, desde el rellano.

—Se me había olvidado comprar una cosa.

—Créame, debemos luchar contra el desagüe colectivo. ¡Si no, se abatirán sobre nosotros todas las epidemias y será peor que las siete plagas de Egipto!

—Buenos días, señor Brouardel.

Clément decidió esperar el regreso de Irving en casa de Eiffel, que por suerte se encontraba en su domicilio en compañía de Claire. Su hija estaba ayudándolo a elegir un traje de gala.

—Para la cena oficial de la finalización de la estatua de la Libertad —aclaró él—. Estarán el embajador de Estados Unidos, nuestro ministro de Industria y numerosos políticos. Debo saludarlos a todos —añadió el empresario—. ¿Quiere acompañarme, Clément?

Delhorme declinó la invitación. No quería dejar solo a Irving.

—Que venga a casa, Claire estará encantada de que le haga compañía. Su hijo tiene ya veintiún años, no es ningún crío. ¿No es cierto, Claire?

La sonrisa incómoda de su hija lo incitó a pensar que ella había previsto pasar la velada de una manera totalmente distinta. Frecuentaba desde hacía poco a Adolphe Salles, un joven ingeniero de minas, y la presencia de Irving contrariaba sus planes.

—Ya sabe lo poco que me gustan a mí este tipo de eventos —intervino Clément—. Les agradezco a los dos su solicitud, pero pasaré la velada con mi hijo.

Una vez acabada la prueba de vestuario, Eiffel se lo llevó a su gabinete.

—¿Cree que podría proponerle a la comisión de la Exposición Universal que hagamos nuestra tentativa de récord de altitud en aeronave el día de la inauguración? ¿Estaremos preparados?

—Si consigo reducir a la mitad el peso y el volumen del artefacto que recogerá el gas carbónico, sí, podemos planteárnoslo. Lo demás es solo un cúmulo de detalles, ninguno de los cuales puede dar al traste con la aventura, pero que pueden arreglarse a lo largo de los próximos cinco años.

—¡Eso es perfecto! Entonces, hablaré de ello al ministro esta tarde. Hay que ir abriendo el apetito.

—¿Y el proyecto de la columna?

—Para serle sincero, no me gusta demasiado. Existen otros modos de demostrar nuestra pericia.

—Un monumento de mil pies es un récord igual de hermoso que los veinte mil metros en globo, Gustave.

—Pero ¿cómo lo justificaríamos, aparte de por el hecho de ser algo fuera de lo corriente? Construir un tótem y desmontarlo a los seis meses no me seduce nada.

—Sería una estación meteorológica ideal, un medio único para explorar la atmósfera de París. Podría abrirlo a otros experimentos científicos.

—Tal vez.

—Además, sería el mejor modo de olvidar el accidente del Tardes.

Claire entró para interrumpirlos: acababa de llegar el coche y esperaba a Eiffel.

—Lo del Tardes no hay que olvidarlo nunca, Clément. Y recordar que no somos Dios.

—Pero Dios ha muerto; nuestros puentes y nuestras torres son las ofrendas paganas al nuevo dios del progreso. Hemos echado a volar, Gustave, construimos nuestros propios iconos y ya nada nos detendrá, jamás.

Cuando volvió al piso, Irving lo estaba esperando, ansioso.

—Papá, después de trabajar he pasado por el estudio de Belay y había sacado de sus archivos la maleta de cuando estuvo en la Alhambra. Tengo unas fotografías de nuestro hogar —dijo mostrándole un mazo de clichés—. Datan de 1877. ¿Quieres verlas?

—Qué sorpresa tan bonita. Nos sentaremos a verlas juntos después de cenar, ¿te parece? —le propuso Clément, dirigiéndose a la despensa.

—Lo siento, papá, no puedo quedarme contigo, he quedado con Javier y unos amigos en la Laiterie du Paradoxe. Es la fiesta de fin de curso de la École Centrale —agregó para justificarse, al detectar un frunce casi imperceptible que surcó la frente de su padre.

—¿Eh? —dijo simplemente Clément, volviendo sobre sus pasos.

Cogió una encendaja y la echó en la cocina de leña; luego volvió a poner los aros de hierro y colocó encima una olla con sopa fría hasta la mitad.

—Perdona que se me olvidara decírtelo —se disculpó Irving, que se acordaba perfectamente del momento en que se lo había anunciado, la semana anterior.

Su padre estaba entonces metido de lleno en una serie de cálculos, en los que los decimales lo decidían todo, le había precisado, sentado en su despacho, en cuya pared destacaba una foto de familia tomada en el estudio de Belay durante la última visita de Alicia y Victoria.

A Irving no le gustaba mirarla y la evitaba siempre que entraba en el gabinete de su padre. Detrás de las miradas plácidas del cliché, en realidad todos estaban pensando en la persona que faltaba. Irving había sacado dos copias, una de las cuales se fue con ellas a Granada; Victoria la había puesto en su habitación. Clément no había vuelto a hablar de Nyssia desde hacía meses, al igual que ocultaba a Irving las búsquedas que seguía realizando, con la idea de protegerlo de una tristeza demasiado lacerante. En cambio, el chico se culpaba por no sentirse ya apenado por la desaparición de su hermana. Deseaba que fuese feliz, ella que nunca se había sentido próxima a sus dos hermanos mellizos. A Victoria, por el contrario, sí que la echaba de menos todos los días, y eso que ella le escribía con frecuencia y le daba noticias de todos los moradores de la Alhambra.

—Y Juliette ¿estará también? —se interesó Clément, sacando un pan de la artesa y partiéndolo.

—Pues voy a ver a Juliette y a Zélie antes de ir a la fiesta —respondió el joven sin dar detalles.

Después de su primera velada en la Laiterie du Paradoxe, se había hecho amigo de Juliette sin que nadie supiera lo que de verdad había pasado entre los dos, él el primero. Nunca se había atrevido a preguntarle qué había pasado entre ambos desde lo último que recordaba y el instante en que había despertado, en sus brazos, bien entrada la mañana siguiente. Juliette parecía haberse acomodado enseguida a su estatus de mejor amiga y los dos jóvenes se veían varias veces a la semana.

Clément no insistió. Estaba concentrado pelando nueces verdes y echando los trocitos en la sopa.

—Te esperaré para que las veamos juntos —dijo a Irving cuando este se disponía a irse.

—Yo ya las he visto. Míralas tranquilamente esta tarde, se las devolveré mañana antes de ir a Le Bon Marché.

Después de su intentona frustrada de ingresar en la École Centrale, su hijo había conseguido entrar en la École des Beaux-Arts, en la que se aburrió igual de espléndidamente y de la que había salido tres meses después con la intención de emplearse como aprendiz en el estudio de Belay. Lo único que le interesaba era la fotografía. Pintaba regular, pero tenía un talento nato para el encuadre, las proporciones y la puesta en escena de los personajes. Su mentor se había fijado enseguida y se aprovechaba alegremente de ello, para regocijo de su clientela, siempre deseosa de probar novedades en un oficio en que la competencia era encarnizada. Clément había aceptado ese cambio de rumbo sin poner condiciones, pero su hijo había insistido en trabajar para pagarse todo el material necesario para la producción de fotografías. Gracias a Eiffel, que le había hablado a la señora Boucicaut de su paso por la Facultad de Bellas Artes, se había empleado como vendedor en la sección de muebles de Le Bon Marché. Instalado en el entresuelo de la calle de Babylone, el departamento consistía en un enorme paseo cubierto por el que deambulaban los clientes como si estuvieran en un museo de ambiente sereno y amortiguado, lejos del bullicio y de la multitud ruidosa de las plantas superiores.

Irving había decidido quedarse tres o cuatro años más en el estudio de Belay, que le pagaba un sueldo mísero, y abrir más adelante su propio estudio de retratista. Clément estaba orgulloso de él, de su franca cabezonería, de sus investigaciones permanentes sobre nuevas formas de tomar vistas y revelar clichés, de su alegría sencilla y generosa. Le parecía que su hijo estaba preparado para afrontar el porvenir.

Engulló la comida en menos de cinco minutos, se tomó un café y arrimó el sillón a la ventana abierta. Las vistas no eran precisamente espectaculares: la fachada del inmueble frontero, renegrida aquí y allá, era un testimonio duradero de los combates de la Comuna de París, trece años antes. Pero necesitaba sentir el aire fresco en la cara, después de pasarse las jornadas encerrado en la oficina de proyectos de la firma Eiffel. Clément no conseguía acostumbrarse a su nueva vida: París era una ciudad oscura y mugrienta que le había arrebatado a su hija, y no entendía la atracción que ejercía sobre todo el mundo.

Cogió la lupa que usaba habitualmente para observar los detalles de los planos, la misma que, para gran desconcierto suyo, se le había vuelto indispensable a la hora de leer el periódico, y se dejó invadir por la melancolía desde la primera fotografía. Extrañaba tanto su vida en la Alhambra… Echaba de menos los arcos en herradura de los vanos que se abrían a las cumbres nevadas de la sierra, el chapoteo constante del agua del Darro que recorría los palacios nazaríes, los copos de luz dorada que se colaban por todas partes y los aromas del arrayán y del jazmín que volaban en el aire como los vencejos de la Torre de la Vela. Los clichés de Belay, aun estando muy logrados técnicamente, no hacían honor a la Alhambra. Sí aparecían los elementos principales, el Patio de los Leones, el Salón de los Embajadores, el Generalife, acompañados de numerosos primeros planos de los detalles arquitectónicos, pero el elemento humano brillaba por su ausencia, exceptuando la foto de la Puerta del Vino en la que reconoció a Rafael Contreras en el umbral de su taller. La Alhambra parecía congelada. Irving le había explicado que era difícil hacer posar a los participantes y que muchas veces se los veía borrosos porque durante la toma de la imagen se habían movido, aunque solo fuera un poco. La última foto era una de los Baños. Los aficionados pasaban por alto ese lugar, dividido entre penumbra y rayos de luz, debido a la dificultad técnica que entrañaba fotografiarlo, pero Belay había logrado atenuar el contraste de luz. Un detalle le llamó la atención a la altura del nicho de mármol de la sala caliente: una silueta humana se recortaba en una zona en sombra, imposible de discernir sin la lupa; una silueta con los cabellos largos, sueltos, que reconoció al instante: Nyssia.

La emoción inundó a Clément. Rebuscó en su gabinete una lupa más potente y, al no encontrar ninguna, acudió a los talleres de Eiffel donde Compagnon, todavía presente a pesar de lo intempestivo de la hora, le prestó una. Ya en casa de nuevo, Clément prendió todos los quinqués del piso, los puso en fila en su escritorio detrás de la fotografía y se valió de las dos lupas como si fueran las lentes de un telescopio, hasta obtener una imagen nítida ampliada veinte veces. Los contornos del cuerpo de su hija se destacaban más nítidamente. Le pareció también distinguir su cara. Estaba sentada. Clément imaginó que debía de estar leyendo cuando llegó el fotógrafo y que ni siquiera lo había visto. Nyssia se había quedado agazapada en la penumbra hasta que el artista se había ido. Colgó en la pared el único cliché tomado de su hija en toda su vida, al lado del que se habían hecho ellos en el estudio de Belay, y contempló largo rato el retrato fantasma.

Desde su llegada a París se había hecho con la dirección del palacete de Yusúpov, situado en la calle Gutenberg de Boulogne-sur-Seine, en el barrio del parque de Les Princes, de donde lo habían echado los miembros del personal que se encontraban presentes. Él los había avasallado para que le concediesen audiencia con el hospodar y había conseguido encontrar a su edecán. El hombre le había asegurado que nadie con el nombre de Nyssia Delhorme se hallaba en la residencia del príncipe y que Yusúpov no la conocía. El príncipe estaba de viaje por Europa y no volvería a París hasta pasados muchos meses. Clément había vigilado el lugar, obligándose a acudir allí todos los días desde la calle de Prony, que quedaba a hora y media andando. Estaba convencido de que el hombre le mentía, pero no consiguió ningún otro resultado que el de llamar la atención de los moradores y el de recibir la orden terminante de la prefectura de policía de no aparecer más por la calle Gutenberg, so pena de cárcel. Durante un tiempo había pagado a un repartidor para que le avisase de las idas y venidas, pero el hombre había cogido miedo y se lo había contado a las autoridades. Clément se había centrado a continuación en los lugares de moda de la capital, los de postín y los más bajos: estuvo frecuentando restaurantes, cafés, teatros, salones. En vano. Después de tres años de búsquedas, tenía la sensación de haber llegado al límite de sus posibilidades.

Cerró la ventana y, caviloso, se metió las manos en los bolsillos del pantalón. Sus dedos tocaron un papel arrugado. Todos los elementos de la jornada habían ido encadenándose y se había olvidado del telegrama. Se lo enviaba Alicia y en él le comunicaba dos noticias que releyó varias veces para asegurarse de haber captado bien su alcance. La primera era que el juez Ferrán había sido nombrado para formar parte del gabinete del ministro de Justicia, en Madrid, y la segunda, cuyas consecuencias ya presentía, concernía a Cabeza de Rata.

69

Granada,
lunes, 30 de junio de 1884

Toda la compañía de la Guardia Civil de Granada se había reunido al completo en el patio del cuartelillo. El comandante había dado un discurso de bienvenida a sus dos recientes incorporaciones, dos suboficiales procedentes de la infantería que completaban un efectivo de treinta y cinco hombres. A continuación, había cedido la palabra al coronel responsable de la compañía.

—Señores, quisiera expresarles lo feliz que me siento de pertenecer a este cuerpo que, de Barcelona a Sevilla, es el orgullo de nuestra sociedad. Nuestra misión se apoya en dos pilares: beneficiar al habitante pacífico proporcionándole ayuda y asistencia y reprimir las bandas facciosas que gangrenan este país. Debería decir que gangrenaban, puesto que nos hallamos en trance de conseguir su erradicación definitiva. Todos y cada uno de los ciudadanos de este país tienen el derecho a vivir y a desplazarse con total seguridad, y eso se lo deben hoy por hoy a la Guardia Civil, a hombres como ustedes, hombres de honor porque, como dice la Cartilla del Guardia Civil, el honor es el valor principal. No lo olviden nunca, caballeros. Sus oficiales deben ser siempre un ejemplo para ustedes y, créanme, lo son. Y yo quisiera rendir mi homenaje particular a su nuevo comandante.

Cabeza de Rata, que acababa de tomar posesión del cargo, no pudo reprimir una sonrisa y se estiró las mangas para ver mejor la estrella dorada de sus galones.

—Todos ustedes saben sin duda en qué circunstancias se ha hecho merecedor de este ascenso. Pero lo que no saben es que él es producto de los Guardias Jóvenes,* es decir, de la solidaridad excepcional que reina entre nosotros. Sí, caballeros, el padre de su nuevo comandante falleció en acto de servicio, abatido por una banda de anarquistas durante el asedio a su guarida, cerca de Murcia.

El comandante se deleitó con el murmullo de admiración de la concurrencia.

—No olviden nunca que a lo largo de este siglo que ya termina nuestra nación ha conocido seis Constituciones, cuatro guerras civiles, dos invasiones francesas, tres campañas coloniales y más de dos mil tentativas revolucionarias. Y este hombre admirable —prosiguió el coronel, señalándolo—, este héroe ha preferido luchar él solo, infiltrado en la sociedad civil para hacer fracasar una de esas intentonas. Los conspiradores, con el tal Chupi a la cabeza, han sido todos arrestados. El hombre ha confesado. Una vez concluida su misión, con el éxito que acabo de mencionarles, su antiguo capitán ha pasado a ser ahora su comandante. ¡Solo le pediría que espere a que me retire para ocupar mi puesto!

La carcajada general puso fin a la ceremonia. El coronel saludó a la tropa y luego estrechó largamente la mano de Cabeza de Rata, antes de alejarse junto a él.

—He hablado con el nuevo juez. Ferrán le había dejado una nota sobre su disputa con el señor Delhorme, y lo va a tener a usted en el punto de mira.

—No es ninguna disputa, mi coronel. Delhorme es un cómplice de los anarquistas y lo perseguiré hasta el final.

—No ha podido demostrarlo. Ni siquiera ese Chupi ha dicho nada que pueda inculpar al francés. La operación es un éxito absoluto, no convendría que se tornara en un fiasco. Para mí está cerrada. Limítese a ocuparse de sus obligaciones, amigo mío. Su carrera ya está toda trazada.

—Concédame un favor, uno nada más: deme permiso para arrestarlo e interrogarlo en cuanto regrese a Granada. Su mujer sigue aquí todavía.

* Compañía compuesta por los huérfanos de la Benemérita.

El coronel manifestó su incomodo dando unos toques con el pie en el suelo, antes de responder:

—Es un asunto espinoso y, contrariamente a lo que piensa usted, yo no creo que sea culpable. Mire, procederemos de esta manera: hágale saber que se juega la cárcel si vuelve. De este modo, si es sensato, como me lo parece a mí, no volverá a pisar España y dejará de ser un peligro para todos.

—Mi coronel, me permito insistir. Me comprometo a hacer que confiese antes de que el juez lo ponga en libertad.

—Estimado amigo, hoy es su gran día. Por eso voy a olvidar lo que acabo de oír. En cambio, sigo siendo y seré su superior y le exijo obediencia absoluta.

—Ya la tiene, mi coronel —se apresuró a responder Cabeza de Rata—. Pierda cuidado. Sepa solamente que mientras la señora Delhorme siga trabajando en la Alhambra, él hará todo lo posible por volver. Y yo estaré allí para detenerlo.

—Allá usted, comandante. Pero se lo advierto: si es inocente, será usted el que irá a la cárcel y yo mismo me ocuparé de llevarlo.

Mateo llenó con leña la mitad del horno. La máquina de hacer hielo era un trasto desproporcionado desde que solo la utilizaba para su consumo particular. Seguía abasteciendo al doctor Pinilla, aunque lo hacía gratuitamente para evitar darle ni un real al industrial Alfredo Lupión, el jefe de Chupi antes de su arresto, que en esos momentos era el dueño de todo el mercado del hielo de Granada y de gran parte de España. Mateo escupió al suelo, como siempre que mentaba el nombre de Chupi o que le venía al pensamiento. Que fuese anarquista no lo molestaba más que antes, pero jamás le perdonaría que hubiese agredido a Clément.

Mientras partía en pedazos el bloque de hielo, llegó Kalia para hacerle compañía. A sus cuarenta y dos años era más bella aún que el día que se habían conocido. Su piel tersa desafiaba con insolencia el tiempo, su mirada seguía encendiendo el corazón de Mateo y sus labios sensuales, del sabor y del color de las frambuesas silvestres, dejaban ver una dentadura intacta, de una blancura que era la envidia de todas las mujeres de la ciudad. Mateo, con sesenta y dos años, parecía su padre, tanto por edad como por aspecto, cosa que lo acomplejaba y lo obligaba a cuidar su apariencia, él que siempre se había reído de esas cosas. Kalia se había dado cuenta y pasaba más tiempo con él.

Ella se puso a cantar una canción popular, a la que se unió Mateo, mientras seguía rompiendo el bloque a golpe de pico, haciendo que saltaran por los aires astillas de hielo. Kalia se levantó para esbozar unos pasos de baile y se arrimó a él. Mateo llevaba el compás dando con la palma de las manos en el cajón de zinc, en el que se habían acumulado los trozos de hielo irregulares. La gitana cogió uno y se lo deslizó a su hombre por dentro de la camisa. Él quiso devolvérsela pero ella se soltó y lo incitó a que la persiguiera, jugando, antes de perderse por el Generalife. Mateo se puso a buscarla sin prisa, confiado en su conocimiento del lugar. Una tras otra, fue dejando atrás cada estancia, primero en la planta baja y luego arriba. Kalia lo llamaba. Su voz estaba cada vez más cerca, pero la gitana seguía sin aparecer. Mateo apretó el paso, abandonó la sucesión de piezas y cruzó los jardines para sorprenderla pero no dio resultado. Al llegar a los primeros peldaños de la Escalera del Agua, se dio la vuelta y la llamó a su vez. Ella no respondió. Mateo insistió, el juego había dejado de hacerle gracia, estaba sin resuello, le dolían las rodillas, y quería estar de nuevo con ella.

—Kalia, ¿dónde te has metido? ¡Tú ganas, me rindo! —dijo él sin mucha convicción desde el patio del pabellón norte.

—¡Aquí!

La voz provenía del huerto de al lado. Kalia estaba allí, arrodillada delante de una figura oscura y alargada.

—¿Qué es eso?

—Un halcón peregrino.

—¿Está muerto?

Ella cogió un ala, la desplegó y luego la dejó caer. El animal aún no se había puesto rígido.

—¿Qué le ha pasado? —preguntó Mateo arrodillándose a su lado.

—No está herido —dijo Kalia, examinándolo—. No se le ve ninguna mordedura. Sin duda, alguna enfermedad.

Mateo observó admirado el pico rodeado de una franja amarilla y los tonos grises del plumaje que se aclaraban en la parte del vientre, recubierto de largas estrías oscuras.

—He visto alguno en la Sierra. Suelen ir de dos en dos.

—Las parejas son inseparables —confirmó ella, levantando la vista al cielo—. Son los animales más fieles. No se separan en toda la vida.

—Eso no lo sabía —admitió él, admirado de su conocimiento de la naturaleza—. Esto significa otra viuda más en el cielo.

—Me extrañaría —replicó ella, arrancándole una pluma que se prendió en los cabellos.

—¿Por qué?

—Ella era la hembra. —Kalia se levantó apoyándose en él y a continuación lo ayudó a levantarse a su vez—: No me gusta. Un pájaro muerto trae siempre una desgracia. ¿Quieres enterrarlo, por favor?

Victoria los estaba esperando en el piso. Se precipitó sobre el saco de hielo:

—¡Os voy a hacer un granizado! —exclamó en un arranque de energía—. Tengo que contaros una noticia colosal, sentaos. Vais a ser los primeros en enteraros, porque a mamá no la he encontrado.

Cogió un trapo, lo extendió sobre la mesa de la cocina y depositó encima un puñado de trozos de hielo.

—He recibido carta de Javier. Seguramente pensáis que no es una gran noticia —bromeó ella, anudando las puntas del trapo.

Se interrumpió para buscar el mazo de madera que reservaban para tal fin y se puso a golpear con él el trapo.

—No tan fuerte, chiquilla —protestó Kalia, que se estaba conteniendo de ayudarla—. ¡Que no vas a dejar nada entero! Bueno, cuéntanos.

—Como sabéis, está trabajando para el señor Eiffel. Pues me ha anunciado que la estatua de la Libertad está terminada.

Metió un dedo en la cazuela en la que habían puesto a marinar la tarde anterior unas cáscaras de limón en su propio jugo y un poco de azúcar.

—Las proporciones son las adecuadas —calculó después de probarlo. Retiró entonces las mondas y vertió la mezcla en unos vasos altos y estrechos—. Tienen previsto celebrar la ceremonia de entrega el 4 de julio con los americanos y luego la estatua se desmontará en agosto para embarcarla y llevarla a Nueva York —explicó, concentrada en todos sus movimientos.

Victoria había añadido los hielos machacados. Removió la mezcla con un tenedor y les tendió los vasos.

—Y aquí tenéis el resultado. Los limones son de la Alhambra. Solo le falta canela porque no la he encontrado.

—Es que no quedaba. Creía que me la habías cogido tú. Iré a comprar más al mercado —prometió Kalia antes de dar un sorbo—. Así está perfecto —sentenció, mientras Mateo asentía con la cabeza para dar a entender también su aprobación.

—Y ahora la noticia: Javier ha sido seleccionado por el señor Eiffel para ayudar a montar de nuevo la estructura. ¡Y me ha propuesto que vaya con él!

—¿Adónde? —preguntó Mateo dando vueltas al vaso vacío entre los dedos.

—¿Cómo que adónde? ¡Pues a América, a Nueva York! Estaré allí con él durante cuatro o cinco meses y volveremos cuando esté terminado el encargo. ¿A que es maravilloso?

—Cuánto me alegro por ti, niña, cuánto me alegro por vosotros dos —dijo Kalia, levantándose para estrecharla.

Mateo, que no se había movido, le hizo una seña.

—Me tengo que ir, voy a ocuparme del pájaro.

—¿Qué pájaro? —preguntó Victoria después de que hubiese salido.

Kalia le explicó lo que habían encontrado, cosa que no hizo menguar el buen humor de la joven.

—¿A lo mejor deberíamos casarnos antes de partir? —preguntó esta—. Sería lo más apropiado, ¿no te parece?

—Huy, a mí no me preguntes, aunque tal vez eso os ayude a encontrar alojamiento una vez allí —respondió la gitana sirviéndose un segundo granizado—. Pero ¿os va a dar tiempo? Parece bastante precipitado todo.

—¡Y por eso es tan maravilloso! ¡Ay, qué emocionada estoy, Kalia! ¿Te das cuenta? ¡La primera vez que saldré de mi querida Alhambra y va a ser para viajar al Nuevo Mundo!

—Alicia tenía que ir al taller de Rafael, a lo mejor sigue aún allí. ¡Corre, date prisa!

Victoria salió del Mexuar como una exhalación, se detuvo para susurrarle unas palabras al oído a Barbacana, saludó a una pareja cuyo hijo era uno de sus alumnos de la escuela y se puso a llamar a voces a Contreras en cuanto tuvo el taller a la vista.

El arquitecto, con las manos pringadas de arcilla, salió y le confirmó que su madre se había ido ya. Victoria le dio la noticia y él la felicitó calurosamente. Luego, Rafael entró en el taller y echó el pestillo de dentro.

—Ya puedes salir —dijo él, lavándose las manos.

Alicia salió de su escondite y se apoyó contra la pared, con la cara desencajada.

—Qué vergüenza —dijo a media voz—. Es la primera vez que le miento.

—Si te sirve de consuelo, soy yo el que le ha mentido. Hasta metí las manos en la arcilla para hacerle creer que estaba trabajando.

—Le has mentido porque te lo he pedido yo, que viene a ser lo mismo —replicó Alicia poniéndose de rodillas para recoger los azulejos desperdigados por el suelo—. Pero es que no me sentía preparada para enfrentarme a ella. De momento, necesito aceptar lo que acaba de pasar.

—¿Te refieres a nosotros o a Cabeza de Rata? —replicó él secamente.

La pregunta causó en Alicia el mismo efecto que una bofetada y tensó los músculos de la cara. Por lo general tan sonriente y serena, estaba irreconocible. Unos mechones que se le habían soltado del moño le caían por encima de los ojos, enrojecidos, y otros se le habían quedado pegados a la frente. Ya no era la «hermosa francesa» que había azuzado la pasión y las fantasías de Rafael desde había veinte años.

Alicia no respondió. Recogió todas las piezas de cerámica en una caja que depositó encima de la mesa.

—Era inevitable —dijo, tratando de rodearla con los brazos—. ¡Era lo mejor que podía pasarnos! —añadió sin lograr convencerse él mismo. Ella retrocedió y alargó un brazo para apartarlo—. No te he forzado, has consentido, te recuerdo que fuiste tú la que vino a verme —le reprochó el arquitecto.

El deseo había sido arrollador y repentino. Rafael estaba allí, era real, mientras que Clément era tan solo una voz interior que le hablaba y le decía que siguiera confiando; ya no era otra cosa que una promesa de un futuro que se alejaba una y otra vez. Cuando el recién nombrado comandante de la Guardia Civil se presentó para anunciarle que su marido no podría regresar nunca más a Granada, so pena de ser encarcelado, la situación se había tornado insoportable. Se había llegado al taller y se había refugiado en los brazos de Rafael. Él le había cogido la cara entre las manos, le había acariciado los cabellos, ella había sentido un deseo egoísta y rabioso, no había podido canalizarlo, no había querido refrenarlo ya más y se había entregado sin reservas al hombre que sí estaba a su lado día tras día, en un momento en que no existía nada más que el placer. Su gozo había venido acompañado de un sufrimiento prolongado, un grito ahogado, como un paréntesis abierto por el deseo y vuelto a cerrar por su sentimiento de culpa.

Alicia estaba seleccionando de tres en tres las piezas de mosaico por colores: rojos, verdes, azules, con la mirada fija en la tarea. Contreras cogió un puñado de azulejos y se puso a ayudarla. Se quedaron así unos cuantos segundos, mientras ella trataba de retomar el hilo de una jornada que había empezado bien, por lo demás.

—¿Cómo ha sido el Corpus este año?

—La procesión me pareció triste. Sin duda porque tú no estabas.

—Rafael... —le imploró ella—, ten compasión, no lo relaciones todo conmigo. Así no saldremos de esta.

—Perdóname... —dijo, dejando la frase sin terminar.

—Me ha contado Mateo que no ha habido muchas corridas de toros.

—Sí, pero no es de extrañar. Y habían programado tiro al pichón. ¿Te das cuenta? ¡Qué puede haber menos andaluz que semejante actividad! No sé a quién se le ha ocurrido tal disparate, pero poco a poco están desapareciendo las tradiciones —dijo él, forzándose a poner cara alegre.

Se calló a la espera de que ella relanzara la conversación, pero también a Alicia le estaba costando fingir que no pasaba nada.

—Me arrepiento —reconoció finalmente—. Nos he puesto a los dos en una situación sin salida.

—Alicia, mira las cosas como son: lo que no tiene salida es la situación en la que te encuentras. Yo respeto a Clément, es un buen hombre, pero es conmigo con quien pasas la mayor parte del tiempo. Él está lejos y ese militar acaba de comunicarte que tu marido ya nunca podrá volver a Granada sin que lo arresten. Sabes lo que siento y creo que sientes lo mismo que yo. Tendrás que tomar una decisión...

—¡Basta! —Alicia había gritado y se sorprendió ante su propia reacción—. Ya no puedo seguir pensando, ni seguir oyéndote —añadió, buscando su gorra de trabajo, que encontró debajo de la mesa—. Pero ¿cuándo dejaréis todos de pedirme que elija entre una cosa y otra? ¿Cuándo?

XXV

70

París,
viernes, 26 de septiembre de 1884

C lément volcó sobre el dorso de la mano la pieza de un franco que acababa de lanzar al aire. «Cruz.» La tercera vez de quince intentos. La escrutó meticulosamente: el peso de la plata no se había repartido de forma equitativa durante el vaciado. Prosiguió con su juego, echando un vistazo al reloj de péndulo que ocupaba un lugar preponderante, en frente de la entrada principal, en la inmensa nave del Palacio de la Industria, por la que llevaba un cuarto de hora paseándose de acá para allá. Irving se estaba retrasando, lo que no era nada propio de él. Javier también había anunciado su presencia pero sus demoras, muy puntuales dentro de su categoría, eran siempre de media hora, cosa que todo el mundo había acabado por tener en cuenta.

Se habían citado para ver juntos la exposición de la Union Centrale des Arts Décoratifs, pues su hijo quería admirar los gobelinos, los tapices de la Manufacture Royale des Gobelins. El equipo Eiffel presentaba allí su proyecto de torre por primera vez, aun cuando la Exposición Universal no había abierto el concurso público ni recibido ni siquiera un presupuesto. Pero las reticencias de Eiffel se habían esfumado de pronto a principios de aquel mes y el ingeniero había registrado una patente la semana anterior.

Al cabo de otros diez lanzamientos de moneda al aire, Clément se

534

guardó la pieza en el bolsillo con la conclusión de que tenía noventa por cien de probabilidades de caer por el lado de la cara; y su hijo, diez por ciento de probabilidades de llegar antes del cierre de puertas. Salió y se detuvo al pie del arco de la entrada principal, donde estaban estacionados muchos coches de punto y donde diez hombres mantenían una conversación animada. Dos de ellos, envarados en sus chaquetas de confección, demasiado estrechas para su anchura de espaldas, iban y venían alrededor del cogollo principal, formado por otros hombres, estos sí, trajeados con prendas hechas a medida y con bastones con empuñadura dorada. El de más edad se encontraba en el centro del grupito, inmóvil, haciendo gala de una calma que contrastaba con la agitación de su alrededor. Con un ademán autoritario, puso fin a la efervescencia y ordenó entrar a sus huestes. Clément reconoció al presidente del Consejo de Ministros con sus características patillas colgantes, que hacían las delicias de los caricaturistas de las gacetas. Jules Ferry levantó la cabeza hacia él y lo saludó. El ingeniero le devolvió educadamente el gesto quitándose el sombrero cordobés, cuya forma, ancha y plana, atraía miradas por su exotismo en un país en el que la moda había estirado los sombreros hasta alturas desorbitadas. Clément se disponía a ir tras él cuando llamó su atención, al igual que la de los paseantes del parque, una sombra enorme en el cielo.

—¡Déjemelo a mí, señor! —dijo el policía mientras el grupo atravesaba la amplia nave central.

—No, François, olvídelo. Ya vamos con retraso.

En el momento en que el presidente del Consejo de Ministros salía del coche de punto y se quedaba contemplando, admirado, la fachada gigantesca del Palacio de la Industria, se le había acercado por la espalda un individuo que le había quitado el sombrero y se había largado corriendo en dirección a la avenida de los Campos Elíseos.

—¡Pondremos en marcha una investigación y daremos con él, créame! Me ha dado tiempo a fijarme en él.

—En cualquier caso, ese bromista nos ha demostrado que su dispositivo de protección adolecía de algunas lagunas, caballeros.

—Lo remediaremos —le aseguró el subinspector—. Le ruego que acepte mis más sinceras disculpas, señor presidente.

—No entiendo por qué lo ha hecho. ¿Qué es lo que gritaba cuando se iba?

—Muerte a las chisteras.

—¿Muerte a las chisteras?

—Sí, señor presidente. En fin, eso me pareció…

—Entonces era una reivindicación estilística, más que política. ¡Eso me tranquiliza! Entremos de una vez.

Jules Ferry, acompañado del ministro de Comercio y de varios diputados, fue recibido al inicio de la exposición por su comisario general, Antonin Proust, para realizar una visita guiada de las diferentes industrias del arte presentes. Después de ver la cerámica y la cristalería, el grupo se detuvo un buen rato en la sección dedicada a las obras de piedra y madera, donde lo interpeló uno de los visitantes.

—¡Señor presidente!

—Señor Bourdais —respondió Ferry en un tono amable que disimulaba el fastidio que le producía un encuentro que sabía no tenía nada de fortuito.

El arquitecto del Trocadero había tenido conocimiento de la presentación de la Torre Gallia y se había apresurado a ir a verla.

—¿Sabe cuándo se convocará el concurso de ideas para nuestra Exposición del cambio de siglo? —preguntó el arquitecto acercándose a Jules Ferry para buscar la respuesta como si de una confidencia se tratara.

El político se volvió hacia Antonin Proust, quien a su vez era el presidente de la comisión de estudios de la Exposición Universal.

—La verdad es que todavía no —respondió aquel, un tanto irritado con la intervención intrusiva de Bourdais—. Dependerá del presupuesto que tengan a bien votar los diputados para el acontecimiento. Y aún nos falta determinar el emplazamiento.

—Pues por mi parte tengo una propuesta de envergadura que hacerle —remarcó el arquitecto—: un proyecto excepcional para el cual la Exposición Universal será el marco perfecto. Una columna luminosa, un faro de granito de trescientos metros, en cuya cúspide irá un hogar eléctrico con el que de noche podrá iluminarse todo París.

—Estupendo, pues lo invito a presentarse al concurso público —respondió Ferry prosiguiendo con su visita e interesándose en las obras expuestas.

—No he revelado a nadie el diseño pero se lo enviaré tan pronto como se convoque.

—No deje de hacerlo, señor Bourdais, y lo estudiaremos junto con los demás. Encantado de haberle visto —abrevió el jefe de Gobierno tendiéndole la mano.

—¿Sabe que el hierro es siete veces más oneroso que el granito? —continuó el arquitecto apoyando una mano en su hombro.

—¿Sí? Pues no, pero procuraré recordarlo.

—¿Ha visto usted el proyecto del ingeniero Eiffel? —preguntó Bourdais, insistente.

—Todavía no —mintió Ferry—, pero sé que se presenta aquí su torre.

—¿Su torre? Es un pilar. ¡Se llevará una grata sorpresa!

—El señor Eiffel ha producido ya obras de gran audacia y envergadura, tengo entendido.

—Pero él sigue haciéndolo lejos de las ciudades, lejos de París. Nosotros hablamos de arquitectura, hablamos de arte, señor presidente, no deje que los ingenieros se adueñen de la Exposición Universal con sus andamiajes llenos de travesaños. ¡Va en ello el honor de Francia! Y esa carcasa de chapa es contraria al genio francés, más apropiada para la bárbara América donde todavía no está tan desarrollado el buen gusto. ¡Mire usted el desaguisado que están a punto de hacerle a nuestra estatua!

La suscripción americana para el pedestal se encontraba en un punto muerto y la *Libertad iluminando el mundo* aguardaba aún en los talleres de la calle de Chazelles a que la desmontasen. Bourdais levantó los brazos al cielo a modo de conclusión y partió sin despedirse del presidente del Consejo de Ministros. La guerra entre arquitectos e ingenieros quedaba declarada, ya antes de la convocatoria pública del concurso.

Jules Ferry cruzó la sala de las vidrieras y los mosaicos, saludando a los expositores, y terminó en la caseta donde se encontraban Koechlin y Nouguier, rodeados de un numeroso grupo de curiosos que creció ante la llegada de los representantes de la República.

—He aquí esa construcción de la que llevo días oyendo hablar —comentó el jefe de Gobierno—. Adelante, cuéntenme más, señores.

Koechlin dejó que Nouguier presentase el proyecto con una desenvoltura que el joven ingeniero aún no había adquirido.

—Solamente el hierro permite alcanzar semejante altura —concluyó—. Nuestros cálculos nos han demostrado que, aunque se desatase una tempestad, la oscilación no superaría los veintidós centímetros en el mástil.

—Impresionante, en efecto. ¿Y el granito?

—¿El granito? Es físicamente imposible elevarlo a trescientos metros: una torre así se desmoronaría mucho antes, señor presidente.

—Pongamos por caso el obelisco de Washington —intervino Koechlin, forzando su carácter reservado—. Debía sobrepasar los mil pies y hoy en día termina en los ciento sesenta y nueve metros. Es lo máximo.

—Sin mencionar que ha costado más de seis millones de francos y que su construcción se prolonga desde hace siete lustros —abundó Nouguier—. La piedra tiene una limitación que el hierro no conoce.

—Debemos mostrar al mundo que Francia está a la vanguardia de la industria, y su obra es símbolo de ello. ¡Sigan así! —concluyó Jules Ferry, acompañando sus palabras con un rotundo bastonazo contra el suelo.

El político hizo una seña a sus asistentes para indicarles que la visita había finalizado.

A la salida del palacio, la comitiva de autoridades se vio sorprendida por la muchedumbre densa y ruidosa que se había congregado en los jardines.

—¿Qué ocurre? —preguntó Ferry—. Por muy popular que sea, deben de estar aquí por otra razón, supongo.

—Iré a averiguarlo, señor presidente —dijo uno de los policías, abriendo la portezuela del coche.

—No es necesario —repuso él, señalando el cielo con un dedo—. Se trata de un aeróstato.

Jules Ferry se volvió hacia su asistente más próximo, que le confirmó que desconocía por completo el motivo del vuelo y el nombre de los aerosteros.

—Son los hermanos Tissandier —apuntó el mismo inspector—. Partieron de Auteuil mediada la tarde. Lo sé por un colega al que destinaron allí para garantizar la seguridad del despegue.

—Y la del aterrizaje la garantiza san Cristóbal —bromeó el presidente del Consejo—. Yo estoy dispuesto a dar la cara por Francia, ¡pero no a subir a las alturas en una cesta trenzada! Regresemos al hogar, caballeros.

Los numerosos parisinos presentes en los jardines del palacio no prestaron la menor atención al ballet de coches de punto venidos para recoger al presidente y a su cortejo, demasiado ocupados, como Clément, en seguir las evoluciones de la aeronave. El globo había pasado por encima de sus cabezas a unos cien metros del suelo, haciendo enmudecer todas las conversaciones y desencadenando unas ovaciones respetuosas. Todos estaban convencidos de estar asistiendo a un momento único y que, en vida de ellos, se resolvería el problema de la navegación aérea.

Se veía a los dos aeronautas en su barquilla de mimbre. De vez en cuando respondían a los saludos del gentío que se había aglomerado en los jardines públicos, miles de puntitos multicolores en movimiento. La manifestación, espontánea, no estaba siendo dirigida por ninguna fuerza del orden, lo que aumentaba su naturaleza festiva y despreocupada.

El ingenio se había alejado un tiempo, siguiendo las corrientes de aire, y luego había virado a la derecha y a la izquierda de la línea del viento, antes de volver hacia el Palacio de la Industria, provocando una segunda salva de aplausos que se elevó hasta él como un chorro sonoro. Clément se había fijado en la hélice y el timón de la parte de atrás del aeróstato, que le permitían desplazarse de otra forma y no solo en el sentido del viento. Había leído en la prensa especializada los avances de los dos aventureros, que habían desarrollado y embarcado un motor dinamo-eléctrico alimentado mediante una pila gigante para accionar la pala. El mismo Clément había añadido una hélice al diseño de su artefacto, pero el peso y el volumen de la batería imposibilitaban el embarcarlo: la propulsión, indispensable para evitar que acabase siendo una cáscara de nuez arrastrada por la corriente, sería manual.

Se frotó la nuca, dolorida de tanto echar atrás la cabeza. El globo ganó altura y se alejó en dirección sureste con la majestuosidad de las máquinas descritas por Jules Verne, de quien se rumoreaba que se encontraba entre la concurrencia. Clément esperó a que fuese tan solo un puntito negro en el cielo azul despejado de París, como una estrella negra, para regresar entonces a casa.

La presencia del globo por encima de sus cabezas parecía haber puesto de humor festivo a los parisinos. También Clément se sentía ligero, con ganas de soñar con su regreso a Granada, y se imaginó que lo hacía a bordo de una aeronave que aterrizaba en las Placetas en medio de un silencio reverencial, cerca de su palacio, adonde iría a recoger a Alicia para llevársela a dar un paseo en globo, durante el cual todos los

Cabezas de Rata del mundo serían tan minúsculos que ni siquiera los verían.

Ralentizó el paso al enfilar por la calle de Prony para evitar encontrarse fortuitamente con el señor Brouardel. Su patrono trataba desesperadamente de convertirlo a las fosas de desagüe portátiles que solo los propietarios y la corporación de poceros defendían frente a los desagües colectivos, en un momento en que iba a iniciarse una encuesta pública y los periódicos habían tomado partido, ellos también.

En contra de su costumbre, Brouardel no se encontraba ni asomado a su ventana ni apostado delante del inmueble. Clément se apresuró a cruzar el portal para subir la escalera, pero, al ir a asir el picaporte, vio que la puerta se abría sola delante de sus narices. Se quedó petrificado, entre sorprendido e incrédulo: no era Irving quien le había abierto, era Alicia, de pie ante él, y su boca con la forma de las alas de un ángel le sonreía.

Javier se había pasado por la asociación de alumnos de la École Centrale, donde solo había encontrado a dos estudiantes, ocupados con una laboriosa partida de ajedrez a la que él había puesto fin birlándoles una de las reinas. Estaba buscando a sus compañeros de tercero para contarles su última hazaña. En su trabajo, Javier era el más aplicado de los ingenieros, pero se había convertido en el juerguista más chistoso de la capital. Se permitía todas las bromas imaginables y París le parecía el lugar ideal para dar rienda suelta a su improvisación. Le había declarado la guerra a la moda del sombrero de copa, que él consideraba ridícula al lado del sombrero cordobés del que no se separaba nunca y que había convertido en su seña de identidad. Durante una velada en la Laiterie du Paradoxe, después de unas cuantas rondas de cerveza y vino, había clavado una pequeña tabla en el travesaño del marco de la entrada y había escrito con un carboncillo: «¡Sombreros bajos!». La altura total del vano, recortada veinte centímetros gracias a la placa, había bastado para quitarle el sombrero de copa a todo el que pasaba por él, con las consiguientes carcajadas y exclamaciones de los presentes. El listón se había quedado allí puesto varios meses, hasta que nadie más cayó en la trampa, y aquello había contribuido a incrementar su fama de comediante. Cuando vio los sombreros de copa, meciéndose como una bandada de cuervos posados en las cabezas de los señores parados delante del Palacio de la Industria, Javier había actuado sin pensar y le había quitado el suyo al primero que pilló.

Miró la lustrosa chistera que llevaba en la mano derecha y accionó la aldaba del piso de los Delhorme. Nadie acudió a abrir. Le pareció oír ruido dentro, como un frufrú de faldones y los pasos que pretenden ser ligeros de quienes no quieren responder, cosa que le extrañó mucho tanto de Irving como de Clément. Insistió una segunda vez, dio unos golpes con los nudillos y los llamó en voz alta. Aquello solo resultó en la aparición del propietario, que regresaba de una reunión en la Commission des Odeurs de París y que trató de hablarle de su tema favorito.

—*Ye ne parle pa fransé* —respondió Javier, exagerando su acento español—. ¿La Comission des «joder» de París? ¿«Les joder»? —exclamó, haciéndose el indignado—. ¡Hay que ver, estos franceses!

Y se encasquetó el sombrero de copa hasta las cejas, puso cara de pánfilo y se marchó del edificio.

Javier se fue a buscarlos a Le Bon Marché, donde se encontró con que una compañera estaba sustituyendo a Irving en la galería de los muebles.

—Es que se han presentado de pronto sus familiares de España —le explicó ella—. Ha pedido la tarde libre. Como es un chico tan amable, no me ha importado hacerle el favor.

—Gracias, encanto —respondió Javier, rozándole la piel con un besamanos—. ¡No se imagina la alegría que me ha dado!

—El gusto es mío. ¿Es su amigo de la infancia? Me habla mucho de usted.

—¿Y le ha hablado también de su hermana? Es mi prometida. ¡Ha llegado hoy a París y no sé dónde se han metido los dos!

La vendedora hizo un mohín que delataba su chasco, y dijo:

—Pues vinieron por los almacenes hacia las cuatro de la tarde. Irving quería comprar un sombrero. Y me dio una nota por si aparecía usted... Ah, aquí la tengo —dijo sacando el papelito de un arcón neorrococó que, no habiendo encontrado comprador después de varios años expuesto, se había convertido en el buró de los empleados.

—¡Cielos! —exclamó Javier—. ¡La ha llevado a la Laiterie!

Irving le decía en la nota que acudiese a su café predilecto, cosa que Javier había evitado cuidadosamente en cada una de las visitas de Victoria por su fama de fiestero, un dato que casi la totalidad de los clientes podía corroborar, sin olvidar a Rosa y su propensión a exagerar (aun cuando en dos o tres ocasiones él le hubiese quizá plantado un beso, de lo cual no estaba del todo seguro, pues solo guardaba de aquello un muy vago recuerdo).

—¿Cómo se llama?

—Louise.

—Pues, Louise, ¡rece usted para que no sea demasiado tarde!

La señorita se sintió asaltada por el deseo culpable de que no lo consiguiera; se ruborizó y agachó la vista. Cuando volvió a alzarla, él ya no estaba.

—¿Qué impresión te causa mudarte a vivir aquí?

Victoria se sentía atrapada entre un sinfín de sentimientos encontrados. Se quedó mirando el fondo de la taza, como hacía la pitonisa del Sacromonte para leer los posos del café.

—Soy feliz, muy feliz de volver a veros a todos: a papá, a ti y a mi Javier, y espero que esta ciudad no lo haya cambiado más de la cuenta. Pero, a la vez, tengo un nudo en la garganta al pensar en la Alhambra. Es nuestra vida…

—Era, Victoria, era nuestra vida. Ahora está aquí.

La joven recorrió con la mirada los elementos que decoraban la Laiterie du Paradoxe.

—Mira —dijo Irving señalándole el fresco que ocupaba toda la pared de detrás de ellos—: el tercero por la izquierda es él.

El dibujante había pintado a Javier con su gorro de Torquado y le había puesto una boca y unos ojos demasiado grandes para su rostro, que le conferían cierto aire de depredador.

—Espero que no esté así ahora —dijo ella, entre sonriendo y estremeciéndose de espanto.

—No ha cambiado nada, te lo aseguro. Sigue siendo el mismo que tú recuerdas. Bueno, cuéntame cómo ha ido todo. ¿Quieres tomar algo? —le preguntó de pronto, al darse cuenta de que casi no había tocado su vaso de leche.

—No, nada. Salvo un granizado.

—Le puedo preguntar a Rosa. Si le explico cómo se hace, seguro que te lo prepara. ¡Rosa! —la llamó levantando la mano en dirección a la camarera.

—Que no, hombre, que era broma, déjalo —dijo ella, molesta por la familiaridad de su hermano, a la que no estaba acostumbrada.

Alejó de sí el vaso de leche y respiró hondo, enarcando las cejas y arrugando la nariz, lo que acentuó aún más el aspecto pícaro de su rostro, un gesto que hacía desde niña.

—Cuando mamá se enteró de que papá no iba a poder volver nunca más a Granada sin arriesgarse a que lo detuvieran, reaccionó con gran fuerza y coraje. Ya sabes cómo es. Y la he visto cambiar. Pasó todo muy deprisa... Empezó por dejar de ir a diario a atender sus obras de restauración. Ya no nos contaba nada de los procesos de renovación. ¡Eso ya era una señal! —dijo, e Irving asintió con la cabeza—. Luego, a finales de julio, se peleó con Rafael. Una bronca espantosa, los dos gritando, fue como una tormenta, una tormenta de esas de verano en Sierra Nevada, ¿sabes?, violentas, repentinas y que lo sumen todo en una especie de calma engañosa. Ya no se hablan. Ahora me doy cuenta de que ella estaba preparando la partida, etapa por etapa, hasta que todo fue irreversible. Pero a primeros de agosto todavía no había dicho ni pío del viaje. Oye, pues sí, tengo sed —dijo cogiendo el vaso de leche para beber un poco.

Se relamió para limpiarse, pero se dejó una sombra blanca en el labio superior.

—Al final fui yo la que cortó el hilo que nos ataba aún a Granada: renuncié a mi puesto de institutriz justo antes del inicio del curso. Así, ya nada nos retenía y mamá me propuso partir tan pronto como tuviésemos todo listo. ¡Y aquí estamos!

Irving cogió las manos de su hermana, visiblemente emocionada.

—Ya verás, te va a gustar, solo hay que acostumbrarse. Al principio las tardes te parecerán tan frías que te quedarás acurrucada al lado de la chimenea, con una toquilla sobre los hombros y un leño a mano para que no se apague el fuego. Las calles te resultarán increíblemente bulliciosas, con demasiada gente; las parejas se cogen del brazo como si les diese miedo perderse —prosiguió, animado por la risa que había provocado en Victoria—, pero nunca he visto a nadie con una guitarra en la mano y, en cambio, por las noches te parecerá que están increíblemente vacías. Aquí la moda cambia de año en año, pero uno ya no sabe si la sigue o si la precede, como pasa con los gobiernos y con los escándalos, que se suceden unos a otros. Hay barricadas y huelgas, que cambian de calle y de gremio más de una vez al año. Pero aquí es donde ocurre todo —concluyó—. Aquí es donde tiene uno la sensación de estar creando el futuro.

—Es como si estuviera oyendo a Nyssia…

Irving, pillado por sorpresa, se quedó callado.

—Es terrible saber que puede estar aquí, cerca de nosotros, a unos kilómetros, a unos metros incluso —siguió Victoria—. Siento hablarte de esto, pero es que estoy dándome cuenta poco a poco de esta realidad. Ahora entiendo el sufrimiento de papá.

—Está mejor y, ahora que estáis aquí, todo volverá a la normalidad. Nyssia nos ha abandonado y hace tres años que no sabemos nada de ella, pero no vamos a vivir siempre pendientes, esperando su regreso. Siento que te parezca duro lo que te digo, y bien sabe Dios cuánto la quiero, pero hay que seguir adelante. Volverá cuando se sienta preparada.

—¿Desean tomar algo más?

Rosa había aparecido en su mesa con cierto retraso desde que la había llamado.

—Rosa, si te damos la receta ¿nos puedes hacer una bebida que lleva limón y hielo? Victoria se muere de ganas de tomarla.

—Para la hermana de nuestro pequeño Irving todo es posible —respondió la camarera, echándose al hombro derecho el trapo que llevaba siempre consigo.

Escuchó atentamente las indicaciones y prometió que les tendría listo un granizado para la próxima vez que fueran.

—Si la bebida gusta, la bautizaré con su precioso nombre de pila, señorita. Qué afortunado es Javier.

—¡Javier! —gritó una voz detrás de ellos, que hizo sobresaltarse a Victoria—. ¿Dónde se ha metido mi don Quijote?

Lavallée, que seguía siendo (y por mucho tiempo) el alumno más añoso de la École Centrale, había vuelto de las letrinas del traspatio, donde pasaba, borracho perdido, casi tanto tiempo como sentado a una mesa del salón de los alumnos de la École Centrale.

—¡Vaya, pero si tenemos aquí a Sancho! —vociferó con la dicción entorpecida—. ¿Cómo está mi Sancho Panza? —preguntó a la vez que cogía una silla para sentarse entre los dos.

—Alphonse, ahueca el ala. Ya has vuelto a coger una buen cogorza —se interpuso Rosa.

—Pero ¿tú ves cómo me tratan aquí? —dijo Lavallée poniendo a Irving como testigo—. ¡A mí, que soy el mejor cliente de este establecimiento! Menos mal que os tengo a vosotros, amigos: a ti y a don Javier —le aseguró, dándole palmadas en un hombro.

—Rosa tiene razón —replicó Irving—, deberías dejar de beber.

—Pero bueno, eso no está nada bien, Sancho. ¡Me tratas como si fuera un borrachín! Torquado es menos tacaño cuando se trata de pimplarse una botella. ¡Anda!, ¿y esta guapa Paquita quién es? —soltó como si acabara de descubrir a Victoria, que lo fulminó con la mirada.

—Es mi hermana melliza, Victoria —respondió Irving, acostumbrado a las hipérboles del gracioso.

—Bah, en las «Andalucías» todas las mozas se llaman Paquita. ¡Oye, pero si me ha atizado, la vieja esta! —exclamó cuando Rosa le propinó un azote con el trapo que le dio en la cara.

—¡Largo! ¡Ya! ¡Deja de molestar a mis amigos! —le conminó la camarera.

Lavallée agarró el trapo, que ella hacía girar en el aire a guisa de advertencia.

—¡Suelta el látigo, bruja! —gritó él antes de subirse de pie a la silla en equilibrio precario—. ¡O vendrá don Quijote a zurrarte como la última vez, con el culo al aire!

—¡Alphonse! —gritaron a dúo Rosa e Irving.

—Sí, ese soy yo: Alphonse, Alphonse I, duque de la Incuria y marqués de san Príapo, *alter ego* de nuestro Príncipe de los Gitanos, unido a él por los vínculos de la francachela y la ramera. Y si solo quedara uno, sería yo, lo juro ante el dios Absenta y… ¡Mi querido amigo! —exclamó al ver a Javier, inmóvil en la entrada de la sala—. ¡Ven aquí, amigo mío, íbamos a empezar a beber!

Alphonse se abalanzó sobre Torquado, que lo apartó de sí sin mirarlo siquiera. El otro se dio un trompazo y se quedó tendido, riéndose sarcástica y mecánicamente. Al ver que ya nadie le hacía caso, se levantó por sí solo, se dio cuenta de que se había desmandado y regresó a las letrinas, donde se quedó roncando hasta la mañana del día siguiente.

Javier solo tenía ojos para Victoria. Estaba aún más guapa y más andaluza que en las fiestas pasadas; había dejado de ser la niña o la muchachita de los tiempos en que vivían sin preocupaciones de ningún tipo, para convertirse en la mujer deseable de la que él se sentía orgulloso y enamorado. Había llegado demasiado tarde para explicarle su comportamiento, para justificar los excesos de las fiestas, la ausencia de cartas, el olvido en el día a día, demasiado tarde para intentar convencerla de una integridad que no había cultivado. Era culpable de no haber pensado bastante en ella a lo largo de esos tres años, responsable de no haber mantenido viva la llama, como había hecho ella con constancia y obstinación. Pero en el instante en que Victoria se arrojó en sus brazos, supo que se lo había perdonado todo.

—No te muevas, quédate pegado a mí, que no quede ni un resquicio entre tú y yo —le pidió Alicia abrazándolo aún más fuerte.

Clément estiró sobre ellos la sábana de lino y se aovilló junto a su mujer.

—Sé que me despertaré pero, Dios mío, cómo amo este sueño. Eres tan real —susurró él.

—No solo estaré aquí mañana por la mañana, sino también la otra y todas las demás, todos los días, para siempre.

—Si supieras cuánto te he echado de menos.

—Me arrepiento de haber perdido tres años lejos de ti. Yo también te he echado de menos.

—La felicidad es una ecuación de una incógnita…

—Chis… No quiero saberlo. Deja las matemáticas al margen. ¡Ven!

Rodó para tumbarse encima de él y lo besó con pasión.

—¿Y los niños? —preguntó Clément entre beso y beso.

—¿Qué pasa con ellos?

—Que si vuelven, no podremos dejarlos fuera como a Javier.

—Se han ido para que estemos a solas. Irving se ha ofrecido a llevar a Victoria al teatro a ver *El Gran Mogol*.

—Eso es en la Gaîté, o sea que no volverán antes de las diez de la noche.

Por la ventana abierta les llegaban los sonidos de la calle. Había hecho un día excepcionalmente bueno y suave, Clément había registrado veintiún grados y setecientos sesenta y cinco milímetros de mercurio en la estación que había instalado en un cobertizo del solar que ocupaban los talleres Eiffel. El relincho de un caballo estuvo seguido por un cruce de palabras subido de tono entre un cochero y un viandante. Sobre la acera, con el pavimento de madera, resonaban las pisadas de la gente. Uno de los paseantes se resbaló, provocando las risas de los demás, excepto de un alma caritativa que le preguntó si se había hecho daño. El ruido desordenado de las pisadas fue apagándose poco a poco.

Se miraron en silencio a la luz macilenta de la farola instalada justo debajo de su alcoba. El color de la noche era diferente del de la Alhambra, donde la luna bañaba sus pieles con reflejos nacarados. Alicia se recostó sobre el torso de Clément. Las arrugas aparecidas alrededor de sus ojos formaban finos surquitos concéntricos. Tenía las mejillas hundidas, lo que le resaltaba aún más los pómulos, y sus cabellos, tan largos y espesos antaño, apenas si le tapaban la nuca.

—Bueno, cuéntame; parece que te conoces bien los espectáculos —comentó ella, acariciándole el muslo con una mano.

—Y sigo observando las salidas todas las semanas. Y si hay función de ópera o de algún autor que le gustase especialmente, allá que me planto. He llegado a la conclusión de que no está en París. Y tú, ¿piensas mucho en ella?

Alicia detuvo las caricias antes de contestar:

—Sí. Todos los días desde hace tres años.

—La encontraremos. Tengo una idea, ya te la contaré. La felicidad solo tiene una incógnita: la fecha de su regreso.

71

París,
miércoles, 22 de octubre de 1884

El perro se relamió de gusto. Mientras que durante las semanas posteriores a la muerte de su amo había deambulado sin rumbo por el barrio, hacía unos días que había encontrado a un generoso benefactor que le daba de comer y le dejaba tumbarse en la caseta más grande que había tenido en su vida. El hombre, acompañado de otros humanos, lo miraba a través de un ventanuco redondo. El animal dio una vuelta sobre sí mismo y se tumbó, con la cabeza entre las patas. Sabía que al cabo de un rato se abriría la puerta y podría salir a pasear por el enorme hangar, en el que reinaba un calor intenso que le encantaba, así como por el patio que olía a calle, un olor divino. Bostezó, se sintió invadido por un cansancio infinito y cerró los ojos.

—Para mí que tiene alguna enfermedad —comentó Flammarion.

—Digamos que una enfermedad posprandial —relativizó Clément—. Confíe en mi máquina, ese perro de aguas no corre ningún peligro.

—¿Está seguro? —preguntó Eiffel, intranquilo—. Los hombres se han acostumbrado a él en el taller y lo han convertido en su animal de compañía. Será mejor que no le pase nada a su Médor.

—Pero qué manía le ha dado a todo el mundo de llamar Médor a su perro en estos tiempos, ni que fuesen todos como el famoso perro del Louvre —farfulló Flammarion, desinteresándose del experimento para dedicarse a observar una muestra de material para el globo.

Eiffel había puesto a disposición un anexo de sus talleres, así como a todos a los hombres y el material necesarios para la construcción del globo. El lugar, bautizado oficiosamente como el Laboratorio de Aeronáutica, se había convertido en el orgullo de todo el equipo de la casa Eiffel y había tortas para trabajar allí un puñado de horas a la semana.

El arcón que hacía las veces de caseta para Médor era un cubo estanco de dos metros de lado, hecho con planchas de hierro soldadas y remachadas, con una escotilla en cada cara. Lo metía allí desde por la mañana para comprobar el funcionamiento de la máquina que absorbía el gas carbónico.

—Señores, hoy tenemos que validar las opciones técnicas que elegiremos para nuestra aeronave —dijo Eiffel invitándolos, a ellos y a Nouguier y a Compagnon, a observar con él los planos extendidos por la mesa—. ¿Clément?

—A diferencia de nuestro arcón de pruebas, hemos optado por una forma esférica para el habitáculo definitivo. Dos hemi-cascos de hierro de un metro de radio que mandaremos fabricar a la acería de Pompey y remacharemos aquí.

—¿El grosor? —preguntó Compagnon.

—Cuatro milímetros. Más ocho escotillas de diez centímetros de diámetro y uno de grosor. De vidrio doble.

—¿Y la portezuela?

—Serán simplemente dos tapas de alcantarilla de cincuenta centímetros, una enfrente de otra, aquí y aquí —dijo Clément señalando su emplazamiento en el plano.

—¿No sería suficiente solo con una? —preguntó Compagnon.

—Si la esfera rueda sobre sí y se para cuando la abertura está pegada al suelo, los aerosteros se quedarían atrapados —explicó Nouguier.

—Habíamos previsto repartir el peso del arcón de forma que la trampilla quedase siempre arriba, pero el más mínimo obstáculo puede frenarla en cualquier posición —abundó Clément—. Disponer de dos aberturas no incrementará el riesgo crítico.

El perro, que se había despertado y se aburría, dio dos ladridos, lo que hizo que todas las cabezas se apiñasen en el marco del ventanuco. El animal se acercó y plantó las patas en el panel metálico, trató de poner la cara más triste que pudo y luego, ante la indiferencia de los presentes, gruñó despechado y volvió a tumbarse hecho un ovillo.

—El cartucho de potasio funciona bien —confirmó Eiffel mirando su reloj—. Sin él, Médor tendría que haber notado los efectos del gas carbónico hace ya una hora.

—¡Una cosa menos! —exclamó Flammarion, entusiasmado.

—En absoluto —objetó Clément—. De momento este artefacto ocupa la mitad del espacio disponible del habitáculo. Todavía tengo que reducirlo de tamaño sin detrimento de la cantidad de oxígeno producida.

—¿Y cuánto es eso? —quiso saber Compagnon.

—Dos litros al minuto. Si comprimimos el oxígeno en tres bombonas, podremos disponer de muchas horas con un aire sano.

—Confío en que lo conseguirá —le aseguró Flammarion—. De ello depende el éxito del proyecto.

—Y la salud de Médor —añadió Eiffel.

El perro aprovechó para rascar la puerta. Cuando le abrieron, salió pitando sin encomendarse a nadie.

—Ya volverá —dijo Eiffel, tranquilo—. Nuestro Barbet siempre vuelve.

—¿Hemos decidido de qué estará hecho el globo? —preguntó Flammarion, ilusionado como un crío.

—De caucho revestido de algodón de fibras largas. Ha superado todas nuestras pruebas de resistencia de peso y desgarro —indicó Clément—. La pega es que el fabricante pide nueve meses de plazo.

—¡Es que tres mil metros cuadrados no es una superficie que acostumbren fabricar! —exclamó Nouguier mientras consultaba su cuaderno—. Además, les hemos pedido que le pongan un panel de desgarro por si en el momento del aterrizaje tuvieran que verse arrastrados.

—El primer prototipo debería estar listo a finales del año que viene, o a principios de 1886 en el peor de los casos. A partir de entonces nos quedarán tres años para hacer pruebas.

—¿Tres años? ¿Por qué? —preguntó Flammarion, que lanzó una mirada preocupada a Eiffel.

—Hace poco me encontré con el nuevo ministro de Comercio.

—¿Rouvier?

—El mismo. Me pidió discreción y me citó en el ayuntamiento. Deseaba saber si nuestro proyecto era viable: su idea es que el récord sea una de las principales atracciones de la próxima Exposición Universal. Idealmente hacia la clausura, para que el interés vaya en aumento.

—Idealmente cuando nos lo permitan nuestras predicciones meteorológicas —terció Clément.

—¡Qué noticia tan formidable! ¡Menuda publicidad! ¡El mundo entero tendrá la mirada puesta en nosotros! —exclamó Flammarion, que fue y volvió del arcón para estar seguro de que nada pudiera echar a perder la proeza—. ¡Señores, vamos a pulverizar ese récord y la atmósfera nos revelará sus secretos!

—Entretanto, nos comunicaremos con regularidad con la prensa —propuso Eiffel—. Voy a activar mi red de contactos con los reporteros. Vamos a aglutinar a toda Francia en torno a los preparativos y al vuelo. Si aceptan nuestro proyecto de torre metálica, ¡monopolizaremos la atención de las masas!

—¿Han pensado en un nombre para el globo? —preguntó, pragmático, Nouguier.

—Tengo que pedirles una cosa —intervino Clément—. Una petición muy especial.

—Todo saldrá bien.

Claire intentó tranquilizar a su prometido, que andaba de un lado para otro delante de la chimenea del salón y cuya angustia había ido poco a poco en aumento. La joven se plantó delante de él para obligarlo a parar.

—Adolphe, te digo que todo saldrá bien. Mi padre te quiere mucho y si ha dado su consentimiento para que nos veamos, créeme, es previsible un resultado.

—¿Previsible? ¿Para ti solo soy una hipótesis? —dijo Adolphe Salles agarrándola por los brazos, presa de la preocupación.

—Pues claro que no, tontorrón. Te quiero, estoy segura de mi elección y... —Claire se interrumpió y levantó la cara—. Además, ¡aquí está!

—¿Ya?

—¿Quieres tomarte tiempo para preparar tu discurso? ¿Quieres que lo entretenga?

—¡No! Es que no he oído el coche entrar por el patio.

—Porque vuelve a pie. Pasear le ayuda a poner en orden las ideas para la velada, como le gusta decir a él. ¿Estás listo? —susurró ella mientras él se quedaba, encorvado, delante del hogar—. Podemos dejarlo para otro día.

—Sí... ¡no! —dijo él poniéndose recto—. Vamos a ver cómo se presenta la cosa.

—¡Claire! —tronó la voz de Eiffel desde el recibidor.

—¡En el salón! —respondió ella, antes de posar furtivamente la boca en los labios fríos de su enamorado.

—Tengo que contarte una cosa que me ha trastornado... —empezó a decir el ingeniero apareciendo en el salón.

—¡Mi querido papá! —exclamó ella cuando su padre la abrazó afectuosamente—. Me alegro de que hayas vuelto temprano. Los dos nos alegramos —precisó.

—¿Te acuerdas de...? ¿Los dos?

Claire señaló con un dedo hacia su espalda.

—¡Adolphe, está aquí! —dijo. El joven se había refugiado en un rincón de la pieza.

Eiffel pensó que debía de ser pariente de los camaleones, petrificado como estaba con su traje del mismo color que el beis de la tapicería. Solo los párpados daban muestras de una actividad desaforada.

—Los dejo, si desea hablar con su hija —acabó diciendo a trancas y barrancas, avanzando ya hacia la puerta.

—No, quédese, Alphonse. ¿Cena con nosotros hoy?

—Yo... —balbució el joven, buscando la ayuda de Claire, que le hizo un gran «sí» con la cabeza—. Está bien, si no es molestia. Señor —añadió—. Así podremos hablar. De todo, quiero decir, vaya, ponernos al día y hablar de… del futuro —terminó, después de carraspear sonoramente.

—Sí, qué buena idea —intervino Claire—, hablar de los proyectos del futuro.

—Claire siempre disfruta mucho cuando le cuento los avances que van produciéndose en las diferentes obras iniciadas —dijo Eiffel a Adolphe como quien cuenta una confidencia—. ¿Es el *Figaro* de hoy? —preguntó entonces, señalando el periódico doblado encima de la mesa—. Me parece que hablan de la torre. —Mientras recorría el diario, su frente fue arrugándose cada vez más a medida que pasaba las páginas—. Pues no lo encuentro. Y sin embargo Nouguier no se ha equivocado, incluso ha precisado que el periodista había escrito mal su nombre. Vamos a ver…

—Ahí está, señor —intervino Salles, señalando la página seis con el dedo—. Justo al lado de los anuncios por palabras.

Dio un paso atrás bajo la mirada cargada de reproches de Eiffel.

—Está muy bien que os publiquen un artículo cuando ni siquiera se ha convocado el concurso —terció Claire.

—Y la página de los anuncios se lee muchísimo —agregó Adolphe.

—¡Léelo, papá! —exclamó ella, y los dos jóvenes se pusieron cada uno a un lado del ingeniero.

—«Entre los proyectos a los que da lugar el anuncio de la próxima Exposición Universal de 1889, uno de los más extraordinarios es, sin lugar a dudas, el de una torre de hierro de trescientos metros de altura…»

—De los más extraordinarios —murmuró Adolphe.

—«… que el señor Eiffel, el constructor conocido por las más osadas obras metálicas modernas, y en especial del viaducto de Garabit, se dispone a levantar.»

—Las más osadas obras —añadió el joven.

—«Esta torre de trescientos metros, que se ubicará en el recinto de la Exposición, será el doble de alta que los monumentos más altos del mundo.»

—¡El doble de alta! —recalcó esta vez Claire.

—Pero vamos a ver, decidme, vosotros dos, ¿no iréis a repetir como loros todo lo que diga? ¿Qué os pasa hoy?

—Perdona, papá. Venga, sigue.

Eiffel los miró atentamente, primero a uno, luego a la otra, y reanudó la lectura:

—«Servirá como observatorio meteorológico y astronómico, como puesto de observación estratégico y puesto de comunicación por telégrafo óptico. Tendrá, asimismo, un uso de alumbrado eléctrico a gran altura, para indicar la hora a mucha distancia, para la verificación o la búsqueda de las principales leyes de la física experimental...» ¡Bien, bien, bien! —se congratuló, doblando el diario.

Eiffel había mandado una carta al periódico, acompañada de una fotografía de su dibujo de la torre. La curiosidad que había suscitado reafirmó su convicción. Le tendió el periódico a Adolphe.

—Tome, hay dos partituras en la última página que le interesarán, puesto que es músico.

Al joven se le subieron los colores cuando descubrió el título de la primicia: «Marcha nupcial».

—¿Qué me querías contar al llegar a casa? —preguntó Claire, que presentía que no era el mejor momento para declaraciones solemnes.

—Sentémonos delante del fuego —propuso Eiffel tomando asiento en el sillón tapizado con relleno grueso, dejándoles a ellos el sofá de madera dorada—. ¿Te acuerdas de la hija de Clément Delhorme con la que fuimos a aquella fiesta en Oporto?

—¿Nyssia? Sí, claro, era encantadora. Todo el mundo se volvía a su paso durante el baile en la corte —le explicó a Adolphe.

—Pues ha pasado una cosa muy triste: resulta que se escapó de casa y no saben nada de ella desde hace tres años.

—Vaya, qué pena —dijo Claire, sintiéndose culpable de no experimentar la menor empatía hacia Nyssia. Esa noche solo tenía ganas de pensar en ella, en la petición de Adolphe y en que nada diera al traste con su felicidad—. Espero de corazón que vuelva pronto —añadió.

—Clément nunca me contó nada. Qué raro, en tres años se ha guardado para sí semejante herida. ¿Ni Irving ni Javier te dijeron nunca nada?

Uno de los troncos en llamas se partió y basculó contra el tiro, proyectando una rociada de chispas alrededor de la chimenea.

—Clément la ha buscado por todas partes y ya no tiene esperanzas de encontrarla —dijo el ingeniero, reuniendo las brasas en el centro del hogar—. Nos ha pedido que le pongamos el nombre de su hija a nuestra aeronave. —Se limpió con el dorso de la mano las cenizas que le habían saltado al chaleco y se reacomodó antes de proseguir—: El acontecimiento tendrá repercusión nacional y hasta mundial. Si Nyssia lee en algún periódico que el globo lleva su nombre, sabrá que él la ha perdonado y contactará con su padre. Es el razonamiento de Clément y yo deseo de todo corazón que tenga razón. Es una situación terrible —añadió con semblante serio—. No sé qué sería de mí si algún día tú me abandonaras, hija mía.

Adolphe evitó cruzar la mirada con los ojos llenos de lágrimas de Claire.

—Nadie te va a abandonar, papá querido, nadie, te lo juro —dijo ella, rodeando su cuello con el brazo—. Mi futuro marido vivirá con nosotros, ¿sí?

Adolphe asintió con gesto de impotencia. Eiffel apoyó la mano en los cabellos de su hija y lanzó una media sonrisa divertida en dirección al joven.

—Por cierto, esta mañana hablé con el padre Didon. Quería saber cuándo se va a decidir a pedirme la mano de mi hija. ¡Quiere ser él quien los bendiga!

XXVI

72

París,
lunes, 3 de noviembre de 1884

El pájaro se precipitó sobre las migas del bollo que se le habían caído a un niño inadvertidamente. Se las zampó de tres picotazos y alzó de nuevo el vuelo al oír los pasos acompasados de una tropa militar que recorría la plaza del Carrousel. Dejó atrás la explanada adoquinada, trazó varios círculos por encima de los tejados y acabó posándose en el pretil de una de las terrazas del Louvre.

—¡Un vencejo! —exclamó Irving hacia sus padres—. ¡Es como estar en la Torre de la Vela!

Intentó acercarse al alado e imitó un lance de caña, lo que ahuyentó rápidamente al pajarito, y luego se acodó en el parapeto.

—Has perdido práctica —bromeó Javier.

—El único que sigue teniéndola es Jezequel —dijo Victoria—. Ya veréis, todavía hoy es capaz de llenar una jaula en cuestión de minutos.

—¿Ya estáis aquí, tortolitos? Creía que nos habíamos librado de vosotros.

—¡Es más seguro que nos pierdas en las salas!

Irving se acercó a Clément y a Alicia, que se habían quedado en el ángulo de la terraza que daba a los jardines del Oratoire.

—Vine a principios de año con Belay para tomar fotos del nuevo Louvre. ¿Qué os parece? ¿A que tiene las mejores vistas de París?

—Es verdad —dijo Clément sin apartar la mirada de la panorámica—, todo lo que tiene esta ciudad de hermoso y grandioso se encuentra a nuestros pies. ¡Y pensar que no habíamos venido nunca desde que llegamos!

—Es que no querías venir sin mí —repuso Alicia sonriendo.

—Tendremos que volver con unas cañas —les dijo a voces Javier desde el ángulo adyacente—, seguro que pescamos un montón de palomos. Los venderé en el mercado, como cuando éramos niños chicos.

—De eso nada. Antes los soltaré, como cuando éramos niños chicos —intervino Victoria.

La campana del oratorio del Louvre dio las dos.

—Es la hora —dijo Alicia—. ¿Quién se viene?

Ninguno de los tres quiso acompañarlos.

—Luego nos vemos en el piso para festejar el nuevo trabajo de mamá —concluyó Victoria.

—Todavía no hay nada confirmado —relativizó ella.

—¡Pero nada se le resistirá a la reina de la Alhambra!

El conservador general del museo del Louvre se agarró las solapas de la chaqueta, cerrando los puños, en esa pose que tanto le gustaba. Recibió a los visitantes a pie firme delante de su escritorio, detrás del cual destacaba un retrato enorme de Diderot.

El despacho, revestido de madera de arriba abajo, olía a encausto y polvo. Una de las paredes estaba casi completamente cubierta de figuritas, a la manera de una colección de coleópteros.

—Cada uno de mis predecesores añadía alguna y nadie ha tenido arrestos para quitarlas —se adelantó a comentar—. Tomen asiento, se lo ruego.

Alicia le tendió los papeles de la carpeta que había preparado para la entrevista. El conservador buscó sus lentes por todos los bolsillos y cajones hasta que dio con ellos debajo de uno de los informes que alfombraban el cuero lustrado del mueble estilo imperio. Acompañó su lectura con asentimientos de la cabeza y sonidos guturales de satisfacción. Clément cogió de la mano a Alicia, que disimulaba mal su nerviosismo. Había dudado mucho tiempo en solicitar la entrevista, pero el deseo y la necesidad de restaurar una obra de arte, fuera cual fuese, y el prestigio del Louvre habían podido más.

—Señora, cuenta con recomendaciones muy buenas y, si me lo permite, una buena hoja de servicios... Veinticinco años trabajando en la restauración de la Alhambra bajo la batuta de la familia Contreras, una carta del gobernador, de la familia real de España, una carta de Charles Garnier, otra del ingeniero Eiffel. Todo ello es muy impresionante —dijo, dejando los documentos sobre la mesa.

El conservador volvió a asir con las manos las solapas de la chaqueta mientras buscaba las palabras. Por la ventana, que daba al Patio Cuadrado, Alicia vio un inmenso san Francisco de Asís sobre lienzo que dos hombres descargaban con mucho cuidado de una carreta cubierta con un lecho de paja.

—Habría que ser un tonto para no contratar los servicios de una persona como usted, eso desde luego. Sin embargo, señora Delhorme, al no contar con los títulos exigidos, no tiene posibilidades de acceder a ningún puesto de responsabilidad.

—Hace veinticinco años la universidad no quiso abrirme sus puertas por ser mujer. Hoy tengo más experiencia con azulejos de la que tendrá nunca el claustro de docentes de la Universidad de París y desearía compartirla con ellos.

—Comprenda que podría poner en un aprieto a algunos de mis colegas... Una mujer, sin titulación, no se puede permitir darles lecciones. Podría retomar sus estudios, señora, y presentarse dentro de tres años a un puesto de conservadora. De lo contrario, no puedo proponerle otra cosa que tareas que no estarían relacionadas con su experiencia ni con su nivel.

—¿Tienen taller de restauración? —quiso saber Clément.

—Tenemos el mejor de todo París.

—Entonces, deme una obra, un cuadro, una cerámica, una escultura, lo que prefiera, y la restauraré siguiendo los criterios que le parezcan —sugirió Alicia—. Y me juzgará por el resultado.

—La veo muy segura de sí...

—No, no se trata de vanidad, sino de práctica.

Del Patio Cuadrado les llegaron unos gritos. Cuando los empleados habían ido a recoger otro cuadro, de repente el caballo había dado una coz y los hombres habían perdido el equilibrio. El lienzo estaba en el suelo, bocabajo, y, antes de que pudieran controlar al percherón, una de las ruedas de la carreta había pasado por encima de la tela, marcha atrás, desgarrándola por la parte de arriba.

Acababa de formarse una aglomeración. Desde su alta ventana, el conservador ordenó a todo el mundo que volviese a su trabajo y se interesó por la naturaleza de la obra y los desperfectos. La pintura pertenecía a la donación La Caze y la traían de un depósito de un museo de provincias. Era de autor anónimo y no tenía un valor especial, por lo que estaba destinada a terminar en los sótanos del museo, a la espera de un nuevo emplazamiento en una institución regional.

—Digamos que el azar le brinda la oportunidad de realizar su primer encargo. En su mano está aprovecharla, señora Delhorme.

Irving se quedó un buen rato mirando pensativamente un cuadro de Greuze que representaba una mujer joven tocada con un sombrero blanco. La mezcla de candor y erotismo que desprendía lo turbaba. Sabía por qué, pero no quería reconocerlo. La modelo, que físicamente no se parecía a Nyssia, poseía el mismo encanto misterioso que su hermana melliza. Todos los visitantes que pasaban por la sala de las Siete Chimeneas se detenían delante del lienzo, intrigados por la expresión arrobada del muchacho. De pronto, sintió que unos brazos fuertes lo levantaban del suelo.

—Javier, para. Al final vamos a llamar la atención —protestó.

El vigilante, uniformado de rojo, a pie firme delante de la puerta de la Sala de las Joyas, se volvió y se los quedó mirando unos segundos antes de perder el interés en ellos.

—¿Y mi hermana?

—La he perdido en una galería en la que no había otra cosa que cuadros de crucifixiones. ¡Puaj! Es una locura los suplicios que se ven en estas paredes. ¡Y a esto lo llaman museo! ¡Pero si es la galería de los horrores! Los peores fenómenos de feria dan menos canguelo que estos cuadros.

Una pareja que atravesaba la sala miró a Javier con gesto cómplice. La visita les estaba causando la misma impresión a ellos. La mujer llevaba un vestido elegante pero pasado de moda, lo que indicaba que se trataba de prendas de segunda mano. Iba del brazo de un oficial de coraceros de aspecto rutilante. Javier les sonrió a su vez y luego se fijó con insistencia en el bicornio de fieltro negro con que se tocaba la cabeza el militar.

—Olvídalo —susurró Irving—. Te va a rebanar con el sable, ¿tú has visto lo largo que es?

—No te preocupes por esas nimiedades.

—¿Nimiedades? No tengo ganas de que mi hermana se quede viuda antes incluso de casarse, y no tengo ganas de que acabes como esos cuadros que tanto detestas —añadió señalándole un lienzo con unos fiambres evocadores.

La pareja se había detenido delante de un cuadro de Bonaparte en Jaffa. El militar se quitó el bicornio y lanzó un suspiro sonoro como muestra de su pena por no haber conocido al Emperador.

—Yo me ocupo de estos dos, tú vuelve con Victoria —le dijo Javier en voz baja.

—Prefiero quedarme para que no hagas ninguna tontería —replicó Irving.

—Por favor, lárgate, me vas a incordiar con tu presencia. Y eres tan lento que, si la cosa sale mal, te atrapará. ¡Vamos!

—¡Pues peor para ti si acabas en el puesto de policía! —repuso Irving, enojado, encogiéndose de hombros.

Salió de la sala sin volverse, atravesó la galería de Apolo, bajó unas escaleras, subió otras, buscó a su hermana en la sala de los Siete Maestros, donde le llamó la atención el retrato de Lisa Gherardini,* dio media vuelta, atravesó las galerías francesas, bajó a la planta principal, se encontró rodeado de antigüedades griegas y oyó los pasos presurosos de Victoria, que por poco no lo derribó al bajar corriendo por una escalera entre dos estatuas gigantes.

—Ven a ayudarme, hermanita, el burro de Javier está a punto de meterse en un buen lío.

—Se las apañará bien sin nosotros. Ven, sígueme, hay un problema.

—¿Desean información o alguna explicación, señora, caballero? —se ofreció Javier acercándose a los visitantes.

—¿Trabaja usted aquí? —preguntó secamente el hombre al verlo vestido de calle.

—No, estoy en una misión para el gobierno de Ferry —respondió Javier con una naturalidad encantadora.

—¿Una misión? ¿En un museo?

Era evidente que el militar recelaba de ese desconocido de acento

* Mona Lisa.

indefinible, que les ofrecía una visita en un establecimiento poco frecuentado, con una reputación maltrecha aún por su reciente pasado de patio de Monipodio.

—Es que soy un experto —explicó Javier.

—¿Un experto? ¿En arte?

—No tengo autorización para decírselo, he de mantener la discreción. Pero conozco muy bien algunos cuadros y les puedo servir de guía.

—¿Y por qué iba a hacerlo?

—¡Por amor a la patria! Usted es un oficial coracero, ha defendido la nación del invasor prusiano. Me siento en deuda con usted.

El hombre, que trituraba maquinalmente el bicornio entre los dedos, se relajó un poco y se mostró más comprensivo.

—Si él hubiese estado allí —dijo señalando a Bonaparte en el lienzo—, no habríamos perdido esa guerra, créame. ¡Y la Alsacia-Mosela seguiría siendo francesa!

—Estoy totalmente de acuerdo. ¡Viva el Emperador!

—¡Viva el Emperador! —repitió el militar, cuadrándose.

Javier pidió a la pareja que se acercara para hacerles una confidencia.

—¿No lo habrá tocado? —le preguntó, señalando al personaje de la pintura.

—No, hombre, qué dice —replicó el otro, enojado.

—¿Seguro? ¿Ni tan solo un poco?

—No. Bueno... lo he rozado solamente, ya ve, así —dijo imitando el gesto—. Sí, así, rozándolo con la yema de los dedos —confirmó, y buscó la aprobación de su mujer, que lo corroboró.

—Siempre lo hace cuando ve al Emperador en pintura o en dibujo. Es un gesto de reverencia —aclaró ella.

—Como un juramento de fidelidad al gran hombre que fue —admitió él—. ¿Por qué? ¿Está prohibido? —preguntó ante el mohín disgustado de su interlocutor.

Javier movió afirmativamente la cabeza, con gesto serio.

—Por desgracia no, no está prohibido. Aún no. Como podrá constatar en esta obra, el Emperador estaba visitando a los apestados de Jaffa. Fíjense, está tocando a un enfermo —dijo imitando el ademán del Emperador con el militar, que dio un paso atrás—. Menos mal que, por fortuna, no se contagió de nada aquel día. Pero poco le faltó. Muchas de las personas de su entorno murieron. Hasta el pintor.

—¿El pintor? Yo creía que Gros se había suicidado ya mayor —objetó el hombre.

—No lo crea, él también enfermó. Figúrese que estuvo en el hospital dos horas, nada menos.

—¿Y por qué hizo eso?

—Para pintar con más detalle, estimado caballero —respondió muy serio Javier—. Quería estar presente, delante del objeto de su obra. Fue el amor a su oficio lo que acabó con él. En todo caso, estoy muy molesto por que lo haya usted acariciado.

—¿Sí? ¿Y eso por qué, si se puede saber? —preguntó el militar agarrando a su mujer del brazo.

—Porque puede que el cuadro sigua siendo un foco de peste.

—¡Pero qué broma es esa! ¡Se burla usted!

—En absoluto. Se lo dirá cualquier médico: esa enfermedad puede durar años, incluso siglos incluso en un soporte como el lienzo. ¿Por qué cree que cuando hay una epidemia se quema todo? —declaró, observando la reacción del hombre, que dudaba entre la incredulidad y el pánico—. Pero, claro, las obras de arte no pueden echarse a las llamas, no sería apropiado.

—Qué raro es todo eso, realmente curioso —dijo el militar escrutándose las yemas de los dedos—. Apenas lo he rozado.

—Le haré una confidencia: acaba de enviarse a las autoridades un informe de nuestros médicos más insignes que demuestra que... —Javier se interrumpió para cerciorarse de que no hubiera nadie oyéndolos—. Demuestra que determinados cuadros de nuestros museos, y no de los más insignificantes, son portadores de cólera y de peste. Esta es además la razón de mi presencia aquí: me han encargado que haga una lista de dichos cuadros, bajo la más estricta discreción.

—¡Dios mío! —exclamó la mujer—. Esas epidemias me dan pavor. ¿Sabe que se ha declarado el cólera en París hace unos días?

—Huy, sí, es terrible —replicó Javier con empatía—. Y les haré otra confidencia; hemos conseguido hallar a la primera víctima de todas. Figúrense que, la semana anterior a que se declarase la enfermedad, esa persona había estado en contacto con un cuadro de Paul-Félix Guérie de la emperatriz Eugenia visitando a los enfermos en el hospital principal de Amiens, con enfermos de cólera...

—¡El cólera! —bufó el hombre, cuya desconfianza se había evaporado.

—¡Dios mío! —repitió la mujer—. ¿Qué vamos a hacer, querido? ¿Qué vamos a hacer?

La tribulación de su esposa descompuso al desdichado militar, sobre el cual pesaba la responsabilidad de la situación. Javier se aguantó la risa que le producía la enormidad de su farsa. Había personas que solo con oír nombrar la enfermedad reaccionaban con pánico.

—Pero ¿por qué lo habré tocado? ¿Por qué? —se lamentaba el coracero.

—¿Cómo se les ocurre ponernos en semejante peligro? ¡No se comprende! —protestó su mujer.

—Es verdad, es inadmisible —dijo finalmente el militar, animado por una ira fría.

—Yo solo estoy aquí para terminar con eso, justamente. Todas las obras identificadas van a ser aisladas. En cuanto a ustedes, pueden estar tranquilos: si siguen mis recomendaciones, no enfermarán.

—¿Qué debo hacer? ¡Diga!

—¿Tienen bañera en casa?

—No, mis medios no me lo permiten.

—Entonces, corra a un baño público y pida que le preparen uno bien caliente. Dentro habrá disuelto previamente diez gramos de ipecacuana.

—¿Ipeca…?

—… cuana. En la farmacia encontrará. Media hora como mínimo, durante una semana. O dos, para mayor precaución. Y añada sinapismos en el pecho durante los baños.

—¿Sina…?

—… pismos, unas cataplasmas de harina de mostaza que le habrá preparado su señora.

La mujer dijo sí con la cabeza en señal de aprobación. Ella también se remojaría en el tratamiento, a título profiláctico.

—Señor salvador mío, ¿cómo se lo puedo agradecer? —preguntó el hombre, abriendo los brazos.

—Espere, debemos tomar una última precaución.

—¿Cuál? ¡Diga!

—Su bicornio —indicó Javier, saboreando por anticipado los frutos de su trabajo que estaba a punto de recoger.

—¿Qué le pasa a mi bicornio? —dijo el militar tendiéndoselo.

Javier se tapó la boca y la nariz con una mano.

—Lleva tocándolo una hora con las manos, ¡las mismas con las que ha acariciado las facciones del emperador pintadas con la punta del pincel de un apestado!

El coracero sostuvo el sombrero con el pulgar y el índice.

—¿Y qué he de hacer? ¿Qué he de hacer? —preguntó, angustiado, mientras su mujer retrocedía hasta el umbral de la sala Enrique II.

—Déjelo en el suelo —dijo Javier—. ¡Despacio, suavemente, que los miasmas no se esparzan a su alrededor!

El hombre se movió como si tuviese entre los dedos un artefacto explosivo y lo depositó en el suelo con toda lentitud.

—Bien, muy bien. Ahora ya pueden irse a casa.

—¿Qué va a hacer con él? —preguntó el coracero, presa de un remordimiento repentino.

—¡Pues quemarlo, rediez!

—Pero ¡es mi bicornio! ¡Se lo prohíbo!

—Como quiera —respondió Javier haciendo ademán de marcharse.

—Lléveselo, quémelo, señor —dijo su mujer, que seguía apartada—. Si no, lo quemaré yo en cuanto volvamos a casa.

El hombre claudicó, dedicó una última mirada al Emperador y otra a su tocado militar y se fue con su esposa, siguiendo el último consejo que les había dado el experto en arte colérico: no desviarse del centro de las galerías hasta que salieran del Louvre.

Una vez solo, Javier esbozó unos pasos de zambra mora alrededor del bicornio, antes de calárselo y marchar en busca de Victoria e Irving, a los que encontró en la sección de antigüedades, sentados en el suelo de mármol, al lado de un mural hecho de azulejos.

—Acabo de conseguir una obra maestra digna de este lugar —fanfarroneó mostrándoles el sombrero—. ¡Tengo que contarte lo que he hecho, Victoria!

—Luego.

—¿Luego? Pero ¿qué pasa? Ya verás, te va a encantar.

—Hay cosas más importantes —respondió, levantándose.

Se plantó delante del mural de cerámica, decorado con cuatro colores: un diseño geométrico de líneas que se entrecruzaban formando estrellas de ocho puntas.

—¿Más importantes? ¿Como qué, por ejemplo? ¡Anda, pero si yo conozco esos azulejos! —dijo acercándose para leer el rótulo.

—Pues ese es el problema —replicó Irving, que se había puesto de pie también.

—«Fresco nazarí de la Alhambra de Granada. Donación de lord Winsley, herencia.» ¿Y cuál es el problema?

—Que todas las obras procedentes de la Alhambra son resultado de robos —le explicó ella—. El que lo donó al Louvre saqueó el Palacio de Comares. Él o sus antepasados.

—A lo mejor se lo vendió Rafael —tanteó Javier, tocando los azulejos.

—Eso es imposible —intervino Irving—. La familia Contreras lucha desde hace años contra los expolios.

—Es robado, salta a la vista. Y como mamá se entere, se va a poner hecha una furia —siguió Victoria.

—Es capaz de poner una reclamación al Louvre, a la familia del lord ese, al Estado francés. Ya la conocéis —añadió Irving, con la frente surcada por una arruga de preocupación.

—Sobre todo, es capaz de desmontar los azulejos para llevárselos a Granada.

—Bueno, ¿y qué hacemos? —preguntó Javier después de haber tirado al suelo su trofeo.

—No decirle nada y rezar para que no venga por este pasillo. Nunca.

73

París,
miércoles, 19 de noviembre de 1884

Alicia había optado por trabajar en el piso de la calle de Prony, contagiada del entusiasmo de sus hijos y convencida por sus argumentos. El tamaño de la obra que debía reparar, de un metro por dos, le había permitido montar su taller en el salón. La pintura, que representaba una escena en medio de una naturaleza idílica de bosques, donde se veía un claro bañado por el sol, se había rajado en su nivel inferior, justo donde la mezcla de los colores y de intensidades de luz era más importante. Alicia se había aplicado a su labor con el mismo fervor que el que había puesto en práctica para las tareas de restauración de la Alhambra, sin hacer caso del ritmo impuesto por las comidas o la vida doméstica. Clément, que a su llegada a París se había plegado a las cadencias urbanas, había retomado sus costumbres granadinas. Las veladas se revestían del ambiente de las tertulias: alrededor del fuego, escuchaban a Javier tocando fandangos a la guitarra, vestido como Torquado, o aplaudían los quiebros de Alicia y Victoria bailando zambras, hasta horas andaluzas o hasta que llegaba el patrono o un sargento de policía. Se respiraba vida bohemia en la casa, para agrado de toda la familia, aunque Irving, sujeto a los estrictos horarios de Le Bon Marché, se sintiera apresado por unas cadenas de las que soñaba liberarse para entregarse, también él, a sus pasiones y a nada más.

Irving consultó la dirección que le había anotado Belay en un papel. Había cruzado el parque de Les Princes sin haber encontrado la Station Physiologique de París. Volvió sobre sus pasos y preguntó a un cochero de carruaje particular que aguardaba delante de una lujosa villa con aspecto de palacete. Sus indicaciones lo llevaron ante una edificación con un solo piso superior, cuya planta de calle tenía unas ventanas altas que recordaban las de los talleres. La entrada, de madera gastada, daba a la propiedad cierto aire de abandono y no había ninguna placa indicativa. Vio a un hombre que salía de la casa, vestido de negro de la cabeza a los pies. El extraño atuendo se componía de leotardos de danza, camiseta de manga larga, guantes y una gorra con una tela colgando que le tapaba la cara completamente. Irving lo llamó, pero el hombre se iba ya por el sendero del lateral de la propiedad, sin oírlo. El joven vaciló un instante y entró luego en la casa. Allí se volvió a encontrar con el personaje disfrazado, en la parte de atrás del edificio, donde este realizaba unos movimientos de gimnasia.

—Disculpe, caballero, ¿esto es la Station Physiologique? He quedado con el doctor Marey.

El hombre asintió sin decir palabra y le hizo un gesto para que lo siguiera. Irving reparó en que llevaba una raya blanca en la pierna y en el brazo izquierdos que, vista de cerca, hacía que pareciera un esqueleto en movimiento. Después de rodear el edificio, llegaron a un claro herboso delimitado por una pista circular de tierra. En el centro, una columna de madera de ocho metros de alto sostenía una plataforma de observación.

Al lado de la pista, un gran cobertizo, con la pared del fondo forrada de terciopelo negro y el piso pintado del mismo color, albergaba un buen número de aparatos fotográficos, alrededor de los cuales se afanaban dos hombres. El espectro negro señaló al médico con la mano y abandonó a Irving para ponerse a trotar por la pista, en la que se hallaba ya su contraparte: un Pierrot con la cara embadurnada de polvos de talco, vestido con jubón y gorra blancos.

—¡Vamos, que llega tarde!

Étienne-Jules Marey llevaba una barba blanca espesa que delataba sus cincuenta y cuatro años. Para el joven fotógrafo era un icono, el hombre que había logrado capturar el movimiento para estudiarlo, el inventor de la cronofotografía. Cuando el médico había sugerido a Belay que se asociase con él para ayudarlo con sus experimentos, este había declinado la propuesta, pues prefería conservar la clientela creciente de su estudio, que a su modo de ver le ofrecía unos beneficios más elevados y lo revalorizaba más como profesional.

—Pese a todo el respeto que me merece, se ha pasado años empeñado en demostrar que un caballo al galope tiene siempre una pata en contacto con la tierra —le había explicado a Irving—. ¡Yo tengo otras ambiciones!

El joven Delhorme no había dudado ni un segundo y se había ofrecido voluntario. Era una oportunidad única para codearse con los pioneros de su arte.

—Belay me ha hablado maravillas de usted, joven. Es ayudante suyo desde hace tres años, ¿cierto? —preguntó Marey mientras supervisaba la colocación de una placa en uno de los aparatos—. Por lo visto, domina como nadie el gelatino-bromuro de plata —añadió sin dejarle tiempo para responder—. Estoy buscando a alguien como usted para ayudarnos a mi preparador y a mí. Le presento a Georges Demenÿ.

El hombre se limpió la mano en su pantalón, lo saludó y volvió a sus comprobaciones con la máquina, cuyo objetivo apuntaba hacia la pantalla negra.

—¿Sabe lo que es? —preguntó Marey señalándola.

—Un aparato con obturador giratorio, señor. Su idea de poner justo delante de la placa un disco vertical con una ranura es genial —dijo Irving, que se había acercado al artefacto para verlo mejor—. Al accionar la manivela, el disco produce unas intermitencias en la llegada de la luz.

¿Puedo? —preguntó, antes de girarla—. De esta manera, puede capturar diez imágenes por segundo. ¡Es prodigioso!

—Está bien, gracias, pero no le pedía tanto —dijo Marey, divertido.

Irving paró el disco con cuidado y acarició la caja. Luego dijo:

—Eso de ahí es la cámara negra portátil para revelar las imágenes nada más hacer la toma, ¿verdad?

—Exacto. ¿Ha visto algunos de mis clichés?

—Pues he leído lo que se ha publicado sobre sus intervenciones en la Academia de Ciencias. Permítame, señor, decirle cuánto lo admiro.

—Me halaga sobremanera, mi joven amigo. Todo es mejorable. Mucho más. Además, fíjese bien: aquí solo nos interesa el análisis del movimiento, no el proceso inverso que permitiría recomponerlo. Yo soy médico y aquí no estamos para hacer espectáculo, sino ciencia, no lo olvide.

—¿Quiere decir que estoy contratado?

—A modo de prueba, los miércoles y los sábados. Estará mal pagado y su nombre jamás aparecerá asociado a las obras publicadas. ¿Sigue interesado?

—Más que nunca. ¿Cuándo empiezo?

—Hace diez minutos.

El espectro se había ido con el Pierrot, que se había puesto a fumar en pipa a unos metros del cobertizo, apoyado en un castaño descomunal.

—¿Qué te toca hoy? —le preguntó, quitándose la tela negra que le tapaba la cara.

—Saltar una barra de altura. ¿Y a ti?

—Una carrera a pie. Es mi especialidad en el batallón —respondió el espectro secándose la cara perlada de sudor.

—¿Estás contento de que te hayan destinado aquí? —preguntó el otro dando unos golpecitos con la pipa en la suela del zapato.

—Pues sí. Lo prefiero a las maniobras. ¿Y tú?

—Yo de civil soy médico. Especializado en fisiología. Por eso me escogió.

El espectro se miró el atavío y luego el del Pierrot.

—No le he dicho a mi mujer lo que hago aquí, no me habría creído. La semana pasada lancé un disco, estando completamente desnudo, delante de la pantalla negra. ¡Figúrate lo que pensaría!

—¿Por eso llevas una máscara hoy, para que no te descubra tu mujer? —bromeó el Pierrot.

—¡Ya me la podrían haber dado antes! Y tú deberías hacer otro tanto, en vez de embadurnarte la cara de blanco —replicó el hombre—. Te van a reconocer.

—Bah, qué más me da, no estoy casado. ¿Cuánto te queda de servicio aquí?

—Tres años. Estoy sustituyendo a otro, me tocó en suerte. ¿Y a ti, siendo médico, no te ha podido pagar la familia la exención de la milicia?

—Es que no quise yo... Ah, nos llaman —dijo el Pierrot mientras el preparador les hacía señales moviendo mucho los brazos—. Al parecer, paso yo primero —constató al ver que habían tendido una cuerda entre dos postes, delante del terciopelo negro.

Mientras el quinto calentaba, dando unos saltitos en el sitio, Demenÿ se puso a la manivela, que hizo girar hasta mantener una velocidad constante. A una señal de Marey, el individuo cogió carrerilla y saltó por encima del obstáculo, echando las piernas por delante. A la segunda señal, Irving levantó la placa fotográfica y se la llevó a la cámara negra para revelarla enseguida. No le temblaba el pulso, tan solo sentía la emoción de estar participando en una experiencia única. Sus movimientos eran seguros y precisos. Volvió a notar el gusto acre de la aventura que había saboreado por primera vez la noche en que Cabeza de Rata había cercado la Alhambra, y esa sensación le confirmaba que estaba en el lugar que le correspondía en el río de la vida. Al cabo de unos minutos salió del carromato y llevó el cliché al médico. Ocho Pierrots descomponían el movimiento en la fotografía, desde la preparación hasta el salto.

—Buen trabajo —confirmó Marey—. Domina usted el revelado. Ahora, pasemos a los asuntos serios. Georges, cambie el disco. Irving, hace un momento calificó de prodigio mi aparato de diez imágenes por segundo. Pues bien, va a tener que revisar su vocabulario.

Demenÿ desmontó el cilindro vertical y lo cambió por otro que presentaba varias ranuras más.

—Diez —dijo Irving, que las había contado—. Con diez vueltas de la manivela, eso significa ¡una centésima de segundo por imagen! Extraordinario... Pero no verá nada. ¿No se superpondrán los personajes?

El médico apreció la vivacidad intelectual del joven y asintió antes de responder:

—Por eso no vamos a pedirle a nuestro amigo de blanco que pase. ¡Venga! —dijo al recluta vestido de negro—. Ahora lo comprenderá —añadió hacia Irving, que daba vueltas alrededor del aparato fotográfico en busca de la respuesta.

El hombre había vuelto a ponerse la máscara. Marey señaló las bandas de metal brillante aplicadas a lo largo de la pierna y del brazo izquierdos.

—En la foto solo serán visibles estas bandas. Al reducir la anchura de las extremidades, puedo decuplicar el número de imágenes en un mismo cliché y conseguir de este modo una expresión final del movimiento de la carrera. Incluso se puede reproducir con una linterna mágica. ¡Le garantizo que la ilusión es perfecta!

Esa misma noche, delante del hogar familiar, Irving relató su encuentro con entusiasmo contagioso.

—¡Ojalá hubieseis visto aquello, era increíble! Un auténtico taller de experimentación sobre fotografía en el que prueban las cosas más disparatadas.

—He leído sus informes publicados, Étienne-Jules Marey es médico, no artista, hijo mío. No te equivoques —relativizó Clément.

—Da lo mismo, papá. Marey está inventando el futuro. Y la intuición me dice que ahí es donde tengo que estar y no en otra parte.

—No somos los más adecuados para darte lecciones sobre lo que es razonable o no, Irving —terció Alicia, que estaba terminando de restaurar una sección de su cuadro.

—No quiero seguir vendiendo muebles a los burgueses de París. Cada día ardo en deseos de estar fuera, libre de horarios fijos, lejos de sus miradas condescendientes, del barullo de la muchedumbre; necesito aire, libertad, he de probar cosas nuevas y experimentar. ¡Necesito aventura y sé que vosotros me entendéis!

Victoria se había mantenido al margen de la discusión. Después de una última pieza musical interpretada por Javier, este los dejó para volver a su habitación alquilada. Ella lo acompañó a la calle y caminó unos pasos con él. Tenía frío.

—¿Qué haces para no helarte? —le preguntó viendo que su novio iba con la chaqueta desabotonada—. Hace un frío que pela.

—Tranquila; el invierno pasado yo estaba como tú. Luego te adaptas —dijo mostrándole las dos camisetas superpuestas que llevaba debajo de la camisa—. Te adaptas, aunque no te habitúas; sigo teniendo frío si no llevo mis protecciones —añadió, envolviéndola en sus brazos.

—¿Cuándo podremos vivir juntos?

—Mi habitación es demasiado pequeña para dos, mi patrona me montaría un escándalo si te encontrase en mi casa y no puedo pedirle más dinero a Mateo —respondió él con un punto de hastío—. Ya lo hemos hablado otras veces.

—Ya sé que me repito, pero, cuando veo cómo reaccionas, me da la sensación de que amas más tu libertad que la perspectiva de una vida conmigo —suspiró ella, apartándolo suavemente.

—Victoria, he terminado los estudios, pronto tendré un sueldo de ingeniero y dentro de unos meses partiremos a América.

—Dicen los diarios que la estatua de la Libertad se quedará aquí, que ya no hay fondos para su pedestal.

—Acaban de conseguirlos, lo anunció Bartholdi a todo su equipo. Pero, si tú quieres, nos quedamos en París, aquí la vida es agradable y no falta trabajo.

—Lo único que quiero es estar contigo y no verte marchar cada anochecer.

—Ya queda menos, ya queda menos —dijo atrayéndola hacia sí nuevamente—. ¡Palabra de Torquado!

—Si no, buscaré trabajo también en Le Bon Marché.

—Huy, pues entonces me doblego ante la amenaza. Estoy dispuesto a aceptarlo todo… ¡menos eso! —bromeó él, fingiendo horrorizarse.

—¡Javier! ¡Lo digo en serio! Si no se produce ningún cambio pronto, me emplearé de vendedora el mes que viene sin más tardar. Tú mismo lo reconoces: no falta trabajo. Al menos con mi paga podremos tener un piso para los dos.

—¡Ni hablar de eso! —repuso él, ofendido—. ¡Me corresponde a mí mantener a la pareja y tú no vas a trabajar en ningún lado! ¿Te das cuenta de cuánto me molestaría eso?

El silencio que siguió acentuó la dureza de su tono. Un puñado de copos revolotearon en el aire saturado de humedad.

—Tal como predijo papá —comentó Victoria con un hilo de voz, dicho lo cual se dio la vuelta.

—No hay mejor ingeniero que él para la meteorología. ¡Espérame!

Le dio alcance de nuevo pero ella se negó a cogerle de la mano.

—Ni lo hay mejor para entender el corazón de los hombres, sobre todo aquellos que lo tienen de hielo —dijo ella, cruzada de brazos para evitar que él insistiera—. Ya había predicho que te negarías.

74

París,
sábado, 29 de noviembre de 1884

El coche de punto se detuvo en el bulevar de Courcelles, en la bocacalle de Alfred-de-Vigny. El pasajero, un anciano con los cabellos y la barba blancos, se apeó despacio, acompañado de una adolescente de quince años, en cuyo brazo se apoyaba. Otros peatones se quedaron mirando y comentando el espectáculo único que se les ofrecía a la vista. Un carruaje pasó ralentizando la velocidad, antes de hacer restallar la fusta en el aire. Incluso los viandantes que no se paraban al pasar no podían evitar volver la mirada en dirección a los talleres Gaget et Gautier, por los que asomaba, poderosa y soberana, la *Libertad iluminando el mundo*. Más alta que los edificios más altos, la giganta de cobre parecía preparada para desafiar el oleaje de la entrada de la rada de Nueva York. Plantado en mitad del cruce de calles, Belay buscaba el emplazamiento ideal para tomar las vistas.

«Nunca debí dejar que Irving se fuera a trabajar para Marey —gruñó para sus adentros—. Cómo echo en falta su buen ojo.»

Entornó los párpados para contemplar el estado del cielo, que vertía una lluvia fina semejante al rocío marino de la costa normanda que tanto le gustaba fotografiar. «Ya vendré otro día que haga sol —se dijo—; alrededor de las doce me dará justo en la espalda e iluminará la estatua de frente. Mantendré los edificios de la calle Alfred-de-Vigny a cada lado del encuadre y a algunos parisinos delante para que se aprecien las proporciones. O mejor no, ¡mandaré a Irving!»

Satisfecho con su decisión, se puso el bolso en bandolera, replegó el trípode y se lo echó al hombro.

—¿Qué pasa? —dijo Belay sin dirigirse a nadie en particular, al ver que todos los peatones se habían apiñado alrededor del coche en el que el anciano y la muchacha habían vuelto a subirse—. Solo sé de una persona capaz de despertar más interés en los franceses que esta estatua… Si de verdad es él, me quito el sombrero ante ti, Irving. ¡Tus informaciones serían correctas, pues!

Esa misma mañana había llegado aviso a los talleres Gaget de la llegada de una personalidad, cosa que Javier se había apresurado a anunciar a su amigo. El coche arrancó en medio de los aplausos del gentío y se dirigió a la calle de Chazelles.

«¡Rápido, o me lo perderé!»

Belay recorrió los cincuenta metros a la carrera y llegó justo en el instante en que Bartholdi saludaba a su visitante cuando este se apeaba del vehículo. El fotógrafo esperó, alejado, a que hubiesen entrado todos en el porche, junto con un reportero que había cruzado el patio corriendo también.

—Me lo han dicho en el último momento —dijo el hombre rebuscando algo en los bolsillos, de los que sacó finalmente una libreta y un lápiz—. ¡Uf!, creí que me los había dejado. Es que no quería perderme el encuentro.

—¿Para qué periódico? —preguntó Belay distraídamente.

—Para *Le Temps*, ¿y usted? —respondió el periodista, señalando el aparato fotográfico en su trípode.

—Yo trabajo para el señor Bartholdi —repuso Belay muy digno—, pero si a su diario le interesa, tome, aquí tiene mi tarjeta.

—Vamos —propuso el reportero—. No pienso perderme a Victor Hugo bajo ningún concepto.

En el patio los obreros habían formado un seto humano hasta los pies de la *Libertad* y habían aplaudido, sombrero en mano, a su llegada. Con sus ochenta y dos años, el escritor caminaba despacio, sostenido por su nieta Jeanne. Dos escudos grandes con los colores de Francia y de Estados Unidos se habían colocado deprisa y corriendo con el fin de dar a su visita cierto aire oficial. Hugo hizo un besamanos a la madre del escultor, un gesto que proporcionó a Belay un primer cliché. No había pedido permiso al jefe de la obra y su presencia habría podido resultar indeseable, pero este último envió en dirección al fotógrafo una mirada breve que Belay tomó como una sanción. Todo el mundo se colocó a los pies de la estatua. Al subir la cabeza, el fotógrafo creyó distinguir un rostro entre dos de los barrotes de la diadema. Se frotó los ojos y ya no vio nada. La llovizna había cesado y del grupo ascendía una suerte de bruma como almas elevándose al cielo.

—¿Lo ves?

—Veo una hormiguita rodeada de otras hormiguitas, ahí abajo, entre los postes de los andamios.

Para sorpresa de Victoria, Javier se había presentado por la mañana en el piso. Juntos se habían llegado hasta los talleres de Chazelles, en plena efervescencia, y habían subido al monumento sin que nadie los viera, para asistir a la visita del escritor. Victoria estaba que no cabía en sí de alegría: Javier le había enseñado su nombre grabado en un recoveco de la estructura de cobre, y eso la había reconciliado por completo con su novio.

—Ya no lo veo. ¿Dónde se ha metido?

—Bartholdi tenía un obsequio para él —dijo Javier, asomándose para comprobar que los obreros se habían quedado agrupados alrededor del monumento—. Mientras tanto, disfruta de las vistas: la ciudad entera está a nuestros pies.

Victoria se acodó entre dos barrotes e intentó reconocer los monumentos que descollaban entre los edificios de viviendas, pero enseguida se cansó.

—Bueno, qué, ¿sigues queriéndome igualmente? —le preguntó, atrayéndolo hacia sí con las manos en su nuca para besarlo.

—Más que nunca —respondió él entre beso y beso—. ¿Te das cuenta de que somos los enamorados que más altos están de todo París?

—¿Por qué queréis todos batir récords? ¿Es que eso me hace más deseable?

—Pues te confieso que…

Javier se interrumpió y apoyó la mano en la rampa de la escalera.

—¿Qué pasa?

—¡Que vienen! ¡Los oigo! ¡Están subiendo a la estatua!

—Qué bien —dijo Victoria, asomándose por el hueco de la escalera de caracol—. ¡Vamos a conocer a Victor Hugo en persona! ¡Cuando se entere el doctor Pinilla!

—¡Chitón! —se impuso Javier—. ¿No comprendes que está terminantemente prohibido subir aquí hoy? —susurró—. Órdenes del señor Bartholdi. Si se entera de que lo he desobedecido, ¡adiós a lo de Nueva York!

El escultor y el vate se habían metido en las entrañas del coloso por una puertecita practicada en su pie derecho. Detrás iban Jeanne y su madre, Alice Lockroy, viuda de Charles Hugo. Belay se colocó en el acceso al taller principal, pues se había enterado por un capataz de que por allí continuaría la visita. Todos se preguntaban cuántos niveles podría subir el escritor y, secretamente, esperaban que el más excelso de los ciudadanos franceses lograra auparse hasta la cima de la estatua más alta. La espera se le hizo eterna a todo el mundo, menos al periodista que trataba de recabar las impresiones de las personalidades presentes. Pero el coleccionista de arte Henri Cernuschi, a quien abordó, se negó a responderle.

—Debe de ser usted el único plumífero que no sabe que Cernuschi es uno de los propietarios de *Le Siècle* —le hizo notar Belay cuando fue a quejarse a él—. Es el principal competidor de ustedes —se mofó—. Mire, ahí tiene al redactor de *Le Siècle* —añadió señalando a un individuo que parlamentaba acaloradamente con su vecino—. Le va a levantar todas las confidencias.

—¿Quién es ese con el que habla?

—El conde de Latour, el encargado de negocios de la embajada estadounidense. Y justo al lado tiene al secretario del comité de la Unión Franco-Americana. Su siguiente entrevistado.

El periodista hizo un mohín de desagrado que hizo reír a Belay.

—¡Va a tener que darle al magín, amigo mío! Pregunte a los obreros y a los ingenieros, interrogue a los vecinos.

—A mi director no le gustará su propuesta. Y pensar que ni siquiera entré en la cabeza cuando estuvo expuesta en el Campo de Marte…

—Pues en eso le puedo echar un cable, mire por dónde. Hasta he hecho fotos desde la corona. Si le describo cómo es por dentro, ¿citará mi nombre?

A unos metros de ellos estaban Nouguier y Koechlin, avisados esa mañana y que habían acudido en representación del equipo de Eiffel.

—Me extraña que Javier no esté por aquí, con lo entusiasmado que estaba ante la perspectiva de ver a Hugo, aunque fuese de lejos —comentó Nouguier sacudiendo el sombrero para secarlo.

Koechlin, que estaba pensando en otra cosa, no respondió. Había pedido reunirse con Bartholdi en su domicilio con objeto de tratar el asunto de la Torre Gallia, un proyecto para el que seguía buscando apoyos. El escultor lo había tranquilizado: el poste de trescientos metros no requería de ningún apoyo moral para imponerse. La relación profesional y cortés que mantenía Bartholdi con Gustave Eiffel disimulaba apenas las escasas afinidades existentes entre los dos hombres; y Koechlin, que ya se veía venir la polémica con el gremio de los arquitectos y el mundo de las artes, había pedido al escultor que diese su apoyo al proyecto tan pronto como se convocase el concurso.

Nouguier le dio unas palmadas en la espalda, trayéndolo de nuevo a la realidad:

—¡Ya! ¡Ahí vienen!

Bartholdi fue el primero en salir, seguido de Victor Hugo, al que los allí congregados preguntaron por la altura a la que había subido.

—Dos niveles —respondió él.

—Y bien habría podido subir los diez —precisó el escultor—, pero la señora Lockroy se sintió cansada y bajamos.

La mujer del ministro confirmó la anécdota, que anotaron debidamente los dos periodistas y que tranquilizó a las mentes supersticiosas. Que el gran hombre hubiese podido hacerlo bastaba para darle suerte a la estatua.

—En cualquier caso, es soberbia, verdaderamente soberbia —comentó Hugo después de retroceder unos pasos para admirarla unos instantes más.

—Veo ante mí dos colosos que se miran —dijo en voz baja Henri Cernuschi al periodista de *Le Siècle*, el cual se apresuró a transcribir sus palabras bajo la mirada envidiosa del reportero de *Le Temps*, que no lo había oído.

Mientras Bartholdi y Hugo pasaban al taller principal, el plumífero su fue corriendo a preguntar a los testigos de la escena. Luego regresó triunfante al lado de Belay.

—Aquí llevo una cita que *Le Siècle* tendrá que compartir, otra más —anunció enarbolando su libreta como un trofeo de guerra.

La lluvia, que se había contenido durante la primera parte de la ceremonia, empezó a caer de repente, con violencia, obligando a los presentes a correr a guarecerse en las naves, y luego se transformó en una llovizna fría que calaba hasta los huesos.

—¿Cuánto rato estarán ahí dentro? —preguntó Belay, que había instalado su aparato debajo del alero ancho de un tejado de chapa.

—Pues el señor Bartholdi le va a enseñar cómo han ensamblado las diferentes partes y le hará entrega a nuestro bardo nacional de un fragmento de la estatua —le contó un obrero que estaba a su lado—. ¿Se da usted cuenta?, es un mito, un mito vivo, y yo podré decir que lo he conocido en persona… ¡Ah, se oye movimiento dentro! ¡Prepárese!

Belay se colocó en posición, la cabeza metida debajo de la tela negra. Cesó la llovizna. Cuando salieron, se había formado en el patio nuevamente una hilera de hombres como una guardia de honor. Bartholdi se paró delante de uno de los obreros, con una barba y una edad que competían con las de Victor Hugo, y se lo presentó.

—Ese es el señor Simon —explicó el obrero al fotógrafo—. Conoció al gran hombre hace cincuenta años en el taller del escultor David, cuando acudió para que le hiciera un busto de su persona.

Belay quitó la tapa del objetivo y volvió a ponerla al pronto. Los dos hombres parecían estar pasando un rato agradable rememorando tiempos pasados. Hugo estrechó una vez más la mano del hombre y después, parándose delante de la estatua, soltó el brazo de su nieta, que se quedó atrás.

—¿Podría decirnos unas palabras, señor Hugo? —le preguntó a voces el periodista de *Le Temps*.

El escritor no respondió. No se volvió. Se quedó inmóvil, las manos en los bolsillos, contemplando la obra por encima de la cual se desgarraban las nubes para dejar asomar el fondo azul del cielo. Nadie osaba interrumpir, ni moverse siquiera, por temor a molestarlo; luego, Hugo tomó la palabra y proclamó con voz potente y templada:

—La mar, esa masa agitada, inmensa, constata la unión de dos grandes tierras, en paz.

Prorrumpieron los aplausos, acallados enseguida por siseos que mandaban guardar silencio. El poeta añadió dulcemente:

—Sí, esta obra tiende hacia algo que he amado siempre, llamado la paz. Entre América y Francia, Francia que es Europa, esta prenda de paz durará para siempre. Ha sido una buena cosa que se haya hecho esto.

Saludó una última vez y regresó a su berlina del brazo de la señora Lockroy. Cuando subía, se elevó del gentío un clamor:

—¡Viva Victor Hugo!

Todos corearon su nombre, mientras una mano los saludaba por la portezuela. El carruaje se puso en marcha.

Una voz con marcado acento americano bramó:

—¡Viva Victor Hugo, el poeta más grande de Francia!

A pie firme en el umbral, Bartholdi se volvió hacia la concurrencia, apelotonada en la entrada de los talleres, y, dejándose llevar por la emoción y el énfasis del momento, declaró:

—¡Del mundo, dirá usted!

Entró, en medio de los vítores. El desmontaje de la estatua podía comenzar.

75

París,
lunes, 15 de diciembre de 1884

Nunca había visto tal cantidad de tráfico rodado: ómnibus atestados, simones a la carrera, carretas de reparto, berlinas privadas, calesas expuestas al frío y caballos de silla se encontraban en el cruce de las calles Sèvres y Le Bac, venidos de todos los barrios de París, formando una batahola indescriptible, punteada por el restallido de los látigos y las órdenes de los cocheros. Los peatones se abrían un caminito como roedores tratando de escapar de sus depredadores naturales: corriendo, parándose, agitando los brazos, disputando a los vehículos el derecho a atravesar un espacio del que cada vez se los excluía más, en un alboroto que ensordecía sus recriminaciones y sus súplicas, pero que todos parecían aceptar como una fatalidad necesaria inherente al avance del progreso.

Alicia aún no se había atrevido a cruzar y contemplaba el edificio de Le Bon Marché como una isla rocosa inalcanzable.

—¿Quiere que la ayude, madame? —El hombre tenía una apostura elegante y atractiva y no se parecía a los que la abordaban habitualmente para entablar conversación. Llevaba un bolso de fuelle, parecido a los que usaban los médicos, así como una chaqueta larga con las solapas de piel—. La estoy viendo titubear desde hace varios minutos. ¿Va a los almacenes de la Boucicaut?

—Pues, sí, así es, me gustaría llegar al otro lado sin poner en riesgo mi vida —respondió ella, justo cuando dos coches de punto acababan de cruzarse las ruedas y los dos cocheros se liaban a puñetazos.

—Venga, ahora es el momento —dijo el desconocido tendiéndole un brazo.

Alicia se agarró con las dos manos y acompasó su paso al de su guía. El accidente había hecho que el tráfico menguara de intensidad y parecía que los vehículos prestaban más atención a la circulación.

—No es de aquí, ¿verdad? —preguntó el hombre a medio camino.

—Vengo de Andalucía, de un lugar en el que las calles siguen siendo de los peatones.

El comentario lo hizo reír y, acto seguido, se disculpó por ello.

—Y es la primera vez que viene a Le Bon Marché.

—¿Quién le dice que sea así?

—Porque la entrada por Babylone no está tan concurrida. Se la recomiendo —dijo él soltando su brazo una vez que estuvieron en la otra acera.

—Pues sí, es la primera vez. Vengo a ver a mi hija, que trabaja en este establecimiento. Gracias por su amabilidad, monsieur.

Había quedado con Victoria a las once y media, pero Alicia había llegado con tiempo de sobra para poder visitar el lugar, que su hija había descrito como el Louvre de las tiendas y que era tan grande como el museo. El interior le pareció la prolongación del caos del exterior: los sombreros de la clientela se agitaban en todas direcciones, como los barcos que flotaban en los estanques del parque de Luxemburgo. Los pasillos, las escaleras y hasta los balcones de las plantas superiores estaban anegados por una marea humana que zumbaba sin parar. Como no podía avanzar más, Alicia tuvo que desandar lo andado en la sección de juguetes y regalos y desviarse por la de mantelería y ropa de casa, menos frecuentado en esa época del año, antes de poder alcanzar el anexo por el paso subterráneo. Allí observó un rato a Irving, que estaba ocupado ofreciendo una bañera equipada con su propia caldera de cobre a un matrimonio visiblemente dividido en torno a la utilidad de su instalación en su cuarto de aseo, y le hizo una seña desde lejos antes de salir a la calle de Le Bac para llegarse al salón de lectura de los empleados, situado en el número 115. Su hija la esperaba hojeando una revista.

—Siéntate, mamá. Es el rato de mi pausa para comer pero yo nunca como. Es demasiado temprano, ¡no podría acostumbrarme!

Victoria había sido contratada para un puesto en la oficina de la correspondencia, gracias a su diploma de institutriz y a su bilingüismo. La casa despachaba mercancías por correspondencia al mundo entero y la veintena de traductores ya no daba abasto para responder al creciente frenesí del público.

—Soy la única encargada de las solicitudes que llegan de España. He recibido hasta una carta de Granada, de una tal señora Zapata —dijo con su forma expresiva de hablar, mientras dejaba con cuidado *La Gazette des Femmes* en la pila impecablemente ordenada sobre una mesa auxiliar.

—A lo mejor es familia del sastre.

—Pues no me he atrevido a preguntarle, el reglamento es muy estricto. Están buscando a más señoritas para la correspondencia española, espero que encuentren rápido y que pueda presentarme a un puesto en el mostrador de guantería.

—Victoria, estás mejor en la correspondencia: es un trabajo bien visto y no hay toda esa agitación de la tienda.

—Pero, mamá, tengo que ser útil. Sabes igual que yo cuánto le gustan a Nyssia los guantes. Si está en París, seguro que acabará viniendo a comprarse un par.

—Hay montones de guanteros en toda la ciudad —repuso Alicia, y entonces lamentó haber dicho aquello. Se reprochó no alentar a su hija cuando ella misma no había hecho el menor intento de buscar a Nyssia desde su llegada. El silencio siguiente hizo que se sintiera culpable—. ¡Si hasta tenéis piano! —comentó, después de recorrer el salón con la mirada.

—Lo usan para las clases de canto —le explicó Victoria sin mostrarse apenada—. Son los miércoles y los viernes por la tarde, pero yo salgo antes. Muchas veces viene Javier a buscarme.

Después de que por una cuestión de orgullo le prohibiera trabajar, el joven ingeniero había terminado por aceptar que cada uno de los miembros de la familia Delhorme obraba a su antojo y que el salario de Victoria nunca haría sombra a sus encargos del gabinete de proyectos Eiffel, del que pronto recibiría los primeros emolumentos.

—En cambio, sí voy a las clases de inglés, los lunes y los viernes después del cierre de la tienda —continuó—. Me vendrá bien en Nueva York.

—Nunca he conocido un sitio donde estén mejor tratados los empleados —comentó Alicia—, aunque no haya viajado mucho.

—Tienes razón, mamá. Hay también una caja de previsión y una caja de pensiones. Pero yo soy como Irving, ¡echo mucho de menos mi libertad! —exclamó Victoria, poniéndose en pie, cuando entraba un grupito de empleadas.

—A veces me pregunto si hemos hecho bien en insuflaros el aire de la libertad en los pulmones —dijo Alicia yéndose tras ella. Se alisó el vestido y recordó entonces que se lo había comprado Clément en la sastrería Zapata, y añadió—: Es una droga sin la que no se puede vivir, después de haberla probado.

—¿Y queríais ser los únicos en disfrutarla? Mamá… —dijo Victoria, abrazándose a ella—, ¡deja de culparte! Por cierto, ¿cómo vas con el cuadro?

—Pues casi he terminado. Lo llevaré al Louvre antes de las fiestas.

—Espero que te den más, ¡tu restauración es perfecta! Bueno, tengo que irme ya, mi pausa ha acabado.

Salieron juntas y Alicia acompañó a su hija a la entrada principal. Luego, después de que la marea entrante hubiese engullido a Victoria, se quedó un buen rato allí. Admiraba su ánimo siempre equilibrado y su capacidad para no quejarse nunca, fuesen cuales fuesen las circunstancias, cuando ella misma se sentía débil y resignada desde su llegada a París.

—¿Ha encontrado a su hija?

Alicia se sobresaltó al oír al hombre del maletín, de pie delante de ella.

—¿Me espiaba desde hace mucho?

—¿Que si la miraba? Unos minutos. Parece fascinada con el edificio. ¿Le llama la atención su arquitectura?

—Solo estaba ensimismada. Pensaba en otro lugar, que añoro. Prefiero las líneas curvas orientales que esta fachada sosa y sin imaginación.

—¿La Alhambra de Granada?

—¿Cómo lo sabe? —exclamó ella con una vivacidad que lo sorprendió.

Oír nombrar la Alhambra había surtido en ella el mismo efecto que un latigazo. Alicia había retrocedido y le plantaba cara con actitud desafiante.

—Pues… usted misma dijo que venía de Andalucía. No era mi intención ofenderla —respondió el hombre, atónito ante su reacción.

Alicia notó que la inundaba un sentimiento de confusión y farfulló unas disculpas ininteligibles.

—No se sienta obligada, entiendo sus recelos. Pero sepa que no todos los parisinos somos unos sátiros que atosigan a las mujeres por la calle —explicó el hombre, divertido.

—Me llamo Alicia Delhorme —replicó ella, como muestra de confianza—. Restauro obras de arte para el Louvre.

—Pierre de la Chesnaye. Trabajo para esta institución sosa y sin imaginación —dijo, y señaló a los cientos de paseantes aglutinados contra las amplias ventanas de la fachada—. Soy uno de los administradores de la señora Boucicaut.

—Habrá pensado que soy una pretenciosa… Pero es que a mí este gigantismo y la pasión que suscita me ponen los pelos de punta.

—En cualquier caso, tiene el don de la franqueza, señora Delhorme.

—Acepte una vez más mis disculpas, señor de la Chesnaye. Bueno, y ahora voy a intentar cruzar la calle, pero esta vez sin su ayuda —dijo, adelantándose a su ofrecimiento—. Es más prudente, en caso de que no tengamos ocasión de volver a vernos.

Él la saludó y se quedó mirándola mientras ella sorteaba los vehículos hasta la otra acera, frustrado por no haber podido encontrar una respuesta a la pregunta que martilleaba en su cabeza desde que la había visto por primera vez.

—Pero ¿dónde la habré visto antes? —murmuró, dándose ya la vuelta hacia Le Bon Marché.

Preguntó al responsable del personal femenino, que mandó llamar al jefe de la correspondencia, el cual no pudo ofrecer ningún detalle más sobre la misteriosa familia Delhorme que había sido recomendada por el ingeniero Eiffel.

La Chesnaye regresó a casa dándole vueltas al asunto, una cosa sin la menor importancia salvo por el hecho de que se le resistía, y eso lo molestaba profundamente. A sus treinta y cinco años, lo había conseguido todo en la vida sin necesidad de superarse, ni de esforzarse siquiera, y la más mínima contrariedad lo irritaba sobremanera.

—¡Pierre! —La voz de su mujer, con su entonación de dama sofisticada, alargando las vocales y pronunciando con lascivia las consonantes, lo devolvió a la realidad—. ¡Estoy en el comedor, esperándote!

Reclinada en un diván de caoba, sujetando un libro abierto con la mano derecha, alargó el brazo izquierdo buscando un besamanos de su marido, que él insinuó apenas. Lo invitó a sentarse en la poltrona tapizada de rojo imperio, donde habitualmente descansaba su perrito faldero. Se quedó de pie.

—La doncella lo ha sacado a pasear —explicó, pese a que a su marido poco le importaba dónde estaba el animal.

Detestaba esa manía suya de llamar siempre a sus empleadas «la doncella» o «la asistenta». Pero llamarla por su nombre habría sido para ella de una cercanía inimaginable, rayana en la vulgaridad. Detestaba asimismo el caniche que llevaba a todas partes como si fuera un muñeco y del que se había encaprichado no bien se enteró de que la familia real inglesa tenía varios, cosa que después se supo había sido un cuento chino.

Dejó que su mujer le contase todos esos cotilleos que a él ni le iban ni le venían, exceptuando aquellos que pudieran resultarle de utilidad para los negocios, y retomó el hilo de sus cavilaciones. ¿Dónde había podido conocer a la señora Delhorme, esa plebeya tan guapa?

—¡La Franco! —exclamó de pronto, tras lo cual rodeó la gran mesa preparada, mientras en su cabeza todas las piezas encajaban en su sitio—. ¡Ahora caigo!

—¿Qué pasa, Pierre?

—¿Sabe, Verónica Franco, aquella beldad de la que se encaprichó Yusúpov? Una española.

—Sí, la recuerdo. Una buscona. Ese ruso nunca ha tenido buen gusto.

—Desengáñese. Todos los hombres están locos por ella.

—Pues en sus camas acabará, parné o artimañas mediante. Como todas esas mujeres ligeras de cascos. ¿Y qué tiene que ver con ella?

—He conocido a una mujer llegada de Andalucía que solo puede ser su madre, pues se parecen como dos gotas de agua.

—Un notición por el que merecía la pena interrumpir nuestra conversación —dijo con ironía, levantándose—. ¿Quiere que avise a los periódicos? —añadió, tirando de la cinta con que tocaba la campanilla del servicio.

—Lo cual quiere decir que se apellida Delhorme, no Franco.

—¿Una espía, tal vez? Todas esas señoritas se ponen nombres de prestado para ocultar su miserable vida de antaño, como bien sabe, querido; en sus círculos masculinos seguro que hay más de una.

—Qué más da. Bueno, ¿a qué hora se cena? —preguntó, seguro ahora de su memoria y animado de nuevo por la visión de Verónica Franco.

—Inmediatamente. He de salir enseguida.

La doncella había regresado y, sin hacer el menor ruido, había retirado dos sillas, y luego se había quedado esperando órdenes en uno de los rincones de la pieza. Ninguno de los dos se dio cuenta de su presencia.

—¿Lo conozco yo? —se aventuró a preguntar.

—Pierre, no sea vulgar. He de hacer unas compras —explicó ella sentándose.

Él hizo lo propio y desplazó unos centímetros las copas y los cubiertos, como cada vez que se sentaba a la mesa, una manía que exasperaba a su mujer y que él exageraba adrede durante sus animadas conversaciones. La doncella preparó los platos en el trinchero (carne fría de lucio, que cubrió con una salsa), los sirvió y llenó las copas con un meursault blanco, antes de retirarse a su rincón.

—De la última cosecha antes de la filoxera —dijo él después de probarlo—. La plenitud precede siempre a la catástrofe… ¿La dejo en Le Bon Marché?

—¿No creerá en serio que voy a ir allí, donde van todos los asalariados y los pequeñoburgueses? ¡Me decepciona!

—Tenemos muy buenos artículos, querida. ¡Y gracias a esa tienda podemos permitirnos vivir aquí!

—Y a la dote de mis padres. Cuando me casé con usted, carecía de relaciones y, menos aún, de fortuna.

—Qué desagradable se pone.

—Solo pretendo evitarle chascos. Sin mí, hoy no sería administrador en la empresa de la Boucicaut y en el Crédit Foncier. Me pregunto si, a su manera, no será también un buscón —concluyó ella, apurando su copa.

La doncella se precipitó a ofrecerle la botella.

—Deje, Marie, ya lo hago yo —dijo con un ademán para indicarle que volviese a la antecocina—. Qué rápido olvida mi título nobiliario —le lanzó después de haberle servido vino—. Sin mí, no sería condesa, querida. Esa es la ingratitud de las riquezas adquiridas demasiado deprisa.

Ella desmigó su pan en el mantel y decidió cambiar de tema.

—Hablando de Yusúpov, se rumorea que va a estar presente en la venta de esta noche.

—¿Qué venta?

—Lea los periódicos. Si está de humor, siempre podrá comprarme unas joyas. Para que le perdone ese carácter intratable que tiene.

XXVII

76

El hotel Internacional parecía detenido en una especie de letargo. Tres cuartos de sus ocupantes lo habían abandonado la víspera o esa misma mañana, en cuanto se conoció que la procesión se cancelaba por culpa de la epidemia de gripe. Los pocos empleados que seguían allí trataban de tranquilizar a la decena de huéspedes que se habían quedado en el establecimiento, de los cuales la mayoría se irían al final de la semana.

Desde el día anterior, el conde solo había salido para poner en marcha el motor de su De Dion-Bouton. Y estaba dispuesto a hacer las maletas tan pronto como pudiera localizar a su mujer. Nyssia se había marchado sin permitirle acompañarla y él seguía enfadado por eso. La Chesnaye se había dado de margen hasta el sábado por la mañana para levantar el campamento, con o sin ella.

Cuando el botones entró en la habitación, se encontraba en el balcón, sentado, rumiando esos pensamientos con su pipa Peterson cogida entre los dientes.

—No dé un paso más —ordenó al empleado, que no había cesado de subir a verlo en toda la mañana—. Sigo sin necesitar nada y estoy bien. Pero, ya que insiste, tengo un encargo que hacerle. ¿Ve esa carta?

—Sí, señor —respondió el hombre, que entendía el francés porque había tenido un abuelo bonapartista y padre vasco.

El conde se había puesto en el marco de la puerta-ventana, con las manos metidas en los bolsillos del batín, a una distancia prudente del granadino.

—Quiero que se la entregue a la señora Delhorme.

El botones hizo un gesto de impotencia.

—¿Qué ocurre? Usted conoce a su familia: me lo confirmó su compañero, ese que es primo suyo —añadió La Chesnaye, altivo.

—Señor, yo...

—Olvídelo. Supongo que ella le habrá pedido que no me facilite su dirección. —El empleado bajó la cabeza—. Perfecto. Hágasela llegar, eso no se lo habrá prohibido, ¿verdad?

—No, señor.

—Es muy importante. Necesito su respuesta antes de mañana por la mañana. Dígaselo así. Y coja el sobre que hay al lado, es para usted. Contiene cien pesetas y otras tantas le daré cuando vuelva con la respuesta. Y ahora no me moleste más: voy a descansar —indicó, dando unos toques en un cenicero con la cazoleta de la pipa.

El empleado cogió únicamente la carta y se fue sin decir palabra y sin dirigirle una mirada. El conde salió al balcón. En cuanto el botones hubo dejado el hotel en dirección a Plaza Nueva, se quitó el batín y salió presto tras él con la flema que convenía a su rango.

Fuera, unos cúmulos de nubes eran empujados por un viento agitado. Hacía bochorno y el aire estaba cargado de humedad. Contrariamente a la idea que se había hecho en el hotel, había animación en las calles y los habitantes no parecían preocupados por el riesgo de contraer la gripe, pese a que los periódicos habían avanzado el número de ciento cincuenta mil casos declarados en todo el país. El conde empezó a caminar con la nariz tapada con un pañuelo que había empapado en unas esencias aromáticas, lanzando ojeadas a diestro y siniestro; pero nadie parecía prestar atención a su extraña manía.

El botones giró en la calle Zacatín. Cuando llegó La Chesnaye, el mercado estaba en su apogeo; y la calle angosta, abarrotada de gente, con cientos de granadinos apretándose unos contra otros. El empleado del hotel había desaparecido de su vista en medio de aquella marea humana, por lo que el conde decidió darse la vuelta, despotricando contra las autoridades que un día cancelaban una procesión y al siguiente autorizaban los mercadillos.

La persecución frustrada del francés hizo reír al botones, que abandonó el bazar por una callejuela y luego, por pura precaución, fue cambiando de calle hasta emprender la subida a la Alhambra.

Entregó la carta a la señorita Delhorme. Ella la leyó mostrando escaso interés, compuso una respuesta breve en el reverso y se la dio. El botones miró de uno en uno a los tres hombres que rodeaban a la guapa francesa, como la guardia de honor de una soberana. Pensó que le hubiera encantado formar parte de aquella compañía. Kalia lo acompañó hasta las Placetas y, al volver, contempló ella también, tomándose su tiempo, la estampa que tenía delante. Solo faltaba Victoria. El grupo de los cinco niños de la Alhambra se hallaba en vías de reconstrucción en forma de adultos quincuagenarios, reunidos de nuevo en un claro del bosque de la vida.

Irving había llegado en el tren de Madrid a las doce y media, procedente de Brighton. Javier se había quedado y Jezequel, contentísimo de volver a verlos, se había reunido con ellos.

La mesa estaba sembrada de migas de la comida, que Irving recogió en el hueco de la mano y dejó a continuación en el alféizar de una ventana. Dos aviones, más raudos que los demás, se apoderaron frenéticamente de ellas, cayéndoseles la mayoría, que los otros picotearon sobre las losas del Patio de Machuca hasta que los espantó un gato vagabundo, cuya lengua áspera finiquitó el festín. El minino trepó por uno de los árboles del patio y fue a instalarse en la copa, atraído por una extraña rapaz que batía curiosamente las alas en uno de los vanos del piso superior. El pájaro se bamboleaba a derecha e izquierda sin salirse del resalto y el gato perdió el interés al poco rato. Volvió a tierra firme y se fue a vigilar los peces del estanque.

—Para, Javier —dijo Irving dando unas palmadas en el hombro de su amigo, que agitaba un halcón disecado desde la ventana—. Kalia le tiene cariño.

—¿Te acuerdas de la cantidad de veces que me has dicho que pare? —bromeó Javier poniéndole el ave disecada en las manos.

—No las suficientes, teniendo en cuenta la cantidad de tonterías que has hecho —replicó Irving volviendo a dejarlo en el vasar de la cocina.

—Irving tiene razón —añadió Jezequel acariciando las plumas del halcón—. Y si no hubiésemos estado cerca, habrías acabado mal.

—¿A qué te refieres? —preguntó Irving—. ¿Al sombrero del presidente?

—No, antes de eso —respondió Jezequel.

—¿A la carroza robada a la salida de la Laiterie du Paradoxe? —propuso Javier—. La dejé dos calles más allá.

—Antes aún. Hablo de los tiempos en Granada.

—¿Cuando le vendí a un turista tus falsas escamas de oro?

—No son falsas escamas de oro, es verdad que hubo pepitas de oro en el Darro, ¡está demostrado!

—A lo mejor hace quinientos años. Yo lo que le vendí fue un trozo de pellejo amarillento de pescado, ni más ni menos. ¡Un desecho del año catapún, sacado de un estanque, por cincuenta pesetas!

—¿Y quién se hizo fiador de tu buena fe?

—El señor Pozo. ¡Gracias, papá Pozo! —bromeó Javier intentado darle un beso a Jezequel en la frente.

—¿Habéis terminado ya con ese juego estúpido, niños? —intervino Nyssia, que se había quedado sentada a la mesa—. Dejad el pasado donde está.

—Entonces ¿por qué has vuelto?

La pregunta de Javier sonó como una bofetada. Nyssia no pestañeó.

—Porque no hay que hablar de nuestro padre en pasado, precisamente —respondió con templanza.

El silencio se abatió sobre la reducida asamblea. Abajo, en el patio, el brazo experto de Kalia cortaba a golpe de pico un bloque de hielo recién salido de la máquina.

—Las escamas no te habrían llevado a la cárcel —comentó Jezequel remangándose la camisa.

—Pues entonces no lo entiendo —capituló Javier—. Me peleé un montón de veces con compañeros de clase que me habían tildado de gitano.

—De sucio ladrón gitano —lo corrigió Irving—. Nos peleamos los dos. Tú perdiste un diente y yo me tiré cojo un mes.

—¡Amigo mío, mi querido Irving, siempre has estado a mi lado! —exclamó Javier mirando de arriba abajo a Jezequel.

—El día de la trifulca yo estaba malo.

—Siempre con excusas.

—Se me había vuelto a poner negra la sangre. A lo mejor tú lo has olvidado, pero yo no. Es un dolor que no se olvida —repuso secamente Jezequel, antes de tragar saliva—. Igual que seguro que has olvidado la noche en que aquel anarquista se escondió en la Alhambra.

—Jez…

—¿Te refieres a tu maestro? —preguntó Nyssia.

—¿Qué tiene que ver con Javier? Estuvimos toda la tarde juntos y nos escondimos en el Patio de los Leones cuando aparecieron los militares.

—Te equivocas, Irving.

—Jez… —insistió Javier para que no siguiera hablando.

—¿Qué, no quieres decírselo?

—Jez, has bebido más de la cuenta —le espetó Javier.

—Lo justo para armarme de valor. ¿Quieres que lo diga yo?

—¿Decir el qué? ¿Que os debo la vida, amigos míos? ¿Que infinidad de veces me salvasteis de mis errores? Vale, lo reconozco. Y os estoy eternamente agradecido por haber estado siempre a mi lado porque, por lo que se ve, de lo contrario habría sido un delincuente, o acabado en prisión —concluyó Javier.

—¿Qué sucedió aquella noche? —insistió Nyssia. Javier se había acercado a Jezequel, que no podía ocultar su vacilación—. Habéis ido demasiado lejos —continuó ella—. Ya no podéis dar marcha atrás. ¿Javier?

—¡Yo os diré lo que pasó! —Kalia acababa de entrar con un cubo de hielos en una mano. Lo dejó sobre la mesa con movimientos lentos—. Ya va siendo hora de que todos lo sepáis.

XXVIII

77

París,
miércoles, 17 de diciembre de 1884

C uando se subió a la plataforma abierta del ómnibus de Porte d'Auteuil, Irving había terminado su jornada en la Station Physiologique. Había trabajado con Marey y su colaborador en las mejoras de los aparatos de toma de vistas, y la perspectiva de volver a su puesto de dependiente se le hacía cada vez más cuesta arriba.

Apoyado contra la barandilla lateral, con las manos en los bolsillos, aprovechó para admirar las fachadas de los bulevares, como cada vez que usaba la red de transporte público parisino. Tenía la sensación de ser un soberano visitando su reino, cuyos súbditos se hacían a los lados, reverenciosos, para dejarlo pasar.

Irving se apeó de un salto del ómnibus, que se desplazaba al paso por el bulevar del Montparnasse, y siguió a pie hasta la estación. Juliette había guardado sus flores en los anaqueles y estaba cerrando el portillo metálico del quiosco, situado en una de las esquinas del edificio, en la prolongación de la vía 6 y justo enfrente de la estación de tranvías, en el recorrido de uno de los flujos más nutridos de viajeros de la capital; el sitio ideal para un negocio, según su amiga Zélie, que se había hecho con la tienda que antes había sido del vendedor de periódicos.

Con la espalda apoyada en la farola vecina, Irving esperó a que hubiese terminado para acercarse y darle un beso en la mejilla, rozán-

dola apenas. Ella siempre se alegraba de verlo y le encantaban su atención y su dulzura. Pero aunque el joven Delhorme se comportaba
siempre como si estuviera a punto de declararle su amor en la frase
siguiente, hacía tiempo que había perdido las esperanzas de casarse con
él. Aunque había tenido muchos pretendientes, Juliette nunca había
mantenido una relación sentimental de manera continuada y seguía
privilegiando la amistad ambigua que le ofrecía Irving. Ella no le conocía ninguna aventura ni ninguna enamorada y estaba convencida de
que, siendo como era su confidente, sería la primera en enterarse. No
le recriminaba su actitud, que sabía era sincera, pero a menudo se preguntaba qué representaba ella para él. La llegada de Victoria no había
cambiado nada en la frecuencia de sus citas, lo cual la había tranquilizado un poco; se daba cuenta de que había sido algo más que una
sustituta de su hermana.

Se compraron unas barritas aciduladas en la tienda de golosinas de
la estación y se las fueron comiendo mientras subían por el bulevar
de Los Inválidos. Irving hablaba sin parar de su experiencia al lado
del doctor Marey. Juliette se dejó contagiar por su entusiasmo expansivo.

—Y además me ha enseñado su fusil fotográfico. Imagínate un fusil
de caza de verdad, en el que hubieran puesto, en vez de cartuchos, unas
placas así, pequeñitas —dijo formando un cuadrado con los dedos—.
Van pasando a toda velocidad por delante del objetivo, que es el cañón
del arma, y, en lugar de matar al canario, ¡has tomado diez fotos del ave
en pleno vuelo! ¡Menudo privilegio trabajar para un hombre como él!
Yo le he sugerido ya algunas ideas para reforzar las placas y mejorar los
reveladores, y creo que me toma en serio.

—Cuánto me alegro por ti, Irving. Llegarás a ser un gran fotógrafo,
siempre lo he dicho, y será por méritos propios —dijo, cogiéndolo del
brazo.

El silencio los acompañó ese tramo hasta el final de la explanada de
Los Inválidos. Cada cual iba proyectándose hacia un futuro en el que el
otro tenía cabida. Pero, si se comparaban, no eran el mismo. Se pararon
en medio del puente de la Concordia, donde se había formado una
aglomeración poco habitual para admirar una embarcación amarrada en
la orilla derecha del Sena. Los dos ribazos y los parapetos de los muelles
estaban también abarrotados de gente, de una muchedumbre de curiosos

y mirones. El navío militar, afilado y grisáceo como un lucio, no tenía buena facha. Unos cuantos marinos, reconocibles por sus uniformes azules, vagaban por el puente sin otra faena que hacer, aparentemente, que mostrarse ante la población admirativa.

—¿Qué es eso? —preguntó Juliette a Irving, que dijo no saberlo.

—El buque-torpedero número 68 —respondió su vecino de la derecha, colándose en la conversación sin que le hubieran dado vela en el entierro—. Acaba de volver de los mares de China, donde ha participado en la batalla victoriosa de Fuzhou.

—¿De qué país es? —se interesó Irving, que no había visto el pabellón.

—¿Cómo que de qué país? ¡Pero si es francés! ¡Estamos en guerra contra China, muchacho, parece que no lo sabe! ¿Qué juventud es esta?

Irving buscó apoyo en Juliette.

—Es que mi amigo viene de España, caballero, y le confesaré que yo misma sabía bien poco del tema. Aquí nadie habla de eso.

La explicación pareció convencer al gruñón.

—Las cosas que pasan tan lejos no conmueven igual al pueblo —admitió—. Con su permiso, me presento: Geoffroy de Vigny, aficionado a los barcos y antiguo oficial de la Navale. —Miró el torpedero con actitud recogida y en silencio y luego prosiguió—: Nuestras colonias no tienen nada que temer mientras la marina francesa siga siendo la mejor del mundo. ¡Que pasen un buen día, señora, caballero! —terminó con tono marcial.

Lo siguieron con la mirada mientras él se dirigía hacia el ribazo con paso renqueante, apoyándose en su bastón, antes de perderse entre la masa gris del gentío.

—Venga, sigamos —sugirió Irving, subiéndose las solapas del abrigo—. ¿No tienes frío?

Juliette negó con la cabeza, pero no pudo evitar un escalofrío cuando unas gotas de lluvia cayeron sin previo aviso sobre la capital. La temperatura había ido bajando en el transcurso del día y su chaqueta de lana resultó no ser suficiente. Se refugiaron en el portal del Palacio de la Industria, pero el aguacero, que el viento arrojaba contra la fachada, ganó en intensidad y tuvieron que batirse en retirada hacia la gran galería. No había en esos momentos ninguna exposición montada y la nave, desierta, parecía aún más inmensa.

—Toma mi paletó —dijo Irving quitándose su gabán largo de lana—. Yo no tengo frío, me basta con la chaqueta.

Ella se lo puso sin rechistar. La prenda le llegaba por las pantorrillas y tuvo que doblar las mangas para que pudieran asomarle las manos.

—Qué bonito es. ¡Y calentito!

—De lana y a la moda de Inglaterra. Comprado en Le Bon Marché. A mí me lo dejaron a buen precio porque tenía unas taras, pero no se notan. Eso es lo que cuenta, ¿no? —bromeó.

—Es una ropa chic —dijo ella, abriendo los brazos y girando sobre sí misma.

—Cuidado, cuando se es sofisticado no se dice «chic» —le avisó.

—¿Ah, no? ¿Y qué se dice? —preguntó ella, recogiéndose de nuevo la manga izquierda.

—¡Pssst!

—Huy, perdón, ¿estoy hablando muy alto? —dijo, preocupada, mientras el eco de sus voces se perdía en la catedral de vidrio y metal.

—No, esa es la palabra. Se dice: «pssst». Esta ropa es pssst, esta fiesta es pssst. Lo ha puesto de moda el duque de Morny y ahora lo dicen todas mis clientas. ¡Ayer mismo vendí una alfombra que era superpssst!

La risa de Juliette invadió todo el espacio.

—¡Oigan, por favor! —exclamó un guardián que apareció por el lado opuesto de la nave—. El palacio está cerrado hoy.

—Ya nos vamos —respondió Irving—. Sígueme, te voy a enseñar un sitio aún más sorprendente —le murmuró él.

Al llegar al centro de la nave, la llevó por el lado contrario al de la salida.

—Ahora, ¡corre! —le ordenó agarrándola de la mano.

Atravesaron una cochera y luego siguieron por un pasillo con forma de embudo, que daba a una galería de una longitud extraordinaria.

—La galería de las máquinas —le explicó él, jadeando—. Más de un kilómetro de largo. A nuestros pies está el Sena.

Se paró delante de una de las múltiples ventanas.

—Y el guardián, pisándonos los talones —agregó ella.

—Ha abandonado, no es cosa suya vigilar esta parte.

—Y tú ¿cómo sabes todo eso? —le preguntó, más tranquila, acercándose a la bahía acristalada.

—Javier ha organizado aquí más de una fiesta nocturna. Nada oficial, por descontado, pero la cosa es que se agenció unas llaves. Incluso organizó una carrera de caballos aquí.

Era inútil que Juliette esperase que se le acostumbrara la vista, pues los dos extremos del edificio estaban tan lejos el uno del otro que no alcanzaba a distinguirlos.

—Es increíble…

—¡De la Concordia al Puente del Alma sin mojarse! —puntualizó Irving—. La galería no se usa mucho.

—¡Mira, el torpedero! —exclamó con la emoción de una niña, al percibir a lo lejos el buque—. Vamos a verlo.

Caminaron unos diez minutos antes de llegar a su altura. El navío de guerra estaba a tan solo unos metros de ellos.

—Es más bonito de cerca —comentó ella.

—Va a zarpar en breve —observó él mientras una voluta de humo negro ascendía desde su única chimenea—. ¿Juliette?

—¿Sí?

—Si yo me fuera algún día, lejos, ¿vendrías conmigo?

—¿Como tu mujer?

—Quiero decir, si nuestra relación siguiese tal como es hoy en día, ¿estarías dispuesta a partir conmigo?

Juliette hizo esfuerzos para disimular su decepción. Se alejó unos pasos y entonces se volvió hacia él.

—Irving… lo que me pides es difícil. Tú sabes lo que siento por ti, pero tú sigues siendo un misterio para mí. Y necesito construir mi vida, ¿entiendes?

—¡Pero la nuestra podría ser trepidante!

—Depende.

—¿De qué?

—De si tus sentimientos hacia mí son sinceros. No soporto tener esta conversación en un lugar tan desangelado, pero ya que la has iniciado, llevémosla a término. —Juliette miró fijamente a Irving a los ojos—. Explícame por qué no quieres comprometerte conmigo. Necesito entender, tengo que saberlo, aunque me haga sufrir. Por favor, dime qué problema hay en mí.

—Ninguno, Juliette, absolutamente ninguno. El problema no eres tú.

—Entonces ¿quién?

Ella se había acercado y le había cogido por las muñecas. Él se soltó con delicadeza y pegó la frente y las manos contra el vidrio. Fuera, la noche había empezado a desdibujar todos los contornos. La lluvia repiqueteaba en la cúpula de hormigón como un ejército de insectos estampándose contra ella.

—El problema soy yo.

Ella apoyó la cabeza en el hombro de Irving y se abrazó a él.

—Habla, dime.

—No sé cómo expresarlo… Tengo el alma del color de la lluvia fina, Juliette, totalmente gris. Llevo años así, y no puedo hacer nada. La tristeza está siempre agazapada dentro de mí, muchas veces comedida, pero otras desatada. Y me paso la vida tratando de domarla para que no me devore.

—Pero eso nos pasa a todos bajo una fachada más o menos encantadora. La vida no es fácil, y la tristeza forma parte de nuestros sentimientos —dijo, abrazándose a él aún con más fuerza—. Lo que nos permite apagarla del todo es el amor.

—No, no lo entiendes. Hay veces en que me sobreviene de forma inesperada, sin motivo. Entonces me siento tan abatido que me cuesta un esfuerzo sobrehumano disimular. Y, cuando remite, mi alegría es tan exagerada que también trato de dominarla. Tengo que estar controlándome todo el tiempo, ¿sabes?, y eso es agotador, agotador…

En el torpedero se oyó la campana que tocaba a la cena y desaparecieron todos los marinos del puente. Había dejado de llover.

—Comprometerme me asusta y no quiero transmitirte ese miedo, no quiero contagiarte mi melancolía, porque te quiero demasiado. ¿Entiendes ahora?

Juliette no respondió. Lo besó. Lo besó hasta quedarse sin aire, al tiempo que le acariciaba la cara con las manos, le metía los dedos entre los cabellos, las manos por debajo de la camisa, donde la recibió el calor acogedor de su torso.

—Quiero sentir tu piel contra mi piel, Irving.

—Aquí no. No en este momento —susurró él—. Pero solo podrá ser contigo, eso te lo juro.

Zélie le preguntaba muchas veces por qué se empeñaba en salir con ese muchacho dulce pero vacilante, cuando amar a un hombre no tenía que ser así de complicado. Pero Juliette no lo sabía.

Dejaron la galería a la luz de la luna y regresaron a la calle, al frío y a la luz amarillenta de las farolas. Irving nunca se había sentido tan aliviado... Por primera vez le había contado a otra persona su secreto sin avergonzarse ni sentirse culpable. Valoraba ese momento de serenidad y ligereza y rogó a un Dios ignoto que le sustituyera para siempre unas emociones tan cambiantes.

Estuvieron caminando media hora y se pararon ante el brasero de un castañero que se había puesto en la esquina de la casa de subastas de la calle Drouot.

—¿Quieres entrar a dar una vuelta? —le propuso él, mientras ella observaba el flujo incesante de público que entraba y salía del edificio—. Estate tranquila, no obligan a comprar nada.

—No me sentiría a gusto. No es nuestro mundo.

—No te creas. Hay catorce salas, que ofrecen objetos para todos los gustos y bolsillos. He venido alguna vez con Belay para ver aparatos fotográficos y productos químicos. En París hay tanta competencia que muchos fotógrafos se ven obligados a echar el cierre. Voy a echar un vistazo a la lista de subastas.

Juliette volvió la cabeza al entrar parar evitar la mirada del empleado, vestido a guisa de ujier. El hombre primero los ignoró y luego los llamó:

—¡Oigan, ustedes!

Irving se había parado. Juliette se arrepintió de haberle dicho que sí. No había nada que detestara más que el que le recordaran su extracción social.

—Las subastas terminan a las seis, les quedan treinta minutos.

—Gracias —dijeron los dos a dúo, y se fueron al mostrador de recepción.

—Mi paletó te sienta muy bien, pareces una mujer de mundo —comentó Irving mientras consultaba las listas.

—No te rías de mí. Me he puesto un chaquetón de hombre y no tengo nada que ver con esas mujeres —replicó ella, mientras bajaban por la escalera varias parejas vestidas de gala.

—¿Qué tienen ellas que no tengas tú?

—Lo sabes perfectamente. No las envidio pero tampoco me envidio a mí misma.

—Pues entonces, vamos, ¡subamos!

—¿Por qué? ¿Qué hay arriba?

—La sala 6, la sala de todos los sueños.

El experto abrió la caja fuerte y sacó un estuche que presentó a los invitados sentados en las dos primeras filas. Un murmullo recorrió el público, apretado de pie detrás de una gran mesa tan larga como la sala que lo separaba de los compradores y de los periodistas presentes. El día anterior *Le Figaro* había anunciado la subasta de unos diamantes y joyas pertenecientes a Sarah Bernhardt. La artista, estafada por un representante sin escrúpulos, había perdido una parte de su fortuna. El artículo del periódico había generado mucha expectación, más allá del público habitual de la casa de la calle Drouot, en razón de una de las subastas más espectaculares del año 1884. El experto había colocado la alhaja de diamantes en una balanza para anunciar su peso. El público volvió a reaccionar, mientras marchantes, compradores privados y periodistas de primera fila permanecían impasibles, como antes. Luego dejó la joya encima de la mesa del atril del tasador, el cual hizo un leve movimiento del mentón, arriba y abajo, para darle las gracias. A su lado, una llama consumía voraz la cera de una vela, bailando alrededor de la mecha como una abeja en torno a un fruto.

—No se ve nada desde aquí —susurró Juliette, de puntillas—. ¿Crees que estará en la sala? Es ella, ¿no?, la de la primera fila.

—Me extrañaría —replicó Irving—, esto es más aburrido que una escena de teatro. Ha debido de dar unas consignas al experto que la representa.

El público abarrotaba la sala hasta la puerta de la entrada, donde se habían quedado bloqueados los jóvenes. El tasador se aclaró la voz y bebió un sorbo de agua. Miró su mazo de marfil con su mango de ébano y limpió con un paño de gamuza la cabeza gastada del instrumento.

—Damas y caballeros, llegamos ahora al final de la subasta con lo que puede considerarse una alhaja excepcional que la Bernhardt lució con ocasión de sus memorables giras por América y Rusia o, en nuestro continente, de Londres a Copenhague. He aquí un collar de ciento cincuenta y dos perlas finas del Vologne, que pertenecieron en el pasado a las duquesas de la casa de Habsburgo-Lorena y cuyo precio de salida es de quince mil francos.

—¡Quince mil francos! —repitió Juliette, tratando de calibrar lo que significaba una suma que para ella era exorbitante—. Pero ¿quién pagaría tanto por un collar?

—Pues las dos primeras filas, señorita. ¡Y encantados con la ganga, oiga! —intervino Geoffroy de Vigny, que se les había acercado por la espalda—. Los precios van a ir subiendo mucho más. Por desgracia, llego un poco tarde —constató al ver la muralla humana que les impedía el paso—. El torpedero me ha retenido más de lo que preveía, fui a saludar al comandante.

Habían surgido, impetuosas, las primeras pujas. El collar alcanzó treinta mil francos en tres envites.

—No nos vamos a quedar aquí detrás, resulta demasiado triste. Vengan conmigo, me han caído simpáticos.

Vigny se los llevó por una puerta con el letrero de «Prohibido pasar a personas ajenas a la casa» hasta un vestíbulo lindante con la sala 6, donde había un puñado de hombres siguiendo atentamente las pujas. Uno de ellos saludó con un gesto amigable a Vigny y se llevó el dedo índice a los labios: la venta había alcanzado velocidad de crucero y el precio superaba ya los cincuenta mil francos.

—Por lo visto, están presentes los hermanos Goncourt —susurró a los recién llegados—. Actúan como representantes de un acaudalado comprador que quiere el collar a toda costa. ¡Las filas están a rebosar!

Juliette se sentó al lado de Irving y apoyó la cabeza en su hombro. Ya no tenía ganas de atender a la sucesión de pujas cada vez más elevadas; le parecía indecente, ella que nunca había ahorrado más de cien francos. Cuando los precios sobrepasaron los cien mil francos, la cabeza le daba vueltas. Irving comprendió su malestar y le propuso marchar. Vigny los miró mientras se iban y dijo bromeando:

—¡Una a la que la fortuna la pusiera mala, ese es el tipo de mujer que necesitaría yo!

Unos minutos después, el mazo de marfil golpeó en medio de los aplausos de la sala por un precio récord de ciento veinticinco mil francos.

—¿Quién se lo ha llevado? Ah, ¿esos? —preguntó Vigny a su vecino, que se había puesto en pie y metía la cabeza por el marco de la puerta para comprobarlo.

—No, los ha ganado a todos por los pelos, ¡hasta al conde de la Chesnaye! ¡Se lo ha llevado el príncipe Yusúpov!

78

París,
miércoles, 24 de diciembre de 1884

La piedra estaba fría al tacto, incluso a través de la ropa. Javier resopló, jadeó como un perro e increpó a Irving, que se había quedado abajo.

—¡Voy a hacer una nube de vaho para esconderme!

—En lugar de hacer el tonto, date prisa, anda. Que puede venir alguien.

Javier acababa de subir las dos alturas de la fuente que hacía de pedestal del monumento y que en invierno dejaban de azotar las olas. Miró la estatua del hombre sentado en su nicho y calculó que medía tres metros. Se puso en bandolera la talega de yute y se aupó al nivel del personaje.

—¡Qué vistas! —fanfarroneó.

Sin aguardar las recriminaciones de Irving, abrió la talega y sacó una chistera que plantó en la cabeza de Bossuet después de encaramarse a sus rodillas. Luego escaló hasta el nicho que ocupaba la estatua de Fénelon, al que encasquetó el bicornio del coracero. Siguió dando la vuelta al monumento y puso sus últimas adquisiciones en la cabeza de los otros dos obispos de piedra. Bajó de una en una por las pilas de la fuente, a saltos, y finalmente cayó en mala postura y soltó un «¡Joder!» que se oyó por toda la plaza.

Se fueron de la plaza de Saint-Sulpice dando grandes zancadas, volviéndose todo el rato como dos vagabundos perseguidos por la policía, hasta la calle de Les Canettes, donde recobraron el aspecto y la compostura de dos ciudadanos modélicos.

—¡Listo! ¡Lo hemos hecho! —exclamó Javier, jubiloso.

—Acuérdate de que lo prometiste —le advirtió Irving—. Esta ha sido tu última trastada.

—¡Mi última obra maestra, sí!

—Mientras tanto, tu obra maestra nos va a obligar a caminar una hora con este frío para volver a casa mientras todos duermen ya.

—No tenías por qué acompañarme, podías haberte ido a la misa del gallo con los demás.

—¡Si no estuviera yo, la de estragos que causarías!

—Eso es verdad, amigo mío, mi hermano. ¿Qué sería de mí sin ti?

Se cruzaron con grupos de peatones que venían de la Puerta de Saint Martin, donde había tenido lugar el ensayo general de *Théodora*. La gente hablaba mucho de la actuación de Sarah Bernhardt. Reinaba una atmósfera alegre, los parisinos habían dejado a un lado sus preocupaciones para la cena de Nochebuena.

Al llegar a la calle Chomel, Irving se detuvo a la altura de un hombre tendido en el suelo.

—¿Oiga? Señor, ¿me oye?

—Pero ¿no ves que es un mendigo durmiendo la mona? Venga, vámonos de aquí —dijo Javier, viendo las ropas harapientas.

—¡Señor! ¡Despierte, hace frío! —insistió Irving, zarandeándolo.

El hombre no reaccionó.

—Ayúdame, puede morir de frío.

—Antes o después... Deja que acabe sus días tranquilamente —repuso Javier, haciendo ademán de irse—. Me está esperando Victoria. Le di la llave de mi habitación.

Irving trató de levantar al pobre hombre cogiéndolo por los hombros. Este gruñó, dio un respingo de susto y se volvió para vomitar. Una pareja de paseantes se cambió de acera con cara de asco.

—Bueno, ahora que ha echado la papilla estará mejor —dijo Javier, tirando de su amigo por la manga—. Nos largamos.

Irving se quedó mirando al hombre, que se arrastró hasta una puerta cochera en la que se desplomó.

—Si entra una berlina, le pasará por encima —dijo, tirando a su vez del paletó de Javier—. Vamos a ponerlo en un sitio resguardado.

—Mi buen samaritano.

—¿Te acuerdas del Patio de los Leones? ¿Del vagabundo al que molieron a palos delante de nuestras narices?

—Bueno, y qué. ¡Pues claro que me acuerdo! No podíamos hacer nada, más que escondernos.

—Exacto. Y hoy sí podemos ayudarlo, podemos salvarlo.

—¡En fin, es Nochebuena! —suspiró Javier.

Llevaron al hombre al patio interior, formado por unos caserones destartalados y varias cuadras.

—En la del medio —indicó Irving—. Está vacía.

Depositaron al desgraciado sobre la paja que no estaba sucia y lo taparon con ella.

—Estará bien, pero corre el riesgo de que el despertar sea brutal —comentó Javier sacudiéndose las manos.

—El cochero no aparecerá por aquí hasta pasado mañana.

—¿Cómo lo sabes?

—Estas cuadras pertenecen a Le Bon Marché. Las entregas se retomarán el viernes. ¡Es el milagro de la Navidad!

Había amanecido. La nieve caía suavemente sobre el enmaderado de la plaza de Malesherbes. Victoria limpió el vaho que tapaba el ventanuco minúsculo. La única ventana de la habitación de Javier daba a los tejados, de los que ascendían hilillos de humo de las chimeneas, que se diluían en el gris acero del cielo. A quinientos metros, la silueta gigantesca de la Libertad apuntaba con su antorcha por encima de los caballetes de las cubiertas de la calle de Chazelles. Victoria se quedó observándola un buen rato, rememorando la angustia que habían pasado mientras Victor Hugo subía lentamente por la escalera interior de la estatua, su alivio cuando les llegaron de abajo las aclamaciones que indicaban que el poeta había vuelto a salir y luego la idea de Javier de subir hasta la antorcha, donde habían pasado un largo rato de intimidad en la punta más alta de París.

Se sentó en la cama y lo miró dormir. Había vuelto a las tres de la madrugada, se había desvestido sin tiento y la había envuelto con unas manos que olían a cuadra, tras lo cual se quedó dormido enseguida. Victoria había soñado con algo más bonito para la primera noche que pasaba en la habitación de su novio.

Le quitó la brizna de paja que se le había quedado enganchada entre los cabellos y le hizo cosquillas con ella en la cara. Javier se rascó maquinalmente sin despertarse. Pero entonces, presa de una sucesión de estornudos, abrió los ojos. Cuando ella se inclinó para besarlo, él miró la hora en su reloj, gruñó y se levantó intentando que los tablones del piso no crujieran.

—Deprisa, no querría que la patrona nos sorprendiera juntos —dijo poniéndose los pantalones precipitadamente. Se pasó los tirantes por los hombros con un chasquido, se enfundó en el chaleco y el paletó, cogió los zapatos con la mano izquierda y tendió la derecha a Victoria—. ¿No vienes? —dijo, sorprendido al ver que ella se quedaba inmóvil.

—Para mí también ha sido una noche fantástica —repuso. No hallando rastros en su memoria de retozos amorosos, Javier arrugó las cejas—. Era broma. Espero que hayas tenido tiempo de reflexionar sobre lo que me ibas a contar.

Javier levantó la vista al cielo y plantó un beso furtivo en sus labios.

—Pues, claro, te quiero. Y ahora, ¡vámonos! —le pidió, tirándola del brazo—. Tu hermano te lo explicará todo.

Cuando Victoria y Javier llegaron, Irving estaba ayudando a Juliette en el quiosco de flores de la estación de Montparnasse, que desde que había abierto sus puertas no estaba nunca vacía. Los clientes, llegados en los trenes o bien vecinos del barrio, se acercaban a comprar un ramo de flores para la tradicional comida de una Navidad que se anunciaba tranquila. Francia había vuelto a la senda de la República y las guerras ya solo eran un recuerdo lejano, casi irreal. La burguesía se abría a una clase media naciente y la gente de la calle se codeaba sin pudor con la de los apellidos compuestos. Las invenciones sucedían a los descubrimientos, la pobreza retrocedía en las grandes ciudades y los comercios ofrecían novedades al alcance de todos. Tan solo Alsacia y el Mosela seguían impresos en la mente de todos como la espina que impediría que la fiesta fuese completa y miles de personas se habían dado cita en el hipódromo para celebrar la Navidad de los inmigrados de Alsacia-Lorena.

Irving los llevó al café situado dentro de la estación, profusamente decorado con un estilo neoclásico. Le encantaba el ambiente y solía esperar allí a Juliette. El joven sacó un cuaderno de notas y leyó:

—«Las estaciones son como fronteras entre las idas y los regresos, el recinto de todas las esperanzas y de todos los temores, tan neutras y a la vez tan íntimas…»

—¿Es la Navidad lo que te vuelve poeta, amigo? ¿O la absenta de ayer por la noche que aflora de nuevo a tu alma sin querer?

—He empezado una serie de clichés sobre las estaciones ferroviarias de París. No de la arquitectura ni de los trenes, sino de su componente más difícil: los viajeros. Siempre en movimiento. Quisiera fijar los instantes furtivos para toda la eternidad y acompañarlos con palabras de mi cosecha.

—Irving me ha enseñado las primeras fotografías —abundó Victoria mirando a Javier—. ¡Son puro arte!

—Demenÿ, el ayudante de Marey, me ha prestado sus aparatos de tomas a gran velocidad y las posibilidades que ofrecen son inmensas, infinitas incluso.

—Verdaderamente, has encontrado tu camino —concluyó Javier—. ¿Por dónde queréis empezar? —preguntó, viendo a lo lejos a Juliette, que acababa de terminar su turno.

Tomaron un tranvía que los dejó cerca del bulevar Haussmann, donde empezaba la animación delante de las hileras de puestos de madera cubiertos que ofrecían artículos de la pequeña industria parisina. A esas horas de la mañana no estaban iluminados, pero la mayoría estaban abiertos ya. Javier se impacientó, pues los hermanos Delhorme paraban en todos los puestos.

—También hemos venido a buscarle un regalo a nuestro anfitrión —repuso Irving, que estaba rebuscando en un cajón de libros antiguos.

—¡Pues ya os podéis dar prisa, que queda mucho camino por recorrer! —insistió Javier—. Quiero que las chicas los vean todos antes de que los quiten los polis o se los lleven las cornejas.

—¿A cuántos monumentos les has puesto sombrero? —preguntó Juliette, probándose unos mitones que finalmente volvió a dejar.

—Unos diez.

—Voy a comprar naranjas para la familia Eiffel —dijo Victoria delante de un puesto de fruta.

—¿Son de la Vega? —preguntó Javier.

—De «¡La bella Valencia!» —leyó ella en el cartel.

—Cuando veo el precio al que las venden, me dan ganas de aconsejarle a Jez que se compre un campo de naranjos en vez de seguir con el gas —comentó, y cogió una de lo alto de un montón—. O, mejor aún, cuando volvamos de Nueva York plantaremos naranjos, cariño —añadió con entusiasmo, lanzándola por el aire ante la mirada desconfiada del tendero.

Volvió a dejarla en su sitio, lo que descompuso el equilibrio precario de la pirámide de cítricos, y se alejó en dirección a una confitería mientras Victoria pagaba su compra y se disculpaba por las extravagancias de su prometido. Irving, que había ido en pos de él, compró unos caramelos Théodora, creados para las fiestas en honor a la pieza epónima, que la pandilla compartió mientras se alejaban de los puestos de Navidad. Hicieron una primera parada delante de un abeto de unos quince metros de alto, decorado con velas rojas y verdes, plantado en el centro de la plaza de la Capilla Expiatoria. A la salida, Juliette dejó que se adelantaran unos pasos para ocultar su melancolía. Sus tres amigos estaban rebosantes de proyectos y de vidas posibles, mientras que su futuro se limitaba al mercado de flores de Les Halles donde, cada mañana desde las cuatro, cinco días de cada seis durante toda la temporada, iba a comprar rosas, violetas o miosotis a los horticultores para llenar su quiosco, relevada cada tarde por su amiga Zélie, con la esperanza secreta de que Irving se interesase finalmente en ella de otro modo que como una tercera hermana o una prima a la que tutelar.

Irving, que precisamente se había dado cuenta de que se quedaba rezagada, fue a buscarla y la cogió del brazo como si fuesen una pareja en toda regla. La búsqueda del tesoro podía empezar. Empezó en el Puente del Almá, donde Javier le había encasquetado un clac a la estatua del zuavo, demasiado pequeño para su cabeza, lo que hizo troncharse de risa a Juliette. Un puñado de paseantes se asomaba por el pretil del puente para ver mejor la estatua. Uno trató de coger la chistera plegable con ayuda de su bastón, pero se le escapó de la mano y acabó en las aguas lodosas del Sena en medio de las risas generales. Javier estaba en la gloria.

El circuito duró cerca de dos horas, constó de siete paradas, en cada una de las cuales se había formado una pequeña aglomeración y en las que los curiosos comentaban la aparición de sombreros de copa en las cabezas de bronce o de piedra, y que terminó en la fuente de Saint-Sulpice, donde los cuatro obispos ensombrerados habían atraído el máximo número de paseantes.

—He enviado una carta a los periódicos para comunicarles quién ha sido el autor —indicó Javier, hinchando el pecho como un torero después de una estocada.

—¿Y eso por qué? ¿Por qué lo has hecho? —se enfadó Victoria.

—Tranquila, he firmado como «El príncipe de los gitanos».

—Tendrías que haber puesto: «El rey de los matamoros» —repuso ella.

—Mañana, cuando os enseñe el periódico con mis hazañas en él, cambiaréis de parecer —dijo él, tozudo.

—Sobre todo cambiaré de parecer respecto de casarme contigo —dijo Victoria, en un tono que él no supo decir hasta qué punto era serio o no—. Venga, vámonos.

El balanceo del ómnibus meció su silencio hasta la calle de Prony. Irving se había sentado en la plataforma abierta con Juliette y se les había puesto a los dos la cara roja del frío cortante.

—Vengan rápido, acérquense al hogar —les propuso Eiffel, que había ido a abrirles personalmente la puerta.

El calor fuerte y seco recordó a Irving el horno del taller de la Alhambra.

—Tengo la sensación de ser un pan dorándose —comentó Juliette con una sonrisa radiante después de dos copitas de Clos de Vougeot que habían hecho desaparecer sus aprehensiones.

La comida fue la más copiosa y larga que habían tenido jamás los Delhorme: Victoria contó doce platos, de ellos tres de carne y uno de pescado. Todos comieron y bebieron más de lo razonable, y a las cinco y media de la tarde Eiffel tocó por última vez la campanilla para la cocinera.

Mientras los padres ocupaban el salón y acaparaban la conversación hablando de cuestiones técnicas relacionadas con sus futuros récords, los más pequeños de la familia Eiffel fueron invitados a volver a sus cuartos para estrenar el tric trac que les había regalado Victoria. Claire acompañó a sus amigos granadinos a dar un paseo en dirección a los talleres Gaget et Gautier.

—Me ha dado la impresión de que el regalo que elegí no ha sido del agrado de su padre —le dijo Victoria, que había reparado en el cambio que se había producido en la mirada del industrial.

—No ha sido culpa suya —la tranquilizó Claire—. Es solo que ese juego no le gusta. ¡Pero mis hermanos se han puesto como locos!

Irving y Javier se habían parado delante de las puertas cerradas de los talleres, en los que había comenzado el desmontaje de la estatua.

—Qué rápido ha pasado todo —comentó Javier, asombrado, levantando la cara hacia el monumento rodeado de su andamiaje—. ¡Y pensar que cuando empecé, la figura solo tenía el pedestal! Y hete aquí que todo termina a la vez.

—Y ahora tú ya no eres estudiante —remató Irving—. ¡Se acabaron la buena vida, la Laiterie du Paradoxe y el príncipe Torquado!

—Tienes razón. Pero no sé yo si lo voy a echar mucho de menos.

La cara de incredulidad de Irving le dio que pensar.

—¿Tú crees? Podremos seguir bebiendo absenta…

—Ya no sabrá igual.

—… y jugar a las cartas…

—¿Cada cual en su casa?

—… e inventar estribillos…

—¿Quién se los aprenderá de memoria?

—… y arreglar el mundo…

—¡Pero tú te habrás convertido en el mundo y ya no querrás cambiarlo!

—Pues entonces, sí, voy a echar de menos nuestras veladas —reconoció Javier—. Pero a Victoria ni una palabra.

Mientras esperaban a que las chicas fueran con ellos, guardaron silencio. El sol desgarraba sin miramientos el tapiz de nubes, proyectando la imagen alargada de la *Libertad iluminando el mundo* por el adoquinado de la calle Alfred-de-Vigny.

—¡Deprisa, todos a la antorcha! —exclamó Javier.

Los cinco jóvenes corrieron por la sombra de la estatua y se apelotonaron para caber dentro, riendo y cuchicheando hasta que el ómnibus de la línea D los obligó a dispersarse. Lo dejaron pasar de largo, saludando con un entusiasta «¡Feliz Navidad!», al que los pasajeros respondieron con la mano.

—¡Todos a la corona! —dijo Javier, iniciando el juego.

Los demás se dieron la mano formando una V en el punto indicado. A pesar del frío, ninguno tenía ganas de volver. París era su patio de recreo. La silueta de la estatua se difuminó y desapareció del suelo.

79

Granada,
jueves, 25 de diciembre de 1884

Para Mateo, la Navidad había sido siempre una fecha como otra cualquiera. Desde el fallecimiento de su madre, ya ni siquiera iba a la misa del gallo. Los últimos años, al igual que Kalia, había pasado la Nochebuena y las fiestas con la familia Delhorme, en la Alhambra. Esa tarde estaban los dos solos y, desde que se había despertado por la mañana, había sentido una punzada de nostalgia de la que no había logrado desprenderse en todo el día.

Se preguntó qué estarían haciendo todos en París a esta hora de la sobremesa, sobre todo Javier, que había prometido que regresaría y luego había cambiado de opinión, ocupado como estaba con sus quehaceres. No volvería antes de su partida a las Américas.

Mateo cogió un pincel y lo mojó en jabón arsenical de Bécoeur para aplicarlo en las plumas del halcón peregrino. Se había quedado con el ave que habían encontrado muerta seis meses antes y la había disecado para regalársela a Kalia por Navidad. Mateo la tenía escondida desde hacía meses en un pabellón del Generalife y allí acudía con regularidad, a aplicar el producto que hacía parecer vivo al animal y evitaba que se pudriese. Lo había puesto con las alas abiertas y la cabeza inclinada hacia abajo, en la pose propia del depredador que mira fijamente su presa, y lo había sujetado por las garras a un aro de madera. Lo admiró de nuevo, orgulloso del resultado de su trabajo, convencido de que a Kalia le iba a encantar. Limpió el pincel y se dio cuenta de que Jezequel debía de llevar una hora esperándolo en la Torre de la Vela.

—¡Nada de nada! —le contó el joven, dejando en el suelo la caña de pescar—. No sé qué les pasa hoy a todas, que vuelan tan alto como los gansos. Mañana vuelvo a intentarlo.

—Te acompañaré. Y esta vez seré puntual —dijo Mateo sacando una botella de vino de su zurrón—. Seguro que llenamos una jaula de golondrinas.

El juego consistía en cazar pájaros el día de Navidad, una ocurrencia de Javier, para liberarlos el 1 de enero, una iniciativa de Victoria. Jezequel le había propuesto a Mateo perpetuar lo que se había convertido en una tradición familiar desde 1879. Kalia era la encargada de abrir la jaula siete días más tarde.

Había hecho un día agradable y soleado y el crepúsculo hacía brillar con reflejos índigo las cumbres de Sierra Nevada.

—Catorce grados —anunció Mateo alargándole un vaso a Jezequel.

—¡Demontre! Pues sí que es fortísimo este vino tuyo —comentó él, haciendo girar el líquido púrpura.

—¡No me refería al vino, bobo! ¡Hablaba de la temperatura del aire!

El antiguo nevero había retomado la actividad meteorológica de Clément y anotaba escrupulosamente los datos tres veces al día, antes de enviarlos por telegrama al Observatorio de París. Se rio de la equivocación de Jezequel y le dijo que apurara su vaso para volver a llenárselo.

—El mío tiene una graduación de ocho grados, lo suficiente para darme fuerzas —explicó Mateo, encajando el corcho con un golpe seco del puño—. ¿Cómo están tus padres, niño?

El padre de Jezequel había sufrido un ataque de apoplejía a primeros de año y se había quedado parcialmente paralizado de la pierna y el brazo derechos. Seguía dirigiendo personalmente la fábrica de gas, pero había delegado en su hijo la gestión cotidiana.

—Pues solo se deja caer por la fábrica de tanto en tanto. Además, ya no sale mucho.

—¿Ha recobrado el habla?

—Para gran disgusto de mi madre, sí.

A Jezequel, que nunca se había sentido muy unido a sus padres, el accidente cerebral de su padre no lo había afectado. De vez en cuando se lo recriminaba, pero la actitud fría y distante de su progenitor parecía querer darle la razón.

Siguió con la mirada el reagrupamiento de un puñado de golondrinas con una bandada numerosa. Otros grupos, de igual tamaño, eran visibles en el cielo formando arabescos de líneas ondulantes.

—Vuelan demasiado alto —se lamentó después de haber amagado un ademán para ir a coger la caña con una mano—. Pero, Señor, ¡qué belleza! —Las diferentes nubes de pájaros se reunieron formando una ola gigantesca de varios miles de individuos, con los contornos cambiando sin cesar, que evolucionó por encima de la ciudad. Los últimos fulgores del día teñían de bermellón el horizonte, delante del cual la nube inmensa se movía como una sombra chinesca—. Qué pena que no estén aquí para contemplar este espectáculo. ¡No saben lo que se pierden en París! —La ola proteiforme se alejó hasta no ser más que una mancha en el cielo—. Espero que no vayan a migrar.

—Eso parece: ya se van al sur —apuntó Mateo.

—¡No, ellas no! ¡Nuestras golondrinas andaluzas, no! ¿Qué meteremos entonces en la jaula?

—Los caracoles de Kalia. O los peces de escamas de oro del estanque los Arrayanes.

La anécdota hizo gracia a Kalia cuando Mateo se la contó. La gitana predijo un invierno crudo, que ella había presentido ya por el grosor de la concha de sus gasterópodos y de la piel de las cebollas.

—¿Y si nos vamos a París el mes que viene? —le propuso él de pronto—. Puestos a pasar frío, mejor estar cerca de nuestros seres queridos.

La pregunta surgía cada vez con mayor frecuencia entre los dos y las objeciones caían poco a poco como árboles viejos cargados del peso de sus frutos. La falta de respuesta de Kalia le indicó que acababa de pasar al siguiente escalón de la conversación.

—Me gustaría tanto ver a Javier —le confirmó ella—. Pero es que nunca he salido de Granada... ¿Cuánto dura el viaje?

La pregunta, cuya respuesta se sabía de memoria, era el último obstáculo importante.

—Si desde la última vez que calculé las dos ciudades no se han acercado, sigue habiendo mil setecientos kilómetros de distancia, o sea, quince días en berlina en el mejor de los casos —empezó a explicar él—. Pero se puede coger el tren de Guadix a Bilbao y luego el barco hasta Burdeos y un último trayecto en tren, lo que nos llevaría directamente a París en cinco días. ¡Cinco!

—Mateo... —Kalia se negaba a usar los medios de transporte que la espeluznaban a más no poder—. Todas las semanas se produce un accidente —adujo.

—Y en coche de punto también —rechistó él—. Además, en invierno no es cosa fácil atravesar nuestras montañas.

—Cualquiera diría que eres representante de una compañía de ferrocarriles.

—Hazme caso, por una vez.

—Es que nunca he salido de aquí. El viaje más largo que he hecho en mi vida ha sido del Sacromonte a la Alhambra.

—Y valió la pena, ¿eh?

Kalia asintió, callada.

—¿Te acuerdas de que ese día te prometí que te llevaría a dar la vuelta al mundo?

—De lo que me acuerdo es de que estabas muerto de miedo y que habrías llegado hasta el fin del mundo con tal de huir de Torquado.

Mateo se había apoyado en la ventana para ver cómo crecía el halo negro de la noche por encima de la colina de los gitanos.

—Es cierto, tienes razón, quería huir —admitió él—. Pero contigo, con vosotros dos.

—¿Cuánto tiempo nos quedaríamos? —preguntó ella en voz baja, cogiéndolo de la cintura.

—Dos o tres meses, hasta que parta para Nueva York.

—Está bien, acepto —le susurró al oído antes de mordisquearle la oreja y apartarse canturreando para sí.

Kalia y Mateo tenían en común un carácter a veces impredecible y, sin embargo, una fiabilidad sin falla en cuanto tomaban una decisión. Si bien la maduración era lenta, en cambio jamás volvían a cuestionar sus resoluciones. Él sabía hasta qué punto podía contar con su palabra y con su apoyo. Mateo dio una palmada con las manos en señal de victoria.

—Pero que eso no te impida ayudarme —le dijo a voces ella desde la cocina—. Que aún no estamos en el hotel. Tengo aquí una liebre que quisiera quitarse el abrigo.

—Mañana bajaré a ponerles un telegrama. Pero, mientras tanto, ¡esto hay que celebrarlo! ¡Tengo una sorpresa para ti! —exclamó, saliendo.

Mateo no quería esperar al día de los regalos para darle el halcón. Iba a dárselo inmediatamente.

«Al diablo con las tradiciones», pensó mientras avanzaba a toda velocidad por el camino de los cipreses, donde la luna, apenas rebajada por el canto, jugaba a farola celeste. Aspiró el aire cargado de los perfumes de las flores de la noche mientras cruzaba los diferentes jardines y subía a continuación por la calle que orillaba el muro de glicinias. Llegó al mirador de la esquina, punto culminante del Generalife y el lugar en el que había escondido su pájaro disecado. Aprovechó para anotar los valores relativos a la temperatura y se dio cuenta de que el estilete del barómetro había rayado el papel justo antes de bloquearse. El Fortin-Secrétan contaba ya tres décadas de edad y no había sido revisado desde la marcha de Clément. Podrían aprovechar su estancia en Francia para comprar uno nuevo.

Mateo salió de la edificación con mucho cuidado para no dañar las alas de la rapaz, de más de un metro de envergadura. Dio unos pasos y se paró en el camino del primero de los huertos para admirar los reflejos de la luna en las plumas del halcón.

Un ruido de pisadas poco habitual llamó su atención. Percibió unas sombras desplazándose por la linde del bosque y distinguió un rebaño entero compuesto por unos diez cérvidos, adultos y jóvenes, que avanzaban rápidamente en dirección a él. Mateo se preguntó qué depredador podría ahuyentar a un grupo así de numeroso, hasta el punto de hacerlo abandonar su refugio. El trueno retumbó de repente, un redoble extraño que no acababa nunca y que le recordó el sonido de una avalancha que vivió estando en Sierra Nevada. Miró hacia la cima de la montaña que se recortaba por delante del fondo oscuro de la noche, antes de darse cuenta de que el retumbo parecía provenir de todas partes a la vez.

Mateo se pegó al muro de glicinias para que no lo pisotearan los animales que, presas del pánico, pasaron rozándolo antes de subir por la calle pavimentada en dirección al mirador. Detrás llegaron más animales, que salían de todo el bosque, mamíferos grandes y pequeños que huían en todas direcciones por los huertos. Las cimas de los árboles ondularon como ejecutando una loca zambra, sin que soplara ningún viento, como sacudidos por un gigante invisible. Las piernas de Mateo se pusieron de pronto a temblar, y a continuación todo su cuerpo. Se sintió paralizado por las sacudidas que venían del suelo y lo atravesaban, acompañadas de un ruido atronador. Dejó el pájaro disecado y dio unos pasos, antes de que lo tirase al suelo una fuerza violenta que le cortó la respiración. Notaba que algo lo aplastaba, le dolía la espalda. Sonaron multitud de campanas, desordenadas, en los barrios de la ciudad o en los pueblos cercanos. De las casas de los alrededores le llegaron gritos de gente. A lo lejos resonó una explosión. Quiso llamar a Kalia pero no le salía ningún sonido de la boca, llena de un sabor metálico. Tenía todo el cuerpo atenazado. Las sacudidas continuaron, siempre acompañadas del estruendo ensordecedor. Cuando todo cesó, bruscamente, el grito de todos los demonios del infierno siguió preñando el silencio.

XXIX

80

París,
sábado, 27 de diciembre de 1884

L o resistirá todo, estimado caballero. Huracanes, tempestades, seísmos, ¡todo!

Satisfecho del efecto producido, Eiffel se arrellanó en su asiento. El periodista hizo una mueca de admiración que ocultaba su ignorancia absoluta sobre la materia y decidió que bastaba con la palabra del industrial que tantos puentes prestigiosos había construido, a pesar de los dardos envenenados que le dedicaban los arquitectos.

—Mis ingenieros han hecho los cálculos una y otra vez —añadió Eiffel, abriendo un cuaderno lleno de ecuaciones—. El hierro es el único capaz de hacer realidad este prodigio de trescientos metros.

El redactor de *Le Temps* simuló interesarse en el contenido del cuaderno y a continuación tomó notas en su libreta y le hizo una seña para que continuase. Mientras proseguía con su explicación, Eiffel desvió la mirada hacia el departamento de proyectos, en el que reinaba una actividad intensa a pesar de estar en plenas fiestas navideñas. Varios ingenieros trabajaban cada cual en su mesa de dibujo, otros dos verificaban ecuaciones con ayuda de ábacos logarítmicos, mientras obreros y capataces entraban y salían sin cesar para hablar sobre el avance de los diferentes proyectos, un ballet que se movía con los martillazos contra las piezas metálicas y los chirridos de las poleas como música de fondo.

—¿Quiere que le lleve a ver mis talleres? —propuso Eiffel, al darse cuenta de que su interlocutor estaba distraído.

—Se lo agradezco, ya volveré otro día para eso, hoy tengo que ceñirme a mi tema de la Exposición Internacional. No me cabe duda de la proeza que representa esta pirámide de los tiempos modernos —hilvanó el hombre, pasando la mano por el dibujo que le había dado Eiffel—, pero ¿dónde deja la impresión de la belleza? Una obra industrial no debe ser meramente útil sino también estética en igual medida, sobre todo cuando tiene vocación de permanencia.

Aquella reflexión le confirmó al ingeniero que el periodista había ido antes a entrevistar a Bourdais, su competidor. Eiffel, que apreciaba los duelos oratorios, disfrutaba enormemente convenciendo a los escépticos a fuerza de argumentos que iba sacando en orden ascendente, para terminar rematándolos con sus flechas imparables. Javier interrumpió sus cálculos para escucharlo. Eiffel tenía respuesta para todo, sobre la utilidad, sobre la estética, sobre la perennidad de su torre. Demostraba sus ideas con ejemplos, repetía, hacía una pausa al final de cada argumento para que el hombre pudiera tomar apuntes sin precipitarse, con una calma, una seguridad y un carisma que el joven ingeniero admiraba sin reservas.

—¡Javier!

Eiffel, que se había dado cuenta de que el joven no ponía toda su atención en lo que tenía entre manos, lo llamó para que se acercara. Enfadado consigo mismo, fue hacia ellos con la cabeza gacha.

—Javier, ¿puede acompañar a la salida a nuestro amigo periodista y pedirle un coche?

—Si no es molestia —añadió el reportero, que se había fijado en su cara descompuesta—. Le doy las gracias por el tiempo que me ha dedicado, señor Eiffel. ¿Me da permiso para seguir las obras con regularidad, si su proyecto sale ganador?

—Con mucho gusto. Las puertas de mi empresa estarán siempre abiertas para usted. Al igual que el último piso de la torre.

Javier acompañó al periodista hasta la parada de coches más cercana, sin dejar de decir maravillas sobre su patrón.

—No se canse, joven. Este Eiffel es un constructor hábil, pero el dibujo que he visto no tiene nada que pueda reconciliarme con el proyecto.

—¡Pero si es de un innovador superlativo!

—Demasiado vanguardista, querrá decir. ¿Por qué tienen que ser tan poco estéticos los monumentos que se están construyendo para la Exposición Universal? ¡Mire ese palacio de los Campos Elíseos, es una tacha en París!

Javier no se atrevió a responder. Acababan de llegar a la parada pero no había ningún vehículo a la vista.

—Normalmente no hay que esperar mucho —dijo—. Pero me puedo acercar a buscar uno…

—Deje, deje, puedo esperar, no le haré perder su tiempo.

Javier se despidió, dio unos pasos, dudó y regresó junto al reportero.

—Señor, quería preguntarle una cosa.

—Dígame —replicó el hombre, escrutando la esquina de la calle.

—Usted, como periodista, sin duda habrá oído hablar de esos monumentos que han encontrado tocados con sombreros el día de Navidad. Me lo ha contado no sé quién, pero en los periódicos de ayer no vi nada.

—¿Eh? Ah, pues no, no me suena.

—Qué raro. Al parecer, había mucha gente delante de las estatuas con sombrero —insistió Javier, un tanto picado por la falta de interés del periodista.

—Mire usted, hoy en día cuanto más estúpidos y carentes de interés son los sucesos, a más gente congregan. Al pueblo siempre le llamará más la atención los excesos de un borracho una Nochebuena, que la gestión de los asuntos del país. Eso es así —concluyó el hombre con cara compungida, sacando de su bolso el periódico del día.

—Pues era un acto artístico y político, no un delirio de un borracho… He oído hablar de un Comité para la Supresión de los Sombreros de Copa, ¡eso sí es una información que debería interesar a su periódico!

—Bah, eso es cosa de anarquistas y estudiantes queriendo dar la nota. Tome, se lo regalo, tengo a porrillo —dijo el hombre poniéndole en las manos un ejemplar de *Le Temps*—. A lo mejor encuentra su felicidad en él. Ah, ahí viene mi coche. Que disfrute de la lectura, joven. ¡Y no pierda el tiempo con esas chiquilladas!

—Pero si no era yo… —farfulló Javier. El periodista había cerrado ya la portezuela—. Desde luego, estos franceses no tienen el menor sentido del humor —murmuró para sí, viendo alejarse el vehículo.

—¿Cómo es que no ha vuelto? —se dijo Eiffel, preocupado, de regreso en el departamento de proyectos. Hacía más de una hora que Javier se había ido. Tenía su mesa de trabajo totalmente cubierta de cálculos. Eiffel le cerró con cuidado el tintero—. ¿No lo ha visto nadie?

Koechlin respondió con un «No» distraído. Compagnon, que acababa de entrar a buscar un plano del tipo ocho, el último modelo de puente portátil, negó con la cabeza y preguntó:

—¿Puedo verlo a solas para la prueba prevista con el general Lewal? —Los dos hombres salieron al patio, donde había un puente desmontable desplegado que ocupaba unos veinte metros—. Hay un problema con los pernos —le explicó, sacando uno de muestra de un cubo lleno de piezas iguales—. El diámetro excede en más de una décima de milímetro. Y ya se han practicado los orificios en los triángulos —dijo señalando los elementos.

—Podemos agrandarlos, imagino que no era ese el motivo por el que me ha hecho venir, Jean.

—Mire el perfil. No se corresponde con nuestro pedido.

Eiffel constató que la cabeza del perno era chata, cuando el diseño del plano enviado al proveedor preveía una cabeza cónica.

—Pues se les devuelve todo y se les exigen las piezas para la semana que viene. Si no, cambiamos de proveedor. Contactaremos con la casa Fould-Dupont de Pompey.

—¿Y para la prueba?

—Voy a convencer al ministro de la Guerra para posponerlo para marzo. Sus maniobras no tendrán lugar hasta septiembre y no quiero dejar nada al azar. Si alguien pregunta por mí, estoy en el Laboratorio de Aeronáutica —añadió el industrial lanzando el perno, que aterrizó en el cubo con un sonido de quincallería.

Al llegar allí, vio que solo había un obrero, que estaba terminando de instalar un embudo gigante en lo alto de un pilar de diez metros de altura. El hombre bajó para saludarlo.

—¿No está aquí el señor Delhorme? —le preguntó Eiffel, mientras examinaba una saca llena de bolas de madera y se preguntaba cuál sería su finalidad en la aeronave que iban a construir.

—No, Javier vino a buscarlo y se fueron los dos juntos.

—¿A la oficina?

—A casa, me refiero. Parecía un asunto grave.

La frase inquietó lo bastante a Eiffel para impedirle concentrarse en el trabajo. Recogió sus cosas y decidió pasarse por el domicilio de los Delhorme, de camino a casa. Allí, estuvo un buen rato llamando a su puerta pero nadie abrió. Justo cuando se marchaba, se cruzó con el dueño, cuyas manías higienistas conocía bien, y trató de darle esquinazo. Pero Brouardel había reconocido al señor que se había presentado fiador de su inquilino y lo abordó:

—Si busca a los Delhorme, salieron todos por lo del accidente.

—Pero ¿de qué accidente me habla?

—Del que ha habido en su casa, en España. ¡Aguarde!

El hombre se metió en su piso y salió con un ejemplar de *Le Temps* del día. En mitad de la primera página, un breve encarte anunciaba que se había producido un temblor de tierra cuyas sacudidas se habían sentido hasta en Madrid. «En Granada, en Málaga, en Sevilla se han derrumbado muros y varias personas han resultado heridas», concluía el periodista. Eiffel le dio las gracias y le dejó un mensaje para Clément. Dio un rodeo por la avenida de Wagram para comprar los demás periódicos y regresó a su hotel particular, donde mandó que engancharan el tiro de su berlina. Eiffel saludó a sus hijos, extrañados de verlo aparecer en plena tarde, se llevó a Claire a un aparte para contarle el motivo de su presencia y ojeó los periódicos, donde no encontró ninguna información complementaria.

El cochero lo recogió y lo dejó en el Ministerio de Asuntos Exteriores, en el muelle de Orsay. Gracias a su trato personal con el ministro de Economía, Eiffel había conseguido que le concediera audiencia uno de los consejeros de Jules Ferry, que aglutinaba las funciones de presidente del Consejo de Ministros y ministro de Asuntos Extranjeros. Esperó unos veinte minutos aproximadamente en una antecámara bastante poco representativa de los oropeles de la República, con unos muebles anticuados y una alfombra mugrienta. El funcionario, a cuyo despacho lo habían llevado mientras esperaba el regreso del alto cargo, le causaba la impresión de ser, más que un asistente ministerial, un escribiente desengañado. Rascaba ruidosamente el papel con una pluma de oca gastadísima. «La última vez que la tajó debió de ser en tiempos del Imperio», pensó Eiffel, suspirando para apaciguar su impaciencia. Las plumas de acero, que habían reemplazado las plumas naturales en todas las administraciones desde hacía treinta y cinco años, no tenían detractores. «Hay resistencias al progreso en todas partes —meditó, divertido—. ¿Para qué iba el hombre a querer un utensilio limpio, silencioso y eficaz, si se puede ensuciarse la mano y emborronar los papeles?»

Sintiéndose observado, el funcionario miró muy orgulloso su instrumento de largas barbas blancas.

—Soberbia, ¿verdad? Es una pena de corneja —explicó, haciéndola girar entre el pulgar y el índice—. Me dirá que las cornejas tienen las plumas negras. Pues figúrese que esta ave tenía unas remeras de un blanco inmaculado, lo que la hizo verdaderamente rara. Fíjese, no tiene ninguna coloración —dijo, ofreciéndole la pluma—. ¡A mí jamás me harán escribir con metal, esos son instrumentos sin vida y sin historia!

El escribiente reanudó su redacción como si el soliloquio no hubiese tenido lugar. Durante unos segundos Eiffel se quedó estremecido con la disertación. Se disponía a barrer con una panoplia de argumentos irrefutables las aseveraciones del chupatintas cuando entró el consejero acompañado por el mismísimo Jules Ferry, recién llegado de la Asamblea.

—Querido señor Eiffel, me acaban de comunicar su presencia. Venga, tengo unos minutos para usted antes de la siguiente reunión. Hábleme de su récord de altitud y de su torre para la Exposición.

—Con mucho gusto. Pero he venido por una cuestión más urgente, señor presidente —respondió Eiffel—. Se trata de Delhorme, nuestro aerostero.

Una vez a solas, el funcionario metió delicadamente la punta de la pluma en su tintero y sonrió, orgulloso de haber dado en las narices al industrial al que había reconocido de inmediato y que se proponía plantar un clavo gigante en pleno corazón de París. No podía entender cómo el ministro se había encaprichado con semejante proyecto, ni tampoco el frenesí que se apoderaba de los políticos en cada Exposición Universal. Volvió a su trabajo, una nota destinada a otro servicio, la cual a su vez generaría más notas para otros servicios, hasta que los tres mil agentes de los ministerios hubiesen sido informados sin dejarse ninguno. Luego recibirían una segunda nota en la que se les explicaría el funcionamiento de la primera, y después una tercera que finalizaría con la obsolescencia de las dos anteriores. Esa idea reafirmó en él la importancia de su trabajo y de la elección del utensilio, cosa que por sí sola justificaba absolutamente el sacrificio de la corneja.

El chupatintas vio interrumpidas sus reflexiones por uno de los policías encargados de la protección del presidente.

—Tiene que mandar un telegrama a nuestra embajada en España. Deje todo lo que está haciendo —ordenó el inspector, tendiéndole un papel escrito a mano deprisa y corriendo—. Tan pronto como recibamos respuesta, hay que comunicarla al señor Eiffel, sea la hora que sea.

El asistente sopesó las posibilidades que tenía de negociar una demora, hasta que acabó dándose por vencido.

—¿Por qué yo? —preguntó, después de soltar un sonoro suspiro de desaprobación.

—¡Porque no se fue a casa pitando, amigo mío!

—¿Y por qué usted?

—A mí me han encomendado que lo acompañe —explicó el inspector—. No es que la idea me guste demasiado, pero este favor ha de hacerse dentro de la más estricta discreción. ¡Vamos!

Los dos acólitos desaparecieron por el dédalo de pasillos del edificio en dirección al despacho de telegramas del único ministerio, abierto al mundo, que garantizaba una recepción continua permanente.

Eiffel regresó a sus talleres, por donde no habían vuelto a aparecer ni Clément ni Javier. Solventó unos cuantos asuntos pendientes y luego volvió a la calle de Prony. El clan Delhorme al completo se había reunido en su casa. Claire, perfecta anfitriona, les había preparado unas bebidas calientes y había mandado a la cocinera a por unas castañas asadas al puesto ambulante del parque de Monceau. Las caras denotaban cansancio y las miradas ya no transmitían la despreocupación de los días anteriores. Todos hablaban sin parar, como queriendo conjurar el mal fario; todos menos Alicia, que no despegaba los labios, sentada cerca de la ventana, mirando la agitación de los demás con aire ausente.

—Hemos ido a la oficina de telégrafos —explicó Clément después de haber escuchado a Eiffel—. La línea con Granada está cortada. Pero hemos podido contactar con el hermano de Mateo en Guadix. No tenía noticias suyas y estaba preparándose para viajar a la Alhambra. Mañana sabremos más.

El recuerdo de Ramón arrancó una sonrisa a Eiffel. Había sido su guía durante su epopeya andaluza de 1863 y la persona con quien se encontraba cuando conoció a Clément. Aquel 1 de junio pasó por delante de sus ojos.

—Menudo día… —dijo, siguiendo el hilo de sus pensamientos.

—Sí. Había soñado con algo mejor para nuestra primera Navidad en París —abundó Victoria.

—Yo creo que Gustave se refería al día que nacisteis —dijo Clément, que pasó los brazos por los hombros de sus hijos.

—Algo que no olvidaré jamás —convino Eiffel—. ¡Menuda noche!

—¡Papá, mamá, volved a contar la historia! —les imploró Victoria sentándose al lado de Alicia en el canapé de madera dorada.

—Yo también quisiera oírla —dijo Claire, arrimando uno de los butacones de grueso relleno para ponerlo delante de ellas—. Mira que te gusta ocultarme cosas, papá; nunca me contaste nada.

Clément lanzó una mirada a Alicia para animarla a participar en la conversación.

—Apenas si tengo más recuerdos que los niños —se defendió ella—. Llamo a declarar a los testigos. ¡Clément Delhorme y Gustave Eiffel!

Claire había ido a llamar a sus hermanos y hermanas y toda la chiquillería formó un semicírculo alrededor de los dos narradores. A lo largo de la historia, fueron aportando cada uno sus anécdotas de lo vivido aquella noche o de lo que les habían contado. Clément y Eiffel lo dieron todo.

—¡Y no me engañó cuando se subió al pretil de la Torre de la Vela! —declaró el ingeniero.

—¿Te subiste, papá? —exclamó Irving—. ¡Habrías podido morir sin conocernos!

—¡Sí, qué barbaridad! —intervino Victoria—. Mamá, di algo.

—Había un andamio con una malla justo debajo —los calmó ella—. Vuestro padre no es ningún inconsciente. Al menos no todo el tiempo.

Esa fue su única intervención en toda la velada. La angustia que la había invadido cuando había recibido la noticia del terremoto por boca de Javier no se había aquietado. Eiffel prosiguió con el relato describiendo con todo lujo de detalles la puesta en funcionamiento de la caldera.

—No teníamos madera y hubo que buscarla por todos los rincones de la Alhambra. La instalación estaba vieja pero era robusta —les explicó a sus hijos.

Clément abrevió la parte del relato relativa al parto triple, al ver el sufrimiento de Alicia, apenas contenido.

—Al final, el mayor soy yo —observó Irving a modo de conclusión.

—Olvidas que Pinilla se había entrenado conmigo —intervino Javier—. Yo salí por la mañana. Yo soy el primero y tú el segundo, ¡ese soy yo, el príncipe Torquado! —le espetó, revoleando las manos a la flamenca.

Su fanfarronada distendió una atmósfera que no había dejado de ser grave en todo momento. El nombre de Nyssia no se mencionó ni una sola vez. Ella era la trilliza, la hermana, la menor de los tres, y su imagen había quedado congelada desde el día de su marcha.

La campanilla de la entrada sonó.

—¡Dos hombres! —comentó Claire después de descorrer las cortinas de la ventana.

—Voy a recibirlos. Seguro que vienen del ministerio con alguna noticia —anunció Eiffel.

Los hizo pasar a su gabinete, con el fin de cribar las informaciones si resultaban ser tristes. El escribiente venía acompañado por el policía. El embajador de España había recibido noticas de una misión enviada a Granada. El epicentro del temblor había sido la Sierra de Tejeda, a cincuenta kilómetros, y allí los pueblos habían quedado parcialmente destruidos. La búsqueda de víctimas, que se contaban ya por centenares, seguía en curso, mientras un destacamento entero de la Guardia Civil había sido desplegado en la zona siniestrada.

—Pero al parecer la ciudad se ha librado bastante, al igual que la Alhambra —concluyó el policía—. Solo habría unas cuantas víctimas en los escasos edificios que se han venido abajo.

—Entenderá que esta incertidumbre nos llena de consternación —dijo Eiffel.

—Los avisaremos tan pronto como tengamos una confirmación de la situación sobre el terreno. El cónsul de Francia tiene que ir esta tarde a Madrid para informarse sobre el estado de nuestros compatriotas presentes en Granada y le encargaremos que averigüe también qué se sabe del señor Mateo...

—Álvarez. Mateo Álvarez y su mujer. Son los padres de uno de mis ingenieros. Gracias otra vez, señores —añadió el industrial, dirigiéndose ya a acompañarlos.

Al abrir la puerta del despacho, Javier, que había pegado la oreja, se encontró de bruces con el inspector; este soltó un juramento, lo derribó y lo inmovilizó en el suelo.

—Pero, bueno, ¡suéltelo! —lo instó Eiffel tras unos segundos de sorpresa—. ¡No es ningún delito escuchar detrás de las puertas!

—¡Haga venir refuerzos, señor! ¡Este es el individuo que le robó el sombrero al presidente del Consejo de Ministros!

81

La Alhambra, Granada,
miércoles, 31 de diciembre de 1884

Ramón agarró con los dientes su Braserillo apagado antes de lanzarlo de un papirotazo en dirección a unas piedras esparcidas en la calle de las glicinias. Había empezado a reconstruir el muro de terraza que se había derrumbado encima de su hermano la tarde del día de Navidad y dejaría al cuidado de otros la tarea de terminarlo. Se dio una vuelta por los diferentes edificios para comprobar que ningún otro desperfecto fuera imputable al seísmo, se entretuvo un buen rato en el segundo nivel de la Torre de las Infantas, que daba al Sacromonte, y sacó a sus dos mulas de las cuadras para preparar el tiro.

—Ya va siendo hora de que me vuelva a Guadix. La familia me espera para pasar la Nochevieja. Kalia, cuida bien de mi hermano, es tu obligación. Y tú, Mateo, deberías ir a que te atendieran en el San Juan de Dios.

—¡Prefiero morirme aquí! —replicó este con voz ahogada, tumbado bocabajo y con la cabeza hundida en un montón de almohadas—. ¡A mí no me harán lo que le hicieron a nuestra madre!

—Como quieras. Pero has tenido una suerte increíble.

Mateo gruñó. El muro que se le había caído encima era el único de la Alhambra que se había derrumbado aquella tarde. Para él no había sido ningún golpe de suerte, sino una adversidad, una señal del cielo para manifestarle su descontento, cosa que lo tenía perplejo, pues no le parecía haber hecho nada que fuese indigno a ojos del Todopoderoso. Las piedras le habían causado numerosos y profundos hematomas en la espalda, pero la columna vertebral estaba intacta. El bloque más grande le había aplastado las piernas, provocándole fracturas diversas en la tibia y el peroné izquierdos, así como una rotura de ligamentos y un desplazamiento del menisco, que el doctor Pinilla había tratado de urgencia.

A pesar de la insistencia del médico, Mateo había exigido quedarse en la Alhambra, adonde el facultativo acudía cada mañana para aplicarle bálsamos y darle friegas, relevado durante el día por Kalia, y administrarle los analgésicos para mitigar el dolor que le atravesaba el cuerpo.

«Qué suerte increíble ni qué ocho cuartos», pensó, mientras su hermano salía ya del Mexuar lanzando un «¡Hasta luego!» con voz de tenor desde el Patio de Machuca. Mateo trató de conciliar el sueño, inútilmente; abrió de nuevo los ojos cuando el campanil de la Torre de la Vela daba las once y clavó la vista en la ventana cerrada desde la que podía ver retazos del paisaje, descompuesto por los múltiples cuadrados de vidrio. Hacia las doce, con la sensación de haberse pasado el día entero aguardando un remedio para sus males, Kalia entró en compañía del doctor Pinilla, cuya pregunta de costumbre («¿Qué tal está hoy nuestro enfermo?») lo molestaba sobremanera, tanto como el tono jovial del médico, como si sus plegarias a la Virgen hubiesen podido ser atendidas durante la noche y Mateo se hubiese encontrado, al despertar, como unas castañuelas, dispuesto y curado, listo para bajar al huerto a faenar. Pero esta vez no hubo pregunta. Pinilla, que venía con un joven de calvicie incipiente, lo saludó con un tono de contrariedad. Mateo oyó el ruido metálico del instrumental médico que iba dejando encima de la mesa de la alcoba.

—¿Conoce a mi hijo, Ruy? —preguntó el médico, remangándose—. Está estudiando Medicina en la universidad y le he pedido que me acompañara.

—Perdone que le dé la espalda, Ruy —dijo Mateo, levantando el brazo a modo de saludo—. Bueno, qué, ¿me quita el vendaje hoy, doctor?

Pinilla esperó a estar delante de él para responder.

—No hay nada menos seguro que eso, Mateo. Me ha dicho Kalia que sigue doliéndole mucho y que la pierna todavía está hinchada.

Sin esperar su respuesta, el médico quitó la venda de tarlatana que sujetaba las dos tablillas y, con ayuda de su hijo, cortó las vendas de lienzo nuevo y de guata que envolvían la pierna, del tobillo hasta medio muslo. La equimosis no se había reabsorbido y la palpación reveló una desviación considerable del fragmento óseo superior. La tarde del accidente, Pinilla había diagnosticado, amén de las fracturas, un desgarramiento de la cabeza del peroné por el tendón del bíceps. Desde entonces, sospechaba que el nervio que rodeaba el cuello del hueso podría estar lesionado.

—Hoy no está muy parlanchín —le interpeló Mateo—. ¿Tan grave es?

Pinilla se atusó los bigotes antes de contestar.

—Es grave, Mateo. Realmente, hubiera preferido que lo llevaran al hospital la semana pasada, no me lo está poniendo nada fácil.

—¿Cuál es el problema?

—Que tiene el nervio ciático distendido y dolorido y los músculos que dependen de él están paralizados. He de suturar la cabeza del peroné.

—¿Y eso qué significa en cristiano?

—Que lo voy a operar, aquí mismo, porque ya no nos queda otra opción.

Kalia lloró, tragándose los sollozos, y aspiró ruidosamente el aire por la nariz. Mateo comprendió entonces la presencia de Ruy. El médico iba a necesitar un ayudante.

—He traído cloroformo, un líquido que lo dejará dormido. No se enterará de nada.

—¿Y si me niego?

—Las lesiones se harán irreversibles. No le doy a elegir, Mateo.

El antiguo nevero, que detestaba sentirse obligado a tomar una decisión, farfulló una retahíla de improperios incomprensibles con la que trató de armarse de valor.

—Sea. Pero con una condición: de dormirme, ni hablar. ¡Y tampoco yo le doy a elegir!

El olor a absenta inundaba la pieza con cada exhalación de Mateo. La botella, con sesenta grados de alcohol según rezaba la etiqueta, era un regalo de Javier. El paciente se había bebido tres vasos, que apenas le habían nublado el sentido, y a continuación les había hecho una seña para indicarles que podían comenzar. Pinilla había aplicado un bálsamo anestesiante en el lugar de la incisión. Después de abrir la piel, el médico atravesó el tendón del bíceps con el hilo, sin provocar ninguna reacción en su paciente, al que Kalia y Ruy mantenían sujeto de lado y que, sobre todo, parecía hallarse en un estado avanzado de embriaguez. Perforó el fragmento inferior del peroné y suturó hasta que las dos partes del hueso volvieron a encajar. Pinilla olvidó rápidamente que Mateo no estaba anestesiado y concentró toda su atención en la intervención. Una vez cerrada de nuevo la herida, le puso un apósito y fijó la pierna en un ángulo de cuarenta y cinco grados desde el muslo. En total no había tardado más de diez minutos. El médico se irguió, se lavó las manos en una palangana que había llevado Kalia y se las secó pensando en sus antepasados lejanos, médicos cirujanos, de los que en ese preciso instante se sentía digno sucesor. Sobre todo, estaba orgulloso de haber operado en presencia de su hijo, a quien la cirugía no interesaba nada, y esperaba haberlo hecho cambiar de parecer. Ruy no se había desmayado al ver las carnes abiertas, cosa que para Pinilla era buen presagio. Kalia también había mantenido el tipo, ayudándolos hasta el último momento sin tratar de zafarse. La gitana se había ganado la admiración del médico, como el día en que había dado a luz a Javier.

Mateo gruñó, medio adormilado, un duermevela que parecía también un estado semicomatoso.

—Tenga estas píldoras —dijo Pinilla, tendiéndole una caja a Kalia—. Las va a necesitar cuando se despabile.

Ruy no podía apartar la vista del rostro de la gitana, que le parecía perfecto en la escala de sus criterios de belleza. Ella, aun habiéndose dado cuenta, no le prestó atención y los acompañó hasta el umbral del Mexuar, donde les dio las gracias efusivamente.

—¿Cuántos años tiene? —preguntó Ruy mientras regresaban ya por el camino hacia la explanada.

—¿De quién hablas?

—Ande, padre, bien lo sabe.

—¿De la que te has comido con los ojos durante toda la operación?

—Sí, de Kalia.

—Pues podría ser tu madre.

—Pero no es el caso.

—Olvídalo, hijo mío. Es una…

—¿Gitana? —le interrumpió Ruy—. ¿Y a mí qué?

—Es una mujer casada —terminó Pinilla su frase, sin alterarse lo más mínimo.

—Es guapísima, como la Esmeralda de Hugo.

El médico se paró para observar a su hijo. A él no se lo podía decir, pero el vivo retrato de Esmeralda era Alicia Delhorme, ninguna otra mujer, estaba convencido.

—Puede ser, Ruy. Pero hay dos clases de mujeres: de unas nos enamoramos y con otras nos casamos. Esmeralda no trajo la felicidad a aquellos que la amaron —concluyó, reanudando el camino al Albaicín.

—¡Doctor, doctor! —gritó Kalia agitando los brazos desde el Patio de Machuca—. ¡Venga, dese prisa! ¡Mateo no respira!

82

París,
viernes, 9 de enero de 1885

Javier había mantenido la cabeza gacha durante toda la vista. Después de su detención por el inspector que había reconocido al ladrón del sombrero de copa de Jules Ferry, había sido necesario todo el poder de persuasión de Gustave Eiffel para que no lo encarcelaran. El presidente del Consejo de Ministros había decidido incluso no demandarlo, pero los letrados de la fiscalía no habían sido tan benévolos y habían acusado a Javier de degradación de monumentos públicos. El asunto, que había pasado inadvertido en los periódicos cuando habían aparecido por arte de birlibirloque todos esos sombreros en las cabezas de las estatuas, tuvo cierto eco en los días anteriores. *L'Intransigeant* incluso había mencionado el nombre de su patrón, cosa que había encolerizado a Eiffel.

—No lo sabía. Le juro que no lo sabía —murmuró el joven, sin atreverse a mirar al juez a la cara—. No había visto nunca a ese señor, se encontraba con un grupo de personas y le quité el sombrero de copa porque fue el que encontré más a mano. No sabía que era el presidente de Gobierno.

—Presidente del Consejo de Ministros —lo corrigió el magistrado.

—Presidente del Consejo de Ministros... Lo siento mucho. Es que yo soy español, ¿sabe?

La vista se había celebrado con absoluta discreción. Todos deseaban evitar que se airease una historia que habría terminado poniendo de parte del acusado a los que se carcajearan del asunto, y haciendo pasar por una panda de aguafiestas al poder judicial y político.

—No puede usted excusar su ignorancia en su nacionalidad, señor Álvarez. Y no está aquí por haber dejado sin sombrero al presidente del Consejo de Ministros, puesto que este ha decidido no demandarlo, sino por haber degradado la imagen de algunos de los más excelsos hombres de la nación a través de las estatuas que los representan. Y tampoco puede excusarse en el humor para justificar semejantes tropelías, como tan torpemente ha intentado hacer su abogado defensor. Como consecuencia, el tribunal lo condena a cien francos de multa y al pago de todos los sombreros robados. En caso de reincidir, se expone a pasar una temporada en la Petite Roquette, donde podrá ejercitar su talento de bromista ante un público quizá más receptivo.

—Le recomiendo que no apele la decisión, que manifieste su agradecimiento por la clemencia demostrada y que no se vuelva a saber nada más de usted de aquí en adelante —le susurró su abogado.

Javier así lo hizo y dio las gracias a todo el mundo, uno por uno, con una mezcla de sinceridad y adulación servil, de francés y de español, antes de irse con Irving, que lo esperaba en la escalinata del Palacio de Justicia para llevárselo a despejar la mente en la Laiterie du Paradoxe.

—¡Huy, huy, huy, pero qué caras son esas! —exclamó Rosa antes de servirles sus bebidas—. ¿Es que no les han dado su aguinaldo? Pues sí que empieza mal el año...

Irving le relató el seísmo acaecido en España, de lo que ella no había oído nada. A través de la embajada de Francia, se habían enterado de que Mateo había resultado herido. Los días siguientes se habían producido réplicas, que habían provocado el pánico entre la población; algunos habitantes de las zonas afectadas habían pasado la noche al raso o metidos en sus berlinas. Las comunicaciones seguían siendo intermitentes y Clément continuaba enviando mensajes, pero Mateo aún no había dado señales de vida. Alicia había escrito a Rafael Contreras. Aunque la Alhambra se había librado, ella estaba igualmente preocupada por las obras de restauración.

—Mamá no se ha ido de milagro a principios de semana —dijo Irving. Rosa se había sentado a la mesa con ellos—. Si hasta había hecho las maletas. Pero luego papá la convenció para que se quedara.

El aire ausente de Javier no lo animó a continuar. Rosa volvió a sus quehaceres y el ambiente se hizo sombrío.

—Eiffel me ha echado —anunció Javier de repente.

—¿De veras?

—En cuanto termine con el remontaje de la estatua de la Libertad y regrese de Nueva York, ya no me volverá a contratar.

—¡Pero no es justo! ¡Siempre has sido un buen colaborador del equipo!

—Yo, en su lugar, habría hecho lo mismo. Fue una idiotez como una catedral.

—¿Y Victoria?

—Ella no lo sabe. No le digas nada. Quiero que disfrute de su estancia en América.

Javier jugó con su vaso antes de tomarse la cerveza que le quedaba.

—Y lo peor es que ni siquiera me arrepiento. Creo que puedo volver a empezar. Bueno, lo sé con certeza —concluyó, sorbiendo ruidosamente para vaciar el fondo del vaso.

Irving lo escuchaba mientras miraba a los jugadores de ajedrez que había sentados a una mesa apartada, que parecían congelados de tan concentrados como estaban, como sacados de un cuadro de Daumier. Él, que trabajaba cada vez más con Marey, se las ingeniaba para capturar movimientos cada vez más rápidos, de solo unas fracciones de segundo, para generar una ilusión de fluidez. De realidad. La inmovilidad de los dos jugadores, con la mirada fija en el tablero, era también una intención de movimiento que el fotógrafo tenía la obligación de capturar. La ilusión de lo real. Irving se prometió que consagraría su vida a este Grial y que recorrería el mundo en busca de los pioneros, para que lo formasen en este nuevo gremio. El pensamiento se le fue hacia Juliette. Lo haría con ella.

—No me estás escuchando. Otra vez estás en tu nube —dijo Javier.

—No, te escucho.

—¿Y sabes lo más gracioso? Que el inspector que me reconoció no tenía que haber estado de servicio ese día.

—Rosa tiene razón: sí que empieza mal el año.

El lienzo se había chamuscado y su marco se había quemado en parte, a causa del incendio que se había propagado desde las Tullerías a un ala del Louvre durante los últimos días de la Comuna. «El primer cuadro rescatado entero de las llamas», le había dicho el conservador, que siempre se había amilanado ante la complicada labor de restauración que exigía, por miedo a estropearlo todavía más, hasta que llegó Alicia, cuyo primer trabajo como restauradora lo había convencido de que era la única capaz de conseguir semejante proeza.

La pintura, demasiado grande para transportarla, demasiado frágil también, moraba en uno de los talleres del Louvre, en la calle de Le Oratoire, donde Alicia había asentado sus reales desde hacía una semana. Trabajar fuera de su piso le permitía no caer en la tentación permanente de regresar, que la azuzaba desde la noticia del seísmo.

Contaba con un ayudante, un aprendiz de restaurador que le sería indispensable para todas las operaciones de transposición. El muchacho, discreto y siempre alegre, no rehuía nunca el trabajo. Más de una vez ella lo había llamado Irving, tan parecidos eran de carácter, y cuando le explicó de quién se trataba, él se sonrojó.

Alicia comprobó que se hubiesen recibido todas las capas, en especial la de albayalde molido con aceite, que consideraba indispensable para el éxito de la operación, así como todos los ingredientes del adhesivo que se disponía a preparar para solidarizar el nuevo lienzo, a base de harina de centeno, de trigo, de cerveza, bilis de buey, jugo de ajo y una mezcla de gomas de Flandes y de Inglaterra. La complejidad de la receta había dejado tan impresionado al muchacho que profesaba por Alicia una confianza ciega.

—Un señor pregunta por usted —le dijo en voz queda, tras lo cual desapareció en el almacén.

—¿Clément? —dijo poniéndose nerviosa al ver entrar a su marido con un sobre en la mano.

—No pasa nada, tranquila. Es que tenía que ir al local de un proveedor, a dos calles de aquí, y quería visitar tu nuevo refugio.

Alicia dejó que se le pasara el temblor de las manos limpiando lentamente el pincel, antes de abrazarle y darle un beso en la mejilla.

—Noto que te palpita el corazón. Perdona si te he asustado. Has recibido carta de Contreras. Y tu ayudante nos está vigilando desde lejos —le susurró al oído antes de darle un beso también. Se acercó al cuadro, de más de dos metros cincuenta de ancho—. Me habías dicho que se trataba de un lienzo grande, pero está visto que no manejamos la misma escala: ¡es enorme! ¿No lo abres? —preguntó al fijarse en que había dejado el sobre encima de una mesa.

—Me gustaría terminar con lo que estoy haciendo, iba a fijar las escamas de pintura —respondió, volviendo a sentarse—. Si no, se me va a secar la cola.

—Pero igual trae noticias de Mateo —insistió Clément—. Seguro que nos dice algo sobre el estado de la Alhambra. ¿Quieres que la lea yo?

Del almacén les llegó un estrépito metálico.

—¿Va todo bien?

—Sí, todo bien, madame. Solo una polea que se ha caído —informó la voz afligida del ayudante.

—Pobre —dijo Alicia, que se había vuelto a levantar—. Se ha hecho daño.

Cogió el sobre, lo desgarró y recorrió la misiva en silencio.

—Bueno, ¿qué dice? —se impacientó Clément.

Ella leyó en voz alta tratando de disimular la emoción en la voz:

Granada, 1 de enero de 1885

Querida Alicia, mi dulce amiga:

No sé cuándo recibirás esta carta pero, por lo pronto, no tengo otro medio de comunicarme. Tal vez os hayáis enterado por los periódicos. Nuestra ciudad se ha librado relativamente del terremoto y nuestras obras de restauración en la Alhambra están intactas, aparte de alguna que otra fisura en el fresco del Partal y en el techo de la cúpula de la Sala de los Embajadores. Por desgracia, han perecido cientos de personas en las viviendas de los pueblos que hay hacia la Sierra de Tejeda. Parece que en Alhama no queda ni un solo edificio en pie. Hubo varias réplicas al día siguiente y esa noche, y hay quien prefirió dormir a la intemperie. Para colmo de infortunios, se ha puesto a nevar copiosamente, lo que ha retardado la ayuda: un destacamento de la Guardia Civil salió el 26 en dirección a Albuñuelas y Alhama. El juez Ferrán, que había vuelto para las fiestas, me contó que la estatua de la reina Isabel, en la azotea de su inmueble, había resistido el primer seísmo pero se había desplomado al día siguiente, cayéndole casi en los pies. Desde entonces se niega a entrar en su casa y pasa las noches en la berlina.

Paso ahora a hablarte de Mateo.

Alicia dirigió una mirada a Clément antes de reanudar la lectura:

Está desde ayer en el hospital San Juan de Dios. Nuestro amigo ha sido uno de los desafortunados heridos de Granada, alcanzado por el derrumbe de un muro que le partió los huesos de las piernas. Pero este no es el motivo de su ingreso. El doctor Pinilla se vio obligado a operarlo ayer porque la herida no tenía buena pinta. La cantidad de absenta que tomó lo sumió en una especie de coma etílico durante el cual casi se ahoga con su propio vómito. Afortunadamente, Pinilla lo salvó de una muerte segura. A día de hoy sigue sin despertar, pero los médicos afirman que solo es cuestión de días, de horas incluso. Volveré a escribirte en los próximos días para tenerte al corriente de su estado. Espero que mis cartas te lleguen rápidamente, hasta la línea del ferrocarril acusa retrasos por motivo de las abundantes nevadas. Parece que el telégrafo quedará reparado de aquí a una semana.

Alicia hizo una pausa.

—Pobre Mateo, pobre Kalia —dijo recorriendo con la vista el resto de la carta—. Cuánto desearía poder ayudarles.

—Y los ayudaremos, los ayudaremos en todo. ¿Qué más dice?

—Nada más —respondió ella doblando el papel antes de hacerlo desaparecer en el bolsillo del mandil—. Una cosa sobre los azulejos rojos: que sigue sin dar con el secreto.

—Hay secretos que no deben saberse nunca —declaró Clément—. Es mejor así.

—Perdóname, amor mío, pero tengo que volver al trabajo —dijo Alicia, cada vez más incómoda ante la actitud de su marido.

Se sabía culpable y acusada. Clément parecía hacer grandes esfuerzos para que no se le notase nada, pero no lo conseguía. La situación entre los dos se había deteriorado rápidamente desde el seísmo, sin que hubiesen hablado de ello, sin que hubiese habido ninguna discusión. La única cuestión que le importaba a Alicia era la de su regreso, que ella se negaba a relacionar con Contreras, pero que le parecía ineluctable.

Sentada delante del lienzo, trató de recobrar los ánimos y de retomar las tareas del día donde las había dejado. Alicia localizó una escama de pintura en la mejilla de un angelote y la fijó.

—Creía que no había ninguna incógnita en tu ecuación pero me equivocaba —dijo él, después de haberla observado en silencio.

—Clément, por favor —dijo ella con un suspiro, volviendo a dejar el pincel—. No me obligues…

—¿A elegir?

—Hablamos esta tarde si quieres.

—Tienes razón, hay que liberar a tu pobre ayudante, que no se atreve a molestarnos.

Al salir del taller la nieve clavó en su cara sus agujas como una bofetada que a él le pareció bien merecida. Clément se avergonzaba de su actitud. Se avergonzaba de haber abierto el sobre y de haber leído la carta antes de dársela. Pero le había parecido que no podía hacer otra cosa. Desde que Alicia había llegado a París, estaba distinta, y él lo había achacado a su nostalgia de la Alhambra. Después la duda se había instalado en su corazón.

Ese último párrafo que ella no había querido leerle se lo había aprendido él de memoria. Las palabras de Contreras se le habían grabado en la mente y le abrasaban por dentro.

El mayor seísmo para mí ha sido tu partida, Alicia. Desde ese día el taller se ha quedado sin alma, sin mi pasión e incluso ha dejado de interesarme el rojo de los azulejos. Comprendí cuánto te amaba y no quería perderte, justo cuando tú decidiste dejar Granada. Dejarme a mí. Yo no experimentaba una pasión tan intensa como la tuya, no te merecía, pero hoy comprendo que vivir a tu lado era una suerte única. Vuelve, te lo suplico, tu vida está aquí, conmigo.

Clément deambuló sin rumbo. No quería estar solo en el piso. Quería olvidar, arrojar lo más lejos posible todos sus problemas antes de que el tiempo, como un perro fiel, se los volviera a traer a sus pies. Deseaba tener unas horas de paz, unas horas como antaño, como los días de los recuerdos dichosos, en los que una mirada de Alicia bastaba para llenarlo de amor y confianza.

Se paró delante de una de las tiendas del puente Nuevo, donde una matrona, sentada junto a una tarta cortada en porciones, se había quedado traspuesta en su silla por falta de clientes. Clément carraspeó para despabilarla, sin conseguirlo, luego la llamó con suavidad, sin éxito, y finalmente le dio unos toques en el hombro. La vieja entreabrió un ojo, le indicó con el dedo el precio escrito en un cartón y volvió a cerrar el párpado para reanudar sus ocupaciones oníricas con un ronquido sonoro. Él dejó los veinte céntimos requeridos encima del cartón y cogió un trozo de tarta, que degustó mientras observaba las viviendas flotantes amarradas a la orilla, contoneándose suavemente al paso de las embarcaciones. Después, se fue dando un paseo por el muelle de Le Horloge, ocupado por el mercado de pájaros, que se extendía desde el puente de Le Change hasta el puente de Notre-Dame, formando una alegre cacofonía. Los vendedores voceaban su producto, a grito pelado algunas veces para hacerse oír, mientras las aves enjauladas, canarios, pinzones, pardillos, cantaban a cuál mejor, picados con sus vecinos. Compartió las últimas migas de su tarta con un capuchino, cuyo trino quejumbroso había llamado la atención de varios paseantes. Una joven proletaria contó sus monedas y se encogió de hombros: el exótico pájaro era demasiado caro para ella. Solo tenía veinte céntimos, lo justo para adquirir un gorrión del barrio. Se alejó de allí por el muelle, camino de su último recurso: un vendedor que ella sabía que cazaba furtivamente sus animales, pero que tenía unos precios sin competencia.

—¡Señorita! —la llamó Clément.

Ella lo miró con recelo. El mercadillo estaba frecuentado principalmente por una clientela femenina que atraía a determinado tipo de hombre en busca de aventura fácil.

—Parecía que el capuchino la tentaba. Permítame que se lo regale —dijo, y le ofreció el pájaro en su jaula.

—Señor, yo no soy ninguna modistilla aprovechada, ¡cómo iba a aceptar! —repuso ella, ostensiblemente contrariada.

—No me malinterprete, no le estoy pidiendo nada a cambio —insistió, volviendo a tenderle la jaula.

—¿Y no vendrá detrás de mí? —preguntó ella, tras haberla cogido.

—No volverá a verme.

—¿Y por qué?

—Considérelo como los aguinaldos que no he podido regalarle a mi hija. Adiós, señorita, cuide bien de su capuchino.

Clément regresó por el muelle de Le Horloge sin volverse, cruzó el puente Nuevo donde la matrona seguía dormida delante de un plato y una escudilla vacíos, se detuvo para ponerle el franco correspondiente a las porciones que sin duda le habían robado y se llegó al Mercado del Grano, una nave circular con cúpula metálica que llevaba cerrada muchos años y que estaba destinada a transformarse en Bolsa de Comercio. Le encantaba ese sitio, que había ido a ver en compañía de Eiffel mientras esperaban la convocatoria del concurso para su renovación. En aquella ocasión había podido subir a la enorme y curiosa columna estriada, pegada al edificio, que era el último vestigio de la residencia de Catalina de Médicis. La columna, tan alta como el mercado mismo, contenía en su interior una escalera de caracol que permitía subir a lo alto.

Clément contempló el reloj solar hemisférico que decoraba la columna a dos tercios de altura del fuste y que recordaba una rueda de rayos finos puesta en horizontal. Su manejo era sumamente complejo, cosa que a él le encantaba. Su lectura le indicó que eran más de las once: había estado paseando dos horas y había conseguido sacudirse de encima la conversación con Alicia. Ahora la realidad volvía a invadirlo, ahuyentando el escaso alivio que había experimentado. En materia de sentimientos, las matemáticas no le eran de ninguna utilidad. Dejó que pasara un coche de punto y se acercó a la puerta de servicio. Desde que el Mercado de Grano había quedado clausurado, la calle estaba poco transitada. Tan solo unas cuantas tiendas, entre ellas una relojería, habían continuado con el negocio, alentadas por la perspectiva de tener delante a la futura Bolsa de Comercio y su olor a dinero, bastante más atrayente que el de la harina.

Accionó el cierre con facilidad: la llave no estaba echada. Clément entró y vio que esta se encontraba puesta por el lado interno de la cerradura. Rebuscó en el bolsillo del chaleco y encendió su mechero eléctrico, luego inició la subida de los ciento cuarenta y siete escalones que lo llevaría al promontorio de hormigón, de tres metros de anchura, coronado con una estructura metálica en forma de jaula. A treinta metros del suelo, los edificios ya no lo protegían del viento y sintió frío. Las vistas de París eran soberbias, aunque no tan panorámicas como las de las terrazas del Louvre, allí cerca. Desde el Mercado de Grano oía el runrún de la actividad humana, del que destacaban las voces de los vendedores. Todos los sonidos le llegaban con una nitidez cristalina.

Se sentó en el filo, que no disponía de protección alguna, y soñó que estaba en la azotea de la Torre de la Vela. También él echaba de menos Granada y la Alhambra. Hacía tres años que no se paseaba por aquellos lugares. Estaba seguro de que Alicia regresaría y sabía en lo más profundo de su ser que no sería por amor a Contreras. Decidió entonces, allí mismo, sentado al filo del vacío, en el frío inicio de un nuevo año en París, que era hora de volver y hacer frente a Cabeza de Rata. Su mente científica siempre había acabado imponiéndose y, entre todas las posibilidades que se le planteaban, se perfiló una solución que acabó por parecerle una evidencia. Tan solo presentaba un inconveniente nada desdeñable: iba a tener que esperar a la Exposición de 1889 para llevarla a cabo.

—¡Oiga! ¿Qué está haciendo ahí? —El hombre que lo llamaba así había subido la escalera y se había parado en el último escalón, aferrándose a la estructura metálica—. Se quiere suicidar, ¿eh? ¿Va a tirarse?

Clément se levantó enérgicamente y dio media vuelta, con los pies a pocos centímetros del filo.

—¡No, aguarde, no lo haga! —gritó el intruso tendiéndole una mano, sin soltarse de la jaula de hierro—. ¡Ha sido culpa mía, no debí ausentarme!

—Pierda cuidado —dijo Clément—. No pretendo quitarme la vida e iba a hacer falta un viento de ciento cincuenta kilómetros por hora para despeñarme. Ni usted ni yo corremos peligro —concluyó, yendo con él—. ¡Se lo dirán las matemáticas!

83

Andalucía,
sábado, 10 de enero de 1885

Habían hecho todo lo que habían podido. Los cincuenta militares del destacamento de la Guardia Civil habían llegado una semana antes al pueblo de Alhama, que ahora solo era una extensión en ruinas. Habían llevado alimento y medicinas a los habitantes que se habían quedado, habían enterrado ciento noventa y dos cadáveres y montado decenas de tiendas de campaña en la antigua plaza del pueblo. Los Pinilla, padre e hijo, se habían ofrecido voluntarios para acompañarlos, se habían ocupado durante dos días de las heridas, la mayoría infectadas por falta de cuidados, y habían regresado a Granada en compañía de un elevado número de pacientes que debían ser hospitalizados.

Todos los integrantes del dispositivo estaban abrumados. Cabeza de Rata había querido participar en las tareas junto a sus hombres, desescombrando las ruinas en busca de cuerpos para entregárselos a los supervivientes, montando refugios temporales o estableciendo una estación telegráfica en el llano, justo abajo. Sus soldados desconocían que era natural de Zafarraya, a veinte kilómetros al oeste de Alhama, y que entre las víctimas figuraban varios familiares suyos. Había ayudado a quitar cascotes de la casa de uno de sus primos y él mismo había sacado los cuerpos sin dar muestras de sentimiento alguno. El deber era antes que la aflicción, que para él era señal de debilidad.

Habían partido de Alhama esa misma mañana, mientras se esperaba la llegada de otro destacamento para ese día. Consigo se llevaban a una decena de habitantes que, tras haberlo perdido todo, no tenían otra esperanza que la de probar suerte en Granada. Después de haber dejado a todos en el cuartel, Cabeza de Rata se llegó al San Juan de Dios para ver a Pinilla, que había pedido hablar con él a solas.

—El doctor se encuentra atendiendo a los enfermos —indicó la monja que lo recibió—. Venga, lo llevaré.

Las víctimas del seísmo, procedentes de la Sierra de Tejeda, habían sido reagrupadas en la sala de curas más grande y llevaban ya dos semanas apiñados allí, donde el espacio era reducido para tantos heridos. Y los sanitarios aún lo tenían más difícil para circular entre las camas, porque las familias se hallaban presentes también en gran número durante las horas de visita, pues en muchos casos no tenían otro sitio en el que cobijarse.

—Hay más jaleo en mi hospital que en la estación del ferrocarril a las horas de las salidas —se disculpó Pinilla—. Pero todos los días llega más gente procedente de la montaña. Hoy estamos saturados —le explicó mientras recorría el pasillo principal en compañía del comandante—. He pensado que podríamos organizar convoyes a Guadix, donde el hospital puede recibir más gente. Pero necesitaría la ayuda logística de la Guardia Civil. No puedo gestionarlo yo solo.

Cabeza de Rata se paró y dio una vuelta entera para evaluar la situación.

—¿Cuántos están en condiciones de viajar?

—Casi la mitad, unos cincuenta. He podido avisar a Guadix y están dispuestos a acogerlos. ¿Aceptaría echarnos una mano?

—La mitad de mis hombres ha tenido que salir para repartir vituallas entre los pueblos. Y protegerlos de las bandas de saqueadores.

—A este paso, va a ser al hospital al que haya que proteger de un motín.

Cada familia se había instalado al lado de sus seres queridos y se relevaban para no perder las sillas que habían puesto a su disposición. Muchas de ellas, sin recursos, se habían dado a la mendicidad en las calles de la ciudad, lo que provocaba incidentes y quejas esporádicas de los habitantes o de los viajeros, poco habituados a su insistencia desesperada.

—Está bien —concedió Cabeza de Rata—. Usted se encarga de designar a los candidatos al viaje; nadie podrá negarse. Y quiero que con ellos se evacúe también a sus familias.

—Pero no puedo obligarles a marcharse si no quieren… —objetó el médico.

—Lo toma o lo deja. Estamos en una situación de emergencia y no es cuestión de ponerse aquí a negociar. Puedo ofrecer dos convoyes de veinte personas: el primero el lunes y el segundo el miércoles de la semana que viene. Ocúpese de sus obligaciones, que yo me ocuparé de las mías.

—Mañana tendrá la lista, comandante. Le agradezco su ayuda.

Pese a la rudeza del toma y daca, Pinilla quedó satisfecho. Disponía de tiempo para hablar con cada familia para poder convencerlas. A lo largo de aquellos dos días que había pasado en Alhama, había aprendido a tratar a aquel hombre y, aunque deploraba el acoso al que había sometido a Clément, no podía por menos que constatar que Cabeza de Rata era asimismo un servidor ejemplar del orden público. El médico se lo había comentado a Mateo, que había recibido la confidencia obsequiándolo con una sarta de improperios. El antiguo nevero seguía en el hospital, donde le habían sometido a una segunda intervención quirúrgica. Desde entonces, los analgésicos lo mantenían en un estado que el médico consideraba estable, por lo que este lo había mandado trasladar a una de las escasas habitaciones individuales del hospital, para que estuviera más cómodo tanto él como el resto de los pacientes.

Al enterarse esa misma mañana del regreso de Cabeza de Rata, Mateo había pedido verlo urgentemente.

El médico trasladó la petición al comandante, quien aceptó sin mostrar sorpresa. Pinilla insistió en el estado psíquico de su paciente y en que estaban administrándole altas dosis de morfina al día, antes de dejar que el guardia civil entrase solo en la habitación.

Mateo estaba inmóvil, con los ojos vueltos hacia la ventana entornada, y, cuando su visita se plantó delante de él, no desvió la mirada.

—¿Ha pedido verme? —dijo Cabeza de Rata dejando el tricornio al pie de la cama.

—No nos andemos con rodeos —declaró Mateo, que se había agarrado a la horca de la cama para incorporarse—, usted no me gusta un pelo, aunque a Pinilla le haya dado ahora por decir que es un ser humano. Y no me da miedo porque no es más que un matamoros. Además, no soy supersticioso —añadió, señalando el tricornio.

El militar lo cogió y lo dejó en un colgador fijado en la pared.

—No me gusta un pelo pero quiero contarle un secreto —continuó Mateo, frotándose el muslo para apaciguar una punzada de dolor más intensa que las otras—. En octubre de 1875 entró en la Alhambra buscando a un anarquista y acusó erróneamente a mi amigo Clément Delhorme de haberlo escondido.

El guardia civil levantó los ojos al cielo y replicó:

—He recabado tal cantidad de pruebas contra su amigo que ya no podrá volver sin jugarse ir a prisión. Si ese era su secreto, adiós muy buenas.

—¡Cállese, no tiene ninguna prueba! ¡Ni una! —exclamó Mateo iracundo. Esperó a recobrar la calma y añadió—: Esa tarde estaba yo en mi huerto. Las manos se me habían congelado en Sierra Nevada y ya ni siquiera podía agarrar la pala. Subí a por unos guantes al Generalife y allí fue donde lo vi. Era el señor Pascual, el maestro. Su hombre. —Mateo guardó silencio entonces, pero su interlocutor no se inmutó—. Estaba extenuado y muerto de miedo, como un animal cazado. Comprendí de quién se trataba. Ni siquiera nos dijimos nada. Subí con él al mirador, ese que está en la linde del bosque, y lo escondí en la planta de arriba, donde Clément tiene todos sus cachivaches de meteorología. Allí nunca subía nadie, pero yo sabía dónde guardaba él la llave.

—¿Eso es todo?

—Esa noche, volví para abrirle y que saliera, pero ya se había marchado, seguramente trepando por un árbol de delante del balcón. Creo que le entró miedo. Clément nunca se enteró.

Cabeza de Rata suspiró y recogió el tricornio.

—Buen intento. Pero no fue usted —sentenció.

—Maldita sea, no soy ningún embustero —se enfureció Mateo amenazándolo con un puño cerrado—. Si no, ¿para qué iba a denunciarme a mí mismo?

—¿Por qué? Por esto —dijo el comandante, levantando la sábana con un movimiento brusco.

La pierna derecha de Mateo le había sido amputada a la altura de la mitad del muslo. Tiró rabiosamente de la tela para tapar su muñón violáceo recorrido de temblores involuntarios.

—Gangrena, ¿verdad? Usted es un tullido indultado, señor Álvarez. Delhorme es culpable. No intente exculparlo. Nunca más.

XXX

84

El conservador del Louvre rodeó la mesa de su despacho para acercarse a saludar a Alicia con un besamanos.

—La vamos a echar de menos, señora Delhorme —dijo, invitándola a tomar asiento—. Ha sido una colaboración breve, pero sepa que, aquí, todos nosotros hemos sabido valorar su talento.

Alicia había llevado a cabo la restauración de tres cuadros, tras lo cual había anunciado su intención de regresar a la Alhambra. El hombre trató de retenerla, para que no se dijera, ofreciéndole un sueldo regular, que ella declinó amablemente. Entonces se lanzó a un discurso encendido sobre el amor de los artistas franceses por el arte español, en particular el de origen árabe, y sobre los palacios de la Alhambra, que citó uno por uno en una retahíla bien aprendida. Ella lo escuchó con paciencia y reparó en que el cuadro de la pared había sido cambiado por otro: una inmensa pintura naturalista había sustituido el retrato de Diderot. Fuera, la lluvia azotaba los cristales al ritmo de los aguaceros. Alicia disimuló su tristeza con una sonrisa amable.

—Permítame pedirle un favor —concluyó el conservador—. ¿Querría acoger cada año a un aprendiz de restaurador del Louvre para completar su formación?

Alicia, sorprendida, empezó a farfullar una respuesta formal. Pero entonces cambió de idea.

—Será bienvenido, o bienvenida. Por mi parte, también tengo una petición que hacerle.

—Si está en mi mano, dela por concedida —se pavoneó él.

A pesar de la diligencia con que sus hijos se lo habían ocultado, Alicia se había fijado enseguida en la pintura al fresco procedente de la Alhambra. Y había imaginado, sucesivamente, que la desmontaba para reenviársela a Contreras, que interponía una demanda contra el museo, que alertaba a la prensa española y que, en última instancia, apelaba a Jules Ferry, después de todo lo cual se había dejado convencer por Clément para no hacer absolutamente nada. Pero las tornas habían cambiado.

Alicia hizo gala de grandes dosis de diplomacia para explicarle al representante del museo más grande del mundo que la obra expuesta provenía de un saqueo de la Alhambra, antes de convertirse en una donación de un generoso mecenas. El hombre se puso colorado como la grana.

—Le confesaré que su intervención me tranquiliza, señora Delhorme —dijo, contra todo pronóstico—. Hace veinticinco años que somos conscientes de ello: el señor Théophile Gautier ya nos lo hizo ver, al igual que el señor Mérimée.

—Me temo que, si ellos no tuvieron éxito, mi intervención no sea otra cosa que ilusoria. El único remedio que me queda es robarla —concluyó con gesto serio.

—¡Dios mío, madame, se lo ruego! —exclamó el conservador levantándose como si quisiera impedírselo.

—Y, como acabo de confesárselo, usted será considerado mi cómplice —continuó ella, levantándose a su vez—. A menos que encuentre usted otra solución.

—Dios mío —repitió él—. Quizá haya una…

—¿Cuál?

—Un trueque. Es algo que se practica con asiduidad entre los grandes museos cuyos países se han llevado botines de guerra. Podemos restituir esa pintura al fresco a la Alhambra, a cambio de un lienzo galo expuesto en el Prado. Llevará su tiempo, claro, pero con su ayuda deberíamos poder llegar a buen puerto.

—¡Esta sí que es la única noticia agradable de estos últimos días! —afirmó ella, marchándose ya—. Cuenta usted con toda mi gratitud, señor.

Él la acompañó a la entrada del Patio Cuadrado y se quedó mirándola mientras ella se alejaba con la cabeza bien alta a pesar del mal tiempo, orgulloso de poder mantener un vínculo con aquella mujer que lo tenía fascinado. En cuanto a Alicia, no terminaba de regocijarse con esa posible solución, que resultaba satisfactoria, respecto a la pintura. Desde que habían recibido el telegrama, vivía presa de una gran tribulación y todos sus seres queridos daban vueltas a su alrededor sin que ella lograse fijar la mente en nada. Debía partir, debía apoyar a Kalia en sus horas difíciles: una semana antes, poco después de volver del hospital al Palacio del Mexuar, Mateo había fallecido; el tejido renal se había necrosado por culpa de una infección.

Victoria respondió con unas líneas de su puño y letra una carta de una clienta castellana que solicitaba unas muestras de tela y dejó el sobre en la canastilla del correo de salida. Se estiró levantando los brazos y se dio cuenta en ese instante de que acababa de pasar sus últimos minutos en Le Bon Marché. Hizo una seña a sus compañeras, sentadas a la enorme mesa de trabajo que durante tantos meses habían compartido sin realmente llegar a conocerse, subió a la oficina de la dirección en la que fue recibida durante unos minutos por la señora Boucicaut en persona, bajó al vestuario a cambiarse y se encontró con Irving, que la esperaba en el anexo, con la chaqueta sobre los hombros. Cogieron el ómnibus que cruzaba París de sur a norte, hicieron transbordo en la línea D y caminaron diez minutos hasta Prony. El coche de Eiffel se hallaba estacionado delante de la puerta, donde el cochero trataba de encajar un tercer baúl encima del techo. Clément, dirigiendo las maniobras desde la ventana, intentaba explicarle, sin éxito, las leyes de distribución de masas.

—¿Y Javier? —le preguntó Victoria, quien recibió como una bofetada la respuesta negativa de su padre.

Entró en el piso con gesto adusto y se puso a comprobar que lo tenía todo, con tal de no llorar. Se le cayó una pila de ropa, trató de doblarla pero, al estar demasiado nerviosa, solo consiguió arrugarla más. Al final lo metió todo de mala manera en el baúl, lo cerró de un golpe seco y se cogió la cara con las dos manos sin poder contener más el llanto. Su madre la abrazó y la meció dulcemente sin decir nada.

La muerte de Mateo había sido una onda expansiva para toda la familia. Al día siguiente de producirse, Alicia había anunciado su intención de regresar. Clément se lo había tomado con resignación, casi con un sentimiento de alivio, mientras que Irving no quiso ni oír hablar de dejar de trabajar con Marey. Victoria se había sentido desgarrada por una elección que nadie le pedía que hiciera pero que ella se había impuesto. No quería dejar sola a su madre, estaba deseando volver a casa, su refugio que tan dichosa la había hecho, pero amaba a Javier y se sentía dispuesta a seguirlo hasta el fin del mundo. Él había intentado convencerla, su viaje juntos solo duraría unos meses, al cabo de los cuales retornarían a Granada. Alicia la animaba a ello. Cada uno de sus hijos debía seguir su propio camino. El lunes anterior, Victoria había tenido una pesadilla en la que su madre moría asfixiada por una crisis de asma, ante sus ojos. La decisión estaba tomada. Javier, que no se esperaba aquella decisión, no había vuelto a dejarse ver desde ese momento.

—Pues menudo imbécil —dijo Irving cuando se puso en movimiento el coche, con el habitáculo bamboleando bajo el peso del equipaje—. Así se lo diré en cuanto lo vea.

—También él está muy disgustado —terció Alicia—. Mateo no era su padre, pero lo quería mucho. No sabe cómo expresarlo. Ya se le pasará.

—Pues entonces ¿por qué no viene? —replicó Irving—. Aunque solo sean unos días, como yo. Por Kalia.

—El desmontaje de la estatua lo tiene muy ocupado —apuntó Clément.

Victoria se volvió una última vez para ver la *Libertad iluminando el mundo*, cuyo busto sin cabeza ni brazo derecho descollaba entre los tejados. Pronto no quedaría nada de ella. Hicieron el trayecto en silencio. El coche paró en la plaza de Rennes, cerca del quiosco de flores. Dos mozos de cuerda se ocuparon de los baúles después de que Clément les hubiera indicado la vía del tren de Burdeos.

Juliette se había reunido con ellos y los abrazó a todos, largamente; también a Irving, quien sonrió por primera vez en todo el día.

—¡Oye, que yo vuelvo dentro de dos semanas! No me va a dar tiempo a olvidarme de ti —bromeó.

—Y además tienes que pasar forzosamente por delante del quiosco cuando regreses y salgas de la estación, no tienes elección —dijo ella—. Bueno, tengo que irme, que hay clientes esperando. Sobre todo, cuídense —concluyó, y volvió corriendo al quiosco.

Montparnasse, que respiraba al ritmo de las grandes líneas ferroviarias, se preparaba para las salidas de mediodía. Los viajeros, a punto de compartir su vida durante el tiempo de un trayecto, iban confluyendo hacia los andenes. «En los momentos importantes, lo que uno más retiene son los detalles», pensó Victoria, fijándose en la familia de herrerillos que habían montado su nido en el ángulo de una de las viguetas del andén. Los padres revoloteaban en busca de comida y luego volvían para depositar los gusanos o las migas de pan en los picos de las crías que eran lo único que asomaba del nido. Victoria envidió la felicidad primitiva de los pajarillos. Su padre lo echaría de menos.

Los mozos los estaban esperando delante del compartimento del vagón número 5, donde habían colocado sus bártulos. Clément les pagó e invitó a su mujer y sus hijos a subir.

—Esperemos un poco más —propuso Alicia.

—Esperemos hasta el último minuto —aprobó Victoria, que miraba con ojos escrutadores a la multitud esperando ver a Javier.

—Si no aparece, no volveré a dirigirle la palabra —juró Irving para consolar a su hermana.

Clément y Alicia se habían alejado unos pasos.

—Bueno, pues aquí estamos —dijo él, cogiéndole las manos—. El instante tan temido.

—Te pido que confíes en mí, esposo mío. Pienses lo que pienses. Mírame, mírame a los ojos. Te quiero, Clément. No quiero a nadie más. Eso lo sabes, ¿verdad? —añadió, entrelazando sus dedos con los de él.

—Sí —respondió sosteniéndole la mirada—. No dudo de tus sentimientos. Haré todo lo que esté en mi mano para regresar tan pronto como superemos el récord, pero ¿tendrás la fuerza necesaria para esperarme?

—Estos años no son más que unos parpadeos en comparación con la eternidad. Y, además, vendré con regularidad.

—¿Entre dos parpadeos? —dijo él, acercándose para besarla.

Victoria dio un grito de sorpresa que hizo pararse a todo el mundo alrededor de ellos. Había divisado a Javier entre un grupo de sacerdotes. Corrió hacia él y juntos desaparecieron por el vestíbulo central.

—No te preocupes, volverá —le aseguró Clément.

—No me preocupa mucho que no vuelva —respondió Alicia—. Venga, acompáñame al compartimento.

Habían atravesado la estación y Javier se la había llevado a un aparte, lejos de la agitación, a la sección de los trenes de cercanías que se encontraba desierta desde la última salida.

—Sé lo que me vas a decir y estoy de acuerdo contigo —se adelantó él—. No soy más que un burro.

—Más cabezota que Barbacana.

—Peor aún que vuestra mula —concedió él—, y lo siento. En vez de estar enfurruñado, debí haber pasado estos últimos días a tu lado.

—Debiste, sí.

—No tengo perdón, excepto que te quiero. No te lo he demostrado como debía, pero te quiero.

—De poco nos sirve ahora que me voy … ¿Pensarás en mí todos los días?

—¡A cada instante!

—¿Me escribirás todas las semanas?

—¡Varias veces cada semana!

—¿Regresarás de América?

—¡En cuanto quede puesto el último remache! Mi único deseo es volver a tu lado. En Granada seremos felices. He escrito a Jezequel y necesita un ingeniero para su fábrica de gas.

—Entonces ¡bésame!

Él la tomó en sus brazos con una torpeza impropia de él. Su sinceridad y su emoción eran manifiestas.

—Llévame al tren, rápido —dijo ella tras echar un vistazo al gran reloj de la pared.

—Espera —dijo él cuando ella quiso tirar de su mano—. Toma, esto es para ti.

Javier le tendió un pequeño estuche cuya naturaleza no dejaba lugar a dudas.

—No me ha dado tiempo a hacer las cosas como es debido de cara a tus padres, pero acepta este anillo en prenda de mi amor por ti. En fin, creo que es así como uno se declara en Francia —terminó, y abrió la cajita. Él mismo le puso el anillo en el anular izquierdo. Era una sortija de plata con una piedrecita de opalina blanca—. Es demasiado grande —dijo, consternado, al verla puesta—. Pero era la única a mi alcance. El vendedor acababa de recibirla de un deudo de alguien y no tuve elección —se justificó.

Victoria vio entonces las huellas del desgaste en el metal.

—No pasa nada —relativizó ante la cara de chasco de su novio—, el platero del Zacatín la ajustará a mi talla. Me encanta. Y estoy segura de que tiene una historia preciosa con su anterior dueña. Eso es importante en las piedras.

El silbato de vapor emitió el primer pitido.

—¡Deprisa!

Fueron corriendo hasta el andén, donde los primeros vagones estaban envueltos en el penacho blanco producido por la locomotora. Clément les hizo señas a lo lejos. El maquinista tiró una segunda vez de la cuerda, matizando los sonidos.

—Javier te lo explicará —dijo a su padre, antes de plantarle un beso en la mejilla e irse con Irving, que la ayudó a subir al estribo.

Se apostaron en la ventanilla y, en cuanto el convoy se puso en marcha, agitaron mucho los brazos para despedirse. Alicia, sentada, se resistía a cualquier muestra de efusividad. Había cerrado los ojos y Victoria comprendió que estaba rezando.

85

París,
viernes, 22 de mayo de 1885

Día tras día, la *Libertad iluminando el mundo* había ido deshojándose a medida que avanzaba su desmontaje, hasta que no quedó de ella más que un esqueleto metálico, el cual a su vez, en cuestión de dos semanas, menguó y desapareció del paisaje urbano como si lo hubieran carcomido unos insectos invisibles. La visión de la calle de Chazelles sin su estatua causó una fuerte impresión en los parisinos, que seguían acudiendo en masa al lugar en el que había sido erigida con la inconsciente esperanza de verla reaparecer, como si en el último instante no hubieran podido decidirse a desprenderse de ella. Al otro lado del Atlántico, las obras de erección del pedestal habían quedado paralizadas por falta de financiación. El 15 de marzo Joseph Pulitzer había lanzado en su periódico *The*

New York World un último llamamiento a colaborar. Mientras Estados Unidos estaba a punto de recibirla con cierta indiferencia, los franceses la echaban ya en falta.

Javier había viajado a Ruán con las doscientas diez cajas, en cada una de las cuales iba un pedazo de la *Libertad*. La víspera, había enviado un telegrama a Irving justo antes de embarcar en el *Isère*, en el que la habían cargado, para pedirle que mandase una carta a Victoria, a quien no había podido escribir desde hacía dos semanas por haber estado demasiado ocupado con el traslado. Y durante los meses que iba a durar la travesía no podría darle noticias.

Irving entregó la carta para su hermana en la estafeta de la avenida Hoche y se fue a la Station Physiologique del Parque de los Príncipes, donde se reunió con Georges Demenÿ. El ayudante de Étienne-Jules Marey estaba peleando con una cabra recalcitrante.

—Se niega a pasar por delante de la pantalla —renegó él—. Te lo juro, empiezo a estar hasta la coronilla de los animales: los caballos dejan toneladas de cagajones, los gatos me arañan, los perros se paran y se ponen a ladrar como idiotas, los pájaros se las ingenian para no pasar nunca por delante del objetivo y las cabras ¡ni te cuento! Los únicos que resultan ser obedientes son los militares —concluyó, lanzando una mirada al hombre vestido con un traje completamente blanco, excepto la pernera izquierda, pintada de negro, que estaba fumando sentado en un murete al otro lado de la pantalla negra—. La dejo contigo —dijo con un suspiro, señalando al animal, que había arrancado un manojo de hierba y la mascaba despreocupadamente.

Demenÿ se colocó delante del aparato de toma de vistas, introdujo una placa fotográfica e hizo una seña a los dos hombres para indicarles que estaba listo. El recluta, agitando unas hojas, intentó atraer a la cabra al otro lado de la pantalla, mientras Irving la empujaba hacia él. El animal se negaba a dar un solo paso y, sintiendo que se intensificaba la tensión, dio media vuelta de repente y se escapó por el prado de la propiedad, sin hacer el menor caso de los tres comparsas hasta que estos dejaron de interesarse por ella. Viendo que había acabado el juego, la cabra volvió y se acercó a dos metros de ellos y baló para incitarlos.

—No podemos perder más tiempo con ese animal estúpido —dijo Demenÿ agitando las manos para tratar de espantarla.

—¿Y la ropa negra? —preguntó Irving—. Me la voy a poner y cruzaré la pantalla con ella.

—Bueno, podemos probar. Pero es la última oportunidad. ¡Y después nos hacemos unos jamones con ella! Está todo en el vestuario, al lado del despacho del jefe. Mientras te esperamos, vamos a tomar unos clichés andando —indicó Demenÿ al hombre de blanco.

Irving encontró unas prendas de vestir de su talla en el baúl, se tiznó el rostro con un trozo de carbón, se puso unos guantes y observó el resultado en el espejo: tenía las trazas de un caco, uno de esos personajes aventureros de los folletines de los periódicos que tanto le gustaba leer.

Al salir oyó la voz de Marey, conversando animadamente con una visita.

—Siempre un placer y un honor verlo, alteza.

—Sepa que el placer es mutuo. No solo he venido en calidad de vecino, también de admirador de su trabajo, estimado amigo —respondió el otro.

Los estudios del médico le habían granjeado fama internacional, y muchos invitados de alcurnia se dejaban caer por la estación del Parque de los Príncipes, impidiéndole consagrarse plenamente a sus experimentos, de lo que Marey se quejaba de vez en cuando.

—¡Te toca! —le voceó Demenÿ, plantado detrás del aparato de toma rápida de vistas.

Irving avanzó por delante de la pantalla negra y la cabra lo siguió dócilmente. Le había dado a probar una hoja de berza y se había guardado la otra mitad, escondiéndosela en el puño cerrado.

—¡Triunfo del hombre sobre el animal! —exclamó, divertido, Demenÿ retirando la placa.

Desapareció en la cámara oscura ambulante y salió a los diez minutos.

—Está perfecta, no hace falta repetir. Ya puedes cambiarte.

—¿Podemos hacer otro experimento? —sugirió Irving.

—¿De qué tipo?

—No tiene nada que ver con los trabajos del señor Marey, pero es que he tenido una idea. Me vas a fotografiar mientras paso por delante de la pantalla con esto —dijo enseñándole una pelotita blanca.

En cuanto Demenÿ estuvo preparado, Irving pasó por delante de la pantalla negra trazando unos signos invisibles con la mano en la que llevaba cogida la pelota.

—¡«Marey»! —exclamó el asistente después de haber revelado la placa.

El nombre de su patrón aparecía inscrito sobre la fotografía con un trazo blanco.

—¿Para qué puede servir esto?

—Para nada. Solo era un juego. ¿Hacemos otra más?

La pelota parecía moverse por sí sola delante de la pantalla, lo que hizo reír al militar, que los observaba desde el murete.

—¡«Demenÿ»! —gritó el asistente saliendo de la cámara oscura con la placa—. Pero ¿cómo has hecho para poner los puntitos de la y?

Irving tapó la pelota con la mano izquierda y volvió a destaparla.

—Las posibilidades son infinitas —concluyó—. La cronofotografía se va a convertir en un arte, hazme caso.

—Pero aquí no estamos para eso —lamentó Demenÿ—. Volvamos con los quintos, vamos a hacerlos correr otra vez —dijo al ver a Marey y a su visitante en la entrada de la villa.

Los dos hombres los observaron de lejos mientras ellos fotografiaban una marcha y después una carrera. Luego se acercaron para admirar el resultado en las placas. Marey interrogó con la mirada a Irving acerca de su atuendo, pero no hizo el menor comentario en presencia de su invitado, a quien pasó a explicar el resultado de sus trabajos:

—Gracias a esta aplicación, he podido estudiar la trayectoria de las diferentes partes del cuerpo, algo que no se había hecho nunca hasta la fecha.

—¿Sabe que me ha hecho ganar un montón de dinero, querido amigo? Había apostado por su teoría de que los caballos nunca tienen las cuatro herraduras a la vez en el aire en fase de extensión.

—Pues se arriesgó lo suyo, alteza; tenía a todos los científicos en mi contra.

—Pero las fotografías lo han demostrado. Siempre me ha gustado el riesgo y he admirado a los pioneros. En cualquier caso, encantado de haberle hecho esta visita —dijo con un ademán de despedida—. Caballeros —añadió dirigiéndose a sus ayudantes, a quienes se dignó mirar por primera vez, tras lo cual se alejó de allí.

Marey lo acompañó unos metros, hablándole en voz baja, le estrechó la mano y dejó que abandonara la propiedad en compañía de su escolta, que se había acercado a su encuentro.

—Es vecino nuestro —dijo el médico, adelantándose a la pregunta—. Miembro de la casa imperial de Rusia. El príncipe Yusúpov. Y ahora, Irving, me va a explicar usted… Pero ¿qué le ha dado? ¿Adónde va? —preguntó mientras el joven salía corriendo—. Pero ¿adónde va este ahora? —preguntó a Demenÿ, igual de sorprendido que él.

El nombre del príncipe le había causado el mismo efecto que un disparo de fusil. Había tenido delante al hombre por el cual se había fugado su hermana, el hombre al que su padre había tratado de encontrar durante tres años, el único que podía aún ayudarlos a localizar a Nyssia. No debía, no podía dejarlo marchar.

Irving corrió como nunca había corrido, como si le fuera en ello la vida. Saltó la barrera de la entrada, llegó al vestíbulo dando traspiés y cayó de bruces golpeándose la mandíbula en el impacto. Luego se levantó gritando en dirección al príncipe. Su escolta, viendo al improbable Otelo abalanzarse hacia ellos dando gritos, desenvainó el sable, determinado a impedirle el paso, mientras el edecán del príncipe lo protegía con el cuerpo.

—Esperen —dijo Yusúpov—, es uno del equipo de Marey. Déjenlo que se acerque.

Irving, que se había parado en seco delante del filo del sable, se dejó acompañar hasta el príncipe. El joven estaba jadeando y de la boca le colgaban unos hilillos de baba ensangrentada. Escupió y recuperó el aliento antes de dirigirse al príncipe.

—Señor… Alteza, he de hablarle, es muy importante.

—Más le vale. De lo contrario, informaré a Marey —respondió fríamente el hospodar.

Irving le miró a la cara con interés, cosa que no se había atrevido a hacer en la Station Physiologique. Le pareció un hombre como otro cualquiera, con la cara alargada y enmarcada en unas espesas patillas anchas que iban estirándose hasta convertirse en un bigote recortado, y sus ojos transmitían esa lasitud ociosa propia de la nobleza.

—Usted conoce a mi hermana, Nyssia Delhorme.

—Se equivoca, joven, yo no conozco a nadie con ese nombre —afirmó Yusúpov.

—Alteza —intervino el edecán—, hace tres o cuatro años un desconocido nos hizo la misma pregunta. Era tan insistente que nos vimos obligados a hacer intervenir a la policía. No me pareció oportuno hablarle del incidente.

—Pero ¿qué quería? ¿Y qué quiere usted?

—Era mi padre. Somos de Granada, de la Alhambra. ¿No se acuerda de la fiesta que dio allí en 1877?

La mirada del príncipe era interrogante. Irving se limpió rabiosamente con el pañuelo la película negra de carbón que le cubría el rostro para mostrárselo. Yusúpov se acercó a él y lo miró atentamente antes de retroceder. Los rasgos de su cara se habían suavizado: acababa de comprender.

—Tiene sus ojos… Sepa que su hermana reside muy cerca de aquí y que se hace llamar Verónica Franco —anunció con frialdad.

La situación parecía haberlo pillado tan por sorpresa como a Irving.

—¿Puedo verla, alteza? ¿Puedo verla?

«Por favor», gritó en su fuero interno.

—Venga a verme el martes próximo. Doy una fiesta. Allí verá a su hermana, pero es probable que se lleve una sorpresa. Mi edecán se pondrá en contacto con usted.

Le ardía la boca, le dolía la lengua, que se había mordido al caer; los oídos aún le pitaban de la caída. Pero se sentía ligero y feliz. Nyssia estaba allí, a menos de cien metros de él. Siempre había estado allí. Habría podido incluso cruzársela a lo largo de esos últimos seis meses. La vida era a veces tan fácil como en la Alhambra. Estaba impaciente por que le contara cómo era su nueva existencia. Entendió entonces cuánto había echado de menos a Nyssia. Pero decidió no decirle nada a su padre antes de reencontrarse con ella.

Marey estaba todavía al lado de la pantalla en compañía del resto del equipo. Tenían todos cara de abatimiento. El soldado fumaba nerviosamente, Demenÿ estaba de pie, agotado, con las manos apoyadas en la nuca, y el médico clavaba la vista en el suelo.

—Pero qué caras son esas. Que hoy es un día dichoso: ¡he encontrado a mi hermana! —anunció alegremente Irving.

—Hoy es un día muy triste, muchacho —dijo Marey—. Victor Hugo acaba de morir.

86

París,
martes, 26 de mayo de 1885

Un único titular ocupaba todos los periódicos desde el 23 de mayo. Francia se sentía huérfana. «Nos ha dejado Victor Hugo. Me tiembla la mano al anunciar esta catástrofe irreparable», había escrito Auguste Vitu en *Le Figaro*. «¡Qué catástrofe estrepitosa como un trueno ensordecedor, qué mazazo, qué vertiginoso abismo se ha abierto súbitamente ante nuestros ojos anegados por las lágrimas!», había dicho Théodore de Banville en *Gil Blas*, resumiendo el estupor generalizado de todo un pueblo.

Por su parte, Irving llevaba sumido desde hacía cuatro días en una gran confusión, oscilando entre una alegría que debía disimular y una tristeza que no lograba expresar. Cuando toda la nación se preparaba para acompañar al poeta en unas exequias nacionales, Irving se disponía a restañar una herida de la familia que llevaba más de tres años abierta.

Clément cerró su periódico, incapaz de concentrarse. Se había instalado con su hijo en la plataforma abierta del ómnibus, de la que habían huido los otros viajeros por el viento que soplaba. Le parecía que Irving vivía en una nube desde la muerte del escritor, pero estaba convencido de que no tenía nada que ver con eso. Se lo había dicho a Juliette, quien también había reparado en ello y tampoco le encontraba explicación.

—Me ha enviado unas líneas el doctor Pinilla —dijo Clément, levantándose el cuello del abrigo—. Quiere estar presente en el funeral, sin falta, para rendir un último homenaje al gran hombre.

—¿Llegará a tiempo?

—Salió ayer y debería llegar la víspera del entierro. Se alojará en casa.

—Me da pena por él —dijo Irving levantándose—, pero a la vez me alegraré de volver a verlo.

—¿A qué hora sales de trabajar?

—Como siempre —respondió él evasivamente—. No me esperes esta tarde, voy a salir.

Irving se sentía incómodo delante de su padre y este se daba cuenta. En varias ocasiones había estado a punto de contarle su secreto, pero luego cambiaba de idea. Solo era cuestión de unos días.

Se apeó del vehículo en marcha y se quedó mirándolo mientras se alejaba por la calle, antes de entrar en el edificio de Le Bon Marché. La frase de Yusúpov lo tenía preocupado: «Es probable que se lleve una sorpresa». ¿Tanto había cambiado?

Había obtenido permiso para terminar su turno a las cuatro, gracias a lo cual le daba tiempo de pasar por casa de Juliette, que estaba esperándolo.

—No me hace ninguna gracia haberle mentido a tu padre —repitió ella por enésima vez mientras él se cambiaba.

Una criada de la casa Yusúpov había entregado esa misma mañana la ropa que debía llevar.

—Creen que no eres capaz de elegir por ti mismo la ropa —comentó Juliette, molesta.

—Seguramente pensarán que no tengo medios para alquilarme un traje —respondió él, poniéndose el chaqué.

Irving agradecía que no le hubiese pedido ir con él, lo que los habría puesto a ambos en una situación incómoda. Se miró en el espejo de luna, única herencia de la madre de Juliette, y se encontró más que aceptable. Tenía que parecer uno de ellos, siempre y cuando no tuviera que conversar con nadie, aunque era poco probable que alguien fuese a dirigirle la palabra.

Un coche privado fue a recogerlo a las cinco y lo dejó en la calle Gutenberg, en el palacete particular de la familia Yusúpov, en el que las berlinas, en fila india, iban dejando sus lotes de elegancias sofisticadas y trajes de lujo. Todas las ventanas del palacio estaban iluminadas para recibir a los invitados, lo que le daba al conjunto un aire mágico que solamente apreció el joven, antes de que el edecán lo llamase de una voz. El oficial lo hizo entrar por una puerta de servicio y le entregó una lista de directrices, de pie en el pasillo al lado de la antecocina, donde se ajetreaban decenas de sirvientes y cocineros, y a continuación se lo llevó al gran salón donde no tuvo el honor de ser anunciado. La pieza, una galería inmensa, de color blanco y oro, construida siguiendo el estilo Luis XVI, estaba poblada de espejos que reflejaban la luz de las seis lámparas compuestas de cascadas de adornos de cristal. Diez mesas redondas habían sido preparadas para acomodar, cada una, ocho invitados. Irving fue conducido a la más apartada de todas, en la que no había nadie.

—¿Cuándo podré ver a mi hermana?

—Estese tranquilo, la verá más tarde. No olvide lo que le he pedido que haga.

—Permaneceré sentado mientras la gente charla y durante la cena y esperaré a que vengan a buscarme —resumió Irving dócilmente.

—¿Y?

—Y no conozco a Verónica Franco; si me preguntan, soy el fotógrafo de la velada. ¿A santo de qué toda esta mascarada? Si no soy digno de estar aquí, ¿por qué me han invitado?

El edecán no se dignó responder. Irving se sentó y buscó a Nyssia entre el mar de invitados. Las únicas féminas de su edad eran las criadas. La condesa de Molitor, la baronesa de Merlin, la marquesa de La Roche Fontenilles, la princesa de Léon, todas esas mujeres de sociedad cuyos nombres iban voceando los lacayos de la entrada pertenecían a la generación de su madre. Irving siguió con la mirada durante un buen rato la riada incesante de invitados, a los que se acercaba un mayordomo para colocarlos de acuerdo con el protocolo. A las mesas no veía sentarse otra cosa que satenes, terciopelos, rosas y diamantes.

Las mesas estaban ya todas ocupadas e Irving seguía solo en la suya, cuando un grupo de cuatro hombres entró en el salón sin anunciarse. Pese a su ropa más bien poco protocolaria (pantalones a cuadros y botas altas, redingote entallado, corbata de seda con nudo flojo al cuello, guantes amarillos y bastón con la empuñadura cincelada), pese a su actitud insolente y despreocupada, su aparición animó a la concurrencia, a juzgar por los murmullos que suscitó. El cuarteto se fue derecho hacia Irving y tomó asiento junto a él.

—Caballeros —dijo él tímidamente.

—¿Lo han puesto aquí, amigo? —le preguntó su vecino de la izquierda—. ¿O ha ocupado esta mesa al albur?

—Me han puesto —respondió él.

—Entonces, está en la mesa de.

—¿En la mesa de?

—En la mesa de los *fashionables*.

—¿Los *fashionables*?

—«¿Los *fashionables*?» —repitió el hombre imitando la voz insegura de Irving—. No sé por qué lo han puesto con nosotros, pero el príncipe sabrá…

—Está en el lugar más codiciado de la velada —siguió otro—. Vea cómo nos miran, cómo nos escuchan, cómo hablan de nosotros.

—Y lo alejados que estamos —añadió Irving.

—Ciertamente es gracioso —intervino el tercero—. Los *fashionables* somos la moda personificada, amigo, lo chic altanero, en resumen: ¡los últimos representantes de la auténtica elegancia *high life*!

—No solo eso. Porque somos además mentes privilegiadas. Lo que nos permite prescindir de la etiqueta y del protocolo. Somos libres de hacer lo que nos plazca, porque nosotros personificamos el buen gusto.

—Nadie puede contestar nuestra autoridad en la materia. Ni siquiera los *tompins*.

—¡Los *tompins* menos que nadie!

—Pero ¿quiénes son los *tompins*?—preguntó Irving.

—Los opulentos y los ricachones que precisamente carecen de lo esencial: el buen gusto. El dinero no lo da todo.

—Ni la cuna.

—Pero lo uno sin lo otro lo deja a uno fuera de los *fashionables*.

—Y lo uno más lo otro no basta. ¡No y no!

—Además, hay que ser un vividor rutilante, un señor de reputación galante, la favorita de las hetairas. El *dandy* parisino de hoy es el *nec plus ultra* del *fashionable*.

Los otros aprobaron sus palabras moviendo arriba y abajo la cabeza o agitando el bastón.

—Entonces ¿ustedes son todos unos… *dandis* de esos? Todo esto es muy pssst —dijo Irving, recordando el término que había aprendido gracias a sus clientes.

—¿Pssst? —dijo el primero, abriendo mucho los ojos en dirección a los demás—. ¿Ha dicho «pssst»?

—Sí, pssst, o sea, chic —dijo él, sintiéndose obligado a aclararlo.

—Ya sabemos lo que quiere decir, gracias. Pero hace por lo menos cincuenta años que ese término está demodé, salvo entre los burgueses —exageró el dandi.

—Los pequeñoburgueses —precisó su vecino.

—Los pequeñísimoburgueses —remató el tercero.

—Bueno, pero entonces ¿usted quién es? —dijo el primero que le había dirigido la palabra.

—Creo que soy un error en el plano de las mesas —respondió Irving, contrariado.

La salida les hizo tanta gracia que golpearon el piso con sus bastones, última moda que habían iniciado ellos para reemplazar los aplausos, demasiado triviales a sus ojos.

Un lacayo anunció al príncipe Yusúpov y a la señorita Franco. A Irving empezó a palpitarle el corazón tan fuerte que pensó que todos sus joviales vecinos de mesa lo oían tamborilear.

La mujer que entraba del brazo del príncipe poseía una voluminosa cabellera negra con los mechones ensortijados, recogida detrás con una diadema destellante como las estrellas del cielo de Granada, un vestido de damasco blanco orlado con puntillas doradas y una gargantilla de perlas que se combinaba a la perfección con su escote. Su tez clara contrastaba con el azabache sedoso de sus cabellos y realzaba la fineza y la simetría perfecta de sus facciones.

Todas las conversaciones cesaron y los invitados solo tuvieron ojos para ella, las mujeres se fijaban atentamente en cada detalle de su atuendo para encargar al día siguiente uno igual a su sastre, los hombres soñaban con estar en el lugar del príncipe o de su sucesor. Irving no reconoció a su hermana en esa mujer sofisticada e inaccesible, hasta el instante en que dirigió unas palabras a todos para agradecerles su presencia.

—Dios mío —murmuró Irving mientras ella detallaba el desarrollo de la velada.

—Pues sí, amigo, produce siempre ese efecto —apuntó el dandi de la derecha—. Imposible no creer en el divino creador, viéndola a ella. ¿Es su primera vez?

—No, es… —Irving se interrumpió—. Fue hace mucho tiempo ya.

—¿Hace mucho tiempo? —se extrañó el dandi, considerando la juventud de Irving—. ¿Acaso los amamantó la misma nodriza?

Él no respondió. Verónica Franco estaba mostrando un libro que sujetaba con las manos.

—En homenaje a nuestro gran poeta desaparecido, este texto al que tengo una estima especial —anunció.

Cuando Nyssia empezó a leerlo, Irving se transportó a diez años antes, a la habitación que compartían los tres hermanos, donde ella, sentada con las piernas cruzadas, declamaba los versos de sus escritores favoritos. Era la misma voz de entonces, juvenil, aterciopelada, hechizante. El auditorio aplaudió cortésmente, mientras que los cuatro *fashionables* golpeteaban ruidosamente con los bastones. Ella dirigió la mirada hacia ellos y sonrió al grupo. La cena podía comenzar.

—Aquí lo que faltan son odaliscas —dijo el único dandi sin bigote, esbozando un bostezo.

—Llegarán más adelante, no es el lugar.

—¿Es una flor? —preguntó Irving a su vecino de mesa.

La carcajada del grupo arrancó miradas de envidia en las mesas vecinas, mecidas por el tedio de las conversaciones.

—Inenarrable —resumió el preguntado—. ¡Eres inenarrable, amigo! Una odalisca es una gran horizontal —explicó, ayudándose con las manos.

—¿Un plato, pues?

Otra carcajada de la comunidad de los dandis.

—Me parece que Yusúpov te ha puesto en nuestro camino para alegrarnos la noche —dijo el *fashionable* enjugándose con elegancia las lágrimas fruto de la risa.

—Las odaliscas y las horizontales son meretrices, ¿entiendes ahora?

—Como nuestra anfitriona —abundó el dandi imberbe señalando a Nyssia.

—Solo que la Franco es la reina, la emperatriz: ella ha renovado el género.

—Una desconocida hace tres años y hoy la Montespan de la corte imperial rusa, ¡menudo recorrido!

—¡Basta! —dijo Irving, crispado—. ¿Qué pretenden decir con eso?

—¿Nosotros? Nada. ¿Qué dices?

—Mi… ¡Madame Franco no es una mujer de escasa virtud!

—Nunca hemos dicho eso, amigo mío.

—No hablamos de ramera, sino de cortesana, de las que vuelven loco al todo París y llevan un tren de vida de mujer descocada. Una cultura vasta, elegancia, refinamiento e intuición. Nosotros estamos en contra de la mujer pública.

—Además, me pregunto si la Franco no será una buscona —intervino el menos hablador de los cuatro—. Mitad mujer de vida alegre, mitad casquivana —especificó sin esperar réplica—. Me han dicho que antes vivía en un palacio en España, antes de que la lanzara al libertinaje nuestro hospodar.

—En todo caso, sabe preservar el misterio. Nadie la ha visto nunca en el palacio de Rambouillet ni en los cabarés de mala fama.

—¿Habéis visto que lleva encima las perlas de la Bernhardt? La comediante ya puede ir a vestirse a Worth, no le llega ni a la altura de los tobillos.

—Que los tiene preciosos, dicho sea de paso. Los más lindos del mercado.

—Estoy de acuerdo contigo. ¿Quién vota a favor?

Los cuatro levantaron su bastón.

—¡Adjudicado! Verónica Franco gana la batalla de los pies.

—Y de las manos también. Se las he visto de cerca y no las hay como las suyas.

—Y su boca y sus labios —dijo el tercero—. Se diría dos alitas de ángel a punto de alzar el vuelo.

—Pues yo, que me he quedado a las puertas de su gineceo, no puedo sino tenerla en la más alta consideración.

Los bastones golpearon el piso en señal de aprobación.

—¡Callen, cállense ya! —exclamó Irving, furibundo—. ¡Les prohíbo hablar así de ella!

Los *fashionables*, estupefactos, se lo quedaron mirando tratando de comprender. ¿Era una humorada o de verdad aquel joven estaba enojado?

—Entiendo —dijo el de la derecha—: eres su amante protegido.

—Ah, eso lo explica todo —intervino el que estaba enfrente—. Romántico e ingenuo. Pues no te fíes un pelo, amigo; en tu posición vas a tener que echar mano de unos nervios de acero. Por su camino ha dejado ya algún que otro fiambre.

—Suicidio y duelo —precisó el dandi imberbe—. Personas de categoría.

—¡Bueno, ahora mismo vamos a salir y aclarar las cosas! —dijo Irving poniéndose en pie. Los otros reventaron de la risa—. Verónica Franco es mi... —empezó a decir, y entonces se quedó petrificado de repente.

—¿Misteriosa?

—¿Mística?

—¿Mimosa?

—¿Milagrosa?

—¡Se ha ido! —constató Irving, desconcertado.

La mesa de honor se había quedado desierta, mientras alrededor la cena estaba en su apogeo.

El edecán volvió a aparecer, flanqueado por un criado de librea.

—Madame los espera para la velada privada —anunció al grupo.

—Bien, bien, muy bien —dijo el dandi número uno, haciendo entrechocar el puño de su bastón con el de los otros tres—. ¡Al fin comienza la fiesta!

87

París,
martes, 26 de mayo de 1885

Irving había abandonado el palacio de los Yusúpov incapaz de poner uno detrás de otro dos pensamientos seguidos. Después de lo que había visto en la fiesta privada, Irving solo tenía una idea en la cabeza: marcharse, huir lejos. Enfiló la calle principal del Parque de los Príncipes concentrándose en sus pasos y pasó por delante de la Station Physiologique, en la que se veía iluminada una de las piezas de la planta baja. «Marey aún está trabajando», pensó, antes de recordar que por su intermediación involuntaria había podido conocer al príncipe. Irving aceleró el paso con el fin de dejar tras de sí los recuerdos de esas últimas horas, pero las imágenes volvían una y otra a su mente, como una escena gigante de cronofotografía: las imágenes de Nyssia convertida en Verónica Franco. Quiso acelerar todavía más y, no pudiendo caminar más aprisa, echó a correr, a un ritmo cada vez más rápido, con el fin de salir de ese parque que no se acababa nunca. Quería encontrar de nuevo París, a su padre, su piso, y dormir hasta darse cuenta de que todo había sido solo una pesadilla. Al joven enseguida empezó a faltarle el aire y se vio obligado a parar. Se arrodilló, se apoyó en el suelo y, sin poder contenerse más, se puso a llorar. Una pareja que pasaba por allí cambió de lado para evitarlo. El sonido de sus pisadas fue silenciándose en la noche.

Irving permaneció un rato así postrado. Sonrió pensando que sin duda le habría ensuciado el redingote a Yusúpov, pero también él mismo se sentía mancillado por el príncipe, que lo había utilizado. El ruido de los cascos de un tiro lo sacó de su marasmo. Se fue a gatas hasta uno de los árboles de la calle y se escondió detrás. Su tacto era duro y frío, pero el olor intenso a musgo lo apaciguó. La berlina se paró al llegar a su lado, la portezuela se abrió y la voz de Nyssia lo llamó:

—Ven, Irving, te lo ruego. Tenemos que hablar.

Una hora antes la banda había sido llevada a la última planta del cuerpo central del palacio. Cada cual se había puesto una venda negra en los ojos antes de penetrar en una pieza sumida en una penumbra dorada.

Se habían repartido en las otomanas, anchos sillones con el respaldo cóncavo en los que se hallaban ya reclinadas unas mujeres jóvenes enmascaradas.

—Nuestras pajaritas —precisó uno de los dandis—. En esta sala está lo más granado de las cortesanas del París más refinado.

Otros canapés estaban ocupados por parejas. Irving contó diez en total, todos colocados en semicírculo hacia una parte no iluminada de la pieza. Siguió al criado, que lo situó en un sillón doble tipo confidente, con forma de S, en una de las puntas del semicírculo. Estaba él solo.

Irving creyó distinguir al príncipe en la otra punta, de pie detrás de un cortinaje medio echado. Se fijó en los mosaicos de las paredes, así como en las celosías de las ventanas, y se dio cuenta de que la sala había sido preparada de tal manera que se asemejara a un camarín de la Alhambra.

A la señal convenida, dos criados retiraron las pantallas que recubrían las lámparas de aceite, iluminando un estrado en el que se vio a una mujer tumbada, inmóvil, con las piernas recogidas debajo del pecho y la cabeza oculta entre sus brazos. Una guitarra empezó a tocar una música oriental. Desde las primeras notas, la mujer enderezó lentamente el torso mientras sus manos describían delicados arabescos. Una vez sentada con las piernas cruzadas, levantó la cabeza, haciendo que el cabello le cayese hacia atrás. Estallaron los aplausos. Irving reconoció a su hermana. Nyssia llevaba un vestido de satén de color cereza con una cintura ancha de terciopelo negro. La diadema había sido sustituida por un pañuelo en el que había prendido un clavel rojo. Se levantó. Sus brazos nadaban en el aire, planeaban como las alas de las águilas en Sierra Nevada, y luego empezó a batirlos. Su cuerpo armonioso ondulaba al compás de la guitarra.

—¡Pero si es una danza del vientre! —exclamó uno de los *fashionables* cerca de Irving.

«No, es una zambra mora —pensó él—. El flamenco moro. La danza de Kalia.»

Nyssia le había añadido un toque de innegable sensualidad. Sus piernas, aún más largas y finas que antaño, recorrían el suelo de madera como las puntas de un compás de navegación. Iba descalza y se había puesto en los tobillos sendas pulseras de oro.

—Nunca había visto nada tan diabólicamente tórrido —añadió el mismo hombre.

Nyssia, jugando con la tela del vestido, se acercó a él y le dedicó varios pasos de zambra antes de besarlo y de regresar al escenario, entre los vítores de los reunidos.

Irving, que se había erguido en su asiento, estaba furioso y deseoso de poner fin a la mascarada.

—No haga nada —le dijo el príncipe, que se había sentado al otro lado del confidente sin que se diera cuenta—. Ha venido aquí para ver a su hermana, ¿verdad? Debe quedarse hasta el final.

El ritmo de la zambra se aceleró. Nyssia parecía poseída por la música y su cuerpo se cimbreaba cada vez con más ímpetu, con unos movimientos cuya lascivia se había transmitido a las parejas improvisadas. Irving se volvió hacia el príncipe para pedirle que ordenara parar la danza, pero este se había ido.

El ritmo de la música acompañó la danza hasta su culminación. Luego cesó de pronto. Nyssia se quedó quieta como una estatua y después se sentó lentamente con las piernas cruzadas para retornar a su posición inicial, aovillada sobre sí misma.

Los aplausos fueron frenéticos. Ella saludó, se quitó el clavel y lo lanzó hacia el dandi imberbe, que presumió delante de los demás.

—Me han dicho que había una nueva incorporación —dijo Nyssia, dirigiéndose a Irving.

—¡El nuevo! ¡El nuevo! —gritaron todos los presentes.

Ella se instaló en el lugar en el que se encontraba el príncipe unos segundos antes, al lado de Irving, que se había puesto muy tieso y no osaba volver la cabeza. A su alrededor, las parejas habían empezado a besarse o a bromear entre sí, mientras aguzaban el oído o lanzaban miradas en dirección a Verónica Franco.

—¿Creen que lo reconoceré? —preguntó esta a su público.

Los noes fueron mayoría frente a los síes.

—¿Tan difícil es?

—¡Sí! —vociferaron los cuatro *fashionables* de su mesa.

—Veamos —dijo ella acariciándole el hombro, la nuca y a continuación el cabello.

Irving permanecía inmóvil y miraba al frente, buscando una escapatoria sin encontrarla.

—Mírame —le pidió Nyssia—. ¿Cómo voy a poder reconocerte si me rehúyes?

—¡Sería el primero! —lanzó uno de los participantes, haciendo reír a todos.

—En ese caso, le cambio el sitio —añadió otro.

—Mi querido Maugny, ya ha ocupado usted este lugar y lo desenmascaré enseguida, querido sibarita.

Todos se burlaron del infortunado, que fue el primero en reírse. Nyssia se acercó a Irving, que la miraba con ojos implorantes.

La intuición de Verónica Franco y su sentido de la deducción no habían tardado en hacerse legendarios y el príncipe había inventado aquel juego para poner a prueba sus límites. Todos los recién entronizados habían conocido íntimamente a Verónica Franco, amantes de una noche que habían pagado muy caro ese privilegio, donjuanes profesionales, dandis a la moda, artistas fugaces u hombres con dinero y poder. El único amante serio era el príncipe, que había optado por custodiar personalmente la vida sentimental de la mujer más cortejada de París para tenerla más controlada.

Nyssia cogió la mano de Irving.

—Dedos de trabajador —dijo ella, intrigada—, incluso veo algunas quemaduras. ¿De qué son?

—De sustancias ácidas —pudo articular él.

—Nunca he tenido relación ni con químicos ni con fotógrafos... Pero ¿quién eres?

—¡Os conocéis de hace mucho! —indicó un dandi—. ¡Hazle la prueba del beso!

—¡El beso, el beso! —corearon los demás.

—Entonces, he de someterme a la petición de la flor y nata de París, que es mi *vox populi*.

661

Nyssia se acercó a él, le puso las manos en las mejillas y lo obligó a mirarla mientras los demás gritaban, aullaban, jaleaban. Él se había esperado cualquier cosa menos encontrarse en semejante trance. Ese mundo le era totalmente desconocido y Verónica Franco le parecía una extraña. La miró a la cara directamente y entonces se soltó de ella. En el instante en que él se levantó, y ya antes de que se quitara el antifaz, ella había comprendido.

Irving arrojó la máscara al suelo. El jaleo se había interrumpido súbitamente.

—Bueno, qué, ¿quién es? —preguntó uno de los dandis, que esperaba, como todos los demás, un desenlace espectacular.

—Es mi hermano —dijo Nyssia, conservando el control sobre sus emociones—. Te lo puedo explicar todo —añadió, hacia él.

—Es inútil. Me voy de aquí. Denle las gracias al príncipe, nunca olvidaré esta velada —concluyó, retirándose.

Verónica Franco mandó callar a todos y anunció:

—Voy a solucionar este asunto de familia y luego los veré en el Grand Seize. Hay una mesa reservada.

Salió ante las miradas admirativas de los petimetres y de las meretrices, impresionadas con su dominio de sí.

—¿Tú sabías que la Franco tenía un hermano? —le preguntó uno de los *fashionables* a Maugny.

—No. Y me parece que el príncipe le ha tendido una trampa. Esto huele a destrono, amigo —comentó el añoso sibarita, que se había prometido dedicarle un capítulo entero en las memorias que estaba redactando.

Nyssia se esforzó en hacer entrar en calor a su hermano cuando este hubo subido a su berlina, pero él se negó a que le pusiera un dedo encima. Le ofreció una manta de piel y se quedó callada, frente a él. El vehículo estaba parado. Irving sabía que su hermana era capaz de esperar durante horas con tal de que empezase él la conversación. Trató de desafiarla, pero, al cabo de unos veinte minutos, no soportándolo más, rompió el silencio.

—Tu príncipe me ha utilizado.

—Lo siento mucho. Era a mí a quien quería herir. Se le da muy bien sacar partido de las situaciones.

—¿Por qué lo hace, si sois amantes?

—Estoy a punto de dejarlo.

Irving miró con atención a su hermana. La última imagen que tenía de ella era la de una adolescente indómita.

—Pero ¿qué clase de vida llevas aquí? No me gusta nada en qué te has convertido.

—No eres quién para juzgarme, Irving. No me avergüenzo de lo que soy.

—¿Una hedonista? ¿La más célebre cortesana de París? ¡Solo cito palabras de tus amigos!

—No puedes entenderlo si no vives en este universo.

—¡Por lo que he podido ver, no tengo ninguna gana! ¡Tus íntimos son peores que caricaturas de Daumier! —replicó él, apartando la manta con un gesto adusto.

El caballo, nervioso, golpeó el suelo con el casco y dio un paso hacia delante, haciendo zarandear el habitáculo antes de que el cochero lo calmase.

—Yo no te he pedido que vinieras a rescatarme —respondió ella sin levantar la voz—. ¿Te presentas en mi vida sin avisarme, me das lecciones de moral y pretendes que me arrojase en tus brazos pidiéndote perdón? Pero ¿perdón por qué, Irving?

—Papá ha estado buscándote hasta dejarse la salud desde que te marchaste. ¿Sabes que vive en París desde hace tres años? ¿Que mamá vino en septiembre del año pasado con Victoria para vivir con nosotros? ¿Que se han ido después del terremoto? Y ahora me dirás: ¿qué terremoto? Pues el que ha habido en casa. En tu casa.

—No sabía nada.

—No lo sabías porque no querías saber, porque tus nuevos amigos eran mucho más interesantes que nosotros. ¿Sabes que Mateo ha muerto?

La mirada de Nyssia se desvió hacia la ventanilla y el paisaje recubierto de noche. Se le habían empañado los ojos pero rápidamente recobró el control de sus emociones.

—Lo siento mucho. De corazón.

—¿Te das cuenta del calvario que nos has hecho pasar? ¿Por qué? ¿Por qué no les diste ninguna noticia de ti?

—¿Para decirles qué? ¿Lo que acabas de echarme en cara? Queridos padres, vuestra hija se ha convertido en una cortesana, tiene amantes que le pagan o la mantienen y organiza veladas libres con lo más selecto de París. ¿Es eso lo que querías que supieran?

—Tan solo que estabas viva, que estabas bien. En cuanto al resto, podías contarles cualquier mentira, ¡ya que tan capacitada te veo para eso!

—Un cumplido que me llega al alma, mi hermano el santito que nunca les ha mentido. Porque tú nunca les has ocultado nada, ¿verdad que no? Ya ves, la vida no es siempre totalmente íntegra —replicó, en vista de que él callaba—. Cada uno tiene sus motivos.

El edecán llamó con los nudillos a la puerta de la berlina.

—Su Alteza desearía verla, mademoiselle Franco —declaró ignorando a su acompañante.

—Dígale que estoy de camino al Grand Seize y que allí podrá verme.

El oficial no insistió, y la mirada enamorada que le dedicó antes de volver a cerrar la portezuela hizo entender a Irving que también él había sido destinatario de los favores de su hermana.

—Bueno, ¿y ahora qué hacemos? —preguntó Nyssia.

—No pienso continuar la velada en vuestro cabaret.

—Me has entendido muy bien, Irving. ¿Nos despedimos aquí como si no hubiera pasado nada, o te arriesgas a venir a verme otro día para contarme las noticias de la familia?

—Todavía no lo sé. Pero no tengo la menor intención de hablar de ti a nuestros padres. Prefiero que ellos no sepan nada.

—No sabes si me lo merezco, ¿es eso? —dijo ella con tono de broma—. Entretanto, ten esto —añadió tendiéndole un papel.

—¿Qué es?

—Mi futura dirección. El príncipe me compró el piso el año pasado. La berlina es propiedad mía también, al igual que las joyas y una renta anual. Es una de las ventajas de este mundo del que tú abominas. Nunca pasaré penurias.

Él arrugó el papelito y se lo metió sin ningún cuidado en el bolsillo.

—Seguramente no creerás lo que voy a decirte, pero pienso con frecuencia en vosotros —le confesó.

—¿Por qué ha tenido que ocurrirme a mí esto?

—¿El qué?

—De toda la familia, yo soy el único que no hizo nada para tratar de encontrarte.

XXXI

88

París,
sábado, 12 de junio de 1886

É douard Lockroy, el ministro de Comercio e Industria, formaba parte de los obligados a estar presentes en una ceremonia que este
hombre de acción aborrecía especialmente. Había dejado que su mente
vagase con los recuerdos de sus campañas militares al lado de Garibaldi
en Sicilia, esos mil combatientes voluntarios que habían puesto fin al
reino de las Dos Sicilias.

El conservador general del museo del Louvre acababa de terminar
su discurso, al que enseguida había sucedido el del embajador de España en Francia, cuyo nombre había olvidado ya. Después de Sicilia,
Lockroy había combatido en Siria junto a los cristianos maronitas y
luego había sido secretario de Ernest Renan, acompañándolo de Bei-
rut a Judea, y había participado en la redacción de su obra *Misión de
Fenicia.*

El embajador expresó el reconocimiento de la familia real, así como
del gobierno español, por la restitución del fresco de la Alhambra, evitando mencionar cómo había llegado a las paredes del Louvre. Lockroy
continuó navegando por sus recuerdos. Encarcelado cinco veces por
Napoleón III, se había contado entre quienes habían defendido París del
asedio de los prusianos. Su primer mandato de diputado había sido obtenido con gran facilidad, como si su vida azarosa lo hubiese avalado más

que cualquier discurso. Desde entonces, era reelegido regularmente en el Distrito XI.

La ceremonia tocaba a su fin. El conservador había tomado la palabra para dar las gracias y honrar a Alicia Delhorme, su antigua colaboradora, quien ya había regresado a la Alhambra, sin la cual no habría podido hacerse el intercambio de obras de arte. Lockroy había calculado, por las notas del ministerio, que la duración media en el cargo había ascendido a cinco meses y dos semanas si sacaba la cuenta con sus siete antecesores. Al mando desde hacía seis meses en el gabinete de Freycinet, deseaba emprender el máximo número de reformas y proyectos útiles a su país y ya había logrado que se votara una ley sobre accidentes laborales, así como modificar la de los miembros de la Magistratura del Trabajo.

Su ministerio, que había intervenido en las negociaciones relativas a la pintura al fresco, ocupaba, además, el ala Richelieu del palacio del Louvre, por lo que su presencia en el acto era imprescindible. Pero vivía en una carrera contra reloj y su tiempo valía oro. Cuando todo el mundo se felicitaba y se estrechaba la mano, él pensó en Victor Hugo, sombra gigantesca que planeaba por encima de todos, el primer aniversario de cuyo fallecimiento acababa de celebrarse. Pensó en su mujer, nuera del gran bate, y en todas las luchas que los unían, más allá de sus sentimientos.

Su asistente se llegó hasta él: Lockroy debía anunciar los resultados del concurso público de proyectos de la Exposición Universal a los participantes y a la prensa allí congregados.

—Al fin un tema que de verdad me interesa —dijo estirándose las mangas de la chaqueta mientras abandonaban la sala.

—Con todo respeto, no va a ser divertido precisamente, señor ministro —comentó su asistente, indicándole el pasillo que debían tomar.

El concurso establecía la construcción en el Campo de Marte de «una torre de hierro de base cuadrada y ciento veinticinco metros de lado en la base y trescientos metros de altura». Esta condición había sido violentamente contestada por Bourdais y los arquitectos, que veían en ello un proyecto a la medida de Eiffel. Pero el ministro no tenía ni amistad ni trato con el ingeniero. Sin embargo, en su primer encuentro, hacía varios meses, Lockroy había terminado convenciéndose de la superioridad del proyecto de Eiffel frente a los demás.

—¿Tiene la conclusión de la comisión técnica? —preguntó el ministro alargando la mano. La leyó rápidamente con el fin de poder responder a las críticas que no dejarían de lloverle—. Su resolución no admite contestación —comentó—. Es el que ofrece la mejor factibilidad. Necesitamos un proyecto excepcional para una exposición excepcional y únicamente la torre de Eiffel responde a estos criterios.

—Pues se nos van a echar encima los arquitectos y los artistas, señor.

—¡Todo ese coro de plañideras solo tenía que haberlo hecho mejor! Que hablen, que hablen, ya callarán cuando vean el resultado. ¿Aquí?

El ministro esperó a que el ujier anunciase su presencia y entró en la sala, en la que saludó uno por uno a los principales participantes. Eiffel se encontraba presente, acompañado de Sauvestre, Koechlin y Nouguier. Bourdais y los ingenieros formaban parte de un grupo de unas diez personas, reunidas alrededor de una de las columnas del fondo de la pieza. Solo se habían desplazado allí unos pocos periodistas, pues ya todos habían anticipado el resultado y tenían listos sus artículos de antemano.

El ministro anunció los laureados de los diferentes premios de la exposición, así como las subvenciones concedidas, y terminó con la atribución de la torre al proyecto del equipo Eiffel, lo que desencadenó nutridos aplausos, de una parte, y, de otra, el previsible alboroto de los arquitectos presentes.

—¡Es una monstruosidad! —exclamó Bourdais, que se había adelantado hacia el ministro—. ¡Han designado como elemento principal de la exposición un andamio, un vulgar andamio!

—¡Es una vergüenza! —añadió seguidamente uno de sus acólitos—. ¡Las generaciones futuras se reirán de nosotros al ver una construcción que se parece más a una obra inacabada!

Lockroy les respondió con calma y de forma razonada, refiriéndose a las conclusiones de las comisiones.

—Pero si solo están integradas por amigos del ingeniero Eiffel —replicó Bourdais—. ¡No hemos tenido derecho a un trato justo! ¡Cometen ustedes un error histórico!

—En tal caso, lo asumo yo —le espetó el ministro—. No es momento para la polémica, caballeros, sino para la unión nacional en torno a este proyecto.

Lockroy se despidió de los presentes y se retiró a la vez que el equipo de Eiffel, mientras los arquitectos ponían por testigos a los pocos periodistas que seguían en la sala. El ministro regresó a su despacho, donde se dejó caer en su sillón, resoplando.

—El metal vence a la piedra, pero no hemos acabado con los conservacionismos. La batalla será encarnizada pero, cuando vean el resultado, convenceremos incluso a los corazones más contrarios. ¿Qué más hay hoy en el horno para mí? —preguntó a su asistente, que estaba revisando sus notas.

—Un informe de nuestro corresponsal en la embajada americana indica que el montaje de la estatua de la Libertad va por buen camino. Han terminado el armazón y tienen previsto celebrar un acto para la colocación de los primeros remaches de las planchas de cobre.

—¡Ya era hora, hace un año que la recibieron! Pero me alegro de que las donaciones hayan venido del pueblo americano, más que de sus millonarios, igual que aquí. Es una hermosa aventura y se la debemos a la tenacidad de Bartholdi. Ya verá, lo mismo pasará con nuestra torre.

De vuelta en los talleres de Levallois, Eiffel convocó al gabinete de proyectos, capataces, obreros, cocheros y jardineros, a todos sus colaboradores del lugar, para participarles la tan esperada noticia. En el patio interior se había preparado una mesa en la que se habían servido copas de vino blanco de Borgoña. Su discurso estuvo salpicado de numerosos aplausos: la casa seguiría dando trabajo a lo largo de los tres años siguientes.

—Quiero que tengan todos en mente, en todo momento, la importancia de la labor que nos toca cumplir y la nobleza de nuestra tarea —concluyó Eiffel. El eco de su voz grave resonaba en las naves—. Quiero que estos nobles sentimientos guíen cada uno de sus gestos, cada una de sus decisiones. No solo nuestros establecimientos se disponen a erigir una torre, sino que además esta será la imagen de Francia, el símbolo del progreso y del genio humano. Lo haremos de modo que siga en pie dentro de cien años, de mil años y, a semejanza de las pirámides de Egipto, que sea la admiración de las generaciones venideras.

—Algo exagerado el patrón —comentó el jefe de equipo de los remachadores, mientras estaban todos apiñados alrededor del bufet.

Obrero experimentado y líder de hombres, el coloso de los dedos impresionantes era muy tenido en cuenta por los empleados. Con Eiffel había puesto fin, unos años antes, a las tensiones entre franceses e italianos y se había convertido en su interlocutor privilegiado.

—Manos de hierro, cabeza de barro —le respondió Jean Compagnon—. Todos han de tomar conciencia de que no será una obra como las demás. Nadie se ha atrevido nunca a intentar lo que vamos a hacer.

—Precisamente, vamos a tener que hablar de nuestras condiciones de trabajo y de los salarios.

—Siempre se los ha tratado bien aquí, mejor que en otros sitios.

—Sí. Pero, como usted mismo ha dicho, será una obra diferente.

—Las de Oporto, Garabit o Pest también lo fueron. En la casa Eiffel solo hacemos cosas excepcionales. Tus hijos y tus nietos se llenarán de orgullo al saber que participaste en este proyecto. Eso no tiene precio.

—Ya hablaremos, Jean —dijo el jefe de equipo apurando su copa—. Tengo que ir a ayudar con las aeronaves.

El hombre rodeó los distintos grupos que se habían formado alrededor de la mesa, sobresaliendo una cabeza por encima de todos ellos, y cruzó la nave principal para llegarse al laboratorio apartado en el que el ingeniero Delhorme preparaba su récord. Se había llevado una decepción al no haber sido escogido por Bartholdi para dirigir el equipo de remachadores que trabajaría en el remontaje de la estatua de la Libertad, pero Eiffel se había opuesto ya que deseaba conservarlo a su lado en todos los proyectos que estaban en marcha en los talleres de Levallois. A él no le había quedado otra que aguantarse y, por eso, la concesión de la licitación de la torre lo tenía entusiasmadísimo, por mucho que se negara a manifestarlo delante del jefe de obra.

Justo cuando entraba él, Clément estaba bajando del poste de diez metros con un saco vacío en una mano, seguido de Médor, que lo había adoptado como nuevo amo y no se separaba de él ni a sol ni a sombra.

—He empezado a cargarlas —indicó al obrero.

—Pero ese era mi cometido, señor Delhorme —dijo este, pesaroso.

—No se preocupe, aún quedan suficientes para que se deslome —le aseguró Clément señalándole nueve sacos llenos de canicas de plomo.

El hombre subió agarrándose a la escala con una mano y con el saco al hombro contrario, luego vació su contenido en el depósito superior con forma de tolva y bajó dejando resbalar los dedos por los barrotes.

—Granalla —precisó Clément cuando el obrero emprendía una segunda ascensión.

—¿Y qué va a hacer con ella?

—El lastre para mi aeronave. He hecho unos primeros ensayos con canicas de madera, pero eran demasiado grandes y el proveedor no podía reducir su tamaño. Con el plomo hemos podido hacer elementos de un milímetro de diámetro —dijo, mostrándoselos en la palma de la mano—. Las mismas dimensiones que un grano de arena, pero con una densidad superior.

El depósito de granalla quedó lleno en menos de diez minutos por el remachador, que se enjugó el sudor incipiente de la cara con su pañuelo mientras aguardaba la siguiente fase de las operaciones.

—Ahora vamos a asegurarnos de no lesionar a nadie al soltar el lastre —anunció Clément colocándose al pie del poste—. A mi señal, abra la trampilla del tanque.

El obrero se puso al lado de la manivela, dudó un instante y volvió con Clément.

—Pero ¿está seguro de que no es peligroso? ¡Hay por lo menos doscientos kilos!

—Las matemáticas le dirán que no. El reparto del peso será tal que cada impacto equivaldrá a una lluvia de granizo. ¡Vamos, a por esa ducha!

Eiffel había constatado con satisfacción el efecto de su discurso en la moral de la tropa al ver la energía renovada con que daban los martillazos cuando reanudaron el trabajo. Tal vez se debiera también al efecto del borgoña, pero prefería no verlo así. La ausencia de Clément no lo había sorprendido: desde que su familia se había marchado, un año antes, el ingeniero se había dedicado en cuerpo y alma a preparar su récord, y consagraba todo su tiempo a ese fin como si le fuera en ello la vida, olvidándose muchas veces de alimentarse, durmiendo en ocasiones en el suelo mismo del laboratorio para ganar valiosos minutos, cuando todavía faltaban más de tres años para llevar a cabo el intento. Pero no debía dejarse nada al azar.

Cuando entró en el Laboratorio de Aeronáutica, Eiffel se encontró a Clément sin sentido, tendido al pie del poste, con el jefe de los remachadores y el perro de aguas a su lado. Médor se aplicaba en lamerle la cara concienzudamente.

—¡No, no entre! —gritó el obrero.

El aviso llegó una fracción de segundo tarde. Eiffel apenas había dado tres pasos cuando sintió que el suelo desaparecía bajo su pierna de apoyo como si estuviera deslizándose por un lago helado. Cayó con todo su peso de espaldas, se contuvo de soltar dos o tres tacos y se levantó con la dignidad que convenía a su función.

—Son las canicas —indicó el hombre—. No dé un paso más, ¡están por todas partes!

—Ha sido culpa mía —precisó Clément, que volvía en sí y se había sentado—. He pasado por alto este riesgo. Pero cuando caen del cielo no hay ningún peligro.

Una vez despejado el lugar, enseñó a su empleador todos los avances del proyecto y después abordó la cuestión de los puntos de anclaje.

—El escollo principal sigue siendo el sistema de generación del aire, que ocupa aún demasiado sitio. En cuanto al globo, la envoltura posee dos válvulas: una válvula de seguridad en lo alto y otra igual abajo. Las dos se controlan mediante unas cuerdas que aún están dándome quebraderos de cabeza: el globo tendrá forma de pera en el momento del despegue y del aterrizaje, y de esfera cuando esté en su máxima altitud. Y ello entraña una diferencia de altura de varios metros. Tengo que hallar el modo de disponer de suficiente cantidad de cable cuando el globo cambie de forma, pero de manera que siempre esté tirante.

—¿Y cómo va a manejar las cuerdas desde el interior de la cabina? Tiene que mantenerse todo estanco.

—De momento hemos estudiado un sistema de manivela bastante satisfactorio. Solo se ha atascado tres veces de cien. Pero cuando la temperatura exterior sea de menos treinta o menos cuarenta, el riesgo será grande. Estoy probando las mejores grasas junto con Nouguier, pues hay que encontrar una que no se congele a baja temperatura.

—Admiro el control que demuestra tener de los detalles y comparto el entusiasmo de Flammarion —concluyó Eiffel.

—Es que no me planteo no conseguirlo. Tiene aún unas canicas de plomo incrustadas en la espalda de su chaqueta —añadió, quitándoselas—. Siento mucho el incidente.

—No, no, esto me ha dado una idea para mejorar la colocación de los tableros de mis puentes. ¡No hay mal que por bien no venga!

Mientras el ingeniero se alejaba, Clément lo siguió con la mirada con la sensación desagradable de traicionar a su mecenas. Porque, sin saberlo, Eiffel estaba financiando algo más que un récord de altitud: gracias a él podría resolver el enigma de Cabeza de Rata y regresar de una vez por todas a la Alhambra.

89

La Alhambra, Granada,
domingo, 26 de septiembre de 1886

Había llegado un jueves de septiembre. El fresco, embalado en una gran tela de lino, descansaba en una caja de madera fabricada a tal efecto y había viajado acompañado por un representante del museo del Louvre que se había quedado varios días para ayudar en su colocación en una de las casas del Partal, de la que había sido robado un siglo antes. El hombre se había marchado nada más finalizar una ceremonia oficial, como estilaban los franceses, después de haber hecho que Rafael Contreras le firmase un resguardo de entrega, y viajó a Madrid para recibir como contrapartida el cuadro de un autor de fama limitada; pero el periplo histórico y geográfico de la obra, que había terminado encallado definitivamente en el Prado, la hacía ideal para el intercambio.

Alicia verificó que la cola de los mosaicos se hubiese secado perfectamente y aplicó una cera protectora con ayuda de un trapo, tras lo cual se había retirado unos pasos para admirar la obra en su conjunto.

—Al menos, mi estancia en París habrá servido para algo —pensó hablando en voz alta.

Sintiéndose mirada, se volvió y descubrió a Rafael, inmóvil en el umbral.

—No quería asustarte —se justificó él—. El fresco es realmente precioso —añadió antes de entrar.

Desde su regreso, Alicia había logrado mantenerlo a una distancia suficiente, y desde el verano el arquitecto había tratado de acercarse a ella tan solo esporádicamente. El recuerdo vergonzante de su único momento de extravío le servía de repulsivo.

—¿No vas a la procesión de la Virgen? —preguntó él, acariciando los mosaicos con la yema de los dedos.

—No participaré en nada más mientras Clément no pueda volver a casa. No me encuentro con fuerzas. ¿Y tú?

—Pues yo he mandado a toda la familia —dijo, en referencia a su mujer y sus tres hijos—, pero quería avanzar en una obra. Si nos ausentamos al mismo tiempo, daremos que hablar…

—Se diría que te gusta la idea.

—No me crees capaz de dejarlos por ti. Al menos, si el resto de la gente está al corriente…

—¿Al corriente de qué? Aun si estuviéramos los dos solteros, jamás serías mi novio. Se ha terminado, Rafael, y se ha terminado porque nunca empezó, ¿cuántas veces tendré que repetírtelo?

—Lo que vivimos es una realidad que no puedes negar. Para mí fue como una revelación, como si hasta entonces nunca hubiese sabido lo que era el amor.

—Un instante de flaqueza no hace una relación. Ay, lo dejo —dijo ella, poniéndole el trapo en la mano—. ¡Termínalo tú!

Alicia cruzó los jardines del Partal y se sentó a la sombra de una higuera, cerca del estanque de la Torre de las Damas, donde a sus trillizos les encantaba, de niños, ir a comer los frutos calentados por el sol. Se serenó, cogió un higo y lo mordió, tratando de recuperar el sabor tranquilizador del recuerdo, pero estaba reseco e insípido. Convocó otros recuerdos e hizo el recuento de las procesiones de la Virgen de las Angustias, la patrona de la ciudad, a las que había asistido con su familia: diecisiete. En esas ocasiones tomaban una cantidad incalculable de buñuelos y tortas de la Virgen, confeccionados con cabello de ángel, azúcar y chocolate, que habían ocasionado más de una digestión dolorosa.

Al disponerse a regresar, con la intención de disculparse con Rafael, percibió una silueta que salía de la torre, un hombre al que reconoció enseguida. Vestido de negro de los pies a la cabeza, subió por el camino de ronda, poniéndose unos guantes blancos, el atuendo tradicional de la procesión a la que era evidente que acudía a incorporarse. ¿Qué estaba haciendo Ruy Pinilla en uno de los edificios deshabitados de la Alhambra?

Empujada por la curiosidad, Alicia entró por el pórtico en arco, cruzó la sala cuadrada y subió por la escalera que llevaba al mirador, desde donde oyó una voz que tarareaba una canción popular.

—¿Kalia?

La gitana, que se cepillaba los cabellos mientras contemplaba las vistas del valle del Darro, se volvió y le sonrió sin que pareciera ni incomodada ni sorprendida.

—¿Kalia? —repitió Alicia, incrédula, negándose a creer que hubiese una conexión directa entre su presencia y la del hijo del doctor Pinilla en aquel lugar.

—No sabía cómo decírtelo —dijo la gitana haciéndose un moño con un ágil movimiento de muñeca—. Si estás aquí, es que lo has visto salir. ¡Ahora ya lo sabes! —Buscó con la mirada su mantilla de encaje negro, que encontró cerca del lecho de sábanas revueltas, y se tapó con ella la cabeza—. Alicia —dijo cogiéndola de los brazos—, no pongas esa cara. ¡Todo está bien y soy feliz!

—Es la sorpresa, nada más… —le confesó Alicia, dejándose caer en la cama.

—También lo fue para mí, créeme —dijo Kalia, y se sentó a su lado.

Las dos mujeres se quedaron calladas unos segundos, mirando el arco que se abría delante de la montaña de cumbres nevadas.

—Entiéndeme bien: siempre fui fiel a Mateo.

—Lo sé, querida —contestó Alicia, cogiéndola cariñosamente por los hombros.

—Pero él falleció hace año y medio, yo pasé el luto y, sobre todo, todavía puedo amar y ser amada. Ruy vino a mí y yo no tuve más que dejarme llevar. ¡Qué sensación tan deliciosa!

—¿Cuántos años tiene?

—Veinticinco, y yo dieciocho más que él. Ya sé que podría ser su madre, pero no tengo la intención de irme a vivir con él. Tan solo me permite sentirme viva.

—Eres hermosa, Kalia, la mujer más hermosa que he conocido en mi vida. No vas a estar de luto eternamente, aunque te siente bien el negro —añadió Alicia, admirando su vestido para la procesión—. ¿Y él? ¿Qué intenciones tiene?

—Quiere que nos casemos y nos vayamos a vivir a Madrid; sus padres se opondrán a semejante unión, claro. Pero estate tranquila, que acabará por cansarse de su gitana y se marchará a la capital a casarse con una burguesa. Hasta entonces, ¡yo estoy en la gloria!

—Me alegro mucho por ti.

—Pues a mí me daba un poco de miedo contártelo, sabiendo que mi Javier no se ha portado del todo bien con Victoria.

El joven, que había desembarcado en Nueva York hacía más de un año, solo había escrito tres cartas a su novia.

—Está muy ocupado con el montaje de la estatua —lo disculpó Alicia.

—Dicen los periódicos que la inauguración está prevista para dentro de un mes. Tiene tiempo, hazme caso. Pero prefiere pasarlo divirtiéndose. Y no se le da bien expresar sus sentimientos. ¡Andaluz y gitano! Tu hija es una santa; ¡yo que ella, lo habría mandado a paseo hace tiempo!

Todas las campanas de la ciudad se pusieron a tocar a vuelo sus notas de hierro.

—¡Que llego tarde! —exclamó Kalia echándose un tul negro por los hombros—. Acaban de sacar a la Virgen de la basílica. ¡Ay, que me dejaba el cirio!

Abrió un baúl en el que guardaba sus cosas y algunas prendas de hombre.

—Es nuestro escondite secreto, ya me entiendes, su familia… —farfulló ella, rebuscando dentro hasta dar con el cirio que buscaba—. Su padre debe de pensar que me encuentro muy mal, ya que su hijo sube a verme varias veces a la semana. El pobre ni siquiera puede ponerte a ti como excusa, que eres coto privado de Pinilla padre. ¿Qué? —preguntó sonriendo, ante el mohín de protesta de Alicia—. ¡No me dirás que no te habías dado cuenta de que bebe los vientos por ti!

—No, pero creía que nadie más lo había notado.

—A mí no se me escapa nada, Alicia, nada de nada —le aseguró Kalia, provocando que se ruborizara un tanto.

—Te olvidas de los zapatos —dijo ella, eludiendo la cuestión.

—¡Es verdad! —Se los quitó sacudiendo los tobillos—. Siempre he hecho descalza la procesión. Sé que Ruy solo tendrá ojos para mis piernas cuando se cruce conmigo y me gusta. ¡Tiene gracia que a nuestra edad sigamos haciéndonos ilusiones de chiquillas!

El rostro de la Virgen, por el que rodaban unas lágrimas de escayola, era de una tristeza infinita. Ataviada con bordados que le cubrían el cuerpo y la cabeza, llevaba sobre el regazo un Cristo muerto. La estatua, puesta sobre un altar florido de rosas blancas, se balanceaba al ritmo del avance de los costaleros, cuarenta y cuatro varones, que se turnaban cada cincuenta metros al son de una campanilla y de los ¡Viva la Virgen de las Angustias!

Ruy, que esperaba su turno, había divisado a Kalia cuando esta ocupaba su sitio en la procesión de las mujeres. La Virgen había recorrido ya unas cuantas calles y, al tiempo que el día empezaba a declinar, la imagen inició la subida a paso lento y contoneante por la calle Reyes Católicos en dirección a la catedral, precedida de numerosas bandas de música de viento y percusión. Como Rafael no pertenecía a la parroquia, se conformaba con seguir la procesión como espectador. Se había reunido con su familia, a la que encontró en la plaza de Bib-Rambla, y lanzaba ojeadas una y otra vez hacia las sombras de las murallas de la Alhambra que se recortaban contra el cielo.

Victoria había seguido la procesión en compañía de Jezequel a la salida de la basílica de Nuestra Señora de las Angustias. Después, los dos jóvenes habían subido a la Alhambra, desde donde podían oír la música de las charangas mezcladas con los viva de la multitud, que les llegaba a oleadas hasta la azotea de la Torre de la Vela donde se habían instalado. Las luces de las velas formaban hilos luminosos que dibujaban el trazado del recorrido por las calles.

—Qué pena que no estén aquí. ¿Seguro que están bien?

Jezequel había regresado esa misma mañana de una estancia en París, en la que había presentado su invento en la Exposición Internacional de Ciencias y Artes Industriales, un procedimiento nuevo de calentamiento de calderas a base de residuos de petróleo.

—He pasado una semana con Irving y con tu padre y todo va bien, no te inquietes. Me han dado cartas para ti y para tu madre… Por cierto, también tienes una de Javier —añadió, haciéndose el despistado.

—Pero sácalas, ¡deprisa! —exclamó Victoria quitándole la chaqueta.

—No las tengo aquí —explicó él, riéndose de la reacción de su amiga.

—¿Cómo?

—Es que me daba miedo perderlas con todo ese jaleo. Las tengo en mi casa, iremos a por ellas dentro de un ratito.

Ella ya se había puesto de pie.

—¿Para qué vamos a esperar? Seguiremos el final de la procesión desde tu balcón —dijo ella, haciéndole una seña para que la acompañase.

Jezequel comprendió que no le quedaba elección y se fue pisándole los talones.

—¿Te puedo coger del brazo? —le preguntó cuando subían por el Albaicín—. Es una costumbre francesa. En París las señoritas van siempre del brazo de un hombre.

—Pero… ¿tú no tienes novia? Creía que Sara tenía tu afecto.

—¿Quién, la hija del marqués? Tiene sobre todo el de mis padres. No me molesta que me vean contigo. Al revés: si eso pudiese hacer que ella rompiera conmigo, me quitaría un peso de encima.

—¿Y por qué no lo haces tú solito, Jez? No me necesitas para eso, y, además, no me hace ninguna gracia que me uses como pretexto. Ni le gustaría a Javier.

—Pues a lo mejor porque soy demasiado cobarde para hacerle frente, tanto a ella como a sus padres —dijo él en tono de broma.

Pero a Victoria le sonó a una confesión. Ella siempre había sentido empatía con los que sufrían y sintió lástima de su amigo.

Hicieron un alto en la placeta de Nevot antes de entrar en casa de los Pozo.

—¿Sabes?, yo también vivo todavía en casa de mis padres.

—Pero no bajo su yugo —replicó él espontáneamente, y al instante se arrepintió—. Cualquier niño, y hasta cualquier adulto, soñaría con unos padres como los tuyos.

Las campanas de la catedral sonaron con fuerza.

—Ha llegado la Virgen. Subamos a la terraza —dijo ella cogiéndolo de la manga.

—Espera —le pidió él con ímpetu—. Hay otra cosa que quiero contarte. La he visto.

Victoria se quedó sin respuesta. Irving, que no podía guardar para él solo el secreto de Nyssia, se lo había contado a Victoria por carta, pidiéndole que jamás se lo contase a nadie, y menos aún a sus padres. Desde la recepción en casa del príncipe, había vuelto a ver a su hermana en su domicilio parisino en dos ocasiones, con la esperanza de hacerla cambiar de vida, antes de comprender que su empeño era inútil.

—¿Ha sido mi hermano? —le preguntó ella en un susurro, sentándose en el único banco de la placeta, un banquito de mármol rojo—. ¿Te lo contó él?

—Irving hizo bien en confiármelo, la tristeza no lo dejaba vivir —explicó Jezequel, que se había quedado de pie—. Quería que yo fuese a verla, pensaba que un amigo de juventud como yo podría hacerla reflexionar.

—No fue buena idea. ¿Y qué pasó?

—La vi en el Grand Seize. Me comporté como si la casualidad me hubiese llevado allí. Ella me reconoció de inmediato.

—Seguramente comprendería enseguida quién te enviaba.

—Era todo muy extraño en ese gabinete particular, con todos esos hombres alrededor de ella como una corte, y todo ese lujo, esa libertad de costumbres. Yo estaba incomodísimo. Nos aislamos en un camarín y estuvimos hablando más de una hora. Ella me preguntó por todos vosotros. Creo que os echa realmente de menos.

—Nos echa de menos como recuerdos de la niñez. Como un libro que uno coge cuando está nostálgico y después deja de lado enseguida. Lo siento, debo de parecerte dura, pero ya no me hago ilusiones con mi hermana.

—Nyssia me hizo prometerle que iría a verla cada vez que estuviera en París. Cuando salí del reservado, esos tipos refinados y relamidos que la acompañan hicieron unos comentarios tan subidos de tono que me sonrojé. Pero, gracias a que tengo la tez tan oscura, creo que no se notó. Todos se preguntaban de dónde había salido y cómo era posible que conociese a su princesa Franco. No creo que vuelva por allí.

—¡Claro que sí, claro que volverás! Y volverás porque ella te atrae y porque, si no vas, te juzgarás injusto con ella —dijo Victoria acompañando sus soflamas con unos movimientos con el dorso de la mano—. Pero no te culpes: nadie puede resistirse a sus encantos. Nyssia ha encontrado la llave que abre el corazón de los hombres. ¡Venga, subamos!

No bien hubieron llegado al balcón, los miles de puntitos luminosos que balizaban el recorrido de la procesión desaparecieron, como llevados por un soplo repentino de viento.

—Se acabó hasta el año que viene. Sabe Dios lo que pasará de aquí a entonces. ¿Qué haces? —preguntó él al ver que Victoria tenía los ojos cerrados.

—Una promesa. Siempre que termina la procesión, le hago una promesa a la Virgen.

—¿Y se cumple?

—Pues todos los años le hago la misma —dijo ella riéndose con una risilla elegante y discreta—. Pero nunca ha estado tan cerca como esta vez.

90

Nueva York,
viernes, 5 de noviembre de 1886

De pie en lo alto de la antorcha de *Lady Liberty*, Javier no sabía por dónde empezar. Rellenó los dos cubos que habían puesto a su disposición, bajó las escaleras de la estatua y se instaló en una barca perteneciente al puerto de Nueva York en compañía de diez hombres, tan cargados como él. Atravesaron la bahía del Hudson hasta el dique y vaciaron sus cubos en unos calderos enormes.

—¿Queda mucho? —preguntó el responsable de la operación.

—Quedan cientos —respondió Javier con su inglés con acento gutural.

—Sí, un millar fácilmente —confirmó el obrero que estaba a su lado—. Apuesto a que todavía hacemos cinco viajes de ida y vuelta.

Javier no respondió e hizo la travesía de ida hacia la isla de Bedloe con la mirada fija en los edificios más altos de Manhattan, que se apiñaban cerca de la bahía como la proa de un navío gigantesco. Con un cubo vacío en cada mano, subió de nuevo los ciento sesenta y ocho escalones hasta la cabeza y a continuación los que lo llevaban a la antorcha, donde un empleado de la dirección de los faros no paraba de soltar su ristra de «*Oh, my God!*» uno detrás de otro, ante el espectáculo desolador: el suelo estaba cubierto por una alfombra de pájaros migratorios muertos que, atraídos por los potentes proyectores instalados en lo alto, habían chocado con el monumento. Formaban un montículo al pie de la llama, que el hombre pidió a Javier que se llevase cuanto antes. Él obedeció y rellenó rápidamente sus recipientes, mientras se refugiaba en el recuerdo de las golondrinas de la Torre de la Vela a las que siempre soltaban después de cada sesión de pesca.

—Había que haberlo pensando antes. ¡Es una obra de arte, no un faro! —rezongó en francés dirigiéndose al empleado, que por gestos le indicó que no lo entendía.

Una vez terminado su cometido, el hombre del dique le anunció que había contado 13.450 cadáveres de decenas de especies diferentes, que un periodista del *New York World* había ido a entrevistarlo y que se publicaría un artículo al día siguiente. Javier le entregó los cubos tapizados de plumas ensangrentadas y se fue a dar un paseo largo por los muelles antes de sentarse a la mesa de una taberna del puerto. Allí se tomó dos cervezas, a cuyo gusto se había habituado hasta el punto de olvidar el ámbar dulce de las de la Laiterie du Paradoxe.

La inauguración había tenido lugar ocho días antes, un 28 de octubre lluvioso y brumoso. Con todo, el espectáculo había sido grandioso. Gracias a los vínculos que había establecido con algunos compatriotas, Javier había podido integrar la delegación francesa que había formado parte del desfile, que había llevado por escolta a los guardias de La Fayette y unas bandas de música ruidosamente alegres, y detrás de la cual iban miríadas de asociaciones y representaciones, entre ellas la Unión Alsacia-Lorena, venida especialmente en honor de August Bartholdi.

En el instante en que se quitó la lona que tapaba el monumento, para desvelar la *Libertad iluminando el mundo*, la flotilla de cientos de barcos iluminados con bengalas, llenos de banderas francesas y americanas, había accionado sus sirenas, desgarrando la bruma que cubría la silueta de la estatua, fantasmal, chorreando agua, y provocando el aplauso y los vítores de un millón de personas que, después de haberlo ignorado durante mucho tiempo, había hecho suyo el regalo de Francia.

Pero el recuerdo que más había marcado a Javier había sido la sonrisa magnética de una mujer de una belleza luminosa con la que se había cruzado al desembarcar en la isla de Bedloe. Se habían mirado largamente hasta que los separó la multitud de delegaciones que convergían en el pedestal de *Lady Liberty*. Después de la fiesta, él la había buscado durante mucho rato y luego se había mortificado por su actitud respecto a Victoria. Con ella era feliz, ¿qué necesidad tenía de prender un nuevo fuego para calentar su corazón, si ya no le faltaba ese calor?

La semana había pasado a toda velocidad con los preparativos del viaje, mientras la duda se insinuaba en su fuero interno. Esa misma mañana Bartholdi había ido a buscarlo a su hotel, avisado por la dirección de faros, para que participara en la retirada de las aves muertas y verificara que la escabechina no había dañado la estructura de la mano. La delegación al completo partiría al día siguiente. Javier había previsto pasar por París para recoger su baúl con sus efectos personales y organizar una última fiesta de despedida antes de regresar a Granada. Jezequel había cumplido su palabra y le había propuesto ocuparse de su proyecto de calentamiento de calderas mediante residuos de petróleo, que se anunciaba próspero, sobre todo en el ámbito de la marina. Su novia lo esperaba, se casarían el verano siguiente o, más probablemente, a principios del otoño, cuando las noches estrelladas de octubre proporcionasen suficiente frescor a los invitados de la boda, y residirían en la Alhambra, en uno de los pisos que daban al Patio de la Lindaraja. Era incapaz de proyectarse más allá de eso, lo que achacaba a su ascendencia gitana. Kalia tenía la misma propensión a limitar su futuro al presente.

Pensó en Mateo con tristeza. Aquel al que él llamaba «padre» se había puesto siempre en lo peor y vivido modestamente para que ni a Kalia ni a él les faltasen nunca nada hasta el fin de sus vidas. Le esperaba una herencia importante en un banco de Granada, una suma de dinero que lo asustaba, al igual que lo asustaba la idea de que a su regreso estuviera al alcance de su mano y de todos sus deseos. Nueva York le ofrecía la ventaja de protegerlo de eso. Y aún le quedaban muchas semanas para sentirse libre de todo, otro sentimiento irreprimible que él atribuía a su sangre bohemia.

Javier pidió una tercera cerveza, apenas bebió un par de sorbos, pagó y salió.

—¡Há-vi-aer!

Se había acostumbrado rápidamente a la nueva pronunciación de su nombre de pila, pero aún jugaba muchas veces la baza de la incomprensión, pues le hacía gracia y le permitía quitarse de encima a los pesados. Esperó a que lo llamaran por segunda vez para darse la vuelta hacia el representante de la American Electric Company que lo había llamado, y que llegaba ya hasta él sin resuello.

—He estado buscándolo por todas partes. Lo necesitamos —dijo antes de doblarse hacia delante con las manos apoyadas en las rodillas para recobrar el aliento.

El sistema que habían puesto en funcionamiento en la antorcha, compuesto por dos hileras de ojos de buey cuyos orificios se habían practicado directamente en el cobre, que proyectaban la luz de diez potentes lámparas, se había estropeado varias veces desde la inauguración y había estado en el origen de la catástrofe aviaria.

—Quieren cambiar todo el sistema, pero necesitamos a un ingeniero que conozca bien la estructura. ¿Qué le parecería encargarse del trabajo?

XXXII

91

Kalia aguardó pacientemente a que todos se hubiesen sentado y miró atentamente las caras, en las que había desaparecido todo vestigio de jovialidad. Después de haber permanecido cuarenta años guardada en secreto, la noticia solo podía ser grave. Jezequel y Javier rehuían mirarse.

—Yo no me encontraba presente en la Alhambra esa noche del 18 de octubre de 1875. Aún vivía en el Sacromonte y todo lo que os voy a contar me lo dijeron Mateo y Clément. Nyssia e Irving, ya es hora de que lo sepáis, porque estos dos tontos no se han atrevido a llegar hasta el final —dijo antes de modular un silencio—. Ese anarquista huido se había refugiado, efectivamente, en la Alhambra. Y lo ayudamos a esconderse.

—¡Estaba seguro de que lo había hecho papá, siempre se comportó como un auténtico aventurero! —proclamó Irving henchido de orgullo.

—Pero ¿Mateo no le había confesado a Cabeza de Rata que había sido él? Eso pensaba yo. ¿No fue lo que me dijiste, Kalia?

—Todo eso es correcto —respondió la gitana—. Pero la realidad es más compleja. El primero que lo ayudó se encuentra aquí, en este cuarto.

—¡Javier! —bramó Irving.

—El azar hizo que el fugitivo se tropezase con uno de sus alumnos —continuó Kalia—. Y que nuestro Javier se sintiera obligado a socorrerlo.

—Era mi maestro, no podía dejar que lo cogieran —recalcó este—. ¿Lo comprendéis? Y eso que yo no le tenía mucho aprecio porque era un hueso con nosotros, ¿a que sí, Irving?

El aludido no respondió. Nyssia invitó a Javier a continuar.

—Yo estaba en el Generalife y de pronto me encontré frente a él. No trató de contarme ningún farol, me dijo a las claras que lo perseguía la Guardia Civil y me preguntó dónde podía esconderse.

—El hombre no sabía que tú detestabas aún más sus clases que a la policía —bromeó Jezequel.

—Tú calla, anda —gruñó Javier, amenazándolo con la mano—. Bueno, lo llevé al mirador que está en la punta de la Alhambra, donde el señor Delhorme guardaba sus instrumentos. Aunque yo sabía que siempre llevaba encima la llave, la puerta de atrás se podía abrir desde dentro. Trepé al naranjo. Una de las ramas se alargaba por encima del balcón del primer piso. Era pan comido. Una vez dentro, abrí a nuestro maestro y lo escondí en el sótano, al lado de la leñera.

—Mientras tanto, Clément estaba buscando a Javier para contarle la decisión que había tomado Mateo respecto a él —continuó Kalia.

—Quería que dejara la escuela —recordó Nyssia—. Papá nos había prometido que encontraría una solución antes de Navidad.

—Vuestro padre hacía todo lo posible para que siguiera adelante con mis estudios y yo acababa de esconder a mi profesor en su mirador... Al final se lo conté. En un primer momento no me creyó. ¡Tantas veces me había visto fanfarronear! Luego, mi padre vino donde estábamos nosotros y de pronto comprendió la gravedad de mi estupidez. Nos fuimos y me llevé una de las mayores tundas de mi vida. Tenía la mano dura, Mateo, incluso estando lesionada.

—Te estuvo bien empleado —continuó Kalia—. Estuvieron discutiendo un buen rato y al final aceptaron que Pascual se quedase en el escondite. Pero tenía que desaparecer de allí antes del amanecer. Cuando el capitán llegó con sus hombres, trataron de registrar todos los edificios. Vuestro padre les prohibió la entrada al mirador explicándoles que había material científico de gran valor y que el registro perturbaría su funcionamiento. Les aseguró que los observatorios de las grandes ciudades europeas esperaban sus datos para los boletines meteorológicos y que nada debía entorpecer la buena marcha de la ciencia. Era el único, además de vuestra madre, que tenía la llave y les juró que allí dentro no había nadie más. Pero Cabeza de Rata no se daba por vencido. Luego, uno de sus hombres se le acercó y le dijo algo al oído y todos se fueron. Vuestro padre finalmente ganó.

—¡Pero a qué precio! —comentó Nyssia.

—Ellos lo habrían hecho, aunque no hubiese intervenido Javier. Mateo y él habrían escondido a ese hombre —terció Irving.

—Para ser franca, a mi Mateo no le gustaban mucho los anarquistas. Pero creo que menos le gustaban las autoridades —se sinceró la gitana.

—Sin Javier, vuestro maestro se las habría apañado perfectamente él solito. Y no lo habrían visto nunca —insistió Nyssia.

—¿Y qué diferencia hay?

—¿Qué diferencia hay? ¡Que papá no habría sido acusado por ese militar y no le habrían arruinado la vida! ¡Toda su vida!

Javier había agachado la cabeza y daba pena verlo.

—Lo siento mucho, de verdad —dijo con la vista clavada en el suelo—. Tenía doce años.

—Yo habría hecho lo mismo que tú —intervino Irving—. Todos lo habríamos hecho. El problema no es haber escondido a un hombre, sino haber tropezado con Cabeza de Rata. Ese individuo es un enfermo.

—Eso es cierto —dijo Jezequel, que se había quedado un poco aparte—. ¡Y pensar que ha llegado a coronel!

Nyssia se había puesto de pie.

—Perdóname, Javier, no pretendía culparte, pensaba en papá —dijo acercándose para abrazarlo.

—Pues a buenas horas piensas en él. Tenías que haberlo hecho antes —replicó él, apartándose—. ¡No quiero las caricias de una buscona!

Irving se levantó para protestar pero Jezequel fue más rápido. La refriega entre los tres hombres fue breve, pues Kalia se puso a propinarles escobazos para zanjarla.

—Bueno, ¿habéis terminado? ¿No os da vergüenza? —gritó—. ¡Os portáis como si tuvierais otra vez doce años!

Los hombres se levantaron del suelo sacudiéndose la ropa.

—¡No debía haber dicho que mi hermana era una buscona! —se indignó Irving, que recibió en el trasero un escobazo de ramillas de grama.

—Siempre me ha tomado por imbécil —se defendió Javier, que se llevó el mismo premio.

Kalia limpió el cepillo de la escoba con los cabellos ralos de Jezequel.

—¡Eh, pero si yo no he dicho nada!

—Tú has empezado la riña —replicó la gitana antes de colocar el utensilio al lado de la chimenea—. Y ahora daos la mano, no quiero veros enfadados. Sois como hermanos, que no se os olvide nunca.

Se hicieron tirar de las orejas, pero al final, a instancias de la gitana, se dieron un abrazo y se disculparon los unos con los otros con palabras sinceras.

—¿Dónde se ha metido mi hermana? —preguntó Irving de pronto.

—Pues se marchó mientras os desgreñabais —respondió Kalia recogiendo los cubitos de hielo que no se habían derretido—. Seguramente necesitaba estar un rato a solas.

—¡Y todo por culpa de ese Cabeza de Rata! —se enfureció Irving—. Nyssia tiene razón: él nos ha amargado la vida. ¡Si lo tuviera aquí, delante de mí, lo estrangularía sin pensármelo dos veces!

—Nada te lo impide, Irving —dijo Kalia—. Aún vive. ¿Quién quiere un granizado?

Nyssia jugó con los polígonos de luz proyectados desde la cúpula de los Baños, como tenía por costumbre, de niña, imaginando que las estrellas venían a refugiarse durante el día en su guarida favorita, antes de volver a salir por las noches a extenderse por la tela negra de la bóveda celeste. Eran sus amigas, cada una tenía un nombre y le había contado su historia. Juntas, habían esperado.

—He venido a deciros que he cumplido mis sueños —murmuró, acariciando los tallos de luz del suelo de mármol—. Pero el precio ha sido alto, muy alto…

Se acordó de uno de los sitios en los que escondía sus tesoros. Fue a la sala de reposo y palpó los mosaicos del muro del lado de los lechos de piedra. Los habían renovado y habían sellado los azulejos con juntas nuevas. A lo mejor detrás seguía escondido su cuaderno, en el nicho del muro, o bien alguien lo había encontrado durante las obras de restauración, quizá su propia madre. Se puso colorada al recordar los pensamientos íntimos que había escrito allí y que delataban su conocimiento profundo de los hombres y de sus fantasías a una edad a la que las jovencitas no habían pasado más allá de la lectura de los *Cuentos de mi madre la oca*.

Nyssia se imaginó la decepción que se habría llevado Alicia y el desconcierto de su padre. Había tenido tanta ansia por comerse el mundo. Y ahora lamentaba haber acortado de ese modo su adolescencia. «La vida es una carrera de fondo», pensó mientras regresaba a la sala caliente a sentarse en medio del pozo de luz. Pensó en Victoria, que había tardado su tiempo en hacer su propia vida, sacrificándose siempre por los demás, por Javier, por su madre, por su padre. Pero ¿era realmente un sacrificio o había hallado en ello una suerte de equilibrio?

El curso de sus pensamientos era confuso, y eso también se lo debía a su infección con la bacteria treponema, pero ella se resistía a admitirlo. Ningún hombre había sido capaz de someterla y ningún microorganismo conseguiría nunca lo que el sexo opuesto no había conseguido. Desde que había llegado, trataba de entender por qué su padre había reanudado el vínculo imponiéndole un enigma que debía resolver.

—Muy propio de él —murmuró—. «Nyssia es una ecuación con dos incógnitas —dijo parodiando sus gestos—: a quién ama y por qué.»

Gracias a él, su regreso a Granada se había convertido en un camino de reconciliación con todos, hasta consigo misma.

—¡Pero si no estaba aquí! —exclamó de pronto.

La idea la había traspasado como algo evidente: había cambiado de sitio el cuaderno el día antes de abandonar la Alhambra, para esconderlo en un lugar más seguro. Se fue a la sala de la caldera, abrió la puerta de servicio situada al fondo y levantó una losa del suelo que hacía de trampilla del hipocausto. Metió los brazos y sacó dos cuadernos y un libro.

—Mi edición de *Las flores del mal*...

Irving la llamó desde la entrada a los Baños. Ella volvió a meter su tesoro en la canalización y cerró el hipocausto.

Cuando entró en la sala de las estrellas, su hermano no estaba solo.

—Sabía que te encontraría aquí —dijo Victoria, que había heredado la sonrisa de su madre.

—Dios mío... —balbució Nyssia.

No pudo contener las lágrimas. Desde su llegada, se había estado preparando para el reencuentro, pero la aparición de su hermana la había pillado por sorpresa. Se abrazaron largo rato. Nyssia reconoció el olor apaciguador de la piel de Victoria, parecido al que tenía de niña y que contenía el aroma a flores del viento de la Vega.

Se sentaron los tres alrededor del pozo de luz y dejaron que el tiempo los transportara. Nyssia reencontró las sensaciones de su vida de antaño, que ella creía perdidas. Los recuerdos se le presentaban en desorden y se preguntó qué clase de hortelano del alma había podido cuidar de ellos, habiéndolos ignorado ella durante tantos años, para ofrecérselos ahora tan bien preservados.

Estuvieron conversando como tres náufragos que hubiesen errado por el desierto antes de alcanzar un punto con agua y ponerse a beber, al principio a sorbitos pequeños y después cada vez más grandes, hasta embriagarse con sus voces.

—De pequeña creías que las estrellas venían a refugiarse aquí durante el día para soñar —comentó Victoria.

—Este era mi hogar, me sentía tan bien aquí … —confesó Nyssia—. ¿Qué salió mal conmigo? ¿Por qué me volví tan diferente de todos vosotros?

—A lo mejor si uno quiere triunfar en su vida, debe sacrificar otras —sugirió Victoria—. Raras veces escribimos una carta sin hacer primero una en borrador.

—Hay que echar muchas a perder —la corrigió Irving—. Todas las que no hemos vivido.

—Pues entonces tengo la papelera llena —dijo Nyssia, flexionando las piernas y frotándoselas—. Ya va siendo hora de que deje de cometer errores. Lo entendí al venir aquí, gracias a papá. Mañana iré a ver a Cabeza de Rata.

XXXIII

92

París,
lunes, 14 de febrero de 1887

El periodista de *L'Illustration* apartó el velo para observar las vistas. La propiedad, situada en el número 10 de la avenida de La Bourdonnais, daba al Campo de Marte, justo enfrente del emplazamiento escogido para la torre de Eiffel.

—Ya ve usted —dijo la viuda—, si construyen ese trasto espantoso, ya no podré disfrutar de las vistas, me va a tapar el sol y me quitará toda la perspectiva. ¡Qué desastre!

—Entiendo, sí —respondió maquinalmente el cronista, al que las quejas de la anciana no parecían conmover—. Pero será una instalación temporal.

—¡Veinte años, señor! ¡Veinte años hasta que la desmonten! Es decir, más de lo que me queda de vida. Y si quisiera vender, nadie querría comprar un inmueble situado al lado de un palitroque de trescientos metros. ¡No, es realmente un desastre, una catástrofe! —repitió ella, y lo invitó a sentarse a la mesa del comedor—. ¿Qué le gustaría beber, señor...?

—Rastignac. Nada, gracias —declinó él sacando un cuaderno y su lapicero.

—Rastignac... ¿Es su nombre verdadero?

—No, por supuesto que no. Es el pseudónimo que gasto para mi colaboración con el «Courrier de Paris». Volviendo al tema, señora Bouruet...

—Aubertot. Bouruet-Aubertot, o, t —precisó ella, poniéndose detrás de él para verificar la ortografía.

—Entonces ¿esta molestia ocasionada es el motivo de su acción ante los tribunales?

—Para empezar, no se trata de una simple «molestia», sino de un peligro real, que parece que usted ignora, señor mío —replicó la anciana señora sentándose enfrente de él—. Sepa que unos expertos han calculado que tiene todas las probabilidades de venirse abajo antes de que terminen de construirla o, peor aún, de hundirse en la tierra, lo cual hará que el Sena se salga de su cauce y provoque un maremoto —exclamó, sofocada, levantándose precipitadamente para observar un coche de punto que paraba delante de la obra.

De él se apearon dos hombres, que se metieron detrás de la empalizada que había sido levantada.

—¡Caramba! Me describe usted el fin del mundo —dijo él con una media sonrisa—. ¿No tiene ninguna fe en los cálculos de los ingenieros?

—Los ingenieros son hombres de carne y hueso como los demás. Solo Dios es infalible —declaró ella con un tono perentorio, al tiempo que iba y venía de la ventana a la mesa, lo que irritó a su invitado.

—¿Podemos volver al tema?

—¡Ya está ahí, acabo de verlo entrar, ese dichoso industrial! —rezongó ella después de volver a sentarse—. Pero no he dicho la última palabra. Sepa que no estoy sola en esta lucha.

—¿Ha contactado con los arquitectos y los artistas que han firmado esa petición que ha salido hoy en *Le Temps*?

—No, para nada. He hablado con la condesa de Poix y su marido, que viven en el número 8 y que también van a presentar una instancia ante el tribunal civil del Sena para prohibir la construcción de esa…. cosa —concluyó ella, alargándole los documentos que él no se tomó la molestia de ojear—. Cuando compramos, mi marido y yo, la ley estipulaba que la parte central seguiría siendo un parque y que no habría otra cosa que viviendas burguesas en este terreno. Mírelo, negro sobre blanco. ¡Y van y nos plantan un poste! ¡Vamos a ganar, porque la fuerza debe estar con la ley, incluso cuando se trata de constructores y de su ministro!

—¿Casas burguesas? —repitió él con extrañeza antes de apuntarlo febrilmente.

—Sí, ¿qué tiene de raro? A nosotros nos importa nuestro entorno, estimado caballero.

—Pues entonces ya le anuncio que han perdido su proceso judicial —dijo Rastignac dejando la pluma en la mesa.

La viuda dio varios respingos sin atreverse a levantarse de la silla.

—Pero ¿por qué? Pero ¿cómo…?

—Estimada señora, ¿qué es una casa burguesa? Los artistas llaman burgués a todo aquello que les produce rechazo. Y si a los artistas no les gusta la torre Eiffel, entonces es una construcción burguesa: ¡usted misma ha dado con la conclusión para mi crónica!

En compañía de Koechlin, Eiffel había inspeccionado los cimientos de la columna número dos, en los que trabajaban unos cincuenta hombres metidos en una enorme excavación cuadrangular. Por unas rampas descendían unos volquetes, que luego volvían a subir cargados de escombros, que a continuación eran enganchados para ser transportados a las escombreras públicas. La procesión de carretas había transformado el Campo de Marte en un hormiguero gigantesco.

Se reunieron con Jean Compagnon y Émile Nouguier, que se encontraban en la barraca más grande del tajo, casi a orillas del Sena.

—Vengan a calentarse —dijo Compagnon sirviéndoles una bebida humeante en unos cuencos.

—Hace cuatro grados —indicó Nouguier, dando unos toquecitos en el termómetro de mercurio.

Todos bebieron en silencio, arrullados por el ronroneo de la estufa, antes de que Compagnon extendiese sobre la mesa de trabajo un rulo con el plano de los cimientos.

—Las excavaciones terminarán de aquí a una semana —explicó—. Hemos comenzado por los cuatro macizos de mampostería que soportarán las vigas del armazón y deberíamos alcanzar dentro de poco la capa de grava sólida.

—¿A qué cota? —preguntó Eiffel recorriendo el plano.

—A más de veintisiete. Por lo que respecta a este pilar, así como al número tres, no habrá ningún problema, hemos tenido suerte con el subsuelo.

Los dos empresarios responsables de los sondeos acababan de unirse a la reunión y disfrutaron del mismo vino caliente.

—El rellenado con hormigón hidráulico está previsto para el 4 de marzo —prosiguió Compagnon—, salvo que nos lo impida el tiempo.

—¿Qué dice Delhorme?

—Prevé una mejoría y podrá confirmarlo definitivamente cinco días antes —respondió Nouguier—. Pero la tendencia de estos últimos años indica temperaturas de más de siete grados a primeros de marzo.

—Pasemos ahora a los problemas previstos —dijo Eiffel invitando a los subcontratistas a tomar la palabra.

Los primeros sondeos de los pilares uno y cuatro, los del lado del Sena, no habían arrojado resultados susceptibles de interpretación. Los testigos de desmonte habían sido borrados por el agua del río que infiltraba el subsuelo sobre el cual descansaría la torre, haciendo imposible la evaluación de su consistencia. Se habían instalado unos pozos de aire comprimido para remediarlo y acababan de recibir los resultados de los nuevos sondeos.

—La buena noticia es que hay una buena capa de arena y grava en la cota veintidós —anunció el hombre— y que podemos asentar los cimientos sobre esta capa sin ningún problema. La pega es que hay agua en la cota veintisiete, es decir, a siete metros cincuenta de profundidad —continuó, mientras el otro contratista repartía un croquis del subsuelo.

—Señor Compagnon —los interrumpió uno de los capataces que acababa de entrar—, necesitamos que venga.

El jefe de obra se disculpó, se puso el grueso guardapolvo y salió detrás de él.

—Siento molestarlo —dijo el hombre cuando cruzaban el campo polvoriento—, pero hay aquí un periodista que insiste en ver al señor Eiffel. No consigo quitármelo de encima.

—Ya me encargo —respondió Compagnon, que estaba acostumbrado a gestionar las numerosas peticiones de visita.

Tenía la mente en la reunión de la que acababa de salir. Eiffel se disponía a ordenar, con toda seguridad, la utilización de cámaras de aire comprimido para los cimientos. Los hombres, rodeados de agua del Sena, iban a tener que trabajar dentro de esas campanas alimentadas de aire mediante una bomba eléctrica. No era un procedimiento nuevo, pero el equipo de Eiffel estaba sometido a la presión de los periódicos y de todos los detractores prestos a echárseles encima al menor incidente.

Compagnon cruzó la tapia de tablas que marcaba el umbral de la entrada principal, donde esperaba el periodista en compañía del vigilante.

—Estimado amigo, me temo que hoy no va a ser posible ver al señor Eiffel. Presente una solicitud al señor Salles, que se pondrá en contacto con usted.

—Al grano —repuso Rastignac—. Sé que su patrón está aquí, lo hemos visto entrar —dijo señalando la ventana de la señora Bouruet-Aubertot—. Tenga la amabilidad de entregarle esta nota. Le espero.

El cronista hubo de esperar media hora antes de ver un coche estacionando delante de la entrada, y otro cuarto de hora más hasta que Eiffel salió del tajo.

—Dispongo de poco tiempo, suba, hablaremos durante el trayecto —le indicó este último.

—Si pasa por mi rotativo, acepto. Es lo menos, después de tanto rato esperándole.

—Cuando uno se pone el traje del imprevisto, no debería fiarse de que esté hecho a su medida —sentenció Eiffel, al tiempo que daba un bastonazo en el techo.

El vehículo arrancó al paso. El ingeniero escuchó el relato del periodista de la entrevista con la viuda y no quiso entrar al trapo, a lo que parecía incitarle el sujeto.

—Ya que se ha apelado a la justicia, esperemos su decisión —respondió tranquilamente—. Nosotros tenemos confianza porque estamos en nuestro derecho.

—Y de la petición de los artistas ¿qué tiene que decir?

—Pues nada más, señor Rastignac. Ya dije todo lo que tenía que decir en *Le Temps*. Ya no es momento de protestar. Tenían que haber manifestado sus quejas antes de la resolución del concurso. Hoy nuestro proyecto de torre suscita la admiración del mundo entero. ¿Cómo se entiende que solo en Francia, lo mismo que en París, se siga cuestionando esta obra?

—Lo que más ha encendido la mecha ha sido la concesión de veinte años, señor Eiffel —quiso puntualizar el cronista.

—Entonces, en tal caso, ¡demasiado pronto me parece! Que se esperen a verla de otro modo que no sobre un plano antes de poner el grito en el cielo. ¿Y si, una vez erigida, todas estas Casandras se dan cuenta de que, en vez de un espanto, mi torre es una cosa hermosa, que sus líneas esenciales, de las que hablan sin haberlas visto aún, representan la belleza de su adaptación a su destino? La forma que tiene es la única capaz de permitirle resistir todas las inclemencias ¡y la que le proporcionará toda su estética!

—He de decir que me impresiona su determinación, teniendo a toda esa gente encima. Le confesaré que al principio no las tenía todas conmigo.

—¿Y hoy?

—Hoy he entendido que su «cosa», sea cual sea su estética, es como un signo de los tiempos. Hágase cuenta de que ya ha entrado a formar parte del lenguaje de la calle: el otro día alguien me decía que su pieza era la torre Eiffel del éxito teatral; otro, que la mujer de la que estaba enamorado era su torre Eiffel. ¡Y pensar que ni siquiera está construida aún!

—Pero lo estará, caballero, lo estará. Y a todos les llenará de orgullo mi «odiosa columna de chapa taladrada».

El coche depositó a Rastignac en la calle Richelieu. El periodista le prometió avisarlo de la publicación de su próxima crónica sobre el tema. Y Eiffel, por su parte, le prometió una visita antes de la inauguración oficial.

La polémica, que se libraba desde hacía meses, había dejado exhausto al ingeniero. Entró en Prony y se quedó un rato dentro del coche, parado en medio del patio interior, con los ojos fijos en la tapicería rojo vivo del habitáculo. Le había venido a la mente de pronto la imagen de Marguerite, que habría tenido cuarenta y un años, seguida del rostro de Victorine. Las dos mujeres habían fallecido con solo unos meses de diferencia y desde entonces él protegía su vida sentimental de un modo tan puntilloso que ni siquiera Claire había vuelto a ver a ninguna otra mujer a su lado. Era el hombre con quien todos contaban, el padre atento, el ingeniero innovador, el empresario audaz, pero en ese preciso instante sintió ganas de no ser ninguno de ellos, para simplemente sentirse amado en unos brazos afectuosos.

Cuando bajó del coche, Eiffel ya se había sacudido de encima la nostalgia y se sentía más fuerte que nunca. La torre no solo sería su obra maestra, sino que haría de ella un símbolo inquebrantable.

93

París,
viernes, 1 de abril de 1887

Médor alzó las orejas, apuntó con el hocico hacia el ventanuco redondo por el que había aparecido un humano y emitió un gemido lastimero. Clément le acarició el lomo, lo que tuvo un efecto calmante inmediato en el perro de aguas, el cual volvió a tumbarse.

—Quince minutos más —le anunció a Nouguier, cuyo rostro desapareció tras el vidrio.

Clément siguió trabajando en sus ecuaciones, sentado en una silla y con el cuaderno apoyado en las rodillas. Había entrado en la cabina a primera hora de la tarde, acompañado de Médor, para llevar a cabo una prueba de renovación del oxígeno que todo indicaba sería positiva.

—Al menos para un hombre y un perro inmóviles durante cuatro horas —dijo para sí.

En caso de tener problemas de manejo de las válvulas durante el vuelo, los dos aeronautas podrían quedarse descansando en la cápsula hasta la caída de la noche, cuando la temperatura del gas dentro de la envoltura permitiese el descenso, es decir, hacia las doce aproximadamente. Clément hizo de nuevo el cálculo de la duración del oxígeno del que podrían disponer gracias a la máquina de almacenaje del gas carbónico, pero ya no conseguía concentrarse. Acababa de taparse la cara con las manos, cuando sintió la lengua áspera del perro de aguas lamiéndole los dedos: era hora de salir.

Dio una vuelta por el taller principal para admirar las primeras piezas de hierro de la torre salidas de las forjas lorenesas que el jefe de recepción de hierros estaba revisando en esos momentos. Luego regresó a casa andando, con las manos a la espalda y la mirada clavada en el suelo de la calle, absorto en sus pensamientos, que pasaban de los preparativos del récord a Alicia, cuya ausencia se le había vuelto insoportable a pesar de las cartas que recibía con regularidad.

Irving estaba preparándose para salir. Su comportamiento taciturno tenía preocupado a Clément, que se sentía responsable. El ingeniero vivía enfrascado en su trabajo, incapaz de recrear el hogar familiar desde la marcha de Alicia y Victoria.

—¿Chaqueta nueva? —observó cuando su hijo se ponía un par de pantalones que no le había visto antes.

—Lo mismo me preguntaste a principios de año —respondió Irving, después de un suspiro—. Se la compré a Jez por Navidad cuando estuve en Granada. Le quedaba corta de mangas.

—El inconveniente de la ropa de confección —probó a decir Clément para evitar disculparse, cosa que hacía cada dos por tres y que crispaba bastante a Irving—. ¿Vas a ver a Juliette?

—Sí. Volveré tarde, si vuelvo.

Clément sabía que su hijo le mentía. La incomodidad de Irving en momentos así era la misma que cuando, de pequeño, intentaba proteger a sus hermanas de las consecuencias de sus travesuras. No sabía deformar la realidad sin implorar perdón con los ojos. Clément le había preguntado a Alicia, y ella, por mediación de Jezequel, le había confirmado lo que él sospechaba.

Que su hijo le mintiera no suponía ningún drama, era normal, y resultaba esencial que Irving tuviese su propio rincón secreto, pero las suyas no eran mentiras felices, como las de los enamorados o las de aquellos apasionados por algo. Irving sufría y su padre lo notaba.

Cuando se fue, Clément estuvo observándolo desde la ventana mientras él caminaba hasta la esquina del bulevar de Courcelles, donde lo esperaba una berlina particular en la que se metió sin mirar atrás.

La florista del Jockey Club tiritaba delante de la puerta del Grand Seize, abrigada con su traje con los colores del ganador del derbi. La noche estaba surcada de chaparrones y ráfagas de viento.

—No sé cómo lo haces —le dijo al portero del establecimiento, que permanecía a pie firme en su sitio—. Yo estoy helada.

—Es una cuestión de naturaleza —respondió él mirándola de soslayo—. Has hecho una mala elección.

—Precisamente, no tengo elección: mi patrón me da la ropa y me la tengo que poner todo el año —dijo ella, a punto de estornudar.

El portero le plantó rápidamente un pañuelo debajo de la nariz, lo que tuvo el efecto inmediato de quitarle las ganas.

—¡Anda, pero qué bien huele! —dijo la florista aspirando el aroma del pañuelo.

—Regalo de una clienta.

—«VF» —dijo ella leyendo en alto las iniciales bordadas—. Entonces ¿es de ella?

El hombre asintió con la cabeza y dijo:

—Verónica Franco. Jamás vi que una cortesana suscitase tales pasiones. Y mira que he conocido a unas cuantas... Quédatelo si quieres —añadió cuando ella le devolvía el pañuelo—. Tengo más.

—Dicen que...

—¡Chitón! —lo interrumpió el hombre—. Oirás decir de todo sobre ella. Pero lo que yo sé me lo callaré, de nada sirve que me tires de la lengua.

La florista sabía que no eran alardes vanos. Ernest era el mayordomo más reputado de la ciudad por su integridad y discreción, a tal punto que las clientas del Grand Seize lo habían adoptado como consejero y confidente. Los rumores decían que además había tenido cierta intimidad con las mujeres galantes, cosa que él ni desmentía ni confirmaba, fiel a su costumbre.

—Vaya, tú sí que llevas una vida de ensueño —comentó la mujer, doblando primorosamente el pañuelo para guardárselo en un bolsillo—. Mientras que a mí no hay vez que me mire alguno de estos caballeros.

—La única vida de ensueño que conozco no es ni la mía ni la de nuestros clientes, sino la de la gente de verdadera alcurnia, la que no se deja ver nunca. Hale, vete a tu casa, ya terminaré yo de vender tus flores —dijo señalando el cubo que contenía tres ramos de narcisos.

Una vez a solas, Ernest dio unos pasos frotándose los brazos. Estaba tan aterido como ella, pero su reputación no le permitía desprenderse de su flema en presencia de terceros. Cuando volvió a su posición, una berlina paró delante de la entrada, una gran calesa amarilla con los resaltes en negro, el tiro compuesto por dos caballos de raza cruzada y con dos hombres en el pescante, que hacía fantasear a todos los *clubmen* de la plaza de París. Verónica Franco se bajó de ella con gracia y se dirigió al portero del local con sus andares contoneantes que, combinados con su vestido de seda, con dibujo escocés, realzaban su figura, calificada por un gacetillero de «referente de la belleza».

—Ernest, le presento a mi hermano —anunció Nyssia, cuyo sombrero de paja de ala ancha guarnecido con plumas de avestruz tapaba el rostro de Irving, que dio un paso a un lado para dejarse ver.

—Lo que usted diga, madame Franco.

—¡No, Ernest! ¡Irving es mi hermano, de verdad! —replicó ella, divertida.

—Perdóneme. No sabía que tuviera un hermano, madame Franco.

—También tiene una hermana y los tres somos trillizos, pero muy diferentes entre nosotros —añadió Irving con una ironía que no le pasó inadvertida al mayordomo.

—Ernest, un ramo de narcisos para este trillizo tristón —le pidió Nyssia.

—Le deseo una feliz velada, señor —dijo el mayordomo tendiéndole las flores.

Se hizo a un lado para invitarlos a subir la escalera. El gesto de confusión de su hermano, con el ramo en las manos, espoleó a su hermana.

—Pero, bueno, ¿por qué iban a tener los hombres el monopolio de regalar flores? La reacción es siempre, en todos los casos, de lo más graciosa. Conozco a un artista, coladito por mí, al que le entraba una especie de alborozo cuando recibía rosas cada vez que nos veíamos. Solo de ver el ramo se ponía como loco.

—No tienes por qué contarme tu vida íntima. Deberías darte cuenta de que me desagrada.

—Lo hago para que vayas acostumbrándote, hermano, porque no es nada comparado con lo que oirás decir de mí por ahí. Forma parte del juego.

—Nunca entenderé este mundo en el que te mueves como pez en el agua.

—Pues es el que tanto he deseado y el que me ha elegido. Me gustan sus códigos y no lo cambiaría por nada del mundo. Cuando pienso en la cara que ha puesto Ernest, el pobre está tan habituado a defender mis coartadas, que te ha tomado por uno de mis cortesanos —dijo Nyssia, parándose a medio camino—. Anda, Irving, no pongas esa cara, el desdén resulta bastante cómico, ¿no te parece?

Él no respondió y pasó delante de ella para entrar primero en la sala. Salía una mezcla de risas y música que, para sus adentros, calificó de vulgares. Irving se arrepentía de haber ido, ya antes de entrar. Había pasado a ver a su hermana a petición suya, al piso primero del número

124 de la calle de los Campos Elíseos, pues estaba buscando un fotógrafo que le hiciera un retrato. Había insistido en que lo hiciera él, cosa que no le agradaba en absoluto, ni por él, ni por ella, ni por su padre, al que se vería obligado a mentir una vez más. Habían cenado rodeados de la decoración suntuosa de su piso, que estaba dispuesto a admitir había sido concebido con mucho gusto y sin ostentación. Aquello lo animaba a creer que su hermana no tenía nada que ver con las cortesanas del todo París, de una frivolidad manifiesta. Después Nyssia lo había llevado a ver una representación de *Sigurd* en la Ópera, donde tenía alquilado un palco de los más grandes. A la vuelta, había insistido en que parara en el anexo del Café Anglais donde la esperaban sus fieles seguidores.

Cuando Irving abrió la puerta del Grand Seize, una de las mujeres estaba tocando «Las campanas del monasterio» al piano, aporreando las teclas como si golpeara la bola de cróquet con los mazos, contoneándose exageradamente en un equilibrio precario mientras los demás cantaban a coro el estribillo, bebiendo champán en copas o directamente de la botella entre estrofa y estrofa, sentados o tumbados en los amplios canapés del saloncito que habían alquilado para su velada privada. Su aparición desató un alboroto de júbilo y algún que otro golpeteo de bastón.

Irving reconoció a los cuatro *fashionables* invitados a la mesa del príncipe Yusúpov, así como a un hombre de más edad al que había visto antes en alguna parte. Otro, repantigado en un sillón, declamaba versos a una beldad ocupada en ganarse sus favores.

—¡Al fin! ¡Ya desesperábamos por ver a nuestra reina! —soltó uno de los dandis, secundado por la concurrencia.

La música cesó y arrastraron el canapé al centro de la pieza, donde ella se instaló sola y al instante se convirtió en el centro de atención. Verónica les contó con todo detalle la tarde que había pasado, sin omitir nada, haciéndola más animada de lo que Irving había tenido la sensación de haber vivido, compartiendo con ellos todo un sinfín de aspectos en los que él ni siquiera había reparado. Su hermana tenía el don de cautivar a su auditorio y de dar la impresión de estar dirigiéndose a cada uno de sus integrantes. Era a un tiempo sol y espejo. Le dio rabia reconocer que empezaba a comprender la fascinación que ejercía en los demás.

Irving sintió que una mano le acariciaba el hombro. Se había quedado aparte adrede y se le había acercado una de las participantes, una mujer esbelta, de rostro anguloso y cabellos más negros que el azabache, finos y disciplinados, que le llegaban por las caderas. Su físico destacaba respecto de las otras cortesanas, pero en la Alameda de Granada habría podido fundirse fácilmente entre la multitud.

—Acepte esta copa de champán, parece usted triste, hermano de la bella —dijo después de haber dado un trago a la copa de flauta y de haberla girado para ofrecérsela por el mismo sitio en el que ella había posado sus labios.

Irving bebió sin responder a sus avances, haciendo ver que estaba muy interesado en lo que estaban contando los *fashionables* sobre lo que habían hecho ellos esa tarde.

—Pues nosotros estuvimos en Les Bouffes-Parisiens, en el estreno de una ópera cómica —anunció el dandi imberbe.

—*La Gamine de Paris* —siguió el segundo.

—La muchacha sí que se acordará, la *gamine*, de su estreno —continuó un tercero.

—Y, a la vez, menuda idea hacerlo un uno de abril —ironizó el último, alzando exageradamente los ojos al cielo, antes de buscar una copa para beber.

—¡Sí, menuda inconsciencia!

—El día en que llueven peces.

—El día que vuelan...

—Pero ¿qué hicieron? —preguntó Irving para poner fin a su numerito. Su intervención les resultó tan chocante a todos que se volvieron hacia él—. Que yo también tengo lengua, ¿eh? —añadió el fotógrafo—. No tan ágil como la de ustedes, lo admito.

—Han echado peces al público desde la orquesta —le explicó la mujer, que se había pegado literalmente a él—. Y estoy segura de que besa de maravilla, esa lengua suya tan pudorosa —le susurró al oído.

—Dicho así, querida Giulia, ¡es un tanto brusco! —exclamó el dandi imberbe dirigiéndose a la meretriz.

—Francamente feo —dijo el primero—. Para empezar, no se trataba de cualquier pescado, sino de hermosas truchas.

—Unas truchas magníficas, querrás decir. Y vivas —explicó el más joven de los cuatro.

—¡Todos esos peces que planeaban por encima de las cabezas antes de hundirse en la multitud de burgueses escandalizados! ¡Qué imagen tan loca!

—El pescado de abril más vivo de la historia —apuntó el imberbe, tronchándose de risa.

—Y nada que ver con las aburridas convenciones, para variar.

—¿Cómo acabó vuestra aventura? —quiso saber Verónica Franco.

—Pues por poco nos lincha la muchedumbre —respondió el más mayor, comprendiendo que debía concluir el relato—. Chillaron, gritaron, nos amenazaron y algunos nos arrojaron sus pescados como si fueran salmones remontando el río. De hecho, había más estudiantes listos para llegar a las manos que burgueses, y tuvimos que batirnos en retirada antes del entreacto para que no nos molieran a palos. Hacía tiempo que no nos divertíamos tanto.

La compañía decidió descorchar más botellas de champán para festejar el final feliz de su farsa. Giulia redobló su insistencia con Irving.

—Hay aquí al lado de esta salita varios cuartitos secretos que me encantaría mostrarle —dijo cogiéndolo del brazo—. Allí disfrutaremos de una intimidad total y absoluta —precisó, señalándole al poeta que se dirigía hacia allí con una de las prostitutas.

—No creo que le apetezca —intercedió Nyssia—. Lo siento, hermano, me equivoqué, pensé que Giulia sería tu tipo de mujer. Perdona, Giulia —añadió dirigiéndose a la odalisca—, Irving es un idealista, pero no he perdido la esperanza de traerlo a la realidad.

—Ya verás: después de unas cuantas decepciones, se le coge el gusto a los favores de una compañía para pasar un rato —le susurró Giulia.

—Si es que se tienen los medios —intervino uno de los *fashionables*.

—La meretriz es más que valiosa: es indispensable para la nación —proclamó Verónica Franco—. Por eso no tiene precio. —Todos se arremolinaron a su alrededor—. Las ha habido en todas las épocas. ¿Teodota, a la que frecuentaba Sócrates? ¡Una sibarita! ¿Qué fueron Friné para Praxíteles, Theoria para Sófocles, Lidia para Horacio? ¡Musas! ¿La Fornarina para Rafael? Su amante inspiradora. Sin ellas, no habrían sido grandes pensadores ni grandes artistas. Y no solo son esenciales para las artes, también lo son para toda la industria. Sin las meretrices, la mitad de los joyeros de París estarían en la calle, y tres cuartos de lo mismo para los sastres, los maestros de danza, los perfumistas y los carroceros. La meretriz representa el lujo y el lujo representa la salud de un país.

Todos aplaudieron y expresaron a voces su aprobación. Habían bebido, y mucho, desde hacía varias horas y estaban borrachos, menos Nyssia, a la que Irving no había visto con una copa en la mano. Ella dominaba los debates, los iniciaba, los dirigía y controlaba a toda su grey.

—«Ser virtuoso es lo mismo que decir no a todo lo que es agradable en esta vida, una lucha absurda contras las inclinaciones y las pasiones naturales, el triunfo de la hipocresía y de la mentira sobre la verdad» —citó de memoria.

—¿Victor Hugo? —apuntó Giulia.

—¡Baudelaire! —bramó un *fashionable*.

—Maupassant.

—No, ese nuevo que escribe poemas… ¡Rimbaud!

Y cada vez Verónica Franco respondía moviendo la cabeza en señal de negación. Irving esperó a que todos hubiesen agotado su reserva de ideas y anunció:

—Théophile Gautier.

—¿Cómo lo sabes? —preguntó ella, sinceramente sorprendida.

—Estaba en uno de los cuadernos que te dejaste en la Alhambra.

—¡Ajá! —intervino el mayor de los dandis—. ¡Me da la sensación de que tu hermano nos va a desvelar tus secretos de juventud!

—¡Las patatas Anna están listas! —proclamó Ernest, el portero, al que nadie había oído entrar.

—En fin, caballeros, habrá que dejarlo para otra ocasión —dijo Nyssia—. Es más de medianoche y me muero de hambre.

La colación se sirvió en la salita del Grand Seize. Cada cual cogió su plato y sus cubiertos y se plantó donde quiso, con una porción del pastel de patatas preparado por el cocinero del Café Anglais.

—Tenemos la tradición de comerlo cada vez que celebramos una de nuestras reuniones —explicó Giulia, que se había instalado con Irving encima de la caja del piano.

—¿Y eso por qué? —quiso saber él, al tiempo que descubría la textura crujiente y blanda a la vez de las patatas Anna.

—Para no olvidar nunca quiénes somos y cómo puede acabar todo. Verónica, ¿quieres contárselo tú?

—A mí me lo contó Ernest. Hace unos años este establecimiento era frecuentado por Anna Deslions, una esplendorosa cortesana que contaba entre sus amantes un alteza imperial.

—Algo indispensable para pasar a la posteridad —sentenció el poeta, que acababa de volver de uno de los cuartos ocultos para participar en el ritual.

Nyssia no se dio por aludida y continuó:

—De tanto hablar de cocina con ella, nuestro amigo Ernest, siempre tan solícito con sus clientas, hizo que el jefe de cocina de la casa le preparara este plato.

—Dugléré —especificó uno de los *fashionables*.

Ahora estaban todos alrededor del piano, con el plato en la mano o puesto sobre la tapa del teclado.

—Dugléré ideó un aparato especial para la elaboración y cocción de las «patatas Anna» que les da este sabor único —continuó Nyssia, y dio un mordisquito al pastel—. La receta tuvo casi tanto éxito como la hermosa mujer, que fue la cortesana más famosa de su época.

—¿Y cómo terminó?

—Sola y arruinada, en un tugurio de la calle Taitbout. Abandonada casi por todos, aparte de Ernest que iba a verla de vez en cuando. Murió hace unos años, en la miseria y con tan solo el recuerdo de su esplendor. Los hombres olvidan igual de rápido que adulan.

—Ha quedado su receta —dijo Giulia mirando las patatas caramelizadas de su plato, con una cara de devoción que hizo reír a todos.

El hombre de más edad, que se había mostrado discreto toda la velada, se llevó a Verónica Franco a un aparte y se fue con ella a uno de los cuartos ocultos, del que salieron diez minutos después. Ella le hizo una seña a Irving.

—Hermano, quisiera presentarte a una persona a la que solo conoces de nombre —dijo volviéndose hacia el desconocido.

—Conde Pierre de la Chesnaye. Encantado de conocer al hermano mellizo de nuestra Verónica —declaró él con una voz exageradamente animada.

—Usted es uno de los administradores de Le Bon Marché, ¿verdad? —comentó Irving sin dejar que asomara su desagrado.

Acababa de comprender por qué Nyssia había insistido tanto en que la acompañase al Grand Seize.

—Así es. Y, a propósito de eso, Verónica me ha hablado de su puesto de empleado en nuestra galería de muebles. Sepa que si deseara evolucionar hacia otro puesto con más responsabilidad, no tiene más que decírmelo y podrá dar la cosa por hecha —le aseguró La Chesnaye con aires de suficiencia.

—Se lo agradezco, pero no será necesario, me siento muy a gusto en mi trabajo.

—Permita que insista. No puedo negarle nada a nuestra querida amiga —dijo el conde, acariciando el brazo de Nyssia.

—Le estoy muy agradecido a mi hermana por su interés en mi porvenir, pero pronto dejaré su establecimiento, señor de la Chesnaye.

El administrador dirigió una mirada interrogante a Verónica Franco.

—Mi hermana no está al corriente —explicó Irving—. Voy a trabajar como fotógrafo a tiempo completo para varios estudios.

El hombre lo felicitó con una frase hecha, le reiteró su ofrecimiento en caso de que el sector de la fotografía le procurase sinsabores y luego se marchó.

—¿Él es el sucesor de Yusúpov? —preguntó Irving cuando ella volvió de acompañarlo a la puerta.

—¡Qué chistoso! No, mi amante es un barón italiano, un diplomático muy conocido. Él me corteja desde hace nada. Está loco por mí y acaba de regalarme este solitario —dijo estirando la mano, donde brillaba un hermoso diamante.

—¿Y lo has aceptado?

—Dame una sola razón por la que deba rechazar un regalo por el que no se me pide nada a cambio. No te preocupes por mí, aunque el conde se quede a la puerta de mi gineceo, me lo guardo de reserva. Es de los que me han prometido casarse conmigo si enviudan. Será un seguro para cuando me marchite.

—¿Algo que ver con las patatas Anna?

—Irving, no seas ingrato, lo invité para presentártelo. Podría ayudarte a progresar.

—Supongo que debería darte las gracias.

—Haz lo que te parezca adecuado.

—Entonces, te pediría que dejes de intentar ayudarme.

—Como quieras.

—Y que no me invites más. No me encuentro a gusto en tu ambiente. De hecho, me siento ajeno a todo esto.

—La próxima vez ven a mi piso, estaré sola.

—Eso es imposible: vives rodeada de una auténtica corte —repuso Irving mirando al grupo, entregado a su bacanal.

—Pues escribámonos —propuso ella.

—Señora —dijo el portero, jadeando después de haber subido de dos en dos los escalones.

—Ahora no, Ernest.

—Es que su ama de llaves acaba de enviarle una nota. Parece que se trata de algo importante.

Ella lo leyó rápidamente y pareció disgustarse.

—Debo volver a casa por un asunto urgente.

—Yo ya me iba, Nyssia.

—¡Por el amor del cielo, no me llames Nyssia! —dijo entre dientes mientras se cercioraba de que nadie la hubiera oído.

—¿Me puedes dejar cerca de tu casa? Luego seguiré a pie.

—Espérame, no tardaré mucho. Terminaremos la conversación más tarde. ¿Quieres? Por favor —insistió ella.

Irving aceptó. Estaba cansado y sabía que era inútil luchar contra su hermana.

—Espérame —repitió antes de desaparecer por la escalera.

Varias parejas se habían alejado del resto a la intimidad de los cuartos reservados. Irving se dejó caer en uno de los sillones, donde Giulia luchaba contra el sueño y una borrachera de aúpa.

—Al final me parece que estamos hechos el uno para el otro esta noche —dijo, y se apoyó en su hombro antes de quedarse dormida.

Nyssia cogió la manta de viaje, dejada de cualquier manera en el asiento de la berlina, y se envolvió en ella. Era una manta escocesa, regalo de un amante de una noche cuyo rostro ni siquiera recordaba. La hizo entrar en calor, mientras las fuertes ráfagas de viento arreciaban en el exterior y la lluvia tamborileaba contra el habitáculo. La nota de su empleada indicaba que un «caballero» estaba esperándola en su domicilio para un asunto de la mayor importancia. Pero solo su amante oficial tenía derecho a verla en su piso y el ama de llaves lo conocía. En cuanto a los demás, ninguno, ni siquiera *in articulo mortis*, hubiera osado molestarla en mitad de la noche. Yusúpov, que aún se negaba a aceptar su separación, la trataba como trataría un boyardo a un siervo de la gleba liberado, pese a su generosidad aparente. Pero él era ya cosa del pasado.

La recibió su sirvienta, con los ojos hinchados de sueño.

—Lo siento mucho, madame, llegó hacia la medianoche y no quiso decirme quién era o volver mañana o más tarde. Quería verla inmediatamente. Creo que se trata de algo grave.

—¿Dónde está?

—La está esperando en la salita.

Cuando Nyssia abrió la puerta, pensó que iba a desmayarse. Era la última persona que esperaba ver. El corazón, que se le había quedado parado dentro del pecho, volvió a latir desbocado. Trató de calmarse, pero solo pudo articular una palabra:

—Papá...

94

París,
lunes, 4 de abril de 1887

Las aristas metálicas de varios metros que salían del firme a la altura de los dos primeros pilares semejaban barras clavadas en la tierra por la mano de un gigante. Irving tomó un montón de clichés aprovechando la luminosidad del mediodía y trasladó todo su material a la zona del pilar número cuatro, en el que Eiffel y Camille Flammarion, con botas y equipados con guardapolvos y gorra de tela, se disponían a bajar a una de las cámaras de aire comprimido. El dispositivo había inspirado numerosos artículos en la prensa, cuyo tenor oscilaba entre la admiración y la inquietud: los obreros trabajaban dentro de una campana metálica rodeada de agua que, en caso de accidente, podría inundarse en cuestión de un minuto. Eiffel había inaugurado una serie de visitas, empezando por la del ministro Lockroy, cuyo objeto era sofocar las polémicas y proporcionar regularmente información a los periódicos sobre las novedades que iban produciéndose.

Los dos hombres se colocaron delante de la escala que bajaba por la chimenea de la cámara, mientras Irving destapaba el objetivo. Bajaron por los veinte barrotes transversales hacia la penumbra y tocaron el suelo saturado de agua a ocho metros de profundidad, donde cuatro obreros rellenaban unos cubos con material del desmonte, que un sistema de poleas sacaba al exterior. El compartimento, de un metro ochenta de alto, los obligaba a estar encorvados en todo momento. Los equipos se relevaban cada tanto debido al calor y a la humedad reinantes.

—Tenemos los riesgos bajo control —dijo Eiffel al ver que Flammarion arrugaba la frente con preocupación—. Estamos rodeados de agua, sí, pero, gracias al aire comprimido, no puede penetrar. Este tipo de práctica no es nada comparado con una base de puente que hay que clavar en mitad del lecho de un río. ¡El que sabe hacer un puente sabe construir una torre!

—Pues yo me siento más a gusto en una barquilla a mil metros de altitud que en el sótano de mi casa —confesó el experto en información científica de *Le Siècle*—. ¡Pero con esto me va a quedar un bonito artículo!

Cuando salieron de nuevo por la chimenea, se les había adherido al rostro una fina capa de polvo, que se limpiaron pasándose el pañuelo por la cara. Irving había ido a revelar las placas a una de las barracas de obra transformada en cámara oscura.

—Los cuatro pilares se unirán en el primer nivel antes de que termine el año —explicó Eiffel.

Flammarion admiró la seguridad de su amigo, cuando él solo veía ante sí un terreno baldío con cuatro socavones descomunales.

—Vayamos a cambiarnos —propuso el ingeniero—, y después iremos al laboratorio aeronáutico a ver a Clément.

Cuando salieron por la tapia de madera, dirigió una mirada a las casas de La Bourdonnais y sintió un nudo en el estómago. Todos aguardaban la deliberación de los jueces después de la demanda de los vecinos de las calles que daban al río. Eiffel, deseoso de asegurar el contrato, había aceptado indemnizar a la viuda Bouruet-Aubertot de su propio bolsillo en caso de que esta ganase el proceso. Una suma importante que lo obligaría a detener de inmediato los trabajos de Clément.

Delhorme no había vuelto a casa desde la noche del 1 de abril. Al ver partir a Irving en una lujosa berlina, se había llegado al domicilio de Juliette. La joven había empezado mintiéndole, se había enredado en sus explicaciones y finalmente, ante la insistencia de Clément, había terminado rompiendo en sollozos antes de confesarle que Irving había acudido a una cita, de la que solo le había proporcionado una dirección y un nombre, que no le dijeron nada. Al presentarse en el 124 de la calle de los Campos Elíseos, había atendido a Clément el ama de llaves de Verónica Franco, la cual, ante su desconcierto, había mandado aviso a su señora. La espera había sido larga pero al menos había desaparecido la inquietud acumulada a lo largo de los meses: Irving mantenía una relación con una mujer galante, sin duda una clienta de Le Bon Marché, y no se atrevía a contárselo a sus padres. Clément se había relajado: las cortesanas no tenían fama de mantener relaciones amorosas estables, precisamente, y menos aún con un hombre joven y sin posibles, así que su hijo volvería con Juliette, que parecía sentirse unida a él contra viento y marea. No tenía la menor intención de soltarle ningún sermón, tan solo deseaba apaciguar la conciencia de Irving, que venía ocultándole su relación desde el principio.

Y entonces apareció Verónica Franco… Clément revivía una y otra vez el momento en que, durante una fracción de segundo, no había visto nada más que el rostro de la cortesana que le había echado el guante a su hijo. Luego la voz de Nyssia lo había llamado «papá». Y todo se había vuelto indescriptible. A su mente habían afluido montañas de recuerdos, y muchas preguntas, una de las cuales se le repetía sin cesar: ¿qué diantres estaba haciendo su hija desaparecida en casa de esa mujer galante?

No se habían echado el uno en brazos del otro, no había habido efusividad alguna, lágrimas, o quizá algunas sí, no lo recordaba muy bien, aparte de este regusto salado en las comisuras de los labios. Nyssia había dicho algo, pero Clément no entendía nada. Se había sentado, con su hija a su lado, que una y otra vez le decía que la señorita Franco era ella; él había combatido la angustia que brotaba en su interior, hasta que todo ocupó un lugar, su lugar, y la fotografía se tornó nítida. Entonces había comprendido, había aceptado la horrible verdad, tan chocante que no era capaz de verla, ni de imaginársela siquiera, hasta que se le presentó con toda su crudeza: a lo largo de todos esos años, su hija había estado ahí mismo, a unas manzanas de distancia, cortejada y cortesana, alimentándose de los deseos que ella misma suscitaba en los hombres de la clase dominante. A lo largo de todos esos años ella no había escrito ni pensando en su propia familia, que la buscaba sin descanso. Nyssia había dicho algo, luego se había sumido en el silencio como su padre; el silencio era lo único que compartían ya. Clément se sintió de pronto como si estuviera de luto. Nyssia ya no existía, puesto que la había enterrado Verónica Franco, y esa idea se había transformado en la única audible, la única creíble. Él había fracasado en su papel de padre sin saber cuándo, sin comprender por qué: su hija era una ecuación con demasiadas incógnitas. De repente sintió la necesidad de respirar, una necesidad imperiosa de aire, y se había puesto de pie, le había dicho algo, mirándola. Sus ojos, esos ojos de mujer, eran los mismos que aquellos de la adolescente que los había abandonado, y tuvo por un instante la esperanza de que lo escuchase, a él, a su héroe de la niñez, pero esa esperanza se había deshecho con la voluta de humo que salía del extremo de su boquilla de jade. Entonces, solo entonces se había marchado, y había sabido que no volvería a verla nunca más, puesto que también ella había enterrado a su familia. Se habían convertido en corrientes opuestas.

Desde entonces, Clément vivía en su laboratorio, cuyo vestuario le servía de habitación y de cuarto de baño. Sabía que regresaría a la calle de Prony, se lo debía a Irving, pero todavía era pronto para eso. Solo podía soportar el trabajo, y ya no pensaba en otra cosa que en volver con los suyos y a la Alhambra sin miedo de la justicia española.

—¡Aquí está nuestro Robur! —exclamó Flammarion, cuyo entusiasmo contagioso le arrancó una sonrisa a Clément.

La novela de Jules Verne, publicada el año anterior, había hecho las delicias de los dos hombres, que habían entablado debates interminables sobre los globos y las naves aéreas «más pesadas que el aire», máquinas voladoras dirigibles que para Clément eran las más interesantes. Desde entonces, Flammarion se dirigía a él invariablemente con el nombre del protagonista de la novela de Verne.

—Bueno, qué, ¿en qué punto nos encontramos, capitán? —preguntó el periodista científico frotándose las manos.

—Pues estamos listos para construir el modelo final —respondió Clément llevándolos ante el prototipo.

Médor se sentó a una distancia prudencial de la cabina, pues detestaba pasarse horas encerrado dentro.

—Ya no tendrás que hacerlo —lo tranquilizó su amo, acariciándole el pelo—. He terminado todas las pruebas, caballeros —añadió.

—Entonces ¿estamos preparados? —insistió Flammarion.

Clément se apoyó en una de las escotillas del cubo de metal y observó el interior antes de responder:

—Sí. He enviado los planos de los dos hemi-cascos a la acería de Pompey.

—¡Perfecto! —exclamó Eiffel con regocijo.

—Pero falta un último punto por resolver —dijo Delhorme volviendo hacia las hojas apiladas encima de la mesa.

—Muy bien, ¿cuál?

—Solo podrá ir una persona. He rehecho los cálculos más de cinco veces. Los he afinado con nuestras pruebas reales. Hay oxígeno suficiente para dos adultos durante cinco horas como máximo.

—Aumentemos la capacidad de la máquina —propuso Eiffel.

—Si añadimos un segundo cartucho, no quedará sitio suficiente para dos personas adultas —objetó Clément, dando unos toques con la yema del dedo en el plano extendido.

—Dicho de otro modo: tendremos que decidir quién irá en el globo, si Clément o Camille, ¿es eso? —resumió el empresario.

—Pero ¿cómo vamos a tomar esa decisión? —preguntó Flammarion acercándose a la cabina de ensayos—. ¡Qué cruel dilema!

—Camille es mejor piloto, sin ánimo de ofender, Clément —empezó a decir Eiffel—. Pero...

—... pero Clément es el más apto para manejar los aparatos de medición —convino Flammarion.

—¿Quieren que anulemos la tentativa?

—¡De eso nada, si ya casi estamos! —contestó airado Flammarion, dando una palmada en la pared del habitáculo.

—Entonces, que la suerte decida por nosotros —sugirió Clément.

—¿Qué propone?

—Que lo echemos a cara o cruz —respondió Delhorme sacando una moneda de un franco del chaleco.

Se la lanzó a Flammarion, que la cogió al vuelo y la escondió bajo la palma derecha.

—¿Aceptan someterse ambos al resultado? —preguntó Eiffel con objeto de formalizar la decisión—. Quien gane tratará de lograr el récord y el otro hará el vuelo de prueba. Piénsenlo bien: después ya no se podrá rectificar.

—Sí —respondieron los dos a la vez.

—¿Qué elige usted? —preguntó Flammarion a Clément.

—Cara.

Irving se lavó la cara embadurnada de polvo después de haberse pasado la jornada en el tajo de la torre, se cambió de ropa y tomó una cena frugal para acostarse temprano. Estaba satisfecho con los clichés que había tomado, que llevaría al día siguiente al industrial, aunque él se quedaría con una serie de retratos de los obreros. La torre no era nada sin sus peones y había decidido honrarlos de esa manera. Se sentó ante el escritorio, escribió una carta para su madre, como los días anteriores, para intentar tranquilizarla, y se quedó un buen rato, con aire soñador, mirando la foto que su padre había decidido quedarse, una imagen de los Baños en la que Clément estaba convencido de haber visto a Nyssia entre los matices de sombra de un nicho, en el que Irving, por su parte, no había distinguido nada.

La llave giró en la cerradura de la puerta del piso y lo despertó en el instante en que el pequeño reloj de la repisa de la chimenea tintineaba ocho veces. Se había quedado dormido con la cabeza apoyada en el cuero del secreter. Irving se frotó la nuca dolorida y entró en el salón, algo aturdido.

—¿Eres tú, papá? —preguntó al ver que se encendía una luz en la cocina.

Clément apareció con un candil en una mano y un mendrugo de pan en la otra.

—Tenía hambre —explicó, dando un mordisco al pan.

—Me lo tomo como una buena noticia, papá.

—Siento mucho lo ocurrido. ¿No has cenado?

Irving reavivó las brasas candentes y ambos se sentaron directamente en el suelo frente a las llamas que empezaban a nacer. Clément le habló a su hijo con el corazón en la mano y dejó que su alma le dictase las palabras que no habían querido salir de su pecho desde hacía tres días. Luego le explicó la decisión que habían echado a suertes para elegir quién iría en la barquilla.

—No seré yo el capitán del globo. Ganó Camille Flammarion y la aeronave llevará por nombre *Robur*.

—No va contigo, tú que normalmente lo prevés todo.

—Las matemáticas no pueden controlarlo todo, hijo mío. Hoy lo sé. A veces hay que ponerse en manos de…

—¿De Dios?

—¡Tampoco hay que exagerar! A veces hay que ponerse en manos del destino, digo.

Clément sacó la moneda de un franco del chaleco.

—La llevo desde hace años en el bolsillo. Tiene nueve probabilidades sobre diez de caer por el lado de la cara.

La lanzó al aire y la recuperó por el lado previsto.

—Desafortunadamente, en el peor momento, salió cruz.

Clément se la dio a Irving.

—Pero no he dicho mi última palabra. Soy más cabezota que el destino.

XXXIV

95

Granada,
viernes, 15 de abril de 1887

El doctor Pinilla se alisaba los bigotes con aplicación, señal de una intensa agitación interior. Cuando había entrado en la sala reservada a los médicos, Ruy había escondido deliberadamente la hoja en la que estaba escribiendo. Al ver su torpe precipitación, el facultativo no tuvo la menor duda de que no se trataba ni de un informe ni de una carta de índole médica. Llevaba muchos meses preocupado por su hijo, que cometía un descuido tras otro en el hospital y tenía desatendida a su familia.

Pinilla se puso el delantal blanco que usaba cuando tenía que escayolar a algún paciente y le alargó otro a su hijo.

—Necesito ayuda, una fractura doble en un interno difícil.

Ruy no protestó, se vistió y se fue tras él a la sala de intervenciones.

—Me he dejado una cosa, ahora vuelvo —dijo Pinilla, desapareciendo sin darle tiempo a reaccionar.

La sala de médicos estaba vacía, para su alivio. Nada de lo que hacía era premeditado y le daba vergüenza hurgar en la chaqueta de su hijo para sacar el papel. Farfulló más de un «Ave María Purísima» mientras lo leía, volvió a guardarlo en el bolsillo y a continuación lo sacó de nuevo: al cuerno con las sospechas de Ruy, su madre debía ver aquella notita, absolutamente.

La colocación del yeso se realizó en silencio por parte de ambos médicos, que no honraron al herido con una gran concentración en cada uno de los movimientos, pues andaban los dos sumidos en sus cavilaciones. Cuando Pinilla le propuso a Ruy ir a casa juntos a comer, su hijo pretextó un trabajo que tenía que terminar. El médico no insistió y se llegó en coche de punto a la calle Párraga. Dejó la nota en la mesa del patio donde su mujer estaba haciendo solitarios con naipes.

—Lea. Lea y comprenderá.

Ella dejó el juego y cogió los lentes con toda la calma.

—Vamos, vamos —se impacientó él.

La señora Pinilla reconoció la letra de su hijo y leyó:

> Tu cuerpo lo forman montes y valles de incomparable dulzura, tu boca y tus labios son…

Se interrumpió y se lo devolvió.

—¡Pero siga, vamos! —la azuzó el médico.

La señora Pinilla cogió con la mano izquierda su medalla de la Virgen y prosiguió:

> … son dos frutos exóticos cuya carne muerdo con deleite, tu cuerpo entero baila un fandango encima del mío, a todas horas, lo siento a cada instante del día y de la noche, ya no duermo, ya no como, ya solo tengo un deseo, estar de nuevo contigo, mi gitana, mi diosa, mi todo, que no hay mujer que lo iguale ni que se le acerque de lejos, a ti, a quien amaré hasta los últimos días de la eternidad.
>
> Tu Ruy

—¡Ay, Dios mío, mi niño! —gimió ella.

—¡Ahí lo tiene! ¡Ahí tiene en qué piensa su «niño» desde hace semanas mientras aquí nosotros vivimos con el corazón en un puño por él! ¡En mujeres!

—No, está enamorado —lo corrigió su mujer—. Pero ¿quién será? ¡Ojalá que una gitana del Sacromonte no le haya echado el lazo! —añadió, persignándose.

—Yo barrunto algo. Iré a ver a Alicia Delhorme esta tarde a primera hora.

—¿Crees que es ella?

La señora Pinilla se había levantado y se abanicaba maquinalmente.

—No, por supuesto que no, eso es imposible. Alicia es una mujer como Dios manda —dijo cuando el pensamiento celoso de que su hijo hubiese podido hacer realidad el sueño que él tenía de siempre le cruzó el pensamiento y lo llenó de culpa—. Ruy no puede echar a perder su carrera por una relación inapropiada.

Barbacana meneaba la cola para todos los lados, valiéndose de ella para espantar a los insectos que la rodeaban, para disfrute de los tres chiquillos que se le habían subido al lomo y de aquellos que los miraban.

—Se acabó, niños —anunció Victoria parando su mula en la explanada de la Alhambra.

Del grupito salieron al unísono gritos de protesta.

—Ya haremos otra salida este año —les prometió ella, antes de entregarlos a las madres o a las amas que habían acudido a esperarlos. Barbacana validó el traspaso con un rebuzno de felicidad.

Victoria había retomado su trabajo de maestra desde que habían regresado de París, mientras esperaba a que Javier hiciera lo propio. Había disimulado su decepción cuando él le había escrito para explicarle que debía quedarse unos meses más para ayudar, como ingeniero que ya era, en la American Electric Company. Ella le había expresado su tristeza cuando, al cabo de cuatro meses, no había vuelto a saber nada de él. Y a primeros de abril había dejado hablar a su cólera, cuando Jez había ido a anunciarle que Javier había renunciado a trabajar para él. Victoria había comprendido entonces que no podía luchar contra el Nuevo Mundo y sus tentaciones innumerables. Se había dado cuenta de que su novio nunca tendría el valor de confesarle que sus sentimientos habían cambiado, por mucho que ella siguiese esperando estar equivocada.

Fue la primera en volver a casa; preparó un granizado de limón y se tomó un vaso mientras esperaba a Kalia y a su madre, que habían bajado al Zacatín. Comprobó por tercera vez el velador del pasillo, donde el cartero acostumbraba dejar el correo cuando ellas se ausentaban; estaba desesperantemente vacío. Al empezar a preparar la comida, vio a Alicia y a la gitana en las Placetas, hablando acaloradamente con el doctor Pinilla. Victoria los observó por el rabillo del ojo mientras troceaba unas verduras, que echó en una olla con agua caliente.

—¿Qué pasa, mamá? —le preguntó cuando Alicia entró, dejando a Kalia y al médico con su animada conversación.

—Nada de importancia —respondió su madre, observándolos a su vez desde la ventana.

«Cosas de mayores», estuvo a punto de responder, justo antes de darse cuenta de que su hija era también, y desde hacía años, una mujer adulta.

—Es la primera vez que veo al médico sin su maletín —comentó Victoria—. Y sin Ruy.

Alicia le dio un beso tierno a su hija. Victoria había adivinado lo que pasaba y lo decía con una delicadeza que admiraba en ella. Victoria sabía hacer las cosas sin herir, lo que convertía la actitud de Javier en aún más odiosa a ojos de Alicia.

—No voy a poder esperaros —dijo la joven cascando dos huevos, que usó para hacerse una tortilla.

Se la comió de pie, mordisqueó una hoja de lechuga y se fue a cambiarse.

—Me voy a la reunión —anunció, saliendo de su cuarto con un vestido negro de lunares blancos y amplios volantes.

Dio un rodeo por la iglesia de Santa María para evitar las Placetas, donde proseguía la conversación, y bajó a la ciudad baja hasta Puerta Real. Victoria fue amablemente recibida en una casa burguesa con el patio transformado en salón literario. La reunión era exclusivamente femenina, salvo por el joven librero Zamora, instalado junto a una mujer vestida de negro en sendas sillas que miraban hacia las demás. La presencia del compañero de fuga de Nyssia incomodó a Victoria.

—Es un placer y un honor recibir en Granada a la condesa Emilia Pardo Bazán, a la que no es necesario presentarles —dijo a modo de preámbulo—. Y quisiera dar las gracias a la familia Ganivet por habernos acogido para esta reunión sobre la causa femenina.

La condesa, cuya elegancia austera se veía realzada por un rostro de cejas pobladas, nariz larga y labios carnosos, era una activista discreta y más moderada que sus homólogas francesas o inglesas. A sus treinta y cinco años, tenía ya una trayectoria de novelista prolija y se había comprometido con la causa en diferentes etapas de su vida, sin armar grandes alborotos. A Victoria le pareció que guardaba cierto parecido físico con madame Boucicaut, dejando al margen su voz agudísima que daba una connotación singular al personaje.

—Las leyes en nuestros días, más incluso que en los últimos siglos, son bastante desfavorables para las mujeres; y los usos y costumbres, desfavorables del todo —dijo la condesa, abanicándose—. Se censura y se ridiculiza a las que siguen cursos en las facultades. La única salida que nos queda a las mujeres es casarnos o ingresar en un convento, o si acaso el servicio doméstico o la mendicidad. Pero el nuevo modelo de mujer debe situarse lejos de esos dos extremos que son la devoción religiosa y la prostitución.

El joven librero había asentido con la cabeza a cada afirmación y él desató los aplausos aplaudiendo el primero.

—Los hombres quieren mantener a la mujer en la ignorancia y lejos del contacto con el mundo. Es el único medio de que disponen para conservar el poder y el control sobre el bello sexo.

—Pero ¿qué podemos hacer nosotras para que eso cambie? —preguntó la mujer sentada junto a Victoria.

—Educarnos y educar a las jovencitas, rechazar los papeles en los que nos encasillan los hombres, leer cuando nos obliguen a aprender a bordar, matricularnos en la universidad cuando pretendan que busquemos un buen partido para casarnos.

—Haría falta que todas las mujeres de España pudieran aprender a leer —intervino Victoria, que se interrumpió, sorprendida ante su propia espontaneidad, y al poco prosiguió—: Todavía hay millones de españolas que no saben ni leer ni escribir —precisó—. El día que todas tengan acceso a los textos de escritoras como usted, señora condesa, o como Mary Wollstonecraft, Olympe de Gouges o Marion Reid, entonces seremos lo bastante fuertes para imponer la igualdad total de los sexos.

Esta vez los aplausos fueron para ella. La condesa, sorprendida de oír esos nombres en la sala, cuando creía que era la única que los conocía, se volvió hacia Zamora.

—Es una maestra, la hija de Alicia Delhorme —le explicó.

—Cuánto me alegro de que la señora Delhorme, de cuya destacable labor en la Alhambra me han hablado muy bien, haya sabido insuflar en su descendencia el espíritu de lo que nosotras llamamos, sin ninguna connotación peyorativa, el «feminismo» —dijo dirigiéndose a Victoria.

El joven librero susurró unas palabras al oído de la Pardo Bazán, quien se abanicó nerviosamente. Victoria notó que crecía en su interior una ola de cólera contra el antiguo novio de Nyssia, que sin duda acababa de relativizar el feminismo de una parte de la familia Delhorme.

Apenas terminada la sesión, la oradora se acercó a saludarla para animarla a difundir su causa, mientras Zamora se ocupaba de acompañar a la puerta a las otras participantes.

—¿Y cómo podría hacerlo? —le preguntó Victoria.

—Siga educando a jóvenes, abriendo la mente de las jovencitas, plantando esas semillas que luego germinarán, año tras año, en todas las generaciones de mujeres a las que formará.

—Gracias por sus palabras de ánimo, señora condesa.

—No, las gracias se las doy yo. Sepa que sin ustedes yo no podría cambiar nada.

Victoria titubeó antes de hablarle acerca de Nyssia, cuya imagen no podía permitir que mancillaran sin mover ella un dedo.

—¿Conoce a Verónica Franco, por un casual?

—¿La mujer galante? Tengo tantos amigos franceses que no sería posible que no hubiese oído hablar de ella. Incluso me la crucé en una velada organizada por un príncipe ruso. Nunca había visto tal poder de atracción sobre los hombres.

—Es mi hermana, señora.

—Nuestro librero me lo ha comentado, efectivamente, cuando ha hablado usted —confesó la condesa.

—No debe creer todo lo que le ha dicho. No es ninguna cortesana disoluta, ella…

—No tema —la cortó la Pardo Bazán—, no me ha hablado de su hermana desde ese punto de vista. Solo me ha dicho que era una mujer excepcional que había tenido la suerte de conocer bien.

De regreso a la Alhambra, Vitoria se cruzó con Ruy Pinilla, que andaba buscando a Kalia y que había recorrido todo el lugar para dar con ella.

—Pues no me pareció que se sintiera indispuesta —dijo la joven con picardía.

—Tengo que hablar con ella, es importante. Ayúdeme, Victoria —le imploró sin tratar de disimular lo que sentía.

—La avisaré si la veo.

—La espero en la biblioteca de la universidad, estaré allí toda la tarde. ¿No se le olvidará?

Ella se lo aseguró y, una vez en casa, entró directamente en su alcoba, se sentó a la mesa con una hoja en blanco y, mordisqueando el portaplumas, se puso a buscar con qué palabras pondría fin a una relación que no tenía ya ningún sentido. Victoria había comprendido que estaba en un error, que tenía que hacer tabla rasa de una vida soñada para construir a partir de ese momento una más real. No podía cambiar a Javier. Él seguía su propia corriente, que tal vez algún día volvería a llevarla hasta ella, pero sobre todo no debía esperarlo, sino dejarse simplemente llevar por la suya propia.

96

París,
sábado, 10 de diciembre de 1887

El Sena se había teñido de los reflejos de lodo de los días de crecida. Ya no llovía, pero las nubes, infladas como los forzudos de la feria de Saint-Germain, amenazaban con despanzurrarse sobre la capital. La gabarra, con su cargamento de trescientas toneladas de piezas metálicas para la construcción de la torre, avanzaba a ras del agua provocando una ligera ondulación que iba a morir a la orilla con un suave chapoteo.

—El Sena va a seguir subiendo, pero no hay riesgo de que se desborde sobre el tajo —confirmó Clément a Eiffel.

Los dos hombres se hallaban en la caseta del timón, en compañía del capitán que había cargado en Levallois-Perret las vigas procedentes de los talleres de la empresa Eiffel. Todo el material, manufacturado en las fundiciones lorenesas, había sido preparado para el montaje de la torre. No se toleraba la menor modificación *in situ* y el más mínimo defecto obligaba a reenviar la pieza a los talleres.

La embarcación atracó suavemente y los dos ingenieros se llegaron hasta la oficina de obra mientras daba comienzo el ballet de la descarga.

—Al menos, la lluvia suavizará la temperatura —comentó Eiffel alzando los ojos hacia el primer nivel de la torre—. Los hombres no se congelarán las manos.

Cuando, en octubre, las vigas portantes habían conectado los cuatro pilares de la torre con precisión matemática sin que se produjera ningún incidente digno de mención, el clan de ingenieros había celebrado el acontecimiento: aunque no lo confesasen sino a media voz, había pasado lo más difícil; la elevación hacia los cielos a partir de la primera plataforma, aun siendo más peligrosa para los peones, plantearía menos dificultades técnicas.

Compagnon y Nouguier estaban atareados con un plano que tenían desplegado encima de la mesa, delante de ellos. Eiffel escuchó a su jefe de obra, que le relató los últimos avances, mientras Clément anotaba los datos de temperatura y presión atmosférica que arrojaban sus aparatos de registro. El ambiente era jovial.

—No se cansa uno de estas vistas —comentó Compagnon, admirando la obra desde la ventana—. Miren la belleza de las líneas curvas… Solo tiene un nivel y ya hemos cerrado el pico a todos nuestros detractores. ¡Imagínense lo que será dentro de dieciséis meses!

—Si hasta les han rechazado la demanda a los vecinos del barrio ribereño —dijo Nouguier—. Los periodistas hacen cola para venir a visitar el tajo, igual que las personalidades.

—¡Desde luego que ha venido gente de postín a porrillo! Si cobráramos la visita en proporción con la fama, nos haríamos ricos antes incluso de que se inaugure la Exposición —admitió Eiffel.

—¿Quiénes son los últimos que han estado? —preguntó Clément.

—El emperador del Brasil a finales de octubre, ministros, diputados, cada día más artistas y hasta arquitectos. ¡Es su camino a Canossa! —comentó, divertido, Compagnon.

—¿Seguimos sin tener nuevo gobierno? —se interesó Nouguier abriendo el ejemplar de *Le Petit Journal* que alguien había dejado sobre una silla.

—Sí. Espero que Lockroy conserve alguna cartera, su apoyo es muy valioso —comentó Eiffel, consultando la hora en su reloj—. ¿Está aquí el coche?

—Lo espera en la entrada principal —respondió Compagnon.

—Voy a tener que dejarles, señores, tengo una cita importante. Pero quisiera contárselo antes de que se enteren por la prensa en los próximos días.

El ambiente alegre tocó a su fin y todos se agruparon a su alrededor.

—Algunos de ustedes han establecido cálculos para una obra cuyo nombre debía mantener en la más absoluta discreción. Es un desafío aún mayor, aún más gigantesco que el de nuestra torre. ¡Señores, vamos a trabajar con uno de nuestros compatriotas más ilustres, el señor de Lesseps, en la realización del canal de Panamá!

—Pero si… la obra lleva meses parada —objetó Nouguier.

—Por eso precisamente Ferdinand de Lesseps ha venido a verme: yo fui uno de los pocos que lo puso en guardia frente a un canal a nivel como el que intentó hacer —explicó Eiffel, un tanto afectado por la falta de entusiasmo de sus colaboradores—. Finalmente se ha dado cuenta de que tenía razón, pero ha perdido mucho tiempo, además del dinero de los accionistas. Somos su último recurso, en juego están el honor y el interés de Francia, caballeros. Tenemos que entregar diez esclusas.

—¿De qué plazo disponemos? —quiso saber Nouguier.

—Treinta meses.

—¡Treinta meses! —exclamaron todos.

—Sé que les puede parecer muy poco tiempo, pero tenemos todas las competencias para lograrlo. No estoy preocupado, ya que los establecimientos Eiffel pueden con este reto. Me voy ahora a firmar el contrato, cuento con ustedes para este nuevo milagro.

Los tres hombres se quedaron unos instantes anonadados con la noticia. Clément cogió una castaña asada de una fuente y se quedó pelándola delante de la ventana. Encima del tablero del primer nivel, varias estufas de exterior formaban puntos luminosos que destacaban del entorno oscurecido por el atardecer. El cielo ya no les bastaba, la ambición humana no conocía límites.

—Es mucho —masculló Compagnon paseándose alrededor de la mesa—. Es mucho.

—¿Tú qué opinas, Clément? —preguntó Nouguier.

—¿Técnicamente? Que lo conseguiréis. ¿Financieramente? No me gustan todos esos especuladores sin escrúpulos que rondan el proyecto.

—¿«Lo conseguiréis»?

—Yo no participaré —anunció tirando la cáscara—. La torre es mi último proyecto para Eiffel. Junto con el récord de altitud. Y después haré mutis por el foro.

El cochero estaba discutiendo acaloradamente con el conductor de otra berlina cuando Eiffel lo llamó con la mano. El hombre le abrió la puerta y, una vez que el industrial se hubo instalado, le dijo:

—¿Se ha enterado de la noticia?

—Pues, depende —respondió secamente Eiffel, contrariado aún con la reacción tibia de su equipo.

—Ha habido un atentado contra Jules Ferry. Un hombre le ha disparado a bocajarro en los pasillos de la Asamblea.

—Pero se encuentra bien —intervino el otro cochero, que se había acercado—. Conozco al conductor que lo ha llevado al hospital: al salir del coche caminaba por su propio pie.

—No se sabe por qué —continuó el otro—. Pero dice la gente que no es un anarquista. Que esos usan artefactos explosivos. En los tiempos que corren, no conviene exhibirse, la verdad. ¿Adónde lo llevo, señor Eiffel?

—A casa.

Más que la noticia en sí, al ingeniero le había perturbado la reflexión de su cochero. A su modo de ver, se merecía que las cosas le fueran tan bien y estaba convencido de que aquello solo era el principio, pero había tomado conciencia del cortejo de envidias y resentimientos que acompaña de forma inherente al éxito. Había guardado ciertos artículos y cartas más que injuriosos que había recibido. Para no olvidarse. Y ahora, con ese canal, iba a superar una nueva frontera y sabía que eso le granjearía, además, una mayor animosidad. Cuando lo había anunciado a sus colaboradores, Clément y él se habían cruzado una mirada en la que pudo ver que este había evaluado la desmesura del proyecto. El presupuesto para la obra de Panamá era el equivalente a quince veces el de la torre Eiffel.

Notó que lo ganaba el miedo. Todavía estaba a tiempo de echarse atrás, de pedir una ampliación del plazo. Le quedaban unos treinta minutos de trayecto, después sería demasiado tarde. Repasó mentalmente la lista de dificultades técnicas y de todas las soluciones que había previsto. Fuera, las calles pasaban desfilando por la ventanilla, anchas, aéreas, llenas de parisinos que regresaban a casa después del trabajo y que podían palpar a diario con sus propias manos los beneficios del progreso para todos.

«Nadie detiene las ciencias —reflexionó—. Lo que no haga yo otros lo lograrán.» Sabía que había conseguido este proyecto gracias a una torre que, después de recibir duras críticas durante mucho tiempo, ahora contaba con el apoyo de toda Francia, cuando de momento tan solo parecía una gigantesca mesa para una comida campestre. Su aura de constructor iba a expandirse más y más hasta la Exposición y alcanzaría el cénit. Lo de Panamá llegaba un poco pronto. Pero el desafío técnico era también un desafío político: sería lo que salvaría el honor de Francia.

Las calles se habían estrechado e impedían que los últimos rayos de sol se colasen en los inmuebles. Los faroleros desempeñaban su labor, ajenos al hecho de que su oficio estaba a punto de extinguirse como las llamas que apagaban ellos cada amanecer. Eiffel había tomado su decisión.

—¡Mi querido amigo! —Lesseps había sido acomodado por Claire en el despacho de su padre. Estaba jugando con un cilindro metálico hueco, lleno de arena y rematado en un émbolo de madera, que él hacía bajar con precisión al girar una rueda dentada que permitía pasar los finos granos—. ¿Qué es esta cosa?

—Pues son los prototipos de unas cajas que he instalado en la torre —dijo Eiffel, cogiendo otro modelo de los que había encima de su escritorio—. Gracias a ellas, hemos conseguido colocar sin dificultad nuestras vigas horizontales de setenta toneladas. Actúan como elevadores, con una precisión de reloj de arena: cinco milímetros de separación entre los machones del lado del Sena y los demás.

—Arena… Como los egipcios para sus pirámides… Muy ingenioso, amigo mío. ¡Es usted nuestro hombre, a buen seguro!

—Si me hubiese hecho caso en 1879, el canal estaría ya terminado, con todos los respetos.

—Lo estará en 1890 y será un éxito total. ¿Ha revisado al alza la comisión del barón? Es muy importante para nosotros.

—Hemos acordado el cinco por ciento. Creo que nuestros amigos no tendrán motivos para la queja, me van a salir más caras sus comisiones que el precio de mi torre.

—No lo lamentará. Este canal nos hará entrar a todos en la historia.

Los dos hombres pasaron al salón, donde los esperaban sus asesores jurídicos y donde rubricaron, previa lectura, el contrato más suculento jamás registrado por Eiffel. Convinieron volver a verse el 21 de diciembre para una visita a la obra de la torre.

Cuando Lesseps los dejó, Eiffel indicó a Claire que no iba a comer con la familia y que se retiraba a su despacho. El trabajo lo había ayudado siempre a soportar mejor el vértigo de lo desconocido.

Ya de noche, hacia las nueve, Camille Flammarion se presentó en la casa, donde lo anunció la criada. Estaba sumamente agitado y llevaba los cabellos revueltos.

—Nunca en mi vida había visto a una médium tan portentosa —dijo, después de haberle relatado la velada de la que acababa de llegar—. Se llama Eusapia Paladino y viene de Nápoles. Es increíble. Mis amigos de la Sociedad Parisina de Estudios Espiritistas y yo hemos tomado todas las precauciones posibles; ya me conoce, Gustave.

Eiffel no pudo reprimir un bostezo, que Flammarion optó por ignorar. El cronista era un apasionado del espiritismo y, solapándolos con sus obras de astronomía, había redactado numerosos textos sobre las fuerzas naturales desconocidas.

—Más de un centenar de veladas me he pasado yo desenmascarando charlatanes, créame. Pero, en la de hoy, o esta dama es un genio de la estafa, o efectivamente se halla en posesión de unos poderes únicos. Figúrese que la mesa se ha movido mientras Eusapia tenía los pies y las manos firmemente pegados a las de sus vecinos, entre ellos yo mismo. Puedo atestiguar que las cuatro patas del velador se han elevado sus buenos quince centímetros sin ayuda de ella. Y que el espíritu que la ha hecho moverse ha respondido perfectamente a todas las preguntas. He venido a buscarlos, a usted y a Delhorme, para que sean testigos de esto. ¡Vivimos tiempos únicos!

—Qué maravilla, Camille, pero voy a tener que declinar la invitación, sin demérito de su experiencia en absoluto —respondió Eiffel, que no compartía su entusiasmo por los fenómenos paranormales—. Mañana tengo que estar muy temprano en la obra. Y Clément es aún más reacio, él solo cree en las matemáticas.

Flammarion puso cara de incredulidad, con los ojos brillándole como dos estrellas titilantes.

—Se equivoca: ha aceptado y me está esperando en el coche.

La pieza estaba a oscuras, iluminada tan solo por una lámpara de queroseno fijada a un aplique de la pared. Había unas cortinas colgadas para crear una especie de espacio cerrado, dentro del cual había un canapé con varios instrumentos musicales encima, colocados como modelos para una naturaleza muerta. La médium estaba sentada a una mesa cuadrada de madera (de siete kilos de peso, precisó Flammarion), de espaldas al recinto cerrado por las cortinas. La mujer tenía un rostro adusto, de facciones masculinas, duras, reforzadas por una boca que parecía inapta para la sonrisa.

«Convenientemente crepuscular», pensó Clément.

—Todo está cerrado herméticamente —le indicó Flammarion—, he comprobado yo mismo las ventanas. Estamos en la planta baja, he inspeccionado el suelo y no he encontrado ningún mecanismo de abertura, ni cables eléctricos ni pilas. Nosotros le hemos proporcionado a Eusapia la ropa con la que va vestida esta noche. Como ve, se han tomado todas las precauciones. De nada sirve sospechar que haya fraude, hace falta demostrarlo además. Pero en el caso presente... lo va a ver usted mismo, ya no digo más —concluyó, rogando a Clément que tomase asiento a la izquierda de la mujer, que él se sentaría a su derecha, con una mano en la de la médium y la otra encima de sus rodillas para asegurarse de que no pudiera originar los movimientos de la mesa.

Durante los preparativos, Eusapia se mantuvo impasible. Entonces, con un gesto de la cabeza, indicó a su asistente que bajara la luz.

—Es indispensable para la condensación de los fluidos —respondió ella a una pregunta de Clément, en un francés muy rudimentario con un marcado acento de la región de Apulia.

Apenas cinco minutos después de que el silencio hubiese señalado el inicio de la sesión, la mesa se levantó unas cuantas veces, por la derecha y después por la izquierda. Clément agarró más fuerte la mano de Eusapia, que seguía en contacto con el mueble. La iluminación era suficiente para darse cuenta de que la médium no había estado en el origen del movimiento. En el minuto siguiente, la mesa se elevó y a continuación cayó pesadamente. Flammarion se agachó para comprobar que no se hubiese escondido nadie debajo e hizo una señal a Clément confirmándoselo.

Después de varios intentos exitosos, la médium declaró que el espíritu pedía que la luz fuese todavía más tenue. Sustituyeron la lámpara por una linterna de fotografía.

—¿Se imaginan que nos hallamos tal vez en este preciso instante en presencia de un alma con la que nos disponemos a comunicarnos? —dijo Camille, entusiasmado—. No está hecha ni de átomos, ni de fuerza vital, sino que es un ser puramente inmaterial que no conoce otra cosa que las leyes del espacio y del tiempo. ¡El más grande enigma humano!

—¿Han pensado en los fluidos que emanan de los participantes, como una suerte de conciencia colectiva que poseería dicha fuerza? —propuso Clément, pues estaba convencido de que se trataba de superchería.

—Por supuesto, la duda me acompaña la mayor parte del tiempo. Pero existen a buen seguro fuerzas desconocidas, y un día habrá que demostrarlo sin margen para el error.

Eusapia los interrumpió con un gruñido que pareció una orden. Parpadeó rápidamente y entonces se quedó muy quieta, con los ojos muy abiertos. Entró en trance, hablando a toda velocidad, en italiano, intercalando alguna que otra palabra en francés, suspiros, gemidos, risas histéricas, mientras los objetos presentes cobraban vida. Un velador, en la otra punta de la sala, volcó y se arrastró hasta ellos. La cortina del recinto cerrado se infló como una vela soplada por el viento, acariciándoles la cara. Clément notó que una mano le asía con fuerza el brazo, pero no pudo atraparla. Camille tiró de la tela: detrás no había nadie, pero una caja de música se puso a tocar una cancioncilla popular. El guirigay duró cinco largos minutos y luego todo cesó de golpe. La médium cerró los ojos, totalmente relajada, con aspecto de encontrarse extenuada. Clément aprovechó para recorrer la pieza: un compinche vestido de negro de los pies a la cabeza y con la cara maquillada habría podido moverse con total libertad. Le había parecido distinguir una sombra pasando por delante de la linterna roja, pero no quiso insistir.

La última parte de la sesión comenzó cuando Eusapia hubo recuperado las suficientes fuerzas. El espíritu iba a comunicarse con ellos a través de los movimientos de la mesa.

—Un golpe será sí; dos, no. Al recitar el abecedario, suena un golpe en cada letra que valga —explicó Flammarion a Clément—, y de este modo vamos formando palabras. Eusapia es analfabeta, yo me ocuparé de decir las letras.

Una vez que el espíritu hubo manifestado su presencia mediante una levitación corta y débil, comenzó la lista de preguntas. Las primeras, planteadas por Clément, que era el único que conocía las respuestas, estaban destinadas a verificar la ausencia de intervención voluntaria por parte de la médium. Fueron concluyentes e impresionaron a Flammarion, ¿quién podría haber sabido que la pesca favorita de los hijos de Delhorme era la de golondrinas?

Los dos hombres quisieron a continuación averiguar la identidad de aquel cuya alma se hallaba presente y enseguida recibieron el dato de que había vivido en París y había fallecido en 1875.

Fueron diciendo todas las letras para obtener la profesión, no habiendo conseguido descubrirla a través de las preguntas. La mesa recibía unos toques rápidos y nerviosos en respuesta a la enumeración del alfabeto y así apareció la palabra.

—¡Aerostero! —exclamó Flammarion, sorprendido e impresionado—. ¿Y su nombre?

«S», «i», «v», «e», «l», indicó el espíritu.

—¡Théodore Sivel! ¡Usted es el piloto del *Zénith*!

El hombre había sido, junto con otro pasajero, el primer fallecido por asfixia de la corta historia de los aerosteros. Su récord los había elevado a ocho mil seiscientos metros y seguía vigente.

—¿Cuál era la marca de su barotermógrafo? —inquirió Clément para eliminar cualquier rastro de ambigüedad.

Las palabras «Fortin Secrétan» fueron componiéndose a medida que Camille iba desgranando el alfabeto.

—Ya no cabe tener dudas —declaró simplemente.

Menos de diez personas en toda Francia habrían sido capaces de responder a la pregunta; el propio Flammarion desconocía la respuesta.

—Conozco los límites del ejercicio, pero hay una pregunta que debo hacerle sin falta —insistió el periodista científico, que vaciló antes de lanzarse—: ¿Voy a batir el récord de altitud?

El primer golpe los sobresaltó. Flammarion puso una sonrisa crispada y rezó para que no pasara nada. Al segundo, su gesto se congeló en una mueca. Cuando sonó el tercero, se levantó, como electrizado, gritando:

—¡No! ¡Paremos la sesión, paremos todo!

El tiro se detuvo en la calle de Prony y Camille aún no había dicho esta boca es mía. Clément le dio las gracias a su acompañante, abrió la portezuela y le preguntó:

—Pero ¿qué querían decir esos tres golpes?

Flammarion respiró hondo antes de responder.

—Tres golpes significan que existe un peligro, un peligro de muerte. Sivel nos acaba de advertir de que voy a sufrir un accidente mortal.

97

París,
jueves, 20 de septiembre de 1888

El año 1888 había pasado como un cometa. El segundo nivel de la torre Eiffel había aparecido entero ante los ojos de los parisinos una mañana de mediados de agosto e Irving había sacado una foto desde una de las torres del palacio del Trocadero, como había hecho mes tras mes desde el mismo punto para inmortalizar la progresión de la Dama de Hierro hacia su leyenda. La torre era cada vez más hermosa y más querida por el pueblo y las élites.

Las edificaciones de la Exposición también habían emergido de la tierra. La galería de las Máquinas, inflada por el gigantismo generalizado, se extendía a lo largo de cinco hectáreas en el extremo opuesto del Campo de Marte y se conectaba con la torre mediante los otros palacios y pabellones en construcción. Los raíles del pequeño tren de Decauville, que recorrería todo el conjunto, estaban ya puestos. Faltaban ocho meses para la inauguración oficial y el lugar empezaba a llenarse de todos los aromas del mundo.

Los martillazos habían cesado el día anterior, dejando el tajo sumido en un silencio pesado. La huelga se había decidido tras una petición presentada el martes. Los carpinteros signatarios habían manifestado su deseo de que se iniciasen negociaciones por parte de Eiffel. El empresario había esperado que la mayoría de sus empleados le sería fiel y que la petición quedase en agua de borrajas. La víspera, nadie había podido entrar y el conflicto se había hecho oficial, hasta en la prensa, ante la mirada incrédula de los habitantes de París.

Jean Compagnon suspiró. Clavó el letrero en la entrada principal de la obra, movió la cabeza en señal de no entender nada de una situación que no había visto venir y regresó a las oficinas de las barracas. Los obreros fueron llegando a pocos hasta las seis y media y esperaron a sus delegados mientras comentaban entre sí el cartel de la dirección.

Los obreros de la torre que no reanuden hoy su trabajo, a las doce y media, dejarán de formar parte del personal de esta obra y serán reemplazados por otros.
CAMPO DE MARTE, A 20 DE SEPTIEMBRE DE 1888.
EL JEFE DE OBRA: COMPAGNON

—¡Palabras que se lleva el viento! ¿Qué van a hacer sin nosotros? —dijo uno.

—Pues nos reemplazarán a todos —objetó otro—, ¡y nos habremos quedado sin nada!

—Callaos —intervino un tercero—. Que va a hablar Rochefort.

El delegado se subió a una caja y acalló el barullo de voces antes de tomar la palabra.

—Camaradas, amigos, no ha sido con alegría que hemos llegado a esta decisión, especialmente para un monumento que todos nosotros amamos. Pero ¿acaso no teníamos razón, si vemos la respuesta que nos han dado? No temáis, nosotros no somos reemplazables. Si mañana el señor Eiffel nos sustituye, se verá obligado a reclutar obreros sin experiencia en este trabajo específico y peligroso. Aparte de nosotros, nadie ha trabajado el hierro a esas distancias del suelo y con el frío que nos espera para este invierno. ¿Qué van a hacer esos carpinteros novatos, cuando tengan que sostener con una mano un martillo y sujetarse con la otra para no caer al vacío, y todo eso con los dedos congelados? ¿Cuántos heridos y cuántos muertos llevarán sobre la conciencia si deciden echarnos? Nosotros tan solo tenemos que lamentar un fallecido y un lisiado desde el inicio de las obras. En año y medio, la mayoría hemos acabado adquiriendo una habilidad y una experiencia excepcionales, que nos pagan entre cuarenta y cinco y sesenta céntimos la hora. El señor Eiffel ha dicho a los periodistas que nosotros ganamos entre setenta y ochenta y cinco céntimos la hora. Pero ¿quién de nosotros está siendo remunerado con esa tarifa?

Ninguno levantó la mano.

—Solo los jefes de equipo perciben esos salarios. Nosotros ni siquiera estamos mejor pagados que los obreros de las otras construcciones de la Exposición —añadió, desatando un murmullo de descontento.

—Entonces ¿qué hacemos? —dijo una voz.

—Hemos quedado a las once con el señor Eiffel. Y atenderá a razones, puesto que nuestras reivindicaciones son justas.

Rochefort y los otros tres representantes habían aceptado llegarse a las naves de Levallois, ya que el empresario se había negado a negociar bajo la presión de los obreros de la torre. Los de los talleres se oponían a la huelga de los carpinteros, que paralizaba toda la cadena de montaje. En las vías del tren de la línea de circunvalación conocida como la *Petite Ceinture* estaba esperando un tren procedente de las fundiciones de Pompey, mientras que las vigas metálicas previstas para esa semana esperaban aún poder salir de las cocheras.

Rochefort intentó explicar al grupo que se había formado a su llegada a Levallois los sólidos fundamentos de sus reivindicaciones, pero recibió alguna que otra reprobación y subió luego al despacho de la dirección donde lo esperaban Eiffel y Compagnon. A las doce del mediodía la puerta seguía cerrada y en el exterior todos se hacían cruces. Nadie daba ya nada por seguro.

De pie, delante de una de las ventanas del piso superior de su hotelito de la avenida de La Bourdonnais, la viuda de Bouruet-Aubertot se frotó las manos antes de dar unas palmadas de alegría.

—¡Esto ya ha empezado! No están entrando en el tajo, lo que significa que no van a reanudar la faena. ¡Es para celebrarlo!

—¿No creerá que una huelga pondrá fin a la torre de Eiffel? —replicó Rastignac, divertido, removiendo el contenido de su taza con una cuchara, sentado en el único sillón del salón, mientras observaba la caterva de retratos del difunto marido que forraba las paredes.

—Lo único que sé es que no han avanzado desde hace tres días y que nadie sabe cómo puede acabar esto. Vea los periódicos: en este momento en París hay tres huelgas. Mi Albert se lo habría dicho, él vivió muchas en su fábrica.

El periodista se bebió el té tibio y escasamente infusionado que la anciana señora le había ofrecido y dejó la taza y el platillo con delicadeza sobre el velador con tapete con puntillas, concluyendo que el aburrimiento, más que los conflictos con sus obreros, había debido de ser casi con toda seguridad lo que había matado a su marido. Fue con ella al balcón que le servía de punto de observación desde el comienzo de las obras. Los obreros, una cincuentena, reunidos delante de la tapia, discutían en grupúsculos. En cuanto terminase con su interlocutora, Rastignac iría a entrevistar a los huelguistas para su crónica. Hacerlo así, en paralelo, le hacía gracia.

—Mire —dijo la mujer señalándolos con un dedo—, la cosa parece que se agita, están enfadadísimos. ¡Es preciso que sigan, que se llegue hasta el final!

—Pues a mí me parece que se los ve contentos —objetó él cuando de uno de los grupos se oyeron unas risotadas.

—No se fíe: esos tipos de ahí tienen padres que hicieron la Comuna. Lo llevan en la sangre. Nosotras, mi vecina la condesa de Poix y yo, sabemos que no nos defraudarán.

La ironía de la situación divirtió a Rastignac; la anciana dama no se daba cuenta de que lo que decía era absurdo.

—En el peor de los casos, si la parasen ahora, me daría por satisfecha —admitió—. No es demasiado alta y no se desplomaría encima de mí ni me taparía el sol.

—Pero semejaría más un taburete que una torre, ¿no cree?

—Qué más da. Incluso si consiguen terminarla, no se asemejará a nada.

—Pues yo de usted sacaría beneficio de la situación.

—¡Un depósito de chatarra al pie de mis ventanas, ese sería el beneficio! —replicó la mujer, y entró súbitamente en el salón.

Divisó una galleta y le dio un mordisco a la altura de la comisura de los labios, con la única muela que le quedaba.

—Desengáñese —continuó el periodista, siguiéndola al interior de la vivienda—. Hoy todo el mundo quiere vivir cerca del monumento más alto de París y disfrutar de las mejores vistas de la torre.

La anciana dama se encogió de hombros y continuó ronzando la pasta. Rastignac se preguntó hasta dónde podía llegar.

—Entre mis conocidos se cuentan ciertos hombres de negocios que están buscando inmuebles para comprar a orillas del Campo de Marte, si fuera posible en el lado del Sena. ¿No me había dicho que quería usted vender? —dejó caer con malicia.

—¿Vender, yo? ¡Dios del cielo, nunca! Si los prusianos no me hicieron huir, estimado caballero, no va a ser un trozo de arte degenerado lo que me haga abandonar esta que es la casa de mi familia, ¡desde luego que no!

—Entonces, tendrá que aceptar que se reanuden los trabajos y que este pilar haga befa de usted con sus mil pies de alto —concluyó, poniéndose ya a buscar su sombrero—. La dejo, señora, me voy a redactar mi crónica.

La viuda lo acompañó al umbral de la puerta de la casa, donde lo retuvo cogiéndolo por el brazo.

—Hay una cosa que quisiera pedirle, en relación con sus amigos compradores, y no le comente nada a la condesa de Poix; nunca se sabe, tal vez yo cambie de idea. ¿Cuánto cree que podrían estar dispuestos a soltar?

El reloj de la pared de la estación de la Petite Ceinture, en las proximidades de la puerta de Auteuil, marcó las doce y cuarto.

—Ahora sí que me tengo que marchar, señor Marey —dijo Irving después de haber visto la hora—. ¡Voy a llegar con retraso a mi cita!

—Ya no debería tardar —aseguró el médico—. El empleado me dijo que acaban de retirar el tren que bloqueaba las vías. Necesito que me ayude, Irving, hoy en la Station Physiologique solo estamos usted y yo. Mañana puede disponer del día libre.

El joven refunfuñó. Había quedado a las doce con Juliette, que tenía previsto cerrar el quiosco para comer con él e Irving ya llegaba tarde. Habitualmente la tienda no cerraba en todo el día y Zélie la relevaba a mitad de jornada, pero su amiga debía guardar cama a raíz de una infección contraída en una visita a una practicante clandestina de abortos, y Juliette llevaba seis días trabajando sola. Aun así, no había querido cancelar la cita y ahora Irving se culpaba por haberse dejado arrastrar a esta situación.

—¡Mire, ahí viene! —exclamó triunfal Marey, levantando los brazos para hacerse ver.

El convoy paró con una lentitud que a Irving le resultó exagerada y descargó una serie de mercancías, entre ellas la caja que esperaba el médico.

—Con cuidado, que es frágil —indicó a los mozos que la instalaron en su carreta.

Marey les pagó y tendió las riendas a Irving, y luego se colocó al lado de su carga. El joven trató de olvidar su contrariedad haciéndole preguntas sobre el aparato.

—Un dinamógrafo especial, que mandé fabricar en Inglaterra. Con él vamos a poder estudiar el salto en vertical tanto en lo que respecta a la presión de los pies como a los desplazamientos del cuerpo.

Irving se sentía cada vez más alejado de las preocupaciones de su patrón, para quien la fotografía no era más que un medio de estudio, entre otros, y no una finalidad. Al llegar a la Station Physiologique, constató con alegría que Demenÿ había regresado antes de lo previsto de sus pruebas de sonorización del aparato cronofotográfico. Los resultados no habían sido concluyentes.

—No perdamos tiempo con esos experimentos inútiles —dijo Marey, bajando de la carreta—. Y concentrémonos en la fisiología. Y usted, Irving, ya puede irse, Georges me ayudará.

El joven volvió corriendo para coger el ómnibus de la puerta de Auteuil; lo perdió por los pelos, intentó darle alcance y finalmente se dio por vencido y se dirigió a una parada de coches de punto. La mitad del dinero que había cogido para la comida iba a irse en el transporte y eso los obligaría a contentarse con un pan y una sopa, pero al menos podría pasar una hora con Juliette. El cochero, ablandado por la explicación, mantuvo el trote ligero de su caballo durante todo el trayecto, azuzándolo con pequeños toques de la fusta en la testa, avisando con voz estentórea a los peatones sorprendidos por su velocidad, y así hasta los aledaños de la estación, donde fue brutalmente detenido por la gendarmería.

—¡De aquí no se puede pasar! —voceó el policía, agarrando al caballo por el bocado—. La calle está cortada.

—¿Qué ha ocurrido? —preguntó Irving, que se había apeado de un salto.

—Un accidente de tren en la estación de Montparnasse.

—Tengo una cita —dijo él, esquivando al hombre—. He de llegar a la estación.

—¡Vuelva inmediatamente, es de aplicación a toda persona! —le ordenó el policía, sujetando el tiro del coche.

Irving salió a la plaza de Rennes, cerca de la parada de ómnibus, de la que subía una humareda densa. En un primer momento, no entendió nada. Lo que tenía ante sí no era posible.

98

París,
jueves, 20 de septiembre de 1888

—El señor Eiffel promete a los obreros que vuelvan mañana por la mañana un aumento general de cinco céntimos la hora, que contará desde el uno de septiembre. El mes que viene habrá un nuevo aumento de cinco céntimos que será también general para todo el personal presente en los tajos superiores. Cuando la jornada pase a ser de nueve horas, habrá otro aumento más de cinco céntimos. Finalmente, todos los obreros que estén trabajando en los niveles superiores de la torre, en el momento en que lleguemos al nivel de la última plataforma, recibirán una gratificación de cien francos. Y a todos los que trabajen en los demás niveles en altura, se les proporcionarán pellizas de borrego e impermeables.

Rochefort plegó la hoja de papel y miró a sus compañeros, divididos entre la satisfacción y la frustración.

—Hemos logrado un acuerdo que considero honorable para todo el mundo —dijo a modo de conclusión—. Quince céntimos al término de la obra, más una prima. Ahora nos toca decidir si reanudamos el trabajo. Vamos a votar democráticamente. ¿Quién está a favor?

Un bosque de manos se alzó, poniendo de manifiesto que unos diez obreros estaban en desacuerdo.

—¡Hay que continuar! —dijo uno de ellos, un montador apellidado Vimont—. ¡Necesitan su torre!

—Sobre todo hay que saber cuándo parar. Con esta huelga ya habremos conseguido mejorar los salarios sin que la obra salga perjudicada.

Todos aplaudieron. Compagnon, que aguardaba a unos metros de distancia, quitó el cartel que había clavado en la tapia de tablones.

—¡Todo el mundo en el puente mañana por la mañana! —dijo agitando el papel.

Lo arrugó y lo tiró al suelo, para regresar después a las oficinas de la obra, donde se recibió la noticia con muestras de gran alivio. Nouguier hizo un cálculo rápido de la nueva planificación.

—Acabaremos dentro del plazo —estimó. Entonces, al levantar la cabeza señaló, arrugando la frente, una de las ventanas de la barraca, desde la que los estaba mirando un hombre, al otro lado—. ¿Y ese quién es? —preguntó a Compagnon.

—No sé, otro periodista —rezongó este antes de salir.

—Los hemos atraído como abejas a la miel, y ahora que están aquí no podemos echarlos —comentó Koechlin, que volvió entonces a sumergirse en sus planos—. Estémonos quietos para que no nos piquen.

Compagnon rodeó la barraca y fue al encuentro del hombre, que lo esperaba al lado de unas vigas enormes apiladas debajo de un tejadillo.

—Señor, está prohibido entrar en esta obra. Está prohibido y es peligroso.

—El peligro es más para los jornaleros que para nosotros, me parece a mí —replicó Rastignac.

—Yo a usted lo conozco —dijo Compagnon—, es el cronista de *L'Illustration*.

—Para servirle. Estaba hablando hace un momento con los huelguistas...

—La huelga ha terminado, caballero —lo cortó el jefe de obra.

—Pues tengo la impresión de que quedan rescoldos —respondió el periodista, mostrándole la nota que había recogido del suelo, que había recuperado y alisado.

—Impresión engañosa. Vuelva usted mañana y lo verá —dijo Compagnon, instándolo a seguirlo a la salida.

—Yo solo soy un cronista —dijo Rastignac cortándole el paso—, trato del alma humana a través de la actualidad, no de la actualidad en sí misma.

—Por desgracia, hoy en día ya no hay tiempo para leer.

—¿Sabe lo que me ha dicho uno de los delegados? «Tened cuidado de que la piel de borrego con la que nos quieren arropar no le dé más hambre al lobo...» Parece cargado de sentido, ¿qué opina usted?

—Yo opino que ese tiene futuro como cronista en su periódico y que debería usted preocuparse por su puesto de trabajo —contestó el jefe de obra.

Rastignac soltó una carcajada.

—Qué ocurrente. Es evidente que debería preocuparme también de usted.

—Aquí es donde se separan nuestros caminos, señor Rastignac —dijo Compagnon cuando hubieron llegado a la tapia.

—El hombre me contó también que un obrero había muerto a causa de una caída. No estaba al corriente.

—Sepa que nosotros tampoco.

—¿Me está diciendo que lo desmiente?

—Este tajo es el más seguro que he tenido ocasión de dirigir. La torre no ha matado a nadie, señor.

Compagnon se quedó mirándolo mientras el cronista se alejaba hacia los muelles del Sena y pensó en lo que había dicho Koechlin. No se puede atraer a las abejas y luego quejarse de sus picaduras.

La polvareda se disipaba lentamente. La locomotora descansaba, casi en vertical, con el morro clavado en el suelo y la trasera retenida por los vagones, exactamente donde se emplazaba el quiosco de Juliette. Durante unos cuantos segundos Irving creyó que se había equivocado y buscó con la mirada la tienda de flores. Pero todo eso estaba allí, delante de él, frente a la entrada del restaurante que quedaba justo detrás, con el balcón arriba y sus dos cristaleras inmensas en la planta superior. De la de la derecha, totalmente destrozada, salía el vagón de cabeza, precedido por la carbonera, que colgaba lastimosamente por detrás de la locomotora. Enfrente, el cochero de la parada de tranvías trataba de calmar a sus caballos, presas aún del susto. Y entonces Irving vio las docenas de ramos desparramados a ambos lados de la locomotora, la cubierta de madera aplastada debajo del contenedor de cenizas de la máquina. Y comprendió.

Notó que las piernas le flaqueaban y se dejó deslizar, apoyándose en una farola, aturdido, mientras se organizaba la operación de socorro y los curiosos eran obligados a retirarse por los guardias municipales que estaban llegando en grupos desde todos los barrios de la ciudad.

—¿Lo ha visto?

Irving levantó maquinalmente la vista hacia el individuo que acababa de preguntarle.

—El accidente. ¿Lo ha visto?

No respondió. Volvió a fijar la mirada en la planta superior de la fachada destrozada por la que asomaba el tren.

—Parece usted trastornado, estaba usted ahí cuando se produjo, ¿verdad? —insistió el hombre, inclinándose sobre él. Se arrodilló a su lado y dijo—: Es que soy periodista y me da que he tenido la gran fortuna de ser el primero en llegar. Me encontraba justamente en la estación, con el nuevo ingeniero del control de ferrocarriles. No hemos visto nada, pero ¡menudo estruendo ha hecho! Primero creí que se había producido un atentado anarquista, hasta que entendimos que el convoy no se había parado. Lo ha atravesado todo: el tope, la pared, la terraza, y se ha metido de morro en la planta alta desde abajo.

Irving no quería saberlo, hubiese deseado decirle que se callara, pero se sentía incapaz de pronunciar una sola palabra. El periodista continuó, hablando rápidamente, con nervio, alterado por un acontecimiento del que por muy poco no había sido testigo directo.

—El ingeniero me dijo que el tren había entrado demasiado deprisa en la estación, muy deprisa, a cuarenta por hora, a sesenta tal vez, no pudo afirmarlo con certeza. El jefe de estación me ha confirmado que el tren llevaba cinco minutos de retraso. Cree que no pudo accionar el freno neumático o bien que no funcionó. En cualquier caso, esto no acaba aquí, se lo digo yo, todo esto va a terminar en los tribunales de justicia, y sobre todo porque ha habido un muerto. Una mujer, parece ser. La floristería ha quedado pulverizada. ¡Figúrese, cincuenta toneladas que te caen del cielo! Ojalá pudiera dar con un testigo. ¡Tengo la negra! ¿Seguro que usted no ha visto nada?

Irving respondió que no con la cabeza para quitárselo de encima.

—Es culpa mía —murmuró, con la cabeza entre las manos.

—¿Cómo dice? —replicó el periodista, cuyo interés se había reavivado.

—He llegado tarde, es culpa mía. Deberíamos habernos ido.

—Luego vengo a verle, parece que están a punto de llegar el prefecto Lépine y el ministro. Y la guardia montada. ¡Menudo circo, menudo circo! —concluyó el chupatintas agitando los brazos antes de marcharse.

Irving se quedó un momento sin atreverse a mirar al frente. La tierra se había abierto bajo sus pies y él caía a una sima sin fondo, aspirado por el vacío y la negrura. Hasta él llegaba el calor de la locomotora como el de una bestia agonizante que le enviase su último aliento, una bestia que le había arrebatado algo más que a su mejor amiga. Comprendía, en su dolor infinito, que era lo más importante que tenía en la vida y que, sin embargo, nunca le había dicho «Te quiero», que se había mostrado inseguro cuando había tenido delante de sí la mayor oportunidad de su vida. ¿Cómo había podido ser tan estúpido para diferir siempre esa confrontación consigo mismo, para diferir siempre el momento de la verdad? En vez de eso, la había obligado a esperar, cosa que ella había hecho con infinita dulzura, siempre a su lado pero sin hostigarlo jamás. Y ahora que ya era tarde, sentado llorando su suerte, se prometió abandonar París para siempre, marcharse lejos, lo más lejos posible y vivir en el arrepentimiento.

La sombra había vuelto a cernerse sobre él.

—No tengo nada que decirle —gruñó Irving, decidido a no moverse un ápice.

—Señor, no puede quedarse aquí.

Un guardia municipal se había inclinado sobre él y le tendía una mano.

—Perdone, lo he confundido con otra persona —se disculpó Irving sin levantarse del suelo—. Soy amigo de la víctima. Deme unos minutos, por favor.

—Ah… ¿conocía a Marie-Augustine?

—¿Marie-Augustine?

—La señora Aiguillard, la vendedora de periódicos. La pobre tuvo mala pata, la verdad. La florista le había pedido que le vigilase el quiosco durante el almuerzo y ese tren la ha hecho papilla. Hay que ver, el destino… Eh, ¿adónde va?

Irving se había plantado en dos zancadas en la entrada de la estación que, a diferencia de la plaza de Rennes, no había sido acordonada por las fuerzas del orden. «¡Está viva! ¡Está viva!», se dijo entre agradecimientos a Dios, aunque hacía mucho que había olvidado todas las oraciones. El tráfico no se había interrumpido y los pasillos estaban a rebosar de gente, pasajeros en busca de andenes, mirones que llegaban a decenas desde la entrada principal para poder ver el accidente del que hablaba ya toda la ciudad, por el precio de un billete de andén, ante la mirada de los empleados un tanto desbordados por la afluencia insólita y crispados por la tragedia.

Se abrió camino entre el gentío en dirección al café de la galería central. Todas las mesas estaban ocupadas y muchos clientes, que no habían podido sentarse, discutían de pie entre ellas. Irving pasó como pudo, hasta llegar al rincón en el que habían tomado la costumbre de encontrarse, un banquito situado debajo del gran espejo con marco dorado del fondo de la sala.

—¡Juliette!

Estaba sentada allí, tapada con un abrigo que le había prestado la mujer del gerente, rodeada de sus solícitas compañeras y amigos de la estación. Todos se hicieron a un lado al verlo. Juliette levantó la cabeza. Cuando lo vio, sus grandes ojos bañados en lágrimas se iluminaron. Se abrazaron en silencio, largamente. Ninguno de los dos quería soltar al otro y se abrazaban tan fuerte que nada ni nadie habría podido separarlos. Irving le murmuró algo al oído. Juliette había cerrado los ojos y sonreía. Cuando él hubo terminado, ella le respondió con una sola palabra:

—Sí.

XXXV

99

Granada,
sábado, 1 de junio de 1918

Las fiestas del Corpus Christi tocaban a su fin. La mayoría de los festejos habían sido anulados por la epidemia de gripe, inclusive la tradicional corrida, algo que no había pasado nunca, y también la carrera de velocípedos en el velódromo, que Nyssia ni siquiera sabía que existía. Pero la misa de celebración del domingo sí se había mantenido, bajo la presión del clero. El temor de Dios seguía siendo más fuerte que el de la enfermedad.

Nyssia nunca había estado en el barrio en el que residía Cabeza de Rata. Su vivienda, situada en la ciudad baja, a solo unos metros del cuartel en el que había vivido y que finalmente había dirigido, era igual que él: austera y suspicaz. La señorita Delhorme tenía la sensación de que alguien la observaba desde dentro. No bien hubo tocado la campanilla, una joven de sonrisa interrogante le abrió la puerta. No llevaba uniforme de empleada doméstica, pero sus ropas tampoco reflejaban pertenencia a la burguesía local. Nyssia se presentó con su apellido de casada y solicitó ser recibida por el coronel sin especificar el motivo, lo cual no suscitó pregunta alguna. Su anfitriona la llevó a un salón amueblado escuetamente, confirmando que el oficial vivía con modestia para su rango. La espera no fue larga y Nyssia fue conducida a la cabecera de un anciano paralítico, en quien no reconoció al hombre que había sido el tormento de su padre.

Ataviado con una camisa de franela llena de lamparones, el antiguo militar estaba sentado con la espalda apoyada en el cabecero, la boca entreabierta, un hilo de baba seca en la comisura de los labios. Sus brazos desnudos estaban escuálidos y sus manos, fláccidas y arrugadas, estaban recorridas por un temblor permanente que él trataba de controlar teniéndolas cogidas. Solo su semblante había conservado, y aun acentuado, las facciones que le habían valido el sobrenombre de Cabeza de Rata.

—¿Qué puedo hacer por usted…?

Su asistente se inclinó hacia él para susurrarle al oído.

—… condesa de la Chesnaye? —dijo, articulando lentamente.

—He venido a hablarle de un asunto de índole privada —respondió Nyssia después de lanzar una mirada a la joven.

—No tengo nada que ocultarle a mi hija, hable —dijo levantando apenas la mano con un gesto sin vigor.

Nyssia no dejó que se le notara la sorpresa, pero se enojó con Kalia por no haberle dicho que Cabeza de Rata había creado una familia.

—Mi familia es de Granada. Aquí viví hasta los dieciocho años, momento en que me marché a París —empezó a explicarle, esperando su reacción.

El rostro del viejo permanecía impasible.

—He venido para encontrar a mi padre —continuó ella.

—¿Y en qué podemos serle nosotros de utilidad, señora? —intervino la hija, mientras Cabeza de Rata parecía aburrirse.

—Usted lo conoció —dijo Nyssia dirigiéndose al militar, cuya mirada parecía empañarse de tanto en tanto, como ausente—. Se llama Delhorme. Clément Delhorme.

Cabeza de Rata no reaccionó. Era como si estuviese tratando de relacionar ese nombre con un período de su vida, cuyo recuerdo parecía haberse hecho jirones, y acabó dándose por vencido.

—No… no me suena. ¿Y en qué circunstancias lo habría conocido yo?

—Vivíamos en la Alhambra.

—¿Era militar también? ¿Del cuartel de la Alcazaba?

Nyssia estuvo tentada de renunciar.

—No te apures, te vendrá a la mente —lo tranquilizó su hija pasándole la mano por el cabello—. Mi padre sufre a veces lagunas, pero es normal a su edad. ¿A qué se dedicaba el señor Delhorme en la Alhambra?

—Estudiaba meteorología y mi madre ayudaba al arquitecto Contreras. Nosotros éramos tres hermanos, trillizos.

La mirada de su anfitriona se ensombreció.

—Señora, creo que tiene usted que irse —empezó a decir.

Su padre la había interrumpido asiéndola por el brazo. Se incorporó, haciendo que flotara un olor a escaras en la habitación, e hizo una seña a Nyssia para que se le acercara. Parecía que los recuerdos habían fluido a su memoria como una crecida del Darro y su mirada había recuperado su dureza de antaño. La agarró del brazo con una fuerza sorprendente.

—Sí... la reconozco... tiene sus mismos ojos. ¡Nunca conseguí que detuvieran a ese anarquista!

—Mi padre no es ningún anarquista —protestó ella, soltándose.

—Cálmate, papá —se interpuso la hija.

Cabeza de Rata no insistió. Volvían a abandonarle las fuerzas.

—Entonces ¿sigue vivo? —dijo él, mirando cómo temblaban sus manos.

—He venido aquí para averiguarlo.

La respuesta pareció serenarlo.

—¿Y vendrá a decírmelo? —le imploró el anciano con un tono infantil, antes de volver a hundirse en la cama.

—Debería marcharse, señora —le pidió su hija.

—La francesa guapa —murmuró él—. Allá iba ella. Allá iba todos los días...

—¿Adónde? ¿Adónde iba?

La mirada era de nuevo inexpresiva. La miró como sorprendido.

—Pero ¿quién es usted, señora?

La joven acompañó a la señorita Delhorme al zaguán sin decir nada. Nyssia le contó el asunto poniendo cuidado de no dejarse llevar por las emociones. La hija de Cabeza de Rata, que amaba y respetaba a su padre, negó haber tenido conocimiento del tema. Pero Nyssia sabía por experiencia que la joven estaba mintiendo, así que recurrió a sus dotes de seducción, escucha y persuasión para conseguir su objetivo. Príncipes y embajadores le habían confiado sus secretos mejor guardados, y no se permitía fracasar. Las dos mujeres tomaron asiento en el salón y, una hora más tarde, Nyssia se despedía de su anfitriona dándole las gracias. Había obtenido lo que había ido a buscar.

—Es un buen padre, ¿sabe? Dedicó toda su vida a su oficio y lo admiro —le repitió la joven ya en la puerta de la casa.

Nyssia no respondió. Nada habría podido modificar las opiniones encontradas de las dos mujeres, que se despidieron sin dedicarse una mirada más.

Jezequel le hizo una seña desde la acera de enfrente.

—¿Qué haces ahí? —le preguntó ella cuando él le ofreció el brazo para acompañarla.

—Te estaba esperando. Me daba miedo que te hiciera daño.

—¿En su estado y a su edad? ¿No tienes otra excusa mejor?

—Pues pensé que esta colaría… Está bien, vale, tenía ganas de verte y de cenar contigo —reconoció él sin ambages.

—Eso está mejor. ¿Y tu coche? —se extrañó ella al ver la calzada sin un solo vehículo.

—¿Coche, dices? ¡Pero te crees que estamos en el siglo xix! —exclamó él levantando una mano.

Chasqueó los dedos y apareció por la esquina de la calle un vehículo a motor que se detuvo al llegar a su altura.

—Solo hay que pedirlo, princesa —dijo inclinándose, ufano con el efecto conseguido.

El chófer bajó, les abrió la portezuela y se marchó caminando después de haber recibido una propina.

—Un Hispano-Suiza Alfonso XIII —dijo Nyssia dando una vuelta alrededor del vehículo—. Pierre tiene uno —explicó—. Los tiene todos… pero ¿qué andas tramando, Jez?

—¿Yo? Nada, solo pretendo ser amable contigo. Se lo compré a un industrial barcelonés. Vas a necesitarlo si te quedas una temporadita. Te aviso que tu marido se ha largado con vuestro automóvil. Este es tuyo, ¿quieres probarlo?

—¿Me vas a decir que…?

—Chitón —la interrumpió él, apoyando el dedo en los labios de Nyssia—. Déjame soñar un poco. Bueno, qué —dijo, invitándola a tomar asiento.

—No tengo mi certificado de capacitación.

—Estamos en Granada, mujer, aquí nadie te va a importunar con eso. Y mientras tanto yo puedo hacerte de chófer —añadió, sentándose al volante—. ¿Nos vamos?

—Al fin y al cabo, si quieres perder tu tiempo, allá tú. —Se quitó los zapatos y se sentó a su izquierda—. En marcha, *chauffeur*, tengo hambre y estoy agotada. Por cierto, ¿se te ha ocurrido traer champán?

Cenaron en el jardín, al lado del estanque, y después se retiraron al patio. Para ser el final de la primavera, hacía calor esa noche y la fuente aportaba un frescor agradable. Habían conversado sobre el pasado y sobre el presente y habían evitado proyectarse hacia el futuro más allá de esa velada. Jezequel le había leído sus fragmentos predilectos de las novelas de Victor Hugo y ella se había preguntado si habría sido capaz de amar a un solo hombre en su vida. Pero sabía la respuesta.

—Quería darte las gracias por todas tus atenciones.

Su amigo le había hecho pasar una de las veladas más agradables sin intentar nada que pudiese haberla estropeado.

—Y más aún porque mañana será una jornada difícil —añadió ella—. Ya sé dónde encontrar a mi padre.

—¿De verdad? ¿Sabes dónde vive?

La senilidad de Cabeza de Rata le había sobrevenido hacía poco tiempo, y el militar había entretenido a su hija a lo largo de toda su infancia y adolescencia con los detalles de su duelo contra el anarquista de la Alhambra. Durante un tiempo había estado convencido de que Clément no había muerto en la desaparición de la aeronave, pero después se había dado por vencido.

—Pero no sé si mi padre sigue vivo, ahora tendría ochenta y dos años. Tú me lo habrías dicho, Jez, ¿verdad?

Él dejó su copa de champán en la mesa, así como la que tenía Nyssia en la mano, acercó su silla a la de ella, frente a frente, y la cogió de las manos.

—¿Por qué desconfías de mí? ¿No te he dado muestras suficientes de mi lealtad?

—Hoy en día desconfío de todo el mundo —respondió ella, melancólica—. Si volvió a Granada, fue para vivir con mamá. ¿Te imaginas por un instante que hubiesen estado juntos, como dos tortolitos, y que no les hubiesen dicho nada a Victoria y a Irving? ¿Qué clase de padre sería?

—No, tienes razón. Aun así, te juro que ninguno de los dos me dijo nunca nada. ¡Por mi vida!

—Por eso mañana será un día crucial. Tengo la sensación de estar a punto de abrir la caja de Pandora.

—Y supongo que no quieres que vaya contigo, claro.

—Iré sola.

Seguían cogidos de las manos. Nyssia apartó la derecha, delicadamente, y le acarició la mejilla.

—Jez, tengo ganas de hacer el amor. Pero voy a serte franca: no más contigo que con otro. Solo siento necesidad de abandonarme.

El atrevimiento de su declaración dejó petrificado a su amigo. Nunca había oído a una mujer ser así de directa.

—Me parece bien —dijo cuando recobró el habla—. Puedes estar tranquila, sé que nunca has sentido nada por mí.

—Y seré franca otra vez: llevo en mis entrañas una enfermedad que no quiero contagiarte. Tendremos que ser prudentes.

Él la besó.

—Me río yo de eso. Una noche contigo merece cualquier consecuencia, no hay nada que no desee más que este momento.

—No digas barbaridades —dijo ella rechazándolo con dulzura—, no tienes ni idea de lo que sufro a diario. Nada ni nadie lo vale. Y tú, menos aún. Lo haremos de acuerdo con mis condiciones.

—Ven, subamos a mi habitación.

Cuando fue a levantarse, él la cogió en sus brazos para llevarla.

—He esperado este momento toda mi vida. Debes saber que el simple hecho de dormirme a tu lado hará de esta noche la más hermosa.

XXXVI

100

París,
lunes, 1 de octubre de 1888

Los trabajos en la torre se habían reanudado, mientras una agitación nada habitual reinaba a sus pies. Varias veces programado a lo largo de los meses anteriores, pero siempre postergado por culpa de las condiciones atmosféricas que Clément había juzgado poco propicias, el vuelo de prueba estaba preparándose al fin. El ingeniero había despertado a Irving a las cinco de la mañana para que los acompañase y fotografiase la preparación de la aeronave. El cielo estaba despejado y la temperatura marcaba quince grados Celsius a las siete, cuando llegaron ante el monumento. Clément había comprobado la fuerza y la dirección del viento: las costas del Canal de la Mancha les enviaban suficiente aliento para propulsar el artefacto lejos de París. El vuelo de prueba, que tenía como objetivo comprobar la solidez y la fiabilidad del material, no debía sobrepasar los cinco mil metros de altitud, pero el piloto tendría el cometido de llevarlo lo más lejos posible.

La envoltura parecía aún una vejiga pinchada. Se había estirado perezosamente bajo el efecto del hidrógeno, tendida a lo largo de la calle central del Campo de Marte, guiada por cinco pares de asistentes que sujetaban a duras penas los cabos del cordaje. El casco metálico, por su parte, descansaba en un carro, amarrado mediante unos cables tirantes que bajaban hasta el suelo. A las nueve de la mañana el globo, alimentado en todo momento con gas, apuntaba hacia el cielo meciéndose ligeramente por la acción de un viento inconstante.

—¡Qué preciosidad! —exclamó Eiffel, entusiasmado, quien acababa de llegar en compañía de dos periodistas de *Le Petit Journal* y *Le Temps*.

—Falta una hora aún para el despegue —anunció Clément—. Todavía quedan trescientos metros cúbicos de hidrógeno por inyectar. ¿Dónde está Camille?

La sesión de espiritismo con Eusapia Paladino había causado una honda impresión en Flammarion. En un primer momento había anunciado su intención de abandonar el proyecto, convencido de que la predicción tenía fundamento; esto habría provocado que se empantanase todo por no disponerse del suficiente presupuesto para la adquisición del hidrógeno. El titubeo había durado varios meses, hasta que Clément lo convenció para que prosiguiera con ellos, pero invirtiendo los papeles: él haría el vuelo de prueba de la aeronave; y el ingeniero, la tentativa de récord. La propuesta había terminado ganando su adhesión, desde el instante en que Eusapia hubo confirmado que su predicción no era aplicable en caso de intercambio del piloto. Ello no auguraba el éxito del proyecto, pero sí evitaba una muerte que Flammarion consideraba segura, pues era imposible que el aeronauta Sivel se equivocase desde el reino de las ánimas.

Camille salió de una de las casetas de la obra. Portaba en la mano un casco de coracero forrado por fuera con trapo enrollado alrededor.

—Le confieso que no me entusiasma demasiado el accesorio de moda que me obliga a llevar —bromeó, dirigiéndose a Clément.

—Un accesorio que le ahorrará una conmoción en el aterrizaje. Precaución indispensable para una barquilla cerrada.

Los dos periodistas lo pararon delante del carro de lanzamiento para hacerle preguntas sobre el vuelo.

—¿Cómo se siente, señor Flammarion, llegada la hora de partir? —dijo uno de ellos a modo de conclusión.

—¡Excitado como una pulga! —respondió Flammarion poniéndose el casco—. Solo lamento una cosa: que dentro del recinto cerrado no oiré el canto de los pájaros subiendo de tierra firme.

—¿Una foto? —propuso el reportero cuando el encargado se hubo preparado detrás del trípode.

Flammarion se colocó delante de la esfera metálica, asiendo por delante las solapas de su chaqueta.

—¡Esperen! —les ordenó de pronto, quitándose el tocado, que arrojó en dirección a Clément—. ¡Sivel no previó que me pondría en ridículo delante de toda Francia!

Luego volvió a ponérselo, se metió por la abertura de la cabina y cerró la tapa de rosca. El globo, cuya forma iría redondeándose a medida que se dilatase el helio, estaba listo, como un toro que aguarda con impaciencia en su chiquero la hora de la lidia. A las diez en punto, finalmente, Clément pronunció la fórmula ritual:

—¡Suelten amarras!

Los participantes aplaudieron, incluidos los obreros de la torre que se habían parado para contemplar la aeronave pasando a su altura y que saludaron al piloto levantándose la gorra.

Mientras el artefacto se elevaba con majestuosa lentitud, enhiesto como una «I», Delhorme se sintió culpable al pensar en Flammarion. Él tenía que haber sido el piloto de la tentativa de récord si Clément no hubiese influido en la sesión de espiritismo. Había sido pan comido dar los golpes en la mesa mientras los demás tenían los ojos clavados en la médium, pan comido responder a las preguntas que él mismo había iniciado, pan comido inventarse la presencia del aerostero y su predicción del accidente... Clément había simulado su desconocimiento de la materia, cuando lo cierto era que había participado ya en sesiones de ese tipo en Granada, donde había puesto al descubierto una fullería. Estaba seguro de que a Eusapia no la había engañado, pero, gracias a que con todo aquello había reafirmado su aura de médium, estaban en paz. Su inesperado asomo de sonrisa cuando se marchaban de su casa lo había convencido.

Mientras Eiffel explicaba a los redactores los medios establecidos para seguir la trayectoria del globo, Clément se fue al puesto de control que habían instalado en el número 40 de la avenida Duquesne, en la oficina de telégrafos más próxima. Había activado su red de corresponsales de la Société Météorologique francesa, que se habían transformado así en observadores de las zonas por las que era más probable que pasara la aeronave. Tenían la misión de enviar, tan pronto como se estableciera contacto visual, un telegrama en el que se detallase la hora, las coordenadas geográficas y la dirección y la fuerza del viento.

—Estas informaciones permitirán conocer el trayecto exacto y sobre todo que mi colaborador, el señor Koechlin, pueda calcular la dirección futura del rumbo que tome el globo —explicó Eiffel al periodista de *Le Temps*—. Entonces podremos movilizar más observadores en una zona reducida y, gracias a esta red, localizar con mayor precisión a nuestro aeronauta.

—Impresionante —dijo el hombre, escribiendo a toda prisa todo lo que había logrado retener mentalmente.

—Apunte también que, cuando llevemos a cabo la tentativa de récord, instalaremos una línea en el último nivel de la torre, en colaboración con la Oficina de Telégrafos, que nos servirá para recibir y emitir. Será algo sin precedentes.

—Estamos todos impacientes... El señor Flammarion me decía antes que ya había conseguido alcanzar Prusia desde París en globo. ¿Cree que hoy puede superar ese logro?

—Como han podido comprobar, nuestro artefacto es de un tipo totalmente novedoso. Su tecnología es única. Por tanto, es perfectamente capaz de ello.

—¿Berlín? —continuó el redactor, que veía ya en primera plana su titular—. ¿Cree que podría aterrizar en Berlín?

—Siento desilusionarlo, pero eso será para otra vez.

—¿Por no forzar el material?

—Por eso también. Pero, a juzgar por los vientos de hoy, es más probable que acabe en Ginebra que en Berlín.

La aeronave era solo un punto luminoso en un cielo aborregado por unos cirros que se mantendrían por encima de la cabeza de Flammarion en todo momento. Su altímetro indicaba mil quinientos metros. El piloto admiró las vistas de la porción de París que le dejaba ver un ojo de buey demasiado pequeño para su gusto, y maniobró luego la hélice, que le permitió hacer pivotar el casco un cuarto de vuelta alrededor de su eje.

«Una idea formidable», se dijo mientras la giraba unas cuantas veces más para dar la vuelta entera. «Se diría que está uno en un carrusel», pensó, divertido, mientras hacía una muesca en su lista de comprobaciones, antes de realizar una segunda rotación.

Al alcanzar la altitud elegida, Camille estabilizó su altura regulando la válvula superior del globo. Constató el perfecto funcionamiento del aparato de renovación del aire y lamentó que no permitiera la presencia de un segundo pasajero. Disponía de sitio de sobra para moverse.

Una vez que hubo efectuado todas las comprobaciones, se arrimó a una de las escotillas y disfrutó de las vistas únicas que le ofrecía la primera barquilla cerrada de la historia de la aeronáutica. Un rayo de sol entró para darle calor, cuando había empezado a formarse un cerco de vaho en la periferia del ventanuco. Lo secó con la manga y distinguió a lo lejos una población, hacia la cual se dirigía.

—¡Auxerre! —dijo Clément al leer el mensaje telegráfico—. Viento del noroeste, treinta y cinco kilómetros por hora. Ha pasado por la vertical del observador a las dos horas cinco minutos.

—La dirección cambia y el viento es más flojo —anotó Koechlin—. No cabe duda de que va a virar al oeste de Dijon.

—Voy a avisar a mis contactos de Borgoña, que se centren en esa zona. De momento, los parámetros meteorológicos se corresponden con las previsiones. No habrá nubes bajas.

—Lo que habría que llevar es a un fotógrafo, para que podamos disfrutarlo todos —comentó Koechlin.

Irving, que había ido con ellos, aprobó la idea.

La tarde transcurrió mientras esperaban noticias. Médor, al que ponía nervioso la tensión de los humanos, no se separaba de Clément. A las tres, Eiffel hizo una visita con el grupo de periodistas, cuyas filas se habían visto engrosadas con algunas incorporaciones. A las cuatro el globo fue visto en las proximidades de Corbigny.

—La Nièvre —dijo Koechlin—. Sigue desviándose al oeste.

—Hay riesgo de que lo perdamos —se inquietó Clément, consultando un mapa—. Tengo muy pocos corresponsales en esa zona, solo hay pueblos pequeños. ¿A qué hora se pone el sol?

—A las cinco y media. He hecho una estimación: si no acciona la válvula del gas, el enfriamiento lo obligará a aterrizar hacia las siete.

El último contacto visual se produjo a las cinco de la tarde, por un observador de Autun que había detectado con el catalejo un punto luminoso que se desplazaba por encima de los bosques del macizo de Le Morvan.

—Podría llegar a Bourg-en-Bresse —calculó Koechlin.

—Voy a poner sobre aviso a la gendarmería de la zona —dijo Eiffel, que había entrado también.

—Camille es un piloto experimentado —lo tranquilizó Clément—. Yo, en su lugar, iniciaría el aterrizaje antes: en Dombes hay cientos de estanques. Demasiado arriesgado.

Irving volvió con los periódicos de la tarde: tan solo *Le Temps* había insertado un recuadro mencionando el vuelo de prueba.

La espera se prolongaba. Los hombres se relevaron para ir a cenar, excepto Clément que se dedicó a ir pasando a un cuaderno las informaciones recopiladas sobre el trayecto.

A las nueve y veinte el telégrafo emitió su pitido característico. El operador anotó el mensaje y tendió el papel a Eiffel, cuya sonrisa anunciaba buenas noticias.

—Lo ha recogido un labrador en su campo, en la comuna de Ozolles en Saône-et-Loire. ¡Todo bien!

Médor participó del alborozo colectivo dando ladridos y saltos sobre los presentes, cuyas efusiones de alegría no terminaban nunca. Eiffel le dio un largo abrazo a Clément.

—Bravo por el material y los cálculos. Ahora le toca a usted. Y la fiesta será completa. El vuelo de prueba ha sido rico en enseñanzas, ¿verdad que sí?

—Riquísimo —coincidió Clément, cerrando el cuaderno—. Voy a poder ajustar una serie de variables. Esta prueba se ha convertido en una ecuación con una sola incógnita.

—La temperatura que encontraremos ahí arriba —adivinó Eiffel, antes de dirigirse a Koechlin para felicitarlo.

«No… Yo —lo corrigió Clément en su fuero interno—. La única incógnita soy yo.»

101

París,
domingo, 31 de marzo de 1889

El señor Eiffel tiene el gusto de invitarle a la fiesta íntima de la obra que tendrá lugar el domingo a la una y media.

—¡Ya lo veo! ¡Una fiesta de lo más íntima, con ciento cincuenta invitados, además del equipo! —comentó Nouguier—. Será la celebración de fin de obra más chic de la historia de la construcción.

—La torre ya no nos pertenece —dijo Compagnon, presa de la nostalgia propia de las finalizaciones de obras.

Los colaboradores más cercanos del industrial se habían reunido al pie del monumento, delante de la fuente de pilón ancho que se había erigido para el lapso de tiempo que duraría la Exposición y que representaba el combate de la Luz para alumbrar la Verdad, pero que todos consideraban más interesante por su ornamentación con desnudos femeninos que por su representación alegórica. Desde allí vieron desfilar las berlinas, que fueron descargando sus lotes de personalidades.

—El presidente del Consejo de Ministros —dijo Koechlin.

—¿Floquet? —preguntó Nouguier tratando de distinguir los rostros de los que llegaban.

—No. Lo sustituyó Tirard en el cargo hace un mes. Deberías leer los periódicos.

—No tengo tiempo. ¿Cuántos presidentes del gobierno hemos tenido desde que empezamos a construir la torre?

—Cinco —respondió Koechlin después de unos instantes de reflexión—. Pero Tirard dos veces. O sea, una media de menos de seis meses.

—¿Cómo haces para saber todo eso? ¿Tu mujer te lee el periódico mientras compruebas tus cálculos?

—Si ese fuera el caso, nos encontraríamos actualmente al pie de la torre de Pisa.

Sus carcajadas resonaron bajo los arcos metálicos.

—¡Aquí viene nuestro arquitecto favorito! —exclamó Compagnon cuando Sauvestre se dirigía al grupo—. Bueno, qué, ¿satisfecho con el resultado?

—Pues muy orgulloso, como todos ustedes —dijo, dándoles un abrazo—. Pero estaré más tranquilo cuando hayamos terminado de pintar.

—Faltan seis semanas para la apertura al público, habrá tenido más plazo que nosotros —dijo Nouguier, levantando la cabeza hacia lo alto de los pilares—. ¡A mí este rojo me encanta, la verdad!

—Es un bronce Barbedienne —puntualizó el arquitecto—. Tengo pensado aclararlo entre el primer y el segundo nivel, y luego aún más, hasta acabar en un amarillo oro en la cúpula. Con el minio, son cuatro capas que hay que poner, de todos modos —añadió—, y no podemos aflojar la presión sobre los pintores.

—Vamos, que entramos en la historia pero lo hacemos caminando —bromeó Nouguier—. Espero que hayan avisado a los mandamases de la administración de que todavía no están operativos los ascensores. Mil setecientos noventa y dos escalones, o sea, cuarenta y cinco minutos de subida, ¡una forma de selección natural! Podremos hacer una clasificación por nivel, con el porcentaje de abandono, y nombrar próximo presidente del Consejo al que gane.

—Entonces será Gustave Eiffel —concluyó Compagnon—. Ya lo ha hecho en treinta minutos.

—Vamos, señores —indicó Koechlin—, la ceremonia está a punto de empezar. Pero ¿dónde se ha metido Clément?

—Ya está arriba. Subió para tomar los datos meteorológicos. Y les anuncio que lloverá esta tarde. ¡Apresurémonos a izar la bandera!

Eiffel inició la subida, eufórico, con sus cinco hijos seguidos por la comitiva de invitados. Se sentía como si pudiera escalar el Mont Blanc solo ayudándose con las manos. Tirard, a su llegada, se lo había llevado a un aparte y le había comunicado que iba a solicitar que le concedieran el grado de oficial de la Legión de Honor. Habían acudido todos los grandes nombres de la prensa, a excepción de los últimos detractores recalcitrantes de la torre, así como varios diputados, senadores y representantes de la Villa de París, sus colegas ingenieros, arquitectos y miembros eminentes de las instancias científicas y técnicas. Y su equipo. Rememoró las obras anteriores, que habían sido los jalones indispensables de su éxito. Había habido infinidad de situaciones intensas, en las que los hombres y las energías se habían unido para eliminar las incertidumbres y la adversidad. No habría podido levantar el puente del Duero sin haber hecho antes el de Burdeos; el de Garabit sin el del Duero; la estatua de la Libertad, sin Garabit; y su torre de trescientos metros, sin todas esas experiencias acumuladas. Cada obra constituía una puerta que se abría a un nivel superior.

La fila humana se estiró rápidamente, y hasta los más habladores se habían callado para concentrarse en respirar. Algunos se habían parado antes del primer nivel y se daban por vencidos, pese a los ánimos de los demás.

Eiffel tenía la mente puesta ya en las esclusas de Panamá. De pronto le entró una preocupación y se preguntó hasta dónde podría llevarlo todo aquello, cuáles eran los límites de la creación humana, en el caso de que hubiese. Más de una vez el clero y el periódico *L'Univers* lo habían acusado de creerse igual a Dios Padre y lo habían puesto en la picota. Sabía que, al escoger un domingo para su ceremonia, se exponía a nuevas recriminaciones de su parte.

—¡Viva Eiffel! ¡Viva la torre!

Las exclamaciones provenían de uno de los carpinteros que, en compañía de varios más, se había subido a una de las vigas entre los dos niveles. Él los saludó y los citó para encontrarse abajo para brindar con champán. Otros grupos de «deshollinadores», como se hacían llamar los obreros de los diferentes niveles en altura, ocupaban las riostras del cuerpo de la torre y aplaudían a su paso. La interrupción había disipado sus dudas.

—Ya no puedo más —dijo Claire al llegar a la segunda plataforma, mientras que Laure y Albert habían claudicado ya.

La noticia lo contrarió, habría deseado que su apoyo más fiel estuviese a su lado para presenciar su triunfo. Pero, ante su mueca de agotamiento, no insistió.

—Adolphe te acompañará hasta arriba —dijo ella, señalando a su marido.

Eiffel dedicó una palmada amistosa a su yerno para darle ánimo y emprendió la última parte con sus mil escalones. Irving lo esperaba en la plataforma del último nivel, donde soplaba un viento fortísimo.

—Me he adelantado para encargarme del material —le explicó señalando el aparato fotográfico y el trípode, sólidamente estibado con unas planchas de plomo, listo para inmortalizar el acontecimiento.

Había instalado su cámara oscura en el nivel de debajo y tomado una serie de fotografías esa mañana cuando el sol aún bañaba la capital. Desde esa hora, el cielo se había vuelto amenazador, pero las vistas seguían despejadas y ofrecían un panorama de París como nunca nadie habría podido imaginar. El Sena tan solo era un trazo oscuro que serpenteaba entre una ciudad en miniatura, donde todo parecía inmóvil.

Valentine Eiffel fue recibida con aplausos. A sus diez años, la menor de las hijas del industrial era la única de los cinco hermanos que había llegado al final de la ascensión y tuvo derecho a un beso de su padre. Este saludó el esfuerzo de los tres periodistas de *La Paix, Le Figaro* y *Le Petit Journal*, que habían llegado con ellos e intentaban recobrar el aliento, como todos los demás. Una vez que el último participante hubo alcanzado la plataforma metálica, Gustave Eiffel recibió la pancarta de la obra de manos del representante de los obreros y una bandera tricolor gigantesca de las del director de la Exposición Universal. Se las remetió por debajo de la chaqueta para agarrarlas y se subió a lo alto del campanil, donde se hallaba el pararrayos. Las ráfagas de viento habían cobrado intensidad y entorpecían los movimientos del ingeniero, que había desplegado la bandera pero que no conseguía domarla para engancharla en el asta.

—¿Aceptaría la ayuda de un modesto colega?

Clément se había subido al cilindro que rodeaba la escala y había asomado la cabeza al nivel de la plataforma del pararrayos.

—Acepto con gusto la ayuda del mejor meteorólogo del mundo —respondió Gustave, mientras Clément se aupaba a su altura.

Entre los dos, anudaron los cordones de cuero a las anillas y dejaron entonces que ondearan orgullosas las dos banderas.

—El viento es una ecuación con dos incógnitas —vociferó Clément, acercándose para que pudiera entenderlo.

—Velocidad y dirección —respondió Eiffel.

—No: las esperanzas que trae y los recuerdos que se lleva.

—Gracias —dijo el ingeniero, tendiéndole la mano—. Gracias por todo desde hace veinticinco años.

—También usted me ha dado momentos inolvidables, Gustave.

—Recuerdo su demostración en la Torre de la Vela, cuando nos acabábamos de conocer: «El universo entero es una ecuación que espera ser resuelta».

—Tengo que confesarle que había tomado algunas precauciones.

—Lo sé, vi las redes de seguridad.

—Pero la conclusión sigue siendo válida: está usted a punto de penetrar el secreto.

—Dentro de unas semanas, usted me habrá superado, Clément.

En ese preciso momento sonó una salva de veintiún cañonazos, levantando un eco de una pureza extraordinaria, mientras el grupo que había subido hasta el tercer nivel entonaba «La Marsellesa».

755

—Creo que nos están esperando.

—Ahora nos queda regresar a tierra.

Una carpa gigantesca había sido montada al pie de la torre para ofrecer el almuerzo. Los discursos se sucedían al ritmo de los brindis. El presidente Tirard, que no había intentado el ascenso y se había quedado esperando en la explanada, inició la ronda de elogios con un acto de contrición.

—Me siento en el deber de manifestarle mi admiración al señor Eiffel, por cuanto al principio yo fui uno de los detractores de la torre. ¡Reconozco que me equivoqué y hoy me llena de orgullo proclamarlo públicamente!

El empresario, de pie a su lado, permaneció impasible. Saboreaba el instante y, de tanto en tanto, dirigía miradas a sus colaboradores para compartirlo con ellos. Clément se mantenía al margen, al fondo de la carpa.

—Ya he terminado con las fotos —dijo Irving, apareciendo a su lado—. ¿Sigues detestando como antes las manifestaciones oficiales?

Su padre respondió con una sonrisa.

—Ven —propuso el joven—, vamos a dar un paseo por la Exposición.

Los pabellones de los países del mundo entero estaban ya construidos en su totalidad y cada uno se afanaba en llenarlos de las actividades y las tiendas que harían las delicias de los visitantes. Cruzaron la calle de El Cairo, donde se había reproducido la ciudad tal cual: el bazar, los minaretes, las casas de muros enjalbegados. Un egipcio, ataviado con un vestido talar de color azul y tocado con un fez con su borla, les indicó que la exposición no estaba abierta aún al público, pero entonces, al saber que formaban parte de la torre de los trescientos metros, se disculpó y les ofreció un vaso de cerveza, que bebieron juntos a la salud del monumento, tan alto como dos veces la pirámide de Keops.

—Decididamente, no podemos perdérnoslo —comentó, divertido, Clément, después de darle las gracias y prometerle que volvería otro día para visitar el pabellón—. La reconstrucción es impresionante, podrías hacer fotos.

—No, papá. Mis fotos serán siempre testigos de la realidad. No sé cuándo, pero sé que viajaré allí algún día y que me pasearé con Juliette por las calles de El Cairo para rendir homenaje a ese país y al señor Le Gray.

El fotógrafo que había iniciado a Irving había fallecido cinco años antes y estaba enterrado allí.

—A lo mejor nos vamos a vivir allí un tiempo, ¿sabes? —añadió al ver la reacción de su padre.

—Tienes razón, es importante que conozcas mundo, que amplíes horizontes. Y yo tampoco me quedaré aquí eternamente. El casamiento sigue planeado para este año, ¿verdad?

—Más que nunca, papá. Nos comprometimos hace seis meses.

El tren de Decauville les advirtió de su paso con sonoros toques de silbato. Las pruebas de la línea especial prevista para el período de la exposición tocaban a su fin. De la carpa les llegaron unos aplausos y unos vítores: Eiffel acababa de anunciar la colocación de una placa conmemorativa en uno de los pilares de la torre, en la que figuraría el nombre de todos los que habían trabajado en el proyecto, desde obreros hasta ingenieros.

Clément le hizo una seña a su hijo para proseguir con el paseo. No le apetecía unirse al *lunch*, a la recepción y a los honores que debían prolongarse toda la tarde. Propuso a Irving que entrasen en el Palacio de las Artes Liberales para admirar los últimos aparatos fotográficos. Solo se quedaron un rato allí, pues la mayoría de los modelos estaba aún sin colocar. Pero se demoraron en el puesto dedicado a la cosmografía, donde Clément se interesó por los mapas geográficos de las diferentes regiones francesas. El editor le mostró la colección más reciente de mapas militares de los departamentos y él compró unos cuantos.

A la salida se cruzaron con Yusúpov, que venía del pabellón ruso. El príncipe reconoció a Irving y miró fijamente a Clément, adivinando de quién se trataba. Luego vaciló un momento y, entonces, esbozó un saludo, un gesto leve con la cabeza, y se alejó sin mediar palabra. La sorpresa había sido tal que padre e hijo se quedaron callados mientras atravesaban la cúpula del palacio central.

—¿Quieres que hablemos? —preguntó Clément cuando hubieron llegado a la inmensa galería de las Máquinas.

Nyssia se había convertido en un tema tabú desde su confrontación con ella.

—¿Quieres saber si hemos vuelto a vernos? ¿Quieres noticias, papá? En vista de lo que me dijiste en aquel momento, me parece que no. De todas formas, no tengo novedades.

—¿Piensas en ella a veces?

—A veces sí. Cada vez menos, para serte sincero. Incluso he pasado en varias ocasiones por delante de su domicilio sin acordarme de ella.

Un obrero se les acercó para pedirles que se apartaran para dejar entrar un cargamento importante: una dinamo gigantesca, instalada en un embalaje que dos percherones arrastraban con gran esfuerzo, y que estaba destinada a la alimentación eléctrica de los puentes giratorios de la galería.

No esperaron al final de la maniobra y se fueron por el Campo de Marte, por el centro, hasta un banco a resguardo del viento por un rodal de árboles.

—Le dije que ya no era hija mía —dijo Clément reanudando la conversación—. No porque se hubiese fugado, ni porque no nos hubiera dado noticias en todos estos años, sino porque se había convertido en otra persona. Ya no era la misma y llevaba una vida contraria a todos los principios que os inculqué. ¡Y Dios sabe que estos principios no venían de una moral burguesa rígida! Ya no era hija mía, simplemente, porque ya no la reconocía. Se lo dije llevado por la desesperación, y también por la cólera, pero hoy me arrepiento, me arrepiento profundamente.

—Entonces ¿por qué no te reconcilias con ella?

—Es a ella a quien le corresponde dar el primer paso. A quien le corresponde hacer ese camino, hacia mí, hacia todos nosotros.

Varias gotas oscurecieron el suelo.

—Bueno, ya está lloviendo. Volvamos al calor de la gloria.

Eiffel estaba rodeado de sus obreros, que acababan de hacerle entrega, así como a Compagnon y a los otros ingenieros, de un ramo de lilas blancas. Claire se acercó a cogérselo de las manos y para intentar tener un instante de intimidad con su padre.

—Sin ti, nunca habría tenido fuerzas para llegar tan lejos —le dijo él, entregándole las flores.

—La prensa está entusiasmadísima y todo el mundo ensalza tu genio, papá. Yo solo cumplo como mi deber de señora de la casa, nada más. ¿Te das cuenta de que todos la llaman «la torre Eiffel», y ya no se refieren a ella como la torre de los trescientos metros? ¡Eso es alcanzar la gloria!

—Y yo se la debo a todo mi equipo, desde los obreros a los ingenieros. Tu Adolphe no lo desmentirá, él también se ha llevado su parte. Me hubiese gustado tanto que estuvieran aquí mis padres, y nuestra Marguerite también…

—Pero ellos están ahí arriba y, gracias a la torre, nos hemos acercado a ellos —dijo con un tono alegre para disimular la emoción.

—¿Has visto a Clément? Me hubiese gustado compartir con él este éxito. No estaba aquí cuando expresé mi agradecimiento a mis colaboradores.

—Acaba de llegar con su hijo. Pero el trabajo no ha terminado, querido papá —suspiró Claire al ver al cronista de *Le Figaro* que se abría paso entre la concurrencia para llegar hasta ellos—. Te dejo. Ahora le perteneces a Francia entera —concluyó, dándole un beso en la mejilla.

El periodista estaba que no cabía en sí de gozo por haber podido divisar el hipódromo de Longchamp desde la tercera plataforma.

—Vendré aquí a seguir las próximas carreras con los prismáticos —declaró, divertido—. Su jefe de obra me decía que el futuro faro será visible desde una distancia de más de cien kilómetros, ¿es eso cierto?

—Desde Fontainebleau, Chartres y hasta Orléans —confirmó Eiffel, al que la euforia y el champán habían desatado.

—¿Es consciente de que está a punto de vencer todos los mitos más antiguos: Babel, Alejandría…?

—Señor Calmette, le haré una confidencia que iluminará a sus lectores: ¿sabe que el monumento más alto jamás construido ejerce una presión al nivel del suelo que es la mitad que la que producimos al sentarnos en un sofá? Por eso la ingeniería francesa es la más respetada del mundo: por el cálculo a la décima. Estos caballeros —dijo señalando al grupo de la oficina de proyectos, que se felicitaban los unos a los otros—, estos caballeros están a la cabeza del progreso y dentro de muy poco lo van a demostrar: me comprometo ante usted a que nosotros seremos los primeros en enviar a un hombre a más de quince mil metros de altitud.

102

París,
martes, 10 de septiembre de 1889

El redactor estaba que no cabía en sí de gozo: había conseguido que lo destinaran a la edición especial de *Le Figaro*, un fascículo diario de cuatro páginas sobre la Exposición Universal, que se editaría durante el tiempo que durase el acontecimiento.

Calmette miraba la prensa escupir los ejemplares que iban a ser distribuidos por millares a los visitantes y luego se acercó a la ventana de la oficina de redacción para admirar las vistas de París que ofrecía el segundo nivel de la torre Eiffel. No se cansaría nunca de ellas, y nunca más un periodista volvería a tener la suerte de trabajar durante meses a ciento quince metros de altura sobre los tejados de París.

El encargado de la rotativa fue a llevarle un ejemplar del diario, en cuya primera página aparecía el título: «Intento de récord de altitud en aeronave». Frunció los labios, satisfecho con su elección. Le había costado decidirse, sabiendo que iban a sucederse un sinfín de acontecimientos a lo largo de la jornada, pero este los superaba todos. Calmette salió a la pasarela y observó con el anteojo la aeronave, cuya fase de inflado, iniciada la tarde anterior, casi había finalizado. El artefacto, con una mitad del casco metálico pintada de blanco y la otra de negro, coronado por un globo de caucho piriforme pintado de amarillo, recordaba una abeja gigante. Estaba colocado en medio del jardín central, en el eje mismo de la torre, donde habían instalado unas barreras para impedir que se acercasen los curiosos. Pero a las siete de la mañana escaseaban los visitantes.

El periodista se encaminó a la Pastelería Vienesa del segundo nivel de la torre, justo enfrente del local reservado a la edición de su periódico, y compró unos bollos que dejó al lado de la rotativa para sus compañeros: se habían apostado que la aeronave alzaría el vuelo el día 14 y él había perdido.

Clément acarició el pelo ensortijado de Médor. Al perro le costaba mantener los ojos abiertos. Su amo había comido temprano; había tomado un almuerzo inusualmente copioso, del que él había disfrutado también y que lo había dejado ahíto. A las cinco de la madrugada se habían llegado al lugar del despegue, donde los preparativos marchaban a buen ritmo. Médor había perseguido a un par de pájaros y a continuación, presintiendo que ocurría algo inhabitual, se había pegado a su amo mientras este comprobaba todo el material. A las seis y media habían entrado juntos en uno de los pabellones de la Villa de París, en el que el ayuntamiento había puesto a su disposición una pieza en la planta baja que comunicaba directamente con el artefacto.

Una vez más, Clément calculó su trayectoria en el mapa de acuerdo con los datos meteorológicos más recientes y rodeó con un lápiz una zona de veinte kilómetros de diámetro. Su experiencia lo había llevado a concluir que en altitud las corrientes de aire eran relativamente constantes, a diferencia de las corrientes en la superficie terrestre, más cambiantes. Había llevado a cabo sus evaluaciones basándose en la hipótesis de un viento del nornoroeste, según las informaciones recibidas de los observatorios locales.

Vació los bolsillos del grueso abrigo colgado de una percha y verificó escrupulosamente el contenido antes de volver a ponerlo todo en su sitio. La prenda, comprada en Le Bon Marché, había sido elegida por Irving por su grueso forro de lana y su corte envolvente, y se completaba con un par de finos guantes de cuero. Clément lo había probado en una de las cámaras frías de la fábrica frigorífica de Auteuil, en la que se había quedado más de una hora inmóvil sin sufrir por la baja temperatura.

Camille entró sin llamar.

—¡Clément, hay un problema!

La frase lo hizo sonreír, Flammarion había dicho lo mismo en numerosas ocasiones durante el proceso de inspección del aparato, motivada por escollos que después no fueron tales. La intranquilidad y la agitación extremas del periodista científico contrastaban con la aparente calma del aeronauta.

—He rehecho los cálculos del volumen de hidrógeno y hemos puesto demasiado. ¡Hay riesgo de que el globo explote en altura! ¡Mire! —exclamó, poniéndole un papel debajo de la nariz.

Clément lo recorrió distraídamente.

—Ciertamente su conclusión es correcta: tendría que explotar antes de alcanzar los quince mil metros.

—¿Es todo lo que tiene que decir?

—Sí, porque su postulado de partida es erróneo. Olvida que la fuerza ascensional del hidrógeno disminuye con la altitud. Y no lo ha tenido en cuenta. Observe: 1,12 kilos por metro cúbico, lo cual es exacto a nivel del mar. Pero irá disminuyendo sesenta gramos por cada kilómetro que ascienda.

—Sesenta gramos por kilómetro —repitió Flammarion para sí.

—Es prácticamente diez veces más débil hacia el final de la ascensión, y por eso pedí dos mil ochocientos metros cúbicos de hidrógeno, en lugar de los dos mil que me propone.

—Ah… —dijo Flammarion, cuya inquietud había dejado paso a la incomodidad—. Siento haberlo asustado.

—No se preocupe por eso, Camille.

—De todas maneras, voy a comprobarlo —añadió Flammarion, saliendo.

La puerta se había quedado abierta y el perro de aguas fue perezosamente hacia allí para olisquear el aire, y luego regresó a su posición inicial. Levantó apenas la cabeza y permaneció impasible cuando Eiffel entró en compañía del doctor Pinilla. El médico había llegado una semana antes y se alojaba en casa de Clément. Había viajado para visitar la Exposición Universal, a la que había acudido a diario, donde se había recorrido metódicamente cada pabellón; tenía previsto regresar después del intento de récord. La presencia del partero de sus hijos había dado a Delhorme una energía suplementaria.

—Los dejo —dijo el empresario—, estoy esperando a un grupo de ingenieros que viene a pasar el día. Y a mediodía tiene que llegar Edison… ¡Qué pena que no pueda asistir al lanzamiento del globo!

—Las condiciones meteorológicas solo serán idóneas durante la mañana —justificó Clément, quien, a despecho de la insistencia de Gustave, se mantenía firme desde el día anterior.

—La Naturaleza manda, qué remedio —concluyó Eiffel, a su pesar.

Una vez a solas, Pinilla tendió un sobre a Clément.

—Una carta de su mujer y de su hija. Me pidieron que se la entregara justo antes de su viaje en globo.

—La leeré en las alturas —dijo él cogiéndola—. Incluso si no lo logro, al menos habré conseguido el récord del correo más alto.

Y la deslizó directamente en uno de los numerosos bolsillos del abrigo, que se puso a continuación con mucho cuidado.

—Y así queda instaurada la moda vestimentaria aeronáutica —bromeó extendiendo los brazos en cruz.

Médor ladró. Parecía que la cosa se animaba en la caseta.

—Fui yo quien no quiso que vinieran Alicia y Victoria —explicó.

—Lo sé, e hizo bien. Están esperando la buena noticia por telegrama. De hecho, yo creo que toda la ciudad la espera.

—Menos Cabeza de Rata —dijo Clément mientras buscaba su casco acorazado—. ¡Su tinta obró maravillas, doctor! —añadió, para ahuyentar la sombra que acababa de pasar por su mente.

—Después de su récord, tengo la intención de publicar su composición para que todo el mundo pueda fabricarla. Y la he bautizado como tinta «Hugo», en homenaje a nuestro gran poeta —concluyó Pinilla, con orgullo.

—Compartir con los demás los descubrimientos es lo mejor que puede hacer una persona por toda la humanidad.

—Este mío no servirá para revolucionar nada, pero, y esto podrá resultarle extraño, después de una carrera dedicada a traer vidas al mundo y a salvar otras, seguirá siendo la obra de la que más orgulloso me sienta. Junto con el parto de la señora Delhorme —dijo el médico sonriendo, antes de mostrarle el cesto de mimbre que llevaba en la mano desde su llegada—. Le he traído la cesta que me pidió. Espero que el tamaño sea el adecuado.

—Es perfecta —respondió Clément, dejándola encima de la mesa.

Flammarion contempló el nombre de la aeronave, pintado con letras rojas en el casco de hierro.

—El *Nyssia*, qué bien suena —comentó al individuo que tenía al lado, un periodista de *L'Illustration* que no le prestó atención, demasiado ocupado como estaba escuchando a Eiffel detallar las diferentes etapas del vuelo—. En realidad no es rojo, sino bronce Barbedienne, el color de la torre, digo —explicó al hombre, que aguzó el oído al oír mencionar el monumento.

Al ver que había atraído su interés, Flammarion continuó:

—Se tenía que llamar *Robur*, pero nuestro amigo Delhorme no quiso dar su brazo a torcer e insistió en que llevase el nombre de su hija. La familia, qué quiere… ¡Ah, mire por dónde! ¡Aquí viene!

Una nube de periodistas rodeó rápidamente a Clément. Este les pidió que esperaran, para ir a guardar la cesta en el interior del casco. El redactor de *Le Figaro* le preguntó qué contenía.

—¿Provisiones? —se extrañó Calmette—. Yo creía que el récord le llevaría menos de una hora.

—Pero tengo que tomar precauciones, por si no funcionara alguna de las cuerdas de la válvula.

—¿Qué sucedería?

—Que tendría que esperar a que se hiciese de noche, cuando baja la temperatura, para que el hidrógeno volviese a enfriarse. El vuelo puede durar en ese caso hasta doce o trece horas.

—Pero, igualmente, no corre peligro de morir de hambre —insistió Calmette—. ¿No habrá una botella de champán en esa cesta?

—No anda muy desencaminado. Caballeros… —dijo Clément, escabulléndose, dejándolos que siguieran con Eiffel.

Dio la espalda a los presentes y evitó cruzar la mirada con ninguno de ellos, fijando la suya en la bola metálica hacia la cual se dirigía. El empresario retuvo a los periodistas.

—Comprendan ustedes que su organismo va a verse sometido a una dura prueba: la temperatura puede subir hasta los cuarenta grados a pleno sol y luego descender por debajo de cero en las capas altas. Les recuerdo, señores, que este vuelo no solo es una proeza humana sino, además, un viaje para comprobar una serie de datos científicos. Vamos a verificar la hipótesis de que existe una capa atmosférica isotérmica allá en el cielo.

—Pero eso vende menos que un récord —bromeó el ilustrador de *Le Petit Journal*.

—Les iremos informando con regularidad desde nuestro centro de control situado en lo alto de la torre de trescientos metros —concluyó Eiffel.

El aeronauta se había subido al carro en el que reposaba la cabina y donde lo esperaba su hijo. Clément le dio la cesta, se subió por la escala y se metió por la abertura redonda; entonces, se volvió para que su hijo le pasara el equipaje.

—Estaré en la segunda planta para sacarte una fotografía, ¡no te olvides de sonreír al pasar por delante! —dijo Irving—. Hasta esta tarde, papá.

Una vez dentro, Clément cerró la tapa de rosca, comprobó su estanqueidad, puso en marcha los instrumentos y verificó su funcionamiento. El suelo, de tablones de madera, presentaba una superficie total de dos metros cuadrados, que se reducían a uno veinte para el piloto. Clément había sido capaz de meter todos los aparatos con una ocupación mínima del espacio. La máquina para absorber el gas carbónico emitía ya su ronroneo característico, encajada entre las pilas que lo alimentaban y las bombonas a presión con el oxígeno comprimido. Examinó los barómetros de mercurio, una sección de los cuales asomaba al exterior del casco, protegida dentro de un nicho metálico, y que le servirían de altímetro. Camille había insistido en instalar dos, por precaución. El anemómetro de tubo, en el exterior, también atravesaba el metal por la parte superior del habitáculo y transmitía los datos a un aparato de registro. La velocidad y la dirección del viento eran idóneas. Clément estaba preparado.

La orden de despegar había recaído en Flammarion, que aguardaba su señal.

—Se hace largo —resopló uno de los redactores que esperaban en los jardines del Campo de Marte—. Tengo que ir también a cubrir la recepción de Edison por la Sociedad de Ingenieros Civiles. No sé si tendré tiempo de redactarlo todo.

—¡Ya! ¡Están desenganchando las cuerdas! —observó otro.

Con un gesto teatral, Flammarion había ordenado: «¡Suelten amarras!».

—Ya empieza —murmuró Calmette, en la segunda planta—. Las ocho en punto.

Junto a él, Irving estaba preparado para tomar un cliché histórico. A pie firme en el balcón del nivel superior, con ambas manos en la balaustrada, Eiffel observó el *Nyssia* elevarse sin el menor ruido. Cuando pasó a su altura, adivinó la silueta de Clément en uno de los ojos de buey y tuvo la sensación de oír un ladrido en el interior de la cabina.

Clément acarició a Médor. El perro se había quedado tumbado al fondo de la barquilla, como lo había adiestrado a hacer desde hacía semanas, ayudado por la comida, pensada para dejarlo amodorrado.

—Entre los Delhorme no se abandona a nadie —le dijo, haciendo que el perro de aguas levantase las orejas—. Ahora, a casa.

Miró por la escotilla los barrios de París empequeñecer y el Sena retraerse. Abrió la trampilla del lastre, cogió un saco de bolitas de granalla y rellenó con ellas el cilindro antes de volver a cerrarlo. Clément giró la llave de apertura exterior y se quedó mirando mientras las bolas de plomo caían como una lluvia por debajo de él. La altitud subió al instante. Todo marchaba a la perfección.

Se sentó a la mesita que le haría las veces de escritorio durante el vuelo, puso encima una brújula y calculó su trayectoria basándose en los primeros datos. Se hallaba un poco más al oeste de lo previsto, como confirmó su paso por encima del Montrouge, pero no se preocupó. En contra de lo que había acordado con Koechlin y Flammarion, no iba a llevar a cabo el intento de récord encima de la ciudad, sino que se alejaría de París para que no pudieran detectarlo los telescopios más potentes.

Clément imaginó las preguntas que debía de estar empezando a hacerse el equipo al ver la trayectoria anormalmente baja que se estaba dibujando en sus mapas. Soltó un poco más de lastre para alcanzar los mil quinientos metros de altitud cuando divisó el pueblo de Barbizon. Ajustó la hélice para posicionar la cara negra del casco en dirección a la torre de trescientos metros que todavía podía ver con los gemelos. Eiffel había tenido la idea de encender el faro para que tuviese una referencia geográfica el mayor tiempo posible durante el vuelo. En este momento más que en ningún otro, Clément sintió que traicionaba su amistad. Pero a la vez le parecía que no tenía alternativa. Su desaparición oficial, que él mismo había planeado desde hacía mucho tiempo, alimentaría todos los fantasmas y serviría a la causa de los pioneros de la atmósfera, con Flammarion y Eiffel a la cabeza. Y, aunque nadie acabara sabiéndolo, hizo del intento de conseguir el récord una cuestión de honor.

Clément rellenó hasta los topes todos los compartimentos de lastre y reunió los sacos de granalla restantes, con excepción de los dos últimos, que iba a necesitar eventualmente para evitar los obstáculos en el momento del aterrizaje. En teoría, una vez soltadas, los trescientos kilos de bolas debían permitirle subir a altitudes nunca antes alcanzadas. Los récords eran ecuaciones con una sola incógnita: el deseo de conseguirlo. Y el suyo era absoluto. Lo demás solo era una cuestión de cálculos.

Cuando constató que estaba siendo arrastrado por una corriente estable, entonces abrió de par en par las compuertas del lastre. El *Nyssia* había dejado el Campo de Marte una hora y media antes. La subida se realizó sin trompicones ni aceleración sensible. Tan solo el barómetro validaba la progresión.

—Cinco mil metros —dijo en voz alta, con la gravedad de un portero de estrados.

Clément envió una segunda tanda de granalla a la atmósfera y, cinco minutos después, la aguja del barómetro flirteaba con los ocho mil metros.

—¡Quinientos cincuenta metros por minuto, prodigioso! —dijo después de un rápido cálculo.

Los escasos cúmulos, en franjas dispersas por el cielo, empequeñecían a toda velocidad.

—Nuestra última salva —comentó dirigiéndose al perro de aguas, que seguía con atención cada uno de sus gestos.

Los aluviones de bolas cayeron del *Nyssia*. Clément se sentó delante de los instrumentos y Médor apoyó la cabeza en su regazo. La belleza y la inmensidad del paisaje que se desplegaba alrededor de la cabina lo colmaron de una emoción intensa que comparó con la que sintieron las tripulaciones de los bajeles españoles al divisar el Nuevo Mundo. Pero estaba solo y era el hombre que más alto había volado en la historia de la humanidad. La idea del récord no le causó ningún efecto. Clément se sentía embriagado de abarcar toda la belleza del mundo con una sola mirada.

—Nueve mil. Diez mil.

Los kilómetros iban pasando a velocidad constante. Por encima de ellos, el cielo se había oscurecido. Ya no tenía ningún control sobre el intento de récord. La temperatura interior había caído rápidamente a siete grados y seguía bajando hacia los valores negativos. La chaqueta forrada le parecía tan envolvente como una colcha.

A trece mil metros, la escarcha que se había formado en el contorno de los ojos de buey se desprendió y flotó por la cabina como si se hubiera tratado de copos de nieve. Para su gran satisfacción, el sistema de purificación del aire funcionaba perfectamente. No notaba ni náuseas ni problemas de visión. Médor estaba tranquilo y su respiración era regular y lenta. La presión interior no había bajado.

El trazo del estilete detuvo su progresión a los quince mil metros. Justo por encima de la cabeza de Clément el cielo ofrecía un degradado que iba de un tono claro a un violeta oscuro, casi negro: la aeronave había llegado a los límites de la atmósfera. No se veía ninguna estrella. Asomándose al ventanuco, Clément contempló un paisaje de mil matices de verde y ocre. En el horizonte, adivinó la curvatura del globo, envuelta en un velo blanco lechoso.

Los instrumentos indicaban que la temperatura era estable desde los once mil metros de altitud; menos cincuenta y cinco grados. En el interior, se había estabilizado en tres grados bajo cero. Maniobró con la manivela para que la cara negra del casco quedase de frente al sol. Médor no parecía incomodado y aguardaba con paciencia, habituado tras las largas horas de pruebas en el laboratorio.

El piloto decidió lanzar uno de sus dos sacos de socorro; deseaba subir más alto, todavía más, de tan en deuda como se sentía con Flammarion y Eiffel. El sonido metálico de las bolas al deslizarse hacia el vacío precedió la última remontada. A las 10.25 horas, el *Nyssia* alcanzó los 16.201 metros.

Clément sacó de su bolsillo la carta de Alicia, la leyó varias veces, la besó y la dobló. Rebuscó dentro de la cesta, sacó una copa, una botella de Clos de Vougeot y la descorchó con un ruido sordo.

—¡Pueden sentirse orgullosos, señores! ¡Lo han conseguido! —proclamó, alzando la copa en dirección al ojo de buey que apuntaba al noroeste—. Ahora, va por mí.

Bebió el vino blanco tomándose su tiempo, prendado de la belleza del espectáculo de la altitud, y a continuación tiró por secuencias de treinta segundos de la cuerda anudada a la válvula superior del globo. La aeronave descendió gradualmente hasta los diez mil metros. El aerostero se sentó y se permitió unos minutos de descanso. Médor se le acercó, frotándose contra él para mendigar una caricia. Clément notó el calor del cuerpo de animal a través de los guantes.

—El día solo acaba de empezar —le dijo—. Nos vamos a quedar lo suficientemente alto para recorrer el máximo de distancia antes del descenso. Esperemos que los vientos nos lleven a donde he previsto.

El perro emitió un ladrido corto que el aerostero tomó por un asentimiento. Decidió reanudar nuevamente sus cálculos para determinar su posición y luego paró uno de los dos barómetros, lo abrió y sacó el papel enrollado en el cilindro. La nitidez del trazo en el registro era perfecta y, por unos segundos, sintió deseos de enviárselo a Flammarion. Pero nadie debía saber que estaba vivo, el éxito de su plan dependía de ello y renunció a su idea. Lo enrolló y lo guardó en un estuche de cigarros que se había llevado a tal efecto. Clément debía ocupar la mente en algo y no dejar que el frío y el cansancio lo aturdiesen.

Transcurrieron dos horas, durante las cuales estuvo dedicándose a tareas rutinarias, intercalando pausas para asomarse a mirar por la escotilla. Se entretenía tratando de reconocer las poblaciones y los paisajes que desfilaban por debajo de ellos, con ayuda de los mapas del Estado Mayor, pero aún no había conseguido ubicarse mediante asociación con algún accidente geográfico, cuando no era que una alfombra de nubes le impedía por completo la labor. Temía haberse desviado considerablemente de su trayectoria ideal.

Médor se acercó a lamerlo para pedirle comida. También Clément tenía hambre: eran las doce y media. El piloto compartió una pechuga de pavo y un vaso de agua con el perro de aguas y después tomó unos frutos secos y una manzana, mientras Médor recogía a lengüetazos los últimos rastros de escarcha de las paredes. Clément pensó que el ser que había aceptado ser su cómplice estaba recorriendo la senda hacia una región que él empezaba a dudar si sería la que había previsto para el aterrizaje.

En la tercera planta de la torre, la agitación no había cesado desde que habían perdido el contacto visual con el *Nyssia*.

—Pero ¿qué ha podido pasar? —repetía Eiffel cada vez que Koechlin cabeceaba delante de sus cálculos, sin entender nada.

Durante los preparativos, el equipo había acordado que haría un ascenso rápido por encima de París, seguido de un descenso a válvula en un radio de cien kilómetros como máximo. Clément solo había incorporado a su red de observadores de esa zona. Eiffel había sugerido ampliarla como medida de precaución duplicando la superficie vigilada, pero había terminado por dejarse convencer como él de su inutilidad.

—¿Por qué le haría caso? —se lamentó amargamente.

A las diez había enviado a Flammarion al Observatorio de París con el objetivo de que alertaran a todos sus corresponsales en el sur de la capital.

—¿Habrá tenido, tal vez, algún problema a la hora de soltar lastre? —tanteó Koechlin.

—¿O quizá la válvula del gas se ha abierto de improviso? —aportó Nouguier, que se les había unido—. Pero Camille la había comprobado en el momento del despegue y funcionaba.

—Si ha seguido su trayectoria inicial y ha continuado a la misma velocidad, debería encontrarse en un triángulo formado por Orléans, Bourges y Auxerre —resumió Koechlin mostrándoles su mapa lleno de anotaciones.

—¿Y más lejos, si al final consiguió elevarse? —preguntó Eiffel.

—Eso no podemos saberlo. Ha podido toparse con corrientes más rápidas.

Flammarion volvió del Observatorio con los telegramas de los corresponsales disponibles. Ninguno lo había detectado.

—Pero sí disponemos de datos barotermométricos. Con esto a lo mejor pueden afinar la dirección de los vientos dominantes —dijo a Koechlin, dejándolos encima de la mesa repleta de folios llenos de garabatos.

—Tengo que bajar. Están todos esperándome en la primera planta —suspiró Eiffel—. Si reciben alguna pista, por pequeña que sea, no dejen de avisarme.

—Yo de aquí no me muevo —anunció Flammarion.

Cuando el empresario salió, se cruzó con Irving que, provisto de un anteojo, observaba el cielo desde la pasarela.

—Eso no le servirá de nada, está demasiado lejos para verlo desde aquí.

—Un día se perdió en Sierra Nevada y nos envió señales luminosas. Si no hubiésemos estado en la Torre de la Vela, nadie habría visto jamás su llamada —respondió Irving, que no quería quedarse de brazos cruzados.

—Tienes que comer algo, muchacho. Anda, ven, alguien te tomará el relevo. Tu padre es un ingeniero sin igual y domina la meteorología como nadie. Saldrá de esta.

El empresario esperó el ascensor que lo dejó en la primera plataforma. Respiró hondo antes de entrar en el Brébant, el restaurante en el que aguardaba una delegación de la Sociedad de Ingenieros Civiles, así como su invitado de honor, Thomas Edison.

Irving se había quedado en la pasarela. No podía creer que se hubiese producido un accidente. Su padre estudiaba siempre minuciosamente todas las hipótesis.

—¡Los mapas! —exclamó, dando de pronto un puñetazo en la barandilla.

Salió precipitadamente de la torre, zarandeando a los visitantes para coger el primer ascensor disponible, cruzó los jardines centrales y entró en el Palacio de las Artes Liberales, donde llegó a todo correr al pabellón dedicado a la cosmografía, poco frecuentado a la hora del almuerzo. El representante, que estaba comiendo en su caseta de exposición, reconoció al joven que iba precipitadamente en dirección a donde estaba él. Se limpió la boca con la servilleta antes de responder a su avalancha de preguntas.

—Cómo me iba a olvidar de ustedes, fueron mis primeros clientes, un mes antes de la inauguración.

—Los mapas del Ejército que le compró mi padre ¿a qué departamentos correspondían? —preguntó Irving.

—Pero ¿por qué...? —titubeó el hombre, sorprendido ante la actitud apremiante del joven.

—¿Qué departamentos? ¡Deprisa! ¡Es importante!

La respuesta del editor llenó a Irving de una alegría indescriptible. Clément Delhorme no se hallaba en peligro.

Durante dos horas, había estado viajando por encima de una alfombra espesa de nubes que se había disipado poco a poco, agujereándose como una bala de algodón antes de desaparecer por completo. Clément tenía ante sí una extensión de llanos, bosques y pueblos aislados que seguía sin lograr identificar. Poco después de las tres de la tarde, percibió tres poblaciones de tamaño dispar hacia las cuales se dirigía la aeronave. Desplegó los mapas de los departamentos del Indre, del Cher y del Nièvre e intentó reconocerlas por su disposición espacial, formando un alineamiento casi perfecto, seguida de un bosque enorme al oeste, y a sus importancias relativas: la población más extensa al este y la más pequeña en el centro. Ninguno de los tres departamentos presentaba una disposición semejante de núcleos poblacionales. Cuando ya iba a darse por vencido, a Clément se le ocurrió juntar los tres mapas, extendiéndolos en el suelo. Al juntar el Cher y el Nièvre no obtuvo ningún resultado, pero el Indre y el Cher unidos sí daban lugar a una zona parecida.

—¡Solucionado! —exclamó, chasqueando dos dedos.

Châteauroux, Issoudun y Bourges formaban una línea rodeada por un conjunto de bosques y multitud de estanques.

Pero la alegría le duró poco: se encontraba cien kilómetros demasiado al oeste de su trayectoria. Decidió poner en práctica el plan previsto en caso de deriva. Clément hizo descender la aeronave hasta los cinco mil metros y luego viró el casco unos treinta grados, antes de bloquearlo en el eje central. Giró la manivela para accionar la hélice. El globo cambió de rumbo suavemente, con el ángulo que él había calculado. La maniobra se realizó sin el menor tropiezo, pero comprendió enseguida que no podría mantener mucho tiempo la misma potencia. La nueva altitud había hecho que la temperatura ascendiera muy rápido, pues el globo quedaba con la parte negra mirando al sol, que asaeteaba el casco con sus rayos abrasadores. Al cabo de veinte minutos Clément estaba cubierto de sudor y las vueltas de la manivela habían bajado de intensidad, lo que se tradujo en la brújula en una pérdida del rumbo. La corrigió, a costa de un esfuerzo físico intenso. Empezaba a dolerle el brazo, tenía sed y su respiración había triplicado su consumo de oxígeno. Abandonó al cabo de cuarenta minutos, agotado. Su esfuerzo le había permitido ganar quince grados y posicionarse al este de Guéret, pero no era suficiente. Debía encontrar otro medio.

Un fenómeno inesperado lo sacó de sus consideraciones. Un montón de insectos se habían posado en los ojos de buey del *Nyssia*.

—¡Mariposas! ¡Mira, Médor, es increíble! —exclamó, entusiasmado, el aerostero—. No sabía que pudieran volar tan alto. Espera… —dijo al perro, que se había entusiasmado tanto como él.

Abrió el conducto exterior de uno de los compartimentos de lastre y esperó a que uno de los lepidópteros entrase, para luego volver a cerrarlo. Clément accionó la llave de apertura interior: la mariposa entró en el habitáculo, para gran alegría del perro, que se puso a perseguirla.

—Cuidado con los instrumentos, déjala tranquila —dijo agarrándolo por el cuello—. ¡A los invitados no se los come!

Médor se contentó con seguir al insecto con la mirada, antes de perder el interés del todo. El incidente había animado a Clément y, gracias a él, había podido dar con unas cuantas ideas para la travesía. Había decidido usar una de las bombonas de oxígeno como sistema de propulsión.

En el Brébant los brindis habían sucedido a los discursos.

—Estimado e ilustre maestro, el mundo entero lo admira —declaró Eiffel refiriéndose a Edison, sentado a su izquierda—. Personifica a ojos de todos el progreso moderno en lo que tiene de más inesperado y de más fecundo en maravillosas promesas para el futuro.

Uno de los invitados, inclinado hacia el norteamericano, le tradujo la alabanza, que divirtió al inventor.

—*This is exactly word for word what I can say about you!** —respondió, provocando las risas de todos los allí reunidos.

Viendo que tenía al público en el bote, Edison continuó, en un francés rudimentario:

—Me han dicho que usted Edison francés. No —aseguró enfatizando la frase con el dedo índice—. ¡Yo Eiffel americano!

Los dos hombres más alabados de sus respectivos países se dieron un abrazo en medio de la ovación de todos los ingenieros sentados a la mesa del restaurante. Pero, aunque Eiffel había entrado en el grupo de los industriales más importantes, no terminaba de disfrutar plenamente de la consagración internacional que se le otorgaba. A lo largo del banquete estuvo esperando ver aparecer a Flammarion portando buenas noticias. Pero no llegaba. Ya no era cuestión del récord, sino únicamente de encontrar sano y salvo a su colaborador y amigo. A Edison se lo había contado y este lo había entendido perfectamente y trataba de distender el ambiente con su buena disposición y su talante positivo.

Después de los postres el empresario propuso a su invitado subir a los aposentos privados que había hecho construir en la parte superior de la tercera plataforma. Vio entonces a Charles Gounod a unos metros, sentado a la mesa; le presentó a Edison y le propuso subir con ellos.

—Creo que es hora de que me retracte —declaró el compositor, que había formado parte de los detractores de la torre—. Reconozco que su

* «¡Eso es literalmente lo que yo mismo puedo decir de usted!»

monumento es admirable, señor Eiffel, y que dejará una impronta imborrable no solo en las ciencias, sino también en las artes. Estaba equivocado y le ruego que acepte mis más humildes disculpas —añadió inclinándose hacia un Eiffel que mantenía la mirada en algún punto lejano, que él tomó por desdén.

Claire y su marido estaban arriba cuando llegaron, y el ingeniero pidió a su hija que se encargara de enseñarles todo, mientras él se iba al centro de control. El piso privado, compuesto por cuatro piezas, de las que una era un dormitorio y otra un desván, estaba atravesado a la altura de los techos por las anchas vigas típicas de toda la construcción, lo que le confería un aire muy especial. Los cien metros cuadrados habían sido amueblados con esmero, pero sin caer en el lujo ostentoso.

—El conjunto acogerá un laboratorio para experimentación empírica una vez que termine la exposición —informó ella, y les propuso pasar al salón.

La estancia estaba amueblada con un canapé y varios sillones y contaba con un piano de pared.

—¡Pero qué sorpresa tan divina! —exclamó Gounod.

Eiffel volvió con ellos a las cuatro de la tarde. El champán había fluido de las copas a la sangre y el ambiente era festivo. El compositor, inspirado por el lugar y por la presencia de Claire, improvisaba sobre versos de Musset una partitura que había decidido bautizar *Cantata de la torre Eiffel*. Adolphe Salles había salido con Edison al comedor, donde el inventor estaba haciéndole una demostración de su fonógrafo.

—Sigo sin noticias —dijo Eiffel en respuesta a las miradas interrogadoras—. Un observador ha creído ver una estrella luminosa cerca de Châteauroux, pero no es un dato fiable.

—*Come, my friend* —dijo Edison cogiéndolo del brazo—. *I made a prayer for him. Now, he's in God's hands.**

—Tiene usted razón, creo que ya solo queda que él mismo dé señales de vida. ¿Esto es su fonógrafo? —preguntó, esforzándose para recuperar su papel de anfitrión.

—*Yes*, sí, y usted va a hablar —dijo el americano cambiando el cilindro metálico cubierto con una lámina de estaño—. *I will record your voice.***

* «Vamos, amigo mío. He rezado por él. Ahora su suerte está en manos de Dios.»
** «Registraré su voz.»

—¿Este receptor intimidatorio es lo que recibirá mis palabras, y este gran cuerno acústico, el que las va a restituir? —preguntó Eiffel.

Mientras Edison se lo confirmaba, dándole toda clase de explicaciones técnicas pormenorizadas, Adolphe Salles regresó al salón, donde Charles Gounod firmaba el libro de visitas de la familia. El compositor se despidió, disculpándose una vez más por sus yerros pasados.

A las seis, Edison se marchó también, no sin antes haberse tomado una última copa en compañía de Eiffel disfrutando de las vistas panorámicas que brindaba la pasarela de delante del piso privado.

—*What a fabulous place!* —exclamó el americano—. *Drinking champagne on top of the Eiffel tower is the nicest experience, ever!**

Una vez a solas, el ingeniero escrutó el horizonte desde la plataforma, a la que salió Claire también para hacerle compañía. Se quedaron los dos en silencio. Eiffel apreció una vez más el tacto de su hija mayor, que había entendido su necesidad de una presencia callada. El día había estado trufado de instantes maravillosos y terribles al mismo tiempo.

A las seis y media había vuelto al centro de control, del que se habían ido ya todos sus integrantes excepto el operador telegráfico de guardia y Koechlin, que no se había resuelto a abandonar el lugar.

—No entiendo lo que ha podido pasar —le confesó su colaborador, que seguía empeñado en rastrear la trayectoria del *Nyssia*—. ¿Cree que seguirá vivo?

—Estoy convencido, Maurice.

—¿Y el récord?

—Puede hacerlo, ¿no cree?

—Pero lo habíamos puesto todo en ecuaciones… Yo tan solo he descubierto un error —indicó Koechlin mientras rebuscaba entre sus apuntes—: Clément había subestimado la reserva total de oxígeno. Habrían podido ir dos personas.

—A lo mejor no quería que nadie más corriera el riesgo… Bueno, vámonos a casa. Y no perdamos la esperanza.

* «¡Este lugar es fabuloso! ¡Beber champán en lo alto de la torre Eiffel es la experiencia más maravillosa que pueda imaginarse!»

XXXVII

103

Granada,
domingo, 2 de junio de 1918

El Sacromonte brillaba con el amarillo arcilloso de su tierra y el verde de sus cactus bajo un sol que no perdonaba a nadie. La colina siempre había tenido un cuerpo áspero y un alma afectuosa. Nyssia no había subido nunca a esta tierra de desolación y música, el último rincón en el que habría buscado a su padre. Pero la hija de Cabeza de Rata estaba totalmente segura: después de la desaparición de su marido, la mujer del anarquista había mantenido una relación con un miembro del clan y subía todos los días al Sacromonte hasta el día de su fallecimiento.

Kalia había alertado al príncipe de los gitanos de la visita de Nyssia. Esta se había negado a que nadie la acompañase y a subir en mula. La señorita Delhorme se había puesto la ropa de trabajo de su madre; de no haber sido por su manera de contonearse al andar, un estilo que la había hecho célebre en París, los pantalones y la gorra habrían podido darle un aire totalmente masculino. De esta guisa, había subido desde la Alhambra por el Cerro del Sol.

Inició el camino que subía al Sacromonte parándose cada dos por tres, más por controlar sus emociones, que la inundaban a oleadas, que por dosificar el esfuerzo sobre las articulaciones, que le habían dado un respiro desde el día anterior. A la sombra de un rodal de chumberas que formaba una especie de bóveda vegetal de un lado a otro del camino encajonado, se fumó el último cigarrillo de su paquete de Murad. Ya quedaba menos para el poblado gitano. El corazón se le disparó.

Desde las primeras cuevas Nyssia se encontró acompañada por un enjambre de chiquillos y perros que fue haciéndose cada vez más numeroso a medida que subía hasta la terraza superior, en la que se encontraba la morada del príncipe. Esta cueva, mayor que las otras, poseía además una explanada espaciosa delante, bordeada de aloes. Una pareja de jóvenes bailaores ensayaba un número flamenco al son de dos guitarras, bajo la mirada distraída de unas mujeres que, sentadas, zurcían ropa o terminaban de preparar la comida.

Todos la miraron con una atención que ella juzgó benévola, lejos de la curiosidad recíproca que causaba la llegada de turistas, y cada cual siguió con sus quehaceres. La puerta estaba abierta de par en par y dejaba ver un interior en el que la única fuente de luz era una abertura practicada en el techo de cañizo. Notó que la estaban esperando y entró en el hogar de Torquado II.

El príncipe estaba sentado en una silla enorme con los brazos y el respaldo tallados, que hacía las veces de trono, y se había puesto el sombrero cónico de ala ancha, símbolo de su título. Estaba en la penumbra, detrás de la columna de luz. Los demás gitanos, a un lado y otro de él, habían acallado sus pláticas al ver entrar a Nyssia y salieron sin que nadie les dijera nada.

Ella no alcanzaba a distinguir su cara y entendió por qué los guardias civiles se lo pensaban dos veces antes de intervenir en el Sacromonte, donde el clan alimentaba su propia leyenda. Pero ella no sintió miedo.

—Me parece que sabe usted quién soy —dijo ella a modo de preámbulo.

El sombrero se movió arriba y abajo, lo que confirmó su afirmación.

—He venido desde París para encontrar a mi padre. Tengo motivos para creer que vivió o vive todavía aquí, con su clan.

—¿Por qué? —preguntó Torquado II con una voz bronca.

—He recabado un testimonio que va en ese sentido.

—¿Y por qué viene, después de todo este tiempo?

El príncipe jugueteaba con un encendedor eléctrico con pulsador de cuero: encendía y apagaba la llama, haciendo aparecer un rostro en claroscuros en el que ella distinguió una ancha cicatriz.

—¡Es igual que el de mi padre! —exclamó ella, antes de taparse la mano con la boca, al borde de las lágrimas—. ¿De dónde lo ha sacado? ¿Está vivo?

El príncipe se puso en pie y avanzó con la gravedad que exigía su rango.

Cuando se plantó en el haz de luz, Nyssia dio un grito de sorpresa.

104

Por el cielo de Francia,
martes, 10 de septiembre de 1889

Había cambiado el último cartucho de potasio del regenerador de aire y quitado la bombona de oxígeno más ligera. Clément había decidido encajarla en el cilindro de liberación de bolas de plomo, abriendo solo parcialmente la trampilla. Había posicionado el artefacto mirando al nornoroeste con el fin de propulsarse en sentido inverso.

—Con esto debería ser suficiente —murmuró cuando hubo colocado la bombona en el conducto de salida.

Accionó la llave de paso para que saliera el oxígeno a presión, cerró la válvula interior y abrió tres cuartos la del exterior para evitar que la bombona no basculara al vacío.

Clément se sentó, brújula en ristre y con el perro de aguas apoyado en sus rodillas. El chiflido del gas que escapaba del recipiente lo ponía nervioso. Como cada vez, el globo cambió de rumbo con toda suavidad. «¡Funciona! —se dijo, sorprendido por lo fácil que había resultado—. ¡Funciona!»

La brújula confirmó el nuevo itinerario. A las seis de la tarde identificó su posición: treinta kilómetros al este de Aubusson. A las seis y cinco el silbido cesó, la bombona se había vaciado.

El aerostero hizo un último cálculo mientras esperaba una ausencia de versatilidad en las corrientes durante el descenso. Verificó el resultado en el mapa y pareció satisfecho.

—Mi querido Médor, tengo unas cuantas noticias buenas —le dijo al perro de aguas—. En primer lugar, nos disponemos a aterrizar en pleno Macizo Central, tal como había previsto, aunque un poco más al sur de lo ideal. Pero en este mundo de hoy lo ideal se ha convertido en un lujo y nos conformaremos con un servicio más común. En segundo lugar, nuestro amigo ha llegado a la estación de Clermont-Ferrand a las cuatro cuarenta y siete y a estas horas se encuentra en la carretera del Puy-de-Dôme, en cuya cima montará el laboratorio meteorológico de montaña dentro de, digamos, treinta minutos o, como muy tarde, hacia las siete. En estos momentos deberíamos encontrarnos en el campo de visión de su lente, que se corresponde con la puesta de sol, lo que nos permitirá brillar como una gran bola de fuego, siempre que las nubes no echen a perder este plan impecable. La última buena noticia es que estaremos de vuelta sobre tierra firme hacia las ocho y que, si no me he dejado ningún resto en mis cálculos matemáticos, eso debería producirse en las proximidades del lago de Guéry. ¿Alguna pregunta?

Médor seguía escuchándolo con las orejas de punta y los ojos muy abiertos.

—Tienes razón —continuó Clément—, siempre hay una mala noticia al final: deberemos pasar la noche al raso, ya que nuestro amigo, una vez que haya identificado la zona de nuestro aterrizaje, no vendrá a recogernos hasta mañana por la mañana. No —dijo, en respuesta a la pregunta imaginaria del perro de aguas—, no podemos alejarnos de la aeronave, he de deshacerme de ella y no puedo hacerlo solo. Ni siquiera con tu ayuda. Te recuerdo que hay seiscientos kilos de envoltura y cuatrocientos de casco. Además, sin ánimo de ofender, eres el perro de aguas más pequeño que he visto en mi vida y el único que cabe en una cesta. Hace tiempo que quería decírtelo, ¿nunca te has planteado que lo mismo eres un caniche?

Médor emitió un gemido lastimero que le arrancó una risa a Clément.

—¡Está bien! ¡Retiro lo dicho! Esta conversación quedará entre tú y yo —concluyó, acariciándole la cabeza.

Este rato de distensión le había devuelto las fuerzas y decidió elaborar la lista de todo lo que haría al volver, por orden de prioridad. Era poca cosa: incluso si Cabeza de Rata lo daba por muerto, debería esconderse y restringir sus salidas. Pero las visitas de Alicia y Victoria serían la recompensa a todas sus limitaciones. No había comunicado sus intenciones a su mujer, pero ella, al leer sus últimas cartas, lo había adivinado. «Dentro de una semana estaré en la Alhambra —se dijo con ilusión—. Después de ocho años de exilio.»

El lago apareció a la vista. Clément quería evitar las inmediaciones, en forma de hondonada y medio cubiertas de bosque. Había llevado su globo a mil quinientos metros de altitud, por etapas sucesivas, y eso le había permitido abrir una de las dos escotillas de la aeronave, auparse al exterior para asomar la cabeza y los hombros y observar desde allí el paisaje con el anteojo, como un marinero en el puesto de vigía. Había identificado una gran extensión de pastos, en el extremo meridional del lago, donde el relieve parecía lo bastante llano para permitir un intento de aterrizaje sin riesgo de rodar hasta el agua. La forma esférica de la barquilla cerrada había sido una ventaja decisiva para el éxito del vuelo, pero se convertiría en su principal inconveniente en el aterrizaje.

El aerostero se había habituado al lapso de tiempo que transcurría entre la abertura de la válvula y los cambios de altitud. Una vez que hubo descendido a quinientos metros, embaló todo el material en las maletas de mimbre vacías que, almacenadas como *matrioshkas*, le habían servido de asiento. A Médor lo mandó meterse de nuevo en su cesta, que amarró al único pie de mesa, fijado al suelo. El perro sacó la cabeza para seguir las operaciones.

Clément se encasquetó su casco forrado, después de calcular que estaban a doscientos cincuenta metros. La trayectoria de la aeronave estaba perfectamente en línea con el eje del campo. Al llegar a los cien metros de altura, tuvo la sensación de que podría saltar con los pies juntos hasta la tierra, tan cerca le parecía. Siguió liberando hidrógeno con regularidad, a través de la válvula, sin trompicones. A veinte metros del suelo el piloto se aferró con una mano a la barra lateral, que había mandado añadir para sujetarse en el momento del contacto con el suelo, y asió con la otra la cuerda del panel de desgarro.

En el momento del impacto, tiró del cable con todas sus fuerzas. Notó una resistencia y se vio empujado contra la pared metálica, para después verse proyectado al centro del habitáculo y volteado varias veces. Clément sintió un dolor muy fuerte en el hombro izquierdo. A su alrededor, todos los objetos que no habían sido sujetados mediante algún tipo de correa o que no estaban amarrados con suficiente fuerza daban tumbos en todos los sentidos. Un termómetro explotó y lanzó gotitas de mercurio por las paredes. El casco rodó, dando varias vueltas sobre sí mismo sin llegar a detenerse. El mecanismo previsto para desgarrar la tela no había funcionado. La esfera metálica había dejado de dar vueltas sobre sí misma, pero el globo, que seguía inflado, la arrastró durante un tiempo que le pareció infinito. Temió que lo tirase por encima de la orilla, cuya pendiente lo habría mandado al agua inevitablemente. Clément se había agarrado con una mano a la barra, pero el cuerpo se le movía en todas direcciones como un pelele de trapo.

Luego todo cesó. El silencio que siguió estuvo tapado por los pitidos intensos que notaba en los oídos. Se le había caído la protección de la cabeza y se había golpeado más de una vez con ella contra el habitáculo. Además había recibido el golpe de un objeto, que le había dado en la cara, y le salía sangre de uno de los arcos superciliares. La cesta de Médor había resistido sin problemas, al pie de la mesita, pero el perro no daba señales de vida.

Clément se sentó para recobrar los ánimos y vio que una de las escotillas había quedado por encima de su cabeza. No podía moverse, le dolía todo el cuerpo y, al tocarse, notó que se había roto el hombro. El hueso no se había salido de su cavidad articulatoria, pero se le estaba formando un hematoma enorme y el dolor era insoportable. Sintió deseos de desvanecerse, pero resistió; debía salir a toda costa y tirar del panel de desgarro, pues el globo podía verse arrastrado de nuevo al menor soplo de viento.

Médor sacó la cabeza de la cesta, después las dos patas delanteras y, a la segunda, logró salir. Se acercó con paso vacilante a Clément, al que gratificó con un lametazo que le supo a sangre diluida. El animal estaba aturdido, pero había soportado mejor el choque que el aerostero.

—Vamos a esperar un poco antes de salir a dar un paseíto, amigo mío —dijo este, alargando la mano para acariciarlo. Pero la puñalada que sintió entre los omóplatos lo disuadió.

Con mucho cuidado, empezó a buscar su casco protector y lo encontró debajo de un revoltijo de cosas. Le quitó las roscas de trapo, que desenrolló con una mano, y se hizo con ellas un vendaje. Clément se inmovilizó como buenamente pudo el hombro izquierdo y colocó el brazo de tal manera que el codo reposase en el cabestrillo, con lo que consiguió calmar el dolor al menos por un momento. Una ráfaga de viento infló la tela y meneó el casco. No podía quedarse allí más tiempo.

La apertura de la tapa se hizo sin dificultad y Clément pudo auparse al exterior de la cabina, arrastrándose, para ver al fin dónde se encontraba. El globo se había detenido a unos metros de un terraplén considerable que caía hacia el lago. Constató que la cuerda que provocaba el desgarro de la tela se había hecho un nudo a la altura del cinturón de carga; la deslió y tiró de ella. El sistema se abrió y dejó así escapar los centenares de metros cúbicos de hidrógeno que quedaban dentro.

Mientras Médor exploraba el entorno inmediato, Clément se aplicó en ir soltando, cuerda a cuerda, el casco del globo. La zona parecía desierta y cruzó los dedos para que el inmenso pegote amarillo que manchaba el campo no llamase la atención de algún campesino o de algún pastor. Quiso plegar el tejido, pero la herida se lo impidió. Cuando la luminosidad menguó, se metieron en su cubículo y se encerraron dentro a pasar la noche. Se pusieron a buscar algo de comida en medio del batiburrillo general y encontraron dos pescados secos y una hogaza de pan. La botella de agua había estallado en el impacto. El dolor volvió con fuerza, lacerante, y Clément lo anestesió bebiéndose el resto del Clos de Vougeot. Al final, acabó durmiéndose.

Lo despertaron los gañidos de Médor cuando ya era de día y el sol parecía estar bien alto en el cielo, recalentando la cabina a una temperatura tropical, a no ser que fuese la fiebre: tenía el hombro ardiendo e hinchado. Al consultar su reloj, vio que había dormido doce horas. Los gañidos se transformaron en ladridos. Alguien caminaba alrededor de la cápsula. Se incorporó con dificultad, le dolían todos los músculos.

Al otro lado de uno de los ojos de buey apareció un rostro conocido.

105

Sacromonte, Granada,
domingo, 2 de junio de 1918

—Siento haberla asustado, señorita Delhorme.

El príncipe de los gitanos había quedado desfigurado de resultas de un accidente. Una cicatriz larga e hinchada le recorría todo un lado de la cara desde la sien derecha hasta la base del cuello, deformándole el ojo, que había quedado semicerrado de por vida.

—Justo antes de haber visto su rostro, me había imaginado que Torquado II no era otro que mi padre —se justificó ella, temblando aún.

—Comprendo que mi cara deforme la haya sorprendido. Su padre me ayudó mucho a atenuar las consecuencias —dijo frotándose la mejilla dañada—. Venga, salgamos a que nos dé un poco el aire.

Nyssia recobró el ánimo en la explanada exterior, donde no había quedado ni un alma.

—Entonces nació usted en ese palacio —dijo.

Sobre la colina de enfrente, la Alhambra ofrecía su magnificencia a todo el que la contemplara.

—Sí. Pero aunque me haya hecho pasar por princesa ante muchas personas, nunca he sido una de verdad.

El gitano la miró un buen rato. Ella no se sentía ni examinada ni juzgada, sino simplemente considerada con ojos benévolos, y entendió lo que podía representar la empatía de Victoria hacia el prójimo. En ese instante hubiera dado lo que fuera por haber vivido la vida de su hermana, en vez de haber sido Verónica Franco.

—Usted no lo sabe, pero nosotros ya nos conocemos —siguió Torquado II—. Yo ayudé a su hermana a buscarla a usted cuando se fugó de su casa. En aquel entonces era un crío, pero lo recuerdo perfectamente.

Nyssia creyó adivinar la razón por la que el príncipe de los gitanos se andaba con rodeos.

—Está muerto, ¿verdad? Y no sabe cómo decírmelo.

La boca asimétrica de Torquado II se rompió en una sonrisa ancha.

—No, señorita. Su padre está vivo. Simplemente quería darle tiempo a mi familia para que fuesen a avisarle de su llegada. Voy a llevarlo hasta él.

Era la casa más alta de todo el asentamiento, en línea recta desde el pie de la abadía, que reinaba en lo alto de la colina. Nyssia había dejado de escuchar a su anfitrión, que mientras la llevaba hasta allí arriba iba refiriéndole todo tipo de anécdotas sobre aquel al que todos llamaban el Divino Payo. Se dio cuenta de que su padre había vivido más tiempo con los gitanos que con ella y aún se enojó más consigo misma. Tuvo la sensación de que el clan entero se había reunido para acompañarla hasta el final del camino: decenas y decenas de gitanos, niños y ancianos, y esa multitud aumentó para acabar varada delante de las paredes de piedras irregulares de una casa. En el umbral la esperaba un hombre al que los años y el sol habían envejecido, pero cuyo semblante seguía siendo el mismo, rebosante de energía, de ganas y de alegría de vivir.

Ella se abalanzó a los brazos abiertos de su padre. Juntos, se pidieron perdón, juntos lloraron y rieron y sus lágrimas tenían el mismo sabor.

Había vuelto a ser una niña, su niña, y él era su roble. Notó la presencia tranquilizadora de su madre, su perfume flotando alrededor de ellos, y se le apareció, sonriente, como siempre había sido cada día de su vida.

Con un ademán, Torquado II ordenó a todos que se fueran y el clan los dejó a solas para volver a sus guitarras, a sus bailes y a sus faenas. Clément colocó dos sillas hacia las vistas y le ofreció sentarse. Nyssia cogió la suya y la puso de espaldas a la Alhambra. No quería despegar los ojos del dulce rostro de su padre. Tenían tanto que contarse…

—Papá, podríamos haber estado juntos hace ya una semana, si nadie me hubiese ocultado nada. Eso cuenta, incluso después de todo este tiempo.

—Fui yo quien les pidió que no te dijeran nada. Quería saber si llegarías hasta el final.

—Pues sí que han jugado todos conmigo. ¡Y pensar que Jez me juró por todos los santos que no sabía nada!

—Ni Jez ni Javier están al corriente. Solo lo saben los mellizos y Kalia.

Nyssia reconoció los mismos gestos y actitudes en su padre como si nunca se hubiesen separado.

—Ella fue la que me permitió establecerme en el Sacromonte —prosiguió—. Tuve que pasar mis pruebas, los gitanos no me recibieron como a un salvador. Y juntos comenzamos una nueva vida, tu madre y yo. Ella venía a verme durante el día y, en cuanto caía la noche, yo volvía a la Alhambra. Así estuvimos trece años.

El tiempo y las arrugas no habían alterado el carisma de Clément. Seguía siendo el mismo hombre al que podría seguirse hasta el fin de mundo por la causa que fuera, y Nyssia se sentía de nuevo orgullosa de que fuese su padre.

—¿Por qué no bajaste definitivamente, cuando ella murió? —le preguntó, después de que hicieran un alto para tomarse un granizado—. Cabeza de Rata ya no suponía ningún peligro.

—Quise bajar, pero desde la primera noche comprendí que me sería imposible. Todas las piezas del palacio están habitadas por ella. Era demasiado duro. Y además el clan del Sacromonte contaba conmigo. Habíamos construido una máquina de hielo, más eficiente que la de Mateo, y un arcón de frío para los alimentos. Así que continué con ellos.

—Deberías volver a la Alhambra, papá. Nos verías más a menudo.

—¿Nos? ¿Quieres decir que has vuelto para quedarte?

—Por un tiempo nada más. Luego ya veremos... ¡Salvo si sigues jugando al gato y al ratón conmigo!

—Decidí que te correspondía a ti dar el primer paso. Acercarte a mí. Cuánto lamento haber sido tan tonto tanto tiempo...

—Entonces ¿por qué ahora? ¿Qué ha cambiado, papá?

Él adoptó ese aire preocupado que tan bien conocía ella, el que solía adoptar en el pasado cuando se disponía a anunciar alguna desgracia que se cernía sobre la familia Delhorme.

—Hay una cosa que debes saber: no fui yo quien te mandó el papel con el récord, Nyssia. No tengo ni idea de quién pudo hacerlo.

106

Lago de Guéry,
miércoles, 11 y jueves, 12 de septiembre de 1889

Clément abrió la tapa de la escotilla haciendo un esfuerzo tan grande que creyó que se le iban a desgarrar definitivamente las carnes y, entonces, se derrumbó entre gemidos. Al penetrar en la aeronave, su salvador descubrió el caos reinante.

—El doctor Pinilla, supongo —bromeó Clément antes de verse de nuevo atenazado por el dolor.

—Siento haber tardado tanto tiempo —respondió el médico granadino—, pero la carretera que trae hasta aquí todavía no está hecha. He
tenido que recorrer estas últimas dos horas un camino de herradura.
Pero, bueno, ¿ha habido un huracán dentro de la cabina? —preguntó,
señalando el revoltijo de cosas.

—Creo que he salido con vida del peor aterrizaje de la historia de
la aeronáutica, pero aseguré lo esencial. En cambio, yo sí que voy a necesitar una reparación, doctor —respondió Clément desabrochándose la
camisa.

Pinilla se la apartó y se atusó los bigotes a la vista de las heridas. Médor, que había salido disparado al exterior, los miraba por uno de los ojos
de buey.

—¿Tan mal está? El hombro no está desencajado.

—No, y esa es la única buena noticia. Tiene una fiebre altísima y lo
que más me preocupa es el hematoma que tiene en el abdomen.

—Pues no me duele.

—Está a la altura del hígado. Espero que la hemorragia interna haya
parado.

El perro ladró, obligando a Pinilla a salir de la cápsula.

—No era nada, dos corzos cruzando el campo —explicó al volver
junto a su paciente.

El médico le administró los primeros cuidados y le punzó la sangre
coagulada con ayuda de una jeringa, lo que alivió el dolor del hombro.

—La fiebre debería bajar —anunció—, le he sacado una astilla metálica que se le había clavado en la articulación.

—¿Nos ocupamos de la aeronave y nos vamos, doctor? —preguntó
Clément cerrándose los paños de la camisa.

El gesto del médico no dejó lugar a dudas sobre el diagnóstico.

—No está en condiciones de viajar —le confirmó—. El riesgo de
hemorragia interna sigue ahí.

—¿Hasta cuándo?

—Hasta pasado uno o dos días, tal vez más.

Clément salió del casco sin agarrarse con la mano izquierda, seguido
por Pinilla. Médor, que se encontraba en la orilla del lago, corrió hacia
ellos.

—Debemos hacer desaparecer rápidamente el globo —dijo el aerostero.

De pronto, notó unos vahídos y le flaquearon las piernas. Se tumbó en la hierba y Pinilla le tomó el pulso.

—No es más que un malestar pasajero, no he comido nada en condiciones desde ayer por la mañana.

—Tengo todo lo que necesita —dijo el médico, señalando la carreta entoldada, en la linde del bosque.

El tiro, un percherón manso, era indiferente al perro que intentaba cogerle la cola.

—Víveres para cinco días como mínimo —precisó Pinilla.

—¿Tiene el material?

—Está todo en la caja, que hice con las dimensiones exactas que me dio. Pero ¡empecemos por almorzar!

El médico racionó la comida de Clément y se mantuvo en sus trece pese a las protestas de este. Luego, Pinilla cortó el tejido cauchutado del globo en porciones de siete metros de lado, con ayuda de un par de tijeras comprado a un sastre, que después plegó en ocho para apilarlas dentro de la caja.

—Cada porción no pesa más de doce kilos —precisó Clément para alentar al médico, pues no le quedaba más remedio que quedarse mirando mientras aquel trabajaba.

—Sí, pero es que son cincuenta trozos —relativizó Pinilla, parándose a resoplar y a beber agua a morro.

—Cuarenta y ocho: nos vamos a quedar con dos.

A las cuatro, dos mil setecientos metros cuadrados de tela habían quedado apilados dentro de la caja. Clément sufrió un repunte de la fiebre al final de la tarde, que el médico supo tratar con eficacia. Durmieron en la aeronave y, a primera hora de la mañana, los hematomas habían empezado a reabsorberse.

—Ya no hace falta que esperemos más —insistió Clément ante las dudas del médico—. Vamos a preparar el casco.

El ingeniero había decidido arrojar al agua la cabina metálica, en vez de enterrarla en el campo, donde el riesgo de que la descubrieran era mayor. Enrollaron los demás cuadrantes de tela cauchutada y los agarraron alrededor de la esfera con ayuda de un cabo de puente.

—Mire qué boya más maja para aprender a nadar —bromeó el médico, verificando la solidez del agarre.

Vaciaron el casco y luego lo uncieron al tiro. El percherón lo arrastró lentamente hasta la orilla. La configuración del lago de Guéry, en el fondo de una hondonada, obligó a los dos hombres a ir por la pendiente menos pronunciada para evitar que la cabina echara a rodar, arrastrada por su propio peso. Al llegar al borde del agua, el caballo se mostró reticente y nervioso, y Clément se encaramó a su lomo para calmarlo. Lo hicieron entrar lentamente en el agua hasta que la esfera quedó flotando. Clément desenganchó al animal, que salió al pronto, bufó y los observó desde una distancia prudente.

—Y ahora ¿qué hacemos? —preguntó Pinilla cuando la cabina fue empujada hasta la orilla por una suave brisa del noroeste.

—Me temo que la solución no va a complacer al cuerpo médico —respondió Clément, quitándose la camisa.

—¡No! ¡No lo haga! ¡No se encuentra en condiciones, no!

El ingeniero estaba ya al lado del casco.

—Solo ayúdeme a darle un empujoncito —dijo—, luego ya me apaño yo.

—¡Madre de Dios, es usted incorregible! —protestó Pinilla, descalzándose—. ¡Y encima está helada!

Empujaron la cabina haciendo palanca con el fondo, hasta que dejaron de hacer pie. Luego nadaron unos diez metros acompañándola lo más lejos posible de la orilla, pero solo pudieron avanzar unos cuantos metros.

—Con esto debería ser suficiente —calculó Clément.

Abrió la tapa de la escotilla que se encontraba en la parte superior y se sumergió para abrir la otra, mientras Pinilla sacaba los rollos de caucho. El casco se llenó enseguida de agua y se hundió en menos de un minuto.

De regreso en tierra firme, se mudaron de ropa y se secaron bien delante de un fuego. El médico examinó las heridas y comprobó que no se hubieran vuelto a abrir, lo que confirmó levantando el dedo pulgar.

—Es la segunda vez que me salva la vida, doctor Pinilla. Le estaré eternamente agradecido por su ayuda.

—Tiene suerte y una constitución robusta. Pero a partir de ahora decídase por actividades más tranquilas.

—No me va a quedar más remedio —reconoció Clément—. Tome —dijo entregándole una hoja de papel—. El registro de mi récord. Quiero regalárselo como recuerdo de este momento.

—Lo conservaré como oro en paño. Lo guardaré junto con los objetos que más valoro: mi tinta, mis plumas y mi colección de libros.

Comprobaron que no habían dejado ningún rastro de su paso y sujetaron con cinchas todo el material. Antes de subirse a la carreta, Clément se volvió hacia el lago, cuya calma engañosa había engullido el secreto de los dos hombres.

—Bueno, se acabó.

107

La Alhambra, Granada,
domingo, 2 de junio de 1918

—¿Y nunca dijo nada? —preguntó Nyssia después de que su padre le hubo relatado su aventura.

—Pinilla era, ante todo, un hombre de medicina. Para él, el secreto médico era sagrado. Y lo que me había pasado en el lago de Guéry formaba parte de ello.

Habían bajado juntos del Sacromonte y luego habían subido a la Torre de la Vela para disfrutar de las vistas que tanto habían amado. Victoria y Kalia habían ido también, y los cuatro habían permanecido un buen rato allí reunidos en un silencio emocionado. Estuvieron esperando a que volviera Irving, que había ido a buscar al resto del clan Delhorme, a quienes Clément había decidido poner al corriente.

La voz de Javier fue la primera que oyeron a lo lejos, seguida de la de Jezequel. Habían subido corriendo hasta la Alcazaba y se disputaban la paternidad de la victoria. Salieron a la vez de la escalera, pero Jezequel se paró en seco al ver al desconocido entre el grupo.

—Pero ¿a ti qué te ha dado, cenutrio? —le increpó Javier cuando su amigo se puso a murmurar en bucle la misma frase—. «Lo sabía, lo sabía.» ¿Qué sabías?

Javier avanzó hasta Victoria, que se había adelantado, radiante, y solo entonces supo quién era ese hombre al que él había tomado por una visita. Tuvo la sensación de estar viviendo una situación imposible. No podía aceptar lo que veía, a no ser que existieran de verdad las apariciones, que los cuentos no fuesen tales y que en la Alhambra todo fuera posible, hasta la resurrección de los muertos. Se había quedado pálido, paralizado, incapaz de pronunciar una sola palabra. Dudaba de que aquel desconocido fuese el padre de los trillizos, el aventurero, el héroe desaparecido.

Clément se dirigió a él.

—¿Te encuentras bien? —preguntó Victoria cogiéndolo del brazo.

Javier tuvo entonces la sensación de volver al fin a la vida.

—Es increíble —logró articular—. Increíble lo que se parece usted al señor Delhorme.

Una vez que se despejó la sorpresa, empezaron a hacerle mil y una preguntas, hasta que Kalia impuso una pausa. La gitana había llevado vituallas y todos se lanzaron sobre ellas, hambrientos por lo tarde de la hora y por las emociones. Más de una vez Jezequel pidió que les volviera a contar la aventura del récord en aeronave y Javier le preguntó por su vida en el Sacromonte. Nyssia los interrumpió para poder llevarse un momento a su padre a un aparte, y enseguida se les unieron sus dos hermanos. Kalia observaba todo su mundo con delectación.

—¿Cuándo vas a venir a verme al Albaicín? —preguntó Victoria—. Mis niños están deseosos de conocer a su tía.

—Pero ¿saben que tienen una? —se extrañó Nyssia.

—Desde que nacieron —intervino Clément—. Tu hermana les hablaba mucho de su melliza, puedo dar fe.

Cuando la campana del campanil dio las tres, Nyssia aprovechó para pedir silencio.

—Hay un último asunto del que querríamos hablaros papá y yo.

—Que se va a divorciar para casarse conmigo —susurró Jezequel a Javier, que le dio un toque con el hombro para que se callara.

—Si hoy estoy aquí, es porque recibí este papel —dijo ella, enseñándoles el papel milimetrado.

Clément le hizo una seña para indicarle que retomaba él el hilo:

—Había dos registros de mi récord. Uno lo puse entre las manos de mi Alicia cuando la enterramos. El otro se lo regalé al doctor Pinilla como agradecimiento por su ayuda cuando me rescató estando yo tan malparado. Es este, no hay duda, el trazo se dibuja hasta el descenso al lago. El primero se detenía después del récord.

—A lo mejor te lo mandó la señora Pinilla —sugirió Victoria.

—¿En su estado? ¿Y por qué iba a hacerlo?

—¿O Ruy? —siguió Irving—. Él heredó el gabinete de su padre.

—No, él no fue —intervino Kalia.

—Pareces muy segura.

—Porque se lo pregunté esta semana. Él no sabía nada de la existencia del registro.

—Pero tal vez te mintió.

—Él no me mentiría nunca. Y todos sabéis muy bien por qué.

—Entonces, tiene que haber sido uno de nosotros —concluyó Nyssia.

El silencio que se hizo entonces fue el primer instante desagradable desde el reencuentro.

—Pero esto no tiene la menor importancia —dijo Clément, rompiendo el papel—. Diría más, incluso: no quiero saber quién te lo mandó ni cómo lo consiguió. Porque, gracias a eso, esta persona ha obrado el milagro de habernos juntado a todos.

—Realmente lo es —confirmó Victoria—. Yo nunca hubiera imaginado que podría pasar.

Todos asintieron.

—Pues yo no estoy de acuerdo —saltó Javier, que se había quedado un poco apartado—. Porque, como siempre, ahora sospecharéis todos de mí.

—Y al final, como siempre, la tomará conmigo —convino Jezequel.

—¡Ya estamos como hace cuarenta años! —comentó Irving, divertido.

—Entonces no cambiemos nada más —concluyó Clément—. Este registro debe seguir siendo un misterio entre nosotros.

Todos aprobaron la idea, uno más que los otros.

El resto del día se pareció mucho al verano interminable que había sido su infancia. Al final de la tarde Nyssia desapareció para refugiarse en los Baños, allí donde se construyen los sueños. Se tumbó allí, rodeada de estrellas, en la hora en que se ponían de ese tono dorado que tanto le gustaba. Les confesó que nunca más se alejaría de ellas, oyó la voz de Alicia diciéndole que se lo perdonaba todo y abrió el libro de Washington Irving.

«Es en las primeras horas de una mañana pura y con el cielo despejado, cuando el sol naciente no ha absorbido aún el rocío de la noche, que hay que abrazar con la mirada la Alhambra...»

Nyssia se juró hacerlo hasta su último aliento.

Epílogo

Auteuil,
jueves, 20 de junio de 1918

El joven oficial se paró delante del portal de la calle Boileau, 67, y alzó la vista hacia la placa de la fachada que lucía las palabras grabadas: «Laboratoire Aérodynamique Eiffel». Dio su nombre al guarda y fue recibido por un colaborador del jefe.

—Soy Antonin Lapresle —dijo este—. Siento todas estas precauciones, pero usted mejor que yo sabrá que el conflicto no ha terminado, capitán.

El laboratorio había sido puesto a disposición del Ministerio de la Guerra y la Marina por parte de Eiffel. Lapresle llevó al militar a visitar la nave en la que habían instalado el inmenso túnel aerodinámico.

—Estamos a la cabeza de las investigaciones sobre la resistencia del aire y gracias a eso hemos podido crear nuestro propio avión rápido —explicó.

—De ahí mi presencia —dijo el oficial antes de dar la visita por concluida.

—De ahí su cita con el señor Eiffel —convino el asistente—. Mire, está en el puesto de mando —indicó, señalando una ventana de la planta superior en la que se recortaba una silueta—. Es hora de subir a verle.

A sus ochenta y cinco años, Gustave Eiffel conservaba aún la misma mirada resuelta y solo su cuerpo le había impuesto nuevas limitaciones. El capitán lo saludó respetuosamente. Él no había nacido cuando emergió de la tierra la torre de trescientos metros y estaba impresionado de conocer a un hombre que era la admiración de sus padres. El industrial, sin embargo, no había disfrutado mucho tiempo de la aureola del éxito que coronaba el monumento que llevaba su nombre. En 1893 estallaba el escándalo de Panamá, que iba a llevarlo junto a Ferdinand de Lesseps ante los tribunales y cuya herida no se borraría jamás. Desde entonces, se había refugiado en la investigación con una humildad nueva que despertaba admiración en todos y había retomado uno de sus primeros amores: el viento.

—Estimado señor, siendo a mi edad el tiempo mi posesión más preciada, iré directo al grano —dijo Eiffel después de haberlo calado enseguida con la mirada—. Mi colaborador le ha presentado el L.E., nuestro proyecto de avión de gran velocidad, una concepción innovadora.

—Me ha mostrado los planos. Es audaz haber instalado las alas bajo el fuselaje.

—Bien sabe usted que las primeras pruebas acabaron con un accidente, que achacaré a la inexperiencia de nuestro malogrado piloto.

Eiffel se acercó a la ventana que daba a la sala de experimentación, con las manos cogidas detrás de la espalda, mientras los técnicos instalaban una maqueta de dirigible delante de la inmensa rejilla del túnel.

—Todas mis realizaciones son resultado de investigaciones y cálculos —explicó—. Nada es fruto del azar. Habrá siempre una parte de riesgo, pero hacemos todo lo posible por controlarla. —Se volvió hacia el militar—. Estoy negociando la construcción de un nuevo prototipo. Usted, capitán, es un as de la aviación de caza. ¿Aceptaría ser el piloto de nuestras pruebas futuras?

—Será un honor, señor Eiffel.

La conversación derivó hacia los detalles técnicos de los vuelos previstos y concertaron una reunión de trabajo. Lapresle acompañó al militar a la salida después de un apretón de manos con el que sellaron la nueva colaboración.

Eiffel estaba aún sumido en meditaciones, mirando la nave del túnel aerodinámico en la que los motores del ventilador giraban a pleno rendimiento, cuando volvió su colaborador.

—Creo que hemos encontrado a nuestro hombre —dijo, frotándose las manos.

—Lo más difícil va a ser convencer a Bréguet —apuntó Eiffel, atemperando sus ánimos.

—Acaba de llegar el correo, señor —añadió el colaborador, tendiéndole un fajo de cartas—. Estaré en el hangar, por si me necesita.

El anciano ingeniero bajó a su despacho, se calzó las gafas y revisó la correspondencia. De pronto, se detuvo en una carta enviada desde España.

—Granada... —murmuró al ver el matasellos, y los recuerdos empezaron a afluir a su mente.

Rasgó el sobre y sacó un papel milimetrado, fechado el 10 de septiembre de 1889.

—El registro de la altitud...

Comprobó varias veces el gráfico para estar seguro de no haberse equivocado y luego se dejó invadir por el júbilo.

—¡Lo hizo! ¡Lo consiguió!

Eiffel se había puesto en pie, iba de un lado para otro por la pequeña sala, transportado veintinueve años atrás.

—¡Lo hizo! —repetía.

—¿Va todo bien, señor? —preguntó Lapresle, que había entrado sin llamar, alertado por sus voces.

—Sí, Antonin, estoy bien, ¡estoy muy bien! —respondió, dándole un abrazo que dejó atónito a su colaborador—. Vaya inmediatamente a Juvisy-sur-Orge. Un mensaje urgente para el señor Flammarion.

Redactó una nota y se la entregó con la orden terminante de esperar la respuesta. La mañana pasó sin que se diera cuenta, llena de recuerdos de Clément.

Lapresle regresó tres horas después con la misiva del astrónomo.

«Estaba seguro de ello —había escrito Camille—, siempre lo supe. ¡Lo había predicho Eusapia!»

Ese día Eiffel volvió pronto a su hotel particular de la calle Rabelais y se encerró mucho rato en la biblioteca, con el récord en las manos, imaginando lo que Clément habría vivido a dieciséis mil doscientos metros por encima de ellos.

El anciano, al que la vida había dado alegrías y sinsabores, que había conocido los más grandes honores antes de perderlos, estaba feliz, simplemente feliz por haber formado parte del trío de aquella hazaña única, que nunca nadie conocería jamás.

Eiffel escondió cuidadosamente el registro.

—Lo conseguimos —murmuró—. Hablamos de tú a tú con ese

Dios que no podía esconderse eternamente allá arriba, ¿verdad, Clément?

A partir de ese momento supo que el espíritu de los pioneros seguiría vivo. Para siempre.

Nota del autor

Allí donde se construyen los sueños es una mezcolanza de hechos histó-ricos y elementos inventados para la ficción novelada.

La familia Delhorme, ficticia, está rodeada de una galería de perso-najes, de los cuales la mayoría existieron en la vida real. Si es innecesario presentar a Eiffel y a Bartholdi, merece la pena citar a los otros pioneros, como Camille Flammarion o Gustave Le Gray.

Flammarion, además de haber sido el periodista que todos conoce-mos, cronista científico para el periódico *Le Siècle*, fue un reputado aerostero. Relató sus vuelos en varias obras que figuran en la bibliogra-fía de este libro. Además, fue un astrónomo reconocido por sus pares, y uno de los cráteres de la Luna lleva su nombre. Ferviente seguidor del espiritismo, lo abordó siempre desde un punto de vista científico, inten-tando discernir la superchería de los fenómenos paranormales.

En cuanto a Le Gray, este pionero formó parte de la Misión Helio-gráfica, que arrancó en 1851, para la que se seleccionó a cinco fotógrafos que debían llevar a cabo el primer censo visual del patrimonio francés. Estos estudios no se publicaron, y durante mucho tiempo se consideraron una leyenda, hasta que en los años 1980 unos investigadores decidie-ron buscarlos. La mayor parte de los negativos se había dispersado o perdido, pero lograron recuperar y reunir varios centenares. Respecto a los protagonistas de la Misión, cuatro de ellos se convirtieron en fotó-grafos conocidos y reconocidos.

Cabe citar también a los colaboradores más estrechos de Eiffel, como fueron Nouguier, Koechlin y Compagnon, así como el arquitecto Sau-vestre, que formaron los cuatro pilares de sus proyectos más destacados:

el puente de María Pía, la estatua de la Libertad, la torre Eiffel... Las descripciones de aquellas obras de construcción civil han respetado, espero, la realidad de sus realizaciones, sin traicionar ni las leyes de la física ni las de las matemáticas.

La máquina para fabricar hielo, tal como la describo en este libro, representa la combinación de varios sistemas cuyas patentes habían sido registradas en aquella época. La máquina de frío de la novela está sacada de una patente registrada por Albert Einstein a principios del siglo XX, que contaba con la ingeniosidad de requerir una fuente de energía muy débil. Quisiera también rendir homenaje a Charles Tellier, uno de los padres del frío artificial, pero que, a diferencia de los hermanos Carré, no comerció con ello e hizo públicos sus descubrimientos para que fuesen utilizados sin restricciones.

La ciencia de la meteorología, que apenas si echaba a andar en aquel entonces, fue construyéndose gracias a los datos obtenidos por los observatorios oficiales, pero también a los que proporcionaban los corresponsales particulares, algunos incluso con riesgo para su integridad física. Las teorías que desarrolla Clément son las de pioneros como Adolphe Quetelet o Urbain Le Verrier y su colaborador Hippolyte Marié-Davy.

Todos los aerosteros citados existieron realmente y sus ascensiones, efectuadas en condiciones rocambolescas y extremadamente peligrosas, se saldaron con resultados fatales muchas veces.

El récord de altitud en globo de Clément que describo en la novela es el que logró Auguste Piccard en dos ocasiones, en 1931 y 1932, a bordo del FNRS. El profesor Piccard había preparado su tentativa con una precisión y un rigor inigualados, que fue la clave de sus triunfos, en compañía de Paul Kipfer en el primer vuelo y de Max Cosyns en el segundo. En su día fue calificado como «el padre del espacio». Además de este récord, el personaje de Clément le debe una parte de sí mismo, en concreto su amor por las ecuaciones y por los resultados con precisión decimal.

Étienne-Jules Marey fue el inventor de la cronofotografía y uno de los pioneros de la fisiología médica. Sus descubrimientos en el campo de la fotografía vinculada al movimiento fueron uno de los vectores de la eclosión de las primeras películas cinematográficas.

El príncipe Yusúpov, que existió en la vida real, no tuvo evidentemente ninguna relación con una heroína de papel, pero es cierto que su familia fue la propietaria de un palacio situado en el parque de Les Princes de París, cerca de la Station Physiologique de Marey, del que quedan aún hoy algunos edificios.

Victorine Roblot fue el ama de llaves de la casa de Eiffel en Barcelinhos, población del municipio de Barcelos, a veinte kilómetros de Braga. Su relación sentimental con el ingeniero no es un hecho probado sino fruto de la ficción novelesca.

El accidente de ferrocarril de la estación de Montparnasse fue un hecho real. Se produjo en las circunstancias que describo, pero ocurrió el 22 de octubre de 1895. Un quiosco de una parada de tranvías quedó destruido y la señora Aiguillard, la vendedora de periódicos, resultó muerta al caerle encima la locomotora.

No puedo cerrar esta enumeración sin evocar el personaje tan real que fue la Alhambra de Granada para mi novela. Fue rescatada de la ruina y de los saqueos gracias a la obra del escritor americano Washington Irving, que llamó la atención sobre su estado de deterioro en la primera mitad del siglo XIX, y sobre todo gracias a la restauración llevada a cabo por la familia de arquitectos Contreras. Rafael formaba parte de la segunda generación y dirigió las obras durante varios decenios.

En caso de tener alguna pregunta o algún comentario, puede contactar conmigo en la siguiente dirección de correo electrónico: eric.marcha@caramail.fr, y estaré encantado de tratarlo con usted.

Espero haber reconstruido con el máximo de precisión y sinceridad posible este período que, en el transcurso de menos de cincuenta años, vio eclosionar los descubrimientos y progresos que gobiernan aún nuestra vida cotidiana. Quisiera rendir homenaje a todas esas mujeres y a todos esos hombres que fueron sus autores, pioneros de la materia y del espíritu.

Principales referencias bibliográficas

Amelunxen, Hubertus von, «Quand la photographie se fit lectrice: le livre illustré par la photographie au XIXᵉ siècle», *Romantisme*, n.° 47 (1985), pp. 85-96.

Angot Alfred, *Traité élémentaire de météorologie*, París, Gauthier-Villars impresor-librero, 1899.

Anónimo, *Guide officiel de la tour Eiffel*, París, Imprimerie et librairie centrales des Chemins de fer, 1893.

Anónimo, *Les Modes de Paris [...] d'après les modèles de création du Bon Marché pour la période de 1860 à 1910*, 1910, ‹www.gallica.fr›.*

Anónimo, *Paris et ses plaisirs. Guide à l'Exposition universelle*, París, Bibliothèque Chacornac, 1889.

Anónimo, *Plan de Paris avec le tracé du chemin de fer métropolitain et les différentes lignes d'omnibus et de tramway*, 1882, ‹www.gallica.fr›.

Avalar Pinheiro, Magda de, «Le rôle de l'État dans la construction des chemins de fer du Portugal au XIXᵉ siècle», *Histoire, économie et société*, XI, n.° 1 (1992). Les transports terrestres en Europe continentale (XIXᵉ-XXᵉ siècle), pp. 173-184.

Barral, Georges, *Le Panthéon scientifique de la tour Eiffel*, París, Nouvelle Librairie Parisienne, 1892.

Barrucand, Marianne, y Achim Bednorz, *L'Architecture maure en Andalousie*, Ediciones PML, 1995.

Bayón, Félix, y Lluís Casals, *La Alhambra de Granada*, Patronato de la Alhambra y Generalife, Menorca, Triangle Postals S. L., 2000.

---

* Gallica es la biblioteca digital de la Biblioteca Nacional Francesa y sus asociados. *(N. de la T.)*

Bazin, René, *Terre d'Espagne*, París, Calmann-Lévy, 1895.

Beaufin, Penel, *Histoire complète & inédite, religieuse, politique sociale & descriptive de Boulogne-Billancourt. Depuis les origines jusqu'à nos jours*, Boulogne-sur-Seine, Imprenta Doizelet, 1905.

Belot, Robert, y Daniel Bermond, *Bartholdi*, París, Perrin, 2002.

Benet, A., «Contribution à l'étude des douches d'eau chaude sur le col utérin pour provoquer et faciliter l'accouchement», Montpellier, Boehm et fils, 1884.

Bensaude-Vincent, Bernadette, «Camille Flammarion: prestige de la science populaire», *Romantisme*, n.° 65 (1989), pp. 93-104.

Berenson, Edward, *La Statue de la Liberté. Histoire d'une icône franco-américaine*, París, Armand Colin, 2012.

Bergier, Jean-François, «L'ombre de la tour Eiffel», en *Maurice Koechlin und der Eiffelturm*, Zúrich, ETH-Bibliothek, 1990.

Bergman, Ernest, *Une excursion en Portugal*, Meaux, Imprimerie Destouches, 1890.

Bermond, Daniel, *Gustave Eiffel*, París, Perrin, 2002.

Besset, Maurice, *Gustave Eiffel 1832-1923*, París, Librairie A. Hatier, 1957.

Blanchet, Christian, y Bertrand Dard, *Statue de la Liberté. Le livre du centenaire,* París, Édition Comet's, 1984.

Bonnin, Jean, *et al.*, «La "Mission d'Andalousie", expédition géologique de l'Académie des sciences de Paris à la suite du grand séisme de 1884», *Comptes Rendus Geoscience*, n.° 0 (2002), pp. 1-14, ‹http://www.researchgate.net/publication/260547081›.

Boulanger, Louise, Ambroise Baudry y Charles Garnier, *Voyage en Espagne*, Fondo Garnier, 1868, ‹www.gallica.fr›.

Brès, Madeleine, *De la mamelle et de l'allaitement*, tesis doctoral en Medicina, 3 de junio de 1875, París, Imprenta de E. Martinet, 1875.

Cabrera Espinosa, Manuel, *La lactancia como profesión: una mirada al oficio de nodriza*, IV Congreso virtual sobre la historia de las mujeres, 15-31 de octubre de 2012, pp. 1-12.

Callier-Boisvert, Colette, «La vie rurale au Portugal», *Études rurales*, n.° 27 (1967), pp. 95-134.

Canal, Jordi, *Histoire de l'Espagne contemporaine. De 1808 à nos jours*, París, Armand Colin, 2012.

Carmora, Michel, *Eiffel*, París, Fayard, 2002.

Champour, M. M. de, y F. Malepeyre, *Nouveau manuel complet de la fabrication des encres de toutes sortes*, París, Librairie encyclopédique de Roret, 1875.

Charrin, S., *Maladie bronzée hématique des enfants nouveau-nés (tubulhématie rénale de M. Parrot)*, París, A. Parent impresor, 1873.

Chatzis, Konstantinos, «Les ingénieurs français au xixe siècle (1789-1914). Émergence et construction d'une spécificité nationale», *Bulletin de la Sabix*, n.º 44 (2009), ‹http://sabix.revues.org/691›.

Comberousse, Charles de, *Histoire de l'École Centrale des Arts et Manufactures. Depuis sa fondation jusqu'à ce jour*, París, Gauthier-Villars impresor-librero, 1879.

Constantin, Paul, «Les avantages du stéthoscope flexible. Conférence faite à l'hôpital Saint-Antoine», *La France médicale*, n.º 8-11 de marzo (1876), París, Adrien Delahaye et Cie librería y editores.

Corcy, Marie-Sophie, Lionel Dufaux y Nathalie Vuhong, *La Statue de la Liberté. Le défi de Bartholdi,* de la serie «Découvertes», París, Gallimard, 2004.

Delvau, Alfred, *Histoire anecdotique des cafés & cabarets de Paris*, París, E. Dentu editor, 1862.

Demolder, Eugène, *L'Espagne en auto. Impressions de voyage*, París, Société du Mercure de France, 1906.

Dousseau, Alphonse, *Grenade*, Le Havre, Imprenta Lepelletier, 1872.

Duclos, Michel, *Recherches nouvelles sur la nature et le traitement préventif de l'asthme*, París, Typographie Hennuyer, 1861.

Eiffel, Gustave, *Les Grandes Constructions métalliques*, París, Les Éditions de l'Amateur, colección «Sépia», 2008.

—, *La Tour de trois cents mètres*, París, Société des imprimeurs Lemercier, 1900.

—, *Travaux scientifiques exécutés à la tour de trois cents mètres de 1889 à 1900*, París, L. Maretheux impresor, 1900.

Eschenauer, Auguste, *L'Espagne. Impressions & souvenirs, 1880-1881*, París, Paul Ollendorff editor, 1882.

Espinilla Sanz, Beatriz, «La elección de las nodrizas en las clases altas, del siglo xvii al siglo xix», *Revista Matronas Profesión*, n.º 3-4 (14) (2013), Federación de Asociaciones de Matronas de España, pp. 68-73.

Eudel, Paul, *L'Hôtel Drouot et la curiosité en 1885-1886*, París, Charpentier et Cie editores, 1887.

Fabre-Koechlin, Madeleine, «L'ingénieur et le sculpteur ou "la raison morale" de la "chose"», *Revue de l'Art*, n.º 88 (1990), pp. 80-81.

Fierro, Alfred, *Histoire de la météorologie*, París, Denoël, 1991.

Fierville, Charles, *Relation d'un voyage en Espagne*, Saint-Brieuc, Imprenta F. Guyon, 1876.

Figuier, Louis, «L'industrie du froid», *Les Merveilles de l'industrie*, capítulo V, París, Furne, Jouvet et Cie editores, 1873-1877.

Figuier, Louis, y Émile Gautier, *L'Année scientifique et industrielle: ou Exposé annuel des travaux scientifiques, des inventions et des principales applications de la science à l'industrie et aux arts, qui ont attiré l'attention publique en France et à l'étranger*, París, Librairie Hachette, 1877.

Finger, Ernest, *La Syphilis et les maladies vénériennes*, París, Félix Alcan editor, 1900.

Flammarion, Camille, *Navigation aérienne et voyages en ballon,* conferencia dictada en l'Association Polytechnique, en el periódico *Le Suffrage universel*, 1868.

—, *Lumen*, París, C. Marpon y E. Flammarion editores, 1873.

—, *Qu'est-ce que le ciel ?*, París, Ernest Flammarion editor, 1892.

—, *Excursion dans le ciel*, París, Ernest Flammarion editor, 1898.

Flavien, E., *Les Magasins du Bon Marché, fondés par Aristide Boucicaut à Paris*, ‹www.gallica.fr›.

Fonvielle, Wilfrid de, *Les Ballons-sondes de MM. Hermite et Besançon et les ascensions internationales*, París, Gauthier-Villard et fils, impresores-editores, 1898.

Garaudé, Alexis de, *L'Espagne en 1851*, París, E. Dentu librero-editor, 1852.

Gaudin, Marc-Antoine, *Vademecum du photographe*, París, Imprenta Poitevin, 1861.

Gautier, Théophile, *Voyage en Espagne*, París, Charpentier et Cie libreros-editores, 1870. [Hay trad. cast.: *Viaje a España*, traducción de Jesús Cantera Ortiz de Urbina, Madrid, Cátedra, 1998.]

—, «Une description vraie de l'Alhambra», *Le Compilateur*, Revue des journaux français et étrangers, serie primera, tomo I, n.º 2 (10 de agosto de 1842).

Giffard, Pierre, *La Vie en chemin de fer*, París, La Librairie Illustrée, 1888.

Giron, Alfred, *Une grande demi-mondaine*, París, E. Dentu editor, 1879.

Glaisher, J., Camille Flammarion, W. de Fonvielle y Gaston Tissandier, *Voyages aériens*, París, Librairie Hachette, 1870.

Goubert, Jean-Pierre, *La Conquête de l'eau*, París, Robert Laffont, 1986.

Guereña, Jean-Louis, «La construction des disciplines dans l'enseignement secondaire en Espagne au XIXe siècle», *Histoire de l'éducation*, n.º 78 (1998). L'enseignement en Espagne. XVIe-XXe siècle, pp. 57-87.

Guigon, Catherine, *Les Cocottes. Reines du Paris 1900*, París, Parigramme, Compagnie Parisienne du Livre, 2012.

Hérisse, Émile, *Manuel pratique du pâtissier-confiseur*, París, Letang Fils, 1894.

Heydenreich, Albert, *Des fractures de l'extrémité supérieure du tibia*, París, V. Adrien Delahaye et Cie libreros-editores, 1877.

Irving, Washington, *L'Alhambra, chroniques du pays de Grenade*, traducción francesa de P. Christian, París, Lavigne librero-editor, 1843. [Hay trad. cast. de diversas editoriales y traductores, con el título *Crónica de la conquista de Granada*.]

—, *Contes de l'Alhambra*, «Libretto», Phébus, 1998 y 2011. [Hay trad. cast. de diversas editoriales y traductores, por ej.: *Cuentos de la Alhambra*, León, Editorial Everest, 1981.]

Jacquemet, G., «Urbanisme Parisien: la bataille du tout-à-l'égout à la fin du XIXe siècle», *Revue d'histoire moderne et contemporaine*, tomo XXVI, octubre-diciembre (1979), pp. 505-548.

Kaemtz, L. F., *Cours complet de météorologie*, París, Adolphe Delahays librero-editor, 1858.

La Fère, A. de, *Savoir vivre, savoir parler, savoir écrire, à l'usage des gens du monde*, París, Nouvelle Librairie, 1889.

Laborde, S.-M., abad, *Souvenir de mon voyage en Espagne, en Portugal*, Dax, Imprenta y encuadernadora Hazaël Labèque, 1896.

Lalouette, Jacqueline, *La France de la Belle Époque. Dictionnaire de curiosités*, París, Tallandier, 2013.

Lamarque, E., *À travers l'exposition. Promenade de deux enfants au Champ-de-Mars et à l'esplanade des Invalides*, París, Émile Guérin editor, 1889.

Le Guennec, François, y Nicolas-Henri Zmelty, *La Belle Époque des femmes? 1889-1914*, París, L'Harmattan, 2013.

Lebehot, Léon, *Étude sur le lait, suivie de considérations sur le choix d'une nourrice*, Alfred Bouchard librero, 1858.

Lejeune, Théodore, *Guide théorique et pratique de l'amateur de tableaux*, París, Gide librero-editor, 1863.

Lemaire, J., *Le Portugal en 1878*, París, Librería francesa e inglesa de J. H. Truchy, 1878.

Lemoine, Bernard, «L'entreprise Eiffel», *Histoire, économie et société*, n.º 2 (1995), Entreprises et entrepreneurs du bâtiment et des travaux publics (xviiiᵉ-xxᵉ siècles), pp. 273-285.

Lépidis, Clément, *Andalousie*, París, Arthaud, 1985.

Locher, Fabien, *Le Savant et la tempête. Étudier l'atmosphère et prévoir le temps au xixᵉ siècle*, Rennes, Presses universitaires de Rennes, 2008.

Lopes Cardeira, José Manuel, *Le Pont Maria Pia à Porto*, ‹www.ocomboio.net›, 2009.

López Bermúdez, Jesús, *L'Alhambra et le Generalife. Guide officiel*, TF Editores, 2010 [traducción francesa de *La Alhambra y el Generalife. Guía oficial*, Granada, Patronato de la Alhambra y el Generalife, 2009].

Lunge, Georges, *Traité de la distillation du goudron de houille et du traitement de l'eau ammoniacale*, París, Masson et Cie editores, 1885.

Marey, Étienne-Jules, *Station physiologique. Méthodes et appareils. Photographie*, Archives du Collège de France (medic@), París, Circa, 1886.

—, *Développement de la méthode graphique par l'emploi de la photographie*, París, G. Masson editor, 1884.

Marge, Pierre, *Le Tour de l'Espagne en automobile, étude de tourisme*, París, Librairie Plon, 1909.

Marrey, Bernard, *Gustave Eiffel. Une entreprise exemplaire*, Institute, 1989.

—, *La Vie & l'oeuvre extraordinaires de monsieur Gustave Eiffel ingénieur qui construisit la statue de la Liberté, le viaduc de Garabit, l'Observatoire de Nice, la gare de Budapest, les écluses de Panama, la tour Eiffel, etc.*, París, Graphite, 1984.

Mathieu, Caroline, *Gustave Eiffel. Le magicien du fer*, París, Skira-Flammarion, 2009.

Meenakshi Sundaram, M., y G. K. Ananthasuresh, «Gustave Eiffel and his Optimal Structures», *Resonance*, septiembre (2009), pp. 849-864.

Montorgueil, Georges, *La Parisienne peinte par elle-même*, París, Librairie L. Conquet, 1897.

Núñez, J. Agustín, y Aurelio Cid, *La Alhambra y Granada de cerca*, Granada, Edilux, 2008.

Pacaud, Serge, *Il était une fois... Chroniques mémorables de la Belle Époque*, Romorantin, Éditions CPE, 2004.

—, *Vie quotidienne des français à la Belle Époque*, Romorantin, Éditions CPE, 2008.

Paccalet, Yves, *Auguste Piccard, professeur de rêve*, Grenoble, Glénat, 1997.

Papayanis, Nicolas, «Un secteur des transports parisiens: le fiacre, de la libre entreprise au monopole (1790-1855)», *Histoire, économie et société*, n.° 4 (1986), pp. 559-572.

Piccard, Auguste, *Entre terre et ciel. Réalités. Visions d'avenir*, Lausana, Éditions d'Ouchy, 1946.

Poitou, Eugène, *Voyage en Espagne*, Tours, Alfred Mame et fils editores, 1869.

Prade, Marcel, *Ponts et viaducs au XIXe siècle*, Poitiers, Librairie ancienne Brissaud, 1988.

Quéromain, Yves, «Le geste de l'architecte», *Autres temps. Les cahiers du christianisme social*, n.° 32 (1991), pp. 13-15.

Quinet, Edgar, *Mes vacances en Espagne*, París, Comptoir des impreseurs unis, 1846.

Regnauld, M., *Traité pratique de la construction des ponts et viaducs métalliques*, París, Dunod editor, 1870.

Résal, Jean, *Ponts métalliques. Tome second*, Encyclopédie des travaux publics, Librairie Polytechnique, París, Baudry et Cie libreros-editores, 1889.

Réval, Gabrielle, *L'enchantement du Portugal*, París, Fasquelle editor, 1934.

Ricard, Robert, «Espagnol et portugais "marlota". Recherches sur le vocabulaire du vêtement hispano-mauresque», *Bulletin hispanique*, tomo LIII, n.° 2 (1951), pp. 131-156.

Rollet, Catherine, «Allaitement, mise en nourrice et mortalité infantile en France à la fin du XIXe siècle», *Population*, n.° 6 (1978), pp. 1189-1203.

Romanet, Emmanuelle, «La mise en nourrice, une pratique répandue en France au XIXe siècle», *Journal of Global Cultural Studies*, n.° 8 (2013), ‹http://transtexts.revues.org/497›.

Rosny, Léon de, *Taureaux et mantilles: souvenirs d'un voyage en Espagne et en Portugal*, tomo II, París, Paul Ollendorff editor, 1889.

Ruiz Berrio, Julio, «La rénovation pédagogique en Espagne de la fin du XIXe siècle à 1939», *Histoire de l'éducation*, n.° 78 (mayo de 1998).

Sacristán Santos, Marta, *Los inicios de la protección a la infancia en España (1873-1918)*, ‹http://www.um.es/ixcongresoaehe/pdfB3/Los%20 inicios%20de%20la%20proteccion%20infancia.pdf›.

Saint-Victor, G. de, *Espagne, souvenirs et impressions de voyage*, París, E. Dentu editor, 1889.

Sermet, Jean, *Espagne du Sud*, París, Arthaud, 1953.

Serrano Mañes, Montserrat, «L'Andalousie du XIXᵉ siècle sous les regards des voyageurs», *Cuadernos de Investigación Filológica*, n.° 31-32 (2005-2006), Universidad de La Rioja, pp. 121-134.

Sudria, Carles, «Notas sobre la implantación y el desarrollo de la industria del gas en España, 1840-1901», *Revista de Historia Económica*, año I, n.° 2 (1983), pp. 97-118.

Talansier, Charles, *La Statue de la Liberté éclairant le monde*, París, publicaciones del periódico *Le Génie Civil*, 1883.

Thomas, J., *De l'asthme essentiel. Son traitement*, Lille, Imprenta Le Bigot Frères, 1901.

Tikhonov Sigrist, Natalia, «Les femmes et l'université en France 1860-1914. Pour une historiographie comparée», *Histoire de l'éducation*, n.° 122 (2009), ‹http://histoire-education.revues.org/1940›.

Trachtenberg, Marvin, *The Statue of Liberty*, Nueva York, Penguin Books, 1986.

Valladar, Francisco de Paula, *Estudio histórico-crítico de las Fiestas del Corpus en Granada*, Granada, Imprenta de La Lealtad, a cargo de J. G. Garrido, 1886.

Vallecillos, Lucas, *Granada*, Menorca, Triangle Postals, 2006.

Vermès, Anne, *Piloter un projet comme Gustave Eiffel*, París, Eyrolles, 2013.

Vincent, Bernard, «Les tremblements de terre dans la province d'Almeria (XVᵉ-XIXᵉ siècle)», *Économies, Sociétés, Civilisations*, año XXIX, n.° 3 (1974), pp. 571-586.

VV.AA., *El Pensil Granadino*, periódico, 1875, ‹www.gallica.fr›. [También en ‹www.bibliotecavirtualdeandalucia.es/catalogo/consulta/registro.cmd?id=102311›]

VV.AA., *El Universal: diario de Granada*, periódico, 1878, www.gallica.fr [También en ‹www.bibliotecavirtualdeandalucia.es/catalogo/consulta/registro.cmd?id=102381›.]

VV.AA., *Gil Blas*, periódico, 1885, ‹www.gallica.fr›. [Véase ‹http://prensahistorica.mcu.es/es/consulta/registro.cmd?id=6118›.]

VV. AA., *Jornal do Porto*, periódico, 1876-1877, ‹www.gallica.fr›.

VV.AA., *Journal de l'Exposition internationale d'électricité*, semanario, 18 de septiembre y 30 de octubre de 1881.

VV. AA., *La Alhambra: Diario granadino*, periódico, 1863 y 1884, ‹www.gallica.fr›. [Veáse ‹http://www.bibliotecavirtualdeandalucia.es/catalogo/consulta/registro.cmd?id=102000›.]

VV. AA., *La Gazette des Femmes*, periódico, 1884, ‹www.gallica.fr›.

VV. AA., *L'Année scientifique et industrielle*, revista, 1863-1889, ‹www.gallica.fr›.

VV. AA., *La Revue mondaine illustrée. Artistique, littéraire, sportive...*, periódico, 1892-1893, ‹www.gallica.fr›.

VV. AA., *La vie à Paris*, revista, 1880-1885, ‹www.gallica.fr›.

VV. AA., *Le Demi-monde: gazette galante*, revista, 1878, ‹www.gallica.fr›.

VV. AA., *Le Figaro*, periódico, 1880-1889, ‹www.gallica.fr›.

VV. AA., *Le Génie civil*, revista general de las industrias francesas y extranjeras, 1881, ‹www.gallica.fr›.

VV. AA., *Le Petit Journal*, periódico, 1880-1889, ‹www.gallica.fr›.

VV. AA., *Le Petit Parisien*, periódico, 1880-1889, ‹www.gallica.fr›.

VV. AA., *Le Siècle*, periódico, 1880-1889, ‹www.gallica.fr›.

VV. AA., *Le Temps,* periódico, 1880-1889, ‹www.gallica.fr›.

VV. AA., *L'Univers illustré*, revista, temporadas 1 a 4, 1877, ‹www.gallica.fr›.

Wieruszeski, Lucie, *Les institutrices au XIXᵉ siècle: témoins et militantes de la condition féminine?*, HAL, 2012, en ‹http://dumas.ccsd.cnrs.fr/dumas-00735125›.

Winock, Michel, *La Belle Époque*, París, Perrin, 2002-2003.

Zed (Albert de Maugny), *Le Demi-monde sous le Second Empire. Souvenir d'un sybarite*, París, Ernest Kolb editor, 1892.

Y gracias de corazón…

A mis padres y a mis hijas por su apoyo a ultranza y por la energía que representan.

A Laure, artista de los matices, por sus palabras de aliento desde el nacimiento de los trillizos hasta el epílogo. Gracias de todo corazón por haberme autorizado a utilizar el cuadro *Australesi, la main de feu* para mi sitio web.

A Thierry por las obras antiguas y tan útiles, encontradas un poco por todas partes, ¡y por las que vendrán!

A Marie-Madeleine por los *Contes de l'Alhambra*.

A Manon por su ayuda con la traducción de los textos españoles.

A Thomas por la inolvidable experiencia de la torre Eiffel.

A todo el equipo de Éditions Anne Carrière. A Stephen por la confianza que tienes en mí, y que es más grande que la que tengo yo mismo. A Sophie, nuestro tesoro de la lengua francesa. Anne, Yasmina, Anne-Sophie, Virginie, Fanny, Assia, Alain, y un recuerdo isleño para Julia que acompañó una parte de esta aventura. Nos vemos en la siguiente odisea que ha empezado ya a gestarse…